테 스

토마스 하디 지음 / 김회진 옮김

범우

차 례

이 책을 읽는 분에게

이 책의 저자 토마스 하디에 의하면, 인간은 눈에 보이지 않는 거대한 힘에 지배당하며 항상 실의와 고뇌를 되씹어야 하는 가련한 존재에 지나지 않는다. 그리고 인간은 태어나면서부터 커다란 거미줄의 한 가닥에 매달려 있는 것과 같으며, 그 거미줄 꼭대기에는 운명의 힘이 작용하고 있어서 인간은 속절없이 그 힘에 의해 좌우되게 마련이라고 한다.

이 책의 주인공인 테스 역시 바로 이 '운명의 힘'에 의해 희롱당한 비극의 여인이다.

남에게 해를 끼치겠다는 생각은 단 한 번도 품어본 적이 없는 선량한 여인 테스, 가난 때문에 부잣집 일을 거들러 갔다가 그 집 아들에게 순결을 유린당하고 사생아까지 낳긴 했지만, 순결한 어떤 처녀보다도 더욱 순결한 여인 테스는 이 운명의 힘에 의해 마침내 사형대 위에서 이슬로 사라진다.

하디는, 테스가 이러한 불행한 운명에 희생당한 것은 어디까지나 사회적인 제도의 모순에 기인한다고 보는 것 같다. 따라서 이 책은 그 당시 영국의 사회 조직과 그것을 유지하기 위한 도덕적·종교적인 편견에 대한 하디의 고발이라고 할 수도 있으며, 그러므로 이 작품이 발표되자 당시 영국 사회의 도덕·종교·관습 및 법률에 대한 공격이라는 비난을 받기도 했다.

하디의 대부분의 작품은 그 작품 속의 인물들이 비극적인 운명에 의해 희생당하는데(《테스》 역시 예외일 수 없다), 하디의 비극문학에 나타난 특징은 대개 세 가지 면으로 요약된다 하겠다.

첫째, 그의 작품에는 가슴을 에는 듯한 강렬하고도 어두운 인간의 비애와 우수가 짙게 깔려 있다. 그런데 이상하게도 이런 비애와 우수가 우리의 가슴 깊이 내재하고 있는 불안, 공포, 실망, 회한……; 인간이기에 피할 수 없는 고뇌를 오히려 말끔히 씻어주는 듯한 위안을 준다. 그리고 《테스》야말로 바로 이러한 그의 우수의 문학, 비극의 문학의 대표작이라 할 수 있다.

둘째, 하디는 대자연, 특히 향토색 짙은 농촌을 단순한 배경으로서만이 아니라 등장 인물의 성격이나 사건에까지도 큰 역할을 하는 존재로 묘사하고 있다. 하디에게 있어서 대자연은 결코 인간과 동떨어진 객체(客體)가 아니라 인간의 운명에 지대한 영향을 미치는 힘의 일부다. 그는 인간의 모든 행위와 생활, 성격과 사상 등이 대자연의 작용에 의해 좌우된다고 믿고 있는 것이다. 그의 작품의 대부분이——《테스》 역시——그의 고향을 무대로 삼고 있으며, 이미 없어진 '웨섹스'라는 옛 지명을 사용하고 있는 것만 보아도 그가 얼마나 대자연과 전통을 사랑했는가를 단적으로 말해준다 하겠다. 《테스》에서도 남부 웨섹스 일대의 목장, 황무지와 푸른 숲, 초원, 구릉, 과수원, 촌락, 교회 등이 참으로 아름답고 정답게 묘사되어 있다.

셋째, 하디는 자연을 파괴하고 자연의 섭리에 역행하며 전통적인 가치관과 윤리·도덕·생활·풍습 등이 뒤바뀌는 사회상을 혐오하고, 사회의 여러 부조리와 모순 등을 날카롭게 파헤치고 풍자하고 있다. 그는 사회적 계급 제도에 따른 특권층의 교만과 위선, 가식적인 권위, 그 밖에 인간을 차별하는 모든 기존의 사회 질서에 반기를 드는 것이다.

어떤 문학이든 그것은 시대의 산물이라 할 수 있다. 하디가 작품 활동을 했던 19세기 말경부터 20세기 초기는 서구 사회에 있어서 기계 문명의 발달과 더불어 근대화의 물결이 도도히 밀어닥쳐 전통적인 문화와 문명이 새것으로 대체되는 과도기였다. 따라서 인간의 소외감이 점점 커가고 상대적으로 위축된 인간의 존재가 허무한 것으로 느껴져 숙명론이나 허무주의, 염세주의 등이 팽배하던 시대였다.

하디는 바로 그러한 사회적 풍조를 배경으로 하여, 그때까지 잊혀져왔고 사람들의 관심 밖에 있던 자연이나 전통에 대해 주의를 환기시키면서, 가난이며 사회적 관습, 계급, 종교적인 편견이라는 가혹한 운명의 힘에 희생당하는 아름답고 순결한 여인 테스를 통해 가슴 뭉클한 슬픔과 감동을 안겨준다.

옮 긴 이

테 스

Tess of the d'Urbervilles

제 *1*부
처 녀

1 5월 하순 어느 날 저녁, 한 중년의 남자가 섀스톤에서 말로트 마을의 집을 향해 걸어가고 있었다. 마을은 블레이크모어 또는 블랙무어라고 불리는 곳에 인접한 골짜기에 있었다. 남자는 걸을 때마다 비틀거렸고, 반듯하게 걷질 못하고 왼쪽으로 비스듬히 몸을 기울이고 걷는 버릇이 있었다. 남자는 무엇인가를 특별히 생각하는 것도 아니면서 가끔 다른 사람의 의견을 다짐이라도 하듯 고개를 크게 끄덕이곤 했다. 그의 한쪽 팔엔 빈 달걀 바구니가 걸려 있었고, 모자

는 보풀이 부스스 일어난데다가 벗을 때 엄지손가락이 닿는 차양의 한쪽 모서리는 온통 닳아빠져 있었다. 이윽고 그는, 저쪽에서 무슨 노래인가를 흥얼거리며 잿빛 암말을 타고 오는 초로(初老)의 목사와 마주쳤다.

"안녕하십니까, 목사님." 팔에 바구니를 걸고 있는 남자가 먼저 인사를 건넸다.

"안녕하시오, 존 경(卿)." 목사가 대답했다.

걸어가던 남자는 두어 걸음 걷다가 걸음을 멈추고 돌아섰다.

"저어, 목사님, 죄송합니다만 저번 장날에도 바로 이맘때쯤 이 길에서 뵙고 인사를 드리니까, 저보고 '안녕하시오, 존 경' 하고 아까처럼 대답하셨었지요?"

"하긴 그랬었지요." 목사가 말했다.

"그리고 전에도 또 한 번, 아마 한 달 전쯤일까요, 그때도 그러셨었죠."

"그랬는지도 모르죠."

"그러시다면, 행상인에 불과한 이 미천한 잭 더비필드에게 만나실 때마다 '존 경'이라고 부르시는 건 무슨 영문인지요?"

목사는 말을 탄 채 두어 걸음 그에게 다가섰다.

"그저 한번 그래 봤을 뿐이오." 목사가 말했다. 그러고는 잠시 머뭇거리더니 말을 계속했다. "실은 얼마 전에 향토지(鄕土誌)를 새로 엮기 위해서 족보(族譜)들을 뒤적거리다가 새로운 사실을 발견한 게 있어서 그러오. 나는 스택푸트 레인에 사는 고고학자 트링검 목사요. 더비필드, 배틀 사원의 기록을 보면, 정복왕 윌리엄을 따라 노르망디에서 영국으로 건너온 저 유명한 기사(騎士) 페이건 더버빌 경이 당신네 조상이라오. 당신은 정말 모른단 말이요, 당신이 그 유서 깊은 기사 집안 더버빌 가(家)의 직계 자손이란 사실을?"

"목사님, 그건 정말 금시 초문이군요."

"사실이라오. 턱을 잠깐 들어보오, 옆얼굴이 잘 보이도록. 그것 봐요. 더버빌 가의 코와 턱이 영락없소, 격이야 좀 떨어지지만. 당신의 조상은 노르망디의 에스트르마빌라 경이 글래모어간셔를 정복할 때 그를 도운 열두 기사 중의 한 사람이었소. 당신 집안의 종파들이 이곳 잉글랜드 일대에 영지(領地)를 가지고 있었는데, 그들 이름은 스티븐 왕 시대의 국고연감(國庫年鑑)에 까지 실려 있다오. 존 왕 치세(治世)에는 기사 자선단에 영지를 바칠 만큼 잘살던 집안도 있었다오. 그리고 에드워드 2세 때에는 당신네 조상 브라이언이라는 분이 웨스트민스터로 초빙되어 귀족의 성직자 회의에 참석한 일도 있다오. 올리버 크롬웰 시대에는 집안이 좀 기울긴 했지만 대단할 정도는 아니었고, 찰스 2세 때에는 충성의 공으로 오크 기사(찰스 2세는 크롬웰과 대항하다가 던바와 우스터에서 패하고 참나무 그늘에 은신해서 난(難)을 면한 일이 있어, 후에 다시 왕위에 오르자 이를 기념으로 서(敍)한 기사의 작위)가 되기도 했었다오. 당신네 집안은 몇 대에 걸쳐 존 경으로 행세했었다오. 옛날에는 실제로 물려받기도 했었지만 기사라는 게 준남작(準男爵)처럼 세습적이라면 당신도 지금쯤은 존 경일 거요."

"원, 별말씀을!"

"간단히 말하자면" 하고 목사는 자신의 말을 다짐이라도 하듯 채찍으로 자기 다리를 찰싹 치고는 말을 맺었다. "잉글랜드 일대에선 당신 집안만한 가문도 별로 없을 거요!"

"아니, 그게 사실인가요?" 더비필드는 물었다. "그런데도 저는 이 교구(敎區)에서 가장 천대를 받고, 해마다 떠돌이 행상을 하며 살아왔군요……. 그런데 트링검 목사님, 저희 가문에 관해선 언제쯤부터 사람들에게 알려지게 됐습니까?"

목사는, 자기가 알기로는, 세상 사람들은 이 사실을 잊어버린 지가 벌써 오래여서 거의 알려져 있지 않다고 설명했다. 목사 자신이 그것을 조사하기 시작한 것은 지난해 어느 봄날이었다고 말했다. 마침 더버빌 가의 흥망 성쇠를 살피던 중, 존의 집 마차에 씌어 있는 더비필드라는 성이 눈에 띄어 그의 부친과 조부에 관해서 상세히 조사를 해본 결과, 그 사실이 분명하게 드러났다는 것이다.

"애당초 이런 부질없는 말을 꺼내서 당신 마음을 괜히 들뜨게 하고 싶지는 않았다오." 목사가 말했다. "그러나 사람 마음이란 때로 불쑥 털어놓고 싶은 충동을 느낄 때도 있는 법 아니겠소. 게다가 당신 자신이 이런 사실을 조금쯤은 알고 있으리라고 생각했었지."

"그러고 보니, 실은 저희 집안이 블랙무어로 이사 오기 전엔 잘살던 때가 있었다는 얘길 한두 번 들은 것 같기도 하군요. 그렇지만 제 집엔 지금 말 한 필밖에 없지만 우리 선조들은 말 두 필 정도는 가지고 있었겠지 하고, 그 점에 대해선 별로 관심을 두지도 않았었지요. 하기야 저희 집엔 옛날 은수저 한 벌과 조각된 도장 하나가 있긴 있지만요. 아, 그까짓 도장이나 스푼, 뭣에 씁니까? 그런데 저와 이 지체 높은 더버빌 조상들이 한 혈육이라면 말입니다, 증조부님은 무슨 말 못 할 내력이 있었는지 이사 온 곳조차 말씀하시지 않았다고 들었습니다…… 그런데 목사님, 외람된 말씀입니다만 지금 저희 집안은 어디서 연기를 피우고 있을까요? 제 말은 우리 더버빌 집안이 어디서 살고 있느냐 그겁니다."

"살긴 어디서 산단 말이오? 혈통이 끊어졌다오. 이 지방의 명문으로는 말이오."

"섭섭하군요."

"그렇소. 소위 가짜 족보에서 말하는 남자의 대가 끊어졌다는 거겠죠. 말하자면 망했다는 거요. 몰락한 거지요."

"그럼, 제 조상들은 지금 어디에 묻혀 있을까요?"

"킹스비어 서브 그린힐이라는 곳에 묻혀 있다오. 퍼벡 산(産) 대리석으로 된 지붕 밑, 입상(立像)이 있는 납골당(納骨堂) 안에 당신의 조상들이 줄지어 누워 있다오."

"그럼, 제 조상들의 저택과 땅은 어디 있을까요?"

"있긴 뭐가 있겠소?"

"그래요? 땅조차 없단 말씀인가요?"

"아무것도 없다오. 아까도 말했지만 당신 집안은 여러 종파로 이루어져 있어서 한때는 땅도 많이 가지고 있었지만……. 가령 이 고장만 해도 킹스비어, 셔톤, 밀폰드, 럴스테드, 웰브리지 등에 당신네 집안의 땅이 있었다오."

"그렇담 후에라도 그걸 되찾을 순 없을까요?"

"아, 그걸 낸들 어떻게 알겠소?"

"목사님, 그럼 저는 어떡하면 좋겠습니까?" 잠시 숨을 돌리고 나서 더비필드가 물었다.

"글쎄, 속수무책이구려. 아무 대책도……. 다만 그저 '아, 용사는 쓰러졌도다!' 이런 구절이나 생각하고 마음을 진정시킬 수밖에. 그건 향토사가나 족보학자들한테 흥밋거리가 될까, 자네한테야 뭐 이렇다 할. 이 고장 농민들 가운데도 당신 가문 못잖게 훌륭한 집안이 여러 집 있지. 자 그럼, 잘 가시오."

"저, 트링검 목사님, 오늘 이렇게 만났으니 되돌아가셔서 저하고 맥주나 한잔 하실까요? 퓨어 드롭 술집에 아주 좋은 술이 있지요. 물론 롤리버 술집만은 못합니다만."

"아니, 더비필드, 오늘 저녁엔 사양하겠소. 당신은 벌써 한잔 한 모양이구려."

목사는 말을 맺고 말을 몰고 떠나면서, 이 진기한 이야기를 털어놓은 것이 경솔한 짓은 아니었는지를 생각했다.

목사가 떠난 후에 더비필드는 깊은 생각에 잠겨서 몇 걸음 걷다가는 길 옆 풀이 무성한 둑 위에 앉아 바구니를 내려놓았다. 잠시 후 한 젊은이가 더비필드가 걸어온 길을 따라오고 있는 모습이 멀리서 보였다. 더비필드는 그 젊은이를 보고 번쩍 손을 들었다. 젊은이는 잰걸음으로 가까이 다가왔다.

"자네, 이 바구니 좀 들게나! 그리고 내 심부름 좀 해주게."

빼빼 마른 그 젊은이는 상을 찌푸렸다.

"존 더비필드 씨, 댁이 뭐길래 나에게 명령조로 '자네' 하고 부르는 거요? 내 이름을 잘 아시면서. 내가 당신 이름을 잘 알고 있듯이 말이오!"

"알고 있다고? 정말이야? 이건 비밀이야. 비밀이고말고! 자, 내가 시키는 대로 해. 내 전갈을 좀 전해주게……. 그런데 프레드, 말해도 상관없지만 비밀이란 말야, 내가 귀족의 자손이라는 거야. 오후에 이 사실을 처음 알았지."

더비필드는 팔자 좋게 벌렁 드러누웠다.

프레드는 더비필드 앞에 서서 그를 머리끝에서 발끝까지 훑어보았다.

"존 더버빌 경──이게 바로 나야." 그는 드러누운 채로 말을 계속했다. "기사(騎士)도 준남작과 같다면 말야. 사실, 기사는 준남작이나 다름없지. 나에 관한 모든 이야기가 역사에 기록되어 있다네. 자네, 킹스비어 서브 그린힐이란 델 알고 있나?"

"알죠. 그린힐 장에 가봤지요."

"그래, 바로 그 읍내 교회당 밑에 우리 조상들이 즐비하게 묻혀 있다네."

"내가 말한 덴 읍이 아니죠. 내가 거기 갔을 땐 읍이 아니라 애꾸눈처럼 깜박거리는 형편없이 조그만 곳이던걸요."

"자네, 장소야 어떻든 무슨 상관이 있나? 그까짓 건 문제가 아냐. 그 교구의 교회당 밑에 우리 조상들이 묻혀 있단 말야. 수백 명이나 되는 우리 조상들이 갑옷에 보석을 휘감고 수 톤이 나갈 육중하고 큼직한 납관 속에 누워 있단 말야. 남부 웨섹스 지방에는 나보다 당당하고 훌륭한 조상을 둔 사람은 하나도 없단 말야."

"그래요?"

"자, 이 바구니를 들고 말로트 마을로 가게. 퓨어 드롭 술집에 가서, 내가 집으로 돌아갈 수 있도록 나한테 마차를 빨리 보내라고 전하게나. 그리고 작은 병에다 럼주(酒)를 담아 마차에 실어보내고 술값은 내 앞으로 달아두라고 그래. 그러고 나서 그 바구니를 우리 집에 갖다 놓고, 마누라한테도 단단히 일러둬. 빨래 따윈 이젠 하지 않아도 되니

집어치우고 내가 갈 때까지 기다리라고 말야. 좋은 소식이 있다고 전하게."

젊은이가 어리둥절해서 서 있자, 더비필드는 주머니에 손을 넣어 그로서는 좀처럼 만져보기 힘든 1실링짜리 은화 한 닢을 꺼냈다.

"자, 이건 심부름 값이네."

돈을 보자 젊은이는 생각이 달라졌다.

"네, 존 경, 고맙습니다. 또 다른 심부름은 없습니까, 존 경?"

"집에 가거든 내가 저녁 식사로, 가능하면 양고기 튀김을 먹겠다고 하더라고 전하게. 그게 안 되면 순대도 괜찮겠고, 그것도 안 된다면 곱창이라도 구워놓으라고 하게."

"네, 존 경."

젊은이가 바구니를 집어들고 자리를 뜨려 할 때, 마을 쪽에서 악대 소리가 들려왔다.

"저건 무슨 소리지?" 더비필드가 물었다. "나 때문에 연주하는 소린 아니겠지?"

"존 경, 저건 부인회의 들놀이래요. 댁의 따님도 회원인걸요."

"정말 그렇군. 난 굉장한 일을 생각하느라고 그만 깜빡 잊고 있었군. 자, 어서 말로트로 가서 마차를 보내게. 어쩌면 그 마차를 타고 부인회의 들놀이를 시찰하러 갈지도 모르니까."

프레드는 떠났다. 더비필드는 석양볕을 쪼이면서 풀과 들국화 속에 누워서 기다렸다. 한동안 그 길을 지나가는 사람은 아무도 없었다. 다만 희미하게 들려오는 악대 소리만이 푸른 산으로 둘러싸인 이곳에서 들리는 유일한 인기척 소리였다.

2 말로트 마을은 앞서 말한 블레이크모어, 일명 블랙무어라고 불리는 아름다운 골짜기의 동북쪽 계곡 사이에 위치한, 사방이 산으로 둘러싸인 외떨어진 고장이다. 그래서 런던에서 불과 네 시간 남짓한 거리에 있으면서도 아직도 이 고장의 대부분은 관광객이나 풍경 화가들의 발길이 미치지 않은 곳이다. 이 골짜기의 지세를 잘 살펴보려면, 아마 여름철의 가뭄 때 말고는 사방을 에워싸고 있는 산꼭대기에 올라가 보면 될 것이다. 날씨가 나쁠 때, 길 안내자도 없이 이 골짜기로 섣불리 들어섰다가는 짜증만 날 것이다. 길이 좁고 꾸불꾸불한데다가 진창길이기 때문이다.

이 고장의 들판은 한 번도 가뭄으로 누렇게 타버린 적이 없었고 샘물도 말라본 적이 없는 비옥하고 아늑한 고장으로, 남쪽에는 햄블던 힐, 벌배로우, 네틀콤 타우트, 덕베리, 하이 스토이, 법 다운 등 잇닿은 봉우리를 안은 험준한 백악질(白堊質)의 산맥이 경계를 이루고 있다. 해안 쪽에서 들어오는 여행자는 북쪽으로 20여 마일이나 석회질 언덕과 보리밭 길을 터벅터벅 걸어가다가 갑자기 낭떠러지에 이르면, 여태까지 지나온 고장과는 전연 다른 경치가 지도처럼 눈 아래 펼쳐지는 것을 보고는 놀라기도 하고 기뻐하기도 할 것이다. 뒤를 돌아다보면 구릉이 탁 틔어 있고 햇볕이 내리쬐는 들판은 너무도 넓어서 조금도 사방이 둘러싸인 듯한 인상을 주지 않는다. 오솔길은 하얗게 보이고 나지막한 생울타리의 나뭇가지들은 이리저리 얽혀 있고 공기는 한없이 맑았다. 이 골짜기 안의 세계는 유난히 작고 섬세하게 만들어져 있는 것처럼 보였다. 들판은 말 먹이는 작은 목장이 고작이고 그것도 너무 비좁은 목장으로 나뉘어 있어, 산꼭대기에서 내려다보면 그 생울타리는 연한 푸른 풀밭에 펼쳐진 짙푸른 그물처럼 보였다. 눈앞에 보이는 대기는 한가롭고 하늘빛으로 물들어 있어서 소위 화가들이 말하는 중경(中景)도 똑같은 빛깔로 보이며, 멀리 보이는 지평선은 아주 짙은 군청색(群靑色)을 띠고 있었다. 경작지는 좁고 한정되어 있다. 그리고 약간의 예외는 있지만, 풍성하고 광대한 초목(草木)으로 뒤덮인 언덕과 골짜기가 더 큰 산과 골짜기에 둘러싸여 있다. 여기가 바로 블랙무어 골짜기이다.

이 지역은 지형상으로 뿐만 아니라 역사적으로도 흥미진진한 고장이다. 예로부터 이 골짜기는 헨리 3세 때의 이상한 전설에 따라 '백록(白鹿)의 숲'으로 알려진 곳이다. 그 전설에 의하면, 토마스 드 라 린드라는 사람이, 왕이 잡으려고 뒤쫓아가다 살려준 아름다운 흰 수사슴을 죽였기 때문에 많은 벌금을 바쳤다 한다. 그 당시는 물론 최근까지도 이 지방은 울창한 숲이 남아 있다. 지금도 아직 언덕진 비탈에 살아 남아 있는, 고목이 된 떡갈나무나 마구 뻗은 산림 지대나 이 지방의 많은 목장에 그늘을 만들어주고 있는, 속이 텅 빈 고목나무에서 그 옛날의 자취를 찾아볼 수 있다.

숲은 옛 모습을 감추었지만, 그 그늘 밑에서 행해지던 옛 풍습 중 몇 가지는 아직도 그대로 남아 있다. 그러나 그 대부분은 변형되었거나 다른 형태로 바뀌어 겨우 그 자취만 남아 있을 뿐이다. 이를테면 '메이데이 무도회' 같은 것도 앞에서 말한 오후의 부인회의 놀이, 즉 이 지방에서 '부인회의 들놀이'라고 부르는 형태로 옛 자취를 보여주고 있다.

이 행사에 참가하는 사람들은 본래의 참맛을 느끼지는 못하지만, 말로트 마을의 젊은이들에게는 무척 흥미 있는 행사였다. 이 행사의 특색은 해마다 이 명절날이면 행렬을 지어 돌아다니고 춤을 추는 관습을 지키는 데 있다기보다는 회원 모두가 여자들이라는 데 있었다. 남자들 모임의 행사는 차차 자취를 감추어가고 있었지만, 그렇다고 아주 사라져버린 것은 아니었다. 그러나 여자들의 타고난 수줍음 때문인지, 아니면 남자들이 짓궂게 구는 때문인지는 몰라도 아직도 남아 있는 부인회 행사(이 밖에 또 남아 있다면)는 지난날의 흥청거림에 비하면 보잘것없게 되어버렸고, 말로트 마을의 이 부인회만이 남아서 농업의 여신 세데즈를 모시는 이 고장의 풍년제를 계속해오고 있었다. 이 부인회는 상부상조(相扶相助) 단체는 아니지만 여신도의 한 단체로서 수백 년에 걸쳐 계속되어 왔고 지금도 계속되고 있다.

이 행렬에 참가한 여자들은 하나같이 흰옷을 입고 있었다. 그것은 즐거움이란 5월을 뜻했던 구력시대(舊曆時代)부터, 다시 말하면 아득한 앞날을 걱정하는 버릇 때문에 아직 사람들의 정서가 메마르지 않았던 시대부터 이어져 내려오는 유쾌한 풍습이었다. 여자들은 두 사람씩 짝을 지어 마을을 돌면서 모습을 나타낸다. 짙푸른 생울타리와 담쟁이덩굴이 엉킨 집을 배경으로 햇빛이 그녀들의 모습을 선명하게 비춰줄 때면 이상과 현실이 다소 조화를 이루지 못한 듯한 느낌이 들었다. 여자 회원들이 모두 흰옷을 입고 있긴 했지만 똑같은 흰색은 없었기 때문이다. 어떤 옷은 순백색에 가까웠고, 또 어떤 옷은 푸르스름한 빛깔이 나타나기도 했으며, 나이 지긋한 여자들의 옷(아마 여러 해 동안 장롱 속에 묵혀둔 탓이리라)은 죽은 사람의 빛깔 같기도 한 청백색으로 조지 왕조 시대의 구식 빛깔도 있었다.

흰옷 차림들이 유난히 눈에 띄는데다 부인들과 아가씨들은 하나같이 오른손에는 껍질 벗긴 버드나무 가지를, 왼손에는 한 다발의 하얀 꽃을 들고 있었다. 버드나무 가지의 껍질을 벗기고 꽃을 고르는 것엔 그들 각각의 세심한 정성이 깃들였다.

행렬 속에는 몇몇의 중년 부인과 초로의 부인들까지도 끼여 있었다. 산전수전 다 겪고 난 이들의 철사 같은 은빛 머리카락과 주름 잡힌 얼굴은 이런 화려한 분위기 속에서는 기이하기도 하고 정말 처량해 보이기도 했다. 아마 잘 살펴본다면, '나는 이런 것엔 별 흥미가 없어요'라고 할 만한 나이의, 세상의 온갖 풍상을 다 겪어온 이런 부인들에게 실은 재미있는 얘깃거리가 더 많을 것이다. 그러나 여기서는 늙은이들의 케케묵은 이야기는 그만두기로 하고, 옷 아래의 가슴속에서 심장이 뜨겁고 힘차게 고동치는 젊은 아가씨들의 발랄한 이야기나 해보기로 하자.

사실 회원들 대부분은 젊은 처녀들이었다. 그들의 숱 많은 머리채는 햇빛을 받아 금빛, 검은빛, 갈색 등 갖가지의 색깔로 반짝였다. 유난히 눈매가 예쁜 처녀도 있고, 콧대가 잘생긴 처녀도 있고, 입매와 몸맵시가 예쁜 처녀도 있었다. 그러나 이 모든 것이 골고루 다 예쁜 처녀는 거의 없었다. 이렇게 뭇 사람들의 시선이 쏠리는 속에서는 입술을 단정히 다물고 있기가 거북했고 얼굴을 제대로 들지도 못했으며, 또한 얼굴에는 수줍어하는 기색이 역력히 나타났다. 이것은 그녀들이 뭇 사람들의 눈총에 익숙하지 못한 진짜 시골 처녀들이라는 것을 뜻했다.

그리고 이 처녀들은 누구나 다 햇볕을 쪼여 몸을 따스하게 하듯이 그녀들의 가슴속에도 자그마한 태양 하나씩을 안고 있어서, 마음에 따스한 햇볕을 쬐었다. 그녀들은 어떤 꿈이나 애정, 취미, 그것도 아니라면 하다못해 어렴풋하게 멀리에 있는 희망, 희망이란 으레 그렇듯 헛되이 갈망하는 것일지라도 꺼질 듯 말 듯하면서도 여전히 살아남는 그러한 희망 같은 것을 지니고 있었다. 그래서 그네들은 누구나 다 명랑했고, 대부분이 다 즐거웠다.

그녀들은 퓨어 드롭 술집 옆을 돌아 샛문으로 빠져서 한길로 나와 목장으로 들어서려던 참이었다. 그때 일행 중의 한 여자가 말했다.

"어머나 어쩜, 애! 저것 봐, 테스 더비필드, 저기 마차를 타고 오고 있는 분이 너의 아버지 아니니?"

행렬 속의 한 젊은 처녀가 이 말을 듣고 고개를 돌렸다. 그녀는 착하고 예쁘게 생긴 아가씨였다. 다른 몇몇 처녀들보다 훨씬 예쁘게 생겼다고 할 수는 없었지만, 감정을 잘 나타낼 듯한 함박꽃 같은 붉은 입술과 순진하고 서글서글한 눈매는 얼굴빛과 윤곽에 한층 더 풍부한 표정을 나타내게 했다. 그녀는 머리에 빨간 리본을 달고 있었다. 흰옷을 입고 있는 여자들의 행렬 속에서 이처럼 돋보이게 꾸민 처녀는 그녀밖에 없었다. 그녀가 뒤돌아보니 퓨어 드롭 술집의 사륜 마차를 타고 길을 올라오고 있는 더비필드의 모습이 보였다. 마차는 옷소매를 팔꿈치까지 걷어붙인 억세 보이는 고수머리의 처녀가 몰고 있었다. 이 여자는 그 술집에서 일하는 쾌활한 하녀로서, 무슨 일이건 닥치는 대로 거침없이 해내며 때로는 말을 돌보는 일도 하고 술집의 마부 노릇까지도 맡아 했다. 더비필드는 잔뜩 목에다 힘을 주고 뒤로 몸을 젖힌 채 기분이 좋은 듯 지긋이 눈을 감고 머리 위로 손을 휘휘 돌리면서 느릿느릿한 곡조로 노래를 흥얼거리고 있었다.

"난…… 킹스비어에…… 대궐 같은 가족 납골당이 있다네. 기사를 지낸 조상들이…… 연관(鉛棺) 속에…… 묻혀 있다네!"

테스만 빼고 회원들은 킥킥거리며 웃었다. 테스는 아버지가 여러 사람 앞에서 웃음거리가 되고 있음을 알고는 가슴속에서 노여움이 치밀어오르는 모양이었다.

"피곤하셔서 저러시나 봐." 그녀는 얼른 말했다. "우리 집 말은 오늘 쉬어야 하니까 다른 집 마차를 빌려 타고 돌아오시는 거야."

"테스, 넌 아무것도 모르니 좋겠구나." 친구들이 말했다.

"얘, 너희 아버진 파장 후에 한잔 하신 거야. 호호!"

"얘들아, 우리 아버질 놀려대면 난 너희들하곤 한치도 함께 안 걸을 테야!" 테스가 소리를 질렀다. 그녀는 두 볼이 빨개지더니 이내 얼굴과 목덜미까지 홍당무가 되었다. 눈엔 눈물이 글썽거리고 시선은 땅에 떨구어졌다. 친구들은 정말 테스를 괴롭혔음을 알고는 다시는 아무 말도 하지 않았다. 다시금 행렬에 질서가 잡혔다. 테스는 자존심 때문에, 설사 아버지에게 무슨 뜻이 있었다 해도 왜 그런 말을 했는지 다시 고개를 돌려 알아보려고 하지 않았다. 그녀는 회원들과 같이 잔디밭에서 춤놀이가 벌어질 울타리 안으로 걸어 들어갔다. 그러는 동안에 테스의 마음은 가라앉았다. 버드나무 가지로 옆의 친구를 살짝 간질여주기도 하고 평소처럼 지껄이기도 했다.

이 무렵의 테스 더비필드는 아직 세상의 때에 물들지 않고 오직 감정에 따라서만 움직였다. 마을의 학교를 다녔지만 말할 때에는 약간 사투리가 섞여 있었다. 이 마을 사투리의 특징은 UR 음절로 나타낼 수 있는 발음과 거의 같은 음으로, 아마 사람의 말 중엔 이만큼 풍부한 발성도 없을 것이다. 이 마을 특유의 이런 음절을 발음하는 그녀의 뾰족하고 빨간 입술은 아직 뚜렷한 윤곽을 이루지 못했고, 뭐라 한 마디 하고 나서 입술을 다물 때마다 아랫입술이 윗입술을 밀어올리는 버릇이 있었다.

테스의 얼굴엔 아직 어린 티가 남아 있었다. 오늘 행렬 속에선 제법 성숙한 여자 티가 났지만 때로 두 뺨엔 열두 살 적 모습이 나타났고, 때로는 아홉 살 적 모습이 눈동자에서 반짝였고, 입매에서는 다섯 살 적 모습조차 엿보이곤 했다.

그러나 이걸 깨닫는 사람은 별로 없었고, 게다가 그걸 눈여겨보는 사람은 더욱 적었다. 다만 소수의 사람들만이, 그것도 주로 낯선 사람들만이 지나치는 길에 우연히 그녀의 모습을 유심히 바라보다가는 그 싱그러운 아름다움에 잠시 매혹되어, 저런 처녀를 다시 볼 수 있을까 하고 생각하는 정도였다. 그러나 대부분의 사람들에게는 테스가 얌전하고 아름다운 시골 처녀로만 보일 뿐이었다.

술집 하녀가 끄는 마차를 타고 가며 득의양양해하던 더비필드의 모습은 이젠 보이지 않았다. 그리고 흥얼거리는 소리도 들리지 않았다. 회원들이 정해진 장소로 들어가자, 이윽고 춤놀이가 시작되었다. 회원 가운데 남자는 한 사람도 없었기 때문에 처음엔 여자들끼리 짝을 지어 춤을 추었다. 그러나 하루의 일과가 끝날 무렵이 되자, 마을의 남자들이며 건달패들이며 지나가는 나그네들이 몰려와서는 여자들과 춤을 추고 싶어하는 눈치였다.

이 구경꾼들 중에는 상류층에 속하는 세 청년이 끼여 있었다. 그들은 작은 배낭을 어깨에 짊어지고 손에는 단단한 지팡이를 들고 있었다. 서로 얼굴 모습이 비슷하고 나이가 층층으로 보여서 형제간으로 짐작되었다. 그리고 사실 그러했다. 제일 나이 들어 보이는 청년은 흰 넥타이에다 목까지 닿는 조끼를 입고 차양이 좁은 모자를 쓴, 부목사의 정장 차림이었고, 두번째 청년은 보통 대학생의 차림이었다. 그 중 가장 어려 보이는 청년은 겉으로만 봐서는 무얼 하는 사람인지 짐작이 가지 않았지만, 그의 눈과 복장엔 아무 얽매임이 없이 자유로운 데가 있어 아직 일정한 직장을 가지고 있지 않다는 것을 알 수 있었다. 그러나 꼬집어 말한다면, 그는 어떤 일이나 닥치는 대로 배워보려고 하는 학생 같았다.

이 삼형제는 길을 가다가 우연히 알게 된 이 마을 사람들에게, 자기들은 성령강림절 휴가를 이용해서 블랙무어 골짜기를 도보로 여행하는 중이며 동북쪽에 있는 새스톤 마을을 떠나 서남쪽으로 가는 길이라고 말했다.

그들은 길가의 문에 기대어 서서 여자들이 흰옷 차림으로 춤놀이를 하는 덴 무슨 까닭이 있는 게 아니냐고 물었다. 그들 중 위의 두 형제는 분명 오래 지체할 생각은 없는 듯 보였는데, 셋째 청년은 달랐다. 상대 남자도 없이 여자들끼리만 춤추는 게 흥미 있는 듯 얼른 그 자리를 떠나려 들지 않았다. 그는 어깨에서 배낭을 내리더니 지팡이와 함께 생울타리 위에 놓고는 문을 열었다.

"엔젤, 뭐하려는 거니?" 만형이 물었다.

"안에 들어가서 저 아가씨들하고 한판 추고 싶어요. 형님들도 함께 추지 않겠어요? 잠깐이면 돼요. 오래 걸리진 않을 겁니다."

"안 돼, 안 된단 말야. 바보 같은 소리 마!" 만형이 말했다. "사람들 앞에서 시골의 말괄량이 처녀들하고 춤을 추다니! 누가 보면 어떡하려고 그러니? 자, 어서 가자. 스타우어캐슬에 닿기도 전에 날이 저물겠구나. 도중엔 쉬어갈 데가 없단 말야. 그리고 자기 전에 내가 일부러 가지고 온 《불가지론반박(不可知論反駁)》을 한 장(章) 더 읽어야 해."

"알았어요. 5분 내로 형들을 뒤따라갈 테니 먼저들 가요. 펠릭스 형, 약속할게요."

두 형들은 마지못해 동생을 남겨두고 떠났다. 형들은 동생이 뒤따라오기 쉽도록 그의 배낭을 가지고 떠났다. 동생은 잔디밭으로 들어갔다.

"이거 정말 안됐군요." 춤이 잠시 멎자, 그는 가까이 있는 두서너 아가씨들에게 친절하게 말을 걸었다. "아가씨들, 파트너들은 어디 있나요?"

"일터에서 아직 돌아오지 않았어요." 그 중 가장 대담한 아가씨가 대꾸했다. "조금 있으면 올 거예요. 그때까지 파트너가 돼주지 않으시겠어요?"

"그러죠. 하지만 이렇게 아가씨들이 많은데 나 혼자서 어떡하지요?"

"그래도 없는 것보다는 낫죠, 뭐. 여자들끼리 얼굴을 맞대고 춤을 춘다는 건 참 따분해요. 서로 얽히지도 껴안지도 못하고 추거든요. 자, 어서 골라잡으세요."

"쉿, 그렇게 너무 까불지 마, 얘." 수줍음을 타는 처녀가 속삭이듯 말했다.

엔젤은 이 같은 청을 받고 두리번거리며 처녀를 골라볼 생각을 했으나 모두 다 낯선 처녀들이어서 선택하기가 쉽지 않았다. 그래서 바로 옆에 있는 처녀의 파트너가 되어주었다. 그 아가씨는 자기가 뽑히리라고 은근히 기대하고 있던, 처음에 말을 건넨 처녀가 아니었고 테스 더비필드도 아니었다. 문벌, 선조의 유골, 돌에 새겨진 비문, 더버빌 집안의 용모 등은 테스의 생존경쟁에는 아직 아무 도움도 되지 못했다. 보잘것없는 시골 처녀들을 제쳐놓고 파트너를 혼자 차지할 정도의 도움조차 주지 못했다. 빅토리아 왕조의 경제적인 도움을 받지 못한 노르망디 혈통이란 겨우 이런 정도였다.

다른 아가씨들을 물리치고 뽑힌 이 처녀의 이름이 무엇이었는지 전해지지는 않았지만, 그녀는 그날 저녁 맨 처음으로 남자 파트너를 얻은 점에서 모든 처녀들의 부러움을 샀다. 그리고 이처럼 젊은이가 앞장선 데 용기를 얻은 마을 청년들은, 그때까지 문간에서 서성거리고 있다가는 때를 만났다는 듯 몰려들기 시작했다. 이윽고 춤은 서로 짝지어 눈에 띄게 활기를 띠면서 빙빙 돌았으며, 회원들 중에서 가장 못생긴 여자까지도 이젠 남자 역을 맡아 할 필요가 없게 되었다.

교회당의 시계가 울리자 학생은 갑자기 떠나야겠다고 말했다. 그는 형들을 뒤따라가야 한다는 생각을 깜빡 잊고 있었던 것이다. 그가 춤추는 무리 속에서 빠져나올 때 테스 더비필드가 눈에 띄었다. 실은 그녀의 서글서글한 눈에는 그가 자기를 선택해주지 않았다는 원망의 빛이 극히 희미하나마 나타나 있었다. 젊은이도 테스가 수줍어했기 때문에 그녀를 미처 몰라본 것을 아쉬워했다. 그는 섭섭한 마음으로 목장을 떠났다.

너무 오래 지체했기 때문에 그는 날듯이 서쪽 오솔길을 달렸다. 골짜기를 지나 언덕 위로 올라갔다. 아직 형들을 따라잡지는 못했지만 걸음을 멈추고 숨을 좀 돌리면서 뒤를 돌아다보았다. 푸른 잔디밭에서는 아까 그가 어울렸을 때와 마찬가지로 빙빙 돌아가며 춤추는 흰옷 차림의 처녀들의 모습이 보였다. 그녀들은 벌써 자기를 까맣게 잊어버린 듯했다.

어쩌면 모두들 청년을 잊어버렸다고 해도 아마 한 처녀만은 그렇지 않았을 것이다. 흰옷 차림의 모습이 생울타리 옆에 혼자 서 있었다. 그녀가 서 있는 위치로 보아 아까 자기하고 같이 춤추지 못했던 아름다운 그 아가씨임을 알 수 있었다. 비록 하찮은 일이기는 했지만 그는 자기가 그녀를 모르는 체함으로써 그녀에게 상심을 주었을 것이라고 즉시 느껴졌다. 그는 그녀에게 춤을 추자고 했더라면 좋았을 것이라고 생각했다. 그리고 이름조차 물어보지 못한 것이 후회스러웠다. 너무 얌전하고 표정이 너무 풍부하고 얇은 흰옷을 입은 부드러운 몸매의 그녀. 그는 자기가 바보짓을 했다고 느꼈다.

하지만 이젠 어쩔 수 없는 일이 아닌가. 그는 돌아서서 빠른 걸음으로 발길을 재촉했다. 그리고 그는 그런 생각을 머릿속에서 지워버렸다.

3 테스 더비필드는 이 일을 그렇게 쉽사리 머릿속에서 지워버릴 수는 없었다. 함께 춤을 추자는 남자들은 얼마든지 있었지만, 한참 동안은 춤추고 싶은 마음이 내키질 않았다. 아! 마을 청년들은 아까 그 낯선 청년처럼 멋있게 말할 줄 몰랐다. 언덕 위로 멀어져가는 낯선 청년의 모습이 석양빛 속으로 자취를 감추자, 비로소 그녀는 잠시의 슬픈 감정을 떨쳐버리고 춤을 청하는 남자에게 응했다.

그녀는 친구들과 어울려 어두워질 때까지 남아서 자못 흥겹게 춤을 추었다. 그러나 그녀는 아직 사랑이 무엇인지도 채 모르는 숫처녀여서 그저 박자에 맞춰 춤추는 것을 즐겼을 따름이다. 그래서 남자들의 꾐에 넘어간 처녀들의 '부드러운 괴로움이니, 쓰디쓴 달콤함이니, 즐거운 고통이니, 흐뭇한 슬픔' 따위를 보면서도 그게 자기 처지라면 자기는 어떻게 하겠다는 것도 별로 생각해본 적이 없었다. '지그' 춤을 출 때, 청년들이 그녀의 상대가 되기 위해서 서로 옥신각신했으나 그녀에게는 그런 꼴이 우습게만 보였을 뿐이다. 그들이 더욱 극성을 떨자 테스는 오히려 그들을 나무랐다.

테스는 더 오래 남아 있을 수도 있었지만 아버지의 이상한 모습, 행동거지가 떠올라 불안해졌다. 그리고 아버지에게 무슨 일이 생겼는지 궁금하기도 해서 춤놀이에서 빠져나와 마을 끝에 있는 그녀의 오두막집을 향하여 발걸음을 옮겼다.

집까지 아직도 몇십 야드 떨어진 곳에 이르렀는데 이제까지 듣던 소리와는 다른 음악 소리가 들려왔다. 그것은 테스가 잘 아는, 너무나 귀에 익은 소리였다. 집 안에서 흘러나오는 덜커덕덜커덕하는 규칙적인 소리였다. 돌바닥에 요람(搖籃) 밑바닥을 세차게 부딪치는 소리였다. 요람이 움직이는 대로 장단을 맞추어 여자의 목소리가 힘차고 경쾌한 무도곡 가락으로, 즐겨 부르는 〈얼룩소〉 민요를 부르고 있었다.

저 너머 숲속에서
나는 보았네.
저 너머 푸른 숲속에
얼룩 암소 잠들어 있는 걸.
사랑하는 그대여! 오라,
그곳이 어딘지를 내 말해주리.

요람 흔드는 소리와 노랫소리가 문득 끊어지고 높이 소리치는 소리가 들려왔다.

"하느님이시여, 우리 아기의 상냥한 두 눈에 축복을 주옵소서! 매끄러운 볼에도! 앵두 같은 입술에도! 큐피드 같은 넓적다리에도! 복된 온몸 구석구석에도 축복을 주시옵소서!"

이런 기도가 끝나더니 다시 요람 소리가 들리고 〈얼룩소〉 민요가 흘러나왔다. 테스가 문을 열고 들어가 매트 위에 멈춰서서 방안의 광경을 살펴보았을 때의 정경이 바로 이러했다. 노랫소리와는 달리 방안의 분위기는 테스의 기분을 말할 수 없이 쓸쓸하게 만들었다. 잔디밭에서의 즐거웠던 춤놀이 ——하얀 옷차림, 꽃다발, 버드나무 가지, 빙글빙글 돌아가던 춤, 낯선 청년에게 불현듯 쏠렸던 마음, 이런 것들에 비할 때 한 자루의 촛불이 희미하게 밝히고 있는 방안의 정경은 참으로 을씨년스러웠다. 얼마나 판이한 변화인가! 테스는 이런 판이한 대조 말고도 밖에서 노는 데 너무 정신이 팔려 좀더 일찍 집에 돌아와 어머니를 도와 집안일을 거들어주지 못한 자책감으로 가슴이 아팠다.

어머니는, 테스가 집을 나설 때와 마찬가지로 매달리는 어린 자식들 속에서 여느 때처럼 이번 주에도 월요일부터 주말까지 밀려서 잔뜩 쌓인 빨래통 옆에 서 있었다. 테스는 가슴이 미어지는 후회스러운 아픔을 느꼈다. 지금 입고 있는 이 흰옷도 어제 그 통에서 나온 것이었다. 어머니가 손수 빨아서 다림질해준 옷인데, 습기 찬 풀밭에서 조심성 없이 입은 탓으로 아랫단엔 퍼렇게 풀물이 들어 있었다.

여느 때와 마찬가지로 더비필드 부인은 빨래통 옆에서 한 발로는 몸의 균형을 잡고 다른 한 발로는, 아까도 말했듯이 잠든 막내아이의 요람을 흔들어주고 있었다. 요람의 흔들대는 돌바닥 위에서 너무 오랜 세월 동안 여러 아이들을 태우고 시달려 오느라고 반질반질 닳아 빠져 있었다. 그래서 더비필드 부인은 홍겹게 노래를 하며 하루 종일 빨래를 하고 남은 기력을 돋우어 흔들대를 밟으면, 요람은 크게 흔들리고 요람 속의 아기는 베틀의 북처럼 왔다갔다했다.

덜커덕덜커덕하고 요람이 흔들렸다. 촛불은 저절로 타올랐다가는 너울거리기 시작했다. 어머니의 팔꿈치에서 물이 뚝뚝 떨어졌다. 어머니는 노래의 마지막 절까지 부르면서 팔을 쳐다보았다. 자식들 등쌀에 시달리는 지금도 존 더비필드 부인은 노래를 무척 좋아했다. 타 지방에서 블랙무어 골짜기로 흘러 들어오는 어떤 노래라도 테스의 어머니는 한 주일도 안 되어 그 곡을 완전히 익혔다.

이 부인의 용모에는 아직도 처녀 시절의 싱싱함이, 아니 아름다움마저 희미하게 빛나고 있었다. 테스의 자랑스러운 그 용모의 매력은 주로 어머니한테서 물려받은 것이지 기사의 혈통인 유서 깊은 아버지의 핏줄에서 물려받은 것이 아님을 알 수 있었다.

"어머니, 제가 요람을 흔들게요." 테스가 상냥하게 말했다. "아니면 이 나들이옷 갈아입고 빨래를 짜드릴까요? 전 벌써 다 끝내신 줄 알았어요."

테스의 어머니는 딸이 이처럼 집안일을 자기한테만 내맡겨 두었다고 해서 테스에게 짜증스러운 기색을 보이지는 않았다. 사실, 어머니는 그런 일 때문에 딸을 꾸짖는 일은 거의 없었다. 테스가 거들어주지 않는 것을 별로 아쉬워하지도 않고 집안일이 힘에 부치면 그저 무심코 다음으로 미루면서 천천히 해내었다. 그런데 오늘 밤따라 어머니는 여느 때보다 기분이 더 좋은 것 같았다. 어머니의 표정에는 딸이 도무지 알 수 없는 꿈꾸는 듯한, 넋을 잃은 황홀한 기쁨의 빛이 어려 있었다.

"그래, 잘 돌아왔구나." 어머니는 마지막 절까지 노래를 다 부르고 나서 말했다. "네 아버질 모셔와야겠구나. 아니, 그보다 먼저, 오늘 일어난 일을 얘기해주마. 얘야, 알고 나면 너도 우쭐해질 거다!" (더비필드 부인은 늘 사투리를 썼다. 그리고 런던에서 교육받은 여교사 밑에서 국민학교 6학년을 마친 테스는 두 가지 말을 다 썼다. 집에서는 다소 사투리를 썼고, 밖에 나가거나 교양 있는 사람들을 만나면 보통 표준어를 썼다.)

"제가 나간 새에 생긴 일인가요?" 테스가 물었다.

"아무렴."

"오늘 오후에 아버지가 마차를 타고 우쭐해 하시던데 그 일하고 무슨 상관이 있나요? 왜 그러셨을까? 전 부끄러워서 쥐구멍에라도 들어가고 싶었었어요!"

"그것도 다 그 야단 때문이란다! 우리 집안이 글쎄, 이 고장에선 제일가는 양반이라는구나. 우리 조상은 올리버 그덤불(크롬웰의 잘못된 발음) 시대보다도 훨씬 더 거슬러 올라가 이교도 야만인들이 있었던 시절까지 올라갈 수 있다는구나. 비석, 납골당, 문장(紋章), 문지(紋地) 등 그 밖에도 별별 것들이 다 있다지 뭐냐. 성(聖) 찰스 시대에는 우리 조상들이 '오크 기사'로도 뽑혔고, 우리의 진짜 성은 더버빌이라는구나……. 그래, 이런 말 듣고도 가슴이 두근거리지 않니? 너희 아버지가 마차를 타고 오신 것도 다 이 때문이란다. 남들은 네 아버지가 술 마시고 허세 부린다고 하겠지만 그런 게 아니란다."

"기쁜 소식이네요, 어머니. 우리에게 무슨 좋은 일이라도 생길까요?"

"아무렴! 아주 좋은 일들이 생길 것만 같구나. 틀림없이 우리의 수많은 일가들이 이걸 알게 되면 마차를 타고 이리로 찾아올 거야. 너희 아버지는 새스톤에서 돌아오시던 길에 이런 얘길 듣고선 여태 집안 내력을 말씀해주셨단다."

"아버진 지금 어디 계세요?" 문득 생각난 듯이 테스가 물었다.

어머니는 이 물음에는 대답도 않고 엉뚱한 소식을 전했다.

"네 아버지는 오늘 새스톤에 가셔서 의사의 진찰을 받으셨단다. 그런데 폐병은 아니라나 봐. 의사의 말이 심장 주위에 지방이 끼었다고 하더란다. 글쎄, 이렇게 말야." 존 더비필드 부인은 이렇게 말하면서 물에 퉁퉁 불은 엄지손가락과 집게손가락으로 C 모양을 만들고는 다른 쪽 집게손가락으로 그것을 가리켰다. "'지금 같아서는' 하고 의사가 말하더라는구나. '당신의 심장은 여기도, 또 여기도 삥 둘러 막혀 있어요. 다만 여기만은 아직 열려 있군요' 하고. '그런데 여기마저 막혀버리면⋯⋯.'" 더비필드 부인은 손가락을 오무려 둥그런 원을 만들었다. "더비필드 씨, 당신은 그림자처럼 사라져버릴 거요' 하더라는구나. '당신은 앞으로 10년은 더 살지 모르지만 열 달, 아니 열흘밖에 못 살지도 모르지요' 하고 말하더라나."

테스는 놀란 표정이었다. 아버지가 이처럼 갑자기 훌륭하게 되었는데 그렇게 빨리 구름 저편으로 영원히 사라져 가버리실지도 모른다니!

"그런데 아버지는 지금 어디 계세요?" 테스가 다시 물었다.

어머니는 묻지 말아달라는 듯한 표정을 지었다.

"애야, 화내지 말렴. 가엾은 양반이 목사님 말씀을 듣고 의기양양해가지고는 신이 나서 반 시간쯤 전에 롤리버 술집으로 가셨단다. 내일 벌꿀통을 싣고 떠나야 하니까 기운을 돋우신다구 가셨단다. 가문이야 어떻든 간에 할 일은 해야 하니까. 거리가 너무 멀어서 오늘 밤 자정쯤엔 떠나셔야 할 텐데."

"기운을 돋우신다구요!" 테스는 격해서 외쳤다. 눈에는 눈물이 글썽였다. "맙소사! 기운을 돋우러 술집엘 가시다니! 그리고 어머니마저 아버지 하시는 일에 덩달아 좋다고 하셨겠네요!"

테스의 책망과 짜증이 온 집안에 가득 차 가구도, 촛불도, 놀고 있던 동생들도, 그리고 어머니마저도 모두 겁에 질린 듯하였다.

"그런 게 아니란다." 어머니가 화가 난 듯이 말했다. "내가 그럴 리 있겠니. 네가 돌아오면 집안일을 맡기고 내가 아버질 모셔오려던 참이야."

"제가 가겠어요."

"테스야, 그건 안 된다. 넌 가나마나야."

테스는 더 이상 우기지 않았다. 어머니가 말리는 의도를 테스는 알고 있었기 때문이다. 더비필드 부인은 벌써 윗도리와 모자를 손 가까이에 있는 의자에 걸쳐놓고 속으로는 은근히 마중 나가고 싶어했으면서도 그걸 일부러 화가 난 척 딴소리를 했다.

"그리고 이《운세대감(運勢大鑑)》일랑 곳간에 갖다 둬라." 어머니는 서둘러 손을 닦고 옷을 갈아입으면서 말했다.

운세대감이란 두텁고 낡은 책이었다. 그것은 어머니 바로 곁에 있는 테이블 위에 놓여 있었다. 늘 주머니 속에 넣고 다녔기 때문에 하도 낡아서 책 가장자리가 글자 있는 데까지 닳아져 있었다. 테스가 그 책을 집어드는 걸 보고 어머니는 집을 나섰다.

주변머리 없는 남편을 데리러 술집으로 가는 일은 자식들 뒷바라지에 시달리는 더비필드 부인에게는 그나마 남아 있는 몇 가지의 낙 중의 하나였다. 롤리버 술집으로 남편을 찾아가 한두 시간 정도 남편 곁에 앉아서 진종일 어린 자식들 등쌀에 시달리던 시름과 걱정을 잊어버리는 일은 그녀를 행복하게 했다. 그럴 때면 저녁놀과 같은 일종의 후광(後光)이 그녀의 생활에 비치는 듯싶었다. 여러 가지 살림 걱정이나 그 밖의 현실도 저절로 잊혀지고 그것이 어느덧 하나의 형이상학적인 것이 되어, 마침내 고요히 머릿속에서나 생각할 수 있는 정신적인 현상이 되어 몸과 마음을 번거롭게 하는 절박하고도 구체적인 현실로 느껴지지 않았다. 어린 자식들조차도 바로 눈앞에서 보지 않으면 마주 보고 있을 때보다도 오히려 영리하고 꼭 있어야 할 존재로 여겨졌다. 일상 생활의 자질구레한 일들도 그런 데서 바라보면 웃음이 나오고 즐겁게 보이는 법이다. 지금은 남편이 되어버린 이 남자 곁에 있다 보면, 전에 사랑을 속삭일 때 지금과 똑같은 자리에서 그의 곁에 앉아 그의 성격의 결점은 보려고도 하지 않고 오직 이성적인 애인으로만 그를 생각하던 그때와 똑같은 기분을 조금쯤은 느끼게 되었다.

어린 동생들과 함께 남은 테스는 우선 《운세대감》을 곳간으로 가지고 가서 초가 지붕 속에 넣어두었다. 어머니는 이 너절한 책을 이상하리만큼 미신적으로 두려워했기 때문에 이 책은 밤에는 집 안에 두지 않고, 점을 치고 나면 항상 제자리에 도로 갖다 두곤 했다. 미신이나 민간 전설, 사투리, 그리고 구전되어 내려오는 민요나 갑자기 소멸해가고 있는 하잘것없는 상식밖엔 모르고 있는 어머니와, 몇 번씩 지정된 교육법에 의해 교육받고 표준 지식을 쌓은 딸 사이에는 두 세기에 걸친 세대차가 있었다. 그들 모녀가 함께 있는 것을 보면 제임스 왕조 시대와 빅토리아 여왕 시대가 나란히 놓인 격이었다.

테스는 뜰의 좁은 길을 돌아오면서, 오늘따라 어머니가 이 《운세대감》에서 무엇을 점쳐보려고 했을까 생각해보았다. 조상에 관한 오늘의 일과 무슨 관련이 있으리라고 짐작은 갔지만 그것이 자기의 신상과 관계가 있으리라고는 꿈에도 생각지 못했다. 테스는 이런 생각은 지워버리고, 낮에 말린 속옷가지에 물을 뿌려 축이기 시작했다. 아홉 살 난 남동생 아브라함과 리자 루라고 불리는 열두 살 반짜리 여동생 엘리자 루이자가 테스의 일을 거들었다. 그 밑의 꼬마들은 잠들어 있었다. 테스 바로 다음에 태어난 두 동생은 갓난아기 때 죽었기 때문에 그 아랫동생과는 네 살 남짓한 나이 차가 있었다. 그래서 테스는 어린 동생과 같이 있을 때면 어머니 구실을 하곤 했다. 아브라함 아래로 호프와 모데스티라는 여동생이 있고, 그 아래로 세 살짜리 남동생과 겨우 돌이 지난 젖먹이가 있었다.

이 어린아이들은 말하자면 더비필드 호(號)의 선객(船客)으로 그들의 즐거움, 생활 필수품, 건강, 심지어는 생명까지도 모두 더비필드 부부의 재량에 전적으로 내맡겨진 존재였다. 만일 더비필드 호의 선장 부부가 고생, 불행, 굶주림, 질병, 타락, 그리고 죽음을 향해 배를 몰고 간다면 갑판 아래 갇혀 있는 여섯 명의 이 작은 포로들은 어쩔 수 없이 그들과 운명을 같이할 수밖에 없을 것이다. 이 무력한 여섯 명의 어린아이들은 어떤 생활 조건 속에서 살고 싶으냐는 질문을 받은 적도 없었고, 더욱이 의지가지없는 못사는 더비필드 집안에 태어나 역경 속에서라도 살고 싶으냐는 질문을 받아본 적도 없었다. 요즈음 그 노래가 정답고 맑듯이 그 사상도 심오하고 믿음직스럽다고 생각되고 있는 저 시인(윌리엄 워즈워스를 가리킴)은 대체 무슨 근거로 '자연의 성스러운 계획'을 운운하는지 그걸 알고 싶어하는 사람도 있을 것이다.

밤은 깊어갔다. 그러나 아버지도 어머니도 돌아오지 않았다. 테스는 문밖을 내다보며 머릿속으로 말로트 마을을 그려보았다. 마을은 이제 잠이 들려는 참이었다. 여기저기서 촛불과 램프가 꺼져가고 있었다. 테스는 마음속으로 소등기(消燈器)와 불을 끄려고 내민 손을 그려보았다.

어머니가 아버지를 모시러 갔다는 것은 결국 데려올 사람이 하나 더 늘었다는 것밖에 아무것도 아니었다. 테스는 몸도 성치 않은 아버지가 내일 새벽 한 시 전에 떠나야 하면서도 이처럼 밤늦게까지 술집에 눌러앉아 조상의 혈통을 자랑해야 한다니 당치도 않은 일이라고 생각하기 시작했다.

"아브라함." 테스가 동생을 불렀다.

"모자를 쓰고 말야, 무섭진 않겠지, 롤리버 술집에 가서 아버지, 어머니가 어떻게 된 일인지 좀 알아보고 오렴."

동생은 자리에서 벌떡 일어나더니 문을 박차고 뛰어나갔다. 그러고는 어둠 속으로 사라져갔다. 다시 반 시간이 지났다. 그러나 아버지도 어머니도 심지어 아브라함조차도 돌아오지 않았다. 아브라함도 아버지와 어머니처럼 그 술집의 유혹에 빠진 모양이었다.

"내가 직접 가봐야지." 테스가 말했다.

리자 루도 잠자리에 들었다. 그래서 테스는 아이들을 다 재우고 문단속을 하고는 빨리 걷기가 불편한, 어둡고 꾸불꾸불한 오솔길을 걸어갔다. 이 길은 한 치의 땅에도 값이 붙기 이전, 바늘 하나만이 도는 시계를 가지고도 하루의 시간을 재던 옛날에 만들어진 길이었다.

4 인가가 드문드문 흩어져 있는 길다란 마을 한쪽에 자리잡은 하나뿐인 롤리버 술집은 주류 판매 허가만을 인가받았기 때문에 술을 팔기는 해도 법적으로는 그 집에서 술을 마셔서는 안 되었다. 그래서 손님을 위해서 공공연하게 허용된 설비라고는 안마당에 있는 선반으로, 너비가 6인치쯤 되고 길이가 2야드쯤 되는 조그마한 널빤지를 철사줄로 마당의 울타리에 매단 것이었다. 목이 컬컬한 손님들은 그냥 길가에 서서 한 잔 들이켜고 먼지투성이의 길바닥에다 마시다 남은 찌꺼기를 뿌리면 폴리네시아 군도(群島)의 지도와 흡사한 모양이 땅바닥에 얼룩지는 것을 보고, 선반 위에 술잔을 올려놓으며 이왕이면 안에 들어가서 좀 편하게 마셨으면 좋겠다고들 생각했다.

이 집에 들르는 낯선 길손들은 대개 그렇게 생각들을 했다. 그러나 이 고장 사람들 중에도 그들과 똑같은 생각을 가지고 있는 사람들이 있었다. 아마 뜻이 있는 곳에 길이 열리는 법인가 보다.

이층 큼직한 침실 창문에는 이 집의 안주인인 롤리버 부인이 최근까지 쓰다 버린 커다란 모직 숄이 두툼하게 드리워져 있었고, 그 안에는 오늘 밤에도 여남은 명의 술꾼들이 음주의 낙을 찾아 모여 있었다. 모두가 말로트 마을의 이곳 변두리에서 가까운 곳에 살고 있는 토박이들로, 이 구석진 술집의 단골들이었다. 인가가 드문드문 서 있는 마을 저쪽에는 안에서 술을 마실 수 있는 완전 면허를 얻은 퓨어 드롭 술집이 있었지만, 너무 멀어서 이쪽 끝에 사는 사람들은 이용하기가 불편할 뿐더러 더 중요한 것은 술맛이 그쪽의 넓은 집에서 그 집 주인과 마시느니보다는 롤리버의 이층 다락방에서 롤리버와 어울려 술을 마시는 편이 더 좋다고 평이 났기 때문이다.

방안에 놓인 가느다란 네 발 달린 침대는 그 주위에 모여든 몇 사람에게 앉을 자리를 마련해주었다. 그 밖에 두 사람은 장롱 위에, 또 한 사람은 조각을 한 참나무 궤짝 위에, 그리고 또 둘은 세면대 위에, 또 한 사람은 의자 위에 모두들 편하게 자리를 잡고 있었다. 이런 시간에 그들이 누리는 마음의 쾌감은 정신이 살을 뚫고 밖으로 터져나와 온 방안에 각자의 개성을 따스하게 퍼뜨리는 그런 상태였다. 이쯤 되니 방과 가구는 점점 훌륭하고 화려하게 보였다. 창문에 드리운 숄도 화려한 커튼으로 보이고, 장롱의 놋쇠 손잡이는 금으로 된 손잡이 같고, 조각된 침대 다리는 솔로몬 전당의 장엄한 기둥을 방불케 했다.

더비필드 부인은 테스와 헤어지고 나서 이곳까지 급히 걸어와서 앞문을 열고 아주 캄캄한 아래층 방을 지나, 문고리의 장치를 잘 아는 사람 같은 익숙한 솜씨로 계단문을 열었다. 그러고는 느린 걸음으로 굽은 계단을 올라갔다. 그녀의 얼굴이 마지막 계단 위의 등불빛에 나타나자 침실에 모여 있던 술꾼들의 시선과 마주쳤다.

"부인회 춤놀이 끝에 오늘 밤 한턱 내려고 친한 사람들 몇몇을 모신 거지요."

안주인은 발자국 소리가 나자 마치 교리문답을 외는 어린애처럼 줄줄 내리 외면서 계단 쪽을 건너다보았다.

"아니, 이게 누구야, 더비필드 댁이 아뇨? 난 또 누군가 했네. 깜짝 놀랐지 뭐유! 난 또 관청에서 나온 단속인인 줄 알았지."

더비필드 부인은 은밀히 모여 술을 마시고 있던 술꾼들로부터 눈짓과 고갯짓으로 인사를 받으며 남편 곁으로 다가갔다. 남편은 정신 나간 사람처럼 나지막한 소리로 혼자 흥얼거리고 있었다.

"난 누구 못지않게 훌륭한 양반이라네. 킹스비어 서브 그린힐에는 우리 집안의 훌륭한 묘지가 있고, 웨섹스 지방의 누구 못지않게 훌륭한 조상의 유골이 있다네!"

"그 일로 문득 생각나는 게 있는데 말요, 당신에게 할말이 있다오. 굉장한 계획이라오!" 부인이 우쭐해서 속삭였다. "여보, 존, 내가 안 보이우?"

부인이 남편을 팔꿈치로 찔렀다. 그래도 남편은 유리창을 통해 보듯이 멍하니 그녀를 바라볼 뿐 계속해서 흥얼거렸다.

"쉿! 여보시오, 너무 그렇게 떠들지 마세요." 안주인이 나무랐다.

"관청 직원이라도 지나다가 듣는 날엔 우리 면허증 빼앗기겠소."

"우리 집 양반이 우리 집 일을 애기했나요?" 더비필드 부인이 안주인에게 물었다.

"예, 조금. 그런데 그게 뭐 돈푼이라도 생기는 일이랍디까?"

"아, 그건 비밀이라오." 더비필드 부인은 거드름을 피우면서 말했다. "하지만 비록 마차를 탈 신세는 못 된다 하더라도 그런 신분에 가까이 가는 것만도 좋은 일이지요." 그녀는 여러 사람들에게 들리도록 큰 소리로 말하다가는 소리를 낮추어 남편에게 말했다. "난 당신한테서 그 소식을 듣고 나서부터 이런 생각을 했다오. 저 체이스 숲 끝의 트랜트리지라는 마을에 더버빌이라는 부잣집 마님이 살고 있다는 생각 말예요."

"이봐, 뭐라구?" 존 경이 물었다.

부인은 다시 되풀이해서 이야기했다.

"그 마님은 틀림없이 우리 집안 사람일 거예요." 부인은 말을 계속했다. "그래서 난 테스를 보내서 우리가 친척간이라는 걸 말해보자는 거지요."

"당신 말을 듣고 보니, 참 그런 성을 가진 마님이 있다는 소리를 들은 것도 같구려." 더비필드가 말했다.

"트링검 목사님께서는 거기까지는 모르고 있던데. 그러나 그 마님은 우리 집과 비교하면 아무것도 아니지. 확실히 옛날 노르만 왕조 때부터 내려오는 우리 집안에서 분가해나간 집안일 거요."

그들 부부는 이런 애기를 놓고 정신없이 주거니 받거니 하고 있었기 때문에, 꼬마 아브라함이 방안에 들어와 빨리 돌아가자고 조를 기회만 엿보고 있는 줄도 모르고 있었다.

"그 마님은 잘사니까 틀림없이 테스를 후대할 거예요." 더비필드 부인이 말을 계속했다. "그러면 얼마나 좋겠어요. 같은 집안끼리 서로 왕래하지 말란 법이야 없겠지요."

"그래요, 우리 모두 일가라고 나서요!" 침대 아래 서 있던 아브라함이 신나서 소리쳤다. "그리고 테스 누나가 거기 가서 그 마님과 같이 살게 되면 우리 모두 만나러 가요. 그러면 우린 그 마님의 마차를 타고 나들이옷도 입게 될 거야!"

"애야, 넌 여길 어떻게 왔니? 무슨 바보 소릴 하고 있는 거지! 저기 계단에 가서 놀고 있거라. 아빠랑 엄마가 갈 때까지……." 더비필드 부인은 하던 말을 계속했다. "그러니 테스를 꼭 그 마님한테 보내야 해요. 테스는 그 마님의 마음에 들 거예요. 들고말고요. 그렇게만 되면 어떤 훌륭한 분이 그애하고 결혼할지도 모르죠. 아무튼 난 그렇게 될 거라는 건 알고 있다우."

"어떻게?"

"《운세대감》으로 테스의 점을 쳐봤더니 그런 점괘가 나오던걸요! 오늘따라 그애가 얼마나 예쁘게 보이던지. 당신도 봤더라면 좋았을걸 그랬어요. 공작 부인같이 살결이 비단결 같더라니까요."

"그 댁에 가는 걸 테스는 뭐라고 합디까?"

"아직 물어보진 않았어요. 그앤 그런 집안이 있다는 것도 모를걸요. 하지만 그렇게 되면 좋은 혼삿길이 될 테니 그애도 싫다고는 않겠지요."

"테스는 성미가 좀 까다로운 애라서."

"그래도 본바탕은 순하다오. 그앤 저한테 맡기세요."

이런 얘기는 자기들끼리 가만가만 주고받은 말이었지만 주위의 사람들도 충분히 눈치챘다. 사람들은, 더비필드 부부가 중대사를 이야기하고 있고, 그네들의 귀여운 맏딸 테스에게 장차 좋은 일이 일어날 조짐이라는 걸 알게 되었다.

"테스는 예쁘고 재미있는 애요. 오늘 그애가 다른 애들하고 마을을 행진하는 걸 보고 나 혼자 그렇게 생각했지." 나이 지긋한 술꾼 한 사람이 나직이 말했다. "하지만 존 더비필드 부인, 당신 따님이 곤경에 빠지지 않도록 조심해야 할 거요."

이 말은 색다른 뜻이 담긴 이 지방의 속담이었으나 아무도 대꾸하는 사람이 없었다.

술꾼들의 대화는 다채로워졌다. 곧 아래층 방을 건너오는 발자국 소리가 들려왔다.

"부인회 춤놀이 끝에 오늘 밤 한턱 내려고 친한 사람들 몇몇을 모신 거지요."

안주인은 불쑥 들어오는 사람의 경우에 대비해서 미리 준비 해둔 말을 줄줄이 외다간 입을 다물었다. 테스가 들어오는 것을 보았기 때문이다.

방안 가득히 술냄새가 풍기고, 주름살이 잡힌 술꾼들에게나 어울릴 이곳에 나타난 테스의 앳된 그 얼굴 모습은 어머니의 눈에도 가엾을 정도로 안 어울려 보였다. 그래서 테스의 새까만 눈에 책망하는 빛이 어리기도 전에 그들 부부는 재빨리 술을 쭉들이켜고는 일어나 딸의 뒤를 따라 계단을 내려왔다. 등뒤에서 롤리버 부인의 말소리가 들려왔다.

"제발 큰소리 좀 내지들 말아요, 좋은 일 하는 셈치고. 큰소릴 내면 영업 면허 뺏기고 불려다니고, 야단이 난단 말요. 잘들가세요!"

그들은 함께 집으로 향했다. 테스가 아버지의 한쪽 팔을 잡고 어머니가 또 다른 팔을 부축하고 갔다. 사실 그는 술을 별로 마시지는 않았다. 보통 술꾼이라면 주일날 오후 교회에 가서 예배 볼 때 계단을 향하거나 무릎 꿇고 예배 보는 절차에 별 지장이 없을 정도의 주량의 반의 반도 안 마셨다. 그러나 존 경은 워낙 체질이 약한 탓으로 이런 하찮은 과실을 수없이 저질렀다. 맑은 공기 속으로 나오자 그의 걸음걸이는 위태롭게 비틀거려 런던 쪽으로 향하기도 하고 바 쪽으로 향하기도 해서, 세 사람의 발길이 함께 이리저리 뒤틀리곤 했다. 이런 꼴을 하고 밤중에 집으로 돌아가는 사람들은 이따금 볼 수 있지만 우스꽝스러워 보였고, 대개의 희극적 효과가 그렇듯이 결코 우스꽝스러운 것만도 아니었다. 두 모녀는 이 같은 뒤뚱거리는 발걸음이 술에 취한 탓이 아님을 장본인인 아버지나 아브라함, 그리고 자기 자신들에게도 보이려고 무척 애를 썼다. 이렇게 그들이 자기네 집 문간에 도착하자 가장은 자기 집의 초라함을 보고 기운이라도 돋우려는 듯 갑자기 전에 부르던 노래의 후렴을 외쳐댔다.

"킹스비어에 우리 집——안의 납골당이 있다네."

"쉿——여보, 그 어리석은 소리 이젠 작작해요." 부인이 나무랐다.

"당신네 집안만 옛날에 훌륭했던 건 아니잖수? 앵크텔 집안이나 호시 집안, 트링검 목사님 집안도 한때는 다 양반이었다우. 지금은 당신 집안처럼 다들 망했지만. 하기야 당신 집안이 그들 집안보다 훌륭했던 건 사실이지만, 다행히 전 양반집 딸이 못 되어서 망했다고 해서 이제 와서 부끄러울 것도 없지만 말요."

"당신이 말하는 것처럼 그렇지도 않을 거요. 지금이야 당신 집안도 우리 집안보다 더 형편없이 망했지만, 한때는 왕이나 여왕이 바로 당신 가문에서 나왔는지도 모르. 당신 성품으로 보아 난 그걸 믿으니까."

테스는 조상 생각보다는 지금 당장 더 염려되는 이야기를 꺼내 화제를 돌렸다.

"아버진 내일 새벽 일찍이 벌통을 가지고 떠나시진 못하겠네요."

"나 말이냐? 한두 시간만 지나면 정신이 멀쩡해질 게다." 더비필드가 말했다.

밤 열한 시가 지나서야 온 가족이 다 잠자리에 들었다. 토요일 장이 서기 전에 캐스터브리지의 소매상에게 벌통을 배달해주려면 늦어도 다음날 새벽 두 시에는 떠나야 했다. 거기까지는 2, 30마일이나 되는 멀고 험한 길이어서 말이나 짐마차가 한없이 느리기 때문이다. 새벽 한 시 반에 더비필드 부인은 테스와 어린 동생들이 잠들어 있는 넓은 침실로 들어왔다.

"가엾게도 아버진 못 떠나신다는구나." 어머니가 맏딸에게 말했다.

테스의 커다란 눈은 어머니의 손이 문에 닿았을 때 벌써 뜨여 있었다. 테스는 꿈이 아직 덜 깬 멍한 시선을 하고 잠자리에서 일어나 앉았다.

"하지만 누구든 가야 하잖아요." 테스가 대답했다. "지금 가도 이미 늦었는걸요. 금년의 벌통 가르기도 곧 철이 지나겠고, 다음주 장날까지 벌통 갖다 주는 걸 늦추다간 살 사람도 없을 테고 집에서 그냥 썩고 말겠는걸요."

더비필드 부인은 이 다급한 일을 어떻게 해야 좋을지 갈피를 잡지 못하는 눈치였다.

"혹시 청년들 중에 갈 사람이 없을까? 어저께 너하고 춤추고 싶어 안달하던 청년들 중에서." 이윽고 어머니는 딸의 생각을 넌지시 떠보았다.

"아이, 안 돼요. 무슨 일이 있어도 그건 싫어요!" 테스는 당돌하게 딱 잡아뗐다.

"게다가 우리 사정을 알아봐요. 창피하기만 하죠! 아브라함이 저와 같이 가준다면 저도 갈 수 있어요."

드디어 어머니는 테스의 의견에 찬성했다. 어린 아브라함은 방 한쪽 구석에서 깊은 잠에서 깨어나 마음은 아직 꿈나라에 가 있으면서 입혀주는 옷을 입었다. 그 동안 테스도 급히 옷을 갈아입었다. 오누이는 등불을 켜들고 마구간으로 갔다. 찌그러져가는 조그마한 짐마차에는 벌써 짐이 실려 있었다. 테스는 프린스라는 말을 끌어냈다. 프린스는 초라한 낡은 짐마차에 걸맞게 비실거렸다.

가엾게도 이 말은 모든 생물들이 안식처에서 편히 쉬고 있을 이 야밤중에 저만이 끌려나와 일해야 되는지 도무지 영문을 모르겠다는 듯이 어둠과 초롱불, 그리고 오누이를 수상쩍은 눈초리로 번갈아 바라보았다. 그들은 초롱 속에 타다 남은 초 토막 여러 개를 집어넣고는 그것을 짐짝 오른쪽에 걸고 말을 몰았다. 첫번째 고개를 올라가는 동안은 기운 없는 프린스에게 큰 부담을 주지 않기 위해서 그들은 말과 나란히 걸었다. 되도록 기운을 돋우기 위해서 오누이는 초롱불 아래서 버터 바른 빵을 꺼내 먹기도 하고 이야기를 주고받으면서 일부러 상쾌한 아침 기분을 내려고 했지만, 진짜 아침이 오려면 아주 까마득했다. 아브라함은 차츰 정신이 들자(그때까지도 잠이 덜 깨어 있었다) 밤하늘을 배경으로 한 시꺼먼 물체들의 모습에 대해 지껄여대기 시작했다. 이 나무는 마치 굴속에서 으르렁거리며 뛰쳐나오는 호랑이 같다는 둥, 저것은 거인의 머리통 같다는 둥 지껄여댔다.

그들 오누이는, 짙은 갈색 지붕 아래서 고요히 잠들어 있는 스타우어캐슬이라는 작은 마을을 지나 언덕길에 다다랐다. 왼편에는 더욱 높은, 남부 웨섹스 지방에서는 가장 높을지도 모르는 벌배로우, 일명 빌배로우라고 불리는 산이 흙도랑에 둘러싸여 하늘 높이 솟아 있었다. 이 언덕길을 올라서자 평탄한 길이 얼마 동안 계속되었다. 그들은 마차 앞쪽에 올라탔다. 아브라함은 무슨 생각에 잠긴 듯했다.

"테스 누나!" 그는 잠자코 있다가 불쑥 말을 건넸다.

"왜, 아브라함?"

"우리도 양반이 되었는데 누난 기쁘지 않아?"

"별로 기쁜 줄 모르겠구나."

"그래도 누난 신사한테 시집가면 기쁘지?"

"뭐라구?" 테스가 얼굴을 들면서 말했다.

"우리 훌륭한 친척이 누나를 신사한테 시집 보내준대."

"나를? 훌륭한 친척이라니? 그런 친척이 어디 있니? 그런데 넌 그걸 어떻게 아니?"

"아버지를 모시러 갔을 때 롤리버 술집에서 그 얘길 들었는걸. 트랜트리지라는 마을에 우리 일가 되는 부잣집 마님이 있대. 어머니가 그러는데 누나가 그 마님하고 친척이라고 나서면 그 마님이 신사한테 시집 보내준다고 하던걸 뭐."

테스는 갑자기 입을 다물고 생각에 잠겼다. 아브라함은 남의 이야

기를 듣는 것보다는 재잘거리는 것을 좋아하는 편이어서 계속 지껄였
다. 그래서 누나가 딴 데 정신을 팔고 멍하니 앉아 있어도 별로 마음
에 두지 않았다. 그는 벌통에 기대어 얼굴을 쳐들고, 멀리 검은 허공
에서 이 두 보잘것없는 인생은 아랑곳하지 않고 차갑게 맥박 뛰듯 반
짝이고 있는 뭇 별들을 바라보았다. 그는 저 반짝이는 별들은 얼마나
멀리에 있으며, 별 저쪽에는 하느님이 계시느냐고 물었다. 그러나 어
린 그는 가끔 천지 창조의 경이보다도 더 깊이 그의 상상력을 자극시
켜 주는 일로 얘기의 말머리를 돌리곤 했다. 만일 테스가 어떤 신사한
테 시집가서 부자가 된다면, 별들을 네틀콤 타우트(블랙무어 골짜기의
남쪽에 있는 지명)만큼이나 가까이서 볼 수 있게 해주는 커다란 망원경
을 살 만한 돈이 생기느냐는 것 등에 대해 물었다.

　가족들 사이에서 오고간 듯한 이 이야기가 다시 나오자 테스는 가
만히 있을 수 없었다.

　"그따위 일을 지금부터 생각할 필요는 없어!" 테스가 버럭 소리를
질렀다.

　"누나, 별들도 자기네 세계가 있다고 그랬지?"

　"그래."

　"그럼, 우리들 세계와 같애?"

　"그건 잘 몰라. 하지만 그럴지도 모르지. 별들은 때로 우리 집 사과
나무에 달린 사과와 같을지도 몰라. 대개는 훌륭하고 싱싱하지만, 벌
레 먹은 것들도 더러는 있겠지."

　"그럼, 우린 어느 쪽에서 살고 있는 편이야? 훌륭한 별 쪽이야?"

　"벌레 먹은 별 쪽일지도 모르지."

　"저렇게 별들이 많은데 싱싱한 걸 고르지 못한 건 너무 불행한 일
이잖아!"

　"그래."

　"테스 누나, 정말 그래?" 이 신기한 이야기를 다시 생각해보고, 아
브라함은 깊이 감동이 되어서 누나를 돌아보면서 말했다. "싱싱한 별

을 골랐더라면 우린 어떻게 되었을까?"

"글쎄, 아버지는 지금처럼 기침이 심해서 쿨럭쿨럭하는 고생도 없을 거고, 이번 장에 못 가실 만큼 술에 취하시지도 않으시겠지. 그리고 어머니는 매일같이 해도해도 끝이 없는 빨래에 시달리지 않으셔도 되겠지."

"그리고 누나도 부잣집 딸로 태어나서 신사한테로 시집가서 구차하게 부자가 되려고 애쓰지 않아도 될 거야."

"애, 그만 해. 제발 그따위 얘긴 집어치우렴!"

아브라함은 혼자서 이런저런 생각에 잠기다간 곧 졸기 시작했다. 테스는 말을 다루는 솜씨가 익숙하지 못했지만, 얼마 동안 혼자 짐마차를 몰기로 작정하고 아브라함이 자고 싶은 대로 자도록 내버려두었다. 테스는 동생이 굴러떨어지지 않도록 벌통 앞쪽에 잠자리를 만들어주고 나서 다시 고삐를 잡고 전과 같이 천천히 말을 몰았다.

프린스는 어떤 쓸데없는 일도 저지를 만한 기운이 없었으므로 테스는 별로 조심할 필요가 없었다. 그리고 이젠 성가시게 굴 사람도 없었다. 그녀는 벌통에 기대어 전보다 더 깊은 생각에 잠겼다. 그녀의 어깨를 스치고 지나가는 나무와 생울타리의 무언의 행렬은 이 세상이 아닌 환상적인 풍경처럼 여겨졌고, 이따금 불어오는 바람은 공간적으로는 온 우주와 통하고 시간적으로는 역사와 연결되는, 거대하고 슬픈 영혼의 탄식 소리처럼 들렸다.

테스는 지난날에 일어난 갖가지의 일들을 생각하니 아버지의 자랑도 한낱 허망한 것처럼 보였고, 어머니가 꿈꾸고 있는 자기 신랑감이 낯을 찌푸리고 자기의 가난과, 수의(壽衣)를 입고 묘지에 누워 있는, 기사였던 조상을 비웃는 모습이 보이는 듯하였다. 모든 것들이 점점 더 착잡해졌다. 시간이 얼마나 흘렀는지도 몰랐다. 갑자기 덜커덕하고 앉은 자리가 크게 흔들리는 바람에 테스는 번쩍 눈을 떴다. 자기도 모르는 사이에 잠이 들어 있었던 것이다.

테스가 깜빡 잠들어 있던 사이에 마차는 훨씬 멀리까지 와 있었다.

그리고 짐마차는 멎어 있었다. 테스가 난생 처음 들어보는 헛소리 같은 신음 소릴 같은 신음 소리가 들려오고, 이어서 "아, 여보시오!" 하는 외마디 소리가 들려왔다.

테스의 짐마차에 걸려 있던 초롱불은 꺼져 있고 그보다 훨씬 더 밝은 초롱불이 그녀의 얼굴을 비추고 있었다. 끔찍한 일이 생긴 것이다. 마구(馬具)가 길을 막고 있는 어떤 물건과 얽혀 있었다.

소스라치게 놀라 마차에서 뛰어내린 테스는 무서운 사실을 발견했다. 아버지의 가엾은 말 프린스가 신음 소릴 내고 있었다. 두 바퀴 달린 아침 우편 마차가 평상시처럼 오솔길을 소리도 없이 쏜살같이 달리다가는 불이 꺼진 채 느리게 가고 있던 테스의 짐마차를 들이받았던 것이다. 뾰족한 우편 마차의 멍에가 가엾은 프린스의 가슴에 칼처럼 꽂혀 있었다. 상처 자국에서는 생명의 피가 샘처럼 흘러나와 소리를 내면서 길바닥으로 떨어지고 있었다.

절망에 빠진 테스는 달려나가 상처 구멍을 손으로 막았지만 얼굴에서 치마 끝까지 온통 피투성이가 되었을 뿐이다. 그저 말뚝처럼 서서 멍하니 바라보는 수밖에 없었다. 프린스는 있는 힘을 다해 꼼짝 않고 버티고 서 있다가는 갑자기 쿵 하고 쓰러져 버렸다.

우편 마차의 마부는 테스와 합세하여 프린스의 따뜻한 몸뚱이를 끌어당겨 마구를 풀기 시작했다. 그러나 말은 이미 숨져 있었다. 우편 마차의 마부는 당장 더 어떻게 손을 쓸 수가 없다는 것을 알고는 자기의 말 쪽으로 가보았다. 그 말은 아무 상처도 입지 않았다.

"아가씨가 길을 잘못 들어왔소." 마부가 말했다. "나는 우편물 자루를 운반해야 하니 아가씨가 여기서 짐을 가지고 기다리는 수밖에 없소. 곧 사람을 보내서 도와주도록 하겠소. 날이 차츰 새고 있으니 겁먹을 건 없어요."

마부는 마차를 타고 급히 달려갔다. 테스는 그저 우두커니 서서 기다렸다. 하늘이 뿌옇게 밝아오자 새들은 생울타리에서 깃을 털고 일어나 지저귀기 시작했다. 오솔길은 하얀 모습을 드러냈고 테스의 얼굴은 더욱 창백했다. 테스 앞에 흥건하게 고인 피는 벌써 무지갯빛으로 엉키고 해가 떠오르자 프리즘 같은 무수한 색깔을 반사했다. 프린스는 꼼짝 않고 뻗어 있었다. 눈은 반쯤 뜨고 있었고, 가슴의 상처 구멍은 그에게 생명을 주었던 피를 온통 밖으로 흘려버리게 한 구멍 치고는 작아 보였다.

"모두 다 내 탓이구나. 내 잘못이구나!" 테스는 눈앞의 광경을 바라보며 외쳤다. "내겐 할말이 없어. 없고말고. 이젠 아버지 어머니는 어떻게 살아가지? 애, 아비야!" 테스는 동생을 흔들어 깨웠다. 아브라함은 그때까지도 줄곧 잠자고 있었다.

"이젠 짐을 가지고 갈 수 없게 되었단다. 프린스가 죽었어!"

모든 사태를 알아차린 아브라함의 앳된 얼굴에는 쉰 살 먹은 사람 같은 주름살이 잡혔다.

"아, 난 어저께만 해도 춤추고 웃고 했는데!" 테스는 계속해서 혼자 중얼거렸다. "생각해보면 난 정말 바보구나!"

"테스 누나, 우린 싱싱한 별에 살지 않고 벌레 먹은 별에 살고 있기 땜에 그런 거지?" 아브라함은 눈물을 글썽이며 중얼거렸다.

오누이는 아주 지루할 정도로 오랫동안 말없이 기다렸다. 마침내 무슨 소리가 들리더니 가까이 다가오고 있는 것이 보였다. 우편 마차의 마부가 약속을 지켜주었음을 알았다. 스타우어캐슬 근처에 사는 한 일꾼이 튼튼한 말을 몰고 오고 있었다. 프린스 대신, 이 말을 벌통 실은 짐마차에 매어 짐을 캐스터브리지 장으로 운반했다.

그날 저녁, 테스의 텅 빈 짐마차가 다시 사고난 그 장소로 돌아왔다. 프린스는 아침부터 도랑 속에 처박힌 채였다. 길 한복판에 피가 흥건하게 고였던 그곳은 오고가는 다른 마차 바퀴에 짓밟혀 닦여지기는 했지만 아직도 핏자국이 남아 있었다. 프린스의 시체는 전엔 프린스가 끌던 짐마차 위로 옮겨졌다. 그러고는 말굽은 하늘로 향하고 말편자는 석양빛에 번쩍이면서 8, 9마일 떨어진 말로트 마을로 되돌아갔다.

테스는 그보다 먼저 집에 돌아왔다. 어떻게 이 소식을 알려야 할지 몰랐다. 그러나 부모의 얼굴 표정을 훑어보니 이미 이런 불행을 알고 있는 것 같아 직접 말하지 않아도 되어 다행이라는 생각이 들었다. 하지만 자기의 부주의에 대해 치밀어오르는 자책감을 누그러뜨리지는 못했다.

그러나 더비필드 집안은 워낙 주변머리 없는 탓으로 부지런한 집안에 비해 이런 불행을 그리 뼈아프게 생각하지도 않았다. 하기야 이런 불행은, 현재 이 집안의 경우엔 파산을 뜻했고 다른 부지런한 집안의 경우엔 단지 불편을 느끼는 정도에 불과했지만……. 딸자식의 행복을 끔찍이도 생각하는 부모라면 응당 딸자식에게 터뜨렸을 법도 한 화난 기색을 더비필드 부부의 얼굴에서는 찾아볼 수 없었다. 테스를 원망하는 사람은 바로 테스 자신뿐이었다.

가죽을 다루는 폐마상(廢馬商)이 프린스가 늙어빠진 말이기 때문에 그 값으로 2,3실링밖에 주지 않겠다고 말하자, 더비필드는 단호한 태도를 취했다.

"그건 안 돼." 그는 냉정하게 말했다. "난 팔지 않겠어. 우리 더비필드 가문이 이 고장에서 기사로 있었을 때 군마(軍馬)를 고양이 밥으로 판 적은 없지. 그런 알량한 푼돈은 제놈들이나 갖고 잘 살라고 그래! 프린스는 날 위해 수고가 많았어. 이제 와서 팔아버리고 싶진 않아."

이튿날, 그는 뜰에다 정성들여 프린스의 무덤을 팠다. 몇 달 동안 식구들이 먹을 곡식을 가꾸던 때 이상으로 부지런히 팠다. 구덩이를 다 파고 나서 더비필드 부부는 말을 밧줄로 묶어 무덤까지 끌고 갔다. 아이들은 장례 행렬을 지어 그 뒤를 따랐다. 아브라함과 리자 루는 흐느껴 울었고 후프와 모데스티는 소리내어 엉엉 울었다. 그애들의 울음소리가 담벽을 울렸다. 프린스가 구덩이 속으로 털썩 떨어지자 모두들 무덤 주위로 모여들었다. 그들은 이제 밥벌이 일꾼을 영영 빼앗기고 만 것이다. 어쩌면 좋단 말인가?

"프린스는 천국에 갔지?" 흐느껴 울던 아브라함이 물었다.

더비필드가 삽으로 흙을 덮기 시작하자 아이들은 다시 울음을 터뜨렸다. 그러나 테스만은 울지 않았다. 그녀는 자기가 그 말을 죽였다고 생각하는 듯 그녀의 얼굴은 파랗게 질려 있었다.

5 주로 말에 의존해오던 행상이 당장에 기능을 잃게 되었다. 당장 밥 한 술가락 못 먹을 처지는 아니었지만 고생문이 어슴푸레 나타나기 시작했다. 더비필드는 이 지방에서 소위 게으름뱅이로 통했다. 때로는 상당히 일할 수 있는 근력을 갖고 있었지만 근력이 있을 때와 일해야 할 때가 잘 들어맞지 않았다. 그리고 날품팔이의 노동 일이 몸에 배지 않아서 어쩌다 일거리가 굴러들어도 별로 끈기 있게 일을 해내지 못했다.

한편 테스는 부모를 그런 곤경에 빠뜨린 장본인으로서 어떡하면 그들을 구해낼 수 있을까 하고 혼자 궁리했다. 그러던 차에 어머니가 테스에게 자신의 계획을 털어놓았다.

"테스야, 살다 보면 좋은 일도 있고 언짢은 일도 있는 법이다." 어머니가 말했다. "그런데 양반이라는 네 혈통이 제때에 알려졌지 뭐냐. 넌 일가를 찾아가 봐야 한다. 체이스 숲 변두리에 무척 잘사는 더버빌이라는 마님이 살고 있는 걸 아니? 틀림없이 우리 집안이라더라. 넌 거기 가서 친척이란 말을 하고 어려운 처지에 있는 우리를 좀 도와달라고 해라."

"전 싫어요." 테스가 말했다. "그런 마님이 계시다면 우리에게 친절하게 해주는 것만으로 충분하지 도움까지 바랄 게 뭐 있어요."

"애야, 널 보면 마음이 내켜서 무슨 일이든지 도와주실 게다. 게다가 너도 모르는 무슨 좋은 수라도 생길는지 누가 아느냐? 내가 달리 들은 게 있어서 그런단다. 더 이상 이러쿵저러쿵하지 말자."

자신이 저질러놓은 사건의 압박감 때문에 테스는 여느 때와는 달리 어머니의 소원에 순순히 따를 수밖에 없었다. 그러나 테스는 자기 생각에는 별로 이득이 없을 것 같은 계획을 가지고 어머니가 왜 이렇게도 흐뭇해 하시는지 도무지 납득할 수 없었다. 혹시 어머니는 여러 군데 수소문을 해서 그 더버빌 마님이 덕행과 인자에는 비길 데 없는 분이라는 사실을 알아냈는지도 모른다. 그러나 테스는 자존심 때문에 가난한 꼴을 보이는 것이 특히 못마땅했다.

"전 차라리 다른 일자리를 구해보겠어요." 테스가 중얼거렸다.

"여보, 이 일은 당신이 결정하시구려." 부인은 뒤에 앉아 있는 남편을 보고 말했다. "당신 말씀이라면 테스는 갈 거예요."

"난 자식들이 생판 모르는 일갓집을 찾아가 신세를 지는 건 마음에 안 든단 말야." 그가 중얼거렸다. "난 우리 가문 중에서 가장 지체 높은 집안의 종손이니 그 격에 맞게 처신을 해야 해."

아버지가 가지 말라고 반대하는 이유는 자기가 가지 않겠다는 이유보다 테스에게는 더 괴로운 일이었다.

"어머니, 제가 말을 죽였으니까요" 하고 테스는 슬프게 말했다. "제가 무슨 짓이라도 하겠어요. 하지만 제가 가서 그 마님을 찾아뵙는 건 몰라도 도와달라는 문제만은 제게 맡겨주세요. 그리고 마님이 제 신랑감을 구해줄 거라는 생각은 아예 하지도 마세요. 그건 어리석은 생각이니까요."

"테스야, 옳은 말이다!" 아버지가 점잖게 말했다.

"내가 그런 생각을 하더라고 누가 그러든?" 존 부인이 물었다.

"어머니, 혹시 그런 생각을 하고 계시지 않나 하고 짐작했을 뿐예요. 하지만 가보겠어요."

이튿날 아침 일찍 일어나서 테스는 섀스톤이라는 산마루에 있는 마을까지 걸어가서 일주일에 두번씩 섀스톤에서 동쪽 체이스버러까지 다니는 짐마차를 탔다. 이 짐마차는 정체 모를 수수께끼 같은 존재인 더버빌이라는 마님이 살고 있는 트랜트리지 마을 근처를 지나가는 마차였다.

　잊을 수 없는 이날 아침에 테스 더비필드가 지나간 길은 그녀가 태어나서 지금까지 살아온 블랙무어 골짜기의 동북쪽 계곡 사이에 뻗어 있었다. 테스에게는 이 골짜기가 그녀의 모든 세계였고, 그곳에 살고 있는 주민은 바로 그녀가 알고 있는 세계의 모든 민족이나 다름없었다. 모든 것이 경이에 가득 차 있던 어린 시절, 테스는 말로트 집이 문 앞이나 층층대 위에서 눈아래 펼쳐지는 온 골짜기를 내려다보곤 했다. 그때 신비로웠던 것들은 지금도 여전히 신비롭게 보였다. 그녀는 날마다 날마다 침실의 창문을 통해 탑이며 마을이며 희뿌옇게 보이는 저택들을 바라보았고, 언덕 위에 장엄하게 솟아 있는 섀스톤 마을의 모습과 집집마다 창문들이 저녁 햇살을 받아 등불처럼 번쩍이는 모습을 바라보곤 했었다. 하지만 그녀는 그 마을에 가본 적이 없었다. 이 골짜기와 그곳에 인접한 주변도 그녀가 가보아 잘 알고 있는 곳은 얼마 안 되었다. 게다가 그 골짜기 밖으로 나가본 적은 한 번도 없었다. 사방을 둘러싼 산들이 그녀에게는 일가들의 얼굴만큼이나 친밀했다. 그러나 산 너머 저쪽에 무엇이 있을까 하는 테스의 판단력은 지금으로부터 1, 2년 전에 우등으로 졸업한 마을 학교에서 배운 실력에 의존할 수밖에 없었다.

　어렸을 적, 테스는 동갑내기 계집애들로부터 무척 사랑을 받았었다. 그녀가 동갑내기 세 아이들과 짝지어 학교에 오가는 모습은 마을 어디에서나 항상 볼 수 있었다. 본바탕 색깔이 바래어 무슨 색깔이랄 수도 없게 변한 털스웨터에 빛깔 고운, 바둑판 무늬가 있는 분홍빛 앞치마를 걸치고 길바닥이나 둑 위에서 진귀한 풀이며 돌멩이를 찾느라고 무릎을 꿇는 바람에 닳아서 무릎에 사다리 모양의 조그마한 구멍이 뚫린 꼭 끼는 양말을 신고 길다란 나무줄기 같은 쪽 곧은 다리로 걸었다. 그때 그녀의 흙빛의 머리칼은 냄비를 거는 고리처럼 대롱대롱 매달려 있었다. 테스의 양쪽에 선 다른 두 소녀가 테스의 허리에 팔을 두르면 테스는 그 두 소녀의 어깨에 팔을 둘러 어깨동무를 하곤 했다.

테스는 자라가면서 집안 형편을 알게 되자, 동생들을 키우는 일이 여간 고생이 아닌데도 분별없이 많은 동생들을 낳아주는 어머니에게 꼭 맬서스주의자(빈곤의 원인을 인구 증가에 돌리고, 인구 증가를 억제하기 위해 산아제한을 해야 한다고 주창한 영국의 경제학자인 맬서스의 이론을 지지하는 사람) 같은 생각을 품었었다. 그러나 어머니의 생각하는 정도는 마치 아무 고생 모르는 철부지 어린애 같았다. 존 더비필드 부인은 줄줄이 태어난 자식들 중의 한 어린애 같은 존재였으며, 철 든 맏딸만도 못했다.

그러나 테스는 어린 동생들을 다정하고 자상하게 대했고, 학교를 졸업하자마자 될 수 있는 대로 그들을 돕기 위해 이웃 농장에 가서 건초를 만들거나 추수하는 일을 거들곤 했다. 또는 아버지가 젖소를 기를 때 익힌 젖 짜는 일이나 버터 만드는 일을 발벗고 나서서 했다. 그녀는 원래 손재주가 있어 이런 일에는 특히 뛰어났다.

테스의 두 어깨는 집안 살림의 부담으로 날이 갈수록 점점 더 무거워져 가는 것 같았다. 그래서 그녀를 더비필드 집안의 대표로 더버빌 댁에 보내는 일은 당연한 것으로 생각되었다. 이런 경우, 더비필드 집안은 자기들의 가장 아름다운 것을 세상에 전시하는 것이라고 인정해야 한다.

테스는 트랜트리지 네거리에 이르자 마차에서 내려 체이스라고 불리는 고장을 향해서 언덕길을 올라갔다. 그녀가 들은 바로는 이 체이스 숲 가에 더버빌 마님의 영지인 슬로프 저택이 있을 것이었다. 그 저택은 밭이나 목장이 딸려 있고, 지주 자신과 가족의 생활을 위해서 수익을 착취하는 흔해빠진 그런 장원식(莊園式)의 저택은 아니었다. 그따위의 것보다는 훨씬 훌륭한 저택이었다. 그곳은 단지 생활을 즐기기 위해 지은 전원 저택으로, 영주가 직접 소유하고 있는 것을 관리인이 보살피는, 얼마 안 되는 심심풀이 토지 말고는 말썽될 만한 땅은 조금도 딸려 있지 않았다.

처마 끝까지 울창한 상록수에 가리운, 붉은 벽돌로 된 문지기의 집이 먼저 눈에 띄었다. 테스는 이 집이 바로 그 저택이라고 생각했다. 그러나 다소 가슴을 설레면서 옆문을 지나 마찻길이 굽는 곳에 다다르자 본채 건물이 드러났다. 이 저택은 최근에 세운 집으로——사실 새집이나 다름없었다——상록수와 좋은 대조를 이루는 붉은 색의 문지기 집과 같은 색깔이었다. 주위의 연한 색깔들 속에서 빨간 제라늄 꽃처럼 산뜻하게 서 있는 이 저택 모퉁이 멀리로는 체이스 숲의 초록빛 풍경이 펼쳐져 있었다. 정말 장엄한 산림 지대로, 확실히 원시시대로부터 내려오는, 잉글랜드에서 몇 군데밖에 남아 있지 않은 숲 가운데 하나였다. 여기서는 늙은 참나무에서 드로이드교(떡갈나무에 기생하는 겨우살이를 숭배한 고대 켈트 족의 종파)에서 숭배했다는 기생 식물 겨우살이를 지금도 볼 수 있고, 또한 사람들이 직접 심지 않은 거대한 주목(朱木)이 활을 만들기 위해서 가지를 자르던 시대에 자라던 그 모습 그대로 남아 있었다. 그러나 이 모든 고색 창연한 숲의 모습은 슬로프 저택에서 볼 수는 있어도 영지의 경계 밖에 있었다.

아늑한 이 영지 안에 있는 것은 무엇이나 밝고 풍요롭게 보이고 손질이 잘되어 있었다. 여러 에이커나 되는 온실이 경사지를 따라 언덕 아래의 관목숲까지 뻗쳐 있었다. 모든 것이 돈, 조폐국에서 금방 만들어낸 새 동전같이 보였다. 마구간은 오스트리아 소나무와 상록의 참나무로 일부가 가려져 있었고, 여러 가지 최신식 기구가 장치되어 마치 교회의 분관(分館)처럼 위엄이 있어 보였다. 널따란 잔디밭에는 장식을 한 천막을 쳐놓았고 그 문이 테스를 향해 나 있었다.

순박한 테스 더비필드는 자갈이 깔린 굽은 길모퉁이에 어리둥절한 채 서서 멍하니 바라보았다. 자기도 모르는 사이에 여기까지 발길이 닿은 것이다. 지금 와서 보니 모든 것이 짐작했던 것과는 딴판이었다.

"우리 일갓집은 구가(舊家)라고 생각했는데 아주 신식 집이구나!" 테스는 천진하게 중얼거렸다. 테스는 '친척임을 내세우라'는 어머니의 계획에 선뜻 응하지 말고 마을에서 도움을 받도록 힘써 보았더라면 더 좋았을 것이라고 생각했다.

　이 모든 것을 소유하고 있는 더버빌 가는 처음에는 자칭 스토크 더버빌 가라고 했는데, 잉글랜드의 고풍이 젖은 이 지방에서는 좀 색다른 집안이었다. 비틀거리며 걷는 존 더비필드가 이 고장 일대에 현존하는 옛 더버빌 가의 유일한 직계 자손이라고 트링검 목사가 말한 것은 사실 옳은 말이었다. 그러나 트링검 목사는 스토크 더버빌 집안이 존 더비필드와 마찬가지로 정통을 이은 더버빌 집안이 아니라는, 자기가 익히 알고 있는 사실도 말해주었어야 했다. 그러나 이 집안이 슬프게도 이와 같은 창씨(創氏)를 필요로 하는 집안의 성을 접목하기에 아주 훌륭한 대목(臺木)을 이루고 있다는 사실은 인정되어야 할 것이다.

　최근에 별세한 시몬 스토크 노인은 잉글랜드 북부 지방에서 빈틈없는 장사꾼(대금업자였다고도 한다)으로서 돈을 모으고 나서, 장사하던 본고장에서 손을 떼고 잉글랜드 남부 지방으로 와서 지방의 양반으로 자리잡고 살기로 작정했다. 그러자면 과거에 자기가 빈틈 없는 장사꾼이었던 본색이 얼른 드러나지 않을, 멋없고 딱딱한 본래의 성바지보다 품위 있는 성으로 바꿀 필요가 있다고 생각했다. 그는 대영박물관에 가서 장차 영주하려고 하는 잉글랜드 지방과 관련이 있는 가문 중에서 완전히 소멸됐거나 거의 소멸한, 또는 이름이 잊혀졌거나 몰락한 그런 집안들의 족보를 뒤졌다. 그는 더버빌이라는 성이 다른 성들보다도 보기에도 좋고 부르기에도 좋은 성이라고 생각했다. 그래서 그는 자기 자신과 자기 후손의 이름자에 영원히 더버빌이라는 성을 따서 붙이기로 했던 것이다. 그러나 그가 이런 일을 했다고 해서 터무니없는 일이라고 할 수는 없었다. 새로운 혈통을 만들기 위해서 지체 높은 집안과 자기네 집안 사이에 혼인 관계를 맺거나 귀족을 일가로 삼는 데 무리가 가지 않도록 했을 뿐, 조금이라도 절도에 어긋나는 작위 같은 것을 단 하나라도 붙이지는 않았다.

　가엾게도 테스와 그녀의 부모는 더버빌이라는 성바지가 이렇게 해서 만들어졌다는 사실을 알 리가 없었다. 그걸 알았더라면 얼마나 당황했었을까. 사실, 이런 식으로 성을 고칠 수 있다는 것조차 그들은 전혀 몰랐다. 그들은, 아름다운 용모는 운명의 혜택일지 모르지만 집안의 성은 태어날 때부터 정해져 있는 것이라고 생각했던 것이다.

테스는 수영하는 사람이 물 속으로 뛰어들기 전에 망설이는 것처럼 뛰어들까 말까 하며 주춤거리고 서 있었다. 바로 그때 캄캄한 천막의 세모난 문에서 사람의 모습이 나타났다. 키가 큰 청년이 담배를 피워 물고 있었다.

그의 얼굴빛는 가무잡잡했고 입술은 붉고 부드러운 편이었지만 두꺼웠고 잘생기진 않았다. 입술 위에는 끝을 뾰족하게 말아올린, 잘 손질한 콧수염을 기르고 있었다. 그러나 나이는 스물 서너 살 정도로 보였다. 겉모습은 어딘지 천한 티가 흘렀지만 얼굴과 두리번거리는 눈에는 이상 야릇한 힘이 엿보였다.

"아, 아가씨께선 무슨 일로 왔지요?" 그는 앞으로 다가오면서 물었다. 그리고 테스가 아주 당황해 하는 모습을 보고 계속 말했다. "나를 꺼릴 건 없어요. 난 더버빌이오. 나를 만나러 오셨나요, 아니면 우리 어머닐 만나러 온 겁니까?"

더버빌 가의 한 사람이며, 같은 성을 가진 사람으로 나타난 이 청년의 인상은 저택과 정원이 그러했던 것 이상으로 테스가 짐작했던 바와는 딴판이었다. 그녀는 자기 집안과 잉글랜드의 몇 세기 동안의 역사가 갖가지 상형문자의 자국으로 아로새겨진 모든 더버빌 가의 독특한 골상(骨相)을 조화시킨, 늙고 위엄 있는 얼굴을 만나게 될 것이라고 상상했었다. 그러나 테스는 당면한 이 일을 외면할 수가 없어 용기를 내어 대답했다.

"어머님을 뵈려고 왔어요."

"아마 뵐 수 없을 것 같은데요. 편찮으시니까요."

가짜 가문의 현 주인이 대답했다. 이 사람은 최근에 작고한 분의 외아들인 알렉이었다.

"내가 대신 만나면 안 될까요? 무슨 일로 어머님을 뵈려고 하는지요?"

"대단한 일은 아니에요. 그건…… 뭐라고 말하면 좋을지?"

"놀러 왔나요?"

"아, 아니에요. 하지만 그래도 말씀드리자면……."

테스는 새삼스레 자기의 심부름이 매우 우습다는 생각이 들어 그 청년이 무서웠고, 자기가 여기에 온 것이 불안스럽게 느껴졌다. 그러나 그녀의 장미빛 입술은 빙그레 미소를 지었다. 이런 테스의 미소에 가무잡잡한 알렉산더는 크게 매력을 느꼈다.

"아주 어리석은 일이에요." 그녀는 말을 더듬거렸다. "말씀드리기가 거북해요!"

"괜찮아요. 그 어리석은 일을 듣고 싶군요. 아가씨, 어서 말해봐요." 그가 친절하게 말했다.

"어머니가 가보라고 하셨어요." 테스는 말을 계속했다. "그리고 사실은 나도 그럴 생각이었지만요. 그러나 여기가 이런 줄은 몰랐어요. 나는 우리 집안이 댁과 친척이라는 걸 알리러 왔어요."

"흥! 가난한 친척쯤 되나 보군요?"

"그래요."

"스토크 집안인가요?"

"아니에요. 더버빌 집안이에요."

"그래요? 그래, 더버빌 집안이란 말이죠?"

"우리 성은 더비필드로 변했지만 우리가 더버빌 집안이라는 증거는 많지요. 고고학자들도 그렇게 주장하구요. 그리고——그리고, 방패 모양의 문장(紋章) 위에는 사자가 뒷발로 서 있고 그 위로 성(城)이 새겨진 옛날 도장도 있어요. 또 숟가락 복판이 마치 조그만 국자처럼 우묵 패고 똑같은 성의 무늬가 새겨진 옛날의 은수저도 가지고 있구요. 그러나 너무 낡아서 어머니께서는 완두국을 젓는 데 그걸 사용하시지요."

"은빛 성 무늬는 확실히 우리 집안의 가문(家紋)이지요." 알렉이 부

드럽게 말했다. "그리고 우리 집안의 문장 역시 뒷발로 서 있는 사자
이지요."

"그래서 제 어머니께서는 우리 집안이 댁과 알고 지내야 한다는 걸
말씀드리라는 거예요. 우리 집에서는 불행한 사고로 말을 잃었다는
사정과, 우리 집안이 일가 중에서 제일 오래 된 집안이라는 것도 말씀
드리라는 거예요."

"정말 퍽 고마운 어머님이군요. 나로서도 어머님이 하신 일을 유감
으로 생각진 않아요." 알렉이 이렇게 말하면서 테스를 쳐다보자 테스
는 얼굴을 붉혔다.

"그러니까 아가씨, 일가로서 다니러 온 셈이군요?"

"그래요."

테스는 다시 불안해 하며 머뭇거렸다.

"좋아요. 그런 건 상관없어요. 아가씨는 지금 어디서 살고, 또 뭘
하고 있지요?"

테스는 간단히 사정을 이야기했다. 그리고 더 묻는 말에 대답을 하
고 나서 아까 타고 온 마차로 돌아갈 생각이라고 했다.

"마차가 트랜트리지 네거리를 지나려면 한참 기다려야 하겠는데요.
예쁜 사촌동생, 그때까지 정원이라도 산책하면서 시간을 보내는 것이
어떨까요?"

테스는 찾아온 용건을 되도록 빨리 끝내고 싶어했다. 그러나 알렉
이 굳이 졸라대는 바람에 같이 걷기로 했다. 그는 잔디밭과 화단과 화
초 온실로 테스를 안내한 다음, 과수원과 과실 재배용 온실로 가서 딸
기를 좋아하느냐고 물었다.

"네, 좋아해요. 딸기철이 되면요." 테스가 대답했다.

"여긴 벌써 딸기가 나왔지요."

더버빌은 허리를 굽혀 여러 가지 딸기를 따 모아 테스에게 주었다.
그러다가 '브리티쉬 퀸' 종의 유난히 잘 익은 딸기를 따가지고 일어서
서 꼭지를 잡은 채 테스의 입에 갖다 댔다.

"싫어요. 싫다니까요!" 그녀는 재빨리 말하면서 그의 손과 자기의 입술 사이를 손가락으로 막았다. "제 손으로 먹겠어요."

"바보 같은 소릴 하는군요!" 그는 고집했다. 그녀는 난처했지만 입을 벌려 그것을 받아 먹었다.

그들 두 사람은 얼마 동안을 목적도 없이 거닐면서 시간을 보냈다. 그 동안 테스는 더버빌이 권하는 딸기를 좋기도 하고 싫기도 한 기분으로 받아 먹었다. 테스가 더 이상 딸기를 먹을 수 없게 되자 그는 테스의 조그마한 바구니에 딸기를 가득 채워주었다. 그러고 나서 그들은 장미가 있는 곳으로 갔다. 그는 장미꽃을 꺾어 그녀에게 주면서 가슴에 꽂으라고 했다. 테스는 꿈꾸는 사람처럼 하라는 대로 했다. 그녀가 더 이상 꽂을 수 없게 되자 젊은이는 꽃을 꺾어 테스의 모자에 꽂아주고, 바구니에도 아낌없이 가득 담아주었다. 마침내 그는 시계를 보더니 말했다.

"자, 아가씨가 섀스톤으로 가는 마차를 타려면 뭘 좀 먹고 나면 꼭 그 시간이 되겠군요. 이리 와요. 먹을 걸 찾아줄 테니까요."

스토크 더버빌은 테스를 잔디밭으로 데리고 가더니 천막 안에 혼자 남겨두고 나갔다. 곧 간단한 점심거리를 바구니에 담아가지고 와서 손수 테스 앞에 내놓았다. 이 젊은이는 단 두 사람만의 즐거운 만남을 하인들한테 방해받고 싶지 않은 게 분명했다.

"담배 피워도 괜찮겠지요?" 그가 물었다.

"그럼요."

그는 천막 안에 자욱하게 퍼진 담배 연기 사이로 귀엽고 천진스럽게 점심을 먹고 있는 테스의 모습을 지켜보았다. 테스는 가슴에 꽂혀 있는 장미꽃을 천진스럽게 내려다보면서도 뿌연 담배 연기 속에 자기 생애의 '비극의 씨앗' ——무지갯빛처럼 다채로운 그녀의 청춘에 틀림없이 피로 물들여질 비극의 씨앗이 도사리고 있는 줄은 알지 못했다. 테스가 지닌 그녀의 특징이 바로 지금 테스에게 불리한 작용을 하고 있었다. 알렉 더버빌이 테스를 뚫어지게 바라보고 있는 것도 바로 그 때문이었다. 그것은 한참 탐스럽게 피어오르는 용모와 풍만한 육체였다. 그래서 그녀는 실제 나이보다 더 성숙한 여인으로 보였다. 그러나 용모는 어머니한테서 물려받았지만, 용모에 비해 그녀는 너무 천진했다. 이것은 가끔 테스의 마음을 괴롭혔다. 그러나 친구들은 그런 결점은 시간이 지나면 자연히 고쳐진다고 말했다.

테스는 이내 점심을 마쳤다.

"이젠 집에 가봐야겠어요." 그녀는 자리에서 일어섰다.

"그런데 아가씨는 이름이 뭐지요?"

그는 테스와 함께 마찻길을 걸어가면서 물었다. 그들은 저택이 안 보이는 데까지 이르렀다.

"테스 더비필드라고 해요. 저 아래 말로트 마을에서는요."

"그런데 집에서는 말을 잃었다고 했지요?"

"제가……말을 죽였어요!" 테스가 대답했다. 프린스가 죽은 경위를 이야기하면서 그녀는 눈물을 글썽거렸다.

"그래서 전 아버지를 어떻게 해드려야 할지 모르겠어요!"

"내가 뭘 도울 수 있는지를 생각해봅시다. 어머님께서도 틀림없이 아가씨에게 일자리를 구해줄 거요. 그렇지만 테스, '더버빌'이니 하는 따위의 이야기는 그만둬요. '더비필드'면 됐지 뭐. 전혀 성이 다르니까."

"전 그 이상 더 바라지 않아요." 그녀는 품위 있게 말했다.

잠시 동안……정말 잠시, 그들이 문지기 집이 보이지 않는, 높다란 석남화와 침엽수 사이의 꼬부라진 마찻길에 이르렀을 때 그는 마치 무슨 짓이라도 할 듯이 테스 쪽으로 몸을 기울였다. 그러나 그는 안 된다고 마음을 고쳐먹은 듯 테스를 그냥 보냈다.

이렇게 해서 그들의 관계는 시작되었다. 만일 테스가 이날의 만남의 참뜻을 깨달았더라면, 왜 자기는 여러 면에서 바르고 바람직한——이 세상에서 다시는 만날 수 없으리만큼 선하고 바람직한——남자를 만나지 못하고 하필 만나서는 안 될 그런 남자와 지금 이렇게 만나 자기를 염두에 두고 탐내도록 태어났을까 하고 반문했을지도 모른다. 그러나 테스가 알고 있는 사람들 중에서도 마음에 드는 바람직한 남자가 없는 것은 아니었지만, 테스는 그런 남자에게는 마음에 드는 인상을 주지 못하고 거의 잊혀지다시피 했던 것이다.

잘 판단해서 계획한 일도 잘못 실행하면 그 목적을 달성하기 어렵고, 사랑할 만한 남자가 있다 해도 사랑하려는 시간에 만난다는 것은 드문 일인지도 모른다. 사랑하던 남녀가 만나면 행복한 길로 갈 수 있을 때에도 조물주는 '만나라!' 하고 가르쳐주지도 않고, 또 '어디 있어요?' 하고 외쳐도 '여기 있다!'고 대답해주지도 않는다. 그래서 이와 같은 숨바꼭질은 지루하고 시들한 장난이 되어버리고 만다. 인류의 발전이 그 절정에 이르는 경우, 이런 시간상의 착오가 더 오묘한 직관이나 혹은 현재 우리들을 이리 굴리고 저리 굴리고 하는 사회 기구의 상호 작용보다 더 치밀한 상호 작용에 의해서 시정될 것인지 그건 알 수 없다. 그러나 이런 완벽함을 예언할 수 없고 가능하다고 생각할 수는 더욱 없다. 지금의 경우도 기백만의 다른 경우와 마찬가지로 가장 적합한 때에 서로 만난 것은 하나의 온전한 전체를 쪼갠 두 조각의 반신(半身)이 아니고, 짝을 찾지 못한 한쪽이 잃어버린 반신을 서로 찾으며 어리석게도 한참 동안을 기다리면서 온 세상을 방황하고 있다고 말하는 편이 좋을 것이다. 이런 서투른 망설임에서 근심과 실망과 충격과 큰 재난과 기상 천외의 운명이 생겨나는 것이다.

더버빌은 천막으로 돌아와서 의자에 걸터앉아 만면에 희색을 띠고 무슨 생각에 잠겼다. 그러다간 갑자기 큰 소리로 웃어댔다.

"제기랄, 참 우스운 일도 다 있구나. 하하하! 그런데 그 아가씨는 정말 예쁘기도 하지!"

6 언덕을 내려온 테스는 트랜트리지 네거리로 가서 체이스버러에서 새스톤으로 돌아가는 짐마차를 탔을 때 다른 손님들의 질문에 대꾸는 했지만, 도대체 그들이 무슨 말을 했는지 기억하지 못했다. 그리고 짐마차가 다시 움직여도 밖을 내다보지 않고 무슨 생각에만 잠겨 있었다.

마차 안의 한 사람이 아주 드러내놓고 테스에게 말을 건넸다.

"어쩌면, 아가씨는 꽃다발 같구려! 아직 6월 초순인데 벌써 장미가 이렇게 피다니!"

그때서야 테스는 마차에 탄 사람들을 놀라게 한 자기의 모습을 알아차렸다. 가슴과 모자에 장미꽃을 꽂았고 바구니에도 역시 장미꽃과 딸기가 넘칠 듯 그득히 담겨 있었다. 그녀는 얼굴을 붉히고 이 꽃들은 누가 준 것이라고 얼버무렸다. 그녀는 동행인들이 쳐다보지 않는 틈을 타서 유난히 눈에 띄는 장미꽃을 슬그머니 모자에서 떼어 바구니 속에 집어넣고 손수건으로 가렸다. 그러고 나서 다시 생각에 잠겨 무심코 아래를 내려다보다가 가슴에 달고 있던 장미꽃 가시에 턱을 찔렸다. 블랙무어 골짜기에 사는 마을 사람들처럼 그녀도 환상과 예언적인 미신에 사로잡혀 있었다. 그래서 그녀는 가시에 찔린 것을 불길한 징조라고 생각했다. 그것은, 그녀가 이날 처음으로 느낀 불길한 징조였다.

짐마차는 새스톤까지밖엔 가지 않았다. 그래서 산마루의 마을에서 말로트 마을 골짜기까지 가려면 몇 마일이나 되는 비탈길을 걸어서 내려가야 했다. 어머니는, 테스가 집을 떠나올 때 너무 고단해서 걷지 못하겠거든 안면이 있는 농사 짓는 아주머니 댁에 들러 하룻밤 묵고 오라고 당부했다. 그래서 테스는 거기서 묵고 이튿날 오후에 집으로 돌아왔다.

테스가 집에 들어서자, 어머니의 의기양양한 태도로 보아 그 동안에 무슨 일이 생겼었다는 것을 곧 알아차릴 수가 있었다.

"아, 그래. 난 다 알고 있단다! 모든 게 잘될 거라고 말하잖더냐. 그대로 됐지 뭐냐!"

"제가 떠난 후에 말인가요? 무슨 일이 생겼어요?" 테스는 좀 지친 듯이 말했다.

어머니는 모든 것을 다 알고 있다는 듯이 테스를 아래위로 훑어보면서 놀려대는 투로 말을 이었다.

"그래, 넌 그 사람들의 환심을 샀더구나!"

"어머니, 그걸 어떻게 아세요?"

"편지가 왔단 말이다."

테스는 그 동안 편지가 충분히 올 수 있다고 생각했다.

"그쪽의 말은, 더버빌 마님의 말로는 말야, 그 마님이 취미삼아 하는 조그만 양계장을 네게 맡기고 싶다는 거야. 하지만 이건 네가 너무 욕심을 부리지 말고 오게 하려는 수단일 뿐이지. 마님은 널 한집안 사람으로 맞아들이겠다는 거야. 그게 본심이야."

"하지만 그 마님은 만나뵙지도 못했는걸요."

"딴 사람이라도 만났겠지?"

"마님의 아들이라는 청년을 만났어요."

"그럼 그분이 널 일가로 대해주더냐?"

"글쎄요, 나더러 사촌동생이라고 하대요."

"그래, 난 그럴 줄 다 알고 있었단다! 여보, 그 청년이 애를 사촌동생이라고 부르더라는군요, 글쎄!" 어머니가 아버지에게 소리쳤다. "그 젊은이가 마님한테 말했을 거야. 그래서 마님이 널 데려가고 싶어하는 거다."

"하지만 제가 양계를 잘 보살필 수 있을까요?" 테스가 자신 없는 듯이 말했다.

"그럼, 네가 못 하면 누가 한단 말이냐? 너야말로 양계하는 집안에서 태어나 그 속에서 자라지 않았니? 누구보다 더 잘할 거다. 게다가 그런 일을 시키는 건 네가 미안해 할까 봐서 건성으로 그러는 거란다."

"제가 꼭 가야 한다고 생각되진 않는군요." 테스는 깊이 생각하는 듯이 말했다. "보낸 편지는 누가 쓴 거예요? 좀 보여주세요."

"더버빌 마님이 쓰셨단다. 자, 여기 있다."

편지는 3인칭으로 씌어 있었다. 테스가 양계장 일을 돌보아주었으면 좋겠다는 것과, 테스가 오면 편안한 방을 제공해주고 자기들 눈에 들기만 하면 보수는 후하게 주겠다는 내용을 더비필드 부인에게 간단히 전한 것이었다.

"아이, 겨우 이것뿐이군요!" 테스가 말했다.

"그럼 마님이 단번에 얼싸안고 키스해주고 쓰다듬어주길 바란단 말이냐?"

테스는 창밖을 내다보았다.

"차라리 전 아버지 어머니하고 같이 집에 있고 싶어요." 테스가 말했다.

"그건 또 왜?"

"어머니, 이유는 말하고 싶지 않아요. 실은 저도 그걸 잘 모르겠어요."

그 후 한 주일이 지난 어느 날 저녁, 테스는 바로 가까운 곳에 간단한 일자리를 구하러 갔다가 헛걸음만 치고 돌아왔다. 그녀는 여름 한철 일해서 말 한 필을 살 수 있는 돈을 마련해보겠다는 생각을 하고 있었다. 그녀가 문턱을 들어서자마자 동생 하나가 방안에서 깡충거리며 뛰어나오면서 말했다.

"젊은 그 신사분이 왔다 갔어!"

어머니는 만면에 희색을 감추지 못하면서 조급하게 이야기를 꺼냈다. 더버빌 마님의 아들이 우연히 말로트 마을로 말을 타고 지나는 길에 들렀더라는 것이다. 그리고 지금까지 양계장을 보살펴온 젊은이가 미덥지 않아 자기 어머니 대신으로 테스가 정말 와서 보살펴줄 수 있는지 어떤지 다짐을 받으러 왔다는 것이다.

"더버빌 아드님은 네가 외모로 보아 틀림없이 착한 애일 거라고 하더라. 그리고 넌 제 덩치만한 가치는 있는 애라고도 하고. 네게 굉장히 관심을 갖고 있더라. 정말 관심이 대단하더라."

테스는 자기 자신을 보잘것없는 존재로 생각하고 있던 터에 낯선 사람한테서 이런 칭찬을 받았다는 말을 듣고서는 잠시나마 기분이 좋은 듯했다.

"그렇게 생각해주니 고마운 일이군요." 테스가 중얼거렸다.

"거기 가서 어떻게 지내게 될는지, 그것만 분명히 알게 되면 전 언제라도 가겠어요."

"그분은 대단한 미남이더구나!"

"전 그렇게 생각 않는걸요." 테스가 냉담하게 대꾸했다.

"인물이야 어떻건 넌 운이 틔었지 뭐냐. 그분은 멋진 다이아반지를 끼셨더라!"

"그래, 맞아요." 창가의 의자에 앉아 있던 어린 아브라함이 신나서 소리쳤다. "나도 봤어! 손으로 콧수염을 만질 때 반짝거리던걸. 그런데 어머니, 그 훌륭한 일가 되는 분은 왜 자꾸 콧수염을 만지작거릴까요?"

"쟤 말하는 거 좀 보게!" 더비필드 부인이 흐뭇해 하며 호들갑스럽게 소리쳤다.

"다이아 반질 자랑하고 싶어서 그랬겠지." 존 경이 의자에 앉아 잠꼬대하듯 중얼거렸다.

"다시 생각해보겠어요" 하고 말하고 나서 테스는 방을 나갔다.

"여보, 테스는 가던 날로 당장 우리 일갓집 아들을 손아귀에 넣고 말았구려." 어머니는 남편을 향해 말을 계속했다. "이런 기횔 놓친다면 바보지 뭐유."

"난 자식들이 집을 떠나는 건 달갑지 않소." 더비필드가 말했다.

"우리 집이 종갓집이니 분가(分家) 사람들이 우릴 찾아와야 하는 거지."

"그렇지만 여보, 걔를 보냅시다." 가엾게도 지각 없는 아내는 남편을 달랬다. "그 젊은인 테스한테 잔뜩 반했어요. 당신도 아시겠지만 그 사람이 글쎄 테스를 사촌동생이라고 부르더라잖아요! 아마 결혼해서 아내로 삼고 싶은가 봐요. 그러면 그앤 그 옛날 조상처럼 훌륭하게 되잖겠어요."

존 더비필드는 정력이나 건강보다는 우쭐대길 좋아하는 성격이어서 이런 아내의 이야기가 귀에 솔깃했다.

"하긴 그게 바로 그 젊은이의 본심일지도 모르지." 그는 아내의 말을 인정했다. "게다가 구가(舊家)의 혈통하고 인연을 맺어 자기네 가문을 든든하게 하고 싶어 신중히 생각했는지도 모르지. 테스 고년, 여간내기가 아니군! 그래, 걔가 정말로 일가를 찾아가 이렇게 신통한 결과를 얻었단 말이지?"

그 동안 테스는 깊은 생각에 잠겨 뜰에 있는 야생딸기 숲이며 프린스의 무덤 가를 거닐었다. 테스가 집 안으로 들어서자 어머니가 계속해서 달래었다.

"그래 넌 어떡할 테냐?" 어머니가 물었다.

"전 더버빌 마님을 뵐 걸 그랬어요!" 테스가 말했다.

"그렇더라도 이 문제를 결정해야지. 그러면 곧 그 마님도 뵙게 될 거 아니냐?"

아버지는 의자에 앉아 기침을 했다.

"전 어떻게 말해야 좋을지 모르겠어요!" 테스가 불안하게 대답했다. "그건 부모님들께서 결정하셔야죠. 제가 말을 죽였으니 새 말을 사기 위해서라면 무슨 일이라도 해야죠. 하지만……하지만 말예요, 그 아들하고 같이 살아야 한다니, 정말 께름칙해요!"

동생들은, 테스가 부잣집 친척(그들은 저쪽 집안이 부자라고 생각했다)한테로 가서 살게 된다는 것을 말이 죽고 난 후 큰 위안으로 삼아온 터라 테스가 가기 싫어하는 것을 보고는 아우성들을 쳤다. 그리고 망설이는 테스를 조르기도 하고 성화를 부리기도 했다.

"누나는 안 간대. 귀부인도 되기 싫대. 암만해도 안 간대. 엉엉!" 동생들은 입을 딱 벌리고 울어댔다. "그럼 새 말도 못 사고 축제날 선물 살 많은 돈도 못 갖게 되잖아! 누나도 예쁜 옷 입지 못하면 예쁘지도 않을 거구. 잉잉!"

어머니도 애들의 말에 맞장구를 쳤다. 항상 집안일을 질질 끌어가지고 실제보다 벅차 보이게 하는 어머니의 태도도 여기서는 한 몫을 한 셈이다. 다만 아버지만이 어중간한 태도를 취했다.

"갈게요." 테스는 끝까지 버티지 못하고 마침내 꺾이고 말았다.

어머니는 테스의 승낙을 얻자 머릿속에 떠오르는 그녀의 화려한 결혼식 환상을 억누를 수 없었다.

"잘 생각했다! 너같이 예쁜 애한테는 이건 행운이야!"

테스는 쓴웃음을 지었다.

"전 돈 때문에 가겠다는 거지 별다른 생각은 없어요. 어머닌 동네방네 쏘다니며 쓸데없는 말 하시지 않는 게 좋을 거예요."

더비필드 부인은 그러겠다는 약속은 하지 않았다. 낮에 그 젊은이한테서 들은 말도 있고 해서 온 동네를 쏘다니며 자랑하지 않고 배기리라고 장담할 수가 없었기 때문이다.

이렇게 테스의 문제는 결정을 보았다. 어린 테스는, 그쪽에서 부르기만 하면 언제든지 가겠다고 편지를 띄웠다. 그리고 더버빌 마님한테서 지체없이 회답이 왔다. 테스가 오겠다는 결심을 기뻐한다는 것과, 이틀 후에 테스와 짐을 받으러 짐마차를 골짜기 산마루까지 보낼 터이니 떠날 차비를 하라는 내용이었다. 마님의 필체는 어딘지 남자 같은 데가 있었다.

"짐마차라니?" 더비필드 부인은 믿을 수 없다는 듯 투덜거렸다.

"마님의 일가를 위해서라면 승용마차쯤 보낼 수 있을 텐데!"

마침내 떠나기로 결심한 테스는 마음도 가라앉고 정신도 새로워졌다. 별로 힘들지 않은 일을 해서 아버지에게 새 말을 사드릴 수 있다는 생각에 자신을 얻어 부지런히 집안일을 돌보기도 했다. 테스는 전에는 학교 선생님이 되는 게 꿈이었지만, 운명은 그녀를 다른 길로 인도하는 것 같았다. 정신면에서 테스는 어머니보다는 성숙했기에 자기의 결혼에 대한 어머니의 소망 따위는 잠시라도 진심으로 생각해보려고 하지 않았다. 그러나 생각이 얕은 테스의 어머니는 테스가 태어나던 해부터 마땅한 신랑감을 물색하느라 바빴다고 할 정도였다.

7 떠나기로 작정한 날 아침, 테스는 날이 새기 전에 눈을 떴다. 아직 어둠의 여운이 남아 있었기 때문에 숲은 고요했다. 새 한 마리만이 적어도 자기는 이날의 정확한 시간을 잘 알고 있다는 듯 예언자인 체 맑디맑은 소리로 지저귀고 있었다. 그러나 다른 새들은 그 새가 시간을 잘못 알고 있다고 확신이라도 한 듯 침묵을 지켰다. 테스는 이층에 남아서 조반이 준비될 때까지 짐을 꾸렸다. 나들이옷은 상자 속에 잘 접어서 넣어두었기 때문에 평소의 옷차림으로 내려왔다.

이런 딸을 보고 어머니가 타일렀다.

"그런 꼴을 하고 어떻게 일갓집을 찾아간단 말이냐?"

"하지만 일하러 가는걸요!" 테스가 말했다.

"그야 그렇지만." 더비필드 부인이 말했다. 그러고는 나지막하게 덧붙였다. "처음엔 좀 그렇게 보이는 것도 좋겠지만……. 하지만 남한테는 좋게 보이는 게 현명한 처사란다."

"그래요, 어머니 말씀이 맞아요." 테스는 체념이라도 한 듯 조용히 대답했다.

그리고 테스는 어머니를 기쁘게 해주기 위해서 모든 일을 어머니한테 맡기며 조용히 말했다.

"어머니, 어머니가 하라는 대로 하겠어요."

더비필드 부인은 딸의 고분고분한 태도를 보고 그지없이 기뻐했다.

우선 큼직한 대야를 가져다가 테스의 머리를 감겨주었다. 머리를 감고 잘 말려서 빗질해놓고 보니 여느 때보다 배나 숱이 많아 보였다. 어머니는 보통 때 것보다 넓은 분홍색 리본을 매주었고, 다음엔 테스가 부인회 놀이 때 입었던 하얀 옷을 입혀주었다. 머리 숱이 많아 보이고 게다가 몸까지 충만해보여서 한창 피어오르는 몸이 제 나이보다 성숙해보였다. 아직 어린 티를 벗어나지 못한 테스였지만 남들은 그녀를 나이 든 처녀로 착각하기 십상이었다.

"제 양말 뒤꿈치에 구멍이 났는데요!" 테스가 말했다.

"그런 건 걱정 마. 구멍이 뭐 말이라도 한다니? 우리 처녀 적엔 예쁜 모자만 쓰고 있으면 뒤꿈치 따위는 들여다보지도 않더라."

어머니는 테스의 옷맵시가 자랑스러워서, 자기가 그리던 이젤로부터 한 걸음 물러나 그림을 바라보는 화가처럼 한 걸음 뒤로 물러나서 테스의 용모를 이리저리 살펴보았다.

"너두 좀 보려무나! 요전번보다 훨씬 예뻐 보이는구나." 어머니가 소리쳤다.

거울이 작아서 테스의 몸은 겨우 한쪽밖에 보이지 않았다. 그래서 어머니는 유리창 밖을 검정 외투로 가리고 유리창을 큰 거울로 삼았다. 시골 사람들이 치장할 적에 흔히 하는 버릇이었다. 그러고 나서 아래층 방에 앉아 있는 남편에게로 갔다.

"여보, 내 말 좀 들어봐요." 부인은 우쭐하면서 말했다.

"그 젊은 양반이 테스를 사랑하지 않곤 못 배길 거요. 하지만 당신은 무슨 일이 있더라도 젊은 그 양반이 좋아할 거라느니, 이번에 운수가 대통했다느니 하는 그따위 소리는 하지 말라구요. 그앤 성미가 까다로워 젊은 양반을 싫어하게 될지도 모르고, 게다가 또 당장 안 가겠다고 버틸지도 모르니까요. 일이 잘되기만 한다면 우리에게 그 얘길 일러주신 스택푸트 레인에 사는 목사님한테도 사례를 해야죠. 여보, 우리에겐 얼마나 고마운 분인지 몰라요!"

테스의 출발 시간이 차츰 다가옴에 따라 테스에게 옷을 입힐 때의 홍분은 사라지고, 그 대신 어머니의 마음속에는 한 가닥 불안이 어렸다. 그래서 어머니는 마차가 마중 나올 언덕길——골짜기에서 바깥세계를 향해 비탈진 첫 언덕길——까지 조금만 더 배웅해주겠다고 말했다. 테스는 스토크 더버빌 가에서 보내는 짐마차를 언덕 위에서 타게 될 예정이었기 때문에 테스의 짐은 시간에 늦지 않도록 젊은 일꾼을 시켜서 짐마차로 벌써 꼭대기까지 나르게 했다.

어머니가 모자 쓰는 것을 보자 동생들은 따라가겠다고 칭얼거렸다.

"엄마는 누나를 배웅하러 잠깐 갔다올게. 누난 이제 멋진 사촌하고 결혼하고 옷도 멋있는 걸 입게 될 거란다!"

"제발 그런 소리 듣기 싫어요!" 테스가 얼굴을 붉히고 홱 돌아서면서 쏘아붙였다. "어머니, 어쩌자고 그런 쓸데없는 소릴 자꾸만 동생들한테 하는 거예요?"

"얘들아, 누난 잘사는 일갓집으로 일하러 가는 거란다. 새 말을 사기 위해 돈을 벌려고 가는 거야." 더비필드 부인이 타이르듯 말했다.

"아버지, 안녕히 계세요." 테스가 목 멘 소리로 작별을 고했다.

"얘야, 잘 가거라." 존 경은, 테스가 오늘 아침 떠나는 것을 축하한답시고 지나치게 술을 마셨기 때문에 졸고 있다가 고개를 번쩍 들면서 말했다. "그 젊은이가 우리 집안에 너 같은 미인이 있다는 걸 좋아했으면 좋겠구나. 그리고 테스야, 우리 집안이 전에는 잘살았지만 지금은 몰락해서 가문의 작위까지도 팔겠단다고 전해라. 그럼, 팔아야지. 까짓것 헐값으로 팔겠단다고."

"1000파운드 이하로는 안 돼요!" 더비필드 부인이 외쳤다.

"가서 말해봐라. 1000파운드면 팔겠다구. 아냐, 좀 생각해보니 좀 덜 받고 팔아도 되겠구나. 작위는 나 같은 하찮은 가난뱅이보다는 그 젊은이에게 더 잘 어울릴 거야. 100파운드만 받겠다고 해라. 하나 째째하게 굴 건 없어. 50파운드라도 좋아. 아니, 20파운드로 하지. 그래, 20파운드면 됐어. 그 아래론 안 돼. 제기랄, 가문의 체면도 있으니 이젠 한 푼도 더 못 깎는다고 해라!"

테스의 눈엔 눈물이 가득 고이고 말문이 막혀 마음속에 품고 있는 말을 한 마디도 못했다. 그녀는 홱 돌아서서 밖으로 뛰쳐나갔다.

이리하여 어머니는 딸들과 함께 걸었다. 테스의 양쪽에 동생들이 하나씩 서서 손을 잡고 걸었다. 동생들은 무슨 큰일을 하려는 사람을 바라보듯 이따금 테스를 찬찬히 쳐다보곤 했다. 어머니는 막내를 데리고 테스의 뒤를 따라갔다. 이들의 모습은 마치 양쪽에서는 순결의 여신이, 그리고 뒤에서는 순박한 허영의 여신이 지켜주는 성실한 미의 여신을 그린 그림같이 보였다. 그들은 계속 걸어서 오르막길이 시작되는 산기슭에 이르렀다. 언덕 위에서 테스를 태우려고 트랜트리지에서 올 짐마차가 대기하기로 되어 있었다. 짐마차를 여기까지만 오게 한 것은 말이 마지막 언덕길을 오를 수고를 덜어주기 위해서였다. 가장 가까운 고개 너머 저 멀리 섀스톤 마을의 뾰족하게 솟은 집들이 산줄기를 가르고 있었다. 산마루로 둘러싸인 높은 길 위에는 테스의 전 재산을 싣고 먼저 와 있는 젊은 일꾼이 짐마차 손잡이 위에 걸터앉아 있을 뿐 아무도 보이지 않았다.

"여기서 좀 기다리면 짐마차가 올 거야." 어머니가 말했다. "옳지, 저기 오는구나!"

짐마차가 나타났다. 가장 가까운 산등성이 너머에서 갑자기 나타나더니 짐마차를 지키고 있는 젊은 일꾼 곁에 와서 멎었다. 어머니와 동생들은 더 이상 따라가지 않기로 했다. 테스는 서둘러서 작별 인사를 하고 언덕길을 향해 떠났다.

그들은 벌써 짐을 옮겨 실은 짐마차 쪽으로 하얀 옷을 입은 테스의 모습이 가까이 가는 것을 보았다. 그러나 테스가 짐마차에 이르기 전에 언덕의 숲속에서 다른 마차 하나가 불쑥 나타나더니 굽은 길을 돌아 짐마차 옆을 지나서 테스 옆에 멎었다. 테스는 굉장히 놀란 듯 쳐다보았다.

어머니는 비로소 두번째 마차가 먼저 나타난 마차처럼 보잘것없는 마차가 아니고 번쩍번쩍하게 칠도 하고 좋은 장비도 갖춘 이륜 마차라는 것을 깨달았다. 마차를 몰고 온 사람은 스물서너 살 되어 보이는 젊은이였다. 여송연을 입에 물었고 멋진 모자를 쓰고 있었다. 짙은 갈색 저고리와, 같은 빛깔의 바지를 입고 있었다. 하얀 넥타이와 빳빳하게 세운 칼라가 보였고, 승마용 갈색 장갑을 끼고 있었다. 쉽게 말하면 그 젊은이는 바로 한두 주일 전에 테스의 일로 대답을 들으려고 더비필드 부인을 찾아왔던, 말[馬]을 좋아하는 젊은 멋쟁이였다.

더비필드 부인은 좋아서 어린애처럼 손뼉을 쳤다. 그러고는 아래를 내려다보다가 다시 마차 쪽을 바라다보았다. 그 젊은이의 행동이 무엇을 의미하는지 그녀가 짐작 못 할 리는 없었다.

"저분이 누나를 각시로 삼을 일가야?" 막내가 물었다.

그러는 동안에 모슬린 옷차림을 한 테스가 마차 곁에 망설이며 꼼짝 않고 서 있는 모습이 보였다. 젊은이는 테스한테 말을 건네고 있었다. 사실, 그녀의 망설이는 태도는 심각해 보였다. 망설임이라기보다는 불안감이라고 할 수 있었다. 그녀는 오히려 초라한 짐마차가 좋았다. 젊은이가 마차에서 내려 테스에게 빨리 타라고 재촉하는 듯했다. 테스는 식구들이 서 있는 언덕 아래로 얼굴을 돌려 어머니와 동생들을 바라보았다. 테스는 프린스를 죽인 장본인은 다름아닌 자기라는 생각이 떠올랐음인지 곧 결단을 내리는 듯 보였다. 테스가 마차에 올라탔다. 젊은이가 그녀의 옆자리에 올라앉더니 말에 채찍을 휘둘렀다. 잠깐 동안에 그들은 짐을 실은 느린 짐마차를 앞질러 고개 너머로 사라져버렸다.

테스의 모습이 사라지고 마치 연극 같은 한 토막의 이 사건이 끝나자 어린 동생들 눈에는 눈물이 가득히 고였다.

"가엾은 테스 누나, 귀부인 같은 것 그만두고 우리랑 함께 집에 있었음 좋았을걸……." 막내가 말했다. 그러더니 입을 삐죽거리다가는 큰 소리로 울음을 터뜨렸다. 이런 생각이 전염이라도 된 듯이 세 아이 모두가 울음을 터뜨렸다.

집으로 발길을 돌리는 어머니의 눈에도 눈물이 글썽였다. 그러나 마을로 돌아왔을 때에는 될 대로 되라는 식의 생각을 하게 되었다. 그 날 밤, 잠자리에 누워서 그녀가 한숨을 쉬자 남편이 왜 그러느냐고 물었다.

"글쎄, 나도 모르겠어요." 그녀가 대답했다. "테스를 보내지 말았더라면 좋았을걸, 하는 생각이 드네요."

"왜 미리 그런 생각을 하지 못했소?"

"하지만 테스한테 좋은 기회 아뇨? 그러나 다시 이런 일을 당한다면 그 젊은이가 정말 맘씨 좋은 양반인지, 그리고 테스를 일가로 대접해줄지 어떨지 그런 걸 잘 알아본 다음에 보내겠어요."

"옳은 말이오. 이번에도 미리 알아보고 보냈어야 하는걸." 이렇게 말한 존 경은 이내 코를 골기 시작했다.

더비필드 부인은 어디서고 스스로를 위로할 수 있는 구실을 만들어내는 성격이었다.

"괜찮아요. 그앤 똑똑한 가문의 딸인걸요. 제 장점을 잘 이용하기만 한다면야 잘될 거예요. 그리고 그 젊은 양반하곤 당장은 안 되더라도 곧 결혼하게 될걸. 그 젊은이가 테스에게 화끈 달아 있는 걸 보면 누구나 알 수 있다니까요."

"대체 테스의 장점이란 게 뭐요? 더버빌 가문의 혈통을 말하는 거요?"

"원, 당신도. 아, 그애 얼굴 아니고 뭐겠수? 내 젊을 때하고 똑같은 그애 얼굴 말이우."

8 테스 곁에 올라탄 알렉 더버빌은 그녀의 짐을 실은 짐마차를 멀리 뒤로 처지게 한 채 첫번째 산마루길을 따라 쏜살같이 말을 몰며 테스에게 인사말을 건넸다. 가파른 언덕길을 올라서자 그들 주위에 광활한 풍경이 사방으로 펼쳐졌다. 뒤쪽으로는 테스가 태어난

푸른 골짜기, 앞으로는 트랜트리지에 갈 때 잠깐 본 것 외에는 전혀 생소한 회색빛 시골 풍경이 보였다. 두 사람은 어떤 경사지에 다다랐다. 여기서부터는 1마일 가량 일직선으로 뻗어 있는 내리막길이었다.

천성적으로 용감한 테스도 아버지의 말을 죽이고 난 다음부터는 마차를 타기만 하면 지나치리만큼 잔뜩 겁을 집어먹고 마차가 조금만 흔들려도 깜짝 놀랐다. 젊은이가 마차를 거칠게 모는 것을 보자 테스는 불안을 느끼기 시작했다.

"내리막길은 천천히 달리시겠죠?" 테스는 애써 태연한 척하면서 말했다.

더버빌은 테스에게 얼굴을 돌리며 크고 하얀 앞니로 여송연을 지그시 문 채 빙그레 웃었다.

"테스, 왜 그래요?" 그는 여송연을 한두 모금 빨고는 말했다. "그 말은 테스 같은 용감한 아가씨가 할말이 아닌데? 난 언제나 전속력으로 달리거든. 기운을 내는 데는 그게 최고거든요."

"하지만 지금은 그럴 필요 없잖아요?"

"그게 아니지." 그는 머리를 저으면서 말했다. "달려야 할 이유엔 두 가지가 있지요. 나만 아니라 팁도 생각해주어야 하거든요. 성미가 아주 괴팍한 녀석이라서."

"팁이 누군데요?"

"이 암말이지요. 좀 전에도 저 녀석이 영악한 눈초리로 날 돌아다봤는데, 못 봤지요?"

"제발 절 놀라게 하지 마세요." 테스가 무뚝뚝하게 말했다.

"암, 그러지요. 세상에서 이 말을 다룰 줄 아는 사람이 있다면 그건 바로 나란 말이오. 나 말곤 아무도 이 말을 다룰 순 없지요. 그런 힘을 가진 사람은 바로 나밖에 없다, 이 말이오."

"하필 왜 그런 말을 타고 다니시죠?"

"아, 그런 질문도 할 수 있겠지요! 그건 내 팔자 소관일 겁니다. 팁은 사람을 죽인 일이 있어요. 그리고 바로 내가 이 말을 사온 직후에 하마터면 나도 죽을 뻔했지요. 그래서 사실 이번엔 내가 이녀석을 죽이다시피 했지요. 지금도 성미가 아주 거칠어요. 너무 거칠어서 이 말을 타면 생명이 위태로울 때가 한두 번이 아니지요."

그들은 바로 내리막길을 내달리기 시작했다. 말은 성질이 사납기 때문인지, 아니면 젊은이가 그렇게 말을 몰기 때문인지(젊은이의 성질 때문이라고 생각되지만) 난폭하게 달리기를 바라는 젊은이의 기분을 말은 너무 잘 알고 있어서 건드려 자극을 줄 필요는 없었다.

아래로 아래로 그들은 계속 내달렸다. 마차 바퀴가 팽이처럼 윙윙 소리를 내었고, 차체가 좌우로 흔들려 차축이 한쪽으로 약간 기울어졌다. 말의 몸뚱이는 그들 앞에서 파도처럼 솟구쳤다간 다시 가라앉곤 했다. 때로는 한쪽 차바퀴가 공중에 뜬 채 몇 야드씩이나 달리는 것 같았고, 바퀴에서 튄 돌이 생울타리 너머로 날아가기도 했고, 말발굽에서 튀는 불꽃이 햇빛보다도 눈부시게 번쩍였다. 이 곧은 길의 전망은 앞으로 나아감에 따라 넓어져갔다. 양편의 둑이 마치 대나무를 쪼개듯 갈라지면서 쏜살같이 스쳐 지나갔다.

바람은 테스의 흰 모슬린 옷을 뚫고 속살까지 스며들고, 깨끗이 감은 머리카락이 바람에 휘날렸다. 그녀는 겁내는 빛을 보이지 않으려고 다짐했지만 더버빌의 고삐 쥔 팔을 꼭 붙잡지 않을 수 없었다.

"내 팔을 붙잡지 말아요! 붙잡으면 우린 둘 다 날아가 버린단 말야. 내 허리를 안아요."

테스는 그 젊은이의 허리를 안았다. 그들은 산기슭까지 왔다.

"살았군요. 다행이에요. 그렇게 어리석게 굴으셨는데도!" 테스는 불처럼 달아오른 얼굴로 말했다.

"테스……무슨 소릴 하는 거요! 내가 침착했기 때문이지!" 더버빌이 말했다.

"사실 그래요."

"그런데 이젠 안전하다고 해서 고마움도 모르고 내 허리를 놓을 건 없잖소?"

테스는 자기가 여태까지 무슨 짓을 했는지조차 몰랐다. 상대가 여자인지 남자인지, 막대기인지 돌멩이인지도 모르고 무의식중에 젊은이를 붙안고 왔을 뿐이었다. 제정신으로 돌아간 테스는 말없이 앉아 있었다. 그들은 다음의 내리막길 꼭대기에 다다랐다.

"자, 다시 시작해봅시다!" 더버빌이 말했다.

"안 돼요, 그만 해요!" 테스가 외쳤다. "제발 그런 것은 그만둬 주세요."

"그렇지만 이 고장에서 제일 높은 델 왔으니 다시 내려갈 수밖에." 그가 대꾸했다.

그가 말고삐를 늦추자 그들은 다시 내리달았다. 더버빌은 마차가 흔들리는 속에서 테스에게 얼굴을 돌리고는 농담하듯 말했다.

"자, 아가씨, 아까처럼 다시 내 허리를 안아요."

"싫어요!"

테스는 딱 잡아떼고는 그를 붙들지 않고 굴러떨어지지 않도록 애써 몸을 가누었다.

"테스, 그 동백꽃 같은 빨간 입술에 키스 좀 하게 해줘요. 아니면 그 따뜻한 볼에라도 하게 해줘요. 그럼 멈출 테니. 정말로 세워줄게!"

테스는 너무 놀라 자리에서 더욱 뒤로 물러나 앉았다. 그러자 젊은이는 말을 다시 거칠게 몰아 테스를 더 심하게 흔들리게 했다.

"그것 말고 다른 건 안 되겠어요?"

테스는 잔뜩 겁먹은 커다란 눈으로 야수 같은 젊은이를 쏘아보며 절망한 나머지 부르짖었다. 어머니가 이렇게 아름답게 차려준 것도 결국 이런 슬픈 결과밖에 안 되었을 뿐이다.

"테스, 다른 건 안 돼요." 그가 대답했다.

"아이, 전 몰라요. 좋아요, 마음대로 해요!" 가엾게도 테스는 헐떡이면서 이렇게 말했다.

젊은이가 말고삐를 당기자, 말은 걸음을 늦추었다. 그가 막 원하던 키스를 하려고 하자 테스는 자기가 너무 경솔했다는 것을 비로소 느긴 듯이 몸을 옆으로 피했다. 그는 양손으로 고삐를 잡고 있었기 때문에 테스의 그런 동작을 어떻게 막을 길이 없었다.

"제기랄, 우리 둘의 목을 다 분질러버릴까 보다!" 마음이 들떠서 욕정에 불붙은 젊은이는 욕설을 퍼부었다. "앙큼한 계집애 같으니. 그래, 이렇게 약속을 어기기야?"

"좋아요." 테스가 말했다. "그렇게 하시겠다면 구태여 피하진 않겠어요! 그러나 난······일가로서 호의를 베풀어주시고 보살펴줄 줄만 알았어요!"

"일가는 무슨 빌어먹을 일가야! 자, 어서!"

"하지만 전 아무 하고도 키스 같은 건 하기 싫어요!" 테스는 애원했다. 눈에서 굵은 눈물 방울이 뚝뚝 떨어지기 시작했고 울음을 참으려는 그녀의 입술이 떨렸다. "이렇게 될 줄 미리 알았더라면 오지 않았을걸!"

젊은이는 그녀의 애원에도 수그러들지 않았다. 테스는 잠자코 앉아 있었다. 그런 그녀에게 더버빌은 승리의 키스를 했다. 그가 키스를 끝내자 테스의 얼굴은 수치심으로 확확 달아올랐다. 그녀는 손수건을 꺼내 그의 입술이 닿았던 뺨을 닦아냈다. 무의식중에 그러고 있는 테스를 보자 젊은이의 욕정은 더욱 불타올랐다.

"시골 아가씨치곤 무척 까다로운데!" 젊은이가 말했다.

테스는 그 말에 아무 대꾸도 하지 않았다. 자기도 모르는 사이에 그런 행동을 한 것이 그에게 모욕을 주었다는 사실을 전혀 깨닫지 못했기 때문이다. 사실, 테스는 물리적인 면에서 가능한 한 키스의 흔적을 깨끗하게 지워버렸다. 테스는 그가 화난 것을 어렴풋이 느끼면서 그들이 멜베리 다운과 윙글린 근처에 다다를 때까지 물끄러미 앞만 내다보았다. 테스는 또 한 번 겪어야 할 내리막길이 있음을 보고는 깜짝 놀라고 말았다.

"그런 짓 후회하는 꼴을 보고야 말겠어!" 젊은이는 다시 채찍을 휘두르면서 기분이 상한 목소리로 말을 꺼냈다. "하지만 자청해서 다시

키스를 하게 해주고 손수건으로 닦는 따위의 짓을 하지 않는다면 별 문제지만."

그녀는 한숨을 내쉬었다.

"좋아요." 그녀가 말했다. "앗, 내 모자를 좀 집게 해주세요!"

그들이 얘기하는 동안에 테스의 모자가 바람에 날려 길바닥에 떨어졌던 것이다. 고지를 치달리는 마차의 속력이 결코 느린 것은 아니었기 때문이다. 더버빌은 말을 세우고 자기가 집어주겠다고 말했지만 테스가 먼저 내렸다.

테스는 되돌아가서 모자를 집어들었다.

"아가씨는 모자를 벗으니 더 예뻐 보이는걸. 이런 일도 있나?" 그가 마차 뒤로 테스를 넘겨다보면서 말했다. "자, 어서 타요! 왜 그러고 있지?"

테스는 모자를 쓰고 끈을 매었지만 마차 곁으로 다가오지 않았다.

"싫어요." 테스는 두 눈에 대담한 승리의 빛을 띠고 빨간 잇몸과 흰 이를 드러내며 말했다. "다시는 그런 짓 않겠어요!"

"뭐라구? 내 곁에 앉지 않겠다, 이 말이지?"

"그래요. 난 걸어가겠어요."

"트랜트리지까진 아직도 5,6마일이나 남아 있는데도?"

"몇십 마일이 남아 있더라도 상관없어요. 게다가 짐마차도 뒤따라 올 거구요."

"요 교활한 말괄량이! 자, 말해봐. 모자도 일부러 바람에 날려보낸 거지?"

테스가 의도적으로 아무 말도 않자 젊은이의 의심은 더욱 굳어졌다.

그러자 더버빌은 테스를 저주하고 욕설을 퍼부었다. 그리고 모자를 일부러 날려보냈다고, 생각나는 온갖 악담을 퍼부어댔다. 그는 갑자기 말머리를 돌려 테스 쪽으로 되돌아와서는 생울타리 사이로 그녀를 몰아넣으려 했다. 그러나 테스를 다치게 하지 않고서는 그럴 수 없었다.

"그런 욕설을 함부로 내뱉다니 부끄럽지도 않아요!" 테스는 생울타리 위로 기어오르며 감연히 소리를 질렀다. "난 당신이 아주 싫어요!
밉고 증오스러워요. 난 어머니한테 돌아가겠어요. 돌아갈 테에요!"

테스가 화내는 것을 보자 더버빌의 노여움은 사라졌다. 그는 큰 소
리로 껄껄 웃어댔다.

"난 아가씨가 더욱 좋아지는군요." 그가 말했다. "자, 우리 화해합
시다. 아가씨 비위에 거슬리는 짓은 다신 안 할 테니까. 이제부턴 꼭
약속을 지키지요!"

그래도 테스는 다시 마차를 타고 싶지 않았다. 그러나 그녀는 젊은
이가 마차를 몰고 옆에서 따라오는 것은 반대하지 않았다. 이같이 느
린 걸음으로 그들은 트랜트리지 마을을 향해서 갔다. 더버빌은 자기
의 불미스러운 행동 때문에 테스가 터벅터벅 걷는 모습을 보고는 가
끔 심하게 괴로운 표정을 지었다. 사실, 이젠 테스는 그를 믿어도 좋
을 것 같았다. 그러나 젊은이는 테스한테서 신용을 잃었던 것이다. 테
스는 걸어가면서, 집으로 돌아가는 편이 현명하지 않을까 하고 궁리
하는 듯이 생각에 잠겨 있었다. 그러나 한번 결심한 이상 중대한 이유
도 없이 이제 와서 집으로 돌아간다는 것은 어린애 장난같이 변덕스
러워 보였다. 이런 감상적인 이유로 어떻게 집으로 돌아가 어떻게 부
모를 대하고, 또 짐은 어떻게 도로 가지고 가며, 집안을 일으킬 당초
의 계획은 어떻게 한단 말인가?

몇 분이 지나자 슬로프 저택의 굴뚝들이 시야에 나타나고 그 저택
오른쪽 아늑한 구석에 테스의 목적지인 양계장과 농가가 보였다.

9 테스가 관리인 겸 사료 조달인, 그리고 간호원이나 외과의사가
되어주고, 심지어 친구가 되어 보살펴주어야 할 양계장은 낡은
초가집이었다. 한때는 정원으로 사용되었지만 지금은 닭들이 밟아 뭉
개어 모래땅이 된, 네모로 쳐진 울타리 안에 그 양계장이 있었다. 집

은 담쟁이덩굴이 온통 뒤덮고 있었고, 기생 식물의 가지로 덮여 더 커 보이는 굴뚝은 폐허화된 탑 같았다. 아래층의 방들은 닭들이 차지하고 있었다. 닭들은 마치 이 집을 세운 건 교회당 묘지 동서편에 묻혀 한 줌의 흙으로 변한 옛 지주들이 아니라 자기들 자신이라는 듯 주인 행세를 하며 이방 저방을 맘대로 돌아다녔다. 옛 지주의 자손들은 스토크 더버빌 가가 여기 와서 집을 짓기 전까지만 해도 자기의 조상들이 애착을 느끼고 많은 돈을 들여 몇 세대에 걸쳐 소유해온 이 집을, 법적으로 소유권이 넘어오자 스토크 더버빌 마님이 이런 사실에는 아랑곳없이 양계장으로 만들어버려, 이것을 자기네들 가문의 치욕으로 느꼈다.

"할아버지 시대엔 독실한 신자들이 살기에 알맞은 집이었는데." 그 자손들은 이렇게 말하며 아쉬워했다. 한때는 이 집에서 많은 아이들이 자라며 울어대던 방들이 지금은 햇병아리들의 모이 쪼는 소리로 요란했다. 그리고 예전에 농부들이 조용히 앉아서 쉬던, 의자들이 놓여 있던 장소는 닭장으로 변해서 암탉들이 미친 듯이 뛰어다니고 있었다. 벽난로 모퉁이와 한때 불이 이글이글 타오르던 난로 바닥에는 지금은 엎어놓은 벌통들이 가득 놓여 있었고, 그 벌통에다 암탉들은 알을 낳았다. 또한 대대로 이어온 집주인들이 삽으로 정성껏 일구어놓은 집 바깥의 땅은 수탉들이 마구 파헤쳐 놓았다.

이 농가집이 있는 안마당은 담장으로 둘러싸여 있어서 문 하나로만 출입할 수 있게 되어 있었다.

다음날 아침, 테스가 한 시간쯤 양계에 익숙한 집의 딸답게 자기 생각대로 닭들의 자리를 바꾸기도 하고 고쳐놓기도 하고 있는데 담장 문이 열리고 흰 모자에 앞치마를 두른 하녀가 들어왔다. 그녀는 저택에서 온 하녀였다.

"더버빌 마님께서 여느 때처럼 닭들을 가지고 오라고 하세요." 하녀가 말했다.

그러나 하녀는 테스가 잘 알아듣지 못하는 것을 눈치채고 설명을 덧붙였다.

"마님은 연세도 많으시고 앞을 못 보세요."

"앞을 못 보신다구요!" 테스가 말했다.

테스는 이 뜻밖의 말에 대해 미처 의심을 풀 겨를도 없이 하녀가 시키는 대로 햄버그 종(種) 중에서 가장 아름다운 닭 두 마리를 팔에 안고 역시 닭 두 마리를 안은 하녀를 따라 저택으로 들어갔다. 그 집은 화려하고 당당한 건물이었지만, 집안의 누군가가 말 못 하는 생물을 퍽 사랑하고 있다는 흔적을 건물 도처에서 볼 수 있었다. 이를테면 현관이 보이는 곳에 날아다니는 깃털이나 잔디밭에 닭장이 있다는 것 등에서도 그 흔적을 쉽사리 볼 수 있었다.

아래층 거실에는 이 저택의 소유자 겸 여주인이 햇살을 등지고 안락 의자에 앉아 있었다. 육십을 넘지 않은, 아니 실제 육십이 안 될지도 모르는, 백발이 성성한 마님이었는데 테 없는 커다란 모자를 쓰고 있었다. 그 마님은, 실명한 지 오래거나 아니면 날 때부터 눈이 먼 사람들에게서 흔히 볼 수 있는 침울하면서도 담담한 표정과는 달리 시력이 차츰 약해져서 다시 회복해 보려고 애쓰다가 결국 할 수 없이 단념해버린 사람들에게서 볼 수 있는 민감한 표정을 지니고 있었다. 테스는 한 팔에 한 마리씩 닭을 안고 마님한테 갔다.

"아, 네가 우리 집 닭들을 보살펴주러 온 아가씨냐?" 더버빌 마님은 귀에 선 발자국 소리를 알아듣고 말했다. "우리 닭들을 잘 보살펴 다오. 우리 집 관리인 말로는 네가 아주 적임자라더구나. 그래, 닭들은 어디 있지? 아, 이 녀석이 스트라트 종이로군! 그런데 오늘은 이녀석이 기운이 좀 없는 모양이야? 아마 낯선 사람 때문에 놀랐나 보군. 피녀 종 역시 그렇구나. 그래, 모두들 좀 놀란 모양이야. 그렇지? 하지만 녀석들이 곧 낯이 익겠지."

마님이 말하는 동안 테스와 하녀는 마님의 손짓에 따라 닭들을 한 마리씩 마님의 무릎 위에 올려놓았다. 마님은 닭들을 머리에서 꼬리까지 손으로 더듬어 훑어보았다. 주둥이와 볏, 수탉들의 머리, 날개,

그리고 발톱까지도 더듬어보았다. 마님은 한번 만져만 보아도 어느 닭인가를 금방 알아봤고, 깃털 하나라도 상했거나 다쳤으면 금방 알아냈다. 모이주머니를 만져보기만 해도 무엇을 먹었는지, 잘 먹었는지 못 먹었는지를 알 수가 있었다. 그리고 속으로 언짢은 생각을 하면 그것이 곧 얼굴 표정으로 나타났다.

두 처녀가 안고 온 닭들은 지체없이 닭장으로 돌려보내졌다. 그리고 이런 과정이 거듭되어 나중에는 마님이 좋아하는 모든 닭들이 마님의 손을 거쳤다. 햄버그 종, 밴텀 종, 코친 종, 브라마 종, 도킹 종, 그 밖에 당시 유행되던 많은 닭들을 마님은 무릎에 앉혀놓고 검사하면서 그 닭을 틀리게 맞히는 일은 거의 없었다.

테스는 마님의 이런 행동을 보고 있자니 견진성사(堅振聖事)가 생각났다. 더버빌 마님은 주교이고, 닭들은 성사에 참례한 젊은이들이며, 자기와 하녀는 젊은이들을 인솔하고 온 교구의 신부와 보좌 신부라는 생각이. 이 의식이 끝날 무렵, 더버빌 마님은 주름 잡힌 얼굴을 일그러뜨리며 갑자기 테스에게 물었다.

"아가씬 휘파람을 불 줄 아나?"

"마님, 휘파람 말씀이에요?"

"그래, 휘파람으로 노래 부르는 것 말이야."

테스는 대부분의 시골 아가씨들처럼 휘파람을 불 줄 알았다. 그러나 점잖은 사람들이 모인 앞에서는 불지 않았다. 어쨌든 테스는 불 줄 안다고 공손하게 대답했다.

"그러면 매일 휘파람 부는 연습을 하거라. 썩 잘 불던 소년이 있었는데 그만 떠나버렸단다. 난 네가 우리 피리새에게 휘파람을 불어주면 좋겠구나. 난 눈으로 볼 순 없으니 새 우는 소리라도 듣고 싶구나. 그래서 우린 휘파람으로 노래를 가르치지. 엘리자베스, 테스에게 새장 있는 곳을 알려주거라. 내일부터 시작해라. 그냥 놔뒀다간 새들의 노랫소리가 다시 전처럼 되고 말겠다. 벌써 여러 날을 내버려두었으니."

"마님, 오늘 아침엔 더버빌 도련님이 가르쳐주셨어요." 엘리자베스가 말했다.

"흥! 그애가!"

마님의 얼굴에는 증오의 주름살이 잡혔다. 그러고는 더 이상 말이 없었다.

테스가 머릿속에서 친척이라고 생각해온 마님과의 대면은 이렇게 끝났고, 닭들은 모두 닭장으로 옮겨졌다. 더버빌 마님의 태도를 보고도 테스는 그다지 놀라지 않았다. 왜냐하면 저택의 규모를 본 다음부터 이만한 일은 으레 있을 수 있다고 짐작했기 때문이다. 그러나 테스는 마님이 자기와 일가가 된다는 것에 대해서는 한 마디도 언급하지 않은 것을 미처 깨닫지 못했다. 테스는 눈먼 마님과 아들 간에 애정이 두텁지 않다는 것을 짐작했다. 그러나 이것 역시 테스의 잘못된 판단이었다. 세상에는 자기 자식을 원망하면서도 사랑하고 몹시 귀여워하지 않을 수 없는 어머니들이 많은 것처럼 더버빌 마님 역시 예외는 아니었기 때문이다.

첫날의 일이 유쾌하지 않았는데도 테스는 일단 자리를 잡고 나니까, 아침 해가 비칠 때에는 자신의 새로운 지위가 자유롭고 신기하여 마음에 들었다. 그리고 자기의 지위를 지탱해나갈 수 있을지 확인하기 위해서 마님이 뜻밖에 분부한 일로 자기의 역량을 시험해보고 싶은 호기심이 생겼다. 테스는 담으로 둘러싸인 닭장 안에 혼자 앉아서 오랫동안 불지 않았던 휘파람을 연습하려고 입을 오무렸다. 그러나 지난날의 솜씨는 사라져버리고 아무리 애써도 입술 사이로 헛소리만 나올 뿐, 도무지 또렷한 소리가 나오지 않았다.

테스는 휘파람을 불고 또 불어봤지만 헛수고였다. 어릴 때부터 그렇게 잘 불던 휘파람이 이렇게도 안 될 수가 있을까 하고 생각하고 있을 때, 농가집이나 마찬가지로 뜰의 담을 뒤덮은 담쟁이덩굴 사이에서 무엇인가 어른거리는 것 같았다. 그쪽을 쳐다보니 담 위에서 마당으로 뛰어내리는 사람의 모습이 보였다. 그것은 알렉 더버빌이었다.

테스는 전날 머무른 정원사네 집 문 앞까지 안내받은 뒤로 그를 처음으로 본 것이다.

"정말이지!" 하고 그는 외쳤다. "사촌동생 테스(사촌동생이라고 부르는 그의 말투엔 조롱기가 섞여 있었다), 사촌동생처럼 아름다운 건 '자연' 속에도 '예술' 속에도 결코 없어. 난 담 너머로 한참 바라보았지……. 기념탑 위의 '성미 급한' 조상(彫像)처럼 앉아서 휘파람을 불려고 그 예쁜 입술을 뾰족히 내밀고 후후하고 불다가 소리가 나지 않으니까 남몰래 욕질하던 모습을 말이야. 그래, 휘파람이 안 되니까 몹시 짜증을 내더군."

"짜증을 냈는지는 몰라도 욕질은 안 했어요."

"아, 왜 그러는지 알겠어……. 저 피리새들 때문이지! 분명히 우리 어머니가 저 새들한테 노래 공부를 시키라고 했을 거야. 우리 어머니도 욕심이 많은 분이거든! 그 노인의 고약한 닭들을 돌봐주는 게 아가씨 일로는 부족한 줄 아시는 모양이군. 나 같으면 딱 잘라 거절하겠어."

"그렇지만 마님께서는 이 일을 꼭 하라고 하시면서 내일 아침까지는 연습해두라고 하셨는걸요."

"우리 어머니가 그랬단 말이지? 그렇다면 내가 한두 번 가르쳐주지."

"아니에요, 괜찮아요!" 테스는 문 쪽으로 뒷걸음질치면서 말했다.

"바보 같은 소릴 하는군! 동생 몸에 손 대려는 건 아니야. 자, 난 철망 이쪽에 서고 동생은 저쪽에 있으면 마음놓을 수 있잖아. 자, 날 좀 봐요. 동생은 입술을 너무 뾰족하게 내밀었어. 자, 이렇게 해봐요."

젊은이는 가사에 맞추어 몸짓을 하면서 '가져가세요, 아, 가져가세요, 이 내 입술을'이라는 노래의 한 구절을 휘파람으로 불었다. 그러나 테스에게는 그 노래의 뜻이 통하지 않았다.

"자, 한 번 해봐." 더버빌은 말했다.

테스는 침착하게 보이려고 애썼다. 얼굴엔 조각처럼 싸늘한 표정을 지었다. 그러나 그는 계속해서 고집을 부렸다. 테스는 마침내 그를 빨리 쫓아버리기 위해 그가 하라는 대로 맑은 소리를 내려고 입술을 오무렸다. 그러다가 기가 막혀 웃었다. 그러고는 그녀는 자기가 웃은 것이 더욱 속상해서 얼굴을 붉혔다.

"다시 한 번 해봐요!" 그가 권했다.

테스는 정신을 바짝 차렸다. 그리고 이번에는 보기에 민망할 정도로 진지하게 다시 해보았다. 뜻밖에도 아주 부드러운 휘파람 소리가 나왔다. 그 순간 그녀는 해냈다는 기쁨을 억누를 수 없어 자기도 모르게 눈을 크게 뜨고 그를 똑바로 쳐다보면서 환히 웃었다.

"바로 그거야! 내가 이제 첫걸음을 시작해준 셈이니까 앞으로는 잘될 거야. 그런데……내가 동생 곁에 가지 않겠다고 했었지. 난 누구 못지않게 동생에게 마음이 쏠리지만 약속은 지키겠어……. 테스, 우리 어머니를 이상하게 여기고 있지?"

"난 마님에 대해 아직 잘 모르겠어요."

"이상한 마님이라고 생각할 거야. 피리새한테 휘파람을 가르치라는 것부터가 벌써 이상한 거지. 난 지금 어머니한테 미움을 받고 있지만 아가씨는 가축들만 잘 보살펴주면 귀여움을 받을 거야. 그럼 잘 있어. 만일 어려운 일이 생기거든 관리인한테 가지 말고 내게 와요."

테스 더비필드가 일자리를 마련하기 위해서 치른 것은 바로 이와 같은 일이었다. 앞으로 계속될 일은 첫날에 한 일과 같은 일이었다. 알렉 더버빌과 만남으로써 느끼는 친밀감——이것은 젊은이가 농담조로 이야기를 하거나 단 둘이 있을 때 익살스럽게 사촌동생이라고 부르는 데서 테스의 마음에 싹튼 감정이었다——은 그에 대한 애초의 나쁜 감정을 많이 없애주었다. 하지만 그녀의 마음에 새롭고 전보다 더 상냥한 감정이 싹튼 것은 아니었다. 그러나 테스는 젊은이 밑에서 단순한 친구 입장을 떠나 그를 좀더 온순하게 대했다. 왜냐하면 테스는 마님에게 의지할 수밖에 없었는데, 마님은 별로 도움이 되지 않았기에 젊은이의 힘을 빌릴 수밖에 없었기 때문이다.

테스는 휘파람 부는 솜씨를 되찾자 더버빌 마님의 방에서 피리새에게 휘파람을 불어주는 일은 그다지 힘들지 않음을 이내 알게 되었다. 테스는 노래를 좋아하는 어머니로부터 새에게 들려줄 적당한 노래를 여러 곡 알고 있었기 때문이다. 아침마다 새장 앞에서 휘파람을 불어주는 일은 안뜰에서 휘파람 연습을 할 때보다 훨씬 더 즐거웠다. 젊은 이가 곁에 없었으므로, 그녀는 입을 오무리고 새장 가까이에 입술을 대고는 귀를 기울이는 새들에게 거리낌없는 홀가분한 기분으로 휘파람을 불어주었다.

더버빌 마님은 수놓은 묵직한 비단 커튼을 드리운 네 발 달린 큰 침대에서 잤다. 피리새들은 그 침실을 차지하고 있었다. 그 새들은 방 안을 마음대로 날아다니며 이따금 옷장이나 장식품 위에 배설물로 작고 흰 얼룩을 지게 했다. 어느 날, 새장이 나란히 걸려 있는 창가에서 테스는 여느 때처럼 노래를 가르치고 있었다. 그때 침대 뒤쪽에서 바스락거리는 소리가 들렸다. 마님은 방안에 없었다. 방안을 둘러보았더니 커튼 밑으로 구두 끈이 보였다. 그 때문에 그녀의 휘파람은 너무 떨려서, 그가 엿듣고 있었다면 테스가 자기의 존재를 짐작했다는 사실을 그는 알아차렸을 것이다. 이런 일이 있은 후부터 테스는 아침마다 커튼을 들춰봤으나 아무도 숨어 있지 않았다. 알렉 더버빌은 분명히 그처럼 숨어서 테스를 깜짝 놀라게 해주려는 장난은 집어치우는 게 낫겠다는 생각을 한 모양이었다.

10 어느 마을이건 간에 저마다의 특색과 조직, 때로는 도덕적 규범이 있게 마련이다. 트랜트리지 마을과 그 근방의 젊은 여자들 중에는 행실이 좋지 않은 여자들이 많다는 소문이 파다하였다. 그것은 트랜트리지 근처에 있는 슬로프 저택을 지배하고 있는 유지들의 특징 같았다. 이 고장에는 또한 그보다 더 고질적인 결점이 있

었다. 지나치게 술을 마시는 점이 바로 그것이었다. 이 근처 농장에서 흔히 주고받는 이야기들은, 돈을 벌어서 뭣하겠느냐는 것이었다. 그리고 농사꾼 차림의 타산적인 사람들은 평생 곡괭이나 삽에 매달려서 벌어들인 삯 중에서 몇 푼 떼어 모아두는 돈보다는 노후에 교구에서 주는 구제금(救濟金)을 받는 편이 오히려 실속 있다는 것을 따지기가 일쑤였다.

이런 공론가들의 가장 큰 즐거움은, 일과가 끝난 토요일 저녁마다 2, 3마일이나 떨어져 있는 한산해진 체이스버러에 가서 술을 퍼마시며 법석을 떨다가 다음날 새벽 한두 시경에 돌아오는 일이었다. 그들은, 옛날엔 꽤 흥청거렸던 그 주막을 손아귀에 쥐고 있는 주인이란 자가 맥주랍시고 내놓은 합성주 때문에 배탈이 나서 그걸 핑계로 일요일 내내 누워서 잠만 잔다는 것이었다.

테스는 주일마다 있는 그들의 모임에 오랫동안 어울리지 않았다. 그러나 나이가 비슷한 여자들 등쌀에 못 이겨 테스는 마침내 동행하는 데 찬성했다. 이 고장에서는 일꾼들이 스물한 살이 되면 마흔 살 된 일꾼과 같은 품삯을 받았으므로 결혼을 일찍 했다. 처음으로 모임에 가보았더니 생각보다는 훨씬 즐거웠다. 일주일 내내 양계장에서 따분하게 지내던 그녀로서는 다른 사람들이 즐거워하는 분위기에 휩쓸려 덩달아 재미있었다. 그 후로 테스는 종종 모임에 참석했다. 테스는 얌전하고 매력 있는데다 성숙한 처녀 티가 나기 시작할 나이라서, 그녀의 모습은 체이스버러 마을의 길거리에서 빈둥거리는 건달들의 음흉한 시선을 끌었다. 그래서 그녀는 혼자 가는 때도 있었지만 밤에 집으로 돌아갈 때에는 친구들의 보호를 받으려고 항상 동반자를 찾았다.

이런 생활이 한두 달 계속되었다. 그러던 9월의 어느 토요일, 그날은 장날과 축제일이 겹쳐 있었다. 그래서 트랜트리지 마을에서 온 사람들은 주막에서 여느 때보다 갑절의 즐거움을 누려보고 싶어했다. 테스는 일이 바빠서 늦게 떠났으므로 그녀의 친구들은 테스보다 훨씬 먼저 체이스버러에 가 있었다. 때는 해가 막 지기 전, 아름다운 9월의 저녁이었다. 저녁놀과 어슴푸레한 어둠이 뒤섞여서 머리카락 같은 가느다란 빛을 발산하고 있었고, 무수한 날벌레들이 난무하고 있었다. 땅거미가 지기 시작한 어슴푸레한 대기 속을 테스는 한가롭게 걸었다.

테스는 어둠이 깔리기 시작할 무렵, 체이스버러에 도착하고 나서야 비로소 그날은 장날과 축제일이 겹친 날이라는 것을 알았다. 테스는 간단히 장을 보고 나서 여느 때처럼 함께 돌아갈 트랜트리지 사람들을 찾기 시작했다.

처음엔 그들을 찾지 못했다. 그녀는 그들 대부분이 자기들과 거래하고 있는 상인의 집에서 열린 비밀 무도회에 갔다는 사실을 알았다. 그 상인은 건초와 토탄(土炭)을 거래하는 사람이었다. 그 가게는 체이스버러 변두리의 으슥한 곳에 있었다. 테스는 그곳으로 가려다가 더버빌이 길모퉁이에 서 있는 것을 보았다.

"아가씨, 이렇게 늦은 시간에 여긴 웬일이지?" 그가 물었다.

테스는, 지금 자기는 함께 돌아갈 사람을 찾고 있는 중이라고 대답했다.

"잘 가요." 그는 테스가 뒷길로 들어갈 때 그녀의 뒤에서 말했다.

그녀가 건초 상인 가게에 다다르자, 뒤쪽 어느 집에서 '릴' 무도곡을 켜는 바이올린 소리가 들렸다. 그러나 춤추는 소리는 들리지 않았다. 춤추며 떠드는 소리가 대개 음악 소리를 누르는 것이 보통인데 음악 소리만 들리다니 이상한 일이었다. 대문이 열려 있었기에 테스는 어둠 속이지만 눈을 부릅뜨고 집 안을 통해 안뜰 쪽을 볼 수 있었다. 문을 두드려도 아무도 나와주지 않아서, 테스는 집 안으로 들어가서 길을 따라 음악 소리가 새어나오는 창고 쪽으로 갔다.

그 집은 창문이 없는 건물로서 창고로 쓰이고 있었다. 열려 있는 문에서 노란 색깔의 안개 같은 것이 뿌옇게 피어오르는 것이 보였다. 테스는 처음에는 그것이 불빛에 비친 연기라고 생각했다. 그러나 가까이 다가가자, 그것은 창고 안에서 일어나는 먼지가 촛불에 반사되고 있는 것임을 알았다. 먼지를 반사하고 있는 불빛이 넓은 안뜰의 어둠 속으로 입구의 모습을 드러내 보여주었다.

테스는 가까이 가서 안을 들여다보았다. 얼굴을 분간할 수 없을 만큼 먼지가 가득 찬 속에서 몇몇 사람이 피겨 댄스에 맞추어 뛰면서 춤추고 있었다. 창고 바닥엔 '스크로프'라는 토탄가루와 건조 북데기 같은 것들이 발목까지 쌓여 있어서 그들이 뛰노는 소리가 들리지 않던 것이다. 그들이 요란하게 춤추는 바람에 바닥의 먼지가 일어, 창고 안은 마치 안개나 구름이 낀 것처럼 자욱했다. 곰팡내나는 토탄가루와 건초 북데기가 춤추는 사람들의 체온과 땀으로 뒤범벅되어 가루를 뒤집어쓴 일종의 식물 인간처럼 보였다. 낮은 음으로 켜는 바이올린 소리는 그 곡에 맞춰 춤추는 사람들의 기분에 비하면 너무나 힘없이 들렸다. 그들은 춤을 추면서 먼지 때문에 콜록거렸고, 콜록거리면서도 웃어댔다. 활기 있게 춤추는 쌍쌍의 모습은 높이 달린 희미한 등불보다 더 분간하기 어려웠다——희끄무레한 그들의 모습은 술과 여자를 탐하는 숲의 신이 요정을 끌어안고 있는 것 같았고, 한 무리의 판신(사람의 모습에 염소의 뿔과 다리를 가진 목신〔牧神〕. 음악·무용을 좋아함)들이 그들의 피리를 빙글빙글 돌리고 있는 것 같기도 했고, 황홀경에 빠진 요정이 정력의 신의 품에서 빠져나오려다가 다시 붙들리는 것 같기도 했다.

그들은 숨을 돌리려고 가끔 문간에 나왔다. 그 순간 그들을 감싸고 있던 신비의 베일은 벗겨지고 그 반신(半神)들의 모습은 평범한 이웃 사람들의 얼굴로 바뀌었다. 트랜트리지 사람들이 두세 시간밖에 안 되는 짧은 시간 동안에 이렇게 미친 사람처럼 변할 수 있다니!

몇몇 주선(酒仙)들은 벽에 기대어 놓은 벤치나 건초 더미 위에 앉아 있었다. 그들 중 한 사람이 테스를 알아보았다.

"아가씨들은 플라워 드 루스 집에서 춤추는 걸 꺼림칙하게 생각한단 말야." 그가 말했다. "그녀들은 자기들이 좋아하는 남자를 남에게 알리기를 꺼려하지요. 게다가 그 집은 손님들이 한창 신이 나 있을 때 문을 닫곤 하기 때문에 우리는 술을 사가지고 여기 와서 논답니다."

"그렇지만 언제 집에 돌아갈 작정이세요?" 테스는 좀 불안해서 물었다.

"글쎄, 곧 갈 거요. 이번이 마지막으로, 두번째 춤이니까요."

테스는 기다렸다. '릴' 곡은 거의 끝나가고 있었다. 돌아가려는 사람들도 있었고, 더 남아 있고 싶어하는 사람들도 있었다. 그래서 그들은 한 곡을 더 추기로 했다. 테스는 이번에는 끝날 거라고 생각했다. 그러나 춤은 다시 계속되었다. 테스는 불안해졌다. 그러나 이렇게 오래 기다린 김에 더 기다릴 수밖에 없었다. 오늘은 축제일이기 때문에 돌아가는 길에 나쁜 생각을 품은 건달들이 숨어 있을지도 모른다. 그녀는 미리 짐작한 위험은 두려울 것이 없었지만 불현듯 닥쳐올 위험은 겁이 났다. 말로트 마을에서 가까운 곳이었다면 테스는 그처럼 두려워하지는 않았을 것이다.

"아가씨, 걱정 말아요."

얼굴은 땀에 젖고 밀짚 모자를 뒤로 젖혀 쓴 젊은이가 기침을 하면서 그녀를 타일렀다. 그의 모자 테가 성자의 후광처럼 불빛에 반사되고 있었다.

"왜 그렇게 서둘러요? 내일은 일요일인데. 교회 가는 시간에 낮잠을 자면 될 텐데. 자, 춤이나 한 번 출까요?"

테스는 춤추는 것을 싫어하지는 않았지만 여기서 추고 싶지는 않았다. 춤은 더욱더 열을 띠기 시작했다. 구름 기둥 같은 먼지 속에서 바이올린을 켜는 사람들은 곡에 맞지 않는 엉뚱한 줄을 퉁기거나 활의 등을 켜서 음악은 가끔 엉망이 되었다. 그러나 춤추는 사람들은 음악에는 아랑곳하지 않고 숨을 헐떡이며 계속 춤을 추었다.

그들은 춤 상대가 싫지 않은 한, 상대를 바꾸지 않았다. 춤 상대를 바꾼다는 것은 한 쌍의 어느 쪽인가가 상대에게 아직 만족하지 못하고 있음을 뜻했다. 그러나 이맘때쯤 되니 어느 쌍이든 호흡이 잘 맞았다. 황홀경과 꿈속의 세계가 시작되는 것은 바로 이맘때였기 때문이다. 이런 기분일 때에는 춤만이 인생의 전부 같았고 발길에 걸리는 것만 없으면 추고 싶은 대로 계속 추게 되었다.

갑자기 쿵 하는 소리가 나서 보니 한 쌍의 남녀가 넘어진 채 서로 얽혀 있었다. 다음의 한 쌍도 그들에게 걸려 넘어졌다. 창고 안에 가득 찬 먼지 속에서 또 다른 먼지가 일었고, 그 먼지 속에서 얽혀 뒹구는 그들의 팔다리를 볼 수 있었다.

"여보, 당신, 집에 가면 혼날 줄 알아요!"

사람들이 엉켜 넘어져 있는 곳에서 남편에게 소리치는 여자의 앙칼진 목소리가 들렸다——그 여자는 결혼한 지 얼마 안 되는 새색시였다. 트랜트리지 마을에서는 애정이 아직 식지 않은 신혼 부부의 춤추는 모습을 흔히 볼 수 있었다. 결혼한 지 오래 된 부부들도 따뜻한 애정을 되찾고 싶은 생각에서 흔히들 춤을 추었다.

안뜰의 그늘 속에서 커다란 웃음소리가 테스의 등뒤로 들려왔다. 그 소리는 창고 안에서 킬킬거리는 웃음소리와 뒤섞였다. 테스가 뒤돌아보자 빨간 여송연 불빛이 보였다. 알렉 더버빌이 혼자 서 있었던 것이다. 그는 테스에게 손짓을 했다. 테스는 마지못해 그쪽으로 갔다.

"아가씨, 이 밤중에 여기서 뭘 하고 있지?"

테스는 온종일 일하고 걷고 해서 너무 지쳐 있었기 때문에 자기의 걱정을 그에게 털어놓았다. 밤길이 생소해서 집으로 같이 갈 친구를 기다리고 있는 중이라고 말했다.

"하지만 그들은 좀처럼 떠날 것 같지 않아요. 난 이제 더 이상 기다리지 못하겠어요."

"물론 더 기다릴 순 없겠지. 난 오늘 승용 말만 타고 왔지만 플라워드 루스 주막으로 와요. 그럼 내가 마차를 한 대 세내서 집으로 데려다 줄 테니까."

테스는 그 말에 솔깃했지만 애초부터 그에 대한 불신감이 남아 있었기 때문에 늦더라도 친구들을 기다렸다가 같이 집으로 돌아가는 것이 좋겠다고 생각했다. 그래서 테스는 그에게 대단히 고맙지만 폐를 끼치고 싶진 않다고 대답했다.

"그들에게 기다리고 있겠다고 말했으니 그들도 그런 줄 알고 있을 거예요."

"좋아, 옹고집 아가씨. 좋도록 해요……. 나도 급히 서두르지는 않겠어……. 아, 저기서는 굉장히 법석을 떨고 있군!"

알렉은 밝은 곳으로 나가진 않았지만 그를 알아보는 사람들도 있었다. 그 젊은이가 나타나자 사람들은 조용히 멈추고 시간이 많이 흘렀다고 생각하는 눈치였다. 그가 여송연에 다시 불을 붙여 물고 가버리자 트랜트리지 마을 사람들은 다른 곳에서 온 사람들한테 떨어져, 한데 모여 함께 떠날 준비를 했다. 짐과 바구니도 챙겼다. 반 시간이 지난 후에 교회의 종이 열한 시 십오 분을 알리자 그들은 산으로 뻗은 오솔길을 따라 집을 향해서 끼리끼리 떼를 지어 흩어졌다.

오늘 밤은 달빛을 받아 유난히도 희게 보이는, 3마일 남짓한 메마른 길을 걸어가야 했다.

테스는 이 사람들 저 사람들과 함께 어울리면서 걸었다. 술을 많이 마신 남자들은 시원한 밤바람을 쏘이자 몸을 가누지 못하고 비틀거렸다. 최근까지도 더버빌의 애인이었던 '스페이드의 여왕'이란 별명을 가진, 얼굴빛이 거무스레하고 독살스러운 카 다치, '다이아몬드의 여왕'이라고 불리는, 그녀의 동생 낸시, 그리고 춤출 때 나뒹굴었던 젊은 새색시 등 남자들 못지않게 술에 취한 그녀들의 주책없는 모습은 그야말로 꼴불견이었다. 바로 지금 그들에게 아무 매력도 느끼지 못하는 시시한 사람의 눈엔 그들의 꼬락서니가 무척 천하고 야비하게 보일 테지만 본인들로서는 사정이 달랐다. 그들은 독창적이고 심원한 생각, 즉 자기들과 주위의 자연은 하나의 유기체를 이루어 그 속에서 모든 것은 조화되고 즐겁게 서로 연결되어 있다는 생각에 사로잡혀 하늘이라도 떠다닐 것 같은 기분으로 걷고 있었다. 그들은 하늘의 달이나 별처럼 의기양양했고 달과 별들은 자기들처럼 정열에 불타고 있다고 생각했다.

그러나 테스는 집에서 아버지가 술주정하는 것을 몸서리치도록 겪었기 때문에 그런 꼬락서니를 보자 달밤에 걷는 모처럼의 즐거움마저 깨지고 말았다. 하지만 밤길이 무서워서 그들과 동행할 수밖에 없었다.

넓은 신작로로 나오자 그들은 뿔뿔이 흩어져서 걸었다. 그러나 밭으로 들어가는 문에 이르러 앞에 선 사람이 그 문을 여느라고 애쓰는 모양을 보고 모두들 다시 모여들었다.

앞장서서 걷고 있던 사람은 '스페이드의 여왕'이라고 불리는 카였다. 그녀는 어머니에게 드릴 물건과 자기의 옷감과 그 밖에 한 주일 동안 쓸 물건들이 들어 있는 버들가지 바구니를 들고 있었다. 그 바구니는 크고 무거워서 카는 가져가기 편하도록 그걸 머리에 이었다. 그녀가 뒷짐을 지고 걸을 때마다 바구니가 뒤뚱거렸다.

"저런, 카 다치, 아가씨 등뒤로 흘러내리고 있는 건 뭐지?" 갑자기 일행 중의 한 사람이 물었다.

모두들 카를 쳐다보았다. 그녀는 엷은 무명 웃옷을 입고 있었다. 그녀의 머리 뒤통수로부터 노끈 같은 것이 허리 밑까지 늘어져 있는 것이 보였다. 흡사 중국 사람이 머리를 땋아내린 것 같았다.

"머리가 흘러내린 거겠지." 다른 사람이 말했다.

그러나 그것은 그녀의 머리칼이 아니었다. 그것은 그녀의 바구니에서 흘러내리는 꺼먼 물줄기였는데, 차고 잔잔한 달빛 속에서 미끈미끈한 뱀처럼 번들거렸다.

"이건 당밀이군." 자세히 바라보던 아낙네가 말했다.

사실, 그것은 당밀이었다. 카의 가엾은 할머니는 단것을 지나치게 좋아했다. 꿀은 자기 집 벌통에서도 얼마든지 딸 수 있었는데도 그녀의 할머니는 당밀을 더 좋아했다. 그래서 카는 할머니에게 뜻밖의 대접을 하려고 당밀을 샀다. 얼굴이 검은 이 아가씨가 바삐 바구니를 내려놓고 보니 당밀을 담은 그릇이 깨져 있었다.

그때에는 벌써 괴상망측한 모양이 된 카의 등을 보고 한바탕 웃음보가 터진 판이었다. 그 때문에 화가 난 검은 여왕은 비웃고 있는 사람들의 도움을 빌리지 않고 퍼뜩 생각난 방법으로 이 추태를 면하려

했다. 그녀는 일행이 막 건너가려던 풀밭 속으로 뛰어들더니 풀 위에 누워 이리저리 뒹굴며 팔꿈치로 옷을 풀에 문지르며 제 힘껏 웃옷에 묻은 것을 닦아내기 시작했다.

웃음소리가 더욱 커졌다. 그들은 카의 우스꽝스런 짓을 보고 허리를 잡고 웃는 바람에 맥이 빠져 문이나 기둥, 말뚝 등에 기대어 섰다. 그때까지 조용히 있던 우리의 여주인공도 이런 떠들썩한 판에 끼여 다른 사람들을 따라 웃지 않을 수 없었다.

테스가 웃은 것은 여러 가지 점에서 불행한 일이 되었다. 얼굴이 검은 카는 다른 일꾼들의 웃음소리 속에서 테스의 얌전하고 낭랑한 웃음소리를 듣자 오랫동안 품고 있던, 연적(戀敵)에 대한 질투심이 치솟아 미친 사람처럼 되었다. 카는 벌떡 일어나더니 증오의 대상인 테스에게 달려들었다.

"이 말괄량이 년아, 왜 비웃는 거야!" 카가 소리를 질렀다.

"다들 웃으니까 나도 어쩔 수 없이 웃음이 나왔을 뿐이야." 테스는 변명을 하면서도 여전히 킥킥거렸다.

"흥, 제가 제일 잘난 줄 알 테지. 그 젊은 양반이 요샌 널 제일 좋아한다더라! 하지만 두고 보라지. 두고 보란 말야! 너 같은 건 둘이 덤벼도 난 끄떡 안 해! 자, 맛 좀 볼래!"

테스는 놀랐다. 얼굴이 검은 그 여왕이 웃옷을 벗어젖히기 시작했기 때문이다. 사실, 웃음을 산 원인은 바로 웃옷이었으니, 그녀는 벗어버리는 것이 시원하기만 했다. 마침내 그녀의 토실토실한 목이며 어깨, 두 팔이 달빛 아래 드러났다. 튼튼한 시골 아가씨의 흠잡을 데 없는 풍만한 살은 달빛을 받아 마치 프랙시털리스(기원전 4세기의 아테네의 조각가)의 조각처럼 매끄럽고 아름다웠다. 그녀는 두 주먹을 불끈 쥐고 테스에게 대들었다.

"아이 참. 아무리 그래도 난 싸우지 않겠어!" 테스는 위엄 있게 말했다. "네가 그런 여잔 줄 알았더라면 난 이따위 야비한 사람들과 함께 오진 않았을 거야!"

남들까지 한데 묶어 말한 것 같은 이 말이 화근이 되어, 가엾게도 아름다운 테스는 그들로부터 온갖 욕설을 들어야 했다. 게다가 카에게 의심을 받을 만큼 더버빌과의 관계가 수상한 다이아몬드의 여왕까지 카와 한 패가 되어 공동의 적인 테스에게 욕을 퍼부었다. 그 밖의 몇몇 여자들도 덩달아 그녀들의 말에 맞장구를 쳤다. 그날 밤 그토록 법석거리며 놀아낸 뒤만 아니었더라도 그들은 차마 그토록 어리석게 테스를 욕하지는 못했을 것이다. 그래서 그 아낙네들의 남편, 애인들이 테스가 부당하게 욕 얻어먹는 것을 보고 테스 편을 들어 중재하려고 했지만, 그건 오히려 싸움을 더 시끄럽게 만들었을 뿐이다.

테스는 분하기도 하고 창피하기도 했다. 이제는 밤길이 적적하다거나 시간이 너무 늦었다거나 하는 생각은 깨끗이 사라지고 될 수 있는 대로 속히 이 사람들한테서 빠져나가야 되겠다는 생각밖에 없었다. 테스는, 그녀들 중에도 착한 여자들은 내일이면 자기들이 화낸 것을 후회하리라는 것을 잘 알고 있었다. 그들은 모두 풀밭 안으로 들어섰다. 그래서 테스는 혼자 빠져나가려고 뒷걸음질치고 있었다. 바로 그 때 말 탄 사람이 길을 가린 생울타리 모퉁이에서 거의 소리도 없이 나타났다. 알렉 더버빌이 나타나 그들을 쳐다보는 것이었다.

"여러분, 대체 왜 이렇게 떠드는 거요?" 그가 물었다.

그러나 그의 물음에 쉽사리 대답할 수는 없었다. 그리고 알렉 역시 어떤 설명을 듣기 위해 물어본 것은 아니었다. 그는 그들과 얼마간 떨어져 말을 타고 뒤따라오며 그들의 이야깃소리를 들었기 때문에 대충 알고 있었다.

테스는 일행과 떨어져 문 옆에 서 있었다. 젊은이는 테스에게 몸을 굽히더니, "내 뒤로 올라타요" 하고 속삭였다. "그럼 저 앙칼진 고양이 같은 여자들한테서 금방 벗어나게 될 거요!"

테스는 거의 기절할 지경이었다. 눈앞에 닥친 위험이 하도 절박했기 때문이다. 테스는 여느 때 같으면, 전에도 여러 차례 그랬듯이 젊은이의 호의를 거절했을 것이다. 그리고 지금도 밤길이 무서웠던 것뿐이라면 그의 호의를 거절했을 것이다. 그러나 지금 말에 올라타기만 하면 그 적들에 대한 공포와 분노가 사라짐과 동시에 승리감을 맛볼 수 있는 좋은 기회에 그가 호의를 베풀어 왔으므로, 테스는 순간적으로 결정을 내리고 문 위에 올라가 발끝으로 그의 발등을 디디고 안장 위로 기어올라가 그의 뒷자리에 앉았다. 다투기 좋아하는 술꾼들이 어찌된 영문인지 미처 깨닫기도 전에 두 사람은 멀리 어둠 속으로 사라졌다.

'스페이드의 여왕'은 옷에 묻은 당밀도 잊어버리고 '다이아몬드의 여왕'과 나란히, 갓 결혼한 비틀거리는 새색시 곁에 서 있었다. 모두들 말발굽 소리가 멀어져가는 한길 쪽을 멍하니 바라보고 서 있었다.

"뭘 그렇게 쳐다보고 있어요?" 아무것도 모르는 한 사내가 물었다.

"호호호!" 얼굴이 검은 카가 웃었다.

"히히히!" 술에 취한 새색시가 사랑하는 남편의 팔에 매달리며 웃었다.

"호호호!" 얼굴이 검은 카의 어머니도 따라 웃었다. 그러고는 코밑을 훔치며 짧게 말했다. "혹을 떼려다가 더 붙인 격이군!"

술에 취하긴 했지만 언제까지나 시시덕거릴 수도 없는 이들 남녀는 들길로 나섰다. 그들이 걸어갈 때 그들 각자의 머리 그림자 주위에 우유빛 원이 생겨 그들과 같이 움직였다. 그것은 반짝이는 이슬 방울들이 달빛에 반사되어 이루어진 것이었다. 이 보행자들은 각기 그들 자신의 머리 그림자의 후광(後光) 밖엔 볼 수 없었다. 이 후광은 머리의 그림자가 아무리 야비하게 흔들려도 그것을 떠나지 않고 그림자에 달라붙어 한결같이 그들의 머리를 아름답게 비춰주었다. 그래서 마침내 아무리 머리를 흔들어도 움직임 그 자체가 후광의 일부같이 보이고, 그들이 내뿜는 입김도 밤안개의 일부로 보였다. 그리고 주위의 풍경, 달빛, 그리고 천지 만물의 정기(精氣)가 알콜과 혼연 일체를 이루고 있는 듯했다.

11 두 사람은 얼마 동안 말없이 보통 속도로 말을 달렸다. 테스는 아직도 승리감으로 가슴을 두근거리며 그에게 꼭 매달려 있었지만 한편으로는 불안했다. 그 말은 젊은이가 가끔 즐겨 타고 다니는 거친 말이 아니었기 때문에 그 점은 마음이 놓였지만, 아무리 그를 꼭 붙들어도 여전히 그녀는 불안하기만 했다. 그래서 테스는 그에게 애걸하다시피 해서 말을 천천히 몰게 했다. 알렉은 순순히 그녀의 청을 들어주었다.

"테스, 깨끗이 빠져나왔지? 안 그래?" 그가 말했다.

"그래요! 정말 고마워요."

"그거 정말이오?"

테스는 대답하지 않았다.

"테스, 왜 내가 키스하는 걸 항상 싫어하지?"

"아마 내가 당신을 사랑하지 않기 때문이겠죠."

"정말 그래?"

"당신한텐 화가 날 때도 있어요!"

"아, 나도 그러리라고 짐작은 했었지."

알렉은 테스의 솔직한 말을 따지려고 하진 않았다. 그는 쌀쌀하게 구는 것보다는 무엇이건 낫다는 것을 알고 있었기 때문이다.

"그럼 내가 화나게 했을 때 왜 잠자코 있었지?"

"잘 아시면서 그래요. 여기선 내 마음대로 할 수 없으니까요."

"내가 추근거려서 화날 때도 있었나?"

"이따금 있었어요."

"몇 번이나 되지?"

"나보다 더 잘 알고 계실 텐데요. 한두 번이 아니었어요."

"만날 때마다 그랬나 보군."

테스는 말이 없었다. 말은 꽤 멀리까지 뚜벅뚜벅 걸었다. 마침내 초저녁부터 골짜기에 자욱하던 안개가 널리 퍼지면서 그들을 감쌌다. 안개는 달빛을 가로막아 맑을 때보다도 한결 더 널리 빛을 퍼지게 하는 것 같았다. 그런 분위기 때문이었는지, 마음이 멍했기 때문이었는지, 아니면 졸음이 와서 그랬는지, 아무튼 테스는 한길에서 트랜트리지로 빠지는 갈림길을 지난 지가 꽤 오래 되었다는 사실을 모르고 있었으며, 알렉이 트랜트리지로 가는 길로 접어들지 않았다는 사실도 모르고 있었다.

테스는 피곤할 대로 피곤했다. 이번 주일만 해도 매일 아침 다섯 시에 일어나 온종일 서서 일했고, 오늘 저녁은 체이스버러까지 3마일을 걸었다. 그리고 먹지도 마시지도 못한 채 세 시간 동안 이웃 사람들을 기다렸다. 조바심치며 그들이 자리를 뜨기를 기다리느라 먹지도 마시지도 못했던 것이다. 그리고 1마일이나 집을 향해 걸어오다가 싸움이 벌어졌고, 말을 타고 천천히 오다 보니 벌써 새벽 한 시가 다 되어 있었다. 그래도 테스는 딱 한 번 졸았을 뿐이었다. 깜빡 잠이 들었던 바로 그 순간, 테스는 그의 등에 머리를 기대었던 것이다.

더버빌이 말을 세운 다음, 등자(鐙子)에서 발을 빼고 말안장 위에서 옆으로 몸을 돌려 테스를 붙잡아주려고 그녀의 허리를 안는 그 순간 테스는 방어 태세를 취했다. 그리고 자칫 생기기 쉬운 복수의 충동에서 테스는 그를 조금 떠밀었다. 젊은이는 위험한 자리에 앉아 있었기 때문에 하마터면 몸의 균형을 잃을 뻔했다. 그러나 말은 힘깨나 쓰는 놈이었지만 다행히도 가장 온순한 말이었기 때문에 겨우 낙마(落馬)를 면했다.

"이건 너무 매정하군!" 그가 말했다. "나쁜 짓을 하려고 그랬던 건 아냐. 땅에 떨어질까 봐 몸을 붙잡아준 것뿐인데."

테스는 반신반의했다. 그러다가는 이윽고 그의 말이 사실이었을지도 모른다고 생각하고 부드럽게 말했다.

"용서하세요."

"날 믿는다는 무슨 표시를 보여주지 않는 한 용서할 수 없어. 제기랄!" 그는 소리쳤다. "너 같은 건방진 아가씨한테 욕을 먹다니 이게 무슨 꼴이람! 석 달이 다 되도록 넌 나를 희롱하고, 살살 피하고, 핀잔이나 주고 그랬어. 난 이제 더 이상 참을 수 없어!"

"난 내일 떠나겠어요."

"그건 안 돼. 내일은 못 떠나! 다시 한 번 부탁하겠어. 날 믿는다는 표시로 내 품에 안겨봐! 자, 어서! 우리 둘밖엔 아무도 없으니. 우린 서로 잘 알고 있잖아. 그리고 내가 아가씨를 사랑한다는 것과 아가씨를 이 세상에서 가장 예쁘다고 생각하는 것도 알고 있잖아? 사실이 그렇거든. 그러니 아가씨를 내 애인으로 생각하면 안 될까?"

테스는 싫다는 듯이 노기 찬 얼굴로 숨을 가쁘게 쉬었다. 그리고 안장 위에서 불안하게 몸을 비틀며 멀리 앞을 내다보면서 중얼거렸다.

"난 모르겠어요. 대답을 해드리면 좋겠지만, 어떻게 내가 좋다 안 좋다 말할 수 있겠어요……."

젊은이는 자기가 바라던 대로 테스를 끌어안아 이 일은 그런 대로 끝을 맺었다. 테스도 더 이상 싫다고 하지 않았다. 이와 같이 그들은 천천히 말을 타고 갔다. 마침내 테스는 불현듯 너무 오랫동안 말을 타고 왔다는 생각이 떠올랐다. 말이 아무리 천천히 걷고 있긴 하지만 체이스버러까지의 거리에 비하면 너무 오래 걸렸다는 것과 자기들이 지금 한길로 가는 것이 아니라 오솔길 같은 좁은 길로 가고 있다는 생각이 떠올랐던 것이다.

"아니, 여기가 어디지요?" 테스가 외쳤다.

"숲을 지나고 있는 중이야."

"숲이라뇨? 어느 숲 말씀이에요? 확실히 한길에서 멀리 벗어난 것 같군요?"

"체이스 숲이야. 잉글랜드 지방에서 가장 오래 된 숲이지. 아름다운 밤이니 좀 천천히 말을 타고 간들 뭐 나쁠 거 있나?"

"어쩌면 당신은 그렇게도 믿을 수 없을까요!"

테스는 장난 같기도 하고 또 정말 두려워하기도 하는 듯한 말투로 말했다. 그리고 말에서 떨어질 위험을 무릅쓰고 그의 손가락을 하나씩 풀어서 손아귀에서 벗어나려고 애썼다.

"아까 당신을 떠민 것이 미안해서 이처럼 믿고 원하시는 대로 품에 안겼는데 이게 무슨 짓이에요! 날 내려놓아 주세요. 집까지 걸어가겠어요."

"아가씨, 안개 없는 맑은 날씨라 해도 걸어갈 순 없어. 바른대로 말하자면 여긴 트랜트리지에서 수 마일이나 떨어진 곳이야. 안개가 점점 더 자욱해지는데 자칫하면 숲속에서 몇 시간이고 헤매게 될지 모르지."

"그건 걱정 마세요." 테스는 그의 비위를 맞추면서 말했다. "제발, 내려주세요. 여기가 어디라도 상관없어요. 내려만 주세요. 제발 부탁이에요!"

"좋아, 그렇다면 하는 수 없지. 단 한 가지 조건이 있어. 내가 아가씨를 이런 외딴 곳으로 데리고 왔으니 아가씨 생각은 어떻든 간에 내겐 아가씨를 집으로 무사히 데려다 줄 책임이 있다고 생각해요. 혼자서 트랜트리지로 가겠다는 건 어림도 없는 소리야. 솔직히 말해서 모든 것이 잘 안 보이는 이 안개 때문에 나도 지금 우리가 어디에 와 있는지 모르니까. 그러니 내가 이 숲속을 둘러보고 길이나 집을 찾아 지금 우리가 있는 곳을 정확히 파악해가지고 돌아올 때까지 말 곁에서 기다려주겠다고 약속하면 난 기꺼이 아가씨를 여기 내려주겠소. 돌아와서 길을 잘 가르쳐줄 테니까. 그런 후에 걸어가겠다면 걸어가도 좋고, 말을 타고 가겠다면 타고 가도 좋아요. 그땐 마음대로 해도 좋아."

테스는 이런 조건을 받아들이기로 하고 옆으로 미끄러져 내려왔다. 순간 그는 재빨리 테스에게 키스했다. 그러고서 다른 쪽으로 내렸다.

"말을 붙잡고 있어야 되나요?" 테스가 물었다.

"아니, 그럴 필요는 없어." 알렉은 대답하고, 헐떡이는 말을 쓰다듬어주었다. "오늘 밤엔 실컷 돌아다녔으니 그냥 둬도 괜찮을 거야."

그는 말머리를 숲 쪽으로 돌리고 말고삐를 나뭇가지에 맸다. 그러고 나서 소복이 쌓인 낙엽 속에다 그녀가 앉아서 기다릴 보금자리 같은 것을 만들어주었다.

"자, 여기 앉아요. 낙엽이 아직은 젖지 않았으니까. 말이나 지켜줘요. 그러면 되는 거니까." 그가 말했다.

그는 테스를 떠나 서너 걸음 걸어가다가 되돌아와서 말했다.

"그런데 테스, 당신 아버지는 오늘 말 한 필을 얻었다는 거야. 누가 주었다더군."

"누가요? 당신이군요!"

더버빌은 머리를 끄덕였다.

"아, 정말 고마워요!" 테스는 외쳤다. 그러나 하필 이런 때에 그에게 감사해야 한다는 것이 고통스러울 정도로 겸연쩍었다.

"그리고 동생들에게는 장난감을 주었지."

"난 몰랐어요. 동생들한테까지 선물을 주실 줄은요!" 테스는 매우 감동해서 중얼거렸다. "차라리 아무것도 주시지 않았더라면 좋았을걸! 정말이에요. 아무것도 주시지 말 걸 그러셨어요."

"아가씨, 그건 또 왜?"

"그런 걸 받으면 곤란하니까요."

"테스, 아직도 당신은 날 별로 좋아하지 않는 모양이군."

"선물을 주신 건 고맙게 생각해요." 테스는 거북한 듯이 머뭇거리다가 말을 계속했다. "그렇지만 당신을 사랑하진……."

테스는 자기에 대한 그의 정열이 이런 결과를 가져오게 했다는 사실을 깨닫자 갑자기 슬퍼졌다. 그녀의 눈에 눈물이 맺히더니 마침내 왈칵 울음을 터뜨리고 말았다.

"아가씨, 울지 말아요! 자, 여기 앉아서 내가 돌아올 때까지 기다리고 있어요."

테스는 그가 쌓아놓은 낙엽 더미 속에 순순히 앉고는 몸을 약간 떨었다.

"추워요?" 그가 물었다.

"대단친 않아요, 조금 춥지만." 그는 손가락으로 테스를 만져보았다. 손가락이 솜털 속으로 잠기듯 테스의 살 속으로 쑥 들어갔다.

"아가씨는 팔랑거리는 모슬린 옷밖엔 안 입었군. 대체 어떻게 된 거야?"

"이건 제 옷 중에선 가장 좋은 여름옷이에요. 집을 나섰을 땐 무척 따스했거든요. 이렇게 밤늦게 말을 타고 돌아가게 될 줄은 몰랐어요."

"9월의 밤은 제법 차가워. 가만 있자."

그는 입고 있던 가벼운 외투를 벗어서 다정하게 테스를 덮어 주었다.

"이젠 됐어. 곧 훈훈해질 거요." 그는 말을 이었다. "자, 여기서 쉬고 있어요. 곧 돌아올 테니까."

그는 테스의 어깨에 덮어준 외투의 단추를 끼워주고, 이제까지 마치 베일처럼 자욱이 숲을 뒤덮고 있는 안개 속으로 뛰어 사라졌다. 그가 바로 옆에 있는 언덕을 올라갈 때 바스락거리는 나뭇가지 소리가 들렸다. 차츰 그의 인기척은 새가 뛰노는 소리 정도로 작아지다가 마침내 아무 소리도 들리지 않게 되었다. 달이 기울자 희미한 빛도 사라져버렸고, 낙엽 위에서 깊은 꿈에 잠긴 테스의 모습도 어둠에 휩싸였다.

한편 알렉 더버빌은 그들이 체이스 숲속 어느 곳에 와 있는지 확인하기 위해 언덕길을 올라갔다. 사실 그는 테스하고 좀더 오랫동안 있고 싶었기 때문에 한 시간 이상이나 덮어놓고 말을 몰았고, 길가의 어떤 것보다도 달빛이 비치는 테스의 아름다운 모습에 정신을 팔고 있었던 것이다. 기진맥진한 말에게도 잠시 휴식이 필요했기 때문에 그는 서둘러서 경계표를 찾으려 하지 않았다. 그는 언덕을 하나 넘어 근처 골짜기를 거쳐 낯익은 한길의 울타리 있는 곳까지 왔다. 그는 비로소 자기들이 있는 위치를 짐작할 수 있었다. 더버빌은 여기서 돌아섰다. 그러나 이젠 달도 완전히 저버렸고 동이 틀 때도 이젠 머지않았지만, 안개가 끼어 있는 탓인지 체이스 숲은 짙은 어둠 속에 싸여 있었다. 그는 나뭇가지에 걸리지 않도록 양팔을 벌려 더듬거리면서 가야 했다. 그리고 이런 어둠 속에서는 자기가 떠나온 바로 그 장소를 찾아낸다는 것도 처음엔 거의 불가능한 일로 생각되었다. 그는 한참 오르내리고 이리저리 헤매다가 마침내 바로 곁에서 바스락거리는 말의 소리를 들었다. 그리고 뜻밖에도 자기의 외투 소매가 발길에 채였다.

"테스!" 더버빌이 불렀다.

그러나 아무 대답이 없었다. 사방은 완전히 어둠에 싸여 있어서 보이는 것이라곤 발밑에서 희끄무레하게 보이는, 낙엽 위의 흰 모슬린 옷의 모습뿐이었다. 그 밖에는 모든 것이 까맣게만 보였다. 더버빌은 몸을 앞으로 굽혀보았다. 규칙적으로 새근거리는 숨소리가 들렸다. 그는 무릎을 꿇고 그녀에게 몸을 기울였다. 테스의 숨결이 그의 얼굴을 후끈하게 했다. 곧 그의 뺨이 테스의 뺨에 닿았다. 테스는 곤히 잠들어 있었고, 속눈썹에는 눈물 방울이 맺혀 있었다.

사방은 깜깜하고 조용하기만 했다. 머리 위에는 태고 적부터 자라온 체이스 숲의 주목나무와 떡갈나무가 드높이 솟아 있었다. 그 나뭇가지에서는 새들이 포근한 보금자리에서 새벽의 단잠을 즐기고 있었고, 그들 가까이에서 산토끼들이 살금살금 뛰어다녔다. 그러나 이 장면을 보고, 테스의 몸을 고이 지켜줄 천사는 어디에 있으며 테스가 순진하게 믿고 있는 하느님은 어디에 있느냐고 묻는 사람이 있을지도 모르겠다. 아마도 비꼬기 좋아하는 티시베 사람(《구약성서》에 나오는 엘리아를 말함)의 신처럼, 테스를 지켜줄 신은 이야기에 열중하고 있었거나 무슨 일에 열중하고 있었거나, 여행중이었거나, 그것도 아니라면 잠에서 아직 깨어나지 않았는지도 모른다.

비단결처럼 상하기 쉽고, 정말 새하얀 눈처럼 순결한 이 아리따운 처녀의 몸에 마치 무슨 운명의 장난인 듯 어쩌자고 저 더러운 무늬가 찍혀야 한단 말인가? 저렇게도 더러운 녀석이 아름다운 여인을 차지하고, 악한 사내가 착한 여인을, 심보 나쁜 여인이 착한 남자를 제것으로 삼는 일이 비일비재함은 대체 어찌된 일일까? 이 점에 대해서는 수천 년을 두고 철학자들이 연구해보았지만 아직도 납득할 만한 설명을 해주지 못하고 있다. 사실 이 불행 속에는 인과응보의 법칙이 얽혀 있다고 말하는 사람이 있을지도 모른다. 아마 테스 더비필드의 옛 조상 중 누군가가 갑옷을 입고 싸움터에서 이기고 의기양양하게 돌아오는 길에 이보다도 무자비하게 당시의 시골 처녀들에게 욕을 보였는지도 모른다. 그러나 조상의 죄를 자손들에게 뒤집어씌운다는 것은 천국에 사는 사람들에게는 훌륭한 도덕률이 될지 모르지만, 보통 사람들에게는 조롱거리밖엔 안 된다. 그러므로 인과응보의 법칙을 들먹거린다 한들 이 불행한 사태가 호전될 리는 없다.

테스와 같은 두메 산골 사람들은 무슨 일이나 운명의 소관으로 돌리고는 서로 '이미 그렇게 되기로 되어 있었는걸' 하고 입버릇처럼 말한다. 바로 여기에 이 이야기의 비애가 숨어 있다. 헤아릴 수 없는 사회의 모순으로 인해 테스는 이 불행을 겪고 난 뒤, 트랜트리지에서 자기의 운명을 개척하려고 어머니의 집 문을 나서던 그때의 테스와 아주 딴 사람으로 변했다.

제 2 부
순결을 짓밟힌 처녀

12 바구니는 묵직하고 보따리는 컸지만, 테스는 그런 것엔 별로 관심도 없는 사람처럼 짐을 들고 계속 걸었다. 그녀는 이따금 기계적으로 문이나 기둥에 기대어 잠깐 쉬었다가 다시 짐을 끌어당겨 통통한 팔에 걸치고 다시 걷기 시작했다.

테스 더비필드가 트랜트리지에 온 지도 넉 달쯤 되었고, 밤중에 알렉의 꾐에 빠져 체이스 숲으로 이끌려갔던 그날로부터 몇 주일이 지난 10월 하순의 어느 일요일 아침이었다. 날이 샌 지도 얼마 안 된 시간이었다. 그녀의 뒤쪽 지평선에 솟아오른 금빛 아침 햇살은 그녀가 가는 앞쪽 산등성이를 환히 비춰주고 있었다. 이 산등성이는 테스가 최근까지만 해도 트랜트리지 마을과는 아무 상관도 없이 살아오던 그 마을과 트랜트리지 사이에 있는 골짜기의 경계선이며, 고향으로 가기 위해 넘어야 할 산등성이었다. 오르막길은 그다지 가파르지 않았으며 지형과 경치도 블랙무어 골짜기와는 아주 딴판이었다. 빙 둘러서 철도가 통해 있었기 때문에 서로 이어져 있는 것 같았는데도 이 두 골짜기에 있는 마을 사람들의 성격이나 말투는 서로 달랐다. 그래서 테스의 고향 마을은 그녀가 머물고 있던 트랜트리지에서 20마일도 안 되었지만 퍽 멀리 떨어져 있는 것 같았다. 고향 사람들은 북쪽 지방 및 서쪽 지방 사람들과 거래를 했고, 여행이나 구혼이나 결혼까지도 그쪽 사람들과 했으며, 그들이 생각하는 것도 그쪽으로 향해 있었다. 그러나 트랜트리지 사람들은 주로 그들의 정력과 관심을 동쪽 및 남쪽 지방 사람들에게 기울이고 있었다.

이 고갯길은, 6월 어느 날 더버빌이 테스를 태우고 난폭하게 마차를 몰던 바로 그 언덕이었다. 테스는 쉬지 않고 오르막길을 올라갔다. 고개 꼭대기에 올라서자, 반쯤 안개 속에 가려진 정든 푸른 땅이 내려다보였다. 여기서 바라보는 경치는 항상 아름다웠지만 오늘따라 테스에게는 더욱 아름다워 보였다. 왜냐하면 테스는 저번에 이 경치를 본 후로 아름다운 새들이 노래하는 곳에도 독사가 숨어 있다는 사실을 배웠고, 이런 교훈에 의해 그녀의 인생관은 아주 달라져 있었기 때문이다. 집에 있을 때의 순결한 처녀와는 아주 다른 여자로 변한 테스는 깊은 생각에 잠겨 머리를 숙인 채 가만히 서 있다가, 방금 올라온 길을 돌아다보았다. 고향의 골짜기를 바라다볼 수가 없었던 것이다.

테스 자신이 방금 힘들게 올라온 하얀 고갯길을 이륜 마차가 올라오고 있는 것이 보였다. 그 곁에 한 사내가 따라오고 있었다. 그는 손을 들고 테스의 주의를 끌려 했다. 테스는 별다른 생각 없이 그 남자의 손짓을 바라보며 그를 기다렸다. 얼마 후에 사내와 말은 테스 곁에 와서 멈추었다.

"왜 이렇게 몰래 도망쳐 가는 거요?" 더버빌이 헐떡이며 그녀를 나무랐다. "더구나 사람들이 모두 잠들어 있는 일요일 아침에! 난 우연히 그걸 알고 기를 쓰고 뒤쫓아왔지. 저 말을 좀 봐요! 왜 이러는 거야? 아가씨를 못 가게 붙잡을 사람은 하나도 없을 텐데. 그리고 그렇게 무거운 짐을 들고 터벅터벅 걸어갈 필요가 있을까! 난 미친 사람처럼 달려왔단 말이야. 다시 돌아갈 생각이 없으면 아무래도 좋아. 남은 길을 태워다 주겠어."

"난 돌아가지 않겠어요." 테스가 말했다.

"그럴 줄 알았어. 나도 그렇게 생각했었지! 그럼, 바구니를 올려놓고 마차에 타요."

테스는 무관심하게 바구니와 짐을 마차에 싣고 자리에 올라 알렉과 나란히 앉았다. 테스는 이제 그를 두려워하지 않았다. 그러나 그를 두려워하지 않는 데에 그녀의 슬픔이 있었다.

더버빌은 기계적으로 여송연에 불을 붙였다. 길가에 대수롭지 않게 널려 있는 것들을 화제로 삼아 이따금씩 재미없는 이야기를 주고받으며 말을 몰았다. 그는 지난 초여름, 같은 길을 반대 방향으로 달릴 때 테스에게 키스하려고 덤비던 일을 까맣게 잊고 있었다. 그러나 테스는 잊혀지지가 않았다. 테스는 이제 허수아비처럼 우두커니 앉아 알렉이 묻는 말에만 간단히 대꾸할 따름이었다. 몇 마일 달렸을 때 조그만 숲이 보이고 그 너머로 말로트 마을이 눈에 띄었다. 그제야 비로소 테스의 조용한 얼굴에 한 가닥 흥분의 빛이 나타나더니 눈물이 한두 방울씩 떨어지기 시작했다.

"왜 울지?" 알렉이 냉담하게 물었다.

"내가 바로 저기서 태어났다는 걸 생각했을 뿐이에요." 테스가 중얼거렸다.

"그래……사람은 어디서든 태어나게 마련이지."

"난 세상에 태어나지 않았더라면 좋았을 거예요. 저기서든 어디서든 간에!"

"흥! 그런데 트랜트리지가 싫다면 왜 왔었지?"

테스는 대답이 없었다.

"나를 좋아해서 온 건 아니지, 그렇지?"

"그건 사실이에요. 당신을 좋아해서 왔다거나 당신을 진심으로 사랑했다거나 당신을 지금도 사랑하고 있다면, 나 자신이 지금처럼 나 자신을 미워하거나 싫어하진 않을 거예요! 내 눈이 잠깐 당신 때문에 어두워졌을 뿐이에요."

알렉은 어깨를 으쓱했다. 테스는 다시 말을 이었다.

"난 당신의 속셈을 미처 몰랐었어요. 그걸 알았을 때에는 이미 때가 늦었었어요."

"그건 여자들이 으레 하는 소리지."

"어쩌면 그런 심한 말을 할 수가 있어요!" 테스는 그에게 홱 머리를 돌리면서 외쳤다. 마음속 깊이 품고 있던 생각이 치밀어오르자 테스의 눈은 번쩍번쩍 빛났다. (그는 훗날에도 이것을 종종 보게 되었다.) "아! 당신 같은 사람은 마차에서 밀어내 버렸으면 좋겠어요! 여자들이 으레 하는 그런 말을, 진심에서 하는 여자도 있다는 걸 모르셨군요?"

"잘 알겠어." 그는 웃으면서 말했다. "마음 아프게 해서 미안해. 내가 잘못했어. 정말이야." 그는 약간 쓸쓸한 표정을 지어가며 말을 이었다. "그렇지만 언제까지나 나를 면박하기만 할 필요는 없을 텐데. 난 내 힘이 닿는 데까지 책임지려고 생각하고 있으니까. 아가씨는 밭일이나 젖 짜는 일을 하지 않아도 괜찮아. 요즘 보는 대로 자기가 벌지 않으면 리본 하나 살 수 없는 그런 가난뱅이 꼴을 하지 않고 멋있게 단장할 수도 있어."

테스는 천성이 너그럽고 솔직해서 대개 비웃는 일은 별로 없었지만 입을 비쭉거렸다.

"난 당신한테서 아무것도 바라지 않는다고 말했잖아요. 받지 않겠어요. 받을 수 없어요! 그런 일이 계속되면 난 당신의 노리갯감밖에 또 뭐가 되겠어요? 난 그게 싫단 말이에요!"

"아가씨의 태도를 보면 누구나 틀림없는 더버빌 가문의 후손이랄 뿐 아니라 공주라고 생각할 거야. 하하하! 그런데 테스, 난 더 할말이 없군. 난 나쁜 놈이야. 정말 나쁜 놈이란 말이야. 나쁜 놈으로 태어났고 나쁜 짓을 해왔으니 아마 죽을 때도 나쁜 놈으로 죽겠지. 하지만 테스, 정말 다시는 당신에게 나쁜 짓 하지 않겠어. 그러니 조금이라도 어려운 일이나 궁색한 일이 생기거든 나한테 몇 자 적어 보내줘요. 원하는 건 다 들어줄 테니. 난 트랜트리지에 없을지도 모르겠어. 당분간 런던에 가 있을 작정이거든. 난 어머니가 보기 싫단 말이야. 그러나 편지는 내게 전달이 될 거야."

테스는 더 이상 데려다 주는 건 싫다고 말했다. 그들은 숲의 나무 아래에서 멈추었다. 더버빌은 마차에서 내렸다. 그리고 테스를 안아서 내려준 다음, 짐도 그녀의 곁에 내려놓았다. 테스가 고개를 약간 숙여 작별 인사를 할 때 그의 눈과 잠깐 마주쳤다. 이윽고 그녀는 짐을 들고 몸을 돌렸다.

알렉 더버빌은 여송연을 입에서 떼고 그녀에게 몸을 굽히면서 말했다.

"테스, 이렇게 서운하게 헤어지려는 건 아니겠지? 이리 와요!"

"원하신다면 마음대로 하세요!" 테스는 냉담하게 대답했다.

테스는 돌아서서 그에게 얼굴을 내밀었다. 사나이가 반은 형식적으로 반은 아직도 미련이 남은 듯한 태도로 그녀의 볼에 키스를 하는 동안, 테스는 대리석 기둥처럼 뻣뻣하게 서 있었다. 그녀는, 그가 키스하는 동안 그의 행동을 거의 느끼지 못하는 것처럼 오솔길 저 멀리에 있는 나무를 바라보았다.

"자, 옛정을 생각해서라도 이번엔 저쪽을."

테스가 화가 나서 미용사가 시키는 대로 움직이듯이 순순히 얼굴을 돌리자, 알렉은 다른 쪽 볼에도 키스했다. 그가 입술을 댄 볼은 근처의 들에서 자라고 있는 버섯 껍질처럼 축축하고 미끈거리며 차가웠다.

"당신은 내게 키스해주지 않는군. 한 번도 자진해서 해준 적이 없어. 나를 결코 좋아하지 않는다는 거지?"

"번번이 그렇게 말하지 않던가요? 그건 사실이에요. 난 정말로 당신을 사랑한 적 없어요. 결코 사랑할 수 없을 것 같아요."

테스는 서글픈 표정으로 말을 이었다.

"아마 지금 이 자리에서 거짓말을 하면 속은 편하겠지요. 하지만 내게는 아직도 자존심이라는 게 조금쯤은 남아 있거든요. 그래서 거짓말을 할 순 없어요. 만일 내가 당신을 진정 사랑한다면 그걸 고백함으로써 난 커다란 대가를 얻을 수 있다는 걸 알고 있어요. 하지만 난 당신을 사랑하지 않아요."

알렉은 괴로운 듯 한숨을 내쉬었다. 마치 지금 이 장면이 그의 마음이나 양심, 체면에 심한 압박감을 느끼게 하는 것처럼.

"그런데 테스, 테스에겐 어울리지 않게 우울해 보이는군. 이젠 당신의 비위를 맞춰야 할 이유도 없으니 솔직하게 말하지만, 그렇게 슬퍼할 필요는 없잖아. 테스는 얼굴이 예쁘니까 가문이야 좋든 나쁘든 이 고장의 어떤 아가씨들한테도 꿀리진 않을 거야. 나는 세상 일에 환한 사람으로서, 그리고 테스의 행복을 비는 사람으로서 이런 말을 하는 거야. 만일 테스가 현명하다면 그 아름다움이 시들기 전에 세상 사람들에게 그걸 내세워야 되겠지……. 그러나 테스, 내게 다시 돌아오지 않겠어? 진정 이렇게 헤어지고 싶진 않으니까!"

"돌아가지 않겠어요. 결코 돌아가진 않을 거예요! 그렇게 되기 전에 깨달았어야 하는 건데. 그 일이 있고 나서부터 난 결심했어요. 결코 돌아가진 않겠다구요."

"그럼 잘 가요. 넉 달 동안의 내 사촌동생……안녕!"

알렉은 가볍게 마차에 올라타고 고삐를 고쳐 잡더니 빨간 열매가 달린 높다란 생울타리 사이로 사라졌다.

테스는 뒤돌아보지 않고 천천히 꾸불꾸불한 오솔길을 걸어갔다. 아직도 이른 아침이었다. 태양은 겨우 산마루 위에 올라와 있었다. 햇살은 아직 따뜻하게 느껴지지 않았고, 겨우 눈에 보일 정도였다. 근처에는 사람이라곤 아무도 없었다. 서글픈 10월과, 그보다 더 서러운 테스만이 이 오솔길을 걷고 있는 것 같았다.

테스가 한동안 걷고 있는데 뒤에서 남자의 발걸음 소리가 들려왔다. 걸음이 빠른 그 남자는 테스의 등뒤까지 바싹 다가섰다. 그녀가 그의 접근을 미처 알아차리기도 전에 그 남자는 아침 인사를 했다. 그 남자는 직공같이 보였으며 손에는 빨간 페인트가 든 양철통을 들고 있었다. 그는 의무적으로 테스에게 바구니를 들어다 주겠다고 했다. 테스는 그에게 바구니를 맡기고 나란히 걸었다.

"오늘은 안식일 아침인데 일찍 일어났군요." 그가 유쾌하게 말했다.

"그래요."

"모두들 한 주일의 일을 마치고 푹 쉬고 있을 시간인데요." 테스는 그 말을 듣고 고개를 끄덕였다. "하긴 나는 다른 날보다도 주일날에는 보람 있는 일을 많이 하지요."

"그러세요."

"평일엔 사람의 영광을 위해서 일하지만 주일날엔 하느님의 영광을 위해서 일하지요. 이건 뜻있는 일이 아닐까요? 그렇죠? 여기 층층대에서도 할 일이 좀 있지요." 그는 이렇게 말하면서 목장으로 들어가는 길가의 문 쪽으로 돌아섰다. "잠깐만 기다려줘요. 오래 안 걸릴 테니까요."

그가 바구니를 들고 갔기 때문에 테스는 기다릴 수밖에 없었다. 그래서 그녀는 기다리면서 그가 하는 일을 지켜보고 있었다. 그는 바구니와 양철통을 내려놓고는 통 속에 들어 있는 붓으로 페인트를 휘저었다. 그러고는 그는 층계를 이루고 있는 세 개의 널빤지 중 한가운데 것에다 큼직하게 네모진 글씨를 쓰기 시작했다. 글자마다 구두점을 찍었다. 그것을 읽는 사람의 마음을 끌기 위해서 잠시 사이를 두려는 것 같았다.

저희, 멸망은, 자지, 아니 하느니라.
—《신약성서》〈베드로 후서〉 제2장 3절' —

평화로운 풍경, 파리한 빛으로 바래져가는 잡목숲, 지평선 위의 푸른 하늘, 이끼 긴 층층대 널빤지 따위를 배경으로 씌어진 주홍색 글씨는 선명하게 빛나고 있었다. 그 글씨들이 고함을 질러 사방으로 울리는 것 같았다. 이처럼 페인트로 그려놓은 글씨——신앙의 전성기에는 인류에게 훌륭한 도움이 됐을 계명이 마지막엔 괴상한 모양으로 씌어진 것을 보고는 '아, 가련한 신학이여!' 하고 외치는 사람도 더러는 있을 것이다. 그러나 그 글씨는 테스의 가슴에 파고들어 책망하는 것처럼 공포감을 불러일으켰다. 그 남자는 전혀 모르는 사람이었는데도 테스가 최근에 겪은 비밀을 알고 있는 것 같기만 했다.

그 남자는 성구를 다 쓰고 나서 바구니를 집어들었다. 그녀는 기계적으로 그와 함께 다시 걷기 시작했다.

"당신은 지금 쓴 그 구절을 믿으세요?" 테스는 나직한 소리로 물었다.

"그 구절을 믿느냐고요? 나더러 나 자신의 존재를 믿느냐고 묻는 거나 마찬가지죠!"

"하지만 자기가 잘못해서 저지른 죄가 아니라면 어떻게 되지요?" 그녀는 떨리는 목소리로 물었다.

그는 머리를 저었다.

"난 그런 중대한 문제에 뭐라고 설명할 순 없군요." 그가 대답했다. "나는 이번 여름에 이 지방에서 수백 마일의 길을 걸어다니며 벽이나 담이나 층층대에 페인트로 계명을 썼지요. 그 계명의 뜻은 읽는 사람에게 달린 것이지요."

"끔찍한 글이에요. 사람의 마음을 짓눌러 죽여버리려는 것 같군요!" 테스가 말했다.

"그게 바로 그 글이 뜻하는 거랍니다!" 그는 상투적으로 말했다.

"아가씨는 내가 빈민굴이나 항구에 써 붙이려고 준비한, 정말 따끔한 글귀를 읽어보겠소? 소름이 끼칠 거요! 그렇다고 그게 시골에 맞지 않는 건 아니지만……. 아, 저 창고 벽은 그냥 썩고 있군요. 저기다 한 자 써야겠어요. 당신처럼 위험스런 아가씨들이 정신을 바짝 차리도록 말이오. 좀 기다려주겠소?"

"싫어요" 하고 말하고는 그녀는 바구니를 들고 걸어갔다. 조금 가다가 그녀는 뒤를 돌아다보았다. 낡은 회색 벽에는 먼젓번 것과 비슷한 붉은 글씨가 한자 한자 나타나기 시작했다. 한 번도 그런 일을 당해본 적이 없는 그 벽은 괴로운 듯 괴상하고도 낯선 표정을 짓고 있는 듯했다. 그 남자가 절반쯤 써놓은 글씨를 읽고 뜻을 알아차리자, 테스는 갑자기 얼굴이 달아올랐다.

너희는, 간음하지, 말지니라.

그 쾌활한 남자는, 테스가 보고 있는 것을 알고는 붓을 멈추고 외쳤다.

"만일 아가씨가 이 귀중한 교훈의 설교를 듣고 싶으면 신실하고 착한 목사가 오늘 아가씨가 가는 마을에서 자선 설교를 하니까 만나보세요. 그분의 성함은 에민스터의 클레어 목사라고 해요. 나는 현재 그분의 신도는 아니지만 그분은 훌륭한 목사이지요. 내가 아는 목사 중에선 가장 훌륭하게 설교하는 분이라오. 그리고 나에게 이런 일을 시킨 분도 바로 그 목사님이지요."

그러나 테스에게선 대답이 없었다. 그녀는 가슴을 설레면서 땅만 내려다보고 걸어갔다.

"흥, 설마 하느님이 그런 말씀을 하셨을까!" 테스는 달아올랐던 얼굴이 식자 비웃듯이 중얼거렸다.

테스는 아버지의 집 굴뚝에서 연기가 솟아오르는 것을 보자 가슴이 미어지듯 아팠다. 집에 도착하자 집안의 광경은 한층 더 그녀의 가슴을 아프게 했다. 이층에서 막 내려온 어머니는 난롯가에서 테스를 돌아다보았다. 어머니는 아침밥을 지으려고 껍질 벗긴 떡갈나무 가지를 난로에 지피고 있었다. 동생들은 이층에 있었다. 아버지도 주일 아침이기 때문에 여느 때보다 반 시간쯤 늑장을 부려도 좋다는 생각에서 아직 자고 있었다.

"어머나, 테스 아냐!" 어머니는 놀란 표정으로 외쳤다. 그러고는 벌떡 일어서더니 테스에게 키스했다. "어떻게 지냈니? 어미는 네가 온 줄도 몰랐구나! 결혼하려고 돌아온 거니?"

"아니에요, 어머니. 그 때문에 온 게 아니에요."

"그렇다면 쉬러 온 거니?"

"네, 쉬러 왔어요. 오래 좀 쉬려구요." 테스가 말했다.

"뭐라구? 네 사촌이 결혼하려 들지 않더냐?"

"그 사람은 제 사촌이 아니에요. 그리고 결혼할 생각도 없구요."

어머니는 테스를 물끄러미 바라보았다.

"자, 사실대로 다 말해봐라." 어머니가 말했다.

테스는 어머니에게 다가가서 얼굴을 어머니의 목에 기대고 모두 이야기했다.

"그런데도 결혼하자고 못했단 말이냐!" 어머니는 그 말만을 거듭했다. "그런 일이 있었으면 어떤 여자라도 결혼했을 거다. 넌 몰라도!"

"아마 어떤 여자라로 결혼했을 테지요. 하지만 전 그럴 순 없어요."

"네가 결혼하고서 돌아왔다면 굉장한 얘깃거리가 되었을 텐데."

더비필드 부인은 화가 치밀어 당장 울음을 터뜨릴 듯하면서 말을 이었다.

"너와 그 사람에 대한 소문이 여기까지 자자하단 말이다. 그런데 결국 이 꼴이 될 줄이야 누가 알았니! 왜 너는 네 생각만 하고 집안 식구들을 위해서 좀 이로운 일을 해볼 생각은 못한단 말이냐? 이 어미는 노예처럼 뼈 빠지도록 고된 일만 하고, 허약한 아버지는 심장이 후라이팬에 기름이 낀 것처럼 기름으로 막혀 있다는 걸 좀 생각해보려무나. 난 일이 잘되기만 바랐는데. 넉 달 전에 너와 그 사람이 같이 마차로 떠나던 날, 정말 잘 어울리는 짝이라고 생각했었는데! 그 사람이 우리를 도와준 것 좀 봐라. 난 우리가 그의 친척이니까 그러는 줄만 알았구나. 그렇잖으면 틀림없이 네가 좋아서 그랬을 것이다. 그런데도 넌 결혼하자고 못 했단 말이냐!"

알렉 더버빌을 자기와 결혼하도록 만들다니! 그가 나와 결혼한다고! 그는 결혼에 대해서 이제까지 한 마디도 말한 적이 없었다. 그러나 그가 결혼 문제를 정말 끄집어냈더라면 어떻게 되었을까? 그가 체면을 세우기 위해서 조바심치며 결혼하자고 서둘렀다면 테스는 무어라고 대답했을지 자기 자신도 알 수 없었다. 그러나 미련한 어머니는 가엾게도 테스가 현재 그 젊은이를 어떻게 생각하고 있는지에 대해서는 알지 못했다. 그건 아마 지금 같아서는 말로 나타내기 어렵고 이상하고 부자연스러운 그런 심정이리라. 어쨌든 그것은 사실이었다. 이런 사정 때문에 테스는 자기 자신이 미워질 뿐이었다. 테스는 알렉을 사랑한 적이 없었고, 지금도 그녀는 그를 조금도 좋아하지 않았다. 테스는 그 젊은이를 두려워했고 그 앞에 서면 겁이 났다. 테스의 약점을 이용해서 교묘히 덤벼드는 그 젊은이의 비열한 수단에 그녀는 넘어갔던 것이다. 그리고 그의 열렬한 태도에 잠깐 눈이 어두워지고 마음이 흔들려 결국 그에게 넘어갔던 것이다. 그러나 그녀는 그가 갑자기 밉고 싫어져서 그에게서 도망쳐 나온 것이다. 이것이 그녀가 돌아오게 된 동기였다. 테스는 그를 증오하지는 않았지만 테스에게 있어서 그는 너무나 보잘것없는 존재였다. 테스는 자기의 가문을 생각해서라도 그와 결혼할 생각은 없었다.

"결혼할 생각이 없었다면 좀더 몸조심을 하지 않고서!"

"아이, 어머니도!" 테스는 괴로움을 참을 수 없어서 어머니를 향해 소리를 질렀다. 가슴이 터질 것만 같았다.

"어떻게 그런 걸 미리 알 수가 있겠어요? 넉 달 전에 집을 떠날 때만 해도 저는 아직 철부지였어요. 어머닌 사내들은 엉큼하고 무섭다는 걸 왜 진작 가르쳐주지 않았어요? 왜 조심하라고 말해주지 않았지요? 부잣집 딸들은 소설이라도 읽어서 남자들의 흉계를 미리 알고 몸조심을 하지만 저는 그런 걸 배울 수도 없었고, 또 어머니는 아무 충고도 해주지 않았잖아요!"

어머니는 누그러졌다.

"그가 너를 좋아해서 어떻게 될 거라는 걸 너한테 미리 말해주면 네가 우쭐해서 모처럼의 기회를 놓칠까 봐 그랬지 뭐냐!" 어머니는 중얼거리면서 앞치마로 눈물을 닦았다. "이미 다 지나간 일이니 잊어버리자. 이것도 결국은 운명이요, 하느님의 뜻인가 보다!"

13 　테스 더비필드가 가짜 일갓집에서 돌아왔다는 소문은, 1평방 마일밖에 안 되는 좁은 이 마을에, 지나친 표현일지 모르지만, 파다하게 퍼졌다. 그날 오후, 말로트 마을의 옛날 학교 친구와 그 밖의 친구들은 엄두도 못 낼 성공을 하고 돌아온(그들은 그렇게 생각했다) 테스를 찾아온 방문객답게 풀을 먹여 다린 옷을 차려입고 있었다. 그들은 빙 둘러앉아서 테스를 호기심어린 시선으로 쳐다보았다. 테스를 사랑하는 사람은 소위 먼 친척뻘인 더버빌이라는 사람으로서 아주 시골 사람은 아닌 신사인데다가 난봉꾼이란 소문이 트랜트리지 변두리 너머까지 퍼지기 시작했기 때문에, 남들이 위태롭다고 생각한 테스의 지위가 확고한 것이라면 테스의 매력은 대단한 것이었다.

　친구들은 대단한 관심을 가지고 테스가 몸을 돌리기만 해도 서로 소곤거렸다.

　"정말 예뻐졌는데. 저 멋진 웃옷은 참 잘 어울리는구나! 굉장히 비쌀 거야. 그 젊은 신사가 준 선물일 거야."

　테스는 구석 찬장에서 찻잔을 꺼내느라고 친구들의 속삭이는 소리를 듣지 못했다. 테스가 그 말을 들었더라면 친구들의 오해를 이내 풀어주었을 것이다. 그러나 테스의 어머니는 그 말을 들었다. 딸의 멋진 결혼에 대한 희망은 깨졌다 하더라도, 어머니의 소박한 허영심은 그 같은 멋진 소문이 떠도는 것으로 위안을 삼았다. 설사 이 같은 덧없고 보잘것없는 결과가 딸의 체면을 더럽힐지언정 어머니는 그걸 대체로 만족스러워했다. 이렇게 끝다가 마지막에 가서는 결혼하게 될지도 모른다고 어머니는 생각했기 때문이다. 그래서 어머니는 딸의 친구들이 부러워하는 말을 더 듣고 싶어 차나 마시다 가라고 권했다.

　친구들의 재잘거림, 웃음, 허물없는 농담, 그리고 이따금씩 번뜩이는 그들의 선망의 눈초리는 테스의 기분을 되살아나게 했다. 저녁때가 될 무렵, 테스는 친구들과 휩쓸려 거의 쾌활한 기분으로 돌아왔다. 대리석 같은 테스의 딱딱한 표정도 사라졌고, 움직일 때마다 옛날의 경쾌하던 걸음걸이가 되살아나 아름다운 자태를 마음껏 드러냈다.

테스는 이따금 마음이 꺼림칙하면서도 남자한테서 사랑의 고백을 받은 자기의 경험이 조금은 자랑스러워할 만한 것이라는 것을 인식한 듯이 우월감을 가지고 친구들의 질문에 대답하곤 했다. 그러나 그녀는 로버트 사우스의 말처럼 '사라져간 지난날을 그리워하는' 심정은 아니었기에 그런 환상은 번개처럼 사라지고 냉정한 이성이 되살아나서 어리석은 자기의 약점을 비웃었다. 한순간 우쭐했었음을 깨달은 테스는 몸서리가 쳐지고 죄 많은 자기의 실수에 가책을 받아 다시금 침울해졌다.

이튿날 새벽, 테스의 낙심은 말할 수 없이 컸다. 일요일이 지나고 월요일이 되었다. 이젠 나들이옷도 벗어버렸다. 웃고 떠들던 친구들도 가버렸다. 테스는 전에 자기가 쓰던 침대에 누워 혼자 눈을 뜨고 있었다. 천진한 동생들은 곁에서 자고 있었다. 테스의 귀향이 빚어낸 일시적인 흥분과 호기심은 사라지고, 그 대신 앞으로 누구의 도움이나 한 가닥 동정도 없이 겪어야 할 길고 험한 가시밭길이 눈앞에 보이는 듯했다. 테스는 눈앞이 캄캄했다. 당장 무덤 속에라도 숨어버리고 싶은 심정이었다.

그로부터 2, 3주일이 지난 일요일 아침, 테스의 마음도 교회에 나갈 수 있을 정도로 상당히 안정되었다. 테스는 그저 해보는 시늉 정도에 불과했지만, 성가(聖歌)나 옛 시편을 듣거나 아침 찬송에 참가하는 것을 좋아했다. 그녀가 천성적으로 노래를 좋아하는 것은 민요를 좋아하는 어머니로부터 물려받은 것이었다. 단순히 노래를 부르기만 해도 때로는 가슴이 뻐근히 젖어드는 듯한 느낌이었다.

테스는 자기의 사정 때문에 가능하면 남의 눈을 피하고, 젊은 사내들의 추근거림을 피하려고 교회 종이 울리기 전에 집을 떠나 교회에 도착했다. 테스는 노인들만이 앉은 이층 복도 아래쪽 헛간 근처에 자리를 잡았다. 그 헛간에는 묘지에서 사용하는 연장이 있었고, 관(棺)을 올려놓는 받침대도 있었다.

마을 사람들은 둘씩 셋씩 짝을 지어 들어와서 테스 앞에 나란히 앉았다. 그들은 기도를 하는 것처럼 잠깐 머리를 숙였다. 그러나 사실은 기도를 올리는 것은 아니었다. 그러고 나서 똑바로 앉아 사방을 둘러보았다. 성가가 시작되었다. 그것은 여러 성가 중에서 테스가 가장 좋아하는 〈랭돈〉이라는 옛날의 중창곡이었다. 그녀는 그 곡의 가사를 무척 알고 싶었지만 알 수 없었다. 테스는 자기의 생각을 말로 표현하진 못했지만 작곡가의 힘이 얼마나 신기하고 훌륭한지를 마음속으로 생각해보았다. 작곡가는, 그가 죽은 후에도, 처음에는 자기만이 느끼던 일련의 정서를 통해서 그의 이름도 성품도 알 리가 없는, 자기와 같은 아가씨의 영혼을 일깨워줄 수 있다고 생각했다.

처음에 주위를 두리번거리던 신도들은 예배가 진행되는 동안 다시 뒤돌아보았다. 마침내 테스가 눈에 띄자 그들은 서로 소곤거렸다. 테스는 그들이 왜 소곤거리는지를 알자 기분이 상해서 다시는 교회에 나올 수 있을 것 같지 않았다.

테스는 동생들과 함께 쓰는 침실에 전보다 더 오래 틀어박혀서 지냈다. 그녀는 두 칸쯤 되는 그 비좁은 방안에서 바람과 눈과 비와 찬란한 낙조와 보름달을 바라보았다. 이처럼 방구석에만 틀어박혀 지냈기 때문에 거의 모든 마을 사람들은 테스가 집에 없다고 생각하게 되었다.

테스는 해가 저물어야 밖으로 나와 거닐었다. 방안에서 나와 숲속을 거니는 그 시간에만 테스는 외로움을 잊을 수 있었다. 테스는 빛과 어둠이 골고루 어울려서 대낮의 긴장과 밤의 불안이 서로 중화되어 사람의 마음이 완전히 자유로워지는 저녁의 바로 이 한때를 어김없이 알아맞출 수 있었다. 살아가는 괴로움을 조금이라도 덜어주는 시간이 있다면 바로 이 순간이었다. 테스는 어둠을 두려워하지 않았다. 사람의 세계라는 것은 한데 뭉치면 대단히 무섭지만, 하나하나 흩어지면 가련하고 조금도 두렵지 않은 존재다. 이른바 세상이라 일컬어지는 인정 없는 미물의 집합체인 인간을 피하려는 것이 바로 그녀의 생각이었다.

이 고적한 산과 골짜기를 거니는 그녀의 조용한 걸음은 그녀가 걷는 주위 환경과 혼연 일체가 되었다. 어둠에 싸여 남 몰래 걷는 그녀의 모습은 그녀를 둘러싼 주위의 풍경과 어우러졌다. 때로는 부질없는 공상에 잠겨, 그녀는 주위의 자연 환경의 변화를 가슴 아프게 느끼곤 했다. 그녀는 자연의 변화 자체가 자기 자신의 이야기의 일부분인 것처럼 생각했다. 아니, 그 일부분이 되었던 것이다. 왜냐하면 이 세상이라는 것은 심리적 현상에 불과하며 보이는 그대로이기 때문이다. 꽁꽁 얼어붙은 겨울철의 나뭇잎이나, 나뭇가지를 윙윙 스쳐가는 한밤중의 바람 소리는 쓰디쓴 책망의 말투로 들렸다. 비 오는 날은, 그녀가 어렸을 때 믿었던 하느님이라고 명확하게 이름 지을 수도 없고 또 그와 다르다고 해석할 수도 없는 어떤 막연한 도덕적 존재가 마음속에서 그녀의 연약함을 보고 슬피 우는 것 같기도 했다.

그러나 그녀에게 반감을 품고 있는 유령들이나 그녀를 나무라는 소리로 가득 찬, 이와 같은 주위 환경은 낡아빠진 인습에 의하여 그녀 자신이 마음대로 만들어낸 것으로, 그녀가 환상 속에서 가슴 아프게 잘못 생각한 창조물이었다. 그것은 테스가 까닭없이 두려워하는 도덕이라는 요귀들의 무리였다. 현실 세계와 조화를 이루지 못하는 것은 바로 이런 것들일 뿐, 테스는 아니었다. 테스는 새들이 잠들어 있는 생울타리 사이를 거닐거나, 달빛이 비치는 토끼장에서 토끼가 뛰어노는 것을 지켜보거나, 혹은 꿩이 앉은 나뭇가지 아래에 서 있을 때면 자신을 '죄 없는 것들'의 보금자리를 침입한 '죄 많은 사람'이라고 생각했다. 실은 테스는 아무 차별도 없는 곳에 일부러 차별을 만들고 있었다. 그녀는 자기가 주위와 대립하고 있다고 생각했지만 사실은 잘 조화되었다. 테스는 어쩔 수 없이 기성 사회의 도덕률을 범하긴 했지만 자기가 자기 자신을 이질적인 존재라고 공상하고 있는 그녀의 주위 환경의 법칙을 어기지는 않았다.

14 안개가 자욱한 8월의 어느 날 아침이었다. 밤 사이에 자욱이 끼었던 안개는 따사한 햇살을 받아 양털처럼 흩어지고 오그라들어 골짜기와 숲속으로 기어들어가 거기서 흔적 없이 개기를 기다리고 있었다.

태양은 안개에 가려 있었기 때문에 묘한 감정을 품은 사람의 표정 같이 보였고, 그것을 적절히 표현하려면 남성의 대명사가 필요할 것 같았다. 지금 태양의 표정은 사방에 인기척 하나 없는 들판과 더불어 옛날 태양 숭배의 신앙을 금방 설명해주는 것 같았다. 그보다 건전한 종교가 이 세상에 있었다고는 믿을 수 없었다. 빛을 발하고 있는 태양은 금발에 명랑하고 상냥한 눈매를 가진, 마치 하느님과 같은 존재로서 활력이 넘치는 젊은이다운 눈길로 자기에 대한 흥미로 가득 찬 지상을 내려다보고 있었다.

햇볕은 곧 오두막집 덧문으로 스며들어 방안의 찬장과 옷장과 그 밖의 가구들 위에 빨갛게 달은 부젓가락 같은 광선을 비추어 잠들어 있는 일꾼들을 깨웠다.

그러나 이날 아침, 붉게 빛나는 것 중에서도 가장 눈에 띄는 것은 페인트를 칠한 두 개의 폭 넓은 받침대로서 말로트 마을 바로 가까이에 있는 누런 밀밭의 한 모퉁이에 서 있었다. 그 받침대는 그 밑에 있는 다른 두 개의 받침대와 함께 오늘의 추수를 위해 간밤에 밭에 갖다 놓은 것이었다. 네 개의 받침대로 회전하는 말티스식의 십자가 모양이 곡식 거둬들이는 기계를 이루고 있었다. 페인트를 칠한 빨간 빛깔은 햇빛을 받아 더욱 빨갛게 보여 마치 용광로 속에라도 넣었다가 꺼낸 것 같았다.

밀밭은 이미 길이 트여 있었다. 수확기를 끌고 갈 말이 지나갈 수 있도록 밭 둘레를 따라 3, 4피트 정도의 넓이로 밀을 손으로 베어내고 길을 만들었던 것이다. 건장한 남자 일꾼들과 여자 일꾼들 한 패가 오솔길을 막 내려온 것은 바로 동쪽 생울타리의 그림자 끝이 서쪽 생울타리의 허리께에 걸쳐 있을 무렵이었다. 그래서 그 패거리들의 머리에는 햇빛이 비치고 있었으나 다리는 아직 햇빛을 받지 못하고 있었다. 그들은 오솔길에서 가장 가까이 있는 두 돌기둥 문 사이로 사라졌다.

이윽고 밀밭에서는 수놈 베짱이가 암놈을 부르는 것 같은 소리가 들려왔다. 수확기가 움직이기 시작한 것이다. 세 마리의 말들과 앞서 말한, 페인트를 칠한 목재로 만든 기계가 덜커덕거리면서 나란히 한 줄로 나가는 모습이 문 너머로 보였다. 한 사람이 말 위에 올라타 말을 몰고 있었고, 조수는 기계 위의 자리에 앉아 있었다. 수확기의 가로대가 천천히 회전하면서 말과 기계가 밭의 한쪽 가장자리를 따라 언덕을 넘어 아주 사라져버렸다. 그러다가는 곧 반대쪽을 같은 동작으로 올라왔다. 맨 앞에 선 말머리에 단 번쩍거리는 놋쇠 별이 먼저 그루터기 위로 나타나고 다음엔 눈부신 가로대가, 그리고 마지막엔 기계 전체가 보였다.

밀밭을 둘러싸고 있는 그루터기가 보이는 좁은 길은 수확기가 밭을 한 바퀴 돌 때마다 차츰 넓어져갔고, 해가 높이 떠올라 아침이 사라져감에 따라 아직 거두어들이지 않은 밀밭의 면적은 차츰 좁아져갔다. 집토끼, 들토끼, 뱀, 그리고 생쥐들은 그들의 피난처가 임시라는 것과 나중엔 자기들 신세가 어떻게 될지도 모른 채 안전한 성 안에라도 숨으려는 듯 밀밭 속으로 도망쳤다. 오후가 되어 그 피난처가 점점 좁아져가 들짐승들은 한데 뒤섞여 있다가 나중엔 몇 야드밖에 남지 않은 밀밭마저 사정없이 수확기가 베어버리면, 들짐승들은 일꾼들의 막대기와 돌멩이에 맞아 죽을 것이다.

밀을 베는 수확기가 꼭 한 단으로 묶을 수 있는 만큼만 밀 포기를 베어서 뒤로 떨어뜨리면 뒤에서 따라가던 일꾼들이 민첩하게 다발로 묶었다. 그 일을 하는 것은 주로 여자들이었지만 무명 셔츠를 입은 남

120

자들도 끼여 있었다. 그들은 가죽 띠로 바지를 허리에 졸라매고 있었기 때문에 뒤에 붙은 두 개의 단추는 쓸모 없게 되어 움직일 때마다 단추는 허리에 달린 두 개의 눈동자처럼 햇빛에 반짝였다. 그것들은 마치 성난 눈동자처럼 보였다.

그러나 밀단을 묶는 사람들 중에서도 가장 관심을 끄는 건 여자들이었다. 그녀들은 가정에서의 평범한 자리를 떠나 들판에서 자연의 일부분이 될 때 매력 있게 보이는 법이기 때문이다. 남자 일꾼들은 한낱 밭에서 일하는 사람에 불과하지만 여인네들은 들판의 일부가 되어버린다. 어쨌든 여인네들은 여자다운 모습을 잃고 주위의 자연과 혼연 일체가 되어버리고 만다.

여인네들——이라기보다는 대부분이 젊은 여인들이니 아가씨들이라고 부르는 편이 나을 것이다——은 햇빛을 가리기 위해서 펄럭거리는 커다란 천이 달린 무명 모자를 쓰고 있었고, 그루터기에 다치지 않도록 손에는 장갑을 끼고 있었다. 그들 중에는 연분홍색 재킷을 입은 처녀도 있었고 소매 끝이 좁고 긴 크림색 재킷을 입은 처녀도 있었으며, 수확기의 가로대 같은 빨간 치마를 입은 처녀도 었었다. 그리고 갈색의 투박한 겉옷을 입은 나이 듬직한 여자들도 끼여 있었다. 이 옷은 옛부터 밭일할 때 입는 가장 적당한 옷이었지만, 요즘 젊은이들은 그 옷을 꺼려했다. 오늘 아침, 사람들의 눈길은 무의식중에 연분홍색 무명 재킷을 걸친 아가씨에게 쏠렸다. 왜냐하면 그녀는 유달리 몸매가 부드럽고 아름다웠기 때문이다. 그러나 그녀는 모자를 깊이 눌러썼기 때문에 밀단을 묶는 동안 얼굴은 보이지 않았다. 다만 햇빛을 가리는 모자의 헝겊 밑으로 흐트러진 두서너 갈래의 짙은 머리칼로써 그녀의 안색을 짐작할 수 있을 뿐이었다. 그녀가 다른 사람들의 눈길을 끈 것은 다른 여자들이 쉴새없이 주위를 두리번거릴 때에도 그녀만은 그러지 않았기 때문인지도 모른다.

그녀는 시계 바늘처럼 단조롭게 밀단을 묶기만 했다. 그녀는 막 베어놓은 밀단에서 한 줌의 이삭을 집어 왼쪽 손바닥으로 밀포기 끝을

툭툭 쳐서 가지런하게 했다. 그러고 나서 허리를 굽히고 앞으로 나아
가면서 두 손으로 다른 밀이삭을 들어 무릎 위에 모아놓았다. 그런 다
음에 장갑을 긴 왼손으로 말단 밑을 받치고 오른손은 단 위로 돌려 마
치 애인이라도 끌어안듯이 밀단을 껴안고 새끼줄의 양 끝을 한데 모
아 단 위에 무릎을 꿇고 단을 묶는 동안, 가끔 치맛자락이 바람에 날
리면 그것을 여미곤 했다. 누런 가죽장갑과 겉옷 사이로 팔의 살결이
드러나보였다. 시간이 지남에 따라 그루터기에 찔린 그녀의 보드라운
살결에서 피가 나기 시작했다.

그녀는 가끔 일어나서 쉬기도 하고 비뚤어진 앞치마를 바로 여미고
모자를 똑바로 고쳐 쓰곤 했다. 그때마다 커다랗고 까만 눈과, 닿기만
하면 무엇에라도 매달려서 애원이라도 할 듯 길게 늘어진 풍성한 머
리채를 가진 예쁜 아가씨의 아름다운 둥근 얼굴이 보였다. 그녀는 시
골에서 자란 아가씨와는 달리 하얀 볼에 고르게 난 이, 그리고 입술이
붉고 얇았다.

이 처녀가 바로 더버빌이라는 가명의 테스 더비필드였다. 그녀는
어딘지 달라진 데가 있었다. 모습은 예전과 같아 보였지만 속은 달라
져 있었다. 그녀는 낯선 고장에 와 있는 것이 아니었지만 낯선 고장의
사람처럼 살고 있었다. 오랫동안 방구석에 틀어박혀 지내던 테스는,
일 년 중에 가장 바쁜 추수기가 다가와서 당분간은 집안에서 하는 일
보다는 밖에 나가서 일하는 것이 수입이 나았기 때문에 고향 마을에
서 밭일을 나가기로 결심했던 것이다.

다른 여자들의 동작도 거의 테스와 비슷했다. 각각 한 단씩 묶은
그들은 쿼드릴(네 사람씩 짝지어 추는 춤)을 추는 사람들처럼 모여들어
묶은 단을 다른 사람의 것과 한데 세워두면 열 단이나 열두 단짜리 낟
가리——이 지방에서는 '스리치'라고 부른다——가 만들어졌다.

그들은 아침 식사를 들고 나서 다시 일을 계속했다. 열한 시가 가
까워졌을 무렵에 테스를 유심히 바라본 사람이면, 그녀가 쉬지 않고
밀단을 묶으면서도 이따금 생각에 잠긴 듯한 눈길로 산마루를 바라보

는 것을 눈치챘을 것이다. 열한 시가 다 되자, 여섯 살부터 열네 살 또래의 아이들 한 패가 그루터기만 남은 언덕 위로 나타났다.

테스는 약간 얼굴을 붉혔지만 일손을 멈추지는 않았다. 나타난 아이들 중에서 가장 나이 들어 보이는 계집애는 삼각형의 숄을 걸치고 있었는데, 그 끝이 그루터기 위로 질질 끌렸다. 그리고 그 아이는 두 팔에 얼핏 보기에 인형 같은 것을 안고 있었다. 그러나 실은 긴 옷을 입힌 갓난아기였다. 또 다른 한 아이가 점심을 가지고 왔다. 일꾼들은 하던 일을 멈추고 가지고 온 점심을 들고 낟가리에 기대앉아 식사를 했다. 남자 일꾼들은 술을 권하면서 주거니받거니했다.

테스 더비필드는 맨 나중에야 일손을 멈췄다. 그녀는 다른 사람들로부터 약간 떨어져서 낟가리 한쪽 끝에 앉았다. 그녀가 자리를 잡고 앉자, 토끼가죽 모자를 쓰고 허리띠에 빨간 손수건을 찬 한 남자가 낟가리 너머로 맥주잔을 내밀었다. 그러나 그녀는 그것을 사양했다. 그녀는 점심을 펴놓고, 동생을 불러 갓난애를 받아 안았다. 짐스러운 아기를 내맡겨서 홀가분해진 동생은 옆에 있는 낟가리로 가서 애들과 어울려 놀았다. 테스는 이상하게도 남의 눈을 꺼리는 듯하다가 버젓하게, 그러면서도 얼굴을 붉히며 재킷의 단추를 풀고 갓난아기에게 젖을 먹이기 시작했다.

가까이 앉아 있던 남자들은 눈치를 채고 밭 저쪽으로 고개를 돌렸고 어떤 남자는 담배를 피우기 시작했으며, 또 다른 남자는 아쉽고 섭섭하다는 듯이 빈 술병을 두들겼다. 테스를 제외한 다른 여자들은 신나게 이야기들을 주고받기도 했고 흐트러진 머리카락을 매만지기도 했다.

갓난애가 실컷 젖을 먹고 나자, 나이 어린 어머니는 아기를 무릎 위에 바로 앉혔다. 그러고는 먼 곳을 바라보며 거의 증오에 가까운 침울하고 냉정한 표정으로 아기를 얼르다가는 갑자기 견딜 수 없다는 듯이 수없이 아기에게 입을 맞추었다. 아기는 사랑과 미움이 뒤섞인 이 심한 입맞춤에 견디다 못해 울음을 터뜨렸다.

"테스는 아기가 미워서 함께 죽어버리고 싶다고 늘 말하면서도 귀여워 죽겠나 봐." 빨간 치마를 입은 여자가 말했다.

"얼마 안 있으면 이젠 그런 소리는 안 할 거야." 누런 옷을 입은 여자가 그 말에 대꾸했다. "참 이상한 일이거든. 사람은 시간이 지나면 저런 일에 익숙해지니까!"

"남자가 웬만큼 말로만 추근거려서는 테스가 저렇게 되진 않았을 텐데. 작년 어느 날 밤, 누군가가 체이스 숲속에서 여자가 흐느껴 우는 소리를 들었대. 그때 마을 사람들이 지나가기만 했더라도 그 사나이는 큰 망신을 당했을걸."

"글쎄, 그 사나이가 하도 추근거려서 거기 넘어간 건지 어쩐지는 잘 모르지만, 하고많은 여자 중에서 테스가 그런 욕을 당하다니 참 안됐어. 그런 일은 항상 예쁜 아가씨들에게만 일어난단 말이야! 못생긴 아가씨들은 교회당처럼 안전하거든. 제니, 안 그래?"

이렇게 말한 여자는 그 중의 한 여자를 돌아다보았는데, 그녀는 과연 못생긴 여자였다.

정말 가엾은 일이었다. 꽃잎 같은 입술과 서글서글한 눈매를 가진 테스가 그렇게 외톨이로 앉아 있는 모습을 본 사람이라면, 비록 그녀와 원수 사이라 하더라도 가엾게 여기지 않을 수 없었으리라. 그녀의 눈동자는 까맣지도 파랗지도 않고, 그렇다고 잿빛이나 자줏빛도 아닌, 말하자면 그런 여러 가지 빛깔과 그 밖의 무수한 빛깔들이 뒤섞인 듯한 검은 눈동자로, 그 눈을 들여다보면 그늘 뒤에 그늘이 있고 빛깔 너머에 또 빛깔이 있는 듯한 그런 빛깔이 한없이 깊은 눈동자를 둘러싸고 있음을 알 수 있었다. 테스는 조상으로부터 물려받은 약간의 부주의한 성품만 없었더라면 거의 나무랄 데 없는 여자였다.

테스는 놀랄 만한 결심을 하고 몇 달 만에 처음으로 이번 주일의 밭일에 나서게 된 것이었다. 이제까지 세상 물정에 어둡고 외롭다 보니 혼자만이 겪어야 했던 온갖 뉘우침과 괴로움에 시달리고 지친 끝에 비로소 평범한 상식이 그녀의 마음을 비추었던 것이다. 테스는 다

시 한 번 쓸모 있는 사람이 되어 독립해서 굳세게 살아보겠다고 생각
했다. 과거는 이미 지나간 것이다. 과거야 어쨌든 이젠 별 상관이 없
다. 그 결과야 어떻게 되든 간에 세월이 지나면 그런 것들은 다 지나
가버릴 것이다. 그런 일은 몇 해만 지나면 아무 일도 없었던 것처럼
될 것이고 테스 자신도 결국 무덤에 묻혀 모든 일을 잊어버리게 될 것
이다. 그러나 그 동안에도 나무들은 전과 다름없이 푸르고 새들도 여
전히 노래하고 태양은 언제나처럼 빛나고 있었다. 주위에 있는 정다
운 자연은 테스가 슬프다고 해서 빛을 잃거나 그녀가 괴롭다고 해서
시들지도 않았다.

　테스는 자기에 대한 세상의 이목을 두려워한 나머지 제대로 머리조
차 들지 못한 것은 한낱 부질없는 걱정이었다고 깨달았는지도 모른
다. 그녀는 자기 이외의 어떤 누구와도 상관없는 존재요, 정열이고 감
각 기관이었다. 주위의 모든 사람들에겐 테스의 존재는 단지 스쳐가
는 이야깃거리에 불과했다. 친구들마저도 테스를 오래 마음속에 두고
생각할 리가 없었다. 그녀가 밤낮으로 괴로워하고 있으면, 그녀들은
'아, 테스는 사서 고생을 해' 하고 생각할 것이다. 만일 그녀가 애써
명랑해지고 근심을 다 털어버리고 햇빛과 꽃과 갓난애한테서 즐거움
을 찾으려 한다면, '참, 테스는 잘도 견뎌내는군' 하고 말할 것이다.
만약 테스가 무인도에 혼자 있었다면 자기가 당한 일을 불행하다고
생각했을까? 별로 그렇게 생각하지는 않았을 것이다. 만일 그녀가 세
상에 태어나 남편 없는 어미로서 이름도 짓지 못한 아기의 어머니라
는 것 외에 아무 인생 경험도 없는 처지라면 그런 환경에 그녀는 절망
했었을까? 아니, 그녀는 오히려 그 환경을 담담히 받아들여 거기서 즐
거움을 발견했을지도 모른다. 그녀의 불행은 그 대부분이 인습적인
생각에서 나온 것이지 타고난 감정에서 비롯된 것은 아니었다.

　이유야 어떻든 간에 테스는 마음을 돌리고 그전처럼 단정한 몸차림
으로, 마침 추수할 밭일이 한창 바쁠 때에 일하러 나왔던 것이다. 그
녀는 침착한 태도를 취했고 갓난애를 품에 안았을 때에도 이따금 다

른 사람들의 얼굴을 거리낌없이 마주볼 수 있었다.

추수하는 사람들은 낟가리에서 일어나 기지개를 켜며 담뱃불을 껐다. 마구(馬具)를 풀어서 사료를 먹이던 말을 다시 빨간 기계에다 맸었다. 그녀는 빨리 점심을 끝내고 나서 큰동생을 불러 갓난애를 안겨주고 옷차림을 가다듬은 다음, 누런 장갑을 끼었다. 그리고 몸을 굽혀 맨 나중에 묶어놓은 단에서 다음 단을 묶을 밀집을 한 줌 빼냈다.

오전에 하던 것과 같은 일이 오후와 저녁에도 계속되었다. 테스는 다른 일꾼들과 함께 어두워질 때까지 일했다. 일이 끝나자, 그들은 동쪽의 지평선 위로 떠오른 흐린 둥근 달을 벗삼아 큰 짐마차를 타고 집으로 돌아갔다. 달은 마치 좀먹은 터스카니 성자상(이탈리아의 터스카니에 있는 교회당의 성자상)의 빛바랜 금박의 후광과도 같았다. 그녀의 여자 친구들은 노래를 부르긴 했지만, 그녀의 처지를 무척 동정했고 다시 바깥 출입을 하게 된 테스를 보고 기뻐하기도 했다. 그러나 그녀들은 즐거운 푸른 숲속으로 놀러갔다가 신세를 망친 처녀를 노래한 민요를 짓궂게 부르기도 했다. 인생에는 얻는 것이 있으면 잃는 것도 있고 손해가 있으면 보상도 있는 법이다. 그 사건 때문에 테스는 사회에 대한 경고가 되기도 했지만, 한때 마을에서는 많은 사람들에게 가장 흥미 있는 대상이 되기도 했다. 친구들이 다정하게 대해주었기 때문에 그녀는 자신의 슬픈 처지를 잊고 그녀들의 쾌활한 분위기에 휩쓸려들어 거의 명랑한 기분을 되찾았다.

그러나 테스의 정신적인 슬픔이 아물어가고 있을 때 사회의 법률을 전혀 모르는 어머니로서의 그녀에게는 새로운 슬픔이 생겼다. 집에 돌아오자, 그녀는 갓난애가 오후부터 갑자기 앓는다는 소식을 들었다. 아기의 체질이 허약해서 병이 생기리라고 짐작은 하고 있었지만 막상 병에 걸리고 보니 충격을 받지 않을 수 없었다.

이 미혼모는 갓난애가 태어남으로써 사회에 죄를 지었다는 생각을 까마득히 잊고 있었다. 그녀의 간절한 소망은 아기를 살림으로써 그 죄를 연장시키고 싶은 것이었다. 그러나 테스는 그녀가 걱정한 것보

다도 더 빨리 아기가 죽게 될 운명의 시간이 다가오고 있음을 분명히
알 수 있었다. 그녀는 이 사실을 알게 되자, 단지 아기를 잃는다는 슬
픔보다 더 큰 괴로움에 잠기게 되었다. 왜냐하면 아기는 아직 세례도
받지 못했기 때문이다.

테스는 자기가 저지른 죄 때문에 화형(火刑)을 당해야 하고 그것으
로 모든 것이 끝난다면 조용히 형장에 나갈 수 있을 것 같은 생각이
들었다. 그녀는 마을 처녀들과 마찬가지로 성경을 충분히 읽어서 오홀
라와 오홀리바(간음하여 신의 벌을 받은 자매.《구약성서》〈에스겔〉제23장)
의 얘기를 잘 알고 있었기 때문에 그 이야기가 가르쳐주는 결론도 잘
알고 있었다. 그러나 똑같은 문제가 아기에게 나타났을 땐 사정이 달
랐다. 갓난애가 죽어가고 있는데 구원의 길은 전연 열려 있지 않았다.

거의 잠자리에 들 시간이었지만 테스는 아래층으로 내려가 목사를
불러오겠다고 말했다. 이때 마침 그녀의 아버지는 한 주일에 한 번씩
가는 롤리버 주막에서 막 돌아온 참이었다. 그는 술에 취하기만 하면
양반집 가문이라는 생각이 여느 때보다 더 심했고, 딸이 가문을 더럽
혔다는 감정으로 유난히 날카로워졌다. 딸이 집안 망신을 시켰기에
여느 때보다 집안 사정을 숨겨야 할 때인데 어떻게 목사를 불러들여
집안 사정을 말할 수 있느냐고, 그녀의 아버지는 딱 잘라 말했다. 그
는 문을 잠그고는 열쇠를 호주머니에 집어넣었다.

온 가족이 다 잠자리에 들었다. 테스도 슬픔에 잠겨 잠자리에 들었
다. 자리에 눕기는 했지만 잠을 잘 수 없었다. 한밤중이 되자 아기의
병세가 더욱 악화된 것을 느꼈다. 분명히 숨을 거두려는 참이었다. 조
용하고 편안하게, 그러나 분명히 죽음의 그림자가 서서히 다가오고
있었다.

테스는 애가 타서 자리에서 엎치락뒤치락했다. 시계가 둔탁하게 한
시를 쳤다. 온갖 생각에 뒤숭숭하고 불길한 예감이 엄연한 현실로 바
뀌는 순간이었다. 테스는, 세례를 받지 못했고 사생아라는 두 가지의
죄 때문에 지옥의 한구석에 떨어질 아기를 생각했다. 마왕이 빵 굽는

날에 쓰는 세 갈래 갈퀴 같은 것으로 아기를 뜨거운 솥에 집어던지는 장면이 눈에 선했다. 그리고 기독교국인 이 나라에서 어린이들에게 종종 교훈으로 들려주는 여러 가지 괴상망측한 형벌까지 머리에 떠올랐다. 모두 잠든 이 조용한 집 안에서 이 같은 무서운 생각들이 꼬리를 물고 떠오르자, 잠옷은 식은땀으로 흠뻑 젖었고 침대는 심장이 고동칠 때마다 흔들리는 것 같았다.

아기의 숨결은 더욱 가빠졌다. 그리고 테스의 마음도 더한층 긴장되었다. 아기에게 아무리 입을 맞춰봐도 아무 소용이 없었다. 그녀는 그대로 자리에 누워 있을 수도 없어서 일어나 방안을 미친 듯이 서성거렸다.

"오, 자비로운 하느님, 은혜를 베풀어주시옵소서. 이 가련한 아기에게 은혜를 주시옵소서!" 테스는 외쳤다. "저에게 어떤 벌을 주셔도 달게 받겠습니다. 그러나 아기만은 불쌍히 여기사 은혜를 베풀어주시옵소서!"

테스는 장롱에 기대어 한참 동안 종잡을 수 없는 기도를 중얼거리다가 갑자기 일어섰다.

"그래, 우리 아기도 구원을 받을 수 있을지도 몰라! 정말, 그럴지도 모르지!" 테스가 어찌나 쾌활하게 말했는지 그녀의 얼굴은 주위의 어둠 속에서도 환히 빛나는 것 같았다.

테스는 촛불을 켜고는 같은 방을 쓰고 있는, 둘째와 셋째 침대에서 자고 있는 동생들을 깨웠다. 세면대를 앞으로 끌어내고 테스는 세면대가 놓여 있던 그 자리에 가서 섰다. 주전자에서 물을 따라놓고 그 둘레에 동생들을 꿇어앉힌 다음, 두 손을 모아 합장하게 했다. 아직도 잠에서 덜 깬 동생들은 테스의 행동에 겁을 먹고 눈을 휘둥그레 뜨고 있었다. 그녀는 침대에서 아기를 들어올렸다. 이 아기는, 테스가 어머니라는 칭호를 받을 만큼 성숙해 있지 않았기 때문에 아이가 낳은 아기라고 할 수 있었다. 테스는 아기를 안고 세면대 옆에 똑바로 섰다. 바로 아랫동생은 교회당에서 집사가 목사 앞에서 하듯이 테스 앞에 성경책을 펼쳐놓았다. 테스는 아기에게 세례를 주기 시작했다.

기다란 흰 잠옷을 걸치고 까만 머릿단을 허리까지 곧게 땋아 늘인 테스의 모습은 이상하리만큼 늠름하고 의젓해 보였다. 테스에겐 낮에 일하면서 찔린 팔목의 상처가 있었고 눈에는 피곤이 가득했다. 그러나 밝은 햇볕 아래서라면 으레 눈에 띌 그런 흠들이 다정하게 어렴풋이 비치는 촛불 속에서는 찾아볼 수 없었다. 그녀의 그 열성적인 태도는 일찍이 불행의 원인이 되었던 그녀의 얼굴 모습을 일변시켜 순결하고 아름답게 보여주었을 뿐 아니라 거의 여왕과 같은 위엄마저 띠게 했다. 무릎을 꿇고 둘러앉아 졸음이 와서 발개진 눈을 껌벅거리던 동생들은 놀라움에 가득 찬 마음으로 준비가 끝나기를 기다렸다. 밤도 깊어 피곤했기 때문에 놀라움도 그다지 심각하지는 못했다.

동생들 중에서 가장 감동한 아이가 말했다.

"누나, 정말 아기한테 세례를 줄 거야?"

미혼모는 정색을 하고 그렇다고 대답했다.

"이름은 무어라고 할 거야?"

테스는 미처 그것을 생각하지 못했다. 그러나 세례식을 올리는 동안 〈창세기〉 속의 한 구절이 떠올랐다. 그래서 테스는 그 이름을 따다 붙이기로 했다.

"소로우, 성부, 성자, 성신의 이름으로 그대에게 세례를 주노라." 테스는 물을 뿌렸다. 방안은 조용했다. "너희들은 '아멘'이라고 해."

동생들은 조그만 목소리로 테스의 말을 따라 "아멘!" 하고 말했다.

테스는 말을 이었다.

"우리는 이 아기를 받아……그 이마에 십자가의 표지를 그리노라."

테스는 세면대에 손을 담갔다가 집게손가락으로 아기의 이마 위에 커다란 십자가를 힘차게 그었다. 그러고 나서 그 아기가 죄악과 세상과 악마와 용감하게 싸워서 죽을 때까지 하느님의 충실한 병사가 되고 봉사자가 되기를 축원하는, 틀에 박힌 기도문을 계속했다. 그리고 어김없이 주기도문을 외었다. 동생들도 테스를 따라 모기 소리 같은 낮은 목소리로 더듬더듬 중얼거렸다. 그러다가 마지막 구절에 이르자, 그들은 집사 못지않게 큰 소리를 내어 '아멘!'이라고 말하여 다시 정적을 깨뜨렸다.

그러자 테스는 이 성례(聖禮)의 효과에 대해서 자신감이 생겨 마음 속에서 우러나오는 감사의 기도를 드렸다. 기도 소리는 마음속에서 우러나오는, 한번 듣기만 하면 잊혀지지 않는 파이프 오르간의 폐구음전(閉口音栓) 같은 높은 소리로 대담하고 승리에 도취한 듯이 울렸다. 그녀는 신앙의 황홀감에 싸여서 마치 하느님이나 된 듯했다. 얼굴에는 밝은 빛이 떠오르고 양 볼에는 홍조가 피어났다. 그리고 눈동자에 비친 조그만 촛불은 다이아몬드처럼 반짝였다. 동생들은 테스를 더욱 경외하는 듯한 눈초리로 우러러보았다. 그들은 말 붙일 엄두도 못 냈다. 이제는 테스가 누나로 보이지 않고 무섭게 우뚝 서 있는 어마어마한 존재——자기들과는 다른 거룩한 존재로 보였다.

가련하게도 죄악과 세상과 악마에 대한 소로우의 싸움은 훌륭하게 싸울 운명은 못 되었다——하긴 그가 태어난 사정을 생각한다면 그것이 본인을 위해서도 다행한 일인지도 모른다. 먼동이 틀 무렵, 하느님의 봉사자인 이 연약한 병사는 영원히 숨을 거두고 말았다. 동생들은 눈을 뜨고 애처롭게 울면서 테스에게 예쁜 아기를 하나만 더 낳아달라고 졸라댔다.

세례를 줄 때부터 침착해진 테스는 아기가 죽었을 때에도 마찬가지였다. 대낮이 되자, 테스는 아기에 대한 근심 걱정이 다소 지나쳤다는 생각이 들었다. 아기에게 베푼 세례가 정당한 것이냐 아니냐 하는 것은 별문제로 치고라도 지금은 마음이 조금도 불안하지 않았다. 만일 테스가 흉내낸 이런 부당한 세례를 하느님이 인정하지 않거나 정식으로 세례를 받지 않은 자는 천당에 갈 수 없다고 한다면, 그런 천당은 자기나 아기를 위해서 필요 없다고 그녀는 생각했다.

이리하여 태어나지 말았어야 할 소로우——이 세상에 뛰어든 불청객이었으며 사회의 규범을 무시한, 염치없는 '자연'이 보내준 사생아는 세상을 등지고 만 것이다. 이 아기는 불과 며칠간이 영원한 '때'인 줄 알고 세월이라든지 세기라는 것이 있는지도 몰랐을 것이다. 아기 에게는 오두막집 방이 우주였고, 한 주일 동안의 날씨가 기후였고, 갓 난아기 시절이 전생애였으며, 젖을 빠는 본능이 아이가 알고 있는 전 부였을 것이다.

자기가 흉내낸 세례를 두루 생각한 테스는 교리상으로 기독교인의 아기로서 장사를 지내도 합당한지 어떤지 도무지 알 수 없었다. 이 문 제를 해명해줄 사람은 마을의 목사뿐이었다. 목사는 새로 부임한 분 이었기 때문에 테스를 알 까닭이 없었다. 테스는 해진 뒤에 목사관을 찾아갔다. 테스는 문간에 선 채 도무지 안으로 들어갈 용기가 나지 않 았다. 만일 테스가 단념하고 돌아섰을 때 우연히 외출에서 돌아오는 목사를 만나지 못했다면 면회를 단념했을 것이다. 어둠 속에서 테스 는 터놓고 솔직히 말했다.

"목사님, 말씀 좀 드리겠어요."

목사는 기꺼이 허락했다. 테스는 아기가 병이 생겼던 이야기와 임 기응변으로 세례를 준 일까지 말했다.

"그런데 목사님." 테스는 진지하게 말을 이었다. "저에게 말씀 좀 해주세요. 제가 아기에게 세례를 준 것이 목사님이 주시는 세례하고 같을 수 있을까요?"

당연히 자기에게 부탁했어야 할 일을 그녀가 자기들끼리 해결해버 렸다는 걸 생각하자 직업 근성이 고개를 들어 목사는 아니라고 말하 고 싶었다. 그러나 테스의 위엄과 신기하도록 부드러운 목소리는 직 업 근성보다도 더 고상한 목사의 감정에 호소했다. 사실, 십 년 동안 이나 직업적인 목사 생활을 하면서도 실제로 버리지 못한 신앙에 대 한 회의감을 그녀가 자극시켰다고 할 수 있었다. 목사의 마음속에서 성직자의 양심과 인간의 감정이 갈등을 일으켰다. 그러나 마침내 인 간이 승리했다.

"아가씨, 그건 마찬가지 일이지요." 그가 말했다.

"그러시다면 제 아기를 기독교 의식으로 묻어주실 수 있으세요?" 테스가 재빨리 물었다.

목사는 난처했다. 목사는 아기가 병에 걸렸다는 말을 듣고 세례를 주기 위해 성의를 베풀어서 밤에 테스의 집에 찾아간 적이 있었다. 그러나 그를 집 안에 발도 들여놓지 못하게 한 장본인이 바로 그녀가 아니고 그녀의 아버지였다는 것은 전혀 몰랐다. 그래서 목사는 의식을 어기고 장례를 치러달라는 테스의 청을 들어줄 수가 없었다.

"아, 그건 문제가 다르지요." 그가 말했다.

"문제가 다르다고요? 왜요?" 테스는 다소 흥분해서 물었다.

"글쎄, 우리 두 사람에 관한 문제라면 기꺼이 청을 들어주겠지만, 그렇지 못할 사정이 있어요."

"목사님, 꼭 한 번만 부탁합니다!"

"정말 안 되겠어요."

"네, 목사님!" 테스는 목사의 손을 잡고 애원했다.

목사는 그녀의 손을 뿌리치고 고개를 내저었다.

"그러시다면 전 목사님을 싫어하겠어요! 저는 목사님 교회엔 다시 안 가겠어요!" 테스는 울음을 터뜨리며 말했다.

"함부로 그렇게 말하는 게 아니오."

"목사님이 안해주셔도 아기에겐 마찬가질 거예요……. 그렇지요? 제발 성자가 죄인에게 말씀하듯 하지 마시고 인간적인 면에서 가엾은 저에게 말씀해주세요!"

목사가 이런 문제에 대해서 평상시에 가졌던 엄격한 주장과 당장 대답해야 할 문제를 어떻게 타협했는지, 그것을 우리 평범한 사람들은 알 수 없다. 그러나 타협한 목사의 심정은 우리들도 이해할 수 있을 것이다. 그녀의 정성에 어느 정도 감동을 받은 목사는 이렇게 말했다.

"그것은 마찬가질 거요."

이리하여 아기의 시체는 그날 밤 조그만 상자에 넣어 낡은 여자 목도리로 싸서 묘지로 운반했다. 묘지기에게 돈 1실링과 맥주 한 병을 주고 등불을 밝힌 가운데 하느님이 배정한 초라한 모퉁이 땅속에 아기는 묻혔다. 묘지에는 하느님의 뜻인지 쐐기풀이 무성하게 자라 있었고, 세례를 받지 못한 갓난아기들과, 이름난 술주정뱅이들과, 자살자들과, 그 밖의 지옥살이가 뻔한 사람들이 묻혀 있었다. 테스는 주위 환경이 못마땅했다. 어느 날 저녁, 그녀는 남의 눈을 피해 묘지로 들어가서 용감하게 두 개의 막대기를 끈으로 묶어 조그만 십자가를 만들고 십자가에 꽃을 달아 아기의 무덤 머리맡에 세웠고, 물을 넣은 작은 꽃병에 꽃다발을 꽂아 무덤 아래에 놓았다. 비록 이 꽃병에 잼을 만드는 '킬웰 회사의 마말레이드'라는 상표가 눈에 띈다고 한들 그것이 무슨 상관이 있단 말인가! 죽은 자식을 생각하는 어머니의 눈은 보다 높은 것을 우러러보기 때문인지 이런 글씨는 눈에 보이지도 않았다.

15 "오랜 방황이라는 경험을 통해서 우리는 지름길을 발견하게 된다"고 로저 애스컴은 말했다. 그러나 이와 같은 오랜 방황은 앞으로 걸어갈 길에 종종 방해가 되는 경우도 있으니, 그렇다면 우리의 경험이 무슨 소용이 있단 말인가? 테스 더비필드의 경험도 이처럼 쓸모없는 것이었다. 마침내 테스는 자기가 걸어갈 길을 깨달았다. 그러나 이제 와서 누가 그녀의 행실을 그대로 받아들여 줄 것인가?

만일 테스가 더버빌 집안을 찾아가기 전에 익히 알고 있는 여러 가지 격언이나 교훈대로 엄격하게 처신을 했다면, 테스는 결코 이용당하지는 않았을 것이다. 그러나 교훈이나 격언의 진리를 깨달아서 필요할 때 이용한다는 것은 테스뿐만 아니라 누구에게도 어려운 일이다. 테스나 그 밖의 많은 사람들은 성 어거스틴처럼 하느님을 향해서 이렇게 빈정거렸을 것이다.

"하느님께서는 저희에게 허락하신 것보다도 더 좋은 방법을 가르쳐 주셨나이다."

테스는 겨울 한철 동안 집안에 틀어박혀 닭털 뽑는 일도 하고 칠면조나 거위를 보살피기도 했다. 그리고 보기만 해도 구역질이 나서 옷장에 처박아두었던, 더버빌이 준 옷가지를 고쳐서 동생들의 옷을 만들어주었다. 더버빌에게 도움을 받고 싶은 생각은 전혀 없었다. 그러나 테스는 부지런히 일하다가도 가끔 두 손을 머리 뒤에 깍지 끼고 깊은 시름에 잠기곤 했다.

테스는 지난 한 해 동안에 스쳐 지나간 나날들을 곰곰이 생각해보았다. 트랜트리지의 캄캄한 체이스 숲속에서 있었던 파멸의 불행한 밤이며, 아기가 태어나던 날과 숨을 거두던 날, 그리고 자기 자신의 생일, 그 밖에 자기와 관계 있는 날들을 되새겨보았다. 그러던 어느 날 오후, 테스는 거울에 비친 자기의 아름다운 모습을 보고 지나간 날들보다 더욱 중요한 날이 남아 있으리라는 생각이 갑자기 떠올랐다. 그것은 그 같은 자신의 아름다움이 고스란히 사라져버리는 죽음의 날일 것이었다. 그날은 일 년 열두 달이 언제나처럼 아무 일 없이 지나가곤 하지만, 그런 날들 속에 교묘하게 숨어 있는 어떤 날이리라. 그러나 죽음의 날은 틀림없이 존재한다. 그날은 언제일까? 그렇게 관계가 깊고 냉정한 그날을 해마다 겪으면서도 테스는 왜 한 번도 그날의 두려움을 느껴본 적이 없을까? 그녀는 제레미 테일러(17세기경 영국의 유명한 승정)처럼 언젠가는 자기를 알고 있는 모든 사람들이 "오늘은 가엾게도 테스 더비필드가 죽은 그날이야" 하고 말할 때가 있을 것이라고 생각했다. 그리고 그들에게 있어서 그 말은 이상한 데가 없을 것이다. 그녀의 일생 중 마지막 운명의 그날이 어느 주, 어느 달, 어느 계절, 어느 해가 될지 테스는 그것을 알 수 없었다.

이처럼 테스는 거의 순식간에 단순한 처녀에서 복잡한 생각을 품은 여자로 탈바꿈했다. 그녀의 얼굴에는 뉘우치는 빛이 떠오르기도 하고 목소리에는 때때로 서글픔이 어리곤 했다. 그녀의 눈은 더욱 커졌고 표정도 풍부해졌다. 그녀는 말하자면 미녀라고 할 만한 여자가 되었다. 용모는 아름다워 남의 눈길을 끌기에 충분했다. 그리고 그녀의 성격에는 지난 한두 해의 시련 속에서도 꺾이지 않은 굳센 의지가 깃들여 있었다. 세상 사람들의 이러쿵저러쿵하는 소리만 없었더라면 그런 경험들은 오히려 교양 교육이라 할 수 있었을 것이다.

테스는 이즈음 들어 남들과 접촉을 하지 않고 지내왔기 때문에 별로 널리 퍼지지 않았던 그녀의 불상사는 말로트 마을에서도 거의 잊혀지다시피 되었다. 그러나 그녀의 집안에서 부유한 더버빌 집안과 친척 관계를 맺으려다가——그것도 테스를 통해서 더욱 가까운 인연을 맺으려다가——허사로 끝난 것을 알고 있는 마을에서 다시는 정말로 마음 편하게 살아갈 수 없다는 것을 그녀는 잘 알게 되었다. 테스는 적어도 오랜 세월이 흘러서 그런 뚜렷한 기억이 없어지기 전에는 마음 편히 그 마을에서 살 수는 없을 것이다. 그러나 지금도 그녀의 가슴속에서는 희망에 찬 삶의 고동이 뜨겁게 뛰는 것을 느낄 수 있었다. 아무 추억도 없는 산간 벽지라도 찾아가 산다면 행복해질 수 있을지도 몰랐으므로 과거와 과거에 관련이 있는 모든 슬픔에서 벗어나려면 그런 일은 말끔히 씻어버려야 하며, 그러기 위해서는 테스가 마을에서 떠나는 길밖에 없었다.

한번 잃으면 영원히 잃어버린 것이나 마찬가지라는 말은 순결의 경우에도 해당되는 말인가, 하고 테스는 스스로 반문하곤 했다. 그러나 지나간 일들을 감출 수만 있다면 그녀는 그런 생각이 잘못된 것이라는 것을 증명할 수도 있었을 것이다. 유기물질이라면 응당 재생의 힘이 있게 마련인데, 유독 처녀성만이 회복되지 않는다는 것은 믿을 수 없는 일이었다.

테스는 새로 출발할 수 있는 기회를 찾지 못한 채 오랫동안 기다렸다. 유난히 화창한 봄이 다시 찾아왔다. 새싹이 움트는 소리가 들리는 듯했다. 봄은 들짐승들의 마음을 설레게 하듯 테스의 마음을 들뜨게 해서 집을 떠나야겠다는 마음을 더욱 부채질했다. 마침내 5월 초순의 어느 날, 편지가 왔다. 어머니의 옛 친구가 보낸 편지였다. 테스는 한번도 본 적이 없었지만 오래 전에 어머니가 일자리를 부탁했던 부인이었다. 편지의 내용은, 멀리 떨어진 남쪽의 어느 목장에서 젖 짜는 일에 경험이 있는 여자를 쓰겠다고 하는데 그 목장 주인은 여름 한철 동안 테스가 일하러 온다면 기꺼이 받아주겠다는 사연이었다.

그곳은 테스가 바라던 만큼 먼 곳은 아니었다. 그러나 그녀의 행동이나 소문이 미치는 범위는 아주 좁았기 때문에 그만한 거리면 괜찮을 것이라고 생각했다. 좁은 바닥에 사는 사람들은 몇 마일이란 지리학상의 경위도(經緯度)와 맞먹고, 교구는 곧 군이고 군은 주(州)나 한 나라에 비할 만하다고 생각했다.

다만 한 가지 문제에 대해서만은 테스의 결심이 굳어 있었다. 그녀가 새로운 생활에 있어서는 꿈속이건 행동으로건 더버빌식의 신기루를 바라서는 안 된다는 것이었다. 그녀는 젖 짜는 여자일 뿐 그 밖에 아무것도 아닌 것이다. 이런 문제에 관해서는 전혀 이야기가 없었으나, 그녀의 어머니는 딸의 심정을 속속들이 잘 알고 있었기 때문에 이제는 기사였던 조상에 대한 이야기 같은 건 조금도 비치지 않았다.

그러나 사람이란 변덕스러워서, 테스가 찾아가려는 새 고장에 대해 한 가지 흥미 있는 사실은 그곳이 우연히 그녀의 조상들이 살던 영지에서 가깝다는 것이었다. (테스의 어머니는 블랙무어 출신이었지만 조상들은 달랐다.) 테스가 가기로 되어 있는 톨보데이스라는 목장은 더버빌 집안의 옛날 영지에서 가까운 곳에 있었다. 그리고 그녀의 증조모들이나 세도가 당당했던 증조부들의 커다란 가족 묘지도 그 근처에 있었다. 그곳에 가면 가족 묘지도 볼 수 있을 것이고, 더버빌 가문도 바빌론처럼 몰락했다는 사실뿐만 아니라 하찮은 후손의 한 사람이 지닌 죄 없는 영혼도 그들처럼 조용히 잠들 수 있다는 것도 생각할 수 있을 것이다. 그리고 그녀는 조상들이 묻혀 있는 곳에 가면 무슨 신통한 일이 생길 것만 같았다. 나뭇가지의 수액처럼 테스는 기운이 절로 솟아났다. 그것은 잠시 억눌려 있다가 다시 솟아오르고 희망과 더불어 자기 자신을 기쁘게 하려는, 어쩔 수 없는 본능을 불러일으키는 영원한 젊음이었다.

제 3부
새 출발

16 테스가 트랜트리지에서 돌아온 이래 조용히 새출발의 길을
걸은 지 2,3년이 가까워오고, 사향초 향기가 그득하고 새들
이 알을 품는다는 5월의 어느 날 아침, 그녀는 두번째로 집을 떠났다.

테스는 짐을 꾸려 나중에 부쳐주도록 부탁하고 전세 마차를 타고
스타우어캐슬이라는 조그만 마을을 향해 떠났다. 이번 길은 그녀가
처음 트랜트리지로 가던 방향과는 거의 정반대였지만 부득이 그 마을
만은 거쳐가야 했다. 그녀는 가까운 산모퉁이에 접어들자, 그처럼 떠
나오고 싶었던 집이었지만 그래도 서운한 마음으로 말로트 마을과 아
버지의 집을 뒤돌아보았다.

집에 남아 있는 동생들은 자기가 멀리 떠나서 자기의 웃는 얼굴을
볼 수 없게 되더라도 별로 슬퍼하지 않고 여느 때와 다름없는 생활을
계속할 것이라고 생각했다. 며칠만 지나면 동생들은 자기가 떠난 서
운한 생각을 깨끗이 잊어버리고 전처럼 기쁘게 뛰놀 것이다. 테스는
동생들 곁을 떠나게 된 것을 썩 잘한 일이라고 생각했다. 만일 자기가
집에 그대로 남아 있다면 동생들은 아마 자기의 가르침을 받아서 도
움이 되기는커녕 자기의 본을 받아 오히려 해로워질 것이라고 그녀는

생각했다.

테스는 스타우어캐슬에 들르지 않고 그냥 지나쳐 길이 교차되는 곳을 향해갔다. 거기에 가면 남서 지방으로 가는 짐마차를 갈아탈 수 있었다. 이 지방의 변두리에는 철도가 나 있었지만 그곳을 횡단하는 철도는 아직 가설되어 있지 않았다. 그녀가 기다리고 있는 동안 그녀와 같은 방향으로 가는 농부의 짐마차가 왔다. 그 농부는 낯선 사람이었지만 테스는 그가 권하는 대로 마차에 올라 그의 옆에 앉았다. 그녀는 그 농부가 자기의 아름다움 때문에 호의를 베푼 줄 알면서도 모르는 체했다. 그 농부는 웨더베리로 가는 길이었다. 테스는 거기까지만 타고 가면 나머지 길은 마차로 캐스터브리지를 돌아가지 않고도 걸어서 갈 수 있었다.

한참 동안 마차를 달린 끝에 웨더베리에 도착했다. 그녀는 농부가 소개한 농가에 가서 한 번도 먹어보지 못한 간단한 점심 식사를 했을 뿐, 거기서 더 이상 지체하지 않았다.

그녀는 바구니를 들고 히드가 무성한 넓은 산마루를 향해 걸었다. 그 산마루는 테스가 지금 찾아가고 있는 목적지인, 저편 골짜기의 낮은 목장과 웨더베리의 중간에 놓여 있었다.

테스는 한 번도 이 지방에 와본 적이 없었지만 주위의 경치에 친근감을 느꼈다. 왼편으로 그다지 멀지 않은 곳에 검은 숲이 있었다. 물어봤더니 킹스비어를 둘러싼 숲일 것이라는 그녀의 짐작이 맞았다. 그곳 교회에 그녀의 조상들, 아무짝에도 쓸모없는 조상들의 유골이 묻혀 있었다.

테스는 이젠 전혀 조상들을 소중히 여기지 않았다. 오히려 조상 때문에 몸을 망친 데 대해서 증오를 느낄 정도였다. 조상들한테서 물려받은 것이 있다면 낡은 도장과 숟가락뿐이었다.

"흥, 나는 아버지에게서뿐만 아니라 어머니에게서도 피를 이어받았지! 내가 예쁜 건 바로 어머니를 닮은 거고 어머니도 젖 짜는 여자에 불과했어." 테스는 중얼거렸다.

중간에 놓여 있는 이그돈 산마루와 골짜기의 거리는 불과 서너 마일밖엔 안 되었지만 실제로 걸어보니 생각했던 것보다는 훨씬 힘들었다. 테스는 몇 번씩 길을 잘못 접어들었기 때문에 산꼭대기에 이르기까지 두 시간이나 걸렸다. 오랫동안 그리던 목장이 있는 골짜기를 바라볼 수 있었다. 이 골짜기는 '대 낙농장 분지'라고 했고, 여기에서 생산되는 버터와 우유는 말로트 고향 마을 것보다는 맛이 덜하지만 더 많은 양이 생산되었다. 그리고 이곳 목장에는 '바'라고 부르고 '프룸'이라고도 부르는 강에서 물을 잘 댈 수 있는 푸른 들도 있었다.

테스가 불행을 겪은 트랜트리지를 제외하고는 이곳은 그녀가 이제까지 알고 있는 단 하나의 목장인 '소 낙농장 분지'라고 불리는 블랙무어 골짜기와는 아주 딴판이었다. 이곳 목장은 규모가 컸다. 블랙무어는 10에이커 정도의 낙농장에 소도 몇 마리밖엔 없는 데 비해 이곳의 목장은 50에이커나 되는 넓은 땅에 건물이 딸린 농장도 훨씬 넓고 소들도 큰 집단을 이루고 있었다. 멀리 동쪽 끝에서 서쪽 끝까지 흩어져 있는 수많은 소들을 테스는 일찍이 본 적이 없었다. 여기 푸른 초원에 가득 차 있는 소들은 마치 반 알스루트나 살라에르트(네덜란드의 화가들)의 화폭 속의 사람들처럼 여기저기 떼를 지어 널려 있었다. 빨간색과 암갈색을 띤 암소의 기름진 빛깔은 저녁 햇빛을 빨아들이고, 흰 젖소는 햇빛을 반사하여 테스가 서 있는 먼 언덕까지 그녀의 눈을 부시게 했다.

테스의 눈앞에 펼쳐진 전망은 그녀가 익히 알고 있는 고향의 전망만큼 아름답지는 않았지만 앞이 툭 틔어 상쾌해 보였다. 그곳에는 블랙무어 같은 푸른 대기나 비옥한 토지나 향기로움은 없었다. 그러나 공기는 맑고 상쾌하고 부드러웠다. 이곳 이름난 목장의 목초나 젖소들을 기름지게 하는 강물은 블랙무어의 냇물과는 달랐다. 그곳의 냇물은 천천히 소리 없이 흐르고 탁해지기 일쑤여서 발을 잘못 디뎠다가는 갑자기 흔적도 없이 빠져 들어가는 진흙 바닥 위를 흐르고 있었다. 그러나 프룸 강물은 《성서》의 〈요한 계시록〉에 나오는 '생명의 강'처럼 맑고, 물줄기는 구름의 그림자처럼 빠르며, 조약돌이 깔린 수심 얕은 물은 하루 종일 하늘을 향해 재잘거리는 듯했다. 그곳에서는 강변에도 나리꽃이 피었는데 이곳에서는 미나리아재비꽃이 피어 있었다.

공기가 탁한 곳에서 맑은 곳으로 빠져나온 탓인지, 아니면 자기를 이상스러운 눈초리로 보는 사람이 없는 새 고장으로 왔다는 생각 때문인지, 테스는 놀라우리만큼 마음이 홀가분해졌다. 부드러운 남풍을 안고 발걸음도 가볍게 걸어가다 보니 희망은 햇빛과 더불어 이상의 광구(光球)가 되어 그녀를 에워싸는 듯했다. 부드러운 바람이 스칠 때마다 즐거운 소리가 들려왔고, 지저귀는 새들은 기쁜 노래를 부르는 것 같았다.

요즈음 테스는 마음이 변하는 데 따라 얼굴에도 변화가 생겼다. 기분이 좋고 유쾌할 때에는 그녀의 얼굴 또한 아름답게 보였고, 침울해질 때에는 얼굴도 평범하게 보였다. 티 한 점 없이 발그레한 얼굴을 하고 있는 날이 있는가 하면, 슬픔에 잠긴 창백한 얼굴을 나타내는 날도 있었다. 얼굴빛이 발그레할 때에는 창백할 때보다 생각에 덜 잠길 때였다. 흥분된 감정이 적으면 더욱 아름다웠고, 흥분하면 할수록 아름다움도 줄어들었다. 지금 남풍을 안고 걷고 있는 테스의 얼굴이야말로 가장 아름다웠다.

귀천을 막론하고 어느 누구의 생활에도 스며드는 감미로운 쾌락을 맛보고 싶어하는, 보편적이고도 자발적인 충동이 마침내 테스의 마음을 사로잡았다. 그녀는 정신적으로나 감정적으로 아직 성숙하지 않은, 겨우 스무 살밖에 안 된 젊은 여자였기 때문에 어떤 사건을 계기로 시간이 흘러도 결코 변치 않는 상처가 생길 수는 없었다.

그래서 그녀의 활기나 감사하는 마음이나 희망은 더욱 부풀어올랐다. 그녀는 여러 가지 민요를 불러보았지만 마음에 흡족하지 않았다. 그래서 그녀는 금단의 열매를 따먹기 이전에 주일날 아침마다 자주 읽었던 〈시편〉 생각이 나서 그것을 노래했다.

오, 해와 달이여……오, 별들이여……지상의 초목들이여……하늘의
새들이여……들짐승들과 가축들이여……사람의 아들들이여……주님을
축복하라……주님을 찬송하라……주님을 영원히 찬미하라!

테스는 갑자기 노래를 멈추고 중얼거렸다.

"그렇지만 난 아직도 하느님을 모르겠는걸."

아마도 테스가 무의식적으로 노래한 이 〈시편〉은 일신교(一神敎)를
배경으로 하여 물신숭배(物神崇拜)를 표현한 것이었을 것이다. 바깥
'자연'의 형태와 힘을 주로 벗삼아 자라온 여자들은 훗날에 사람들이
배운 체계적인 종교보다도 옛 조상들이 믿었던 미신적인 종교를 더욱
그녀들의 영혼 속에 간직하고 있다. 어쨌든 테스는 어렸을 때부터 익
혀온 옛 찬송가 속에서 자기 마음에 드는 것을 발견하고 그것으로 만
족해 했다. 이처럼 이제 막 독립된 생활을 시작한다는 것만으로도 큰
기쁨을 느끼는 것은 더비필드 집안의 기질의 일면이었다. 그녀의 아
버지는 결코 떳떳하게 살아보겠다는 생각 같은 것은 하지 않았지만,
테스는 정말 떳떳하게 살아보고 싶었다. 그러나 당장 사소한 일에 만
족하거나, 옛날에는 세력이 당당했지만 지금은 형편없이 기울어진 더
비필드 같은 집안이 보잘것없는 사회적인 영달을 위해서 발버둥치며
노력하기를 싫어하는 점에 있어서는 테스도 아버지를 닮았다.

테스를 짓밟아놓은 그 일이 있은 후로, 테스의 나이로 보아 있게
마련인 정력과 어머니 쪽으로부터 물려받은 끈기 있는 힘, 이 두 가지
가 다시 살아났다고 할 수 있으리라. 사실, 여자들이란 대개가 그런
수모를 겪고 다시금 제정신을 차린 다음엔 흥미 있는 눈으로 세상을
살피게 마련이다. 살아 있는 동안엔 희망이 있다는 것을 친절한 이론
가들은 우리들에게 납득시키기 어렵지만, '배신을 당해본' 사람들에
게는 전혀 믿어지지 않는 말은 아니다.

테스 더비필드는 새삼 힘찬 삶의 의욕을 느끼면서 목적지인 목장을
향해 이그돈 비탈길을 내려갔다.

블랙무어와 이그돈의 현저한 차이점이 차츰 그 독특한 점을 드러내기 시작했다. 블랙무어의 비밀은 주위의 산마루에 올라가서 내려다보면 가장 잘 볼 수 있었다. 그러나 지금 눈앞에 펼쳐진 골짜기의 내막을 알기 위해서는 그 중심 지대로 내려가서 보아야 했다. 테스가 중심 지대에 이르자 동서로 멀리 풀밭이 펼쳐져 있었다.

강물은 높은 지대에서 흙이나 모래를 씻어내려 이 골짜기에 평지를 만들어놓았다. 그리고 지금은 물이 줄어들고 좁아지고 오래 되어 그전날에 씻어내린 흙 한복판을 굽이굽이 흐르고 있었다.

테스는 방향을 확인할 길이 없어 산으로 둘러싸인 넓은 들판에 홀로 서 있었다. 마치 한없이 기다란 당구대 위에 앉은 한 마리의 파리 같았다. 그녀의 존재는 주위의 경치에 아무 영향도 미치지 않았다. 그녀가 이 조용한 골짜기에 미친 영향이라면 고독한 왜가리 한 마리를 놀라게 했다는 것뿐이었다. 왜가리는 테스가 서 있는 길목에서 멀지 않은 곳에 내려앉아 목을 곧바로 세우고 그녀를 바라보았다.

갑자기 이 골짜기 사방에서 목소리를 길게 빼고 되풀이해서 외치는 소리가 들려왔다.

"워어이! 워어이! 워어이!"

외치는 소리는 동쪽 끝에서 서쪽 끝까지 잇달아 메아리쳐 퍼져 나갔다. 가끔 개 짖는 소리도 섞여서 들려왔다. 이것은, 이 골짜기가 아름다운 테스가 왔다는 것을 알고 소리치는 것은 아니었고 젖 짜는 시간——남자 일꾼들이 젖소를 몰아들이기 시작하는 네 시 반을 알리는 소리였다.

가까운 곳에서 멍하니 그 소리를 듣고 있던 붉은색과 흰색의 소들은 떼를 지어 커다란 젖통을 디룩거리면서 뒤쪽에 있는 농장의 부속 건물로 걸어갔다. 테스는 천천히 소 떼의 뒤를 따라 일꾼들이 들어갈 때 열어놓은 문을 지나 안마당으로 들어섰다. 초가 지붕인 외양간들이 안마당 울타리를 따라 쭉 늘어서 있고 경사진 지붕에는 새파란 이끼가 뒤덮여 있었다. 그리고 처마를 받치고 있는 나무 기둥들은 하도 까마득한 세월이 흘러 거의 기억에도 희미한 오랜 옛날부터 숱한 암소와 송아지들이 옆구리로 비벼대서 반질반질하게 윤이 나 있었다. 기둥과 기둥 사이마다 젖소가 한 마리씩 매여 있었다. 누가 뒤에서 무심히 쳐다본다면, 젖소들은 마치 두 개의 기둥 위에 얹어놓은 원반 같은 그 중심의 아래쪽으로 회초리 같은 것이 시계추처럼 좌우로 흔들리고 있는 모습으로 보였을 것이다. 막 저물어가는 햇살은 끈기 있게 서 있는 소들의 등뒤 벽 안에다 그들의 그림자를 뚜렷하게 드러냈다. 이와 같이 해는 저녁만 되면 마치 궁전 벽화에 있는 궁중 미녀의 그림처럼 보잘것없고 하찮은 동물들의 모습을 세심하게 벽에다 그렸다. 그것은 옛날에 대리석 건물의 정면에 올림피아의 신들이나 알렉산더, 시저, 고대 이집트의 왕들의 모습을 그린 것과 같았다.

외양간에 가두고 젖을 짜는 소들은 성질이 거칠었고, 유순한 소들은 안마당 가운데서 젖을 짰다. 안마당에는 유순한 젖소들이 서서 차례를 기다리고 있었다. 그들은 다 우량한 젖소들이었고 이 골짜기 밖에서는 좀처럼 보기 힘들었으며, 이 골짜기 안에서도 흔한 소는 아니었다. 이 소들은 한 해 중 가장 좋은 이 계절에 물기를 흠뻑 먹고 자란 영양 많은 풀을 먹은 소들이었다. 그 중에서도 흰점박이 젖소는 눈부시게 햇빛을 반사했고, 뿔 위에 달고 있는 번쩍번쩍 빛나는 놋쇠 덩어리는 군대의 장식물처럼 반짝거렸다. 굵은 힘줄이 튀어나온 젖통은 모래주머니처럼 축 처져 있었고, 젖꼭지는 집시들이 사용하는 단지에 달린 꼭지처럼 툭 튀어나와 있었다. 젖소들이 차례를 기다리고 있는 동안에도 젖이 저절로 땅바닥에 뚝뚝 떨어졌다.

17 젖소들이 목장에서 돌아오면 젖 짜는 여자들과 사내들이 농가나 착유장(搾乳場)에서 모여들었다. 여자들은 나막신을 신고 왔다. 날씨가 궂어서가 아니라 안마당에 깔아놓은 질척한 짚 속에

신발이 빠지지 않게 하기 위해서였다. 여자들은 모두 세 발 달린 의자에 앉아서 얼굴을 옆으로 돌리고 오른쪽 뺨을 젖소의 옆구리에 갖다 댔다. 그리고 테스가 다가오자 젖소의 옆구리 사이로 테스를 유심히 쳐다보았다. 그러나 사나이들은 모자 차양을 이마까지 깊숙이 눌러 쓰고 땅바닥을 내려다보고 있었기 때문에 테스를 보지 못했다.

사나이들 중에 건강하게 생긴 한 중년 남자가 있었다. 그가 걸치고 있는 길고 흰 커다란 앞받이는 다른 사람들의 것보다는 다소 깨끗하고 좋아 보였고, 그 속에 걸치고 있는 재킷도 남 앞에 입고 나가도 괜찮을 정도였다. 그는 테스가 찾고 있던 목장 주인이었다. 한 주일에 엿새는 여기서 젖 짜기나 버터 만드는 일을 하고 안식일에는 번드르한 양복으로 갈아입고 교회당 가족석에 나타나기 때문에, 이 두 가지 모습이 너무나 대조적이어서 다른 사람들이 노래까지 만들어 부를 정도였다.

엿새 동안은
젖 짜는 딕,
하지만 주일날엔 리처드 클릭
나리가 된다네.

테스가 물끄러미 서서 바라보고 있는 것을 보자 그는 그녀 앞으로 다가왔다.

젖 짜는 사나이들은 대개 젖을 짤 때만은 까다로운 편이었다. 그러나 클릭 씨는 지금이 한창 바쁜 시절이었기 때문에 새 일꾼을 얻게 되어 기뻐서 테스를 따뜻하게 맞이했다. 그리고 어머니와 가족들의 안부도 물었다. (사실, 그는 사무적으로 테스의 일 때문에 간단히 오고 간 편지에 의해서 더비필드 부인이 있다는 것을 알았으므로 그의 안부는 어디까지나 형식적인 인사에 불과했다.)

"아, 나도 어렸을 땐 아가씨의 고향을 잘 알고 있었지요." 그는 인사가 끝나자 말했다. "거기 가본 지가 퍽 오래 되었지만. 그런데 오래 전에 돌아가셨지만 이 근처에 살던 아흔 살쯤 된 할머니가 한 분 계셨 다오. 그 할머니 말씀으로는 블랙무어에는 아가씨 집안과 같은 이름 을 가진 집안이 있었다는데, 원래는 여기서 분가한 집안이라더군요. 지금의 젊은이들이야 알 리가 없겠지만, 아주 유서 깊은 집안으로서 이젠 그 자손이 거의 끊어졌다는 거요. 나야 뭐 그 할머니의 그런 이 야기 따윈 귀담아 듣지도 않았지만."

"그럼요. 아무것도 아닌 얘기니까요." 테스가 말했다.

그러고 나서 그들은 일에 관한 이야기로 화제를 돌렸다.

"아가씨는 젖을 완전히 짜내는 솜씨가 있소? 지금이 한창인데 젖이 말라붙으면 안 되니까."

테스는 자신 있다고 대답했다. 그는 테스를 아래위로 훑어보았다. 그녀는 집안에서 오랫동안 지냈기 때문에 안색이 좋지 않았다.

"정말 견뎌낼 수 있을까요? 여기서 하는 일은 억센 사람들에게는 쉽지만 아무에게나 쉬운 일은 아니니까."

테스는 자신 있다고 장담했다. 그녀의 열성과 진지한 태도에 그는 만족해 하는 것 같았다.

"그런데 차나 아니면 간단한 식사라도 들어야 할 텐데. 아직은 들 지 않겠다고요? 그럼 마음대로 해요. 하지만 내가 먼길을 왔다면 확실 히 목이 컬컬했을 텐데."

"손을 익히기 위해서 지금부터라도 젖을 짜보겠어요." 테스가 말했 다.

그녀는 우선 목을 축이려고 우유를 약간 마셨다. 이를 보고 주인 클릭은 아연실색했다. 그는 우유가 음료로 좋다는 생각을 이제까지 해본 적이 없었기 때문에 테스를 적이 천하게 보기까지 했다.

"아, 그걸 마실 수 있다면 좋지." 그는 그녀가 마시고 있는 우유통 을 받쳐주면서 태연하게 말했다. "나는 수 년 동안 우유를 입에 대본 적이 없다오. 마시면 탈이 나거든. 마시기만 하면 꼭 체해버린다니까.

자, 그럼 저 소를 한번 짜봐요."

그는 가까이 있는 소를 턱으로 가리키면서 말을 이었다.

"저 소는 젖 짜기가 힘들어요. 사람도 다루기 힘든 사람이 있는가 하면 쉬운 사람도 있듯이 젖소들도 마찬가지요. 곧 알게 될 테지만."

테스는 모자 대신 머릿수건을 쓰고 젖소의 밑에 의자를 놓고 앉았다. 두 주먹 사이로 젖이 흘러나와 우유통 속으로 들어가는 것을 보고, 테스는 이젠 정말 장래를 위해 새로운 출발이 시작되었다고 느꼈다. 이처럼 자신을 갖게 된 테스는 마음이 평온해지고 가슴의 설렘도 가라앉아 차분히 주위를 살펴볼 수 있었다.

젖 짜는 사람들은 남녀를 합쳐서 작은 대대를 이룰 정도였고, 남자들은 젖꼭지가 딱딱한 소를, 여자들은 순한 소를 맡았다. 착유장은 규모가 컸다. 클릭이 관리하는 젖소는 백여 마리나 되었다. 그가 집에 있을 때에는 항상 예닐곱 마리의 젖을 직접 짰다. 그 소들은 젖 짜기가 가장 힘든 소들이었다. 뜨내기 일꾼들은 대개 임시로 고용되기 때문에, 무관심 속에서 제대로 젖을 짜내지 못할까 걱정이 되어 이 젖소들만은 그들에게 맡기지 않았다. 그리고 여자들은 손가락의 힘이 부족하기 때문에 남자들과 같은 실수를 할 것 같아 여자들에게도 맡길 수 없었다. 서투른 일꾼에게 맡겨놓으면 차츰 젖이 줄어서 굳어버리게 된다. 젖을 아무렇게나 짜게 되면 문제가 심각해진다. 일시적인 손해뿐만 아니라, 그렇게 되면 젖이 차츰 적게 나오다가 나중엔 젖이 아주 멎어버리기 때문이다.

테스가 소를 맡아서 젖을 짜기 시작한 후 한동안 안마당엔 이야깃소리 한 마디도 들리지 않았다. 이따금 소에게 몸을 돌리라든지 가만히 서 있으라고 외치는 소리 외에는 젖이 많이 담긴 우유통 속으로 줄기차게 흘러 떨어지는 소리만이 들렸다. 움직이는 것이라고는 젖 짜는 사람들이 손을 아래위로 흔들거나 젖소들이 꼬리를 흔드는 것뿐이었다. 일꾼들은 이 골짜기의 양쪽 비탈까지 뻗은 넓고 평탄한 목장에 둘러싸여 모두 일에 열중하고 있었다. 이곳은 새로이 조성된 경치와 오랫동안 잊혀졌던 옛 경치가 한데 어울려 변화 있는 초원을 이루고 있었다.

"암만해도" 하고 클릭이 말했다. 그는 한 손에는 세발 의자를, 다른 손에는 우유통을 들고 막 젖을 다 짠 젖소 곁에서 일어났다. 그리고 젖 짜기가 힘든 다른 소 곁으로 다가가며 중얼거렸다. "암만해도 오늘은 여느 때처럼 젖이 나오지 않는군. 정말이지, 윙커란 놈이 이렇게 젖을 제대로 내주지 않으니 삼복에 가선 젖 짜기는 틀렸는걸."

"새 일꾼이 와서 그런가 봐요. 전에도 그런 일이 있었거든요." 조나단 카일이 말했다.

"옳아, 그런지도 모르겠군. 미처 그건 생각 못 했는데."

"젖이 안 나올 땐 젖이 뿔 속으로 올라간대나 봐요." 젖 짜는 한 여자가 말했다.

"글쎄, 젖이 뿔로 올라간다고?" 클릭은 아무리 요술을 부려도 생리적인 작용을 막을 순 없으니 자못 의아하다는 듯이 대답했다. "그건 잘 모르겠는데. 확실히는 알 수 없는 일이야. 하지만 뿔이 없는 놈도 뿔이 있는 놈처럼 젖을 안 내는 수도 있으니 그 말은 틀렸나 보군. 조나단, 뿔 없는 젖소에 관한 수수께끼 하나 풀어보겠어? 왜 뿔 없는 젖소는 뿔 있는 놈보다 한 해 동안에 젖을 적게 낼까?"

"글쎄, 모르겠는걸요!" 젖 짜는 여자는 주인의 말을 가로막고 말했다. "왜 그럴까요?"

"그거야 뿔 없는 놈이 몇 마리 안 되니까 그렇겠지." 주인이 대답했다. "그건 그렇고, 이 까다로운 녀석들이 오늘은 확실히 젖을 내기 싫어하는군. 자, 모두들 한두 곡 노래를 불러줘야겠어요. 그 방법밖에 없으니까."

여기 낙농장에서는 젖소가 여느 때보다 젖을 적게 내는 징조가 나타나면 가끔 노래를 불러 젖을 내게 했다. 주인이 노래를 청하자 젖 짜는 사람들은 큰 소리로 노래를 불렀다. 이 노래는 단지 일을 위해 부르는 것일 뿐 흥겨워서 부르는 노래는 아니었다. 그들이 이런 노래를 계속 부르고 있는 동안에는 틀림없이 젖이 잘 나온다고 그들은 믿고 있었다. 어떤 살인자가 도깨비불을 보고 어둠 속에서 자기가 두렵다고 하는 내용을 주제로 한 명랑한 민요를 14, 5절까지 불렀을 때 젖짜는 한 남자가 말했다.

"이렇게 허리를 굽히고 노래하다간 숨이 막히겠어요. 하프를 가져오십시오. 바이올린이면 더욱 좋구요."

테스는 듣고만 있었다. 그 말이 주인에게 하는 말인 줄 알고 있었지만 그렇지 않았다. "어째서 그렇지?" 하는 대답이 외양간 안에 있는 암갈색 젖소의 배 아래서 나왔기 때문이다. 거기에 테스가 아직 보지 못한 한 사나이가 있었다.

"옳은 말이야. 바이올린이 최고야." 주인이 말했다. "암소보다는 수놈이 더 음악에 민감한 것 같지만——적어도 내 경험으로 봐선 말이야. 전에 저 건너 멜스톡에 윌리엄 듀이라는 노인이 있었지. 거기선 꽤 큰 운수업을 하던 집이었어. 조나단, 내 말 듣고 있나? 나는 형제처럼 그 노인의 얼굴을 잘 알고 있었지. 글쎄, 그 노인이 어느 달 밝은 밤에 어떤 결혼 잔칫집에서 바이올린을 켜주고 집으로 돌아가는 길이었대. 가까운 길로 간답시고 '40에이커'라는 들판을 건너가는데, 마침 황소 한 마리가 풀을 뜯어먹고 있더라는 거야. 그 황소는 윌리엄을 보고 뿔을 땅바닥에 처박고는 뒤쫓아오더라는군. 대개가 잘사는 사람들이 모인 잔칫집이었지만 그날따라 술은 많이 마시지 않았기 때문에 힘껏 뛰어 달아났는데도 울타리까지 달려가 담을 뛰어넘을 수 없었다는 거야. 그래서 마지막 수단으로, 그는 바이올린을 꺼내어 황소 쪽으로 몸을 돌리고는 '지그' 무도곡을 한 곡조 켜면서 뒷걸음질쳐서 구석 쪽으로 갔다는 거야. 황소는 그제야 누그러들어서 멈춰서더니 윌리엄 듀이를 유심히 쳐다보더래. 그래서 노인은 계속해서 바이올린을 켰다지 뭐야. 그랬더니 마침내 그 황소의 얼굴에는 미소마저 떠오르더라는 거야. 그래 윌리엄이 바이올린을 멈추고 돌아서서 담을 기어넘으려 하자 황소는 웃음을 거두더니 윌리엄의 엉덩이에 뿔을 들이대더라는군. 윌리엄은 하는 수 없이 돌아서서 다시 바이올린을 켰대요. 그땐 새벽 세 시밖엔 안 되었고 사람이 지나다니려면 몇 시간이나 더 기다려야 하는 시간이었대. 그는 너무 지쳐서 어쩔 줄을 몰랐다는 거야. 새벽 네 시까지 바이올린을 켜고는 이젠 더 이상 계속할 수 없어서 '나와 저승 사이에는 이것이 마지막 곡이로구나! 하느님, 저를 살려주옵소서. 그렇지 않으면 저는 죽을 수밖에 없나이다' 하고 중얼거렸대요. 그런데 바로 그때 노인은 크리스마스 전날, 밤이 깊어서 소가 무릎 꿇는 걸 본 일이 기억나더라는 거야. 그래 그날이 크리스마스 이브는 아니었지만 황소를 한 번 속여보자는 생각이 들어서 크리스마스 축가를 부를 때처럼 〈강탄성가(降誕聖歌)〉를 켰다는 거지. 그랬더니 그놈은 진짜 크리스마스 이브인 줄만 알고 무릎을 꿇고 엎드리더라나. 이 뿔난 녀석이 무릎을 꿇자마자 윌리엄은 '이때다' 생각하고 돌아서서 사냥개처럼 달려, 황소가 벌떡 일어나 다시 쫓아오기 전에 담을 무사히 뛰어넘었대요. 여태까지 멍청이들을 수없이 많이 보아왔지만 그 황소가 믿음이 두터웠던 나머지 크리스마스 이브도 아닌데 속아서 무릎을 꿇었다는 그 바보 같은 꼴은 생전 처음 보았다고 윌리엄은 늘 입버릇처럼 말하곤 했지……. 그래, 윌리엄 듀이, 그게 바로 그 노인의 이름이야. 나는 지금이라도 그 노인이 멜스톡 묘지의 어느 곳에 묻혀 있는지 정확하게 댈 수 있지. 바로 두번째 주목나무와 북쪽 교회 별관의 통로 중간에 있지."

"참 신기한 이야기군요. 마치 신앙이 살아 있던 중세기로 되돌아간 느낌이에요!"

착유장의 분위에 어울리지 않는 이 이상스런 말소리는 암갈색 젖소의 뒤쪽에서 들려왔다. 그러나 그 말뜻을 이해하지 못했기 때문에 아무도 귀담아 듣지 않았다. 다만 이야기한 장본인은 자기의 이야기가 그들에게 아마 허황된 인상을 주지 않았는지 생각했을 따름이다.

"도련님, 하지만 이건 사실이라오. 그분은 내가 잘 아는 분이었으니까요."

"물론 그러시겠지요. 나는 그 애길 의심하는 건 아닙니다." 암갈색 젖소의 뒤쪽에 있는 사람이 말했다.

테스의 관심은 클릭과 대화를 주고받는 남자에게로 쏠렸다. 그러나 그는 젖소의 옆구리에 줄곧 머리를 대고 있었기 때문에 겨우 옷자락 만이 보였다. 주인까지도 그 남자를 '도련님'이라고 부르는 이유를 이해할 수가 없었다. 아무래도 알 도리가 없었다. 그는 세 마리의 젖을 짤 시간이 지났는데도 한 마리의 젖소에만 매달려 있었다. 그리고 젖이 짜지지 않는 모양으로 이따금 혼잣말로 투덜거렸다.

"도련님, 부드럽게 하세요. 부드럽게 해야, 그래야 됩니다. 요령으로 해야지 힘으로 해서는 안 되니까요." 주인이 말했다.

"하긴 그렇군요." 그 남자는 이렇게 말하고는 일어서서 두 팔을 쭉 폈다. "그럭저럭 겨우 끝냈어요. 한데 손가락이 좀 아프군요."

그때 테스는 그 남자의 모습을 볼 수 있었다. 그는 젖 짤 때 흔히 입는 흰 앞받이와 가죽 장화를 신고 있었다. 장화에는 안마당의 지푸라기가 더덕더덕 붙어 있었다. 그러나 그가 걸치고 있는 옷차림에서만 시골 냄새가 풍길 뿐이었다. 그에게는 어딘지 교양과 겸양이 있었고 예민하고 침울하고 남들과는 다른 점이 있었다.

그러나 테스는 그 남자를 전에 어디선가 본 적이 있다는 사실을 알긴 했지만 그의 용모를 찬찬히 살펴볼 겨를이 없었다. 그 동안에 테스는 온갖 고초를 겪어왔기 때문에 그를 만난 장소를 당장 기억해낼 수 없었다. 그러나 이윽고 테스의 머리에 그 남자는 말로트 마을의 무도회에 참가한 적이 있는 도보 여행자였다는 생각이 문득 떠올랐다. 그때 어디서 왔는지도 모르게 나타나서 테스는 거들떠보지도 않고 다른 여자들하고 춤추다가 동행자들에게 훌쩍 떠나버렸던 바로 그 남자였다.

테스는 트랜트리지에서의 불행을 겪기 전에 있었던 무도회 때의 일이 머리에 떠오르자, 여러 가지 회상이 밀물처럼 밀려와 잠시 우울해졌다. 테스는, 그 남자가 자기를 알아보고 혹시 자기의 내력까지도 알게 되면 어쩌나 하고 걱정이 앞섰다. 그러나 그 남자가 자기를 알아보는 기색이 없음을 발견하고 테스는 적이 마음이 놓였다. 처음이자 마지막이었던 그들의 상봉 이후, 그의 앳된 얼굴은 더욱 침착한 표정으로 변했고 젊은이답게 보기 좋은 콧수염과 턱수염이 자란 것을 테스는 차차 알아보게 되었다——턱수염 맨 끝은 연한 밀짚 빛깔이었지만 피부 쪽으로 갈수록 차츰 갈색으로 짙어져갔다. 베로 된 앞받이 안에는 검정색 우단으로 만든 재킷과 코르덴 바지를 입었고, 다리에는 각반을 걸쳤고, 풀 먹인 흰 셔츠를 입고 있었다. 젖 짜는 차림새만 아니었더라면 그가 무얼 하는 사람인지 아무도 짐작을 못했을 것이다. 그는 어떻게 보면 별난 지주 같기도 했고 얌전한 농군 같기도 했다. 그 남자가 젖소 한 마리에서 젖 짜는 데 걸린 시간만 보아도 테스는 그가 젖 짜는 일에 풋내기라는 것을 당장 알아차릴 수 있었다.

한편 젖 짜는 여자들 사이에서는 새로 온 테스가 참 예쁘다고 소곤거리는 소리가 들렸다. 그러나 그녀들 중에는 진정으로 아량을 가지고 칭찬하는 여자가 있는가 하면 질투 섞인 말투로 빈정거리는 여자들도 있었다. 엄밀히 말해서 예쁘다는 말은 남의 눈을 끄는 테스의 특징을 정확하게 표현한 건 아니었기 때문에 듣는 사람들은 말 그대로 듣지는 않았을 것이다.

저녁 무렵, 젖 짜는 일이 끝나자 그들은 클릭 부인이 있는 집안으로 들어갔다. 부인은 점잔을 빼느라고 젖 짜러 나가지도 않았으며, 더운 날씨여서 젖 짜는 여자들은 사라사천의 옷을 입었는데도 유달리 두터운 옷을 입고 집안일을 보살피고 있었다.

여자들은 거의 집으로 돌아갔고, 착유장 안에서 기거하는 사람은 자기 외엔 두서넛의 아가씨들뿐이라는 사실을 테스는 알았다. 주인의 이야기에 말참견을 하던 그 점잖은 남자도 저녁 식사 때에는 눈에 띄지 않았다. 그러나 테스는 그에 관해서 물어보지 않았다. 나머지 시간을 이용해서 테스는 침실에 잠자리를 폈다. 침실은 우유 창고 이층에 있었다. 길이가 30피트쯤 되는 커다란 방이었다. 다른 젖 짜는 세 아가씨들도 같은 방을 썼다. 그들은 한창 젊은 나이였다. 그 중 한 아가씨를 제외하고는 테스보다 나이가 많았다. 테스는 몹시 지쳐 있었기 때문에 잠자리에 들자마자 곧 잠이 쏟아져 내렸다.

그러나 테스보다 덜 피로해 있는 옆자리의 아가씨는 테스가 갓 들어온 이 낙농장에 관해서 최근에 생긴 여러 가지 일들을 자세히 들려주고 싶어했다. 그 아가씨의 소곤거리는 소리는 어둠 속에 뒤섞여 테스의 몽롱한 머릿속에는 그 소리가 어둠 속에서 흘러나오는 듯한 느낌을 주었다.

"젖 짜는 일도 배우고 하프도 탈 줄 아는 엔젤 클레어 씨는 우리들과 별로 얘기를 나누지 않아. 목사님 아들이라는데, 항상 혼자서 생각에만 열중하느라고 아가씨들하고는 상대도 않거든. 지금은 주인 밑에서 농사일을 골고루 배우고 있대. 벌써 다른 곳에서도 양치는 일을 배웠고, 지금은 젖 짜는 일을 배우고 있는 중이라나……. 아무렴, 그는 양반 집안의 태생이고말고. 그의 아버지는 여기서 꽤 멀리 떨어진 에민스터 지방에서 목사로 있대. 클레어 목사라고 하지."

그때까지 아직 자지 않고 있던 그녀의 친구가 끼여들었다.

"그 목사님에 관해선 나도 들은 적이 있어. 아주 열렬한 목사님이라지?"

"그래. 바로 그분이야. 웨섹스 지방에서는 가장 성실한 분이래── 오래 된 저교회파(低敎會派)의 마지막 사람이라고도 하나봐. 이 지방 사람들은 다 고교회파(高敎會派)라는데. 그 목사님의 아들들도 여기서 일하고 있는 클레어 씨를 제외하고는 다 목사라는 거야."

테스는, 밤도 깊었고 해서 클레어 씨가 다른 형제들처럼 왜 목사가 되지 않았느냐고 물어보고 싶지 않았다. 그래서 옆방에서 풍겨오는 치즈 냄새와 아래층의 제수기(除水器)에서 규칙적으로 떨어지는 우유 방울 소리와 더불어 그 아가씨의 이야기를 들으면서 테스는 다시 서서히 잠 속으로 빠져들었다.

18 엔젤 클레어는 전부터 두드러져 보이는 인물은 아니었다. 듣기 좋은 음성이라든가, 한 곳만 멍하니 쳐다보는 눈매라든가, 가끔 아랫입술을 꼭 다무는 것으로 보아서는 우유부단한 남자라고 단정할 수는 없었지만, 그래도 남자로서는 너무 작고 윤곽이 얇게 생긴 입매를 가진 사람이었다. 그러나 그의 태도나 눈매에서는 어딘지 모르게 흐리멍텅한 것 같기도 하고 무엇엔가 열중하는 것 같기도 하며, 모호한 태도로 보아서는 장래의 물질 생활에 대해서는 뚜렷한 목적이나 관심이 없는 위인처럼 보이기도 했다. 그러나 어렸을 때에는 무엇이나 마음만 먹으면 할 수 있는 소년이었다고 소문이 자자했다.

그는 이 마을 변두리에 사는 가난한 목사의 막내아들이었다. 그는 몇 군데의 농장을 돌아다니다가 6개월 동안의 견습 생활을 해볼 목적으로 톨보데이스 낙농장으로 왔던 것이다. 그의 목적은 여러 가지 일을 하든지, 아니면 국내에서 농장을 경영해보려는 데 있었다.

그가 농사꾼이나 가축 사육자들 세계에 발을 들여놓은 것은 자신이나 다른 사람들도 미처 생각하지 못했던 뜻밖의 출발이었다.

아버지 클레어 목사는, 전처가 딸 하나만 낳고 세상을 떠났기 때문에 느지막이 재혼을 했다. 이 새 부인은 뜻밖에도 아들 셋을 낳았다. 그래서 막내아들 엔젤과 목사인 아버지 사이에는 나이 차가 심해서 거의 한 대(代)가 빈 것 같았다. 이 삼형제들 중에서 느지막이 낳은 엔젤은 대학의 학위는 받지 못했지만, 어렸을 때에는 누구보다도 대학 교육을 받을 만한, 장래가 촉망되는 아들이었다.

엔젤이 말로트 마을의 무도회에 나타나기 2, 3년 전의 일이었다. 어느 날, 그가 학교를 그만두고 집에서 책을 보고 있을 때 그 지방의 어느 서적상에서 목사관의 제임스 클레어 목사 앞으로 소포가 왔다. 목사가 소포를 뜯어보니 책 한 권이 들어 있었다. 그 책을 펼쳐 두서너

장을 읽다가 그는 놀라서 벌떡 일어섰다. 그는 그 책을 겨드랑이에 끼고 서적상으로 직행했다.

"왜 이따위 책을 보냈소?" 그는 책을 보이면서 단호하게 말했다.

"목사님, 그 책은 저희가 주문받은 겁니다."

"내가 왜 이런 걸 주문하지요? 그리고 우리 집 식구들도 주문했을 리가 없어요."

서적상 주인은 주문 장부를 뒤적여보았다.

"아, 목사님, 잘못 전했군요. 엔젤 클레어 씨로 되어 있습니다. 이 분한테 전했어야 하는 걸 그랬습니다." 서적상 주인이 말했다.

클레어 목사는 한 대 얻어맞은 사람처럼 움찔했다. 그는 얼굴이 노랗게 되어가지고 집으로 돌아와 엔젤을 서재로 불러들였다.

"얘야, 이 책 좀 봐라. 이 책이 어떻게 된 거냐?" 목사가 물었다.

"제가 주문한 겁니다." 엔젤이 덤덤하게 대답했다.

"뭣하려고?"

"읽어볼까 해서요."

"이따위 책을 읽어볼까 하다니?"

"왜요? 읽으면 안 되나요? 그래도 이 책은 철학 서적인걸요. 도덕이나 심지어 종교에 관한 책으로도 이보다 더 좋은 책은 없어요."

"그래, 도덕에 관해서는 충분한 가치가 있는 책이다. 나도 그건 인정해. 그렇지만 종교적이라니! 더구나 복음의 전도사가 되려는 너한테 말이다!"

"아버님, 이왕 그 말씀을 하셨으니 말입니다만" 하고 엔젤은 얼굴에 수심을 띠면서 말했다. "이번만큼은 저도 한 말씀 드리겠어요. 전 목사가 되고 싶지 않아요. 양심이 허락하지 않으니까요. 전 부모님만큼이나 교회도 사랑하고요, 앞으로도 항상 뜨거운 신앙심에는 변함이 없을 겁니다. 교회의 역사만큼 깊이 존경하는 건 없으니까요. 그러나 교회가 받아들일 수 없는 속죄주의(贖罪主義)의 경신설(敬神說)에서 벗어나지 않는 한 형들처럼 목사가 될 수 없다는 건 저의 솔직한 심정입니다."

솔직하고 순박한 목사는 혈육인 자기 자식이 이와 같은 생각을 가지고 있으리라고는 꿈에도 생각지 못했다. 그는 어리둥절한 나머지 기가 막혔다. 엔젤이 교회에 봉사할 생각이 없다면 케임브리지 대학엔 보내서 뭘 하겠단 말인가? 이 완고한 목사의 사고 방식으로는 대학이라는 곳은 목사를 길러내는 곳이지, 그렇지 않고 대학에 간다는 건 본문도 없는 서문에 지나지 않았다. 그는 종교인일 뿐만 아니라 열렬한 경배자요, 충실한 신자였다. 지금처럼 교회당을 멋대로 드나들며 하느님을 제멋대로 해석하는 신자가 아니라 전통적인 복음주의의 열성 있는 신자였다. 그는 다음과 같이 읊을 수 있는 사람이었다.

영원하신 하느님이
천팔백 년 전에
진실로 행하신 바를
진정으로 지금도
생각할 수 있느니라……

엔젤의 아버지는 엔젤과 의논도 해보고, 설득과 애원도 해보았다.
"안 됩니다, 아버님. 다른 것은 그만두고라도 제4조(영국 교회의 39개 신조 가운데서 그리스도의 부활을 적은 대목)를 고시서(告示書)가 요구하는 뜻 그대로 받아들일 순 없습니다. 지금 형편으로는 전 목사가 될 수 없어요. 종교 문제에 관해서 제 소원은 그런 모순을 고치자는 겁니다. 아버지께서 좋아하시는 히브리서(書)의 말씀을 빌리면 '피조물 중에서 흔들리는 것들을 제거함은 곧 흔들리지 않는 것들을 영원히 보전하려 함이니라'라는 말씀이지요." 엔젤이 말했다.
아버지가 하도 슬퍼하는 바람에 엔젤은 아버지를 쳐다보기가 민망할 정도였다.
"네 어머니와 나는 살림을 줄이고 돈을 절약해서 너를 대학 공부시키려고 하는데, 그 공부가 하느님의 명예와 영광을 위한 것이 못 된다면 무슨 소용이 있겠느냐?" 아버지가 되풀이해서 말했다.

"아버님, 그렇지만 그건 인간의 명예와 영광을 위해서 이용할 수도 있지 않을까요?"

엔젤이 끝까지 버티지만 않았더라도 형들처럼 케임브리지 대학에 진학했을지도 모른다. 학교 교육을 단지 목사가 되기 위한 수단이라고만 생각하는 목사의 사고 방식은 이 집안의 전통이었다. 그리고 그런 사고 방식이 목사의 머리에 깊이 뿌리박고 있었기 때문에 민감한 엔젤이 자기 고집대로 한다는 것은 아버지의 기대를 저버리는 일이라고 여겨지기도 했고, 또한 아버지가 암시했듯이 젊은 세 아들을 다같이 교육시키려는 생각으로 옛날이나 지금이나 많이 절약하지 않을 수 없었던 부모를 푸대접하는 것으로 생각되었다.

"저는 케임브리지 대학에 안 가도 괜찮습니다. 사정이 이런데 어떻게 대학에 갈 수 있겠습니까?" 드디어 엔젤이 잘라 말했다.

이 결정적인 토론의 결과가 얼마 안 되어 나타나기 시작했다. 엔젤은 닥치는 대로 공부하고 계획을 세우며 명상에 잠기는 일로 몇 년을 보냈다. 그는 이 세상의 여러 형식이나 전통을 곧잘 무시하게 되었다. 그리고 지위나 재산 같은 물질적인 영달을 점점 천하게 여겼다. 최근에 작고한, 이 지방에서 이름 있는 사람이 즐겨쓰던 '훌륭한 가문' 도 그 집안을 대표하는 사람들 가운데 훌륭하고 새로운 마음을 가진 이가 없다면 그에게는 아무 흥미도 없었다. 이런 엄격한 생활에 대한 반발심에서인지 그는 런던으로 가서 지냈다. 그는 거기서 세상이 어떤 것인가 알아보고 직업이나 사업 같은 것을 가져보려 했던 것이다. 그러나 정신이 혼미해져서 까딱하면 나이 많은 연상의 여자에게 빠져 타락할 뻔했으나 천만 다행으로 큰 손해를 입지 않고 헤어날 수가 있었다.

어릴 때부터 한적한 시골 생활에 익숙한 엔젤의 마음속에는 현대의 도시 생활에 대한 억누를 수 없는 반감이 싹트고 있었다. 그래서 성직

자가 되지 못하더라도 차라리 다른 세속적인 직업에 종사하면 성공할
수도 있는 그런 일 따위도 단념했다. 그러나 무슨 일이든지 해야만 했
다. 그는 귀중한 세월을 여러 해 허송했던 것이다. 그에게는 식민지에
서 농업으로 성공한 친구가 있어, 그것이 바로 올바른 길이 아닐까 하
고 생각되었다. 농업은, 식민지든 미국이든 국내든 간에 어쨌든 정성
껏 배워 충분한 자격을 갖춘다면 풍부한 재산보다도 더 소중하게 여
기는 지식의 자유를 희생시키지 않고 자립 생활을 할 수 있는 직업이
라고 그는 생각했다.

이 때문에 스물여섯 살인 엔젤 클레어는 이곳 톨보데이스 목장에
젖 짜는 견습생으로 오게 되었던 것이다. 그리고 근처에 마땅한 숙소
가 없었기 때문에 목장의 주인집에서 기거했다.

그의 방은 우유 창고 전체의 길이만큼이나 기다랗고 넓은 지붕 밑
방이었다. 그 방으로 들어가려면 치즈 창고에서 사다리로 올라가야
했다. 엔젤이 그 방을 숙소로 정하기 전에는 그 방은 오랫동안 비어
있었다. 방이 퍽 넓었기 때문에 일꾼들이 아래층에서 잠자리에 누워
있을 때면 엔젤이 방안에서 걸어다니는 소리를 들을 수 있었다. 방 가
운데를 커튼으로 막아 안쪽은 침실로 쓰고 바깥쪽은 수수한 거실로
만들었다.

처음에는 이층에만 틀어박혀서 책만 읽거나 싸구려로 산 하프를 탔
다. 기분이 언짢을 때면, 언젠가는 호구지책으로 길거리로 나가 하프
를 타게 될지도 모른다고 중얼거렸다. 그러나 얼마 안 되어 엔젤은 아
래층에 있는 공동 식당에서 주인 부부와 젖 짜는 남녀들과 어울려 식
사를 하며 사람들의 성품을 뜯어보는 데 재미를 붙였다. 이 집에서 기
거하는 사람들은 얼마 안 되었지만 식사 때에는 몇 사람들이 더 어울
렸기 때문에 떠들썩했다. 클레어는 시간이 갈수록 함께 지내는 목장
사람들이 마음에 들었고 그들과 함께 기거하는 것이 즐거웠다.

엔젤 자신도 무척 놀랄 정도로 그는 그들과 함께 지내는 것이 정말
기뻤다. 그가 여태까지 생각하고 있던 농부란 불쌍할 정도로 무식한

'머슴'이라고 신문을 통해서 들어왔지만, 막상 며칠을 그들과 함께 지내고 보니 그런 생각이 없어졌다. 가까이 지내고 보니 업신여길 사람은 하나도 없었다. 엔젤이 이곳과는 다른 사회에서 살다가 처음 와서 그들을 보았을 때에는 좀 이상한 생각이 들었던 것도 사실이었다. 주인집 식구들과 자리를 같이한다는 것은 처음에는 점잖지 못한 행동이라고 생각했다. 왜냐하면 그들의 사고 방식이나 생활 양식이나 주위 환경이 모두 저속하고 보잘것없이 보였기 때문이다. 그러나 날이 갈수록 이 예민한 클레어는 이 광경 속에서 새로운 점을 느끼게 되었다. 눈에 띌 정도로 어떤 변화가 생긴 것은 아니었지만 단조롭게만 보이던 사람들이 이제는 자기들 나름대로의 개성이 돋보였다. 주인과 그 집 가족과 남녀 일꾼들은 클레어와 친하게 되자 마치 화학적 변화라도 나타나듯 제각기 특징을 띠기 시작했다. 클레어는 다음과 같은 파스칼의 사상을 이해할 수 있게 되었다. "지각 있는 사람일수록 인간의 특징을 많이 발견한다. 평범한 사람은 그것을 분간할 줄 모른다." 틀에 박힌 '머슴'이라는 고정 관념이 그의 머리에서 사라졌다. 그 '머슴'이 여러 가지 사람의 모습으로 바뀌어갔다. 복잡한 마음을 지닌 사람들, 한없이 변덕스러운 사람들, 소수의 행복한 사람들, 다수의 침착한 사람들, 극소수의 우울한 사람들, 이따금 천재다운 지혜를 나타내는 사람들, 우둔한 사람들, 방종한 사람들, 근엄한 사람들, 입이 무거운 밀튼 같은 사람들, 크롬웰처럼 남 모르는 힘을 가진 사람들, 크롬웰이 친구들에게 그랬던 것처럼 서로 자기 주장을 가진 사람들, 서로 칭찬도 비난도 하며 서로의 약점이나 죄악을 생각해서 즐거워도 하고 슬퍼하기도 하는 사람들로. 이들은 각자가 제 나름대로 갈 길을 가다가 죽어서 한 줌의 흙으로 변할 사람들이었다.

클레어는 옥외의 생활이 자기가 계획한 생활과 어떤 관계가 있는가 하는 것을 별문제로 치고, 뜻밖에도 옥외 생활 자체에 대한 매력과 만족 때문에 현재의 생활을 좋아하게 되었다. 그는 자기의 위신답지 않게 자비로운 하느님에 대한 믿음이 줄어듦에 따라 문명인을 사로잡는

만성적 우울증에서 신기하게도 벗어났다. 그가 배우고 싶어하던 몇 권의 농업 입문서는 읽는 데 그다지 시간이 걸리지 않았기 때문에 요즈음 들어 처음으로 직업을 위해서 지식을 쌓으려는 생각 없이 마음 내키는 대로 책을 읽을 수 있었다.

그는 차츰 낡은 관념에서 벗어나 생활과 사람들로부터 새로운 것을 발견했다. 두번째로 그는 이제까지 어렴풋이만 알고 있던 여러 가지 자연 현상들——계절 감각, 아침과 저녁, 모든 밤과 낮, 여러 가지 바람들, 초목이나 바다와 안개, 그늘과 침묵, 또는 무생물들의 갖가지 소리들——과 아주 친숙해졌다.

이른 아침은 아직도 제법 쌀쌀해서 식사를 하는 널따란 방은 난롯불 생각이 날 정도였다. 엔젤 클레어는 양반집 자식이었기 때문에 집안 일꾼들과 같은 식탁에서 함께 식사할 수 없다는 클릭 부인의 배려에 따라 식사 때에는 그를 벽난로 옆에 따로 앉히는 것이 관례였다. 거기에는 받침접시가 딸린 찻잔과 접시가 놓인 조그만 접는 탁자가 놓여 있었다. 그가 앉은 맞은편, 길고 넓은 칸막이가 있는 창문으로부터 구석진 그의 자리로 비쳐드는 햇빛과 굴뚝을 통해 비쳐 들어오는 푸르스름한 빛으로 그는 언제라도 책을 읽을 수 있었다. 클레어와 창문 사이에는 일꾼들이 둘러앉아 식사하는 식탁이 놓여 있었고, 식사하는 그들의 옆모습이 유리창을 배경으로 뚜렷하게 보였다. 우유 창고로 들어가는 옆문을 통해 아침에 짠 우유가 가득 찬 네모꼴 우유통들이 줄지어 놓여 있는 모습이 보였다. 그리고 그 저쪽에는 교유기(攪乳機)가 회전하는 모습이 보였고, 우유가 찰랑거리는 소리도 들렸다. 창 너머로 보이는 그 기계는 마치 소년에게 쫓겨서 빙빙 돌고 있는 기운 없는 말처럼 보였다.

테스가 이곳에 온 후 며칠 동안, 클레어는 책과 정기 간행물과 막 우송되어 온 음악 서적들을 읽느라고 정신이 없었기 때문에 그녀가 식탁에 앉아 있는 것도 알아차리지 못했다. 테스가 별로 말이 없는 중에 다른 아가씨들은 수다스럽도록 떠들어댔으므로 그 말소리에 섞인 테스의 목소리를 그가 들을 리 없었다. 게다가 그는 전체적인 인상에만 관심을 두고 외부에서 일어나고 있는 자질구레한 일에는 별로 신경을 안 쓰는 편이었다. 그러던 어느 날, 클레어는 악보 한 장을 보며 상상에 잠겨 머릿곡으로 그 곡조에 귀를 기울이고 있다가 아차 하는 사이에 그것을 벽난로 앞에 떨어뜨렸다. 그는 장작불 쪽을 쳐다보았다. 조반을 짓고 물을 끓인 후라 장작 한 끝에서 한 줄기 불길이 거의 다 타가고 있었다. 그것은 마음속에서 들리는 그 곡조에 장단을 맞춰 춤이라도 추는 것처럼 보였다. 그리고 벽난로 위, 시렁에 걸린 두 개의 갈고리에 매달린 그을음도 같은 곡조에 맞춰 떨고 있었다. 거의 비어 있는 주전자도 반주를 하고 있었다. 때마침 식탁의 대화도 그의 환상 교향악과 뒤섞였다. 클레어는 이런 생각이 들었다. '젖 짜는 아가씨들 속에선 참으로 아름다운 목소리군. 아마 새로 온 아가씨의 목소린가 보군.'

클레어는 다른 아가씨들과 같이 앉아 있는 테스를 쳐다보았다. 그러나 그녀는 클레어를 쳐다보고 있지 않았다. 사실 그는 오랫동안 말이 없었기 때문에 그가 방안에 있는 것도 사람들은 몰랐다.

"난 도깨비가 뭔지 잘 몰라요. 그러나 우리들의 영혼은 살아 있는 몸에서도 빠져나갈 수 있다는 걸 전 알고 있어요." 테스가 말했다.

주인은 입에 음식을 잔뜩 물고 정말 의심스럽다는 눈초리로 테스를 쳐다보았다. 그는 마치 교수형을 집행하려는 사람처럼 커다란 나이프와 포크를 식탁 위에 똑바로 세우고는 테스를 쳐다보았다. 여기서는 조반이 본격적인 식사였다.

"뭐라구? 그건 정말인가요? 아가씨, 사실이란 말이지?" 그가 물었다.

"우리들의 영혼이 육체에서 빠져나가는 걸 간단히 알아볼 수 있는 방법이 있지요." 테스는 말을 계속했다. "밤에 풀밭 위에 누워서 밝고 큰 별을 똑바로 쳐다보세요. 그리고 그 별에 마음을 쏟고 있으면 얼마 안 가서 자신이 육체에서 수만 리나 멀리 떨어져 있다는 걸 느끼게 되고 육체 같은 건 전혀 그 필요를 느끼지 못할 거예요."

주인은 테스를 열심히 쳐다보다가 부인에게로 눈길을 돌렸다.

"크리스티아너, 그건 좀 이상한 이야기군, 안 그래? 나는 지난 30년 동안 별이 빛나는 밤에 연애도 해보고 장사도 하고 의사나 간호원을 부르러 몇 마일이나 별이 총총한 밤길을 걸어도 보았지만 이제까지 그런 생각은 해본 적도 없소. 내 영혼이 셔츠 밖으로 한 치도 나갔다고 느껴본 적은 없거든."

주인의 제자로 갓 들어온 클레어는 물론 그 밖에 다른 사람들의 시선이 모두 테스에게 쏠리자, 테스는 얼굴을 붉히고 장난삼아 해본 이야기라고 얼버무리고는 다시 조반을 들었다.

클레어는 계속 테스를 눈여겨보았다. 조반을 끝낸 테스는 클레어가 자기를 지켜보고 있다는 것을 알아차렸다. 그녀는 손가락으로 식탁보 위에 되는 대로 무늬를 그리기 시작했다. 그녀는 곁에서 누가 감시하고 있는 것을 눈치챈 가축처럼 거북한 기분을 느꼈다.

"자연의 딸인 저 젖 짜는 아가씨는 참으로 청순하고 순결하게 보이는구나!" 그는 혼자 중얼거렸다.

클레어는 테스한테서 무엇인가 친밀감을 발견한 것처럼 보였다. 천국까지 어둡다고 생각하는 지금과는 달리, 즐겁기만 하고 앞날 같은 것은 생각하지 않던 지난날을 회상케 하는 그런 친밀감이었다. 클레어는 전에 어디선가 테스를 만난 적이 있었다고 단정을 내렸다. 그러나 어디서 만났는지는 기억할 수 없었다. 시골로 떠돌아다니다가 우연히 만나게 된 것은 확실하지만, 구태여 그걸 생각해내고 싶지는 않았다. 아무튼 이런 인연은, 그가 여자를 사귀고 싶은 생각이 날 때에는 젖 짜는 다른 예쁜 아가씨들보다는 테스를 선택하기에 충분했다.

19 젖소는 대체로 누가 젖을 짜든 가리지 않고 젖을 짜게 한다. 그러나 유별나게 사람을 가리는 젖소도 있었다. 그래서 때로는 마음에 드는 사람 앞에서만 서려고 하고, 심지어는 우유통을 버릇없이 걷어차 버리는 일도 있었다.

젖 짜는 사람을 끊임없이 바꿔서 못된 젖소들의 편애하는 버릇을 고쳐보자는 것이 목장 주인인 클릭의 주장이었다. 그렇게 하지 않으면, 남자든 여자든 간에 젖 짜는 일꾼이 떠나버리면 오히려 자기가 곤란을 당하게 되기 때문이었다. 그러나 젖 짜는 처녀들의 생각은 주인과 반대였다. 자기들이 길들인 젖소를 하루에 여덟 마리나 열 마리를 골라 젖을 짜면 그 일이 놀라우리만큼 쉬웠고 힘도 들지 않았다.

테스는 다른 아가씨들처럼 어느 소가 자기를 좋아하는지 이내 알 수 있었다. 그리고 지난 2, 3년 동안 집에만 오래 틀어박혀 있어 손가락이 부드러워졌기 때문에 젖소들의 비위를 맞출 수 있어서 기뻤다. 젖소는 모두 아흔다섯 마리였다. 그 중에서 특히 덤플링, 팬시, 로프티, 미스트, 올드 프리티, 영 프리티, 타이디, 라우드 등 여덟 마리는 한두 마리의 젖꼭지가 홍당무같이 딱딱한 것을 제외하고는 손가락을 대기만 해도 젖이 줄줄 나왔다. 그러나 주인의 생각을 잘 알고 있는 테스는 자기가 다루기 무척 힘든 젖소들을 제외하고는 양심상 자기 앞에 나타나는 젖소들을 차례로 짜려고 노력했다.

그런데 우연하게도 소의 순서가 자기가 마음속으로 바라는 대로 이상하게도 꼭 들어맞는 것을 테스는 이내 알게 되었다. 그리고 젖소들이 늘어선 순서는 결코 우연한 일이 아니라는 것도 알았다. 목장 주인의 제자인 클레어는 요즈음 젖소를 한 곳에 줄지어 세우는 일을 도와주고 있었다. 그런 일을 대여섯 번쯤 했을 때 테스는 젖소에 기대어 그에게 의아스러운 눈길을 넌지시 보냈다.

"클레어 씨, 당신이 젖소들을 늘어세우셨군요!" 테스는 얼굴을 붉히면서 말했다. 말로는 나무라는 척하면서도 아랫입술은 움직이지 않고 윗입술만 위로 올려 이빨 끝을 드러내고 자기도 모르게 미소를 지었다.

"네, 괜찮아요. 아가씨는 여기서 늘 젖을 짜고 있더군요." 그가 말했다.

"그렇게 생각되세요? 그랬으면 좋겠어요! 그렇지만 모르겠어요." 테스는 이렇게 말하고 나서 곧 뉘우쳤다. 자기가 이 구석진 곳에 온 중대한 이유를 모르는 클레어가 자기 말을 오해하지나 않았을까 하고 생각했다. 그녀는 마치 그가 자기 옆에 있어 주는 것이 소원이라는 듯이 그에게 열심히 말한 꼴이 되었다. 이런 일이 너무나 마음에 걸렸기 때문에, 해질 무렵에 젖 짜는 일이 끝나자 테스는 혼자서 뜰을 거닐면서 그의 마음을 눈치채고 그것을 공연히 물어본 자기의 처사를 자꾸 후회했다.

6월의 초여름 밤이었다. 평온한 기운이 가득 차고 맑디맑아 무생물까지도 감각을 가지고 조용히 귀를 기울이는 듯했다. 원근의 구별이 없어져서 조용히 귀를 기울이면 지평선 안에 있는 모든 것이 몸 가까이 있는 것처럼 느껴졌다. 이와 같은 적막은 단순히 소리가 없는 상태를 느끼게 하는 것보다 오히려 뚜렷한 실재(實在)로서 그녀에게 깊은 인상을 주었다. 이 적막은 하프를 타는 소리에 깨졌다.

테스는 전에도 위층의 방에서 들려오는 그와 똑같은 소리를 들은 적이 있었다. 그때에는 꼭 닫혀진 방에서 희미하고 나지막하고 억제하는 듯이 새어나왔기 때문에 지금처럼 조용한 공간을 울리면서 뚜렷하게 테스의 마음속에 깊이 파고들지는 못했다. 정확히 말해서 악기나 연주 솜씨는 보잘것없었다. 그러나 모든 것은 주위 환경에 좌우되게 마련이어서 지금 그 소리를 듣고 있는 테스는 마치 무엇에 홀린 새처럼 자리를 떠날 줄 몰랐다. 그녀는 자리를 뜨긴커녕 오히려 들키지 않으려고 생울타리 뒤에 숨어서 하프를 타는 사람 곁으로 가까이 갔다.

테스가 서 있는 뜰 변두리는 수년 동안 버려둔 곳이라서 습기가 차 있었다. 닿기만 해도 꽃가루가 뿌옇게 번지며 떨어지는 물기 많은 풀과 고약한 냄새를 풍기는 꽃이 만발한 키 큰 잡초와, 빨강, 노랑, 자줏빛 등 갖가지의 빛깔들이 일부러 가꾸어놓은 꽃처럼 현란한 빛깔을 띠고 있는 잡초들이 무성하게 자라 있었다. 테스는 고양이처럼 살금살금 우거진 잡초를 헤치고 갔다. 치맛자락에 벌레들이 내뿜는 거품을 묻히기도 하고, 달팽이를 발로 밟기도 하고, 엉겅퀴의 유액이나 괄태충의 진으로 두 손을 더럽히기도 하고, 사과나무에 붙어 있을 때에는 희게 보이지만 그녀의 흰 살에 묻으면 피처럼 빨갛게 보이는 끈적이는 진디를 털어버리기도 하며 헤치고 갔다. 그녀는 이렇게 클레어에게 들키지 않고 그에게 다가갈 수 있었다. 테스는 지금 자기가 있는 위치와 또 시간이 어떻게 되었는지도 잊어버리고 있었다. 별을 바라보고 있으면 저절로 나타난다고 하던 기쁨이 지금 테스 자신도 모르는 사이에 나타났다. 그녀는 낡은 하프의 가냘픈 가락에도 가슴이 설레었고, 조화된 음악은 산들바람처럼 그녀를 스쳐 지나갔다. 이윽고 그녀는 눈물을 글썽거렸다. 흩날리는 꽃가루는 그가 타는 가락이 형태로 나타난 모습이었고, 뜰의 습기는 감상에 젖어 눈물 짓는 뜰의 모습 같았다. 거의 해질 무렵인데도 악취를 풍기는 잡초의 꽃들은 하프 소리에 취해 오므라들지도 않고 자태를 사랑하고 있었고, 꽃 빛깔과 음악 소리가 서로 잘 어울렸다.

아직도 비치고 있는 저녁 햇살은 서쪽 하늘의 커다란 구름장 사이로 새어나왔다. 사방엔 어둠이 깔려 있었기 때문에 햇살은 마치 대낮의 한 조각이 아직 남아 있는 것 같았다. 그는 훌륭한 솜씨가 필요 없는 아주 간단한 애조 띤 곡 하나를 끝냈다. 테스는 또 한 곡조가 나오기를 기다렸다. 그러나 하프에 싫증을 느낀 그는 어슬렁어슬렁 생울타리를 돌아 그녀 뒤로 다가갔다. 그녀는 볼이 화끈 달아올라 살그머니 그 자리를 빠져나갔다.

그러나 엔젤은 테스의 엷은 여름옷을 발견하고 말을 건넸다. 약간 떨어져 있는 거리였지만 테스는 그의 낮은 목소리를 들을 수 있었다.

"테스, 왜 그렇게 도망치지? 내가 무서운가요?" 그가 물었다.

"아니에요……. 집 밖의 것들은 무섭지 않아요. 더구나 지금처럼 사과꽃도 지고 만물이 온통 푸르게 보일 때에는 무섭지 않아요."

"그럼 집 안엔 무서운 게 있나 보군?"

"네, 그래요."

"그게 뭘까요?"

"뭐라 잘라 말할 순 없어요."

"우유 맛이 변하는 것 때문인가요?"

"그런 건 아니에요."

"그럼 세상살이 때문?"

"네, 바로 그거예요."

"음, 하긴 나도 그래요. 이럭저럭 살아간다는 게 참 어려운 문제지. 그렇죠?"

"그렇게 이야기하고 보니 그렇군요."

"그렇지만 아가씨 같은 젊은 여자가 그런 생각을 할 줄은 미처 몰랐는데요. 어떻게 된 일이지요?"

그녀는 머뭇거리면서 아무 대답이 없었다.

"자, 테스, 터놓고 말해봐요."

테스는, 그가 이 세상사가 자기에게 어떻게 보이느냐는 뜻으로 묻는 줄 알고 수줍은 듯이 대답했다.

"나무들은 뭔가를 알고 싶어하는 듯한 눈초리를 하고 있잖아요. 어쩐지 그렇게 보여요. 그리고 냇물은 '왜 그런 눈초리로 나를 괴롭히죠?' 하고 말하는 듯해요. 또 내일이라는 수많은 날이 한 줄로 늘어서서 그 중의 첫번째 것이 가장 크고 똑똑히 보이고 멀리 있는 것일수록 점점 작아져 보여요. 이들은 모두 한결같이 사납고 잔인해서 '자, 이제 간다! 나를 조심해! 나를 조심하라구!' 하고 말하는 듯하구요……. 하지만 당신은 음악으로 꿈을 가질 수 있으니 이따위 무서운 공상은 쫓아버릴 수 있을 거예요!"

그는 이 젊은 아가씨가 이렇게 슬픈 공상에 잠기는 것을 보고 놀랐다. 그녀는 친구들로부터 부러움을 살 만한 보기 드문 자질을 지니고는 있었지만, 그래도 한낱 젖 짜는 아가씨에 불과했기 때문이다. 테스는 고향 사투리를 써가며 6년 동안 국민학교에서 배운 지식을 보태서 현대적 감정이라고도 할 수 있는 현대 사상의 고민을 표현하고 있는 셈이었다. 그러나 소위 진보된 사상이라는 것도 알고 보면 대개 남녀들이 수세기 동안에 막연히 파악해온 감정을 최근에 유행하는 해석에 따라 무슨무슨 학이니 무슨무슨 주의니 하고 보다 정확한 말로 정의를 내린 것에 지나지 않는다고 생각한다면, 테스의 생각은 클레어에게 그다지 인상 깊은 것도 아니었다.

그러나 아직 젊은 테스가 그런 생각을 가지게 되었다는 것은 역시 이상한 일이었다. 이상하다기보다도 감명되고 흥미롭고 애처롭기도 한 일이었다. 테스가 사물을 그렇게 바라보는 원인을 짐작할 수 없었으므로 클레어로 하여금 인생 체험이란 생활의 긴장에서 오는 것이지 인생의 길이에서 오는 것은 아니라는 사실을 깨닫게 할 아무 근거도 없었다. 일시적이나마 겉으로 드러난 테스의 고민은 정신적인 체험에서 나온 것이었다.

한편 테스는 목사의 가정에 태어나서 훌륭한 교육을 받고 물질적으로 궁하지 않은 클레어가 어째서 사는 것이 괴로운 일이라고 생각하는지 이해할 수 없었다. 불행한 그녀 자신에게는 그렇게 생각할 만한 이유가 있지만 이 시인다운 훌륭한 남자가 '굴욕의 골짜기'로 떨어져, 그녀 자신이 2, 3년 전에 느꼈듯이, 욥이 고백한 것처럼 '내 마음에 숨이 막히기를 원하오니 삶보다도 죽는 것이 나으니이다. 내가 생명을 싫어하고 항상 살기를 원치 아니하오니' 하고 생각할 수 있었을까?

현재 클레어가 자기가 속한 계급에서 벗어나 있음은 사실이었다. 그러나 테스는 러시아의 피터 황제가 기술을 배우려고 조선소에 가서 일했던 것처럼, 클레어도 자기가 배우고 싶은 것을 배우기 위해서 그러는 것이라고 생각했다. 클레어가 젖을 짜는 일은 먹고 살아가기 위해서가 아니라 부유하고 번영하는 목장 주인이 되고, 지주가 되고, 농업가와 가축 사육자가 되기 위해 배우는 것이었다. 그는 앞으로 미국이나 오스트레일리아의 아브라함(《구약성서》에 나오는 이스라엘 민족의 조상)이 되어 왕처럼 양 떼와 소 떼, 얼룩지고 무늬가 진 소들과 남녀 일꾼들을 거느리면서 살 것이다. 그러나 진정으로 책과 음악을 좋아하고 사색을 즐기는 클레어가 아버지나 형제들처럼 목사가 되려고 하지 않고 일부러 농부가 되겠다고 택한 것은 테스로서는 좀처럼 이해할 수가 없는 일이었다.

그래서 그들은 서로가 간직하고 있는 비밀을 알아챌 수 있는 실마리조차 찾지 못한 채 서로의 표면에 나타난 것에 어리둥절했지만 상대의 내력을 캐보려고도 하지 않았다. 다만 서로의 성격이나 기질을 알게 될 때를 기다렸다.

날이 가고 시간이 흐름에 따라 클레어는 테스의 성격을 조금씩 알게 되었고 그녀도 그의 성격을 더욱 잘 알게 되었다. 테스는 눈에 띄지 않는 생활을 하려고 애썼지만 자기에게 힘찬 생활력이 있는 것은 별로 모르는 듯했다.

처음에 그녀는 엔젤 클레어를 단지 일꾼으로 보지 않고 지성인으로 보는 것 같았다. 테스는 그런 생각으로 그와 자기 자신을 비교해보았다. 그럴 때마다 테스는 그의 풍부한 지식과 하늘과 땅 사이처럼 거리가 먼 인격의 엄청난 차이를 발견하고는 기가 죽었다. 그리고 더 이상 노력해보려는 의욕마저 상실하고 마는 것이었다.

어느 날, 클레어는 테스에게 우연히 고대 그리스의 전원 생활에 관해 이야기해주던 중 테스가 기가 죽어 있음을 알아차렸다. 그가 이야기하는 동안 그녀는 둑에서 '로드 레이디' 라는 꽃을 따고 있었다.

"왜 갑자기 그렇게 슬픈 얼굴을 하죠?" 그가 물었다.

"아, 아무것도 아니에요. 제 일을 좀 생각했을 뿐예요." 그녀는 '레이디' 꽃봉오리의 껍질을 벗기면서 서글프게 웃으며 말했다. "제가 운이 좋았더라면 지금쯤 이렇게 되었을까 하고 생각해보았을 뿐예요! 저에게는 운이 없어서 허송 세월만 했나 봐요. 당신이 읽고 보고 생각해서 알고 있는 걸 생각하면 저야말로 보잘것없는 인간이라는 걸 느껴요! 전 성경에 나오는 가엾은 시바 여왕과 같다고나 할까요. 전 이젠 아무 용기도 없어요."

"별소릴 다 하는군요. 쓸데없는 일 가지고 걱정하지 말아요! 이봐요, 테스. 내가 도와줄 수 있다면 얼마나 좋을까. 역사 공부도 좋고 그 외에 읽고 싶은 거라면 뭐든지 좋아요." 그는 정색을 하고 말했다.

"이번에도 '레이디' 꽃봉오리네요." 테스는 껍질을 벗긴 꽃봉오리를 내밀면서 그의 말을 가로챘다.

"뭐라구요?"

"꽃봉오리들을 벗겨보면 로드보다는 언제나 레이디가 많단 말예요."

"로드면 어떻고 레이디면 어떻죠? 예를 들면 역사 같은 것 공부하고 싶은 생각 없소?"

"역사 공부라면 지금 알고 있는 것보다 더 알고 싶지 않다고 느낄 때가 있어요."

"왜 그렇죠?"

"나라는 인간이 고작 같은 운명을 지닌 많은 사람들 중의 하나라는 사실을 배운들 무슨 소용이 있겠어요. 옛날 책에서 저와 같은 처지에 있던 사람을 발견하면 저도 역시 그 사람같이 돼야 하는 것처럼 생각되어 마음만 슬퍼질 뿐이에요. 그러니 저의 성격이나 과거의 행실이 여러 사람들의 경우와 똑같았다거나 앞으로의 제 생활이 또 그들의 경우와 같을 거라는 건 아예 생각 안 하는 게 가장 마음 편할 거예요."

"그럼 정말 아무것도 배우고 싶지 않다는 말인가요?"

"배우고 싶은 게 있긴 해요. 가령 태양은 왜 좋은 사람과 나쁜 사람을 구별하지 않고 골고루 비춰주느냐 하는 문제 같은 거예요." 테스는 약간 떨리는 소리로 말했다. "하지만 그런 건 책에서도 못 배우는 거잖아요?"

"테스, 너무 비꼬지 말아요!"

클레어는 물론 흔히 있는 의무적인 생각에서 그렇게 말했을 뿐이었다. 왜냐하면 그와 같은 의문은 전에 자기도 가져보았기 때문이다. 그리고 테스의 천진스러운 입술을 보고, 클레어는 이런 곳에 사는 시골 아가씨이니 남들이 하는 말을 듣고 그저 따라서 해본 것이라고 생각했다. 그녀는 계속 꽃봉오리를 한 겹씩 벗기고 있었다. 마침내 클레어는 고개를 숙이고 있는 그녀의 보드라운 뺨으로 내려진 속눈썹을 잠시 바라다보더니 떠나가기 싫은 듯이 가버렸다. 그가 떠나고 나서도 테스는 잠시 동안 서서 깊은 생각에 잠겨 마지막 꽃잎을 벗겼다. 그러다가 제정신으로 돌아오자 그녀는 흥분해서 마지막 꽃잎과 이제까지 모은 진귀한 꽃들을 땅바닥에 내동댕이쳤다. 테스는 자기의 어리석은 짓이 못마땅했고 마음속으로 화끈 달아오르는 흥분을 참을 수가 없었다.

클레어는 자기를 얼마나 어리석은 여자라고 생각했을까! 테스는 그에게 잘 보이려는 생각에서 요즈음 잊어버리려고 하던 일, 즉 한때는 생각만 해도 불쾌하기 짝이 없던 자기 집안과 기사를 지낸 더버빌 집안이 같은 집안이라는 사실을 새삼스레 생각하게 되었다. 그것은 실속없고 테스에게 여러 가지로 불행을 갖다 줬지만 역사를 공부하는 어엿한 신사인 클레어가 킹스비어 교회당에 안치된 퍼벡 대리석이나 설화석고(雪花石膏)에 새겨진 사람들이 진짜로 테스의 직계 조상들이라는 것을 알거나, 테스가 돈이나 야심으로 이름을 산 트랜트리지의 가짜 자손이 아니라 진짜 직계 자손이라는 사실을 안다면, '로드 레이디'의 꽃봉오리를 가지고 어린애처럼 장난하던 테스를 충분히 이해해 줄 것이다.

그러나 그런 사실을 털어놓기 전에 마음의 갈피를 잡지 못한 테스는, 토지와 재산을 다 탕진해버린 자기 옛 조상의 후손에 대해서 클레어 씨가 어떻게 생각할까를 목장 주인에게 넌지시 떠보았다.

"클레어 씨는 말야" 하고 주인은 힘 주어 말했다. "보기 드문 괴짜거든. 집안 식구들하고는 딴판이야. 그분이 제일 싫어하는 건 소위 양반 따지는 일이라오. 양반들이 한때 흥청거렸기 때문에 지금 와서 빈털터리가 되었다는 건 당연하다는 거지. 일찍이 빌레트 집안이나 드렌크하드 집안, 그레이 집안, 세인트 퀸튼 집안, 하디 집안, 골드 집안 등 여러 집안은 이곳 골짜기 일대의 수 마일에 걸친 토지를 소유하고 있었지만 지금은 민요 한 곡조 값으로도 그따위 가문의 이름쯤은 모조리 살 수 있게 됐지. 우리 집에서 일하는 레티 프리들이라는 여자만 해도 파리델 집안의 자손이란 말야. 지금은 웨섹스 백작이 소유하고 있는 킹스 힌톡크 마을 변두리의 땅을 파리델 백작과 그 집안 이름이 세상에 알려지지 않았던 그때부터 꽤 많이 차지하고 있던 양반 집안이었지. 그런데 클레어 씨가 이 사실을 알고는 며칠 동안이나 그 가엾은 여자에게 경멸적으로 이렇게 말했다는군. '아, 아가씨는 훌륭한 젖 짜는 여자는 못 될 거요! 아가씨 집안의 솜씨는 옛날 팔레스타인에서 이미 다 써버렸으니 앞으로 다시 일할 수 있는 힘을 얻으려면 수천 년은 더 기다려야 할 거요!' 일전에는 어떤 아이 하나가 일자리를 구하러 왔었지. 이름이 매트라고 하기에 성(姓)을 물었더니 성이 없다는 거야. 까닭을 물었더니 자기들 집안은 자리잡은 지가 얼마 안 된다고 하더군. 이 말을 듣고 클레어 씨는 벌떡 일어나더니 그 아이와 악수를 하면서 말했지. '너야말로 내가 원하는 바로 그 아이로구나! 난 너에게 큰 기대를 건다.' 그러고는 그애에게 반 크라운을 주더군. 그건 안 될 말이지! 그분은 양반 같은 건 딱 질색이거든!"

클레어의 생각을 만담조로 설명하는 주인의 말을 듣고 나자 가엾은 테스는 마음이 약해졌던 순간에 클레어에게 자기 집안에 관해서 일언반구도 비치지 않았던 것을 다행으로 생각했다.

그녀의 집안이 무척 오래 된 역사를 가진 집안이라고 해도 말이다. 그리고 양반의 후손이라는 점에서 젖 짜는 다른 아가씨도 테스의 경우와 비슷한 것 같았다. 테스는 더버빌 집안의 가족 묘지라든가 자기의 조상인 정복왕 윌리엄 왕조의 기사에 관해서는 일절 아무 말도 하지 않았다. 클레어의 성격을 알게 된 테스는, 그가 자기에게 흥미를 갖게 된 이유는 주로 자기가 오랜 전통을 가진 집안이 아니라고 생각한 데 있다는 사실을 알았다.

20 계절은 바뀌고 다시 무르익었다. 해가 바뀌자 꽃, 잎사귀, 꾀꼬리, 콩새, 방울새, 그리고 수명이 짧은 뭇 생물들이 지난해와는 다른 모습으로 자라서 또다시 찾아왔다. 아침 햇살은 새싹들을 돋아나게 하여 긴 줄기로 뻗게 하고, 소리없이 수액을 빨아올려 꽃을 피게 하여 눈에 보이지 않게 입김이라도 뿜어내듯이 향기를 사방으로 발산하고 있었다.

낙농장 주인인 클릭의 집에서 일하는 남녀 일꾼들은 안락하고 조용하며 즐거운 나날을 보내고 있었다. 그들의 처지는 아마 어느 누구 못지않게 행복했으리라. 왜냐하면 그들은 궁색을 모르고 지냈고, 예의 범절을 지키느라고 자연스러운 감정을 속박당하지도 않았으며, 허영 때문에 풍족한 생활 속에서도 만족을 모르는 처지도 아니었기 때문이다.

이러는 사이에 바깥 삼라만상이 나무처럼 자라기만 할 것 같던 신록의 계절도 지나갔다. 테스와 클레어는 하마터면 불타오르는 정열의 함정에 빠질 뻔했는데, 요행히 고비를 넘기면서 자기들도 모르는 사이에 서로의 마음을 살펴보곤 했다. 그러는 동안 두 사람은 한 골짜기를 흐르는 두 물줄기처럼 막을 길 없는 법칙에 따라 분명히 가까워지고 있었다.

테스는 근래에 요즈음처럼 행복한 적이 없었고, 아마 앞으로도 두 번 다시 요즈음처럼 행복할 때는 없을 것 같았다. 그녀에게는 우선 현재의 환경이 정신적으로나 육체적으로 적합했기 때문이다. 애초에 씨를 뿌렸던 땅속의 해로운 지층에까지 뿌리를 내렸던 어린 나무가 그보다 더 깊은 다른 땅속으로 옮겨심어진 격이었다. 게다가 테스는, 클

레어 역시 마찬가지지만, 좋아하는 것인지 사랑하는 것인지 분간키
어려운 모호한 심정이었다. 그래서 깊은 관계에 빠지지도 않았고, 그
렇다고 자기의 마음을 이리저리 돌이켜보지도 않았으며, 그저 불안한
마음으로 자기에게 물을 수밖에 없었다. '현재의 이 감정은 나를 어디
로 이끌고 가려는가? 나의 장래에 어떤 의미가 있을까? 그리고 과거와
어떤 관계가 있는가?'

테스는 아직도 엔젤 클레어의 눈에 뚜렷하게 떠오르는 존재는 아니
었다. 이제 겨우 마음속에 떠오르기 시작한 따뜻한 장미빛 그림자라
고나 할 수 있을까. 그래서 그는 자기 마음이 테스에게 쏠리는 대로
두고, 자기의 그러한 태도는 진지하고 신선하고 흥미 있는 여성의 표
본을 관찰하는 철학자다운 태도일 뿐이라고 생각했다.

그들은 계속 만났다. 만나지 않고서는 견딜 수 없었다. 이 목장에
서는 아침 일찍 일어나야 했기 때문에 그들은 매일 어슴푸레한 보랏
빛이나 연분홍빛으로 물든, 신기하고 장엄한 새벽에 만났다. 젖 짜는
일은 새벽에 끝내기로 되어 있었고, 그 전에 세 시 조금 지나면 통에
있는 크림을 걷어내는 일이 시작되었다. 대개 누구든지 자명종 시계
소리에 제일 먼저 깨는 사람이 다른 사람들을 깨웠다. 테스는 갓 온
터인지라 자명종 시계 소리가 울려도 다른 사람들처럼 내쳐 자지 않
고 곧장 일어난다는 소문이 알려져서 잠 깨우는 일은 그녀가 맡기로
했다. 세 시가 되어 자명종 소리가 울리면 테스는 바로 방을 뛰쳐나와
주인의 방문 앞으로 가서 사다리를 타고 이층으로 올라가 우선 클레
어를 큰 소리로 깨우고 난 다음, 젖 짜는 아가씨들을 깨웠다. 테스가
옷을 갈아입는 동안 클레어는 벌써 아래층으로 내려와 공기가 축축한
바깥에 나와 있었다. 다른 아가씨들이나 집주인은 바로 일어나지 않
고 한두 차례 더 돌아눕곤 해서 15분쯤 지나서야 비로소 나타났다.

어둠과 밝음이 섞인 새벽녘의 잿빛은, 그 잿빛깔 속에 어린 음영의
정도는 같을지 모르나 해질녘의 잿빛과는 달랐다. 새벽녘의 잿빛은
밝은 빛은 활개를 치고 어둠은 사그라지게 하는 듯 보이지만, 저녁 무

렵의 그 빛은 어둠이 물밀듯 깃들이며 퍼져나가 오히려 조는 듯 힘없이 보였다. 이들 두 사람은, 반드시 우연이라고는 할 수 없을 정도로 번번이 이 목장에서 제일 먼저 일어나기 때문에 자기들이야말로 이 세상에서 가장 일찍 일어나는 것 같았다. 테스는 이곳에 와서 얼마 동안은 크림 걷어내는 일을 하지 않았다. 잠에서 깨기만 하면 클레어가 으레 기다리고 있는 바깥으로 달려나갔다. 널따란 목장에 가득히 덮인, 습기를 머금은 희뿌연 빛은 그들이 마치 아담과 이브인 것처럼 고독감을 주었다. 하루의 막이 열리는 이 박명의 시각에, 테스는 성품으로나 육체로나 늠름하고도 위대한, 마치 여왕과도 같은 위풍을 클레어에게 보였다. 왜냐하면 이 신비스러운 시간에 테스처럼 아름다운 여자가 들에 나와 있을 리가 없을 뿐 아니라 온 영국을 통틀어도 도저히 찾아볼 수 없으리라는 것을 생각했기 때문이리라. 아름다운 여인들은 한여름의 새벽에는 으레 잠들어 있게 마련이다. 그렇지만 테스는 깨어서 바로 그의 눈앞에 있었고 다른 아가씨들은 눈에 띄지 않았다.

둘이서 젖소가 있는 곳으로 걸어갈 때 동녘은 묘하게 밝음과 어둠이 엇갈려 클레어는 예수가 부활한 시간을 자주 생각했다. 막달라 마리아가 자기 옆에 나타나리라고는 생각지도 못한 일이었다. 사방은 온통 어슴푸레했고, 클레어가 눈여겨보는 테스의 얼굴은 인광처럼 빛이 서려 안개 속에 윤곽을 드러냈다. 그래서 그녀는 영혼만을 지닌 유령처럼 보였다. 언뜻 봐서는 그런 것 같지 않았지만, 사실 그녀의 얼굴에는 동북쪽에서 비치는 차가운 빛이 어려 있었다. 클레어의 얼굴도, 그 자신은 모르지만, 테스의 눈에는 그렇게 보였다.

앞에서도 말했지만 테스가 클레어에게 가장 깊은 감명을 주는 때는 바로 이런 순간이었다. 테스는 이제 한낱 젖 짜는 아가씨가 아니고 환상에서나 그려볼 수 있는 여자였다. 모든 여성의 장점을 한 몸에 응결시켜서 이루어진 표본과 같은 여인이었다. 클레어는 농담조로 테스를 아르테미스(달의 여신)니, 데메테르(대지의 여신)니, 또는 가공의 다른 이름으로 불렀다. 그러나 그녀는 그런 이름들의 의미를 이해하지 못했기 때문에 그러한 호칭을 달갑게 여기지 않았다.

"테스라고 불러주세요."

그녀는 곁눈질하며 이렇게 말하곤 했다. 그러면 클레어는 그녀의
말대로 따랐다.

차츰 날이 밝아오자, 테스의 얼굴은 보통 여자의 모습으로 돌아갔
다. 행복을 베풀어줄 수 있는 여신의 얼굴이 행복을 갈구하는 평범한
여인의 얼굴로 변하는 것이다.

이처럼 인적이 없는 시간엔 그들은 물새 있는 데까지 바싹 다가설
수도 있었다. 왜가리들은 문이나 덧문을 여는 것 같은 시끄러운 소리
를 내며 그들이 곧잘 찾아가는 목장 한 모퉁이의 수풀 속 나뭇가지에
서 날아오르기도 하고, 왜가리가 물 속에 서 있을 때에는 태엽을 감은
장난감이 움직이는 것처럼 머리를 천천히 무뚝뚝하게 옆으로 돌리면
서 지나가는 그들을 경계하면서 거만하게 서 있기도 했다.

이맘때면 얼핏 보아 이불 두께만한 몽롱한 여름 안개가 양털을 펼
쳐놓은 것처럼 여러 층으로 군데군데 목장 위에 흩어져 있는 모습을
볼 수 있었다. 습기 찬 회색빛 풀밭 위에는 밤새 젖소가 누워 있던 자
국들이 보였다. 그것은 마치 널리 퍼져 있는 이슬의 바다 속에서 젖소
의 몸집만한 짙은 초록색의 마른풀로 뒤덮인 섬 같았다. 젖소가 누웠
던 자리에서부터 꾸불꾸불하게 나 있는 발자국이 보였다. 그것은 젖
소들이 일어나서 풀을 뜯어먹으러 걸어간 자국이었다. 그 자국이 끝
나는 곳에는 젖소들이 있었다. 젖소가 그들을 알아보고 코를 고는 듯
내뿜는 입김은 이미 사방에 자욱이 긴 안개 속에 한층 더 짙은 조그만
안개를 이루었다. 이때 그들은 형편에 따라서 젖소들을 안마당으로
몰고 가거나, 아니면 그 자리에 앉아서 젖을 짰다.

또는 여름 안개가 더욱 짙게 사방으로 퍼져갈 때면, 목장은 하얀
바다처럼 보였고 여기저기 흩어져 있는 나무들은 위험한 암초처럼 보
였다. 새들은 안개를 뚫고 하늘 높이 밝은 곳까지 올라가 날개를 펼쳐
햇빛을 쬐기도 하고, 유리처럼 반짝이는 목장을 여기저기 둘러싼 젖

은 울타리 위에 내려앉기도 했다. 테스의 속눈썹에는 안개가 서려 자잘한 이슬 방울들이 매달렸다. 머리 위에도 작은 진주알 같은 이슬 방울들이 맺혔다.

그러나 햇볕이 따스해지면 이런 이슬 방울들도 스러져버렸다. 게다가 신비롭고 섬세하던 테스의 아름다움은 자취를 감추고, 그녀의 하얀 이와 입술과 눈이 햇빛을 받아 반짝이면 그 모습은 무척 아름답긴 했지만 그녀는 다시 다른 여자들과 어울려 자기의 생활을 개척해나가야 하는 한낱 젖 짜는 수수한 아가씨로 돌아가고 말았다.

이맘때가 되면, 집에서 다니는 일꾼들이 늦게 왔다고 나무라거나 나이 든 데보라 화이안더가 손을 씻지 않았다고 엄하게 꾸중하는 목장 주인 클릭의 목소리가 들려왔다.

"뎁, 제발 펌프에 가서 손 좀 씻으세요! 정말이지 런던 양반들이 이 꾀죄죄한 꼬락서니를 보면 함부로 우유와 버터를 먹지 않을 거예요. 그럼 큰일이거든요."

이와 같이 계속되던 젖 짜는 일이 끝날 시간이 다가오면, 클릭 부인이 부엌 벽에서 조반용 무거운 식탁을 끌어내는 소리가 친구들과 함께 일하는 클레어와 테스의 귀에도 들려왔다. 이 소리는 식사 때마다 울리는 정해놓은 소리 같았다. 그리고 식사를 끝내고 식탁을 치울 때에도 시끄러운 그 소리가 들렸다.

21 아침 식사가 막 끝나자 우유 가공장에서는 큰 소동이 벌어졌다. 교유기는 이상 없이 돌아가고 있었지만 좀처럼 버터가 되어 나오지 않았다. 이런 일이 생기면 낙농장은 마비 상태에 빠지게 마련이었다. 큰 통 속에서 우유가 혼합되는 쉭쉭 하는 소리는 들렸지만 정작 그들이 바라는 소리는 들리지 않았다.

목장 주인 클릭과 그의 부인, 젖 짜는 아가씨들인 테스와 마리안,

레티 프리들과 이즈 휴에트, 자기네 초가집에서 다니는 아낙네들, 클레어, 조나단 카일, 데보라 노파, 그 밖의 다른 일꾼들도 낙심하여 교유기만 쳐다보고 있었다. 밖에서 말을 몰던 소년도 두 눈을 휘둥그레 뜨고 난색을 표시했다. 침울하게 보이는 말도 한 바퀴 돌 적마다 그들의 실망을 궁금해 하는 듯이 창문 안을 기웃거렸다.

"이그돈에 있는 트랜들 점쟁이의 아들한테 가본 지도 여러 해가 되었군. 오래 되었어!" 목장 주인은 씁쓸한 말투로 말했다. "그런데 그 녀석은 자기 아버지에 비하면 상대도 안 되지. 내가 그 녀석은 믿을 수 없다고 쉰 번은 더 말했을 거야. 지금도 믿진 않지만. 그러나 그 녀석이 아직도 살아 있다면 만나보러 갈 수밖에 없구먼. 암, 가봐야지. 이 꼴이 계속된다면 가봐야 하고말고!"

클레어도 주인이 실망하는 모습을 보자 딱하게 느껴지기 시작했다.

"캐스터브리지 맞은편 마을에 '와이드 오'라는 별명을 가진 점쟁이 폴이 있었지요. 제가 어렸을 땐 아주 유명했었지만, 그러나 지금은 이미 소용없게 되었지요." 조나단 카일이 말했다.

"우리 할아버지는 아울스콤이라는 곳에 있던 민턴 점쟁이한테 다니셨다는데. 할아버지 말씀으로는 그가 퍽 용했다더군. 그러나 요즈음은 그처럼 용한 점쟁이가 어디 있어야지!" 주인 클릭이 말했다.

클릭 부인은 눈앞의 일을 생각하고 있었다.

"아마 여기에 연애하는 사람이 있나 봐요." 그녀는 넘겨짚으면서 말했다. "그런 일이 있으면 버터가 만들어지지 않는다는 얘기를 어릴 때 들은 적이 있지. 여보, 그 왜 몇 해 전에 일하던 아가씨 있잖아요. 그때도 버터가 만들어지지 않았었죠."

"그럼, 그렇고말고! 그러나 그건 그 아가씨 때문이 아니었지. 연애와는 아무 상관이 없었어. 그때 일은 지금도 다 알고 있지만, 교유기 고장 때문이었지."

주인은 클레어를 바라보면서 말했다.

"언젠가 잭 돌로프라는 아비 없는 녀석을 고용한 적이 있었지요.

그런데 그 녀석이, 전에도 여러 아가씨들에게 하던 버릇대로 저 건너 멜스톡에 사는 아가씨를 꾀어내 연앨 하고는 차버렸다는군요. 그러자 이번엔 좀 다른 여자를 잘못 건드렸다는데, 물론 아까 말한 그 아가씨는 아니구요. 그런데 하고많은 날을 빼고 하필 부활 주일의 목요일날, 지금처럼 모두들 여기 모여 있었지요. 그날 기계는 쉬고 있었지만 마침 그때 그 아가씨의 어머니가 황소라도 쓰러뜨릴 만한, 놋쇠 손잡이가 달린 우산을 들고는 문간에 나타나 고래고래 악을 쓰는 거예요. '잭 돌로프란 녀석이 여기서 일하지요? 나 좀 만날 일이 있어서 그러오! 그 녀석하고 한번 따져봐야 할 일이 있소. 정말이오!' 어머니 뒤에는 그 딸이 손수건으로 얼굴을 가린 채 울면서 따라왔지요. 잭은 창너머로 그녀들을 넘겨다보더니 '이크, 드디어 나타났군! 나를 죽이려고 할 거야! 어디로 피하지? 어디로? 내가 피하는 곳을 알려주면 안돼요!' 하고는 교유기 위로 올라가 뚜껑을 열어젖히고 그 속으로 숨어버렸어요. 바로 그때 그녀의 어머니가 가공장 안으로 뛰어 들어오더니 소리쳤지요. '불한당 같은 녀석, 어디 있지? 잡히기만 하면 낯짝을 할퀴어주고 말 테다!' 그녀는 갖은 욕을 퍼부으면서 두루 찾았어요. 교유기 안에 숨은 잭은 숨이 막힐 지경이었고, 가엾은 아가씨——아니 젊은 색시라고 하는 편이 낫겠지——는 문간에 서서 눈이 퉁퉁 부은 채 울고만 있었지요. 그 광경은 정말 잊을 수 없을 겁니다. 정말이지, 돌덩이같이 무딘 사람도 그 광경을 보고는 가슴이 뭉클했을 거요. 그런데 결국 그녀는 잭을 찾아내지 못하고 말았지요."

주인은 잠시 이야기를 멈추었다. 듣고 있던 사람들이 한두 마디씩 뭐라고 말을 건넸다.

주인 클릭의 이야기는 정작 끝나지 않았는데도 다 끝난 듯이 생각되는 때가 종종 있었다. 그래서 그를 잘 알고 있는 사람들은 가만히 있었지만 처음 듣는 사람들은 이야기가 끝나기도 전에 감탄사를 연발했다. 주인은 이야기를 계속했다.

"그런데 그 노파가 어떻게 눈치챘는지는 나도 모르겠는데, 그 녀석이 교유기 속에 숨어 있는 걸 눈치채게 되었지요. 노파는 두말 않고 기계의 손잡이를 잡고 빙빙 돌리기 시작했어요. 그때만 해도 교유기는 수동식이었으니까요. 잭은 그 속에서 뒹굴기 시작했지요. 그러더니 머리를 불쑥 내밀고는 소리를 질렀죠. '아, 그만 하시오! 날 좀 나가게 해줘요! 이러다간 곤죽이 되겠어요!' 그런 녀석이 대개는 겁쟁이거든요. 노파가 자기 딸을 망친 녀석을 가만두지 않겠다고 말하면, 그 녀석은 이렇게 외쳤지요. '그만하라니까요, 이 늙은 마귀 할멈!' 그러면 노파는 되받아 외쳤지요. '늙은 마귀 할멈이라구? 이 사기꾼 녀석아! 다섯 달 전부터 날 장모님이라고 불렀어야 마땅하지!' 그리고 계속해서 교유기를 돌려대니 잭은 뼈를 부딪히면서 돌아갔지요. 그래도 우리들은 잠자코 있을 수밖에 없었다오. 마침내 그 녀석이 책임지겠다고 했지요. '좋아요, 약속은 꼭 지키겠어요!' 이렇게 해서 그날 소동은 끝났다오."

이야기를 듣고 있던 사람들이 재미있다는 듯이 미소를 짓고 있을 때 그들 뒤에서 잽싸게 움직이는 인기척이 났다. 돌아다 보니 테스가 얼굴이 창백해져서 문 쪽으로 다가서고 있었다.

"오늘은 너무 덥군요!" 테스는 들릴락말락한 소리로 말했다.

정말 날씨는 무더웠다. 그리고 테스가 물러간 것을 클릭의 이야기 때문이라고 생각하는 사람은 아무도 없었다. 주인은 테스한테 다가가서 문을 열어주고 부드럽게 농담조로 말했다.

"왜 그래요, 아가씨!(그는 별뜻이 없이 테스를 애칭으로 늘 이렇게 불렀다.) 우리 목장에서 가장 예쁜 아가씨가 여름철로 접어들자마자 이렇게 지치다가는 큰일나겠군. 그러다가 정작 삼복 더위철로 접어들면 테스가 없어져 큰 곤란을 당하겠는걸. 클레어 씨, 그렇지요?"

"좀 어지러워서 그래요. 바깥에 나가면 나을 거예요." 테스는 기계적으로 대답하고 밖으로 나갔다.

테스에게 다행한 일은 그때 마침 회전하던 교유기 속의 우유가 쉭쉭 하는 소리에서 찰랑찰랑하는 또렷한 소리로 변한 것이었다.

"버터가 나와요!" 클릭 부인이 외쳤다. 테스를 주시하던 사람들이 그쪽으로 눈을 돌렸다.

충격을 받았던 아름다운 테스는 겉으로는 곧 기운을 차렸지만 그날 오후 내내 우울해 했다. 오후에 젖 짜는 작업이 끝나고도 그녀는 다른 아가씨들과 어울리고 싶지 않아 밖으로 나가 그저 발길 닿는 대로 돌아다녔다. 주인의 이야기는 다른 사람들에게는 재미있게만 들렸겠지만 유독 자기에게는 슬프게 들려야 하는 처지를 생각하자, 테스는 처량한 생각이 들었다. 말할 수 없이 비참하기도 했다. 그런 이야기가 테스의 지난날의 상처를 얼마나 잔인하게 건드렸는지 테스 자신 외에는 분명 아무도 몰랐다. 저물어가는 저녁 해도 하늘에서 커다란 쓰라린 상처가 불타오르고 있는 듯해서 이젠 보기도 싫었다. 다만 강가의 갈대밭에서 목 쉰 듯한 적적해 보이는 새가 틀에 박힌 슬픈 곡조로 그녀를 반겨줄 따름이었다. 그 울음소리는 이젠 사귀기에 싫증이 난 옛 친구의 목소리처럼 느껴지기도 했다.

해가 길어진 6월에는 젖 짜는 아가씨들과 대부분의 주인집 식구들은 날이 저물거나 혹은 날이 저물기도 전에 잠자리에 들었다. 왜냐하면 우유가 많이 나올 때에는 젖 짜기 전의 아침 일이 새벽부터 시작되고 일도 상당히 힘들었기 때문이다. 테스는 보통때 같으면 친구들과 함께 이층으로 올라갔을 테지만 이날 밤엔 함께 쓰는 방으로 혼자서 일찍 돌아왔다. 친구들이 방으로 돌아왔을 때, 테스는 벌써 졸고 있었다. 그녀는 뉘엿뉘엿한 저녁 햇살을 받아 온몸이 오렌지빛으로 물들어 있는 옷을 벗는 친구들을 바라보다가 또 잠이 들었다. 그러나 친구들이 떠드는 소리에 다시 눈을 뜨고 그들에게 눈길을 돌렸다.

한방에서 같이 지내는 세 친구들은 아직 아무도 잠자리에 들지 않았다. 그녀들은 맨발에 잠옷 바람으로 창가에 모여 있었다. 마지막 붉은 저녁 햇살이 그녀들의 얼굴과 목과 벽을 따스하게 비추고 있었다. 그들은 서로 얼굴을 바짝 대고 안뜰에 있는 누군가를 무척 관심 있게 바라보고 있었다. 명랑하고 둥근 얼굴과 새까만 머리카락에 파리한 얼굴, 다갈색 머리칼을 땋아 늘인 예쁜 얼굴들이었다.

"밀지 마! 밀지 않아도 잘 보일 텐데." 그 중 나이가 가장 어린 다갈색 머리칼의 레티가 창에서 눈길을 떼지 않은 채 말했다.

"레티 프리들, 네가 그 사람을 사랑해봤자 나처럼 아무 소용 없어. 그이는 다른 여자를 생각하고 있으니까!" 나이가 제일 많고 쾌활한 생김새의 마리안이 익살스럽게 말했다.

레티 프리들은 여전히 지켜보고 있었고, 다른 두 아가씨들도 다시 밖을 내다보았다.

"저기 또 나오셨어!" 윤기 흐르는 검은 머리칼에 야무진 입매를 한 창백한 얼굴의 이즈 휴에트가 외쳤다.

"이즈, 말 안 해도 안다구. 네가 그이의 그림자에 키스하는 걸 난 봤거든." 레티가 말했다.

"뭘 봤다구?" 마리안이 물었다.

"글쎄, 그이가 유장(乳漿)을 빼려고 유장통 앞에 서 있었지. 그이의 얼굴 그림자가 이즈의 바로 옆 뒷벽에 비치니까 큰 통에 우유를 따르고 있던 이즈가 벽에다 입을 대고 그이의 그림자에 키스했거든. 그이는 보지 못했지만 난 그걸 보았지."

"어머나, 어쩌면, 이즈 휴에트!" 마리안이 말했다.

이즈 휴에트의 볼이 장미빛처럼 빨개졌다.

"그렇다고 나쁠 게 뭐니? 그이를 좋아하는 건 나뿐만 아니라 너희들 레티나 마리안도 마찬가지잖니?" 이즈는 태연한 체 말했다.

마리안의 둥근 얼굴은 본래 언제나 불그레했기 때문에 더 붉어지지도 않았다.

"내가? 원 별소릴 다하네! 아이, 그이가 또 나오셨어! 그리운 눈, 그리운 얼굴, 그리운 클레어 씨!" 그녀가 말했다.

"그것 봐, 순순히 부는구나!"

"너두 그랬지 뭐니? 우린 다 마찬가지야." 마리안은 남이야 뭐라고 말하든 아무 상관 없다는 듯이 솔직하게 말했다. "우리들끼리 시치미를 뗄 필욘 없어. 하긴 남한테까지 고백할 필요도 없지만. 난 내일이라도 당장 그이하고 결혼하고 싶어!"

"나도 그래. 너보다 더한걸." 이즈 휴에트가 중얼거렸다.

"하긴 나도 결혼하고 싶어." 누구보다도 수줍어하는 레티가 작은 소리로 말했다.

이런 이야기를 듣고 있던 테스는 점점 몸이 달아올랐다.

"우리 세 사람이 다 함께 그이와 결혼할 순 없어." 이즈가 말했다.

"그인 우리 중 어느 누구와도 결혼하지 않을 거야. 속상한 일이지만. 저 봐, 그이가 또 나오셨네!" 마리안이 말했다.

그들은 다같이 말없이 그 사람을 향해 키스를 보냈다.

"왜 그렇지?" 레티가 당장 물었다.

"그이는 테스 더비필드를 젤 좋아하니까 그렇지. 난 매일 그이를 주시하다가 그걸 알게 되었단다." 마리안이 나직한 소리로 말했다.

그들은 무엇인가를 생각하느라고 잠잠했다.

"하지만 테스는 그이를 조금도 마음에 두고 있는 건 아니잖아?" 마침내 레티가 낮은 소리로 말했다.

"글쎄, 나도 가끔 그런 생각이 들었어."

"하지만 이런 건 다 시시한 이야기야!" 이즈 휴에트가 참을 수 없다는 듯이 말했다. "물론 그이는 우리들 중 누구하고도, 그리고 테스하고도 결혼하지 않을 거야. 그이는 양반집 아들이니 장차 큰 농장주가 되든지, 아니면 외국으로 나가 농장을 경영할 사람이지! 그이가 우리에게 일이 있다면 그건 아마 일 년에 얼마씩 줄 테니까 자기네 농장 일을 거들어달라는 게 고작일 거야!"

그들 셋은 차례로 한숨을 쉬었다. 마리안의 뚱뚱한 몸에서 한숨 소리가 제일 크게 나왔다. 바로 곁에 누워 있던 테스도 푹 한숨을 쉬었다. 이 지방에서 꽤 유서 깊은 파리델 집안의 마지막 꽃봉오리, 붉은 머리칼에 가장 앳된 레티 프리들의 눈에는 눈물이 글썽거렸다. 그녀들은 아까처럼 서로 얼굴을 조용히 맞대고 세 가지 머리 빛깔이 엉킨 채 한동안 뜰을 내다보았다. 그러나 아가씨들의 심정을 알 까닭이 없는 클레어 씨는 집 안으로 들어가 버렸다. 그러고는 다시는 그녀들의 눈에 띄지 않았다. 어둠이 차차 짙어가자 아가씨들은 잠자리에 들었다. 몇 분이 지나자 클레어가 사다리를 올라 자기 방으로 들어가는 발소리가 들렸다. 마리안은 곧 잠에 떨어져 코를 골기 시작했다. 그러나 이즈는 한동안 모든 것을 잊지 못해 잠을 이루지 못했다. 레티 프리들은 눈물을 흘리다가 지쳐서 잠이 들었다.

누구보다도 더욱 다정다감한 테스는 끝내 잠을 이루지 못했다. 아가씨들이 주고받은 이 이야기야말로 테스가 그날 씹어야 했던 또 하나의 쓰디쓴 약이었다. 테스의 마음속에는 질투심이라고는 털끝만큼도 없었다. 이런 일에는 자기가 누구보다도 강하다는 것을 그녀는 알고 있었다. 남보다 아름답고 공부도 더 했으며, 레티를 제외하면 나이가 어린 편이지만 누구보다도 여자다운 면을 지니고 있었기 때문에, 테스는 조금만 마음을 쓰면 숨김없이 마음을 털어놓는 아가씨들을 제쳐놓고 엔젤 클레어의 마음을 사로잡을 수가 있다고 생각했다. 그러나 문제는 꼭 그렇게 할 필요가 있을까 하는 것이었다. 솔직히 말하면, 그 세 아가씨들 중 어느 누구에게도 그런 기회라고는 그림자도 나타나질 않았지만, 테스는 클레어의 마음에 일시적이나마 사랑을 싹트게 했고, 그가 여기에 머무는 동안 그의 귀여움을 받을 수 있는 기회가 전에도 있었고 지금도 있었다. 테스와 클레어처럼 서로의 신분이 다른 사람들 사이의 사랑에서도 결혼이 이루어진 예는 과거에도 있었다. 클레어가 언젠가 우스갯소리로 1만 에이커의 식민지 목장에서 가축을 기르고 농사를 지어야 할 자기가 훌륭한 귀부인과 결혼한들 무슨 소용이 있느냐고 반문하더라는 말을, 테스는 클릭 부인한테서 들은 적이 있었다. 시골 농가 출신의 아가씨가 클레어에게는 적합한 아내감이 되는지도 모른다. 그러나 클레어가 본심에서 그런 말을 했는지 안했는지는 별문제로 치고라도, 테스는 지금 같아서는 양심을 속이지 않는 한 누구하고도 결혼할 수도 없고 또 그런 유혹에 넘어가지도 않겠다는 것을 거의 신앙에 가까운 마음으로 맹세하였다. 그런 테스가 어째서 그 사람이 톨보데이스에 머무는 동안 만이라도 그의 사랑을 받아보려는 덧없는 행복을 위해서 다른 아가씨들의 꿈을 짓밟을 수 있을까?

22 이튿날 아침, 그들은 하품을 하면서 아래층으로 내려왔다. 그러나 젖 짜는 일과 크림을 걷어내는 일은 여느 때와 마찬가지로 진행되었다. 일을 마치고 나서 그들은 아침 식사를 하러 집 안으로 들어갔다. 주인 클릭은 집 안에서 서성거리고 있었다. 그는 편지한 장을 받았는데, 그것은 어떤 단골 손님이 버터에서 떫은 맛이 난다고 투덜거린다는 내용이었다.

"정말 그렇군! 틀림없어. 여러분이 직접 맛을 좀 보시지!" 주인은 버터 덩어리를 묻힌 나무 주걱을 왼손에 들고 말했다.

몇몇 사람들이 주인 곁으로 모여들었다. 클레어가 맛을 보았다. 테스도 맛보고, 그 밖에 이 집에서 기거하는 젖 짜는 아가씨들과 남자 일꾼 한두 사람과, 아침상을 차려놓고 기다리던 클릭 부인까지 와서 맛을 보았다. 정말 버터의 맛이 떫었다. 주인은 버터의 맛을 조금 더 식별해보고는 그 맛이 떫어진 원인이 된 독초(毒草)가 무엇인가를 알아내려고 묵묵히 생각하다가 갑자기 소리쳤다.

"마늘 때문이야! 우리 목장에는 마늘이라곤 잎새 하나도 없는 줄 알았는데!"

그러자 전부터 일해오던 일꾼들은 요즈음 두서너 마리의 젖소를 들여보냈던 마른 목장이 몇 해 전에도 지금처럼 버터를 망쳐버린 일이 있다는 것을 생각했다. 그때 주인은 그 맛을 알아내지 못하고 버터에 마가 낀 것이라고 생각했었다.

"목장을 뒤져봐야겠군. 이대로 계속되면 큰일이지!" 주인이 말했다.

그들은 끝이 뾰족한 헌 칼을 들고 함께 몰려나갔다. 이 독초는 쉽 사리 눈에 띄지 않게 아주 좁은 장소에서만 자라고 있었기 때문에 눈 앞에 펼쳐진 무성한 풀밭에서 그것을 찾아낸다는 것은 무척 힘든 일 이었다. 그러나 기필코 찾아내지 않으면 안 되었기 때문에 서로 협력 하려고 한 줄로 섰다. 발벗고 도와주려는 클레어와 함께 주인이 맨 앞 장을 섰고, 다음으로 테스, 마리안, 이즈 휴에트, 레티, 빌 류엘, 조 나단, 그리고 결혼한 여자들——까만 고수머리에 눈이 서글서글한 백 닙스와 축축한 목장의 차가운 겨울철 습기 때문에 폐결핵에 걸린, 황 갈색 머리칼을 한 프란시스——등등의 순서로 늘어섰다.

그들은 땅을 내려다보면서 천천히 들판을 건너갔다가 먼저보다 조 금 옆으로 비켜서서 같은 식으로 다시 되돌아오곤 했다. 이런 일이 끝 났을 때에는 목장의 어느 한 치의 땅도 그들의 눈길이 미치지 않은 곳 은 없었다. 그 넓은 들판에서 고작 대여섯 뿌리의 마늘을 발견했을 정 도니 퍽 지루한 작업이었다. 독초의 맛은 너무 맵기 때문에 젖소 한 마리가 한 입만 먹어도 그날 하루 동안 생산되는 우유 맛을 온통 변질 시켰다.

그들은 성격이나 기질에 있어서 서로 딴판이었지만 모두들 한결같 이 허리를 굽히고 이상하리만큼 기계적이고도 말없이 줄을 짜고 있었 다. 행인이 이 근처의 좁은 길을 지나다가 그들의 모습을 보고 '머슴' 들이라고 불러대도 할 수 없는 일이었다. 그들이 독초를 찾아내려고 허리를 굽히면서 천천히 걸어갈 때 등에는 한낮의 따가운 햇빛이 내 리쬐고 있었지만 햇빛이 닿지 않는 얼굴은 미나리아재비꽃에서 반사 된 노란빛을 받아 흡사 달빛에 비친 요정들 같았다.

무슨 일에나 다른 사람들과 행동을 함께 하려는 생각을 가진 엔젤 클레어는 이따금씩 고개를 들고 사방을 살펴보았다. 그가 테스의 바 로 뒤를 걷게 된 것은 물론 우연한 일은 아니었다.

"그래, 기분이 어때요?" 클레어가 작은 소리로 물었다.

"아주 좋아요." 테스는 새침하게 대답했다.

그들이 서로의 신상에 관해 이것저것 이야기를 주고받은 지가 불과 반 시간도 안 된 지금, 다시 새삼스럽게 인사를 나눈다는 것은 적잖이 쑥스럽게 생각됐다. 그들은 더 이상 이야기를 나누지는 않았다. 그저 계속해서 걷기만 했다. 그녀의 치맛자락이 클레어의 장화에 닿기도 하고 그의 팔꿈치가 그녀의 팔꿈치를 스치기도 했다. 그들의 뒤를 따라오던 주인은 견디다 못해 일어섰다.

"정말이지, 이렇게 허리를 구부리고만 있다가는 허리를 못쓰게 되겠는걸!" 그는 천천히 허리를 펴면서 괴로운 얼굴로 소리쳤다. "그런데 테스 아가씨, 엊그제 몸이 불편하다고 했지요. 이런 일을 계속하면 골치가 아플 거야! 어지러우면 그만두고 딴사람들에게 맡겨요."

주인 클릭이 줄에서 빠져나가자 테스도 뒤로 처졌다. 클레어도 줄에서 벗어나 혼자서 잡초를 찾기 시작했다. 테스는 그가 자기 곁에 있는 것을 보자 지난밤에 들은 말이 생각나서 먼저 그에게 말을 건넸다.

"저 아가씨들 예쁘지 않아요?" 그녀가 물었다.

"누구 말이오?"

"이즈 휴에트와 레티 말예요."

테스는 두 아가씨 중 누구나 훌륭한 농부의 아내감이 될 수 있고, 자기가 그들을 추켜 세워줌으로써 불행한 자신의 아름다움을 숨겨버려야 한다고 우울한 심정으로 결심했다.

"예쁘다구요? 하기야 그렇죠. 그녀들은 예쁘지요. 건강이 넘쳐흐르고요. 나도 가끔 그렇게 생각했지요."

"아름다움이란 안타깝게도 오래 가지 않나 봐요!"

"아, 그럼요. 불행한 일이지만."

"저 아가씨들 젖 짜는 솜씨는 나무랄 데가 없어요."

"그럼요. 하지만 테스만은 못하죠."

"크림 걷는 솜씨는 저보다 나은걸요."

"그래요?"

클레어는 그녀들을 쳐다보았다. 그녀들도 클레어를 바라보지 않는 것은 아니었다.

"저 아가씨, 얼굴이 붉어지네요." 테스가 대담하게 말했다.

"누구 말이오?"

"레티 프리들요."

"글쎄, 왜 그럴까요?"

"당신이 쳐다보니까 그렇지요."

테스는 기분으로는 자신을 희생시켜도 좋다는 생각이었는지 모르지만 앞장서서 이렇게 외칠 수는 없었다. '당신이 정말로 양반 집안의 딸이 아니라 젖 짜는 아가씨를 원한다면 두 아가씨 중 하나를 택해서 결혼하세요. 저와 결혼하실 생각은 마세요!' 테스는 주인을 따라갔다. 그리고 클레어가 남아 있는 것을 보고 슬프면서도 이상한 만족감을 느꼈다.

그날부터 테스는 갖은 노력을 다해 그를 피했다. 그리고 우연히 만나는 일이 있어도 이전처럼 오랫동안 그와 같이 있으려 하질 않았다. 그녀는 세 아가씨에게 모든 기회를 양보했다.

테스는 그들의 고백을 듣고 엔젤 클레어가 그들의 존경의 대상이라는 것을 깨달을 만큼 성숙한 여자였다. 그리고 세 아가씨들 중 어느 누구의 행복이든 조금도 깨뜨리지 않으려는 그의 마음씨를 알아차린 테스는, 자기의 생각이 옳은지 그른지 모르지만 남자들한테서는 좀처럼 볼 수 없는 처녀들의 단순한 마음을 상심시키지 않으려고 애쓰는 클레어의 태도에 애정어린 존경심을 품게 되었다. 만일 클레어에게 그런 특질이 없었던들 클레어와 한집에서 살고 있는 순박한 여러 아가씨들은 눈물로써 한세상을 살아야 했을지도 모른다.

23 7월의 무더운 날씨가 슬며시 찾아와 평탄한 골짜기의 공기는 마취된 듯 일꾼들과 젖소들과 수목들 위를 무겁게 내리눌렀

다. 날씨는 무덥고 후줄근한 비가 자주 쏟아져서 젖소들이 먹는 목초를 한결 더 무성하게 하였지만, 다른 한편으로 목장에서는 때늦은 건초 말리는 일에 방해가 되었다.

주일날 아침이었다. 젖 짜는 일도 끝났다. 자기네 집에서 다니는 일꾼들은 벌써 돌아가고 없었다. 테스와 다른 세 아가씨들은 서둘러서 옷을 갈아입었다. 그들은 목장에서 서너 마일 떨어져 있는 멜스톡 교회에 가기로 약속이 되어 있었기 때문이다. 테스가 톨보데이스에 온 지도 벌써 두 달이 되었다. 외출은 이번이 처음이었다.

어제 오후부터 밤까지 심한 뇌우(雷雨)가 목장에 휘몰아쳐서 건초의 일부가 강으로 떠내려가기도 했지만, 오늘 아침은 큰 비를 치른 뒤라 햇빛이 유난히 찬란하게 빛났고 공기는 맑고 향기롭기까지 했다.

톨보데이스에서 멜스톡에 이르는 꾸불꾸불한 오솔길의 일부는 가장 낮은 지대를 따라 나 있었다. 아가씨들이 제일 낮은 곳에 도착했을 때 간밤의 큰 비로 50야드 가량의 길이 발목까지 물이 차도록 흥건히 잠겨 있는 것을 보았다. 여느 때 같으면 이런 정도의 홍수는 대수롭지 않은 장애물로 생각되었을 것이다. 굽이 높은 나막신이나 장화를 신고 아무렇지도 않게 냇물을 건넜을 것이다. 그러나 오늘만큼은 영혼의 세계에 무슨 볼일이라도 있는 척 가장을 하고 몸치장을 하고 나가는 허영의 날이며 햇빛 찬란한 날인데다 하얀 양말과 굽이 낮은 구두, 그리고 분홍색, 흰색, 보랏빛의 겉옷을 입고 있었기 때문에 흙탕물이 조금만 튀어도 금세 눈에 뜨일 것이었다. 흙탕물은 귀찮은 방해물이었다. 멜스톡 교회당까지는 아직도 1마일이 남아 있는데 이미 교회당의 종소리가 울리고 있었다.

"여름철에 냇물이 이렇게 넘칠 줄이야 누가 알았어야지!" 마리안이 길가의 둑 위에서 말했다. 그들은 둑 위에 올라서서 물웅덩이를 지날 때까지 둑의 경사면을 따라 기어갈 작정으로 조심스럽게 발길을 옮기고 있었다.

"물을 건너든지, 아니면 턴파이크 길로 돌아갈 수밖에 없겠는걸.

그런데 돌아가면 굉장히 늦어지겠어!" 레티가 멈추어서서 실망한 듯이 말했다.

"그런데 난 교회에 늦게 들어가면 사람들이 다 쳐다보는 바람에 너무 얼굴이 빨개져서 '주님 뜻대로 하시옵소서' 하는 기도가 끝나야만 겨우 마음이 가라앉아." 마리안이 말했다.

그녀들이 둑 위에 서 있을 때 길모퉁이에서 철벅거리는 물소리가 들리더니 곧 물에 잠긴 오솔길을 건너 그녀들 쪽으로 오고 있는 엔젤 클레어의 모습이 보였다.

네 아가씨의 가슴은 동시에 몹시 두근거리기 시작했다.

그의 모습은 독단적인 목사의 아들들이 흔히 그러듯 안식일 따위는 인정하지 않는 듯한 태도였다. 그는 작업복에다 긴 장화를 신고 머리를 식히기 위해 배추 잎사귀를 모자 안에 넣고 풀을 베는 낫까지 들고 있었다.

"저분은 교회당에 가는 게 아닌가 봐." 마리안이 말했다.

"그래. 갔으면 좋을 텐데!" 테스가 중얼거렸다.

사실, 엔젤은 자기의 주장이 옳고 그른 건 별문제로 치고, 애매한 말을 좋아하는 사람들의 말을 빌리면, 화창한 여름날에 교회나 예배당에서 설교를 듣기보다는 돌의 설교(셰익스피어의 〈뜻대로 하세요〉에서 인용한 천지유정을 뜻함)에 귀를 기울이기를 좋아했다. 그래서 이날 아침, 그는 홍수로 인한 건초의 피해가 심한가를 알아보려고 나왔던 것이다. 그는 걸어오면서 멀리서 그 아가씨들을 알아보았지만 아가씨들은 물웅덩이를 건너는 데 정신이 팔려 그를 알아보지 못했다. 그는 그곳은 물이 넘쳐서 그녀들이 건너갈 수 없을 것이라고 생각하고는 그 아가씨들, 특히 테스를 어떻게 도와줄까 하고 막연하나마 생각하며 걸음을 재촉해서 걸어오는 중이었다.

비탈진 지붕 위에 비둘기가 앉아 있듯 길가 둑 위에 달라붙어 있는, 여름옷을 입고 볼이 불그레하고 눈이 초롱초롱한 네 아가씨의 모습이 무척 아름답게 보여 가까이 다가서기 전에 그는 잠깐 멈추어서

서 그녀들을 바라다보았다. 그녀들의 얇은 치맛자락이 펄럭이자 숱한 파리와 나비 들이 풀 위에서 날아올랐다. 미처 날아가지 못한 파리와 나비 들은 새장에라도 들어간 것처럼 투명한 치마 속에 갇혀 있었다. 이윽고 엔젤의 시선은 네 아가씨 중 맨 뒤쪽에 서 있는 테스에게 쏠렸다. 테스는 자기들의 난처한 처지가 우스꽝스러워 웃음을 억지로 참고 있다가 밝은 표정으로 클레어의 눈과 마주쳤다.

그는 장화 위까지 올라오지는 않는 물 속을 걸어 아가씨들이 서 있는 둑 아래쪽으로 가서, 우뚝 서서 치마 속에 갇힌 파리와 나비 들을 바라다보았다.

"교회당에들 가는 길이죠?"

클레어는 맨 앞에 서 있는 마리안과 그 뒤에 있는 두 아가씨에게 물었다. 그러나 테스를 향해서 한 말은 아니었다.

"네, 그래요. 그러나 늦었어요. 늦게 들어가면 전 얼굴이 빨개져서……."

"내가 물웅덩이를 건네드리지요. 아가씨들 전부 다."

네 아가씨는 마치 가슴속에서 심장이 뛰기라도 하듯 일시에 얼굴이 붉어졌다.

"어떻게 하시려구요?" 마리안이 말했다.

"건너가려면 그럴 수밖에 없잖소? 가만히들 서 있어요. 엉뚱한 소리들 하지 말고. 그리 무겁지는 않을 테니까요! 한꺼번에 전부 업어 건네주어도 되겠어요. 자, 마리안부터. 조심해요." 그는 계속해서 말했다. "두 팔을 내 어깨 위에 올려놓고. 자! 꼭 잡아요. 됐어요."

마리안이 그가 시키는 대로 그의 팔과 어깨에 몸을 걸치자 엔젤은 성큼성큼 건너갔다. 그의 후리후리한 키는 뒤에서 쳐다보면 마치 마리안이라는 커다란 꽃다발 밑에 달린 줄기같이 보였다. 그들은 길모퉁이를 돌아서게 되자 보이지 않았다. 그러나 엔젤의 철벅거리는 발소리와 마리안의 모자 맨 꼭대기에 달린 리본만이 두 사람의 위치를 말해주고 있었다. 2, 3분이 지나자 엔젤은 다시 나타났다. 다음 차례로 이즈 휴에트가 둑에서 기다리고 있었다.

"저기 오시네." 그녀가 중얼거렸다. 그녀의 입술은 흥분하여 바싹 마르는 소리가 들리는 듯했다. "그럼 나도 마리안처럼 그이의 목을 두 팔로 안고 얼굴을 똑바로 들여다봐야지."

"그게 뭐 대단하다고." 테스가 재빨리 말했다.

"무슨 일이든지 때가 있지." 이즈는 테스의 말엔 아랑곳없이 말을 이었다. "안을 때가 있고 안는 것을 멀리할 때(《구약성서》〈전도서〉제 3장 5절)가 있잖아. 이제 나에게 안을 때가 온 거야."

"집어치워, 이즈. 그건 성경 구절이야!"

"물론이지. 난 교회에 가면 훌륭한 구절들을 귀 기울여 들으니까." 이즈가 말했다.

엔젤 클레어는 아가씨들에게 대하는 이런 태도의 4분의 3은 그저 친절에서 우러나오는 당연한 행위라고 생각했다. 그는 이즈에게 다가섰다. 그녀가 꿈이라도 꾸는 듯이 조용히 엔젤의 팔에 안기자 그는 그녀를 안고 조심스레 걸어갔다. 그가 세번째로 돌아오는 소리가 들리자 레티는 심하게 가슴이 두근거려 몸마저 떨리는 것 같았다. 그는 빨간 머리의 아가씨한테로 가서 그녀를 안으면서 슬쩍 테스를 쳐다보았다. 그의 입술은 분명히 '조금 있으면 우리 두 사람만이 있게 될 거요' 하고 말하는 듯했다. 테스의 얼굴에서도 그것을 알아차렸다는 표정이 나타났다. 그녀는 그런 표정을 숨길 수가 없었다. 그들 두 사람은 서로 감정이 통하고 있었다.

조그만 레티는 몸집이 가장 가벼웠지만 가엾게도 클레어에게는 가장 짐스러운 존재였다. 마리안은 밀가루 부대처럼 무거워 그를 비틀거리게 했고, 이즈는 요령 있게 얌전히 안겼다. 그러나 레티는 신경질 덩어리와 같았다.

어쨌든 그는 마음이 들떠 있는 레티를 옮겨놓고 다시 돌아왔다. 테스는 생울타리 너머로 길 건너 언덕 위에 옮겨다 놓은 세 아가씨가 모여 있는 모습을 볼 수 있었다. 이윽고 테스의 차례가 왔다. 테스는 아

까 아가씨들이 흥분하는 것을 보고 경멸했었지만, 막상 클레어의 숨
결과 눈과 마주칠 것을 생각하니 자기도 가슴이 울렁거려지는 것은
어쩔 도리가 없었다. 그래서 그가 왔을 때 자기의 속마음이 드러날까
봐 은근히 걱정되어 슬쩍 딴전을 피웠다.

"난 저 둑을 타고 갈 수 있을 것 같아요. 저 아가씨들보다는 곧장
올라갈 수 있으니까요. 클레어 씨, 너무 피곤하시지요!"

"아니오. 괜찮소, 테스." 얼른 그가 말했다.

테스는 자기도 모르는 사이에 그의 두 팔 속에 안겨 어깨에 매달리
고 있었다.

"한 사람의 라헬을 손에 넣기 위해 세 사람의 태아를 건네준 격이
로군요. (《구약성서》〈창세기〉 제29장)" 클레어가 낮은 소리로 말했다.

"저 아가씨들은 저보다 훌륭해요." 그녀는 자기의 결심을 알뜰하게
다짐하면서 말했다.

"나는 그렇게 생각지 않아요." 엔젤이 말했다.

그는 테스가 이 말을 듣고 얼굴이 화끈해지는 것을 눈치챘다. 그들
은 아무 말 없이 몇 발자국을 걸어갔다.

"제가 너무 무겁지 않으세요?" 테스가 수줍은 듯이 말했다.

"아니오. 마리안을 좀 들어보라지요! 굉장한 몸집이라오. 아가씨는
거기에 비하면 햇빛을 받아 따뜻해진 출렁이는 물결 같다고나 할까
요. 그리고 몸에 감긴 모슬린 치마는 물거품이라고나 할까."

"제가 그렇게 보인다면 참 예쁘게요?"

"아가씨는, 네번째를 위해서 세 번이나 같은 일을 한 내 마음을 알
겠어요?"

"몰라요."

"오늘 이런 일이 있을 줄은 생각지도 못했소."

"저도 그래요……. 물이 갑자기 불었군요."

테스는 클레어가 물이 불은 것을 가지고 하는 말인 줄로 알아들었
지만, 가쁜 그의 숨결은 그녀의 생각을 뒤엎었다. 클레어는 조용히 멈

춰서더니 얼굴을 그녀에게 돌렸다.

"아, 테스!" 그는 외쳤다.

그녀의 두 볼은 그의 입김으로 화끈 달아올랐다. 그리고 흥분한 나머지 그의 눈을 똑바로 쳐다볼 수가 없었다. 클레어는 우연한 기회를 다소 부당하게 이용하고 있는 것 같은 생각이 들자 더 이상 뭐라고 말하지 않았다. 그들 사이에는 아직 사랑한다는 말을 뚜렷이 입 밖에 낸 일이 없었다. 지금의 경우, 이런 정도에서 그치는 것이 좋을 것 같았다. 그러나 그는 남은 길을 되도록이면 오래 걷고 싶어서 천천히 발길을 떼어놓았다. 그러나 마침내 그들이 구부러진 길목을 돌아 나오자, 거기서부터는 그들의 모습이 세 아가씨에게 훤히 바라다보였다. 마른 땅에 이르자 클레어는 테스를 내려놓았다.

아가씨들은 눈이 휘둥그레 가지고 유심히 클레어와 테스를 쳐다보고 있었다. 테스는 그녀들이 자기 이야기를 하고 있었음을 이내 알아차렸다. 엔젤은 아가씨들에게 성급히 작별하고 물에 잠긴 길을 철벅철벅 걸어갔다.

네 아가씨는 아까처럼 함께 걸었다. 문득 마리안이 침묵을 깨뜨리고 말했다.

"안 되겠어. 정말이지, 테스를 당해낼 순 없어!"

그녀는 시무룩한 표정으로 테스를 바라보았다.

"그게 무슨 소리야?" 테스가 물었다.

"그이는 너를 제일 좋아하고 있어. 제일 좋아한단 말야! 너를 안고 올 때 그걸 알 수 있었어. 네가 조금이라도 눈치를 보였더라면 그인 너한테 키스했을 거야."

"아니야, 그렇지 않아." 테스가 말했다.

그녀들이 집을 나설 때의 즐거운 표정은 어디론지 사라지고 말았다. 그러나 그녀들 사이에 적의나 악의가 생긴 것은 아니었다. 그녀들은 모두 마음이 너그러운 아가씨들이었다. 그녀들은 모든 것을 운명론으로 돌리는 고적한 산간 벽지에서 자란 터여서 악착같이 테스를 원망하지도 않았다. 그녀들은 그를 테스한테 빼앗긴다 할지라도 그건 운명이라고 생각했다.

테스의 마음은 괴로웠다. 아가씨들이 엔젤 클레어를 사랑하고 있다는 사실을 알자 그녀 역시 그를 더욱 사랑하고 있다는 사실을 숨길 수 없었다. 이런 감정은 특히 여자들에게 물들기 쉬운 것이었다. 그러나 테스의 애타는 심정은 오히려 같은 처지의 그녀들을 가엾게 생각했다. 테스의 순진한 성격은 자기의 그런 심정을 이겨내려 했지만, 그 힘은 역부족이어서 결과는 자연히 이렇게 되고 만 것이다.

"난 결코 너희들을 방해하지는 않겠어. 너희들 누구에게도 말이야! 난 그럴 수밖엔 없어! 그는 조금도 결혼할 생각이 없다고 난 생각하고 있지만, 비록 그이한테서 청혼을 받더라도 난 거절하겠어. 누구하고도 결혼하지 않을 거니까." 그날 밤 테스는 잠자리에 누워 레티에게 눈물을 흘리면서 선언했다.

"어머, 정말이니? 왜 그러지?" 레티가 놀란 듯 물었다.

"그런 일은 있을 수 없어! 하지만 난 분명히 말할 수 있어. 나는 별 문제로 치고, 그이는 너희들 중 누구도 고를 것 같진 않아."

"난 그런 걸 바란 적도 없고 생각해본 적도 없어!" 레티가 신음하듯 말했다. "그렇지만, 아, 난 죽고만 싶어!"

가엾게도, 걷잡을 수 없는 감정으로 어지러워진 레티는 마침 이층으로 올라온 다른 두 아가씨를 돌아다봤다.

"우리, 앞으로도 테스하고 사이좋게 지내자. 테스도 우리처럼 그이가 자기를 택해주길 바라고 있진 않아." 레티가 그들에게 말했다.

그래서 어색한 분위기는 사라지고 그들은 서로 마음속을 터놓고 다정해졌다.

"난 이젠 어떻게 되든 상관없어. 스티클레포드의 목장 주인이 두 번이나 청혼을 해와서 결혼하려 했지만, 하느님 맙소사, 지금 같아선 그의 아내가 될 바에야 차라리 죽는 게 나을 거야! 이즈, 왜 가만 있니?" 몹시 침울해진 마리안이 말했다.

"그렇다면 나도 털어놓을 테야. 오늘 그이가 나를 안았을 때 난 그이가 꼭 키스해주리라 믿었단다. 그래서 그이의 가슴에 지긋이 기대고는 꼼짝도 않고 기다리고 있었어. 그렇지만 그이에게선 아무 반응이 없었어. 난 톨보데이스에 더 이상 있고 싶지 않아! 집으로 돌아가겠어." 이즈가 중얼거렸다.

방안의 공기는 아가씨들의 절망적인 감정과 더불어 떨리는 듯했다. 잔인한 '자연'의 법칙에 따라서——그들이 기대하지도, 바라지도 않았던——갑자기 밀어닥친 감정에 억눌려 그들은 미칠 듯이 몸부림치고 있었다. 낮에 일어난 일은 그들의 가슴속에서 불타오르고 있는 정열의 불길을 부채질해서 견딜 수 없을 정도로 그들을 괴롭혔다. 아가씨들을 제각기 구별지어 주고 있던 여러 가지 특징은 이러한 정열에 의해 사라져버리고 이제는 여성이라는 공통된 유기체의 일부분에 불과했다. 엔젤을 사랑한다는 것은 불가능했기 때문에 서로 터놓고 고백이나 할 따름이지 질투심 같은 감정은 조금도 없었다. 그녀들은 각자가 상식깨나 지닌 아가씨들이어서 남을 앞지르려는 생각에서 허황되게 우쭐대며 자신을 속이는 일도 없었고, 자기의 애정을 부정하지도 않았으며, 다른 사람들에게 우쭐대지도 않았다. 세상의 눈으로 볼 때, 그들이 엔젤을 열렬하게 사모한다는 것은 백해무익한 짓이라는 것을 그녀들은 충분히 알고 있었다. 그런 것은 아무 보람이 없는 것이고 자기들 멋대로의 감정이었으며, '자연'의 눈으로 볼 때에는 당연한 일이지만 문명의 눈으로 볼 때에는 그들의 사랑을 정당화할 아무 근거도 없었다. 그러나 그를 사랑하는 마음이 그녀들을 사로잡아 그녀들에게 황홀한 기쁨을 준 것만은 사실이었다. 이런 모든 그릇된 점을 깨달은 아가씨들은 그를 단념하게 되었고 그들 나름대로의 체통을 찾았다. 그녀들이 만일 엔젤을 남편으로 삼겠다는 현실적인 천박한 생각을 했었더라면 단념이나 체통 같은 것은 아랑곳하지 않았을 것이다.

그녀들은 좁은 침대 위에서 몸을 뒤척거렸다. 아래층의 치즈짜는 기계에서는 물방울이 뚝뚝 단조롭게 떨어졌다.

"테스, 아직 안 자니?" 반 시간쯤 후에 한 아가씨가 물었다. 이즈 휴에트의 목소리였다.

테스가 그렇다고 대답하자, 레티와 마리안도 갑자기 이불을 걷어차고 한숨을 내쉬며 말했다.

"우리들도 잠이 오지 않아!"

"그이의 집에서 골라냈다는 그 규수감은 어떤 여잘까!"

"글쎄." 이즈가 말했다.

"규수감을 골라냈다구? 금시초문인걸!" 테스는 놀라운 표정으로 헐떡이며 말했다.

"진짜야. 그런 소문이 들리던데. 집안이 비슷한 색시를 그이의 집에서 골라냈대. 그이 아버지의 교구인 에민스터 근방에 있는 신학박사의 딸이래. 그런데 엔젤은 그 아가씨를 그리 달갑게 생각 안한다는 거야. 하지만 결혼하는 건 확실한가 봐."

그녀들은 이런 이야기를 별로 자세히 들은 적은 없지만 밤중의 어둠 속에서 공상으로 그려보기에는 그 정도로 충분했다. 그녀들은 클레어가 결혼에 동의하는 일이며, 결혼 준비며, 신부의 행복이나 신부의 드레스와 면사포, 그리고 행복한 그들의 신혼생활 등등을 머릿속에 그려보며 그와 자기들과의 사랑에 관한 것은 그의 머릿속에서 깨끗이 잊혀져버릴 것이라고 생각했다. 그녀들은 이런 이야기를 하며 괴로워하고 흐느껴 울다가 마침내 슬픔을 잊고 잠들었다.

혼담에 관한 그런 사실을 알고 난 다음부터 테스는 자기에 대한 클레어의 호의 속에 무엇인가 성실하고 깊은 뜻이 들어 있을지도 모른다는 어리석은 생각을 더 이상 갖지 않게 되었다. 다만 일시적인 사랑을 하고 싶어서 그녀의 예쁜 얼굴에 끌려 여름 한철 잠깐 즐기려는 불장난에 불과할 뿐, 그 이상의 아무것도 아니라고 생각하니 몹시 슬펐다. 그러나 더욱 가슴 아픈 일은, 클레어가 성급하게 진정으로 자기를 좋아했고 또 자신이 누구보다도 더 열정적인데다 영리하고 아름답다고 자부한 그녀가, 세상 체면을 생각하면 그가 무시한 보잘것없는 다

른 아가씨들보다도 훨씬 그에게 어울릴 자격이 없는 여자라는 생각이
었다.

24 프롬 계곡의 기름진 땅이 습기를 내뿜으며 훈훈하게 발효되
기 시작하고 무럭무럭 자라나는 나무들이 물기를 빨아올리
는 소리마저 들릴 것 같은 계절이 다가왔으니, 아무리 하찮은 사랑이
라도 열렬해지지 않을 수 없었다. 이 고장 젊은이들의 사랑에 굶주린
가슴은 이런 자연 환경에 접해서 사랑이 잉태되기 시작했다.

7월이 지나고 뒤미처 한여름의 무더운 계절이 찾아왔다. 마치 톨보
데이스 낙농장에서 두 남녀의 마음을 얽어서 이어주려는 자연의 노력
같기도 했다. 봄과 초여름에는 그토록 상쾌하던 이 고장의 공기가 이
제는 탁해서 노곤해 보였다. 그 탁한 냄새는 아가씨들 머리 위에 무겁
게 늘어졌고, 한낮의 풍경은 마치 기절해서 쓰러져 있는 듯한 인상이
었다. 에티오피아에서처럼 찌는 듯한 햇볕으로 목장 경사지의 높은
지대는 누렇게 탔으나, 냇물이 흐르고 있는 들판은 아직도 푸른 풀이
자라고 있었다. 클레어는 바깥 더위에 시달렸고, 한편으로는 상냥하
고 말수가 적은 테스에 대한 끓는 듯한 열정으로 애를 태우고 있었다.
장마가 지나간 뒤라 고지대는 메말랐다. 클릭이 장을 보고 집으로 서
둘러 돌아갈 때, 그의 짐마차 바퀴는 뽀얗게 먼지로 덮인 한길을 달렸
다. 짐마차가 달릴 때, 뿌연 먼지가 일어나는 모양은 마치 불붙은 화
약 열차가 흰 연기를 뿜으면서 달리는 광경과 같았다. 젖소들은 쇠파
리의 등쌀에 화가 나서, 다섯 개의 빗장을 지른 마당의 문을 사납게
뛰어넘었다. 낙농장 주인인 클릭은 월요일부터 토요일까지 셔츠의 소
매를 걷어붙이고 지냈다. 출입문을 열어놓지 않고 들창문만 열어놔서
는 환기에 아무 효과가 없었다. 목장 안마당에는 지빠귀새와 티티새
들이 날짐승이라기보다는 네 발 달린 길짐승처럼 날갯죽지를 늘어뜨

리고 까치밥나무 숲 그늘 속을 기어다녔다. 부엌의 파리들은 도망치지도 않고 귀찮게 치근덕거리며 여느 때에는 잘 가지 않는 구석이나 마룻바닥, 옷장 서랍 속과 젖 짜는 아가씨들의 손등 위를 기어다녔다. 사람들의 화제는 일사병에 관한 것이었고, 버터를 만든다든가 그것을 저장하는 일은 바랄 수도 없었다.

일꾼들은 시원하고 편했기 때문에 젖소들을 몰아넣지 않고 주로 목장에서 젖을 짰다. 낮에는 해가 움직임에 따라 나무 그늘도 움직였고, 아무리 작은 나무 그늘이라도 젖소들은 그 밑으로 기어들어갔다. 일꾼들이 나타나도 젖소들은 파리 떼의 등쌀에 가만히 서 있질 못했다.

이처럼 무더운 어느 날 오후, 아직도 젖을 짜지 않은 젖소 네댓 마리가 우연히 다른 젖소들로부터 떨어져서 생울타리 모퉁이 뒤에 서 있었다. 그 중에는 다른 아가씨들보다 테스의 손길을 더 좋아하는 덤플링과 올드 프리티도 끼여 있었다. 테스가 젖소 한 마리를 다 짜고 의자에서 일어서자, 얼마 동안 그녀를 지켜보고만 있던 엔젤 클레어가 다음에는 그 두 마리의 젖을 짤 것이냐고 물었다. 그녀는 말없이 고개를 끄덕이고 한 손을 내밀어 의자를 들고 우유통을 무릎으로 부축하면서 젖소들이 있는 곳으로 갔다. 조금 후에 올드 프리티의 젖이 우유통 속으로 떨어지는 소리가 생울타리 너머로 들려왔다. 엔젤도 그 모퉁이로 가서 거기서 서성거리고 있는 까다로운 젖소를 짜보고 싶어졌다. 엔젤은 이제 까다로운 젖소도 주인만큼 다룰 수 있는 솜씨를 가지게 되었다.

젖을 짤 때 남자 일꾼들은 으레 그렇지만, 아가씨들 중에도 더러는 머리를 배 밑으로 수그리고 우유통 속을 들여다보았다. 그러나 주로 젊은 층의 몇 사람은 머리를 젖소의 옆구리에 기대고 짰다. 테스 더비필드도 그런 버릇이 있어서 젖소 옆구리에 관자놀이를 기대고 목장의 먼 쪽을, 마치 골똘히 무슨 생각에 잠겨 있는 사람처럼 조용히 바라다보고 있었다. 테스가 이런 모습으로 젖을 짜고 있는데 마침 햇살이 젖짜는 옆모습을 정면으로 비추어 분홍색 웃옷과 흰 수건을 드리운 모

자와 옆모습이 환해졌다. 그녀의 얼굴은 마치 젖소의 다갈색 바탕에
다 아로새겨 놓은 조각처럼 선명하게 돋보였다.

테스는 클레어가 뒤로 다가와서 젖소 밑에 앉아서 자기를 지켜보고
있는 줄은 모르고 있었다. 그녀의 머리와 얼굴은 놀랄 만큼 꼼짝도 않
고 있었다. 무슨 생각에 젖어 있는지 멍하니 바라보고 있었다. 이런
풍경 속에서 움직이는 것이라곤 올드 프리티의 꼬리와 테스의 분홍빛
손밖엔 없었다. 그 손은 혈액의 순환에 따라 뛰는 심장처럼 율동적으
로 움직여서 퍽 곱게 보였다.

테스의 얼굴은 클레어에게 무척 사랑스럽게 보였다. 더구나 천상에
있는 여인이 아니라 바로 눈앞에서 활기 있게 움직이고 따뜻하게 느
껴지고, 또 실제로 존재하는 그런 여인이었다. 그 중에서도 입매가 가
장 두드러져 보였다. 이처럼 깊고 표정이 풍부한 눈, 귀여운 볼, 반달
같은 눈썹, 윤곽이 뚜렷한 턱이나 목덜미 등은 전에도 본 적이 있었지
만, 이 세상에서 테스만큼 고운 입매를 가진 여자는 일찍이 본 적이
없었다. 아무리 정열적이지 못한 젊은이라도 새빨간 윗입술의 한가운
데가 조금 위로 뻐끔히 쳐들린 듯한 테스의 입매를 바라본다면 마음
이 미칠 듯이 동요되고 말 것이다. 그는 눈에 덮인 장미꽃이니 뭐니
하는 옛날 엘리자베스시대에 흔히 쓰이던 비유를 자꾸만 마음속에 생
각나게 하는 여자의 입술과 이를 지금까지 본 적이 없었다. 그가 그녀
의 애인이었다면 나무랄 데 없는 입술과 이라고 즉석에서 말했을지도
모른다. 그러나 사실 그렇지는 않았다──완벽한 입술과 이는 아니었
다. 우리에게 매력을 느끼게 하는 것은 완전한 듯하면서도 불완전함
이 깃들여 있다. 왜냐하면 불완전한 것이야말로 인간미를 느끼게 해
주기 때문이다.

클레어는 수없이 그녀의 입술 모양을 눈여겨보아 왔기 때문에 이제
는 머릿속으로도 쉽사리 그 입매를 그려볼 수 있었다. 지금 그녀의 입
술이 광채와 생기를 띠고 다시 그의 눈앞에 나타나자, 그는 전신에 일
종의 전율이 일어 오한과 현기증을 느꼈다. 그리고 어떤 이상한 생리

적인 작용인지는 몰라도 갑자기 멋쩍게 재채기가 났다.

테스는 그제야 비로소 클레어가 쳐다보고 있는 것을 알아차렸으나 몸을 움직여 아는 체하지는 않았다. 그러나 꿈을 꾸는 듯한 이상스런 표정은 사라졌다. 그리고 자세히 살펴보면 그 얼굴의 장미 빛깔이 짙어지다가 차츰 희미해지고, 마침내 그 빛깔의 흔적만이 남아 있는 것을 쉽사리 알 수 있었다.

마치 하늘이 재촉한 듯한, 클레어의 가슴속에 파고든 흥분은 진정되지 않았다. 결심, 침묵, 조심성, 두려움 따위는 한낱 패잔병처럼 사라져버렸다. 클레어는 자리에서 벌떡 일어나, 젖소가 걷어차려면 차보라는 듯이 우유통을 젖소 옆에 내버려두고 재빨리 눈길 쏠리는 쪽으로 다가갔다. 그러고는 테스 곁에 와서 무릎을 꿇고 그녀를 껴안았다.

테스는 너무나도 불시에 기습을 받고 생각할 겨를도 없이 클레어의 품에 안기고 말았다. 덤벼든 사람이 바로 자기가 사랑하는 사람임을 알자, 테스의 입술이 열리더니 황홀한 신음과 같은 소리를 내며 그 순간의 기쁨을 참지 못하는 듯이 그의 품에 안겼다.

그는 너무나 매혹적인 그녀의 입술에 키스하려고 했지만 양심 때문에 참았다.

"미안해요, 테스! 먼저 허락을 받아야 하는 건데. 방금 내가 무슨 짓을 했는지 나도 모르겠소. 하지만 장난으로 한 짓은 아니오. 당신을 사랑해요, 테스. 진심으로!" 그가 속삭이듯 말했다.

이때 올드 프리티는 어리둥절해서 사방을 두리번거렸다. 오랜 습관으로 한 사람만이 있어야 할 자기 배 밑에 두 남녀가 웅크리고 있는 모습을 보자 그 젖소는 심술궂게 뒷발을 들었다.

"젖소가 화났어요. 우리들이 왜 이러는지 모르니까요. 우유통을 걷어차 버릴 거예요!" 테스가 외쳤다. 그러고는 클레어의 품안에서 살며시 빠져나오려 했다. 그녀의 눈길은 젖소의 동작에 쏠리고 있었지만 마음만은 자기와 클레어에게로 더욱 쏠리고 있었다.

테스는 그에게서 빠져나와 자리에서 살며시 일어섰다. 클레어도 같이 일어섰지만 여전히 테스를 안고 있었다. 먼 곳을 바라보던 테스의 눈에는 눈물이 가득 고이기 시작했다.

"왜 울지요, 테스?" 그가 물었다.

"아, 저도 모르겠어요!" 그녀는 중얼거리듯 말했다.

테스는 자기의 처지를 더욱 뚜렷이 깨닫게 되자, 가슴이 설레어 그의 팔에서 벗어나려 했다.

"테스, 난 마침내 본심을 드러내고 말았군." 그가 말했다. 그리고 이상하게도 자포자기한 듯이 한숨을 쉬었다. 자신도 모르는 사이에 그것은 자기의 감정이 이성을 앞질렀다는 사실을 나타낸 것이었다.

"내가 당신을 진심으로 사랑한다는 건 말할 것도 없소. 그렇지만 더 이상 말하진 않겠소. 당신을 괴롭힐 뿐이니까. 나도 당신만큼이나 놀랐소. 당신이 어쩔 수 없는 약점을 노려서……너무 성급하고 분별 없이 굴었다고 생각지는 않겠죠?"

"아뇨. 그렇지만 전 뭐라고 말해야 좋을지 모르겠군요."

그는 그녀를 놓아주었다. 그리고 잠시 후에 두 사람은 제각기 젖을 짜기 시작했다. 그들 둘이 하나로 얽혔던 것을 목격한 사람은 아무도 없었다. 잠시 후에 낙농장 주인이 가려져서 잘 보이지 않는 구석진 그곳을 들렀을 때에도 떨어져 있는 이 두 남녀가 보통 아는 사이 이상의 관계라는 것을 눈치챌 만한 흔적을 분명히 발견할 수는 없었다. 그러나 주인이 돌아간 다음부터 그들의 마음속엔 지축이라도 변화시킬 수 있는 일이 일어났던 것이다. 만일 주인이 그 일을 알았다면 그는 현실적인 사람이었던 만큼 으레 경멸했을 것이다. 그러나 그것은 실제적인 일을 산더미만큼 쌓아놓은 것 이상으로 굳세고 확고부동한 힘을 가지고 뿌리를 박았다. 앞을 가렸던 장막이 일시에 걷히고 두 사람의 앞길에는 새로운 지평선이 펼쳐졌다. 그것이 잠시 동안일지 또는 오래 계속될 것인지는 모르지만.

제4부
결 과

25 클레어는 자기 마음을 사로잡은 테스가 방으로 돌아간 뒤에도 불안해 하다가 저녁 무렵이 되자 바깥 어둠 속으로 나갔다.

밤은 대낮과 마찬가지로 무더웠다. 해가 진 후에도 풀밭만큼 시원한 곳은 없었다. 한길이건 안뜰의 작은 길이건 집 앞이건 뒷마당의 벽이건 간에 하나같이 난롯불처럼 달구어져 몽유병자 같은 클레어의 얼굴에 한낮의 열기를 뿜고 있었다.

그는 착유장 뒤뜰 동쪽 문에 가 앉았으나 자신의 일을 어떻게 생각해야 좋을지 알 수 없었다. 이날따라 정말로 감정이 이성을 마비시켰던 것이다.

세 시간 전에 갑자기 포옹한 이후, 그들은 서로 떨어져 있었다. 테스는 갑자기 생긴 일 때문에 말문이 막히고 놀란 듯했고, 클레어도 오늘 일이 이상하고 생각 밖의 일인데다 자기가 먼저 저지른 일이어서 마음이 불안했다. 그는 원래 곧잘 생각에 잠기기를 좋아하는 성격인 터여서 그의 마음은 두근거렸다. 자기들의 관계가 정말 무엇이며, 앞으로 제삼자 앞에서 자기들은 어떻게 처신해야 좋을지 클레어는 좀처럼 알 수가 없었다.

엔젤이 처음 이 목장으로 견습하러 왔을 때에는, 이곳에서의 한동안의 생활이란 자기의 일생에서 조그만 이야깃거리에 지나지 않고 얼마 안 가서 곧 잊어버리게 되리라고 생각했다. 그는 바깥 세상과 격리된 듯한 한구석에 와서 재미있는 외부 세계를 조용히 관조하면서 월드 휘트먼(1819~1892, 미국의 시인)의 시구(詩句)를 읊조리고 있었다.

　　수수한 옷차림을 한 남녀들이여,
　　내게는 무척 신기하게 보이는구나!

새삼스레 그러한 세계로 뛰어들 계획을 세울 수 있는 곳에 찾아온 기분이었다. 그런데 이건 어찌된 일인가? 그 흥겨운 장면은 벌써 이곳에 자태를 나타냈고, 그의 마음을 끌었던 세계는 무언극처럼 단조로워졌고, 얼핏 보기에 음침하고 생기 없던 이곳에 어디서도 겪지 못한 신기한 일이 활화산처럼 폭발했다.

집안의 창문들은 다 열려 있어서 클레어는 마당을 사이에 두고 방으로 들어가는 사람들의 작은 말소리까지도 들을 수 있었다. 너무나 누추하고 보잘것없어 그로서는 순전히 잠시 머무는 곳이라고밖에 생각하지 않던 곳, 따라서 이 골짜기에서 살펴볼 만한 가치가 있는 곳이라고는 생각해본 적이 없는 이 낙농장 건물이 지금은 어떤 곳이 되었는가? 오래 되고 이끼가 끼어 있는 벽돌집 처마는 "여기 머무르시오!" 하고 속삭이는 듯했다. 창문은 미소를 짓고 출입문은 달콤하게 손짓하며 담쟁이덩굴은 행동을 같이하고 싶은 듯 얼굴을 붉혔다. 이 집 안에 있는 단 한 여자의 영향력은 벽돌과 석회벽과 땅을 굽어보는 하늘로 파고들어 그것들을 불타는 정열로 감동시킬 만큼 대단한 것이었다. 이렇게 강한 개성을 지닌 사람이 도대체 누구일까? 그것은 젖 짜는 한 아가씨였다.

외떨어진 이 낙농장의 생활이 클레어에게 무척 중요한 문제가 되었다는 것은 정말로 놀라운 일이었다. 새로운 사랑이 생긴 것도 그 이유 중의 하나였지만, 그것이 이유의 전부는 아니었다. 물론 엔젤은, 많은 사람들이 살아가는 데 있어서 중요한 것은 외부의 변화보다도 각자의 경험에 좌우된다는 사실을 알고 있었다. 감정이 풍부한 농부는 감정이 둔한 임금보다도 폭 넓고 충실하며 멋지게 살아간다. 이렇게 생각하는 엔젤은 이곳의 생활도 다른 곳처럼 중요하다는 것을 깨달았다.

클레어는 사상이 이단적이고 결점도 약점도 지니고 있었지만 양심적인 사람이었다. 테스는 장난을 하다가 버려도 괜찮을 그런 하찮은 여자가 아니었다. 그녀 자신은 현재의 생활을 즐거워하는지, 아니면 할 수 없이 견디는지는 몰라도 클레어가 볼 때에는 가장 훌륭한 사람이 살아가듯 알찬 생활을 하고 있다고 생각되었다. 테스는 온 세상이 자기가 느끼는 데 따라 좌우되고, 자기가 있음으로 해서 다른 사람들도 존재한다고 생각했다. 이 세상도 자기가 태어난 바로 그해, 그날부터 비로소 존재하기 시작한 데 지나지 않는다고 생각했다.

엔젤이 들여다본 테스의 이런 의식이야말로 비정한 '조물주'가 그녀에게 베풀어준 생존의 유일한 기회였다──그것이 그녀의 전부였고, 단 한 번밖에 없는 유일한 기회였다. 그러니 어떻게 클레어가 그녀를 자기보다 못한 사람이고, 사랑하다가 싫증나면 차버려도 좋은 여자라고 생각할 수 있을까? 그리고 자기가 테스의 가슴속에 싹트게 한 사랑──그녀가 억제하고 있긴 하지만 너무나도 열정적이기에 금방이라도 터질 것만 같은 그런 사랑──을 가장 성실하게 다루어, 그녀를 괴롭히거나 인생을 망치게 하지 않도록 해주는 게 도리가 아닐까?

습관처럼 테스를 매일 만나게 되니 일단 일어난 일은 더욱 확대되었다. 이렇게 가까이 지내면서 생활하면 서로 만난다는 것은 바로 정이 깊어지는 것을 의미한다. 살아 있는 인간인 이상 그것을 막을 수는 없었다. 그는 자기들의 관계가 어떻게 될지 판단을 내릴 수 없었기에 당분간 서로 얼굴을 마주 대하는 일은 피해야겠다고 마음먹었다. 그녀에게 입힌 상처는 아직 대수로운 것이 아니었다.

그러나 테스에게 접근하지 않겠다는 결심을 실천하기란 쉽지 않았다. 그는 심장이 고동칠 때마다 그녀에게 마음이 끌려가는 심정이었다.

그는 이 일을 의논하러 친구들을 만나볼 생각도 했다. 좋은 의견을 들을 수도 있을 것이다. 앞으로 다섯 달 안에 그는 이곳에서의 견습 생활을 끝내게 된다. 다시 다른 농장에 가서 두서너 달만 보내면 농사일에 대해서는 충분한 지식을 갖추고 독립해서 농사일을 시작할 수 있게 될 것이다. 농부에게는 아내가 필요 없을까? 농부의 아내는 응접실 안에 장식해놓은 납인형 같아야 할까? 아니면 농사일을 잘 아는 시골 여자라야 할까? 잠자코 있어도 만족스러운 대답을 얻을 수 있었지만 클레어는 여행을 떠나기로 작정했다.

어느 날 아침, 톨보데이스 낙농장의 사람들이 아침 식사를 할 때, 아침부터 클레어 씨가 보이지 않는다고 어느 아가씨가 말했다.

"암, 안 보이고말고. 클레어 씨는 가족들과 며칠간 함께 지내려고 에민스터 집에 다니러 갔지요." 낙농장 주인인 클릭이 말했다.

식탁에 둘러앉아 가슴을 설레던 네 아가씨에게는 아침 햇빛이 별안간 빛을 잃고 새들도 지저귐을 멈추는 것 같았다. 그러나 아무도 말로나 몸짓으로 자기들의 허전한 마음을 나타내지는 않았다.

"클레어 씨도 이젠 우리 집에서 같이 지낼 날도 얼마 남지 않았어요." 낙농장 주인은 이 말이 가혹하게 들릴 줄은 모르고 냉정한 투로 말을 계속했다. "그 젊은 양반은 이젠 다른 데서 일을 배울 계획을 세우고 있는 것 같아요."

"여기엔 얼마나 더 계시게 되나요?" 이즈 휴에트가 물었다.

슬픔에 잠긴 네 아가씨 중에서 태연하게 물어볼 수 있는 유일한 아가씨였다. 나머지 세 아가씨는, 주인의 대답 한 마디에 자기들의 생명이 달려 있기라도 한 듯 대답을 기다리고 있었다. 레티는 입술을 빠끔히 벌린 채 식탁보를 물끄러미 쳐다보고 있었고, 마리안은 원래 붉은 얼굴이 더욱 상기되었으며, 테스는 가슴을 설레면서 목장을 내다보고 있었다.

"글쎄, 수첩을 봐야 정확한 날짜를 알겠는데." 클릭은 여전히 남의 일처럼 대답했다. "날짜가 조금 변경될지도 몰라요. 외양간에서 소가 새끼 낳는 걸 배우려면 좀더 있어야 하니까. 아마 금년 말까지는 있게 될 거요."

'괴로움이 뒤따르는 쾌락'이라고 할 수 있는, 그와 함께 일하던 넉 달 동안의 괴로운 사랑의 기쁨. 그 기쁨이 지난 후에 닥쳐올 견딜 수 없는 어두운 밤.

이 시각에 엔젤 클레어는 에민스터에 있는 아버지의 목사관을 향해, 목장에 아침을 들고 있는 사람들로부터 10마일이나 떨어진 오솔길로 말을 달리고 있었다. 그는, 검정 푸딩과 벌꿀 술병이 담긴 조그만 바구니를 조심스럽게 들고 있었다. 그것은 클릭 부인이 그의 부모님께 인사의 표시로 보내는 선물이었다. 하얀 오솔길이 눈앞에 뻗어 있었다. 그의 시선은 길 쪽으로 향해 있었지만 사실은 길을 쳐다보는 것이 아니라 내년의 일을 곰곰이 생각하고 있었다. 그는 테스를 사랑했다. 그렇다면 결혼을 해야만 되는가? 아주 결혼을 해버릴까? 그러면 어머니와 형들은 뭐라 말할까? 결혼하고 나서 2,3년이 지나면 자기는 어떻게 생각할까? 그것은 일시적인 감정 속에 확고한 사랑의 싹이 튼 것인지, 아니면 확고한 근거도 없이 그저 그녀의 아름다운 몸매가 탐나서 이루어진 것인지에 따라서 다를 것이다.

마침내 클레어의 눈앞에는 그의 아버지가 사는, 언덕으로 둘러싸인 작은 마을과 튜더 왕조풍의 붉은 돌로 지은 교회당의 탑과 목사관 근처의 무성한 나무들이 보이기 시작했다. 그는 낯익은 문 쪽으로 말을 몰았다. 집 안으로 들어가기 전에 그가 교회당 쪽을 슬쩍 쳐다보니, 예배실 출입문 옆에 열두어 살에서 열여섯 살 가량 되어 보이는 소녀들이 분명히 누구를 기다리는 듯 서 있는 모습이 눈에 띄었다. 이내 그들보다 약간 나이가 더 들어보이는 여자가 나타났다. 그녀는 차양이 넓은 모자에, 빳빳하게 풀먹인 흰 삼베로 만든 예복을 입고 있었으며, 두서너 권의 책을 한 손에 들고 있었다.

클레어는 그녀를 잘 알고 있었다. 그녀가 자기를 보았는지 어쩐지는 확실히 모르지만, 그는 그녀가 자기를 보지 않았기를 바랐다. 그녀는 나무랄 데 없는 여자였지만, 그녀에게 다가가서 인사하기가 싫었기 때문이다. 클레어는 인사하고 싶은 생각이 없었으므로 그녀가 자기를 알아보지 못한 것이라고 단정했다. 이 젊은 아가씨는 아버지의 이웃 친구의 외동딸인 머시 찬트 양이었다. 클레어의 부모는 클레어가 그녀와 결혼하기를 은근히 바라고 있었다. 그녀는 신앙 절대주의와 성경 클럽의 강의에는 열성적이어서 지금도 성경을 가르치러 교회로 막 들어가는 참이었다. 그러나 클레어의 마음은 여름철의 쨍쨍한 햇볕에 절은 바 골짜기의 정열적인 이방인들에게 달려가고 있었다. 쇠똥으로 얼룩진 그들의 장미빛 얼굴들, 그 중에서도 가장 정열적인 한 여자에게로 클레어의 마음은 달려가고 있었다.

그가 에민스터에 다녀오겠다고 결심한 것은 갑작스러운 생각이어서 부모에게 미리 알리지 못했다. 그러나 교회 일로 부모들이 외출하기 전인 아침 식사 때에 닿도록 계획했었다. 그러나 좀 늦게 도착해서 가족들은 이미 식사하는 중이었다. 그가 들어가자 식사를 하고 있던 식구들은 벌떡 일어나서 맞아주었다. 거기에 모인 집안 식구들은, 부모를 비롯해서 이웃 교구에서 부목사로 일하다가 두 주일의 휴가로 돌아온 펠릭스 형, 그리고 관기 휴가를 받아 집에 돌아와 있는, 고전어 학자이며 케임브리지 대학의 특별연구원 겸 학감인 카드버트 형이었다. 어머니는 차양 없는 모자에 은테 안경을 쓰고 있었고, 아버지는 정말 그 인품에 어울리는 풍채였다——믿음이 두터운 진지한 위인이며, 약간 마른 편에다 예순다섯 살쯤 되어 보이는 창백한 얼굴에는 사색과 결의에 찬 주름살이 잡혀 있었다. 그들 머리 위에는 엔젤의 누나의 초상화가 걸려 있었다. 이 집안의 맏이이며 엔젤보다 열여섯 살이 위인 그녀는 선교사와 결혼해서 지금은 아프리카에 가 있었다.

클레어 노인은 지난 20년 동안에 현대 생활에서 거의 낙오되다시피 된 완고한 목사였다. 위클리프나 허스, 루터나 캘빈 등 신학자들의 정통 후계자이며 복음주의자 중의 복음주의자로서 개종주의자이기도 했다. 그리고 그의 생활이나 사상은 사도처럼 단순했고, 젊었을 때 인생에 관한 깊은 문제를 두고 일단 자기의 신념을 확고히 세우고 난 뒤로는 더 이상 그 문제는 거론하지 않으려 했다. 그는 같은 시대의, 사상이 같은 사람들한테서도 극단적인 인물로 인정받았다. 그러나 그의 사상을 전적으로 반대하는 사람들도, 굽히지 않는 굳센 태도와 주의(主義)에 대한 온갖 의혹을 뿌리치고 그것을 힘차게 실천에 옮기는 놀라운 힘에 대해서는 본의는 아니라도 경탄하지 않을 수 없었다. 그는 타르수스의 바울을 사랑했고 사도 요한을 좋아했으며, 성(聖) 야고보를 몹시 미워했다. 그리고 디모데와 디도와 빌레몬을 좋아하기도 하고 미워하기도 하는 감정으로 보았다. 《신약성서》는 그가 알기에 그리스도의 이야기라기보다는 오히려 바울의 이야기이고——논증이라기보다는 즐거움에 겨운 외침이었다. 그가 믿고 있는 결정론은 너무 엄격해서 악덕에 가까웠고, 그 부정적인 면에서는 쇼펜하우어나 레오파르디의 사상과 상통하는 절망의 철학이라고 할 수 있었다. 그는 교회 법규와 예배 규정을 무시하고 영국 국교의 39개 신조를 외면하면서도 모든 범주에서 자기는 한결 같은 태도라고 생각했다——사실, 어느 면에서는 그랬을는지도 모른다. 어쨌든 그에게 있어서 한 가지 확실한 것은 그가 성실하다는 점이었다.

엔젤이 최근에 바 골짜기에서 경험한 자연의 환경이나 풍만한 여자에게서 받은, 탐미적이고 관능적이며 이단적인 쾌락에 대해서 아버지가 알게 되었다면 아버지의 성질로는 그것을 몹시 싫어했을 것이다. 언젠가 엔젤은 흥분해서 현대 문명을 지배하는 종교의 근원지가 팔레스타인 대신 그리스였더라면 현대인들에게는 훨씬 다행한 일이 되었을 것이라고 말한 적이 있었다. 그런 주장은 한 마디 또는 반 마디의 진리는커녕 천분의 일의 진리도 깨닫지 못한 당치도 않은 말이라고 생각한 아버지의 슬픔은 이만저만이 아니었다. 아버지는 그 후 얼마 동안 근엄하게 엔젤을 타이르기만 했다. 그는 마음씨 좋은 사람으로 무슨 일이든지 오랫동안 마음속으로 꽁하게 생각하지는 않았다. 그래서 오늘도 어린애처럼 천진스런 미소를 지으면서 엔젤을 맞았다.

엔젤은 자리에 앉자 비로소 자기 집에 돌아온 기분이 들었다. 그러나 자기가 이 집안의 식구라는 생각은 전보다 못했다. 그는 집에 돌아올 때마다 이런 소외감을 느꼈다. 그리고 마지막으로 집안 식구들과 목사관 생활을 한 그 이후 오늘은 유달리 그런 생각이 더했다. 이 집안의 초월적인 사고 방식——하늘 위에 낙원이 있다든가 땅 밑에 지옥이 있다는 등, 예나 다름없이 무의식적으로 지구 중심적인 견해에 뿌리를 박은——은 다른 유성에 살고 있는 사람들의 공상 같아서 엔젤에게는 아무런 상관이 없는 것 같았다. 그는 요즈음 '생활'에 관한 것만 보아왔다. 인간의 지혜가 통제하는 것을 공연히 막으려 하는 신앙 교리에 굽히지도 꺾이지도 않았으며, 속박당하지도 않는 삶의 열정적인 맥박만 느꼈을 뿐이다.

엔젤의 가족들이 볼 때도 그는 전과 상당히 달라진 것을 느낄 수 있었다. 특히 그의 형들이 볼 때 그 변화는 주로 그의 태도에서 나타났다. 엔젤은 농사꾼처럼 행동했다. 두 다리를 마구 흔들기도 했고 얼굴 표정은 전보다 천해졌으며 눈은 입에 못지않게, 아니 그 이상으로 무슨 뜻을 전하려는 듯한 속된 면이 보였다. 학생다운 티는 거의 자취를 감추었고, 더군다나 지체 있는 집안의 젊은이다운 티는 전혀 찾아볼 수 없었다. 점잖은 체하는 사람이 본다면 그는 교양이 없다고 말할 것이고, 숙녀가 본다면 그를 가리켜 천해졌다고 할 것이다. 엔젤이 이렇게 된 것은 톨보데이스 목장의 젊은 남녀들과 생활한 탓이었다.

아침을 들고 난 엔젤은 두 형과 함께 산책을 나섰다. 형들은 복음주의적인 티도 내지 않는, 교양 있고 빈틈없는 사람들이었다. 말하자면 그들은 조직적인 교육이라는 기계에서 해마다 배출되는 듯한 전형적인 젊은이였다. 그들은 둘 다 조금 근시였기 때문에 안경을 썼다. 유행에 따라 줄 달린 외알 안경을 낄 때도 있었고, 두 알짜리 코안경을 끼기도 했으며, 보통 안경이 유행되면 그들의 시력은 아랑곳하지 않고 그것으로 바꿔 꼈다. 워즈워스가 계관 시인이었을 때에는 그들은 그의 포켓판 시집을 가지고 다녔고, 셸리의 인기가 떨어지면 그의 시집은 선반 위에서 먼지가 앉건 말건 내버려두었다. 남들이 코레지오(1489-1534, 이탈리아의 화가)의 〈성가족(聖家族)〉이라는 그림을 칭찬하면 그들도 덩달아 칭찬했고, 벨라스케스(1599-1660, 스페인의 화가)가 코레지오보다 훌륭하다고 하면 그들은 아무 반대도 없이 순순히 그 말에 따랐다.

두 형이 엔젤이 점점 사교적으로 부적당하게 변모해감을 눈치챘다면, 엔젤 쪽에서도 형들의 지력의 범위가 줄어들고 있다는 사실을 깨달았을 것이다. 펠릭스는 교회밖에 몰랐고 카드버트는 대학밖에 몰랐다. 펠릭스에게는 교구 종교회와 감독 관구 시찰이, 카드버트에게는 케임브리지 대학이 세계를 움직이는 힘처럼 생각되었다. 두 형은, 이 문명 사회에는 대학 출신자도 성직자도 아닌 사람들이 수천만 명이나 된다는 사실을 솔직하게 인정했다. 그러나 그들을 당당한 인간으로서 대접하고 존경하기보다는 함께 어울릴 수 없는 보잘것없는 사람들이라고 생각했다.

형들은 효성이 지극한 아들들로, 정기적으로 부모를 찾아보곤 했다. 펠릭스는 신학의 전통에서 본다면 아버지보다는 훨씬 새로운 종파 출신이었으나 아버지보다는 희생 정신이 부족하고 청렴하지도 못했다. 그는 자기와 반대 의견을 가진 사람에게는 그 사람이 위험스러운 데가 있어도 아버지보다는 너그럽게 다루었지만, 자기의 교리를 무시하는 사람에게는 아버지처럼 아량으로 용서해주지 않았다.

카드버트는 대체로 너그러운 편이었지만 감정만 섬세할 뿐 퍽 쌀쌀맞은 편이었다.

삼형제가 산언덕을 거니는 동안 엔젤에겐 새삼스럽게 지난날의 감정이 되살아났다——자기와 비교할 때 형들이 아무리 유리한 위치에 있다 해도 생활의 참모습을 보지도 못하고 말할 줄도 모른다는 생각이었다. 그들은 대부분의 사람들이 그러하듯 인생을 눈여겨 살펴볼 기회가 자기 생각을 표현하는 기회만큼이나 적었는지도 모른다. 형들은 자기들이나 친구들이 속한 사회의 부드럽고 잔잔한 흐름 저쪽에 복잡한 힘이 작용하고 있다는 것을 충분히 알고 있지 못했다. 또 부분적인 진리와 보편적인 진리의 차이도 분간하지 못했다──교회나 대학에서 얻어들은 내부 세계의 말과 외부 세계에서 생각하는 것과는 아주 판이하다는 것을 몰랐다.

"넌 인젠 농사일밖에 별 도리가 없는 모양이구나?" 이런저런 이야기를 하다가 펠릭스가 슬프고 엄숙한 표정으로 안경 너머로 먼 들판을 쳐다보며 말했다. "그러니 우리도 너로선 그게 상책이라고 여길 수밖엔 없지. 그러나 부탁인데, 될 수 있는 한 도덕 관념을 벗어나지 말고 살아가라는 거야. 물론 농사일은 겉으로 보기에는 거친 생활이지만 평범한 생활을 하면서도 고상한 생각을 가질 수가 있거든."

"물론이지요. 그건 이미 1900년 전에 증명된 사실이 아닙니까? 형님의 분야를 좀 침해하는 말이지만요. 펠릭스 형님, 어째서 내가 도덕이나 고상한 정신을 저버리는 것처럼 생각하시지요?" 엔젤이 물었다.

"글쎄, 너의 편지나 네가 말하는 투를 보고 그랬을 뿐이야. 한낱 공상에 불과할지도 모르지만──어쩐지 네가 지성을 잃고 있는 듯이 느껴지는구나. 카드버트, 넌 그렇게 느껴지지 않니?"

"그런데 펠릭스 형님, 우린 사이좋은 형제지간이긴 하지만 각자는 자기 나름대로의 길을 걸어가고 있는 거예요. 지성이라는 말이 나왔으니 말이지, 내가 보기엔 형님은 자기 만족에 빠진 독선가로 생각되는데 내 걱정은 마시고 형님이 알고 있는 것이 무엇인가를 잘 생각해 보시는 게 좋을 거예요." 엔젤이 무뚝뚝하게 말했다.

그들은 점심을 먹으러 언덕을 내려왔다. 점심은 아침에 교구에 나간 부모의 교회 일이 끝나야 들게 되어 있었다. 희생심 많은 클레어 목사 부부도 오후에 찾아오는 교구민에 대해서는 별로 고려하지 않았다. 이런 점에 대해서 삼형제는 다같이 부모가 좀 현대적인 사고 방식을 따라주기를 바랐다.

그들은 산책을 하고 난 뒤라 시장했다. 특히 엔젤은 일꾼으로서 낙 농장 부인이 손수 해주는, 수북이 차린 간소한 음식에 익숙해진 터라 서 더욱 배가 고팠다. 그러나 노부모가 돌아와 있지 않았다. 그들이 기다리다 지쳤을 때에야 돌아왔다. 남을 돌봐주기를 즐기는 노부모는 병든 교구민을 간호해주느라 늦었던 것이다.

그것은 평소의 설교와는 다소 모순되는 일이었는데, 병자들을 간호 해줌으로써 그들을 육체에 가두어 천국으로 가지 못하게 하느라고 그 랬던 것이다.

가족들이 식탁에 앉자 식어빠진 간단한 음식이 나왔다. 엔젤은 농 장에서처럼 맛있게 구워달라고 부탁한, 클릭 부인이 준 블랙 푸딩을 찾았다. 풀냄새가 향긋하게 풍기는 훌륭한 맛을 부모도 자기처럼 맛 보아주기를 바랐다.

"아, 너 그 블랙 푸딩을 찾고 있구나." 클레어의 어머니가 말했다.

"그렇지만 네가 사정을 알면 네 아버지나 나처럼 그것이 없다고 서 운해 하진 않을 게다. 클릭 부인의 고마운 선물은 정신착란증에 걸려 아무 밥벌이도 못하고 있는 사람이 있어 그 집 아이들한테 갖다 주자 고 너희 아버지한테 말씀드렸더니 무척 좋아하셨어. 그래 그 집에 갖 다 줬단다."

"네, 잘하셨어요." 엔젤은 명랑하게 말하고서 벌꿀 술을 찾았다.

"그 벌꿀 술은 너무 독하더구나." 그의 어머니가 계속 말했다. "음 료로는 적합치 않아. 그렇지만 비상시엔 럼주나 브랜디 대신 쓰면 좋 을 것 같아 약상자 속에다 넣어뒀단다."

"원칙적으로 식탁에서는 술을 마실 수가 없단다." 그의 아버지가 한 마디 거들었다.

"그렇지만 목장 주인 아주머니한테는 뭐라고 하지요?" 엔젤이 물었다.

"물론 사실대로 말해야지." 그의 아버지가 말했다.

"저는 벌꿀 술과 블랙 푸딩은 우리 식구들이 아주 맛있게 먹었다고

전하고 싶어요. 그 아주머니는 친절하고 쾌활한 분이니 가면 곧 물어
볼 겁니다."

"먹지도 않은 걸 거짓말해서는 안 되지." 클레어 목사가 딱 잘라 말
했다.

"아——그건 그렇죠. 하지만 그 벌꿀 술은 멋지게 독한 술이지요."

"멋진, 뭐라고?" 카드버트와 펠릭스가 물었다.

"아, 그건 톨보데이스 낙농장에서 쓰는 말이에요." 엔젤이 대답하
면서 얼굴을 붉혔다. 부모에게 정취가 없다는 것은 못마땅한 일이었
지만, 그들의 처사가 옳았다고 느꼈기에 엔젤은 더 이상 아무 말도 하
지 않았다.

26 저녁 가족 예배가 끝나자, 엔젤은 가슴에 품고 있는 한두 가
지 문제를 아버지에게 말할 수 있는 기회가 생겼다. 형들 뒤
에서 양탄자 위에 무릎을 꿇고 기도하는 동안, 엔젤은 형들의 구두 뒤
축에 박힌 작은 못을 들여다보면서 그 문제를 열심히 생각했다. 예배
가 끝나자, 두 형은 어머니와 함께 방을 떠났고 아버지와 엔젤만이 남
게 되었다.

엔젤은 먼저 영국이나 식민지에서 대규모의 농장주로서 살아가겠다
는 계획을 아버지와 상의했다. 그러자 아버지는 엔젤을 케임브리지
대학에 보내는 비용을 부담하지 않아도 되어 혹시 엔젤이 부당하게
취급받고 있다고 생각하지나 않을까 하고, 해마다 일정한 금액을 저
축해서 언젠가 땅을 사거나 빌리는 데 보태주는 것이 아버지로서의
도리라고 그에게 말했다.

그리고 아버지는 말을 계속했다.

"소위 재산으로 말할 것 같으면 너는 2, 3년만 있으면 확실히 네 형
들보다 훨씬 부자가 될 거다."

아버지의 호의에 용기를 얻은 엔젤은 좀더 중대한 다른 문제를 꺼냈다. 클레어는 나이도 스물여섯이나 되었고 농업을 시작하려면 여러 가지 뒷일을 보살펴주어야 할 사람——자기가 들판에 나가 일하는 동안, 집안일을 보살펴줄 사람이 필요할 테니 결혼하는 것이 좋지 않겠느냐고 아버지에게 물어보았다.

아버지는 클레어의 이런 생각이 부당하다고 생각하는 것 같지는 않았다. 그래서 엔젤은 이렇게 물었다.

"아버지께서는 검소하고 부지런히 일하는 농부인 저를 위해선 어떤 여자가 적격이라고 생각하세요?"

"진실한 기독교 신자라면, 네가 집에 있거나 밖에 나가거나 간에 너를 도와주고 위로해줄 수 있을 것이다. 그 밖의 일은 별로 문제가 되지 않는단다. 그런 여자를 찾으려면 찾을 수도 있다. 이웃에 사는 마음씨 착한 친구, 찬트 박사……."

"그렇지만 소젖을 짜고 좋은 버터와 좋은 치즈도 만들 줄 아는 여자라야 되지 않을까요? 그리고 닭이나 칠면조에게 알을 품게 하고, 병아리들을 기르며, 급할 땐 들에 나가 일꾼들을 감독하고, 양이나 송아지도 흥정할 줄 알아야 하지 않을까요?"

"그렇지. 농부의 아내는 그래야지. 암, 물론이지. 그랬으면 좋겠구나."

솔직한 말이지만 클레어 목사는 지금까지 이런 문제를 생각해본 적이 없었다. 그는 계속 이야기했다.

"내가 한 마디 덧붙여 말하겠다. 순결하고 성스러운 여자를 원한다면 전에 네가 관심을 두었던 머시 이상으로 너에게 정말 도움이 되고 너의 어머니나 나에게 확실히 마음에 흡족한 처녀는 달리 없을 것이다. 찬트의 딸도 요즘은 이 근처의 젊은 목사들의 유행을 따라서 성찬대——어느 날, 그 딸이 이것을 제단이라고 해서 깜짝 놀란 일도 있지만——를 성찬식 때 꽃이다 뭐다 해서 장식하고 있는 건 사실이다. 그러나 그애의 아버지도 나처럼 그런 객쩍은 짓은 아주 질색이더라.

그애의 그런 버릇은 고쳐줄 수 있다고 하더라. 나도 그것이 젊은 처녀의 한때의 기분이니 오래 가진 않을 거라고 생각한다."

"그럼요. 지당한 말씀이지요. 머시는 착하고 믿음이 두터운 처녀지요. 그렇지만 아버지, 종교적인 교양은 좀 뒤진다 하더라도 찬트 양 못지않게 순결하고 정숙한 여자로서 농장일이나 농부를 잘 이해해주는 아가씨가 저에겐 훨씬 낫지 않을까요?"

아버지는 농부의 아내로서의 지식보다도 인간을 사도 바울처럼 보는 것이 더 중요하다는 확신을 굽히지 않았다. 그래서 성미가 급한 엔젤은 아버지의 기분도 존중하고 동시에 자기 마음속의 목적도 이루어 보려고 그럴 듯하게 이야기했다. 운명인지 아니면 신의 뜻인지는 모르지만, 자기의 앞날에 농부의 배우자가 될 만한 모든 자격을 갖춘, 진실한 마음씨의 처녀가 나타났다고 엔젤은 말했다. 그리고 그녀가 아버지가 속한 저교회파(低教會派)의 독실한 신자인지 아닌지는 말하지 않고, 틀림없이 아버지의 교리를 따를 것이라고 말했다. 그녀는 순수한 신앙심을 가지고 규칙적으로 교회에 나가고 정직하며, 감수성이 예민하고 총명하며, 어느 정도 품위도 있고 여신처럼 순결하며 용모도 보기 드물 정도로 아름답다고 말했다.

"너하고 결혼할 만한 양반집 딸이냐? 간단히 말해 숙녀냔 말이다." 부자간에 이야기하는 중에 조용히 서재로 들어온 어머니가 놀란 표정으로 물었다.

"그녀는 흔히 말하는 양반집 딸은 아니에요. 비록 농부의 딸이지만 전 자랑스럽게 생각해요. 마음씨나 성격은 양반집 아가씨와 다름이 없으니까요." 엔젤은 망설이지 않고 말했다.

"머시 찬트는 훌륭한 양반집 딸이란다."

"흥! 어머니, 그런 게 무슨 소용이 있어요? 지금이나 미래나 거친 일을 해야 할 저 같은 사람한테 처갓집 가문이 무슨 문제가 된단 말씀인가요?" 엔젤이 재빨리 말했다.

"머시는 교양 있는 아가씨란다. 교양이란 건 아가씨들의 매력이

지." 어머니가 은테 안경 너머로 바라보면서 대답했다.

"겉으로 보이는 교양 따위로 말씀드리자면, 그런 게 장차 저의 생활에 무슨 소용이 될까요? 독서에 관한 문제라면 저도 가르쳐줄 수가 있어요. 만나보시면 아시겠지만, 그 아가씨는 영리하게 잘 배울 겁니다. 그녀는 시적인 소질이 풍부한 여자예요——이렇게 말해도 되는지는 모르겠지만, 그 아가씨는 살아 있는 시라고 할 수 있어요. 시인이 종이 위에다 시를 쓴다면, 그녀는 실제 생활로 표현하고 있으니까요 ……그리고 나무랄 데 없는 기독교인이라고 저는 믿고 있어요. 아마 어머니께서 전도하고 싶어하시는 바로 그런 사람들에 속하는 여자입니다."

"엔젤, 넌 어미를 놀리고 있구나!"

"어머니, 죄송해요. 그렇지만 그 아가씨는 거의 일요일 아침마다 교회에 착실하게 나가는 훌륭한 교인입니다. 그러니까 그녀의 사회적 교양이 부족함은 그녀의 신앙심을 고려해서 너그럽게 봐주시리라 믿어요. 그리고 그녀와 결혼하지 못한다면 불행한 결과를 초래할 겁니다."

엔젤은 사랑하는 테스의 기계적인 듯한 정교주의(正敎主義)를 열심히 옹호했다. 그러나 종교란 것이 근본적으로 자연 원리를 바탕으로 해서 생긴 것인 데 반하여 그녀와 다른 젖 짜는 처녀들이 믿는 신앙은 분명히 비현실적인 정교주의이기 때문에 비웃기까지 하던 그였지만, 그것이 오히려 자기한테 도움이 되리라고는 꿈에도 생각 못했었다.

알지도 못하는 그 처녀를, 아들 자신이 정교도라고 추켜세울만한 자격이 있는지에 대해서는 슬프게도 의심의 여지가 있었지만, 부모는 그 처녀가 적어도 건실한 정신을 가졌다는 사실만은 넘겨버릴 수 없는 좋은 점이라고 느끼기 시작했다. 더욱이 정교주의를 부정하는 엔젤이, 아내를 선택할 때 정교도의 신앙을 조건으로 내세울 리가 없다는 걸 생각하면 이 두 사람이 결합하는 것은 어쩌면 신의 뜻인지도 모른다는 생각이 뚜렷해졌다. 마침내, 부모는 서두를 필요는 없겠지만 그녀를 만나보는 것은 반대하지 않는다고 말했다.

엔젤은 더 이상 자세한 이야기는 하지 않았다. 부모는 성실하고 희생심이 강한 위인이었지만 중류 계급의 사람들처럼 편견을 가지고 있었기 때문에, 그것을 극복하려면 약간의 요령이 필요하다고 엔젤은 생각했다. 법률상으로는 자기가 하고 싶은 대로 할 수도 있고, 그녀가 시부모를 모시지 않아도 될 것 같았기에 실제로 부모와는 아무 상관도 없었지만, 엔젤은 일생에서 가장 중요한 일을 결정짓는 데 부모의 마음을 상하게 하고 싶지는 않았다.

엔젤은 테스의 생활에서 일어난 일들을 중대한 것처럼 생각하는 자기의 모순을 발견했다. 그는 테스라는 인간 그 자체를 사랑했다. 그가 사랑한 건 그녀의 영혼과 마음과 성질이었지 그녀의 낙농 기술이나 지식을 배울 수 있는 적응성이나 순박하고 형식적인 신앙 태도가 아니었다. 순진하고 야성적인 그녀의 성격은 판에 박은 겉치레를 안 해도 그의 마음에 들었다. 그는 교육이 가정의 행복을 좌우하는 정서나 충동에 큰 영향을 주지 못한다는 생각을 가지고 있었다. 앞으로 세월이 지나면 도덕적인 훈련이나 지적인 훈련 제도도 개선되어서 인간성 중에서 비의지적인 본능이나 심지어는 무의식적인 본능을 약간, 아니면 엄청나게 향상시킬 수 있을 것이라고 생각했다. 그러나 그가 알고 있는 한, 지금까지의 교양이라는 것은 기껏해야 인간 정신에다 수박 겉핥기 식으로 영향을 미쳤을 따름이라고 할 수 있었다. 이러한 확신은 클레어가 여자들을 상대로 한 경험에 의해서 증명된 것이었다. 요즈음 그의 여성 교제는 교양 있는 중류 사회에서부터 농촌 사회까지 확대되었다. 그 결과, 어떤 사회의 착하고 현명한 여자와 다른 사회의 착하고 현명한 여자와의 본질적인 차이는, 같은 사회나 같은 계급 안의 착한 여자와 악한 여자, 현명한 여자와 우둔한 여자 사이의 차이에 비한다면 별것이 아니라는 것을 깨달았다.

엔젤이 목장으로 떠나는 날 아침이었다. 형들은 벌써 목사관을 떠나 북부로 가고 없었다. 한 형은 케임브리지 대학으로, 다른 형은 교회로 돌아갈 예정이었다. 엔젤은 형들과 함께 떠나려면 떠날 수도 있었지만, 톨보데이스로 돌아가 사랑하는 사람과 만나는 것이 더 좋았다. 엔젤이 형들과 함께 떠났더라면 어색했을 것이다. 왜냐하면 엔젤은 형제들 중에서 가장 앞선 인도주의자이고 가장 이상적인 종교가이며 가장 박식한 신학자였지만, 자기의 모난 성격은 형들의 둥근 성격에 어울리지 않는다는 생각에서 오는 소외감이 항상 뒤따르고 있었기 때문이다. 그래서 그는 카드버트 형과 펠릭스 형에게 테스에 관해서는 한 마디도 비치지 않았다.

어머니는 샌드위치를 만들어주었고, 아버지는 말을 타고 얼마 동안 바래다주었다. 클레어는 자기 일에 상당한 진전을 보았기 때문에 아버지와 함께 그늘진 오솔길을 달리면서 교구에 관한 아버지의 이야기를 흐뭇한 기분으로 잠자코 듣기만 했다. 아버지의 이야기는 교구의 일이 힘들다는 것과, 아끼는 목사들이 해로운 캘빈주의 교리에 비추어 아버지가 《신약성서》를 너무 엄격하게 해석한다고 하여 아버지에게 냉정하다는 것이었다.

"글쎄, 내 설교가 해롭다는구나!" 클레어 목사는 여유 있게 냉소적으로 말했다. 그리고 그런 생각이 얼마나 어리석은 짓인가를 증명하는 경험담을 털어놓았다. 그리고 가난한 사람들뿐만 아니라 신기하게도 비뚤어진 부자들을 개종시킨 경험담을 얘기하면서, 또한 여러 번 실패한 경험담도 솔직히 털어놓았다.

실패담의 한 예로, 그는 40마일 가량 떨어져 있는 트랜트리지 마을 근처에 살고 있는 젊은 벼락부자 더버빌의 경우를 말했다.

"킹스비어와 다른 지방에 영지를 가지고 있던 더버빌 집안 사람 말이지요? 그 사두(四頭) 마차에 도깨비 이야기가 붙어다니는, 괴상한 내력을 가진 몰락한 집안 말이지요?" 엔젤이 물었다.

"아니야. 진짜 더버빌 집안은 60년인가 80년 전에 몰락해서 폐가가 되고 말았지. 적어도 난 그렇게 생각하고 있지. 지금 말한 집안은 그 이름을 딴 새로운 집안일 거야. 나는 옛 기사네 집안의 명예를 생각해서라도 그들이 가짜이기를 바라지. 그러나 네가 구가(舊家)에 대해서 관심을 가지다니 이상하구나. 난 네가 옛날 집안에 대해서는 나보다 관심이 없는 줄 알았는데."

"아버지, 저를 잘못 아셨어요. 아버진 가끔 그러시지만." 엔젤이 적이 섭섭하다는 듯이 말했다. "전 정치적으로 오래 된 집안의 가치라는 걸 우습게 보지요. 오래 된 집안 사람들 중에도 햄릿이 말한 것처럼 '자기들이 대를 잇는 데 반대한다'고 부르짖는 똑똑한 사람들도 있어요. 그러나 시적으로나 극적으로, 또는 역사적으로는 전 오래 된 집안을 좋게 보고 있어요."

엔젤이 말한 그 구별은 결코 미묘한 것도 아니었지만 클레어 목사에게는 너무나 복잡 미묘해서 이해하기가 어려웠다. 그래서 목사는 아까부터 하려던 이야기를 계속했다. 그 이야긴, 더버빌이라고 부르는 선친이 죽은 후 젊은 아들은 눈먼 어머니를 모시고 있어서 더욱 분별 있는 처신을 했어야 함에도 오히려 방탕하기 짝이 없는 바람둥이로 못되게 굴었다는 것이다. 클레어 목사는 그 지방으로 전도하러 갔다가 공교롭게도 그 젊은이의 행실에 대해 소문을 듣고 기회를 포착해서 대담하게 그 타락한 젊은이에게 그의 정신 상태에 대해 설교를 했다 한다. 클레어 목사는 다른 교회의 설교단에 속한 사람이었지만, 그렇게 하는 것이 자기의 할 일이라고 생각하고 설교에 〈누가복음〉의 말을 인용했다 한다——"어리석은 자여, 오늘 밤에 네 영혼을 도로 찾으리니!"(제12장 20절) 그 젊은이는 맞대놓고 비난하는 설교를 듣자 화가 나서 말다툼이 벌어졌다. 그는 클레어 목사의 백발에 경의를 표하기는커녕 공공연히 마구 모욕을 주었다는 것이다.

엔젤은 괴로워하며 얼굴을 붉혔다.

"아버지, 불한당 같은 놈들 앞에 나서서 쓸데없는 고통을 당하실 게 뭐예요!"

"고통이라니?" 아버지가 말했다. 그러고는 주름살 잡힌 얼굴에 희생 정신의 열의가 솟아났다. "나에게 한 가지 고통이 있다면 그 불쌍하고 바보 같은 젊은이 때문에 느끼는 고통이지, 내가 그 젊은이로부터 모욕을 당하거나 심지어 구타를 당했더라도 내가 뭐 고통을 느낄 줄 아느냐? '욕을 당한즉 축복하고 핍박을 당한즉 참고 비방을 당한즉 권면하니 우리가 지금까지 세상의 더러운 것과 만물의 찌꺼기같이 되었도다.'(《신약성서》〈고린도 전서〉제4장 12-13절) 사도 바울이 고린도 사람들에게 말한 이 고귀한 옛 말씀은, 엄격히 말해서 지금 이 순간에도 진리란 말이다."

"아버지, 폭행까지? 설마 그 젊은이가 때리지는 않았겠지요?"

"그럼, 때리지는 않았지. 그러나 술에 취해서 미치다시피 된 사람들로부터 폭행당한 적은 있지."

"그럴 리가 있겠어요!"

"얘야, 그런 일은 수십 번이나 당했단다. 허지만 아무러면 어떠냐? 내가 참음으로써 그들의 피와 육체를 죽이는 죄에서 그들을 구원해준 건데. 그 후 그들은 오래 살면서 나에게 감사하고 하나님을 찬송하게 되었단다."

"아까 그 젊은이도 잘못을 뉘우쳤으면 좋겠어요! 그렇지만 아버지 말씀을 들으니 그 젊은이는 가망이 없겠군요." 엔젤은 진지하게 말했다.

"희망을 가져야지. 이 세상에서 다시 그를 만나게 될 것 같진 않다만, 난 그를 위해서 계속 기도하고 있단다. 결국 내 보잘것없는 말 한마디가 그 젊은이의 가슴속에서 언젠가는 좋은 씨가 되어 싹이 돋아날 거다." 클레어 목사가 말했다.

아버지는 언제나 그렇듯이 지금도 어린애처럼 낙관적이었다. 비록 엔젤은 아버지의 편협한 교리를 받아들일 수는 없었지만, 그가 실천하는 것은 존경했고 신앙심 두터운 모습을 인정하지 않을 수 없었다. 테스를 아내로 삼겠다고 아버지에게 말할 때, 아버지가 그녀가 부유한지 가난한지 일언반구도 캐묻지 않는 데에 엔젤은 아버지를 여느 때보다도 더 존경했는지도 모른다. 물질을 탐내지 않는 아버지와 비슷한 성격이 엔젤로 하여금 농부의 직업을 택하게 했고, 형들로 하여금 활동할 수 있는 동안에 가난한 목사의 직업을 받아들이도록 했을 것이다. 어쨌든 엔젤은 아버지의 그 같은 성품을 존경했다. 사실, 엔젤 자신은 이단적인 사상을 갖고 있었지만 인간적인 면에서는 다른 어느 형보다도 자기가 아버지와 더 가깝다고 늘 생각해왔다.

27 쨍쨍한 한낮의 햇볕을 쪼이며 20마일이나 되는 골짜기를 넘어, 오후에는 톨보데이스에서 서쪽으로 1, 2 마일쯤 떨어진 외딴 언덕에 도착했다. 여기서 그는 물이 풍부한 푸른 골짜기, 일명 프룸 골짜기라 불리는 바 골짜기를 다시 바라볼 수 있었다. 높은 지대에서 기름진 골짜기로 내려가자 공기는 차츰 무거워졌다. 여름철의 과실, 안개, 건초, 꽃들의 나른한 향기가 짙게 서려, 바로 이맘때면 가축과 꿀벌과 나비 들을 졸리게 하는 것 같았다. 클레어는 이 고장이 너무 낯익어, 목장 멀리에서 서성거리고 있는 젖소들의 이름 하나하나를 알 수 있을 정도였다. 그는 여기로 되돌아오자 학생 시절과는 전혀 다른 태도로 내면으로부터 인생을 관찰할 수 있는 능력을 터득하게 된 것 같아 흐뭇한 마음이었다. 그는 부모를 무척 사랑하고 있었지만, 며칠간의 귀가 후에 다시 이곳으로 돌아오자 부목이나 붕대를 풀어놓은 것 같은 홀가분한 기분을 느끼지 않을 수 없었다. 톨보데이스에는 토박이 지주가 없었기 때문에 흔히 영국의 시골에서 느끼는 구속감 같은 것은 전혀 느껴지지 않았다.

낙농장에는 아무도 밖에 나와 있는 사람이 없었다. 모두들 여름철에는 새벽같이 일찍 일어나기 때문에 그들은 오후에는 한 시간 정도으레 낮잠을 즐겼던 것이다. 문간에는 닳아빠져 허옇게 된, 나무 테를 두른 우유통들이 모자걸이에 걸려 있는 모자처럼 일부러 마련한 껍질 벗긴 떡갈나무로 만든 우유통걸이에 걸려 있었다. 우유통마다 저녁에 젖을 짜받기 위해 물기 없이 깨끗하게 말려져 있었다. 엔젤은 집안으로 들어가 조용한 복도를 지나 뒷문 있는 데로 가서 잠시 귀를 기울였다. 남자 일꾼들 몇 명이 자고 있는 짐마차 안에서 코 고는 소리가 들렸고, 더 멀리 떨어져 있는 돼지 우리에서는 더위에 허덕이는 돼지들의 꿀꿀대는 소리가 들렸다. 잎사귀가 넓은 대황(大黃)이나 양배추도 그 넓고 부드러운 잎을 접다 만 우산처럼 햇빛에 축 늘어져 졸고 있는 듯한 모양이었다.

엔젤은 말안장을 풀어놓고 말에게 먹이를 주었다. 그러고 나서 그가 다시 집 안으로 들어가자 시계가 세 시를 알렸다. 이 시간은 오후의 크림을 걷는 시간이었다. 시계 치는 소리와 함께 위층 마룻바닥이 삐걱거리는 소리와 계단으로 내려오는 발자국 소리가 들렸다. 테스의 발자국 소리였다. 이윽고 테스가 그의 앞에 나타났다.

테스는 클레어가 들어오는 소리를 듣지 못했기 때문에 그가 와 있으리라고는 생각지 못하고 있었다. 그녀는 하품을 했다. 뱀의 입속처럼 빨간 그녀의 입 안이 훤히 들여다보였다. 그녀가 땋아올린 머릿단 위로 한쪽 팔을 쭉 펴올리니 햇볕에 그을지 않은 비단같이 고운 살결이 드러나보였다. 잠이 덜 깬 테스의 얼굴은 상기되어 불그레했고 눈꺼풀도 처져 있었다. 그녀의 넘칠 듯한 풍만한 개성이 온몸에서 풍겼다. 이 순간이야말로 여자의 영혼이 그 어느 때보다도 몸으로 삐져나오는 것 같았고, 성(性) 자체가 유달리 밖으로 나타나보이는 순간이었다.

테스의 얼굴이 잠에서 채 깨기도 전에 무거운 눈꺼풀에 가려졌던 눈이 빛났다. 반가움과 수줍음과 놀라움이 야릇하게 뒤범벅된 얼굴로 테스는 외쳤다.

"아, 클레어 씨! 어쩌면 사람을 그렇게 놀라게 하세요? 전……."

처음에 테스는, 클레어가 사랑을 고백한 뒤 두 사람의 관계가 좀 달라졌다는 사실을 생각할 만한 시간적 여유가 없었다. 그러나 계단 바로 밑에까지 다가오는 클레어의 다정한 표정과 마주친 순간, 그녀의 얼굴에는 그들의 관계를 잘 알고 있다는 빛이 떠올랐다.

"사랑하는 테스! 제발, 그놈의 씨 자를 붙여서 날 부르지 말아요. 난 당신 때문에 이렇게 급히 달려온 거야!" 엔젤은 테스를 끌어안고 상기된 뺨에 자기의 얼굴을 대면서 속삭였다.

흥분하기 잘하는 테스의 가슴은 그의 가슴에 대답하는 듯이 두근거렸다. 그들은 문간 벽돌 바닥 위에 포옹한 채로 서 있었다. 창문으로 비스듬히 스며든 햇빛은 테스를 안고 있는 클레어의 등, 테스의 갸우뚱한 얼굴, 관자놀이의 파르스름한 힘줄, 걷어붙인 팔, 그리고 목덜미와 머리채 구석구석을 비추고 있었다. 옷을 입은 채 자다가 나왔기 때문에 테스의 몸은 양지 쪽에 있던 고양이처럼 따스했다. 처음에 그녀는 그를 똑바로 쳐다보지 않았지만, 이윽고 눈을 올려뜨자 클레어는 변하는 그녀의 눈동자를 깊이 들여다보았다. 나중에 잠을 깬 이브가 아담을 쳐다보듯이 테스가 그를 쳐다볼 때 그녀의 눈동자는 파랗고 까맣게, 그리고 잿빛과 보랏빛으로 빛났다.

"전 크림을 걷으러 가봐야겠어요. 오늘 저를 도와줄 분은 뎁 할머니밖엔 없어요. 클릭 아주머니는 아저씨하고 장 보러 가셨고, 레티는 몸이 좋지 않아요. 그리고 다른 일꾼들은 어딘가 가고 없는데 젖을 짤 때나 돌아올 거예요."

그들이 우유 창고로 들어가자 데보라 파이안더가 계단에 나타났다.

"데보라, 지금 왔습니다. 제가 테스의 크림 걷는 일을 도와주겠어요. 무척 피곤하신 것 같으니 젖 짤 때까지 내려오시지 않아도 좋아요." 클레어가 위를 쳐다보면서 말했다.

이날 오후, 아마 톨보데이스 목장의 우유는 크림이 제대로 걷히지 않았을 것이다. 테스는 지금 몽롱한 상태에 있어서 평소에는 낯익은 것들이 빛이나 그림자의 위치는 보였지만 윤곽은 뚜렷이 보이지 않았다. 주걱을 식히기 위해 펌프물에 갖다 댈 때마다 그녀의 손은 떨렸다. 클레어의 사랑이 너무도 열렬했기에 그녀는 마치 따가운 햇빛을 쪼인 식물처럼 오므라드는 듯했다.

엔젤은 다시 테스를 껴안았다. 테스가 크림 가장자리를 자르려고 집게손가락으로 그릇 속을 휘젓자, 클레어는 그녀의 손가락을 빨아서 깨끗하게 해주었다. 톨보데이스 목장의 자유스러운 풍습이 지금 같아서는 안성맞춤이었기 때문이다.

"아무 때고 말해야 할 테니 지금 말하는 것이 좋겠소. 지난 주일 목장에서 그 일이 있은 후로 줄곧 생각한 것인데, 무척 중요한 문제를 말하겠소. 난 곧 결혼하려 해요. 난 농부니까 테스도 알다시피 나에겐 농사일을 잘하는 여자가 아내로 필요하단 말이오. 테스, 당신은 그런 아내가 되어줄 수 없나요?" 그가 조용히 말했다.

그는 일시적인 충동에서 기분 내키는 대로 내뱉는 것이 아니라는 것을 나타내기 위해 이런 식으로 이야기를 꺼냈던 것이다.

테스는 무척 괴로웠다. 그녀는 클레어를 사랑했으므로 그 결과 어쩔 수 없이 그와 가까워지는 것을 피할 수는 없었다. 그러나 이와 같은 갑작스런 결과가 나타나리라고 예측하지 못했다. 사실 클레어도 조급하게 서두를 생각은 없었지만 어쩌다 보니 테스에게 고백하고 말았던 것이다. 테스는 가슴이 찢어질 듯한 괴로운 심정으로 성실한 여자답게 이야기하기로 마음먹었다.

"아, 클레어 씨, 전 당신의 아내가 될 수 없어요. 전 그럴 자격이 없어요!"

테스는 자기가 결심한 바를 말하고 나니 가슴이 찢어지는 것만 같아 슬픔을 이기지 못해 고개를 떨구었다.

"테스! 그럼 결혼 못하겠단 말이오? 분명 날 사랑하고는 있겠지?" 그는 그녀의 대답에 어리둥절해서 그녀를 더 꼭 껴안으면서 말했다.

"그럼요. 사랑하고말고요! 이 세상에서 누구보다도 당신의 아내가 되는 게 소원이에요. 그렇지만 결혼할 순 없어요!" 괴로운 테스는 아름답고 정직한 목소리로 말했다.

"테스, 다른 남자와 약혼이라도 했나 보군!" 그는 두 팔을 뻗어 그녀를 붙잡고 말했다.

"아니에요. 그렇지 않아요!"

"그렇다면 무엇 때문에 거절하는 거지요?"

"전 결혼하고 싶지 않아서 그래요! 결혼 같은 건 생각해본 적도 없고 할 수도 없어요! 그저 당신을 사랑하고만 싶어요."

"도대체 왜 그러는 거요?"

대답에 궁해진 테스는 말을 더듬거렸다.

"당신 아버님은 목사님이고 당신 어머님은 저 같은 여자하고 결혼하는 걸 달갑지 않게 생각하실 거예요. 어머님은, 당신이 양반집 딸하고 결혼하는 걸 원하실 거예요."

"당신 같지 않은 소릴. 난 이미 부모님께 말씀드렸어요. 내가 집에 다녀온 것도 일부는 그 일 때문이었어요."

"전 못 할 것 같아요. 정말, 아무래도 안 될 거예요!" 그녀는 되풀이해서 똑같은 말을 했다.

"테스, 너무 갑작스러운 말이라서 그러오?"

"그래요. 전 미처 생각해보지 못했어요."

"테스, 이 문제를 다음으로 미루어달라면 시간적인 여유를 주겠소. 돌아오자마자 이런 얘길 꺼낸 건 너무 성급했나 보오. 이 얘긴 당분간 하지 않겠소."

그녀는 번쩍거리는 주걱을 집어들고 펌프 물에 식힌 다음, 다시 일을 시작했다. 바로 크림 밑에다 교묘한 솜씨로 주걱을 갖다 대야 했지만 아무리 애를 써도 그전처럼 되지 않았다. 때로는 주걱을 우유 속으로 찔러넣기도 하고 때로는 허공을 치기도 했다. 두 줄기의 슬픈 눈물이 앞을 가려 테스는 아무것도 보이지 않았다. 테스는 클레어에게도 그 슬픔의 정체를 밝힐 수 없었다.

"크림을 못 걷겠군요. 안 되는걸요!" 테스가 그를 외면하면서 말했다.

생각이 깊은 클레어는 그녀의 마음을 더 들뜨게 하여 일에 방해가 되지 않으려고 부드럽게 말했다.

"당신은 우리 부모님을 전적으로 오해하고 있소. 그분들은 이 세상에서 가장 순박하고 야심이 없는 분들이오. 지금은 몇 사람 남지 않은 복음주의파이지요. 테스, 당신도 복음주의파 신자 아니오?"

"모르겠어요."

"주일마다 꼬박 교회에 나가지 않소? 그런데 이곳 목사는 고교회파(高敎會派)가 아니라는 말이 있더군."

테스는 주일마다 이곳 목사의 설교를 들었지만, 그의 설교를 한 번도 들어보지 못한 클레어보다도 그 목사의 설교에 대해 모르는 것 같았다.

"전 설교를 더욱 마음속에 잘 간직할 수 있으면 좋겠어요. 귀에 들어오는 말이 하나도 없을 때에는 무척 서글퍼져요." 테스는 무난한 상식적인 이야기를 했다.

테스의 말은 조금도 꾸밈이 없었기 때문에, 엔젤은 아버지가 종교 문제로 테스를 반대하지 않을 것이라고 마음속으로 확신했다. 하기야 테스 자신은 자기의 종파가 고교회파인지 저교회파인지, 혹은 광교회파(廣敎會派)인지도 모르고 있었다. 그녀가 어릴 때부터 분명히 익혀 온 질서 없는 신앙은 사실은 어법상으로 따진다면 트랙타리안파(옥스포드에서 일어난 종교 운동으로, 고대 기독교와 카톨릭교적인 교리를 강조한 종교 운동)에 속하며, 본질적으로 본다면 범신론에 속한다는 것을 엔젤은 알고 있었다. 그녀의 신앙이 질서가 있건 없건, 엔젤은 그것을 이러쿵저러쿵 따지고 싶지는 않았다.

> 누이가 기도할 때 방해하지 말라.
> 어린 마음에 간직한 천국과 행복한 꿈을
> 은근한 암시의 말로 어지럽히지 말라.
> 행복하게 지내는 어린 삶을. (테니슨의 《인 메모리엄》에서 인용함)

클레어는, 테니슨의 이런 충고가 음률은 아름답지만 그다지 성실하지는 못하다고 가끔 생각했지만 이제는 기꺼이 그 말에 따랐다.

그는 이번에 집에 갔을 때 일어난 일들과 아버지의 생활 태도와 그의 열렬한 신앙에 관해서 그녀에게 자세히 이야기했다. 테스의 마음

은 차차 가라앉았다. 이젠 크림을 걸을 때 팔이 떨리지 않았다. 그녀
가 차례로 한 통씩 크림을 걷어나가면 그는 이어서 마개를 뽑아 우유
를 흘려보냈다.

"당신은 아까 들어오실 때 어쩐지 풀이 죽은 것 같았어요." 테스는
자기의 문제를 피하려고 이 같은 엉뚱한 말을 꺼냈다.

"그래요? 글쎄, 아버지가 골치 아픈 얘기를 하시더군. 그런 얘기를
들으면 언제나 골치가 아파. 그분은 어찌나 열성적인지 반대파 사람
들로부터 많은 푸대접을 받기도 하고, 심지어 주먹질까지도 당하신대
요. 그만한 연세에 남한테서 모욕받는다는 소리가 듣기 싫단 말이오.
더군다나 그분의 열성도 그 지경이 되면 아무 소용도 없다는 걸 생각
하면 괴롭기만 할 뿐이지. 아버지는 최근에 당한 일을 말씀하시더군
요. 무척 불쾌한 일이었대요. 어느 선교 단체의 대리로 전도하기 위해
서 여기서 40마일 떨어진 트랜트리지 마을로 가셨다는 거요. 그 근처
에서 만난 방탕하고 파렴치한 젊은이에게 책임상 타이르셨다나 봐.
그 젊은이는 그곳 지주의 아들이고 어머니는 앞을 못 보신다고 하시
더군. 우리 아버지께서 그 사람을 나무라자 한바탕 소동이 벌어졌던
모양이오. 그래 보았자 아무 소용이 없다는 걸 뻔히 아시면서도 그 젊
은이를 회개시키겠다고 나선 아버지부터가 어리석다고 난 생각해요.
그렇지만 우리 아버진 마땅히 해야 할 일이라고 생각하면 때를 가리
지 않으시고 꼭 실천하시는 분이거든. 그러니까 아버지는 자연히 타
락한 사람들뿐만 아니라 간섭받기 싫어하는 건달들 가운데도 앙심을
품은 사람들이 많아요. 그런데도 아버지는 욕을 당하시고도 영광이라
하시며 간접적으로 좋은 도움이 될 거라고 말씀하시거든. 그렇지만
이젠 아버지도 늙으셨으니 편히 쉬시고 돼지 같은 그놈들을 내버려두
셨으면 좋겠어."

테스의 표정은 굳어졌고 피곤한 기색이었다. 그리고 그녀의 붉고
통통한 입술 가에는 슬픔이 어려 있었다. 그러나 겁내는 기색은 전혀
보이지 않았다. 클레어는 아버지 생각에 잠겨 있느라고 그녀를 전혀

눈여겨보지 않았다. 그들은 우유가 들어 있는 장방형의 하얀 우유통들을 찾아다니며 크림을 걷어 우유통을 모두 비워버리자, 다른 아가씨들이 돌아와서 우유통을 가져가고 뎁도 새 우유를 담기 위해서 통을 씻으려고 왔다. 클레어는 젖소들이 있는 목장으로 나가려는 테스에게 상냥하게 말했다.

"그런데 테스, 아까 말한 청혼은 어떻게 된 거죠?"

"아이, 안 돼요! 아무래도 안 되겠어요." 그녀는 알렉 더버빌의 이야기가 나오자, 새삼스럽게 자기의 기구한 과거가 생각나서 암담한 절망감을 느끼며 대답했다.

그녀는 슬픔에 젖은 답답한 가슴을 씻어내려는 듯 목장으로 뛰어가 다른 젖 짜는 아가씨들 사이에 끼였다. 아가씨들은 멀리 목장에서 젖소들이 풀을 뜯어먹고 있는 쪽으로 갔다. 그녀들은 들짐승 같은 대담한 태도와 파도에 몸을 싣고 헤엄치는 사람처럼 무한한 공간에 익숙한 자유로운 몸짓으로 대기에 몸을 맡기고 앞으로 나아갔다. 테스가 '인공(人工)'이 가해진 곳에서가 아니라 구속 없는 '자연' 속에서 벗을 찾고자 뛰어나가는 모습은 클레어에게 지극히 자연스러워 보였다.

28 테스의 거절은 생각 밖이었지만, 그렇다고 클레어는 언제까지나 기가 죽어 있지는 않았다. 여자들에 대한 클레어의 경험은 풍부해서 때로는 거절이 승낙의 전제에 불과하다는 사실을 알고 있었다. 그러나 테스가 거절한 이면에는 수줍음만이 아닌 커다란 다른 이유가 있다는 것을 깨닫진 못했다. 테스가 이미 자기의 사랑을 받아들였다는 사실을 엔젤은 또 하나의 확증으로 해석했다. 그러나 목장이나 들에서는 '공연히 한숨짓는 사랑' (셰익스피어의 《햄릿》 제1막에서 인용함)이라는 말이 결코 헛된 말이 아니라는 것을 전연 깨닫지 못한 클레어는 이미 사랑하는 사이라는 점만으로도 흡족했다. 체면이나

소문을 두려워하는 야심가들의 집안과는 다른 것이다. 그런 집안의 딸들은 가정을 이루려고 애쓴 나머지 정열을 목적으로 한 건전한 사고 방식이 마비되어 있다. 그러나 톨보데이스에서는 사랑을 고백하면 사랑 자체의 달콤한 즐거움을 위해서 쉽사리 그 고백의 대가를 얻을 수도 있었다. 클레어는 이런 사실을 잘 모르고 있었다.

"테스, 어째서 당신은 결혼할 수 없다고 그렇게 딱 잘라 말했소?" 며칠이 지난 뒤에 클레어가 그녀에게 물었다.

테스는 깜짝 놀라 말했다.

"그 문제는 더 이상 묻지 마세요. 이유는 어느 정도 말씀드렸잖아요. 전 훌륭한 여자가 아녜요. 그리고 그럴 자격도 없구요."

"어째서? 양반집 딸이 아니기 때문인가요?"

"그래요. 말하자면 그렇죠. 당신 형님들은 저를 경멸할 거예요." 그녀가 중얼거렸다.

"정말 당신은 오해하고 있군, 우리 아버지와 어머니를. 우리 형님들에 대해선 난 관심도 없지만……."

그는 테스가 품안에서 빠져나가지 못하도록 그녀의 등뒤에서 두 손을 마주 잡았다.

"자, 아가씨, 진심으로 그렇게 말하는 건 아니겠죠? 난 그렇게 믿어요! 당신은 내 마음을 흔들어놨어요. 책도 눈에 들어오질 않고 하프를 탈 수도 없고 매사가 손에 잡히질 않아. 테스, 급하게 서둘진 않아요. 하지만 난 정말 알고 싶소. 당신의 따뜻한 입술을 통해 언젠가는 내 아내가 돼주겠다는 말을 듣고 싶소. 당신 마음이 내킬 때, 언젠가는 그렇게 해주겠죠?"

그녀는 고개를 저으면서 그를 외면할 뿐이었다.

클레어는 테스를 유심히 들여다보았다. 그러고는 그녀의 얼굴 표정을 상형문자라도 읽듯 두루 살펴보았다. 그녀의 거절은 진정인 듯했다.

"그렇다면 난 당신을 이런 식으로 포용해서는 안 되겠군? 난 당신에게 아무 권리도 없소. 당신이 있는 곳을 찾아갈 권리도, 함께 산책할 권리도. 테스, 솔직히 말해줘요. 다른 남자를 사랑하고 있소?"

"왜 그런 말씀을 하세요?" 테스는 감정을 억누르면서 말했다.

"그렇지 않을 거라고 대강은 짐작하고 있소. 그런데 어째서 날 거절하오?"

"전 거절하지 않았어요. 오히려 당신한테서 듣고 싶어요. 당신이 저를 사랑한다는 말씀을 듣고 싶어요. 함께 걸을 때 언제든지 그렇게 말씀해주세요. 조금도 언짢게 생각하진 않아요."

"그렇지만 날 남편으로 삼을 수는 없단 말이죠?"

"아이, 그건 문제가 다르지요. 클레어 씨, 사실은 당신을 위해서예요. 제 말을 믿어주세요. 오직 당신을 위하기 때문이에요. 당신의 아내가 되겠다고 약속해놓고 저만 행복해질 수는 없어요. 왜냐하면, 왜냐하면 전 분명히 그래서는 안 될 사람이기 때문이에요."

"그렇지만 당신은 나를 행복하게 해줄 수 있을 거요!"

"아, 그렇게 생각하시겠지만, 그건 모르시는 말씀이에요!"

그녀가 거절하는 본심은 다름이 아니라 자격이 없다는 일종의 겸손한 마음이라고 생각한 클레어는, 그럴 때면 언제나 그녀가 아는 것이 많고 재주 있다고 말해주었다. 그의 말은 사실이었다. 그녀는 원래 이해가 빨랐고 클레어를 흠모하는 터여서 그의 말과 말투와 단편적인 지식을 놀라울 정도로 많이 받아들였다. 이런 정겨운 말다툼이 테스의 승리로 끝난 후면 테스는, 젖짜는 시간이면 멀리 떨어져 있는 젖소 쪽으로 혼자 가거나 한가한 시간이면 사초(莎草) 덤불 있는 곳이나 자기 방으로 가서 겉으로나마 냉정하게 거절한 것이 가슴 아파 1분도 채 못 되어 속으로 슬퍼하곤 했다.

테스의 갈등은 심했다. 그녀의 마음은 클레어에게 쏠렸다. 말하자면 두 개의 불타는 마음이 조그맣고 가련한 하나의 양심과 싸우는 격이었다. 그래서 그녀는 최선을 다해서 자기의 결심을 굳히려고 애썼다. 그녀가 이 톨보데이스 목장으로 올 때에는 굳은 결심이 있었다. 어떤 일이 있어도 자기가 결혼한 후에 남편에게 가슴 아프게 뉘우칠

일을 저지르지는 않겠다는 결심이었다. 그래서 그녀는 마음이 조금도 흐리지 않았을 때 양심이 자기를 위해서 결정해준 것을 지금에 와서 뒤집을 수는 없다고 생각했다.

"어째서 내 사정을 그이한테 말해주는 사람이 없단 말인가? 겨우 40마일밖에 떨어지지 않은 이곳인데, 왜 내 소문이 퍼지지 않았을까? 분명 알고 있는 사람이 있을 텐데!" 그녀는 혼자 중얼거렸다.

그러나 그녀의 내력을 알고 있는 사람은 아무도 없는 것 같았다. 엔젤 클레어에게 그녀의 내력을 말해줄 사람은 아무도 없었다.

2, 3일 동안 그들은 별다른 말 없이 지냈다. 테스는 한방을 쓰고 있는 친구들의 슬픈 표정으로 미루어보아, 그들이 자기를 클레어의 애인으로뿐만 아니라 이미 아내감으로 선택된 여자라고 생각하고 있다는 사실을 눈치챘다. 그러나 그들도 테스가 클레어의 마음대로 움직여주지 않는다는 것을 자연히 알 수 있었을 것이다.

테스는 자기의 인생이 벅찬 즐거움과 뼈저린 고통의 두 가닥실로 얽혔던 때를 일찍이 겪어본 적이 없었다. 다음번 치즈를 만들 때 그들은 또 단둘이 남게 되었다. 주인 클릭도 같이 일을 거들어주고 있었다. 클릭 씨는 부인과 마찬가지로, 요즈음 두 사람 사이의 다정한 관계를 눈치채고 있는 것 같았다. 그러나 그들은 산책하는 것조차도 워낙 조심성 있게 행동했기 때문에 아주 조금 어렴풋이 짐작될 뿐이었다. 그러나 클릭 씨는 그들만을 남겨둔 채 자리를 떠났다.

그들은 통에 넣기 위해서 우유 응어리를 부수고 있었다. 이 일은 굉장히 많은 빵을 부수는 작업과 흡사했다. 새하얀 우유 응어리 속에서 테스의 손은 장미꽃처럼 붉게 보였다. 두 손으로 통에 우유 응어리를 담고 있던 엔젤은 갑자기 일손을 멈추고 테스의 손 위에 자기의 손을 얹었다. 그녀의 옷소매는 팔꿈치 위까지 걷어올려져 있었다. 그는 허리를 굽혀 그녀의 보드라운 팔 안 쪽에다 키스했다.

9월 초순의 날씨는 무더웠다. 그러나 엔젤의 입술에 느껴지는 우유 응어리 속에 잠긴 테스의 팔은 갓 따온 버섯처럼 축축하고 차가웠다.

그리고 우유 맛이 났다. 그녀는 예민한 신경 덩어리로 뭉쳐진 듯 클레어의 입술이 살에 닿자 가슴이 뛰기 시작했고 피는 손가락 끝으로 달아올랐으며 차갑던 팔이 뜨거워졌다. 테스의 뛰는 가슴속에서 '더 이상 망설일 필요가 있을까? 남자와 남자 사이에서와 마찬가지로 남자와 여자의 사이에서도 진실은 진실인 것이다'라고 심장이 말하기라도 하듯, 테스는 빙그레 웃으며 눈을 들어 클레어의 눈을 응시했다.

"테스, 내가 왜 키스했는지 알겠소?" 그가 물었다.

"저를 무척 사랑하시기 때문이겠지요!"

"그래요. 그리고 새로운 청을 하려는 준비이기도 하고."

"다시는 그런 말씀 마세요!"

그녀는 자기의 굳은 결심이 욕망 앞에서 무너지지나 않을까 하고 갑자기 두려운 표정을 지었다.

"아, 테스!" 클레어는 말을 계속했다. "어쩌자고 당신은 날 이렇게 애태우지? 무엇 때문에 날 이토록 실망시키는 거요? 당신은 요부 같아. 확실히 당신은 읍내에서도 손꼽히는 요부 같아. 그 여자들은 당신처럼 변덕스러워 속셈을 알 수 없거든. 톨보데이스 목장 같은 벽지에서 이런 일을 당할 줄은 천만 뜻밖이오……. 그렇지만, 테스." 클레어는 자기 말이 테스의 마음을 아프게 했다고 생각되자 재빨리 덧붙였다. "난 당신이 세상에서 가장 정직하고 흠잡을 데가 없는 여자라는 걸 알고 있소. 그런 당신을 어떻게 요부라고 생각할 수 있겠소? 테스, 나를 사랑하는 것이 정말이라면 아내가 돼달라는 데 어째서 싫다는 거죠?"

"싫다고 말한 적은 없어요. 전 그런 말은 못 해요. 그게 제 본심은 아니니까요!"

테스는 너무나 긴장했기에 입술이 떨렸다. 그녀는 그 자리를 떠나야 했다. 클레어는 너무 괴롭고 당황한 나머지 뛰어가서 복도에서 그녀를 붙잡았다.

"말해주오. 약속해주오! 나 이외엔 누구의 사람도 되지 않겠다고

말해주오!" 그는 손에 우유 응어리가 더덕더덕 묻은 것도 잊은 채 그
녀를 꽉 껴안으며 말했다.

"말하겠어요. 하고말고요! 지금 저를 놓아주시면 모조리 말씀드리겠
어요. 제가 겪어온 모든 일들을 모조리 털어놓겠어요." 그녀가 외쳤다.

"테스, 당신이 겪은 일들을? 그래, 그래야지. 얼마든지 해요." 클레
어는 그녀의 얼굴을 들여다보며 유쾌한 말로 비꼬듯이 승낙을 했다.

"나의 테스는 확실히 오늘 아침 저 뜰의 생울타리에 갓 피어난 싱
싱한 나팔꽃만큼이나 많은 경험들을 가지고 있을 거요. 내게 무슨 소
릴 다해도 좋지만, 아내 될 자격이 없다는 둥 그런 얘긴 제발 하지 말
아요."

"네, 그러겠어요. 그런데 제 얘긴 내일, 아니 다음 주일에 말씀드리
겠어요."

"그럼 일요일이 어떨까요?"

"좋아요. 일요일로 해요."

마침내 테스는 그 자리를 빠져나와 걸음을 멈추지 않고 남의 눈에
띄지 않는, 안뜰 낮은 쪽에 가지를 다듬어놓은 버드나무 숲속으로 들
어가 버렸다. 그녀는 거기서 침대 위에 눕듯이 바삭거리는 갈대 풀밭
위에 털썩 주저앉아 가슴이 터질 듯한 슬픔을 짓씹으며 웅크리고 앉
았다. 그러나 결과가 어떻게 될까 하는 두려움도, 치밀어오르는 억누
를 수 없는 순간적인 행복감으로 하여 사라져버렸다. 사실, 테스는 클
레어의 청혼을 받아들이는 쪽으로 마음이 기울어지고 있었다. 가빠진
숨결과 끓어오르는 피와 귀에 울리는 맥박 소리는 본능과 어울려 양
심에 얽매어 주저하는 그녀에게 거역하는 소리를 지르는 것 같았다.
앞뒤 가릴 것 없이 클레어의 청혼을 받아들이고 과거를 밝힐 필요도
없이 성단에서 결혼식을 올리고, 어쩌다 과거를 알게 되면 운명에 맡
기고 무쇠 같은 고뇌의 이빨에 물리기 전에 무르익은 쾌락을 손아귀
에 넣어라, 이것이 바로 사랑이 가르쳐주는 것이었다. 그리고 무섭도
록 벅찬 환희에 사로잡힌 테스는, 지난 몇 달 동안 자신을 꾸짖고 앞

으로 엄격히 혼자서 살겠다고 번민도 하고 여러 가지 궁리와 계획도 세워보았지만 결국 자기는 사랑의 속삭임 앞에 굴복하게 되리라는 것을 알았다.

오후의 시간이 흘러갔지만 테스는 여전히 버드나무 숲속에 남아 있었다. 통걸이에 걸린 우유통을 내려놓는 덜거덕 소리와 젖소들을 불러모으는 '워어 워어' 하는 외침 소리가 들려왔지만 테스는 젖을 짜러 나가지 않았다. 섣불리 나가면 일꾼들은 자기의 흥분을 눈치챌 것이고, 클릭 씨는 그 흥분이 사랑 때문이라고 짐작하고 점잖게 놀려댈 것이다. 그러면 그녀는 당황해서 쩔쩔맬 것이다.

테스를 찾거나 부르지 않는 것으로 보아 테스의 애인은 그녀가 지나치게 흥분한 것으로 짐작하고 그녀가 나타나지 않는 것을 적당히 변명해주었음이 분명했다. 여섯 시 반이 되자 태양은 마치 하늘에 걸려 있는 커다란 용광로 같은 모양으로 지평선 너머로 가라앉고, 이어서 괴상한 호박 같은 달이 그 반대편에서 떠올랐다. 늘 가지를 쳐내는 바람에 본래의 모습과는 달리 달빛을 등지고 우뚝 솟은 버드나무의 모습은 마치 바늘 같은 머리칼을 가진 괴물처럼 보였다. 그녀는 집 안으로 들어가 불을 켜지 않고 이층으로 올라갔다.

수요일이 지나고 목요일이 되자 엔젤은 멀리서 그녀를 유심히 쳐다만 볼 뿐 다가오진 않았다. 기숙하는 마리안과 나머지 아가씨들은 무엇인가 뚜렷하게 눈치를 챘는지 이젠 침실에서 테스에게 귀찮게 말을 걸려고도 하지 않았다. 금요일이 지나고 토요일이 되었다. 내일이면 그녀가 확실한 대답을 해줘야 할 날이다.

그날 밤, 테스는 한 친구가 잠결에 한숨을 쉬면서 클레어의 이름을 부르는 잠꼬대 소리를 듣고 질투를 이기지 못해 화끈 달아오른 얼굴을 베개에 파묻고 헐떡거리며 중얼거렸다.

"난 굴복하고 말 거야. 좋다고 대답할 거야. 그이하고 결혼하게 될 거야. 어쩔 수 없는걸, 뭐! 난 그이를 다른 여자에게 빼앗길 순 없어. 그렇지만 그건 그이에겐 좋지 않은 일일 거야. 그리고 내 과거를 안다면 그이는 죽고 말 거야! 아, 괴로워……아……아……아!"

29 "그런데, 오늘 아침, 내가 누구의 소문을 들었는지 알겠어요? 자, 누구라고 생각해요?"

다음날 아침, 목장 주인 클릭 씨는 식탁에 앉아 식사하고 있는 남녀의 일꾼들에게 수수께끼라도 내는 듯한 눈초리로 두리번거리며 말했다.

그들은 각자 한 마디씩 이름을 댔다. 그러나 클릭 부인은 벌써 알고 있었기 때문에 잠자코 있었다.

"그건 건달 녀석 잭 돌로프에 관한 소문이지요. 그 녀석은 요즘 어느 과부와 결혼했다는군요." 목장 주인이 말했다.

"설마 잭 돌로프가요? 고약한 놈인데, 생각만 해도!" 젖 짜는 일꾼이 말했다.

테스는 바로 그 남자의 이름이 생각났다. 왜냐하면 그건 애인의 몸을 망쳐놓고 나서 애인의 어머니한테 쫓겨 교유기 속에서 혼이 났던 그 남자의 이름이었기 때문이다.

"그런데 그 녀석은 약속대로 극성을 떨던 그 부인의 딸과 결혼했나요?" 엔젤 클레어가 무심코 물었다.

그는 양반집 자식이라고 해서 클릭 부인이 항상 따로 정해주는 작은 식탁에 앉아 신문을 뒤적이고 있었다.

"결혼하긴 뭘 해요? 처음부터 생각은 딴데 있었는데. 아까도 말했지만, 그 여자는 과부인데 돈깨나 가진 모양이더군요. 1년에 50파운드의 수입이 있다나요. 그 녀석이 노린 건 바로 그거지요. 그들은 서둘러서 결혼식을 올렸는데, 그 과부가 결혼을 했기 때문에 연수입 50파운드를 잃게 되었다는군요. 이 말을 들은 그 녀석의 꼴을 생각해보세요! 그 후론 그들 두 사람은 개와 고양이처럼 다툼질하며 산다는군요! 그 녀

234

석한테야 잘된 일이지만 불행하게도 여자만 신세를 망친 셈이지."

"글쎄, 그 여자도 꽤나 어리석은 여자군요. 죽은 전 남편의 귀신이 못살게 굴 거라고 진작 말해주었으면 좋았을걸." 클릭 부인이 말했다.

"그래, 그래, 그렇지. 하여튼 얘기의 전후 사정이야 뻔한 거지. 여자는 가정을 이루고 싶은 나머지 남자를 놓칠까 봐 겁이 났던 거요. 아가씨들, 그렇게 생각되진 않나요?" 주인은 우물쭈물 대답했다.

그는 아가씨들이 앉은 쪽을 바라다보았다.

"그녀는 결혼식을 올리러 교회에 가기 직전에, 말하자면 사내가 발뺌을 하지 못하게끔 되었을 때 그런 말을 슬쩍 비쳤어야 했을 텐데." 마리안이 말했다.

"그렇고말고요. 그랬으면 좋았을 텐데." 이즈가 맞장구를 쳤다.

"그 여자도 남자의 꿍꿍이속을 분명히 눈치챘을 거야. 그렇다면 왜 거절을 안했지?" 레티가 발칵 화를 내며 말했다.

"그런데 아가씨는 어떻게 생각하나요?" 목장 주인이 테스에게 물었다.

"그녀가 남자에게 자기의 사정을 고백하든지 아니면 거절했어야 당연하죠. 전 잘 모르지만." 버터 바른 빵이 목에 걸려 끽끽거리는 소리로 테스가 말했다.

"나 같으면 고백도 거절도 하지 않겠어요. 전쟁이나 사랑에서는 무슨 짓을 해도 괜찮은 법이에요. 나 같으면 그 여자처럼 결혼했을 거요. 그런데 전 남편 얘기를 미리 하지 않았다고 해서 그걸 가지고 뭐라고 트집을 잡는다면 난 그자를 국수방망이로 때려눕히겠어요. 그따위 말라깽이 같은 녀석쯤 말이오! 어떤 여자라도 그런 건 할 수 있어요." 일을 도와주려고 농가에서 온 백 닙스라는, 이미 결혼한 여자가 말했다.

그녀의 농담이 끝나자마자 웃음보가 터졌다. 그러나 테스는 마지못해 쓸쓸한 미소를 지었을 뿐이다. 그들에게는 그 농담이 즐겁게 들렸지만 테스에게는 슬프게만 들렸다. 테스는 그들이 흥겨워하는 모습을 견딜 수 없었다. 그래서 식탁에서 일어났다. 클레어가 곧 뒤따라올 것 이라고 생각하면서 꼬불꼬불한 길을 따라 도랑을 사이에 두고 이쪽저 쪽으로 옮기며 걷다가, 드디어 바 강가에까지 이르렀다. 강 위쪽에서 는 사람들이 물풀을 베고 있었고, 그 풀 더미가 마치 움직이는 미나리 아재비의 풀 섬〔島〕처럼 그녀의 옆으로 떠내려가고 있었다. 풀 더미는 그녀가 올라탈 수 있을 만큼 컸다. 떠내려가던 풀 더미들은 젖소들이 건너가지 못하게 박아놓은 말뚝에 걸렸다.

　그렇다, 바로 거기에 괴로움이 있는 것이다. 한 여자가 자기의 과 거를 이야기한다는 것은 그녀 자신에게는 가장 무거운 고뇌의 십자가 를 지는 것과 같은 일이지만 남들에게는 한낱 흥밋거리로밖에 들리지 않는 것이다. 그것은 사람들이 순교자의 행실을 비웃는 격이었다.

　"테스!"

　그녀의 등뒤에서 누군가가 부르는 소리가 들렸다. 클레어가 도랑을 뛰어 건너 테스의 발밑에 내려서며 말했다.

　"장차 내 아내가 돼주겠지!"

　"안 돼요, 안 돼요. 전 그럴 수 없어요. 당신을 위해서예요. 클레어 씨, 당신을 위해서 거절하는 거예요!"

　"테스!"

　"아무래도 거절할 수밖에 없어요!" 그녀는 되풀이해서 말했다.

　그런 거절의 대답을 예기치 못한 클레어는, 테스가 말을 마치자 그 녀의 길게 늘어뜨린 머리칼이 가 닿은 허리를 한 팔로 가볍게 끌어안 았다. (테스는 물론 젖 짜는 아가씨들도 주일날 아침 교회에 가기 위 해서 머리를 유난스레 높게 땋아올리기 전에 아침 식사를 할 때에는 머리를 풀었다. 그런데 이런 머리 모양은 젖소에다 머리를 기대고 젖 을 짤 때에는 어울리지 않았다.) 만일 테스가 '안 돼요'라는 말 대신 '그래요' 하고 대답했다면 클레어는 그녀에게 키스했을 것이다. 그는 분명히 그렇게 하려고 했다. 그러나 그녀의 단호한 거절의 말을 들은 클레어는 주춤하고 말았다. 그들은 같은 지붕 밑에서 가까이 지내는 사이라서 싫든 좋든 서로 마주 보아야 하기에 여자로서 테스는 불리한 처지에 있었다. 그래서 클레어는 지금 그녀에게 무리하게 달콤한 말을 하는 것은 옳지 못하다고 생각했다. 만일 그녀가 더 자유롭게 자기를 피할 수 있는 경우였다면 그럴 듯한 감언이설로 일이 잘되도록 했을지도 모르지만. 그는 잠깐 껴안았던 그녀의 허리를 놓고 키스를 하지는 않았다.

클레어가 테스의 허리를 풀어주느냐 안 풀어주느냐에 따라서 테스의 마음이 결정되었다. 테스가 이번에 용기를 내서 거절하게 된 것은 전적으로 클릭 주인이 얘기한 과부의 이야기에서 힘을 얻은 것이었다. 그러나 그런 용기도 금방 사라질 것이었다. 그러나 엔젤은 더 이상 아무 말이 없이 난처한 표정을 지으며 가버렸다.

두 사람은 매일 만났다——그러나 만나는 횟수는 전보다 덜 했다. 그러는 동안 3주일이 흘렀다. 9월 말이 가까워지자 테스는 클레어의 눈길로 보아서 다시 청혼을 해올 것이라고 생각했다.

이번에는 클레어의 청혼 방식이 달라졌다. 테스의 거절은 결국 뜻밖의 청혼을 받고 놀란 젊은 처녀의 수줍음 때문이라고 판단한 것 같았다. 결혼 문제를 꺼낼 때마다 발작이나 하듯이 그녀가 거절하는 태도가 그로 하여금 그런 생각을 갖게 했다. 그래서 그는 이번엔 좀더 달콤한 말로 설득시키려고 작정했다. 그는 말로 표시하는 방법 이외에 애무하는 따위의 행동을 삼가기로 했다.

이처럼 클레어는 줄기차게 줄줄 흘러나오는 우유처럼 낮은 소리로 사랑을 속삭였다——때로는 젖소 옆에서, 때로는 크림을 떠낼 때, 그리고 버터나 치즈를 만들 때, 새끼 낳는 돼지들이 있는 데서나 닭장 있는 데서도. 젖 짜는 아가씨 중에서 이처럼 남자로부터 사랑의 고백을 받은 아가씨는 없었을 것이다.

테스는 결국 자기가 클레어의 청혼에 굴복하고 말 것이라는 것을 알았다. 알렉과의 관계가 종교적으로 유효하다는 생각이나 솔직해야겠다는 양심도 클레어의 청혼을 언제까지나 막아낼 수는 없었다. 그녀는 클레어를 열렬하게 사랑했다. 그는 테스의 눈에 하느님같이 비쳐졌다. 많이 배우지는 못했지만 천성적으로 아름다운 마음씨를 가진 테스는 그의 보호자다운 지도를 갈망하고 있었다. 자기는 결코 그의 아내가 될 수 없다고 혼자 중얼거려 보았지만 소용없는 짓이었다. 그녀의 마음이 약해졌다는 증거는 마음이 가라앉았을 때라면 귀찮아서도 말하지 않았을 그런 말을 구태여 하는 것을 보아도 알 수 있었다. 오래 된 결혼 문제에 관해서 새삼스럽게 이야기하는 클레어의 목소리 하나하나가 그녀를 지극한 행복감으로 휩싸이게 했고, 그녀는 자기가 은근히 두려워하는 말을 그가 되풀이해주기를 바랐다.

클레어의 태도는——남자라면 으레 그렇지만——어떤 처지나 변화나 비난이나 어떤 비밀을 고백하더라도 그녀를 한결같이 사랑하고 아끼고 감싸줄 사람 같아서 클레어를 만나기만 하면 테스의 울적한 마음은 한결 가벼워졌다. 어느덧 계절이 추분(秋分)에 가까워지자 날씨는 맑았지만 해는 훨씬 짧아졌다. 목장에서는 날이 밝을 때까지 새벽에 한참 동안 촛불을 켜고 또다시 작업을 시작했다. 어느 날 새벽 세 시와 네 시 사이에 클레어의 설득이 또다시 시작되었다.

이날 새벽에도 테스는 여느 때처럼 잠옷 바람으로 클레어의 문간으로 뛰어 올라가서 그를 깨운 다음, 옷을 갈아입고 친구들을 깨웠다. 10분 후, 그녀는 촛불을 손에 들고 계단 위로 올라가고 있었다. 바로 그때 클레어는 셔츠 바람으로 위층에서 내려오다가 두 팔을 벌리고 계단을 막았다.

"이봐요, 요부 같은 아가씨, 내려가기 전에 잠깐만요. 내가 말을 꺼낸 것이 벌써 두 주일이 지났소. 이젠 이대로는 더 못 참겠소. 이제 본심을 들려줘야겠소. 그렇잖으면 난 이 집을 떠나겠소. 방문이 조금 열렸길래 당신의 모습을 보았지. 당신은 내 마음을 이해 못할 거요. 그렇죠? 승낙하는 거죠?" 그가 단호히 말했다.

"클레어 씨, 전 지금 막 일어난 참이에요. 그런 얘기를 꺼내시기엔 너무 이르잖아요! 저를 '요부 같은 여자'라고 부르실 필요까진 없잖아요. 너무 하세요. 당치도 않는 말씀이에요. 좀 기다려주세요. 제발 부탁이에요! 그 동안에 그 문제를 진지하게 생각해보겠어요. 내려가게 좀 비켜주세요!"

촛불을 들고 옆으로 서서 그가 심각하게 한 말을 웃어버리려고 하는 그녀의 모습은 어딘지 좀 요부같이도 보였다.

"그렇다면 날 엔젤이라고 불러요. 클레어 씨가 다 뭐야?"

"엔젤!"

"사랑하는 엔젤이라고는 왜 못 해요?"

"그렇게 부르면 제가 승낙하는 셈이 아니겠어요?"

"그건 당신이 날 사랑한다는 것에 지나지 않지. 설령 나하고 결혼 못한다 할지라도 사랑한다는 말은 벌써 오래 전에 했잖소?"

"좋아요. 꼭 듣고 싶으시다면 '사랑하는 엔젤'이라고 부르겠어요."

그녀는 촛불을 바라보며 중얼거렸다. 그녀는 불안해하면서도 입가에는 장난기어린 미소가 번졌다.

클레어는 테스의 승낙을 얻기 전에는 절대로 키스하지 않겠다고 결심했었다. 그러나 귀엽게 걷어올린 작업복과, 크림 걷기와 젖 짜는 일이 끝나 머리를 손질할 여유가 생길 때까지 아무렇게나 올린 테스의 머리를 보자 어쩐지 그 결심이 무너져 그는 그녀의 뺨에 살짝 키스했다. 그녀는 되돌아보지도 않고 한 마디 말도 없이 빠르게 아래층으로 내려가 버렸다. 다른 젖 짜는 아가씨들이 벌써 내려와 있었기 때문에 그 이야기는 더 이상 거론되지 못했다. 새벽을 알리는 바깥의 싸늘한 첫 광선과는 아주 다른 누르스름한 촛불 아래서 마리안을 제외한 나머지 아가씨들은 모두 그 두 사람을 부러운 듯하면서도 미심쩍은 눈초리로 쳐다보았다.

크림 걷는 일이 끝나자 레티와 다른 아가씨들은 밖으로 나갔다. 가을이 다가오면, 우유의 양이 줄어들기 때문에 크림 걷는 일도 나날이 줄어들었다. 테스와 엔젤도 그들을 뒤따라 나갔다.

"우리들의 가슴 설레는 생활은 저 아가씨들과는 아주 딴판이지?"

새벽의 싸늘하고 뿌연 공기 속으로 앞질러 걸어가는 세 아가씨를 바라보며 클레어가 깊은 생각에 잠긴 듯이 테스에게 말했다.

"별로 다르진 않은 것 같은데요." 그녀가 대답했다.

"왜 그렇게 생각하오?"

"가슴 설레며 살지 않는 여자는 별로 없으니까요." 테스가 대답했다. 그리고 자기가 대답한 새로운 말에 스스로 감탄한 듯 잠시 그 말을 생각하다가 말했다.

"저 세 아가씨는 당신이 미처 생각 못하시는 것들이 있어요."

"그게 뭔데?"

"저 세 아가씨는 모두 저보다 훌륭한 아내가 될 거예요…….아마 그럴 거예요. 그리고 저들은 저 못지않게 당신을 사랑하고 있어요."

"오, 테스!"

테스는 아량을 베풀어 다른 사람에게 사랑을 선뜻 양보하기로 결심하긴 했지만, 안타깝게 소리치는 클레어의 소리를 듣고 무척 안심하는 듯했다. 그녀는 이제 할 일을 다한 셈이다. 두 번 다시 자기를 희생시킬 힘은 없었다. 농가에서 온 일꾼이 그들 사이에 끼여들었기 때문에 그들은 이야기를 중단했다. 그러나 테스는 오늘 이 문제가 결정날 것이라는 것을 알았다.

이날 오후, 주인집 식구들과 일꾼들 몇 명이 여느 때처럼 목장에서 멀리 떨어져 있는 풀밭으로 떠났다. 그곳에서는 울 안으로 몰아넣지 않고 우유를 짜는 젖소들이 많았다. 그러나 어미소의 뱃속에 들어 있는 송아지가 자라감에 따라 우유의 양도 점점 줄어들었다. 그래서 목초가 무성한 계절에 임시로 고용되었던 일꾼들이 해고되기도 했다.

작업은 한가롭게 진행되었다. 통마다 우유가 가득 차면 낙농장에서 온 큰 짐마차에 실려 있는 큰 통에다 부었다. 젖을 다 짜낸 젖소들은 어슬렁어슬렁 물러났다.

흐린 하늘 아래 유별나게 흰 앞받이를 두르고 다른 일꾼들과 같이 일하던 주인 클릭은 갑자기 묵중한 회중 시계를 꺼내보았다.

"흠, 생각보다 늦었는걸. 제기랄! 서둘러야 이 우유를 기차 시간에 대겠는데. 오늘은 이 우유를 집으로 가지고 가서 많이 남아 있는 우유하고 섞어서 보낼 시간조차 없겠는걸. 여기서 곧장 정거장으로 가지고 갈 수밖에. 어느 분이 가겠어요?" 그가 물었다.

클레어는 자기가 할 일은 아니었지만 자진해서 가겠다고 나서고는 테스에게도 함께 가자고 청했다.

해는 졌지만, 저녁녘은 계절에 비해 후텁지근했다. 그래서 테스는 머리에 수건만 썼을 뿐 재킷도 입지 않고 팔을 드러내놓은 채 나와 있었다. 그건 마차를 타고 달릴 수 있는 옷차림은 아니었다. 그래서 그녀는 갈 수 없다는 대답으로 엷게 차려입은 옷으로 시선을 돌렸다. 그러나 클레어는 은근히 권했다. 그녀는 주인에게 자기의 우유통과 의자를 가지고 가도록 부탁함으로써 클레어에게 같이 가겠다는 표시를 했다. 그리고 마차에 올라 클레어 옆에 앉았다.

30 저녁 무렵, 그들은 목장을 가로지르는 평탄한 길을 따라 달렸다. 목장은 몇 마일에 걸쳐 잿빛으로 펼쳐져 있었고, 목장이 끝나는 먼 가장자리 쪽에는 이그돈 히드의 거무스름하고 험한 절벽이 우뚝 솟아 있었다. 그 꼭대기에는 전나무 숲이 우거져 있었다. 톱날 모양의 뾰족한 나뭇가지들은 전면이 시커먼 도깨비집 위에 솟은 감시탑 같았다.

그들은 서로 가까이 있다는 생각에 도취되어 한동안 아무 말도 하지 않았고, 등뒤의 커다란 우유통 속에서 출렁거리는 우유 소리만이 정적을 깨뜨렸다. 그들이 달리는 길은 너무도 외떨어진 곳이어서, 개암나무 열매는 껍질에서 빠져 떨어질 때까지 그냥 가지에 달려 있었고 무거운 산딸기 송이는 축 늘어져 있었다. 엔젤은 이따금 채찍을 휘둘러 딸기 송이를 낚아 테스에게 주었다. 이윽고 찌푸린 하늘은 비가 내릴 낌새를 보이기 시작했다. 대낮의 후텁지근하던 공기는 변덕스러운 산들바람으로 변해서 그들의 얼굴을 스쳤다. 강과 연못의 물위에 어리어 있던 수은 같은 빛깔은 사라지고 말았다. 그것은 반짝이던 넓은 거울이 광택 없는 우툴두툴한 납 덩어리로 변한 것과 같았다. 그러나 이런 변화도 테스의 깊은 생각을 깨뜨릴 수는 없었다. 원래 발그레하던 얼굴이 여름철 햇빛에 그을어 약간 갈색이 되어 있는 그녀의 얼굴은 빗방울을 맞자 그 빛깔이 더욱 짙어졌다. 젖소의 옆구리에 대고 작업을 하느라고 언제나 꼭 매두었던 머리카락이 흩어져서 모자에 드리운 헝겊 밑으로 늘어져 있었다. 머리카락은 비를 맞나 끈적끈적해서 마치 해초처럼 보였다.

그녀는 하늘을 쳐다보며 중얼거렸다.

"전 오지 말 걸 왔나 봐요."

"비가 와서 안됐지만, 당신이 곁에 있으니까 기쁘군!" 그가 말했다.

멀리 보이던 이그돈 봉우리는 빗방울에 가려 점점 보이지 않게 되었다. 어둠이 더욱 짙어졌다. 군데군데 밭으로 통하는 문들이 한길을 가로막고 있어서 걷는 속도보다 빨리 말을 모는 것은 위험했다. 대기는 약간 싸늘했다.

"팔과 어깨에 아무것도 걸치지 않았으니 감기 걸리지 않을까 걱정이오. 내 곁으로 바싹 다가와요. 그러면 가랑비를 맞아도 대단치는 않을 테니. 하긴 비의 덕을 볼지도 모르지. 그렇지 않다면 나는 더욱 괴로울 거요." 그가 말했다.

그녀는 살며시 다가앉았다. 그는 우유통에 햇볕이 들지 않게 가끔 사용하는 커다란 무명 천으로 두 사람의 몸을 둘렀다. 클레어는 손으로 고삐를 잡고 있었기 때문에 테스는 천을 움켜쥐고 흘러내리지 않게 했다.

"자, 이젠 됐소. 아니, 아직 안 됐군! 내 목으로 비가 조금씩 흘러드는데, 당신은 더하겠군. 옳지, 그렇게 하면 좋겠군. 테스, 당신 팔은 비에 젖은 대리석 같구려. 이 천으로 닦아요. 이젠 움직이지만 않

으면 한 방울도 새어들진 않겠지. 그런데 아가씨. 내 문제 말이오, 오
래 끌어온 그 문젠 어떻게 됐죠?"

잠시 동안 그가 들을 수 있는 소리라곤 오직 축축한 길바닥에서 철
벅거리는 말굽 소리와 우유통 속에서 철렁이는 우유 소리뿐이었다.

"당신이 전에 한 말 기억하고 있소?"

"그럼요." 그녀가 대답했다.

"그럼 집으로 돌아가기 전에. 알겠죠?"

"그렇게 해보겠어요."

클레어는 더 이상 말하지 않았다. 마차가 계속 달릴 때, 하늘로 우
뚝 솟아 있는 캐롤라인 왕조시대(영국왕 찰스 1세와 찰스 2세의 시대)의
옛 영주의 저택이 나타났다가 금방 스쳐 지나갔다.

그는 테스를 즐겁게 해주려는 듯 말을 꺼냈다.

"저건 유서 깊은 곳이오. 옛날 이 고장에서 꽤 세도깨나 있던 노르
만 계통의 더버빌 집안이 소유하고 있던 여러 저택 중의 하나지요. 난
저 저택을 지날 적마다 그 집안을 생각하게 되죠. 비록 그들이 난폭하
고 세도깨나 부리고 봉건적이긴 했지만 명성이 드높았던, 어쨌든 명
문 집안이 몰락했다는 건 비참한 일이지."

"그래요." 테스가 말했다.

그들은 깜깜한 어둠 속에서 희미하게 비치는 불빛으로 자기의 존재
를 알리고 있는 바로 그 지점을 향해 마차를 몰았다. 그곳은 낮이면
짙은 녹음을 배경으로 이따금 난데없이 한 줄기 하얀 증기가 나타나
서 이 외떨어진 세계와 현대 생활을 잇는 단속적인 접촉을 보여주는
곳이었다. 현대 생활은 하루에 서너 번씩 그곳에 증기의 손길을 뻗어
그 고장의 생활과 접촉했다가는 마치 못마땅하다는 듯이 다시금 총총
히 그 손길을 거두어들이곤 했다.

그들은 그을음이 잔뜩 긴 램프에서 희미하게 빛이 새어나오는 작은
정거장에 도착했다. 그것은 보잘것없는 지상의 별로, 하늘의 별에 비
하면 지극히 부끄러운 존재이긴 했지만 톨보데이스 낙농장과 그곳 사

람들에게는 하늘의 별보다 더 귀중한 존재였다. 비를 맞으며 새로 짜온 우유통을 짐마차에서 내려놓는 동안 테스는 옆에 있는 감탕나무 밑에서 간신히 비를 피했다.

기차는 칙칙 소리를 내다가 비에 젖은 철로 위에 거의 소리도 없이 멎었다. 우유통들은 하나씩 재빨리 무개화차에 실렸다. 화통에서 비치는 불빛이 감탕나무 밑에 꼼짝도 않고 서 있는 테스의 모습을 잠시 비추었다. 만약 번쩍이는 기차 바퀴나 크랭크가 그녀를 쳐다본다면, 통통하게 드러난 팔과 비에 젖은 얼굴과 머리카락, 온순한 표범처럼 꼼짝 않고 있는 모습과, 언제 만들었는지도 모르는 케케묵은 사라사 저고리와 무명 모자를 눈썹까지 눌러쓰고 있는 순박한 테스의 모습만큼 눈에 선 것은 없었을 것이다.

정열적인 사람들한테서 이따금 보이듯이, 테스는 시키는 대로 말없이 다시 그의 옆자리에 올라탔다. 그들은 다시 머리와 귀를 포장으로 뒤집어쓰고 깜깜해진 칠흑 같은 어둠 속으로 마차를 몰았다. 테스는 감수성이 예민한 사람이어서 물질적인 진보를 나타내는 기차를 본 것은 불과 몇 분에 지나지 않았지만 그 모습이 그녀의 머릿속에서 사라지지 않았다.

"런던 사람들은 내일 아침 식사때 저 우유를 들겠지요? 우리가 한 번도 본 적이 없는 낯선 사람들이 말예요." 그녀가 물었다.

"그래요. 그 낯선 사람들이 우유를 마시겠지. 우리들이 보낸 우유를 그대로 마시진 않겠지만. 머리가 아프지 않도록 연하게 타서 마실 거요."

"생전 젖소도 보지 못한 귀족들, 대사들, 장군들, 귀부인들, 그리고 상점의 안주인들과 어린애들이 마시겠지요?"

"그럼. 그럴 거요. 특히 장군들이 마시겠지."

"그 사람들은 우리들이 누군지, 저 우유가 어디서 온 것인지, 그리고 우리 두 사람이 우유를 기차 시간에 대어 보내려고 비를 맞으며 밤에 벌판을 몇 마일씩이나 달려온 것도 생각 못하겠죠?"

"우린 전적으로 훌륭한 런던 양반들만을 위해서 마차를 달린 건 아니지요. 조금은 우리들 자신을 위해서도 그런 거죠. 사랑하는 테스, 아직 해결하지 못한 우리들의 얘기를 하기 위해 왔다고 볼 수 있잖소? 자, 테스, 당신은 내가 이렇게 말하는 걸 용서해주겠지. 당신은 이미 내 사람이오. 당신의 마음 말이오. 그렇지 않소?"

"잘 아시잖아요? 네, 그래요. 그렇고말고요!"

"당신의 마음이 내 것이라면 왜 당신은 내 것이 돼주지 않소?"

"그건 당신을 위해서 그래요. 사정이 있거든요. 당신에게 꼭 말씀드려야 할 것이 있어요……."

"그것이 오직 내 행복과 세상살이에 도움이 되는 거라면 좋겠군."

"아, 그럼요. 당신의 행복과 세상살이에 도움이 된다면 오죽이나 좋겠어요. 전 제가 여기 오기 전의 생활을 말씀드리고 싶어요."

"좋아요. 그건 내 행복과 세상살이에 도움이 되는 것이겠지. 영국이건 식민지 땅이건 내가 큰 농장을 갖게 되면 당신이야말로 나에겐 소중한 아내가 될 거요. 아니, 이 지방에서도 으뜸가는 양반집 규수보다 더 훌륭한 아내가 될 것이오. 그러니 제발, 테스, 제발, 당신이 내 방해물이 된다는 그런 시시한 생각일랑 아예 그만둬요."

"그렇지만 제 과거를 말씀드리고 싶어요. 들어주세요. 어쨌든 말씀드리겠어요. 듣고 나시면 절 그렇게 좋아하시진 않을 거예요!"

"테스, 정 그렇다면 말해보오. 그 귀중한 과거를 말이오. 아무렴. 언제 어디서 태어났다는 그런 식으로."

그녀는 클레어가 농담처럼 한 말에 힘을 얻어 이야기를 시작했다.

"전 말로트 마을에서 태어났고 거기서 자랐어요. 그러니까 국민학교 6학년 때 학교를 그만뒀어요. 그런데 사람들은 제가 재주가 있어서 훌륭한 선생이 될 수 있을 거라고들 했지요. 그래서 전 선생님이 되고 싶었어요. 그렇지만 제 집안이 문제였어요. 아버지는 일도 잘 안 하시고 술까지 좀 하셨어요."

"그래요? 그랬었군요. 가엾게요! 그건 흔히 있는 일이죠." 그녀를 가까이 끌어당기면서 그가 말했다.

"그런데 그 후 이상한 일이 생겼어요. 제게 이상한 일이 생긴 거예요. 전, 저는⋯⋯."

테스의 숨결이 가빠졌다.

"그래요? 테스, 어서 얘기해요."

"전⋯⋯ 더비필드가 아니라 더버빌 집안 사람이에요. 아까 지나쳐왔던 그 옛 저택을 소유하고 있던 집안의 자손이에요. 그런데 지금은 모조리 몰락하고 말았지요!"

"더버빌 집안이라고? 그랬군요! 테스, 그래 그게 문제라는 거요?"

"그래요." 그녀가 힘없이 대답했다.

"그런데 내가 그런 사실을 알았다고 해서 당신을 미워해야 할 이유가 무엇이겠소?"

"전 당신이 오래 된 가문을 싫어한다는 얘길 주인한테서 들었거든요."

클레어는 큰 소리로 웃었다.

"글쎄, 어떤 점에서 그건 사실이지요. 난 무엇보다도 혈통을 내세우는 양반 행세는 딱 질색이오. 그리고 이론상으로 우리가 존경해야 할 유일한 가문이 있다면, 그건 육체적인 혈통이 아니라 슬기롭고 덕망을 갖춘 정신적인 가문일 것이오. 그런데 난 굉장히 흥미 있는 얘길 들었군요. 내가 얼마나 흥미를 느끼는지 당신은 모를 거요! 당신은 자기가 이름 있는 집안의 자손이라는 걸 그저 덤덤하게 생각하고 있소?"

"그래요. 전 오히려 슬픈 생각만 들어요. 특히 여기 온 이후 눈에 보이는 많은 산과 들이 한때에는 제 조상들의 것이었다는 사실을 알고부터는 더욱 서글픈 생각이 들었어요. 하긴 그 땅 중엔 한때에는 레티네 조상의 것이었던 것도 있고 마리안네 조상의 소유였던 것도 있을지도 모르니, 그걸 특히 대수롭게 여기진 않지만요."

"옳아요. 지금 저 땅을 갈아먹고 사는 사람들 대부분이 과거엔 그 땅의 주인이었다는 사실을 알고 보면 놀라운 일이지요. 난 일부 정치가들이 어째서 이런 사정을 캐보지 않는지 가끔 이상하게 생각돼요. 아마 그들은 그걸 모르는 모양이죠……. 그런데 난 왜 당신의 성이 더버빌과 비슷하다는 것, 발음이 변한 것이라는 걸 진작 알아차리지 못했을까? 그래, 그것이 바로 당신을 괴롭히는 비밀이었단 말이죠!"

테스는 끝내 말하지 못했다. 그녀는 마지막 순간에 이르자 용기를 잃고 말았다. 왜 일찍 털어놓지 않았느냐고 꾸짖을까 봐 적이 겁이 났고, 자신을 보호하려는 본능이 고백하려는 용기보다 강했다.

아무것도 모르고 있는 클레어는 말을 계속했다.

"물론, 테스가 남을 희생시켜 권력을 얻은, 얼마 되지 않은, 자기 본위로 산 집안의 자손이 아니고 순수한 영국인으로 오랫동안 수난을 받고 역사책에도 없는 한낱 평민의 피를 물려받은 후손이었더라면 더 기뻤을 거요. 그러나 테스, 난 당신에 대한 사랑 때문에 그런 생각은 없어져버렸소. (그는 말하면서 웃었다.) 그리고 나도 그들처럼 자기 본위의 사람이 되고 말았소. 당신이 그 가문의 자손이라니 기쁘오. 모두들 어이없게도 점잖은 체하는 세상이니 내 뜻대로 교육을 좀 시키기만 하면 당신의 혈통이 훌륭하니만큼 당신을 내 아내로 보는 사람들의 눈도 퍽 달라질 거요. 우리 어머니도 그 혈통 때문에 당신을 더욱 좋게 보실 거요. 테스, 당장 오늘부터 이름을 정확하게 더버빌이라고 써야 해요."

"전 지금대로가 더 좋은걸요."

"테스, 그렇지만 그 이름을 써야 해요! 그런 이름에 눈독을 들이고 덤비는 벼락부자들이 얼마나 많다구! 그건 그렇다 치고, 더버빌이란 성을 따서 쓰는 녀석이 있었지. 그 녀석 얘기를 어디서 들었더라? 체이스 숲 근처라고 그런 것 같군. 맞았어. 언젠가 우리 아버지하고 다툰 적이 있다고 내가 말했던 바로 그 녀석이야. 정말 기구한 우연의 일치로군!"

"엔젤, 그런 이름은 쓰지 않는 게 좋을 것 같아요. 아마 불길한 이름일 거예요!" 그녀는 마음이 동요되었다.

"그럼 테레사 더버빌 양이라고 내가 이름을 지어주지. 내가 지어준 이름을 쓰면 당신의 이름은 안 써도 돼요! 그 비밀도 다 말했으니 더 이상 나를 거절하진 않겠지요?"

"저를 아내로 삼아 정말로 당신이 행복해질 수 있으시다면. 기필코 저와 결혼을 해야겠다고 생각하신다면……."

"테스, 그야 물론이지!"

"제 말은요, 당신이 기필코 저와 결혼하고 싶고, 제게 어떤 과오가 있더라도 저 없이는 살 수 없으시면 저도 결혼을 거절 할 수가 없다는 뜻이에요."

"승락하겠다는 거군! 당신, 영원히 내 사람이 되는 거지?" 그는 테스를 안고 키스했다.

"그렇게 하겠어요!"

테스는 대답을 하자마자 갑자기 가슴에 맺힌 울음을 터뜨렸다. 가슴이 찢어지는 듯한 울음이었다. 테스는 결코 신경질을 부리는 여자가 아니었기 때문에 클레어는 적이 놀랐다.

"테스, 왜 그래요?"

"저도 모르겠어요, 정말. 당신의 사람이 되어 당신을 행복하게 해드릴 걸 생각하니 너무 기뻐요!"

"테스, 그렇지만 정말 기뻐서 우는 것 같진 않은데?"

"저는요……제 맹세를 깨뜨렸기 때문에 우는 거예요! 전 죽을 때까지 결코 결혼하지 않기로 맹세했었거든요!"

"그렇지만 당신이 나를 사랑한다면 내가 당신 남편이 되는 것도 괜찮지 않소?"

"네, 그래요, 정말! 하지만 전, 저는 가끔 이 세상에 태어난 걸 후회해요!"

"그런데 테스, 당신은 지금 흥분해 있고 세상 물정에 어두워 그런다고 생각되지만, 당신이 지금 한 말은 그리 듣기 좋은 말은 아니오. 나를 좋아한다면 어떻게 그런 말을 할 수 있소? 나를 사랑하오? 무엇으로든 그 증거를 보여주면 좋겠소."

"벌써 보여드렸잖아요? 더 이상 어떻게 보여드려요?" 그녀는 미칠 듯한 애정을 느끼면서 외쳤다.

그녀는 클레어의 목을 끌어안았다. 테스처럼 온 정열을 기울여 자기가 사랑하는 남자의 입술에 열정에 불타서 퍼붓는 키스가 얼마나 뜨거운 것인가를 클레어는 처음으로 알았다.

그녀는 상기된 얼굴로 눈물을 닦으며 말했다.

"자, 이젠 저를 믿으시겠어요?"

"그럼. 정말 당신을 의심한 적은 없소. 한 번도 그런 적은 없소!"

이렇게 그들은 포장 속에서 한 덩어리가 된 채 어둠 속을 헤치며 마차를 몰았다. 말은 제멋대로 달렸고, 비는 그들에게 몰아쳤다. 그녀는 마침내 그의 청혼을 승낙한 것이다. 차라리 처음부터 승낙하는 것이 좋았을지도 모른다. 바닷물이 보잘것없는 해초를 휩쓸어가듯이, 목적을 향해 인류를 치달리게 하는 무서운 힘인, 모든 만물이 지니고 있는 '즐거움을 추구하는 욕망'은 사회 질서에 대한 막연한 관련만으로는 통제할 수가 없었다.

테스가 말했다.

"아무래도 어머니한테 편지를 써야 할까 봐요. 그래도 괜찮겠어요?"

"테스, 물론이지. 당신은 나에 비하면 꼭 어린애 같군. 이런 때 어머니한테 편지를 쓴다는 게 얼마나 당연하고, 내가 그 편지를 반대한다면 얼마나 부질없는 짓이라는 걸 모르고 있으니. 어머니는 어디 사시지요?"

"같은 마을이에요. 말로트요. 블랙무어 계곡 건너편에 사세요."

"아, 그러고 보니 지난 여름에 당신을 만난 적이 있군요."

"그래요. 풀밭에서 춤놀이를 할 때였어요. 그렇지만 저하고는 춤추려 하지 않으셨어요. 아, 그 일이 지금 와서 우리들 사이에 나쁜 징조가 되지나 않았으면 좋겠군요!"

31 바로 그 다음날, 테스는 어머니한테 무척 충격적인 편지를 써서 급히 띄웠다. 주말쯤 되자, 서투른 구식 문체로 쓴 어머니의 답장이 왔다.

　내 딸 테스 보아라.
　네가 몸 성히 지내기를 바라면서 몇 자 쓰려고 붓을 들었다. 이 어미는 잘 지내고 있으니 안심하여라. 테스야. 네가 머지않아 결혼한다고 하니 집에서는 다들 기뻐하고 있단다. 그러나 테스야, 네 문제에 관해선, 우리만이 아는 비밀이다마는, 신신당부하거니와 네 과거를 그분한테 결코 털어놓지 않기를 바란다. 네 아버지는 우리가 훌륭한 가문이라고 우쭐해 계시기 때문에 자초지종을 다 말씀드리지는 않았지만, 네가 정했다는 그분도 훌륭한 집안의 사람이리라 믿는다. 대부분의 여자들은, 그 중엔 이 고장의 양갓집 딸들도 끼여 있지만, 누구나 젊었을 때의 과거를 가지고 있단다. 그러고도 그네들은 가만히 있는데 너라고 구태여 떠들어낼 필요가 있겠니? 특히 너의 과거는 오래 전 일이고 네 잘못만도 아니니 바보 같은 짓은 하지 않기를 바란다. 네가 수십 번을 묻더라도 나는 같은 대답을 되풀이할 수밖에 없구나. 그리고 네가 명심해야 할 것이 있다. 너는 마음속에 있는 걸 털어놓지 않고는 못 배기는, 어린애 같은 너무 단순한 성질이 있어서 탈이다. 그러니 너의 행복을 생각해서 말로나 행동으로 그걸 내색하지 않기로 너에게 다짐했던 적이 있지 않느냐? 집을 떠날 때 그렇게 하겠다고 엄숙히 약속하지 않았느냐? 이 어미는, 네가 물어온 것이며 장래의 네 결혼에 관해서도 네 아버지한테는 아직 아무 말도 비치지 않았단다. 이 어미가 내색을 하면 네 아버지가 가만히 계시겠느냐? 어린애 같은 아버지는 동

250

네방네 돌아다니며 떠들어대실 것이다.

　테스야, 정신을 바짝 차려야 한다. 그리고 네 결혼 선물로는 사과주 한 통을 보내주마. 그곳에는 사과주가 별로 흔치 않고, 있어도 맛이 시큼하다고 하더구나. 그러면 오늘은 이만 그치고 붓을 놓겠다. 그리고 네 신랑 될 분한테도 안부 전해주기를 바란다.

네 어미, 전 더비필드

　"아, 어머니, 어머니!" 테스는 낮은 소리로 중얼거렸다.

　그녀는, 자기에게는 가장 고통스러운 문제도 융통성 있는 어머니에게는 아무렇지도 않은 것으로 생각된다는 사실을 깨닫기 시작했다. 그녀의 어머니는 인생을 그녀와 다른 태도로 바라보았다. 그녀의 마음에서 떠나지 않는 지난날의 괴로운 사건도 어머니에게는 한낱 지나간 일에 불과했다. 그러나 테스의 사정이야 어떻든 간에 앞으로 취해야 할 태도로는 어머니의 생각이 옳은 것 같았다. 얼핏 생각하기에는 자기가 사랑하는 사람의 행복을 위해서는 침묵이 최상책인 것 같았다. 그렇다면 침묵을 지키는 수밖에 없다고 그녀는 생각했다.

　이렇게 해서 테스는 이 세상에서 자기의 행동을 조금이라도 지배할 수 있는 권리를 가지고 있는 단 한 사람의 명령에 의해 마음을 가다듬고 태도도 침착해졌다. 그녀는 마음의 부담에서 벗어나자 요 몇 주일 이래 처음으로 마음이 후련해졌다. 그녀가 청혼을 허락하고 나서 10월부터 시작되는 늦가을의 하루하루는 그녀의 일생을 통해서 거의 느껴보지 못한 황홀한 마음으로 생활의 보람을 느끼는 계절이었다.

　클레어에게 향하는 테스의 사랑에는 거의 현실적인 면이 보이지 않았다. 테스에게 있어서 클레어는 선(善)을 대표하는 모든 것이었고, 그녀는 그를 지도자로서, 철학자로서, 또는 친구로서 모든 것을 다 갖추고 있는 사람으로 거룩하게 그를 믿었다. 그의 몸의 윤곽 하나하나가 남성미의 극치였고, 그의 영혼은 성인과 같은 것이었으며, 그의 지성은 예언자와 같다고 테스는 생각했다. 사랑으로써 테스가 그에게

보이는 지혜로운 모습은 그녀를 더욱 돋보이게 했다. 그녀는 마치 왕
관을 쓰고 있는 것 같았다. 테스는 클레어가 자기에 대해 다정한 사랑
을 느낄 때마다 더욱 그를 사랑했다. 그는 이따금 무엇인가를 숭배하
는 듯한 그녀의 크게 뜬 눈과 마주치곤 했다. 그녀는 한없이 깊어 보
이는 눈을 들어 신이라도 대하듯 그를 쳐다보았다.

테스는 과거를 밟아서 꺼버렸다. 타오르는 석탄불을 위태롭게 짓밟
아 끄듯 과거를 짓밟아 꺼버렸다.

테스는, 남자가 여자를 사랑할 때 클레어처럼 사심이 없고 담대하
며 여자를 감싸주리라고는 미처 몰랐다. 이런 점에서 클레어는 테
스가 짐작했던 사람과는 아주 딴판이었다. 정말 놀라울 정도로 달랐
다. 사실, 클레어는 본능적이라기보다는 정신적이었고 자기의 욕망을
억제할 줄도 알았으며 이상하리만큼 야비한 티라고는 조금도 보이지
않았다. 그는 냉정한 성격은 아니었지만 열광적이라기보다는 명랑한
편이었다——바이런을 닮았다기보다는 셸리를 닮았다고 할 수 있었
다. 그는 마음만 먹으면 목숨을 걸고 사랑도 할 수 있었지만, 어딘지
환상적이고 정신적인 사랑에 치우치는 편이었다. 그리고 사랑하는 여
인의 몸을 건드리지 않으려고 애쓰는 결백한 성품이기도 했다. 이런
괴팍스러운 성격은 이제까지 하찮은 경험들이 불행하기만 했던 테스
에게 놀라움과 기쁨을 주었다. 그녀는 남자에 대한 노여움의 반작용
으로 클레어를 지나치게 존경했다.

그들은 진정으로 서로 함께 지내기를 바랐다. 그녀는 오직 그를 믿
는 마음에서 그와 함께 있고 싶은 욕망을 감추지 않았다. 남녀 관계에
대한 테스의 생각을 한 마디로 분명히 말한다면, 흔히 남자들이 다루
기 힘든 성질을 가진 매력 있는 여자가 사랑을 맹세하고 나서도 회피
하는 그런 태도를 취한다면 본질적으로 가식적인 태도라는 의심을 으
레 받게 되므로, 클레어와 같은 훌륭한 사람에게는 그것이 오히려 불
쾌하게 생각될 수도 있으리라는 것이었다.

약혼 기간 동안엔 남녀가 밖에서 서로 아무 거리낌 없이 만나는 것

은 테스가 시골에서 흔히 볼 수 있는 것이어서, 그녀에게는 그것이 조금도 이상하게 여겨지지 않았다. 그러나 그녀가 다른 젖 짜는 아가씨들과 마찬가지로 그런 일을 무척 당연한 것으로 생각하고 있다는 사실을 클레어가 알게 되기까지는 클레어에게는 그것이 이상할 정도로 조급하게 구는 것으로 보이기도 했다. 이리하여 그들은 맑은 날씨가 계속되는 10월 오후에는 졸졸 흐르는 시냇물을 따라 오솔길을 걷기도 하고 조그만 나무 다리를 건너 시내 저편까지 갔다. 그리고 되돌아오면서 목장을 거닐기도 했다. 그들이 어디를 가나 제방 둑에서 소용돌이치며 흐르는 시냇물 소리가 들렸고, 그 재잘거리는 듯한 물소리는 그들이 속삭이는 밀어에 반주해주는 듯했다. 목초지 위에 거의 수평으로 비치는 저녁 햇살은 오색의 꽃가루를 사방에 뿌려놓은 것 같았다. 목초지에는 아직 햇살이 환했지만 수목과 생울타리 그늘에는 땅거미가 조금씩 깃들이기 시작했다. 해는 거의 기울어 있고 목초지는 어디까지나 평평했기 때문에 테스와 클레어의 그림자는 4분의 1마일가량이나 앞으로 길게 뻗어, 마치 푸른 충적토(沖積土) 지대가 비탈진 계곡과 잇닿는 곳을 멀리 가리키는 기다란 두 손가락처럼 보였다.

일꾼들이 여기저기서 일을 하고 있었다. 요즈음이야말로 목장을 손질하는 철이어서 겨울에 물을 대기 위해서 작은 도랑을 파기도 하고 젖소들이 짓밟아 무너뜨린 제방을 손질하기도 하였다. 삽으로 가득히 파내는, 흑옥(黑玉)같이 새까만 흙은 분지 일대가 강물로 넘쳐흐를 때 강물에 씻겨 이곳으로 휩쓸려온 것으로 흙 중에서 가장 기름진 흙이었고, 오랜 세월을 두고 물에 씻기고 부숴져 고운 가루가 되어 비옥한 평원을 이루었다. 그 때문에 목초도 무성하고 그 목초를 뜯어먹는 젖소들도 잘 자랐다.

클레어는 사람들 앞에서 여자를 희롱하는 데 능숙한 사내처럼, 수로에서 일하고 있는 일꾼들이 쳐다보고 있는데도 버젓이 테스의 허리를 안고 걸었다. 그러나 사실은 입술을 벌리고 곁눈질로 일꾼들의 눈치를 살피며 겁먹은 동물 같은 표정을 짓고 있는 테스 못지않게 클레어도 겸연쩍었다.

"당신은 저 사람들 앞에서 저와 함께 다니는 걸 부끄럽게 생각지 않으시는군요!" 테스가 기쁜 듯이 말했다.

"아, 그럼!"

"그렇지만, 당신이 젖 짜는 여자에 지나지 않은 저 같은 여자와 돌아다닌다는 소문이 에민스터에 계시는 가족들에게 알려진다면……."

"가장 아름다운, 젖 짜는 아가씨하고 말이지요?"

"당신의 가족들은 체면이 깎였다고 생각하실지도 모르잖아요?"

"더버빌 집안의 아가씨가 클레어 집안 사람에게 체면을 손상시킨단 말이죠! 당신이 그런 가문의 자손이라는 건 대단한 힘이 돼요. 나는 그 사실을 보류하고 있다가 우리가 결혼한 후 트링검 목사에게 당신의 혈통을 증명해달라고 해서 사람들을 깜짝 놀라게 해줄 거요. 그건 그렇고, 나의 장래는 우리 집 식구들과는 전혀 상관이 없소. 그들의 생활에 조금도 해를 끼치진 않을 테니까. 우리들은 이 지방을 떠나게 될 거요. 아니, 영국 땅을 말이오. 그러니 이 고장 사람들이 우릴 어떻게 생각하든 그게 무슨 상관이 있겠소? 당신은 나와 함께 기꺼이 떠나주겠죠?"

테스는 그의 정다운 벗이 되어 이 세계를 그와 함께 여행한다는 생각을 하자, 가슴이 벅차서 겨우 대답만 했을 뿐이었다. 그녀는 벅찬 감정으로 귀가 찡 울리는 것 같았고 눈앞이 아찔했다. 테스는 그에게 손을 잡힌 채 걸었다. 그들은 다리 있는 데까지 갔다. 해는 벌써 다리 밑으로 기울었지만, 강물 위에서 양철 조각처럼 번쩍이는 광채는 그들을 눈부시게 했다. 그들은 멈춰 섰다. 물새 같은 털이 난 조그만 머리들이 잔잔한 수면 위로 불쑥 솟아올랐다가는 낯선 두 젊은이들이 멈춰 서 있는 것을 보자 그것들은 다시 물 속으로 자취를 감추었다. 그들은 오래 그 물가를 거닐었다. 자욱한 안개가 그들을 에워싸기 시작했고 그녀의 속눈썹 위에 내려 구슬처럼 맺혔으며 클레어의 눈썹과 머리에도 내려앉았다. 계절적으로 저녁 무렵에 내리는 안개치고는 너무 빨리 내린 안개였다.

　그들은 일요일이 되면 바깥이 캄캄해져서야 산책을 즐겼다. 그들이 결혼 약속을 하고 나서 첫번째 맞는 일요일 저녁이었다. 바깥에 나와 있던 목장 일꾼 중 몇몇은, 테스가 흥분에 겨워 격정적으로 뱉어내는 몇 마디의 말을 듣기도 했다. 일꾼들은 그들과 멀리 떨어져 있었기에 그들의 말을 똑똑히 알아들을 수는 없었지만, 테스가 그의 팔에 기대어 걷다가 가슴이 두근거려 별안간 경련이라도 일으킨 듯이 더듬거리며 얘기하는 소리가 들렸고, 흐뭇한 마음으로 잠잠해 있는가 하면 영혼에서 우러나오는 듯한 나직한 웃음소리도 간간이 들려왔던 것이다. 그 웃음소리는, 많은 여자들이 사랑한 남자를 혼자서 독차지한 여자만이 웃을 수 있는 유별난 웃음이었다. 그리고 땅 위에 완전히 내려앉지 않고 재빠르게 스쳐가는 새처럼 가볍게 걷는 그녀의 모습도 일꾼들의 눈에 띄었다.

　그를 향한 테스의 사랑은 이제는 그녀가 살아가는 데 없어서는 안될 호흡과 생명이었다. 그것은 마치 광구(光球)와 같이 그녀를 감싸고 빛을 발해 그녀에게 덤비려고 끈질기게 들러붙는 음산한 유령들―― 의심, 두려움, 우수, 고민, 그리고 치욕 등을 물리치고 과거의 슬픔을 잊어버리게 했다. 그녀는 이 유령들이 자기 주위의 광채 바깥에서 늑대들처럼 기다리고 있음을 잘 알고 있었다. 그러나 그것들을 굶주리게 해서 무릎을 꿇게 할 수 있는 끈질긴 힘을 그녀는 지니고 있었다.

　마음속에선 잊혀진 일이 머릿속엔 박혀 있어 이따금 되살아나는 때가 있었다. 테스는 빛속을 걷고 있었지만 그 뒤에는 항상 어둠의 그림자가 뒤따르고 있음을 알고 있었다. 그 그림자들은 매일 번갈아가면서 조금씩 멀어지는 것 같기도 하고, 또는 더 가까이 다가오고 있는 것 같기도 했다.

　어느 날 저녁이었다. 테스와 클레어는 모두들 밖으로 나간 빈집을 지켜야 했다. 그들이 이야기를 하고 있는 중에 테스가 생각하는 듯한

눈초리로 그를 바라다보았더니, 그는 사랑이 담긴 두 눈으로 테스를
마주 바라다보았다.

"전 당신의 아내가 될 자격이 없어요. 안 되겠어요. 전 당신에겐 어
울리지 않아요!" 그녀는 그의 다정한 호의와 그녀 자신의 벅찬 즐거움
에 오히려 두려움을 느끼는 듯 낮은 의자에서 벌떡 일어나며 소리를
질렀다.

클레어는 테스가 사소한 일로 이처럼 흥분하고 있지만 사실은 더욱
큰 원인이 있으리라고 생각하며, 이렇게 말했다.

"테스, 그런 말은 안 했으면 좋겠소! 훌륭하다는 건 되잖은 인습을
요령 있게 이용하는 게 아니오. 그것보다는 착실하고 정직하며, 공정
하고 순결하고 사랑스럽고 평판이 좋은 그런 사람을 말하는 거요. 바
로 당신처럼 말이오, 테스."

그녀는 복받쳐오르는 오열을 참느라고 무척 애썼다. 지난 몇 해 동
안 교회에서 그런 셀 수 없이 많은 갖가지의 교훈을 들을 때마다 그녀
의 마음은 얼마나 괴로웠는지 모른다. 그런데 그가 지금 그 같은 말을
되풀이하다니 참으로 야릇한 일이었다.

"당신은 그때 그 풀밭에서 춤출 때 왜 저를 거들떠보시지도 않으셨
어요? 제가 열여섯 살 때, 어린 동생들하고 같이 지내던 그때 말예요.
아, 왜 그때 남아서 저를 사랑해주시지 않았어요? 왜?" 그녀는 두 손
을 꼭 쥐고 말했다.

클레어는 테스를 위로하고 안심시켜 주면서, 저렇게 기분이 잘 변
하는 여자이니 오직 자기에게만 장래의 행복을 의존하고 살 경우엔
잘 보살펴줘야 하겠다고 진지한 마음으로 혼자 생각했다.

"아, 난 왜 그때 남질 않았을까! 지금 그런 생각이 사무치는군. 내
가 그때 알기만 했었다면 그랬을 리가 없지! 그렇지만 그렇게 가슴 아
프게 후회하진 말아요. 그래야 할 건 없지 않소?" 그가 말했다.

테스는 무엇을 감추려는 여자의 본능에서 재빨리 말머리를 돌렸다.

"그랬더라면 전 4년은 더 당신의 사랑을 받았을 거예요. 그리고 그

동안 세월을 헛되이 보내지도 않았을 거구요. 게다가 전 행복도 그만큼 더 오래 누렸을 거예요!"

이같이 괴로워하는 여자는 파란 많은 과거를 지니고 있는 성숙한 여자가 아니라 아직 다 자라기도 전에 그물에 걸린 새처럼 올가미에 걸려들었던, 스물한 살이 채 못 된 순결한 아가씨였다. 그녀는 마음을 더 진정시키기 위해 작은 의자에서 일어나 방에서 나가려다가 치맛자락에 의자가 걸려 넘어졌다.

그는 장작 받침쇠 위에 쌓인 푸른 물푸레나뭇단이 활활 타오르는 벽난로 앞에 그대로 앉아 있었다. 나무는 신나게 바지작 소리를 냈고, 활활 타는 나무 끝에는 나뭇진이 지글지글 끓어 나왔다. 그녀가 다시 방으로 돌아왔을 때에는 그녀의 마음은 진정되어 있었다.

"테스, 당신은 자기가 좀 변덕스럽다고 생각지 않소? 뭘 좀 물어보려고 했는데, 당신이 나가는 바람에 그만 못 물어보고 말았소." 그는 의자에 방석을 깔아주고 자기도 그 곁에 자리를 잡으면서 쾌활하게 말했다.

"그래요. 전 아마 변덕쟁이일지도 몰라요" 하고 중얼거리던 테스는, 갑자기 그의 곁으로 다가가 그의 팔 위에 자기의 손을 얹었다. "아녜요, 엔젤. 전 정말 그런 여자는 아녜요. 제 천성은 정말 그렇지 않아요!"

테스는 그렇지 않다는 것을 더욱 확실하게 나타내기 위해 그에게 더 가까이 다가가서 그의 어깨에 머리를 기댔다.

"제게 묻고 싶으셨던 게 뭐죠? 꼭 대답해드릴게요" 하고 그녀는 겸손하게 말했다.

"글쎄, 당신은 날 사랑하고 있고 나와 결혼할 것을 승낙했으니 이젠 결혼을 언제 하느냐 하는 문제가 남았지 않소?"

"전 지금 이대로 지냈으면 좋겠어요."

"그렇지만 나는 새해부터나, 아니면 좀더 기다려 사업을 시작해야 하거든. 그러니까 새로운 사업으로 일이 바빠지기 전에 결혼을 하고 싶군."

"그러나 실제로는 그런 일들을 다 끝내고 나서 결혼하는 게 좋지 않을까요? 당신이 저를 여기 혼자 남겨두고 어디론가 훌쩍 떠나버리신다는 건 생각만 해도 못 견딜 일이지만!"

"물론 못 견디겠지. 또 내 처지로 봐도 그건 좋은 방법이 아니오. 사업을 시작하면 여러 가지로 당신의 도움이 필요하오. 결혼을 언제로 할까? 앞으로 두 주일 후면 어떨까?"

"안 돼요. 우선 생각할 일이 너무 많아요." 그녀는 정색을 하면서 말했다.

"그렇지만……."

그는 그녀를 더 가까이로 다정하게 끌어안았다.

사실, 결혼 문제가 눈앞에 가까이 닥쳐오고 보니 당황하지 않을 수 없었다. 그러나 그 이야기를 더 꺼내기 전에 클릭 부부와 젖 짜는 아가씨들이 긴의자를 돌아 벽난로 불빛이 환한 방으로 들어왔다.

테스는 공이 튀듯 그의 곁에서 발딱 일어났다. 얼굴이 붉게 달아올랐고 눈은 벽난로 불에 비쳐 반짝거렸다.

테스가 짜증스럽다는 듯 변명했다.

"이분 곁에 가까이 앉아 있다간 결과가 어떻게 될지 잘 알고 있었어요! 반드시 사람들의 눈에 띌 거라고 생각했어요! 저분의 무릎 위에 앉아 있던 것처럼 보였을지도 모르지만 그건 아니에요!"

"그렇소. 아가씨가 그런 말을 하지 않았더라면 이런 불빛 속에서 당신들이 어디 앉아 있었는지도 분간 못했을걸." 목장 주인이 대꾸했다.

결혼 이야기가 오고갔으리라고는 전혀 생각지 못한 주인은 무관심한 표정으로 이어서 아내에게 말을 계속했다.

"여보, 이것만 보더라도 남들은 아무렇게도 생각하지 않는데 지레 겁먹을 필요가 없다는 걸 알 수 있지. 만일 테스가 미리 말하지 않았던들 어디 앉아 있었는지 내가 그런 생각이나 했겠소? 생각이 다 뭐요."

"저흰 곧 결혼할 겁니다." 클레어가 억지로 점잔을 빼면서 말했다.

"허, 그랬군요! 클레어 씨, 정말 반갑구려. 얼마 전부터 짐작은 했었지요. 테스는 목장에서 일이나 하기엔 아까운 아가씨지요. 처음 만났던 날도 난 그렇게 말했었지요. 테스는 누구라도 탐낼 거요. 더구나 점잖은 농장 주인의 아내감으로는 적격일 게요. 그런 아내가 있으면 관리인이 섣불리 굴지 못할 테니까."

테스는 어느 틈에 자취를 감추고 없었다. 그녀는 클릭 주인의 노골적인 칭찬을 받고 겸연쩍어서가 아니라 주인을 따라 들어온 아가씨들의 표정을 보고 놀랐기 때문이다.

저녁 식사를 마치고 테스가 침실로 돌아왔을 때 아가씨들은 모두 모여 있었다. 램프에는 불이 켜져 있었고 아가씨들은 저마다 흰 옷차림으로 침대에 앉아서 테스를 기다리고 있었다. 그들은 마치 복수를 하려고 줄지어 앉아 있는 유령들 같았다.

그러나 테스는 곧 그 친구들의 감정에는 조금도 악의가 없음을 알아차렸다. 그녀들은 감히 클레어와 결혼하는 것은 염두도 못 낸 일이어서 서운해 하는 기색도 보이지 않았다. 그녀들은 다만 냉정하게 테스를 바라다보고 있을 뿐이다.

레티가 테스를 똑바로 쳐다보며 말했다.

"그분은 테스하고 결혼한대! 테스의 얼굴에 그렇게 나타나 있잖니!"

마리안이 물었다.

"너 그분하고 결혼할 거니?"

"응." 테스가 대답했다.

"언제?"

"언제든지."

아가씨들은 테스의 대답을 단지 발뺌하는 말이라고 생각했다.

"그래, 그분하고 결혼한단 말이지? 그 양반하고!" 이즈 휴에트가 중얼거렸다.

세 아가씨는 무엇에라도 홀린 듯 차례로 침대에서 내려와 맨발로 테스 주위에 둘러섰다. 레티는 이런 기적이 일어난 후의 테스의 몸에 무슨 변화라도 없는지 살피는 것처럼 테스의 어깨에 손을 얹었다. 그리고 다른 두 아가씨는 테스의 허리에 팔을 감고 저마다 그녀의 얼굴을 빤히 들여다보았다.

"저 얼굴빛 좀 봐! 상상도 못할 정도로 예쁜데!" 이즈 휴에트가 말했다.

마리안은 테스에게 키스하고는 입술을 떼면서 나직이 말했다.

"정말 그래."

"넌 테스가 좋아서 키스한 거니, 아니면 아까 다른 사람의 입술이 거기 닿았었기 때문에 그러는 거니?" 이즈가 무뚝뚝하게 마리안에게 물었다.

"난 그렇게까진 생각 안했어. 다른 사람이 아닌 테스가 그분의 아내가 된다는 게 하도 신기해서 그랬지 뭐. 난 테스가 그이와 결혼하는 것을 나쁘게 생각하진 않아. 우린 다 똑같은 생각일 거야. 우린 그분과의 결혼 같은 건 꿈에도 생각 못했으니까. 그저 그분을 사랑했을 뿐이잖니. 그런데 글쎄, 이 세상에서 그분과 결혼할 사람이 양반집 딸도 아니고 비단옷을 휘감은 부잣집 딸도 아닌, 바로 우리와 같은 생활을 하는 테스란 말이야!" 마리안이 담담하게 말했다.

"그렇다고 나를 미워하는 건 아니겠지?" 테스가 나직하게 말했다.

그녀들은 흰 잠옷 차림으로 테스에게 바싹 다가섰다. 마치 그녀들의 대답을 그녀의 표정에서 읽어보겠다는 듯이.

"난 모르겠어. 모르겠어. 너를 미워하고 싶은데도 그래지질 않는구나!" 레티 프리들이 중얼거렸다.

"우리도 그래. 테스가 미워지지가 않아. 웬일인지 미워지지 않거든." 이즈와 마리안이 맞장구를 쳤다.

테스가 낮은 소리로 말했다.

"그분은 너희들 중의 누군가와 결혼해야 하는 건데."

"왜?"

"너희들은 나보다 훌륭하니까."

"우리가 너보다 훌륭하다고? 테스, 아니야, 그렇지 않아!" 아가씨들이 천천히 낮은 소리로 말했다.

"아니긴? 정말 그런걸!" 테스가 성급하게 반대했다. 그러더니 매달린 친구들의 팔을 갑자기 뿌리치고는 옷장 위에 엎드려 미칠 듯이 흐느껴 울며 말했다. "정말 그래. 너흰 정말 나보다 훌륭하단 말야!"

일단 울음이 터지자 그녀의 울음은 그칠 줄 몰랐다.

"그분은 너희들 중 누군가와 결혼해야 해! 난 그분에게 지금이라도 그렇게 말할 테야! 그분한텐 너희들이 나보다 적격일 거야. 내가 왜 이럴까! 아아!" 테스가 외쳤다.

그녀들은 그녀에게 다가가 끌어안았다. 그러나 테스는 여전히 몸부림치며 흐느껴 울었다.

"물 좀 떠와. 테스는 우리 때문에 흥분한 거야. 가엾어라! 아이 가엾어!" 마리안이 말했다.

그녀들은 조용히 테스를 침대 있는 데로 데리고 가서 다정하게 키스했다.

"그분에겐 네가 가장 적격이야. 넌 우리들보다 숙녀답고 배운 것도 많지 않니? 그분한테 많이 배우고 난 후로는 넌 더욱 훌륭해진 것 같아. 그러니 넌 자랑할 만해. 난 네가 자랑스럽게 생각하리라 믿어." 마리안이 말했다.

"하긴 그래. 그렇지만 너무 소란을 피워서 미안하구나." 테스가 말했다.

그들이 다 잠자리에 들고 불을 끈 후에 마리안이 테스에게 속삭였다.

"테스, 그분의 아내가 되더라도 넌 우리를 잊진 못할 거야. 우리가 그분을 사랑했다는 것을 너한테 말한 거라든가 너를 미워하지 않으려 했고, 사실 미워하지도 않았고 미워할 수도 없었다는 것들을 말야. 네가 그분의 맘에 든 걸 알고는 우리가 그분한테 뽑히리라고는 아예 바라지도 않았으니까."

테스가 이 말을 듣고, 괴롭고 쓰라린 눈물로 또다시 베개를 적셨다는 것, 그리고 어머니의 당부를 어기고라도 엔젤 클레어에게 자기의 과거를 모두 털어놓겠다고 비통한 심정으로 다짐했던 테스의 마음을 그녀들이 알 리 없었다. 비밀을 지킴으로써 클레어를 배신하고 친구들에게 누를 끼친다는 것은 견딜 수 없는 노릇이었다. 차라리 믿고 살아가던 사람에게 모욕을 당하고 어머니한테 바보라는 꾸지람을 듣는 편이 오히려 떳떳하리라는 테스의 결심을, 세 아가씨는 아무도 알아차리지 못했던 것이다.

32 테스는, 이 같은 뉘우침 때문에 결혼 날짜를 정할 수 없었다. 클레어는 기회 있을 때마다 테스에게 결혼 날짜를 정하자고 조르곤 했지만 11월 초순에 접어들었어도 날짜는 여전히 미정이었다. 테스는 지금대로 영원히 약혼 상태가 계속되기를 은근히 바라고 있는 듯했다.

목초지도 그 모습이 변하고 있었다. 그러나 젖 짜기 전의, 이른 오후의 햇살은 잠시 거닐기에는 알맞은 정도로 따뜻한 날씨였다. 그리고 이 목장에서는 일 년 중 이맘때가 되면 한가로운 시간을 얼마쯤 낼 수가 있었다. 햇볕이 내리쬐는 축축한 잔디밭을 보면 잔물결처럼 반짝이는 거미줄이 마치 바다에 비친 달빛처럼 햇볕 아래 반짝였다. 자기들의 행복이 덧없음을 알지 못하는 하루살이들은 마치 몸뚱이 속에 빛이라도 들어 있는 듯 어릿어릿한 모습으로 햇볕 쪼이는 오솔길을 넘어 햇볕 밖으로 빠져나가더니, 이윽고 사라져버리고 말았다. 이런 광경을 바라보며, 클레어는 테스에게 결혼 날짜가 아직도 정해지지 않았다는 사실을 상기시키곤 했다.

때로는 클릭 부인이 기회를 마련해주느라고 일부러 시키는 밤심부름에 테스를 따라가면서 클레어는 결혼 날짜를 재촉하기도 했다. 부인의 심부름은 대개 골짜기의 위쪽 기슭에 있는 농가에 가서 그곳 헛간에 옮겨놓은 새끼 밴 젖소를 살펴보는 일이었다. 새끼를 밴 젖소들이 큰일을 치러야 할 계절이었기 때문이다. 매일 암소들이 떼 지어 이곳 산원(産院)으로 옮겨왔다. 그곳에서 짚을 먹고 지내다가 송아지를 낳고, 그 송아지가 걸을 수 있게 되면 어미 젖소와 새끼 송아지는 목장으로 돌아왔다. 송아지를 시장에 내놓기까지 한동안은 물론 젖을 짤 수 없었지만, 일단 송아지를 떼어놓게 되면 젖 짜는 아가씨들은 여느 때처럼 일손이 바빠졌다.

이와 같은 어두운 밤길 산책에서 집으로 돌아가던 어느 캄캄한 밤, 그들은 평지 바로 너머 자갈이 깔린 커다란 벼랑에 다다르자 잠자코 서서 귀를 기울였다. 때마침 강물은 불어나 둑 위로 흘러서 배수구 아래로 흘러갔다. 조그만 도랑까지도 물이 넘쳐서 아무 데도 질러갈 수가 없었다. 그래서 보행자들은 부득이 한길로 돌아가야만 했다. 어둠에 싸인 분지의 곳곳에서 여러 가지 소리들이 들려왔다. 마치 그들의 발 아래에 큰 도시가 있어, 그 도시에 사는 사람들이 이처럼 떠들어대는 게 아닐까 하고 착각할 정도였다.

"마치 수만 명의 사람들이 장터에 모여서 토론하고, 전도하고, 싸우고, 흐느껴 울고, 신음하고, 기도드리고, 악담을 퍼붓는 소리 같네요." 테스가 말했다.

클레어는 이런 말에 별로 신경을 쓰는 것 같지 않았다.

"오늘 클릭 주인이 겨울철에는 별로 일손이 필요없을 거라고 말하지 않던가요?"

"아뇨."

"젖소들의 젖이 점점 줄어들고 있는걸."

"그래요. 어제도 여남은 마리가 새끼를 낳으려고 산원으로 옮겨갔어요. 그저께는 세 마리를 보냈구요. 옮겨간 젖소가 아마 스무 마리는 될걸요. 아이 참, 그럼 송아지 낳는 일을 보살피는 데는 저 같은 여자는 필요 없다는 말일까요? 이젠 제가 이곳에선 별로 필요 없게 됐나

봐요! 그런 것도 모르고 괜히 애썼나 보죠…….”

“클릭 주인은 당신이 필요 없다고 딱 잘라 말한 건 아니오. 그러나 우리들의 관계를 잘 알고 있는 주인은 퍽 친절하고 점잖은 태도로, 내가 크리스마스 때 이곳을 떠나게 되면 당신을 데리고 가는 걸로 안다고 말하더군. 당신 없이 어떻게 일을 꾸려갈 테냐고 물으니까, 바쁜 철이 아니어서 여자들의 일손이 많이 필요하진 않다고 합디다. 잘못된 생각인진 모르지만, 클릭 씨가 그렇게 함으로써 당신이 할 수 없이 결혼하게 될 것이 오히려 나는 기쁘오.”

“엔젤, 좋아하실 것 없어요. 비록 이쪽에 편리한 결과가 될지는 모르지만, 그만두라는 말은 언제나 섭섭한 법이니까요.”

“그래, 이쪽에 편리하구말구. 당신도 그건 인정하는군.” 손가락으로 테스의 볼을 만지며 그가 말했다. “아!”

“왜 그러세요?”

“속 보이는 말을 하고 나니 얼굴이 화끈해지는군! 내가 왜 이렇게 부질없는 짓을 하는지 모르겠군! 이젠 이런 소리 그만둡시다. 인생은 너무도 엄숙하니까.”

“그래요. 그건 아마 당신보다 제가 먼저 알았을 거예요.”

테스는 지금 이 순간도 인생이 엄숙함을 경험하고 있었다. 지난밤의 감정에 사로잡혀 끝내 청혼을 거절하고 이 목장을 떠난다는 것은 목장이 아닌 다른 낯선 곳으로 가는 것을 의미했다. 젖소들이 새끼를 낳는 철이 다가오므로 목장에서는 젖 짜는 여자들이 필요 없었기 때문이다. 이곳을 그만둔다는 것은 또한 엔젤 클레어 같은 우러러볼 수 있는 사람도 없는 다른 농장으로 가는 것을 뜻하기도 했다. 그녀는 그런 건 생각하기도 싫었다. 더구나 집으로 돌아가기는 더욱 싫었다.

그가 다시 말을 이었다.

“테스, 그러니까 진심으로 말하는 거요. 아마 크리스마스 때에는 당신도 여기를 떠나야 할 테니 그때 내 아내로서 함께 떠나는 게 어느 모로 보나 바람직하고 편리할 거요. 그리고 당신이 조금이라도 사리를 아는 여자라면 우리들이 이런 식으로 언제까지나 지낼 수 없다는 것쯤은 알겠지."

"이대로 지낼 수만 있다면 얼마나 좋을까요. 지난 여름과 가을처럼, 언제나 변함없이 당신은 저에게 사랑을 속삭여주시고 지난 여름처럼 언제까지나 저를 생각해주신다면요!"

"나야 언제나 그럴 거요."

갑자기 그를 미더워하는 마음이 솟구쳐 그녀는 큰 소리로 외쳤다.

"아, 물론 당신은 그렇게 해주실 거예요! 엔젤, 영원히 당신의 사람이 될 날짜를 정하겠어요!"

이리하여 마침내 그들은 결혼 날짜를 정했다. 양쪽에서 졸졸 흐르는 물결 소리가 들려오는 깜깜한 밤에, 목장 집으로 돌아가는 길에 결정을 본 것이다.

그들은 목장으로 돌아오자 곧 클릭 부부에게 그 사실을 알렸다. 결혼식은 되도록 조용하게 하고 싶었기 때문에 남한테 알리지 말라는 부탁도 했다. 클릭 씨는 테스를 곧 내보내야겠다고 생각하고는 있었지만, 막상 떠나보낼 것을 생각하니 무척 서운한 생각이 들었다. 크림 걷는 일은 어떻게 할 것인가? 앵글버리나 샌드본의 귀부인들한테 보낼 장식용 버터는 누가 만들 것인가? 클릭 부인은 오랫동안 망설여온 일이 드디어 매듭을 짓게 되어 테스에게 축하의 말을 했고, 자기가 테스를 처음 보았을 때부터 평범한 예사의 농사꾼이 아닌 훌륭한 사람의 눈에 들어 그의 아내가 되리라는 것을 이미 짐작했었다고 말했다. 그리고 그녀가 이 목장에 도착하던 날 오후, 마당으로 걸어 들어올 때의 모습이 유달리 의젓했고 양반집 자손이라는 것을 장담할 수 있었다는 등 칭찬을 늘어놓았다. 사실 클릭 부인은, 그날 테스가 걸어 들어오던 모습을 보고 매우 예쁘고 상냥한 아가씨라고 보긴 했지만, 남달리 품위 있게 보았다는 것은 나중에 얻은 지식으로 그렇게 상상한 결과였는지도 모른다.

이제 테스는 아무 생각 없이 흐르는 시간에 몸을 맡기고 그저 하루

하루를 지낼 뿐이었다. 결혼하기로 이미 동의했고 그 날짜도 정해졌다. 테스는 천성적으로 영리하여 다른 아가씨들보다 광범위하게 자연계의 현상과 접촉하고 있는 사람들, 농부들에게 공통된 운명론을 깨닫기 시작하고 있었다. 그래서 그녀는 특히 운명을 믿고 사는 사람들에게서 볼 수 있는 순종의 태도로 그가 하는 말이면 무엇이건 고분고분 따랐다.

테스는 어머니한테 다시 편지를 띄웠다. 겉으로는 결혼 날짜를 알리기 위한 것 같았지만 사실은 어머니의 충고를 한 번 더 들어보고 싶어서였다. 이번에 자기를 택한 남자가 양반집 아들이라는 사실을 그녀의 어머니는 아마 모르고 있을 것이라는 것, 그리고 결혼하고 나서 자기의 과거를 고백하면 천한 남자라면 아무렇지도 않게 넘겨버릴지 모르지만 클레어는 그런 사람은 아닐 것 같다고 썼다. 그러나 더비필드 부인한테서는 이 편지에 대한 답장이 끝내 오지 않았다.

엔젤 클레어는 사실상 당장 결혼하는 것이 필요하다는 것을 자신은 물론 테스에게도 그럴싸하게 납득시키긴 했지만, 후에 알게 된 일이었지만 그것이 실은 너무 서두른 느낌이 있었다. 그는 테스를 무척 사랑하긴 했지만 테스가 그를 사랑하듯 온 마음을 다해 열렬히 사랑했다기보다는 오히려 그의 사랑은 이상적이고도 공상에 치우친 사랑이라고 할 수 있었다. 지식이 필요 없는 전원 생활이 자기가 살아가야 할 길이라는 것을 이미 생각하고 있던 클레어는, 전원시에서나 볼 수 있을 것 같은 매력을 테스에게서 볼 수 있으리라고는 꿈에도 생각해 본 적이 없었다. 순결이란 것이 그저 이야기에나 나오는 것으로 생각했었는데, 그것이 사람의 마음을 얼마나 감동시키는가를 그는 여기에 와서 비로소 알게 되었다. 그는 아직도 자기 장래의 길을 뚜렷하게 내다볼 수가 없었다. 그가 생활을 위한 어느 정도의 준비가 되었다고 스스로 인정하기 위해서는 아직 1, 2년은 더 기다려야 했다. 집안 식구들의 편견으로 인해 진정으로 가야 할 운명의 길에서 빗나갔다는 생각 때문에, 그의 경력이나 성격에 깃들이게 된 그의 대담한 기질에 따라 모든 일의 성패는 결정될 것이었다.

"당신이 중부 지방의 농장에서 완전히 자리를 잡을 때까지 서로 기다리는 게 좋지 않을까?" 하고 언젠가 테스는 조심스럽게 그에게 물어본 적이 있었다. (중부 지방의 농장이란, 그때 클레어가 머릿속으로 그려보던 곳이었다.)

"테스, 사실은 말이지, 난 내가 당신을 돌보아줄 수 없는 곳에 떼놓고 싶지가 않아."

이런 사정 때문이라면 그 이유는 그럴 듯했다. 클레어는 테스에게 많은 영향을 끼쳐서 어느새 그녀는 그의 태도나 습관, 말투, 기호 등등을 닮아가고 있었다. 만일 그녀를 농장에 남겨두고 떠난다면 그녀는 다시 옛 모습으로 돌아가 그와 어울리기 힘든 결과가 될 것이다. 그 밖에 그녀를 데리고 있고 싶어하는 이유가 또 하나 있었다. 클레어가 그녀를 국내이건 식민지이건 먼 곳으로 데리고 떠나기 전에 그의 부모는 부모된 심정에서 적어도 한 번쯤은 서로 대면하고 싶어했기 때문이다. 클레어는 부모의 의견에 따라 자기 생각을 바꿀 사람은 아니었지만, 자기가 유리한 일거리를 찾을 때까지 방을 구해서 두어 달 가량 그녀와 함께 생활한다면, 그녀가 거북하게 생각하는 목사관에 가서 어머니하고 대면하는 데 예절 면에서 다소나마 도움이 되리라고 생각했던 것이다.

그 밖에도 클레어는 방앗간 일도 좀 견습하고 싶었다. 밀 농사와 방앗간을 겸해볼 생각이 있었기 때문이다. 한때에는 어느 수도원의 소유였던 웰브리지의 크고 넓은 물방앗간 주인은, 언제라도 클레어가 찾아오면 유서 깊은 그 방앗간의 일을 견학할 수 있게 해주고, 며칠 동안 직접 실습을 해도 좋다고 말한 적이 있었다. 얼마 전, 클레어는 몇 마일인가 떨어져 있는 그곳에 가서 여러 가지 자세한 것들을 알아보고 저녁때에 톨보데이스 목장으로 돌아왔었다. 테스는 그가 얼마 동안 그 방앗간에서 지내기로 결정한 사실을 알아차렸다. 그러면 그는 대체 무엇 때문에 이런 결정을 하게 되었을까? 그것은 가루를 빻고

체질을 하는 방앗간의 일을 견학하겠다는 것보다는 지금처럼 파손되기
전 옛날에 더버빌 가문의 한 집안에서 저택으로 삼았던 바로 그 농가
에서 하숙할 수 있다는 우연한 사실 때문이었다. 클레어는 언제나 이
런 식으로 실제적인 문제를 해결했다. 즉, 당면한 문제와는 아무 관계
도 없는 감정에 움직여 일을 처리했다. 그들은 결혼하는 대로 읍내의
여관으로 갈 것 없이 그 농가로 가서 보름 동안 지내기로 결정했다.

"거기서 묵은 후엔 말로만 들은, 런던 교외에 있다는 몇 군데의 농
장들을 찾아가 봅시다. 그리고 3월이나 4월쯤 해서 우리 부모님을 만
나뵙도록 해요." 클레어가 말했다.

이와 같은 계획들이 여러 번 되풀이되는 동안에, 테스가 그의 아내
가 될, 꿈같이 믿어지지 않는 그날이 가까워왔다. 12월 31일, 선달 그
믐날이 바로 그날이었다. 테스는, 내가 그이의 아내가 된다니 정말일
까 하고 혼자 중얼거렸다. 두 몸이 하나가 되면 아무도 그들을 갈라놓
을 수 없으리라. 그리고 모든 고락을 함께 나누리라. 그러지 않고 어
쩌랴? 그렇지만 왜 그래야 될까?

어느 일요일 아침, 이즈 휴에트가 교회에 갔다 오더니 테스에게 살
짝 말했다.

"넌 오늘 아침에 불려가지 않았니?"(교회에서 결혼 예고를 한 다음, 이
의가 있는가 없는가를 확인하기 위해서 결혼하기 전에 세 번 계속해서 일요
일마다 물어보는 관례가 있는데, 이것을 이 지방 사람들은 이렇게 말함)

"뭐라고?"

"오늘이 첫번째 결혼 예고날이었을 텐데. 테스, 선달 그믐날 결혼
할 거 아니니?" 조용히 테스를 바라다보면서 이즈가 말했다.

테스는 얼른 그렇다고 했다.

"결혼 전에 세 번 예고를 해야 하는데, 이젠 일요일이 두 번 밖에
남지 않았잖니."

테스의 얼굴이 파랗게 질렸다. 이즈의 말이 옳았다. 물론 결혼 전
에 결혼 예고가 세 번 있어야 했다. 아마 클레어가 잊었는지도 모른

다! 그렇다면 결혼식을 일주일 연기하는 수밖에 없으나 결혼을 연기한다는 것은 불길한 일이었다. 그러니 그에게 어떻게 귀띔해주면 좋을까? 여태까지 결혼에 관해서 소극적이던 그녀도 이번만은 귀한 보물을 놓쳐서는 안 되겠다는 생각이 들자 갑자기 초조해지고 놀라움에 어찌할 바를 몰랐다.

그런데 우연히 테스의 근심을 덜어주는 일이 생겼다. 이즈가 결혼 예고가 없었다는 사실을 클릭 부인한테 알렸더니, 부인은 기혼 여성으로서의 특권을 행사해서 그 이야기를 클레어에게 했던 것이다.

"클레어 씨, 그걸 잊으셨어요? 결혼 예고 말예요."

"아닙니다. 잊긴요?" 클레어가 대답했다.

그는 테스와 단둘이 만나자 그녀를 안심시켰다.

"결혼 예고를 가지고 사람들한테서 놀림을 받을 건 없어요. 결혼 허가증을 받는 게 우리에겐 오히려 조용할 거 같아서 당신과 의논도 없이 그걸 받기로 작정했소. 그러니 주일 아침에 교회에 갔어도 당신 이름은 부르지 않았을 거요."

"전 이름을 꼭 듣고 싶었던 건 아녜요." 테스가 자랑스럽게 말했다.

교회에서 누군가가 그녀의 과거를 캐가지고 결혼에 이의를 제기하지나 않을까 하고 은근히 걱정하고 있던 테스는, 일이 순조롭게 되어가고 있는 사실을 알게 되자 무척 마음이 놓였다. 모든 일은 그녀에게 얼마나 유리하게 되어가고 있는가!

"마음이 완전히 편안한 건 아니야. 이 모든 행복이 나중엔 불행의 손아귀에 들어가게 될지 누가 알겠어. 하느님이 하시는 일은 대개 그런 일이 많으니까. 차라리 남들처럼 결혼 예고를 했으면 좋았을걸!" 하고 테스는 혼자 중얼거렸다.

그러나 모든 일들은 잘되어 나갔다. 테스는 자기가 가지고 있는 것 중에서 가장 좋은 흰옷을 입고 결혼식을 올리는 것이 그의 마음에 들지, 아니면 새옷을 장만해야 좋을지 종잡을 수가 없었다. 그러나 테스의 이런 걱정은, 클레어가 빈틈없이 미리 마음을 써서 테스에게 큼직한 소포 몇 개를 보냄으로써 해결되었다. 소포 꾸러미 속에는 그들의 계획대로 간소한 결혼식에 필요한 물건들, 이를테면 낮에 입을 멋진 예복을 포함해서 모자와 구두에 이르기까지 모든 물건들이 들어 있었다. 그는 소포가 도착한 지 얼마 지나지 않아 집에 들어왔다. 그녀가 이층에서 소포를 끄르는 소리가 들렸다. 잠시 후 테스는 상기된 얼굴에 눈물을 글썽이며 아래층으로 내려왔다.

"어쩌면 그렇게 생각이 깊으세요!" 그의 어깨에 자기의 뺨을 얹으며 그녀가 중얼거리듯 말했다.

"심지어 장갑과 손수건까지 다 있으니! 사랑하는 당신, 얼마나 좋으시고 얼마나 다정하신 분인지!"

"테스, 아무것도 아니오. 별것 아니야. 그저 런던에 있는 여자 상인한테 주문한 것뿐이지. 뭐 그뿐인걸."

그는 공치사를 듣고 싶지 않아 테스에게 이층으로 올라가서 천천히 옷을 입어보고 맞지 않는 데가 있으면 마을의 여자 재봉사한테 맡겨 고치도록 하라고 일렀다.

테스는 이층으로 올라가 옷을 입어보았다. 그리고 혼자 거울 앞에 서서 비단옷의 맵시를 잠시 살펴보았다. 그때 어머니가 즐겨 부르던, 신비로운 옷에 관한 노래가 생각났다.

　　과거 있는 여자에게는 결코 어울리지 않는 옷

이 노래는, 테스가 어릴 때 어머니가 요람에 한쪽 발을 얹고 곡조에 맞춰 요람을 흔들며 무척 유쾌하게 불러주던 노래였다. 옛날 궤네버 왕비(아더 왕의 왕비로서 랜슬로트란 사람을 사랑함)의 옷이 왕비의 비밀을 폭로한 것처럼 지금 테스의 이 옷이 색깔이 변해 자기의 과거를 폭로하지는 않을까? 테스는 이 목장에 온 후 여태까지 한 번도 이 노래를 생각해본 적은 없었다.

33 엔젤은 결혼하기 전에 이 목장에서 멀리 떨어져 있는 곳에 가서 테스와 하루를 보내고 싶은 생각이 들었다. 바로 눈앞에 다가온 중대한 날을 앞두고, 다시는 가져볼 수 없는 분위기 속에서 연인으로 있을 동안의 마지막 소풍을 나가 낭만적인 하루를 보내고 싶었다. 클레어가 지난주에 이웃 마을에 가서 몇 가지의 물건을 사자고 귀띔을 해왔기 때문에 그들은 함께 떠났다.

클레어의 목장 생활은 그가 속한 계급의 세계에서 본다면 은둔자의 생활과 같았다. 여러 달이 지나도록 그는 마을에 나들이 한 번 가본 적이 없었고, 도대체 마차라는 것은 필요하지도 않았다. 그는 마차나 말을 타고 가야 할 때에는 으레 주인의 것을 빌리곤 했다. 이날도 그들은 주인의 마차를 빌려 타고 갔다.

그들은 생전 처음으로 둘이 상의하면서 물건을 샀다. 마침 크리스마스 전날이어서 장식용 사철나무와 겨우살이 덩굴나무가 산더미처럼 쌓여 있었고, 이날을 위해서 사방에서 모여든 사람들로 길거리는 온통 붐비고 있었다. 테스는 아름다운 얼굴에 행복한 표정을 지으며 클레어의 팔을 끼고 사람들 사이를 거닐 때 사람들의 시선을 끌었다.

저녁이 되자 그들은 예약해둔 여관으로 돌아왔다. 엔젤이 말과 마차를 문 앞으로 끌어오는 것을 살펴보러 나간 동안 테스는 문간에 서서 기다렸다. 큰 휴게실은 손님들로 붐볐고, 손님들은 계속해서 들락날락거렸다. 손님들이 드나들 적마다 문이 열렸다 닫혔고, 그럴 때마다 방안의 불빛은 테스의 얼굴을 환히 비추었다. 그때 남자 둘이 다른 사람들 틈에 끼여 테스 옆을 지나쳐갔다. 그 중 한 남자가 놀란 표정으로 테스를 아래위로 훑어보았다. 테스는 그 남자가 혹시 트랜트리지에서 온 사람이 아닐까 하는 생각이 들었다. 그러나 그곳에서 트랜트리지까지는 멀리 떨어져 있어 그곳 사람들이 여기 찾아오는 일은 아주 드물었다.

"멋진데, 저 아가씨." 다른 한 남자가 말했다.

"정말이야, 멋진데. 그런데 내가 잘못 본 게 아니라면……." 그는 말끝을 흐려버렸다.

바로 그때 클레어가 마구간에서 돌아오다가 문간에서 그 남자와 마주쳤다. 클레어가 그 남자의 말을 듣고 테스를 쳐다보자 그녀는 겁먹은 표정을 지었다. 그녀가 모욕당했다는 생각이 들자 클레어는 생각할 겨를도 없이 주먹으로 그 남자의 턱을 힘껏 후려갈겼다. 그 남자는 비틀거리며 복도로 뒷걸음질을 쳤다.

그 남자가 정신을 차리고는 클레어에게 덤벼들 기세를 보이자 클레어는 문 밖으로 나가 대항할 자세를 취했다. 그러나 그 상대는 생각을 달리하기 시작했다. 그는 테스 옆을 지나며 테스를 다시 한 번 바라보고 클레어에게 말했다.

"죄송합니다. 사람을 잘못 보았군요. 전 저분이 여기서 40마일 떨어져 있는 곳에 사는 여자분인 줄 알았습니다."

그러자 클레어는 자기가 너무 성급했다는 것과 테스를 여관 복도에 세워둔 것은 자기의 잘못이라는 것을 뉘우치고는, 이런 경우에 으레 하듯 사죄비로 5실링의 약값을 주었다. 이렇게 해서 그들은 기분좋게 화해하고 헤어졌다. 클레어가 마부한테서 고삐를 받아쥐고는 테스와 함께 마차를 타고 떠나자 그 두 남자도 반대쪽으로 가버렸다.

"그래, 사람을 잘못 본 거야?" 하고 다른 남자가 물었다.

"천만에. 그렇지만 그 작자 기분을 언짢게 해주고 싶지 않아서……. 그러고 싶지 않았거든."

그 동안 두 연인은 계속 마차를 몰았다.

"우리의 결혼을 좀 뒤로 미룰 순 없을까요? 그렇게 해도 좋다면 말이에요." 테스가 맥이 빠진 소리로 멋쩍게 말했다.

"테스, 그건 안 돼. 좀 진정해요. 혹시 그 친구가 나를 폭행죄로 고발이라도 할까 봐 그러는 거요?" 클레어가 유쾌한 듯이 말했다.

"그게 아녜요. 하지만 전 그저 연기해야 한다면, 하고 생각한 것뿐예요."

클레어는 테스가 무슨 생각으로 그런 말을 하는지 이해할 수 없었으므로 그따위 부질없는 생각은 아예 하지 않는 게 좋겠다고 타일렀더니, 테스는 이내 그의 말을 고분고분 따르는 것이었다. 그러나 그녀는 목장으로 돌아오는 동안 내내 우울한 표정이었다. 마침내 그녀는 '우린 멀리로 떠나야 해. 여기서 수백 마일 떨어진 먼 곳으로. 그러면 다시는 아까와 같은 일을 당할 리도 없고 과거의 도깨비들도 거기까지는 따라오지 않을 거야' 하는 생각에 휩쓸리고 말았다.

이날 밤, 그들은 층계참에서 섭섭한 마음으로 헤어졌다. 클레어는 자기 지붕밑 방으로 올라갔다. 테스는 잠을 자지 않고, 며칠 남지 않은 결혼을 앞두고 필요한 것들을 미리 챙겨놓았다. 그녀가 앉아서 일을 하고 있는데 위층에 있는 엔젤의 방에서 발을 구르며 괴로워하는 듯한 시끄러운 소리가 들렸다. 집안 사람들은 모두 자고 있었다. 테스는 클레어가 어디가 아파서 그러는 것이 아닌가 하고 걱정이 되어 위층으로 뛰어 올라가 방문을 두드리고 왜 그러느냐고 물었다.

"아, 테스, 아무것도 아니오." 클레어가 방안에서 대답했다. "시끄럽게 해서 미안하오! 그런데 좀 재미있는 일이 있었지. 곤하게 잠을 자다가 아까 당신을 희롱했던 그 친구를 꿈속에서 만나 한바탕 싸웠지. 당신이 들은 그 소리는 바로 오늘 짐을 꾸리려고 꺼내놓은 가방을 주먹으로 치는 소리였어. 난 곧잘 잠잘 때 이런 짓을 하곤 한다오. 이젠 걱정하지 말고 돌아가 자요."

갈피를 못 잡고 망설이는 테스에게 클레어의 이 말은 마치 저울추와 같은 역할을 했다. 그녀는 자기의 과거를 차마 말로 털어놓을 수는 없었다. 그러나 다른 방법이 있었다. 테스는 책상에 앉아 편지지 넉장에다 3, 4년 전에 있었던 자기의 일들을 간단히 적어 봉투에 넣은 다음, 겉봉에다 클레어의 이름을 쓰고는 다시 마음이 약해지기 전에 맨발로 살금살금 이층으로 올라가 편지를 문틈으로 집어넣었다.

이날 밤, 테스가 뜬눈으로 지새운 것은 당연한 일이었다. 그녀는 위층에서 처음으로 들리는 희미한 소리에 귀를 기울였다. 그러나 그 소리는 여느 때와 다름없는 소리였고, 클레어는 다른 때와 마찬가지로 아래로 내려왔다. 테스도 아래로 내려왔다. 클레어는 계단 맨 아래에서 테스를 만나자 키스했다. 분명 여느 때와 다름없는 뜨거운 키스였다.

테스는 클레어가 어딘지 불안하고 피곤해보인다고 생각했다. 그러나 클레어는 그녀와 단둘이 있을 때에도 테스가 고백한 일에 대해서 일언반구도 없었다. 도대체 그는 그 편지를 본 것일까? 그가 먼저 입을 열지 않는 한 테스로서는 뭐라 말할 수가 없었다. 이날은 그대로 지나갔다. 클레어는 테스의 비밀을 자기 가슴속에 덮어두려고 하는 것이 분명했다. 그러나 그는 전과 마찬가지로 솔직하고 다정했다. 그녀의 의심은 한낱 부질없는 것이었을까? 그는 그녀를 용서한 것일까? 그는 테스의 정체를 알고도 그것을 그대로 사랑하며, 마치 어리석은 악몽을 웃어넘기듯이 그녀의 불안한 마음을 웃음으로 달래주는 것일까? 그는 정말 그녀의 편지를 읽어봤을까? 그녀는 그의 방을 살짝 들여다보았다. 그러나 편지는 눈에 띄지 않았다. 혹시 그는 그녀를 용서하기로 마음먹었는지도 모른다. 그러나 설사 그가 편지를 받아보지 못했다 할지라도 그는 확실히 그녀를 용서해줄 것이라는 열렬한 신뢰감이 갑자기 그녀의 마음속에서 솟구쳐올랐다.

밤이건 낮이건 클레어의 태도는 여전히 변함이 없었다. 섣달 그믐날, 곧 그들의 결혼식 날이 닥쳐왔다.

그들은 새벽 젖 짜는 시간에 일어나지 않아도 되었다. 이 목장에 머무는 마지막 일주일 동안 그들은 손님 같은 대접을 받아왔고, 더욱이 테스는 독방까지 차지하는 영광을 누렸다. 그들이 아침 식사 시간에 아래층으로 내려왔을 때, 그들을 축하하기 위해 전날과는 딴판으로 그 커다란 식당이 깨끗하게 단장된 것을 보고 깜짝 놀랐다. 새벽 일찌감치 주인은 벽난로가 있는 벽에 흰 칠을 하고 벽돌 아궁이는 붉은 칠을 했다. 바람 구멍을 장식했던, 작고 까만 나뭇가지 무늬가 있는 꾀죄죄하게 낡아버린 푸른 색 무명 바람막이를 떼고 눈부신 황금색 비단막을 아치 위에 걸어놓았다. 사실, 이 방의 초점을 이루고 있는 벽난로를 이렇게 단장해놓고 보니 음침한 겨울 아침인데도 방안 구석구석이 화사해보였다.

"축하하는 뜻에서 뭘 좀 해드리고 싶었어요. 그런데 구식으로 비올라나 바이올린을 전부 갖추어 한바탕 떠들썩하게 해볼까 생각도 했지만, 그걸 싫어하실 것 같아 조용한 방법이 뭐 없을까 하고 생각하다 보니 그저 이렇게 하게 되었군요." 클릭 씨가 말했다.

테스의 친구들은 너무 멀리 떨어져 있었기 때문에 비록 초대를 해도 결혼식에 참석할 수 없는 처지였지만, 말로트 마을 사람들은 아무도 초대하지 않았다. 클레어는 집으로 편지를 보내어 정식으로 결혼 날짜를 알렸다. 그리고 가족 중에서 그날 한 사람만이라도 와주시면 대단히 기쁘겠다고 했다. 그의 형들은 동생의 처사를 괘씸하게 생각했던지 아무 회답도 없었고, 아버지와 어머니한테서는 결혼을 그처럼 서둘러서 한다는 것은 경솔한 짓이 아니냐는 나무라는 투의 슬퍼하는 편지가 왔다. 부모로서는 젖 짜는 아가씨를 며느리로 맞는다는 것은 생각할 수도 없는 일이었지만, 엔젤은 이제 사리를 충분히 판단할 수 있는 나이가 되었으니 그 점을 믿겠다는 내용이었다.

클레어가 머지않아 집안 식구들을 놀라게 해줄 수 있는 비밀 열쇠를 쥐고 있지 않았더라면, 부모 형제의 냉정한 태도는 클레어를 괴롭혔을 것이다. 그는 낙농장에서 갓 나온 테스를 더버빌 가의 후손이니 귀부인이니 하고 내세우는 것은 무모하고 위험천만한 일이라고 생각했다. 그래서 그는 앞으로 몇 달 동안 자기와 함께 여행도 하고 책도 읽어 사회 생활에 익숙해진 다음, 그녀의 혈통을 내세우고 부모에게 데리고 가서 양반 집안의 후손으로 손색이 없는 여자라고 자랑스럽게 소개하며 사실을 밝힐 속셈이었다. 이것은 적어도 사랑하는 사람만이 갖는 아름다운 꿈이었다. 테스의 족보는 아마 이 세상 누구보다도 엔젤에게 더욱 소중했을 것이다.

테스는 직접 편지를 써서 자기의 과거를 알렸는데도 엔젤의 태도가 조금도 변하지 않은 것을 보자 죄책감을 느끼면서도, 한편으로는 그가 정말 그 편지를 받아보았는지 곰곰이 생각했다. 테스는 클레어보다 먼저 식사를 마치고 급히 이층으로 올라갔다. 오랫동안 클레어의 동굴이라기보다는 높직한 둥지였던, 괴상하고도 음산한 방을 다시 한 번 들여다보고 싶은 생각이 문득 떠올랐던 것이다. 그녀는 사다리를 타고 올라가 열린 문 앞에 서서 그 방안을 휘둘러보면서 곰곰이 생각했다. 테스는 일전에 몹시 흥분해서 편지를 밀어넣었던 문지방 밑을 허리를 굽혀 살펴보았다. 양탄자가 문지방 가까이까지 깔려 있었고, 그 양탄자 가장자리 밑에 그에게 보냈던 편지가 든 흰 봉투의 끝이 희미하게 내보였다. 테스가 서둘러 문지방 아래 양탄자 밑으로 편지를 밀어넣는 바람에 클레어는 분명히 그 봉투를 보지 못했던 것이다.

테스는 정신이 아찔해지면서 그 편지를 꺼냈다. 봉투는 그녀가 밀어넣었을 때 봉한 그대로였다. 그녀의 앞길에 가로놓인 방해물이 아직 제거되지 않고 그대로 있었다. 결혼 준비를 하느라고 집안이 온통 법석거리고 있는 판에 그에게 편지를 읽어달라고 할 수는 없었다. 그녀는 자기 방으로 내려와 편지를 찢어버리고 말았다.

클레어가 테스를 다시 만났을 때 그녀의 얼굴이 창백하게 질린 것을 보고 그는 적이 염려되었다. 그녀는 편지가 잘못 넣어진 사실이 그녀의 고백을 방해한 것 같은 야속한 생각이 치밀어올랐다. 그러나 그렇게 속단할 필요가 없음을 그녀는 알고 있었다. 아직 고백할 시간은 남아 있는 것이다. 사람들이 바쁘게 들락거렸고, 집안은 온통 법석거렸다. 클릭 부부는 결혼식 입회인이 되어달라는 청을 받은 터여서 옷을 갈아입느라고 바빴다. 그래서 조용히 생각해보거나 신중하게 이야기를 나눈다는 것은 거의 불가능했다. 그들 단둘이서 이야기할 수 있었던 시간은 층계참에서 잠깐 만났을 때뿐이었다.

테스는 억지로 밝은 표정을 지으며 말했다.

"당신에게 꼭 말하고 싶은 게 있어요. 제 잘못과 실수를 다 고백하 겠어요!"

"안 돼요. 잘못을 가지고 서로 얘기하고 있을 때가 아니오. 테스, 적어도 오늘만은 더할 나위 없이 온전하게 보여야 해요! 앞으로 얼마 든지 서로의 잘못을 얘기할 시간이 있지 않소? 그땐 나도 내 잘못을 고백하겠소." 그가 소리쳐 말했다.

"그렇지만 지금 말하는 게 좋을 것 같아요. 나중에라도 당신이 뭐 라고 하시지 않을지……."

"테스, 뭐든지 말해줘. 우리가 집으로 가서 자리를 잡게 되면 말이 오. 그러나 지금은 안 돼. 그땐 나도 내 잘못을 털어놓겠소. 하지만 오늘 같은 날은 그런 얘기로 기분 상하게 하지 말아요. 그런 얘기는 심심할 때나 해야 좋지."

"당신은 그럼 지금 그런 얘기 들으시는 것 싫으세요?"

"그럼. 테스, 정말 듣고 싶지 않소."

그들은 서둘러 옷을 갈아입고 떠나야 했기 때문에 더 이상 이야기 할 시간이 없었다. 클레어의 말을 듣고 나니 테스의 마음은 한결 가벼 워지는 것 같았다. 그 후의 중대한 두 시간 동안에 테스는 그에게 향 하는 힘찬 사랑의 물결에 휩쓸려 자꾸 앞으로 밀려나갔기 때문에 더 이상 생각에 잠겨 있을 수 없었다. 자기가 그의 아내가 되어 그를 남 편이라고 부르며 자기 것으로 만들겠다는, 그리고 필요하다면 목숨까 지도 바치겠다는, 오랜 세월을 두고 억제해왔던 그녀의 오직 하나의 소망은 마침내 그녀의 반성하는 마음속에서 고개를 들었다. 그녀는 옷을 입으며 여러 가지 색깔로 아롱진 이상의 구름 속을 헤매었다. 그 이상은 휘황한 빛을 뿜어 우연히 나타나는 불길한 것들을 휩싸 지워 버리는 것이었다.

교회는 멀고 추운 겨울이어서 그들은 마차를 타야 했다. 길가에 있 는 어느 여관에서 유개마차를 세내었다. 이 마차는 역마차를 이용해 서 여행하던 시대부터 지금까지 그 여관에 보관되어 있던 마차로서,

단단한 바퀴살에 바퀴테는 육중했고 곡선을 이룬 차체에 굉장히 큰 가죽끈과 용수철, 그리고 망치 모양으로 생긴 채가 딸려 있었다. 마부는 예순이 가까운 늙은 역마차꾼으로, 젊었을 때에 풍상을 너무 겪어 기운을 돋우려고 독한 술을 마시다 보니 류머티즘성 통풍(痛風)에 걸려 있었다. 직업이 없어진 지난 25년 동안을 하는 일도 없이 여관 문간에서 어정거리며 그 옛날의 젊은 시절이 되돌아오기를 기다리고 있는 것 같은 노인이었다. 그의 오른발 바깥쪽에는 그가 캐스터브리지의 킹스 암스 여관에서 고용살이를 할 때에 항상 귀족의 마차 채에 쓸려서 생긴 상처가 있었는데, 그 상처에선 고름이 흘러 나을 줄을 몰랐다. 이 거추장스럽고 삐걱거리는 마차에는 즐거운 네 사람——신랑과 신부, 그리고 클릭 부부가 노쇠한 마부 뒤쪽에 자리를 잡고 있었다. 엔젤은 형들 중에 한 사람만이라도 결혼식에 참석해서 신랑의 들러리로 서주기를 바랐고 편지에도 그런 희망을 은근히 비췄었으나 아무 소식이 없는 것을 보면, 아마 형들은 결혼식에 참석하기가 싫은 모양이었다. 원래 형들은 이 결혼을 반대했었기 때문에 와서 축하해준다는 것은 어림도 없는 일이었다. 오히려 그들이 참석하지 않는 편이 잘된 일인지도 모른다. 형들은 평범한 젊은이는 아니었다. 이 결혼을 어떻게 생각하느냐는 것은 별문제로 하더라도 목장의 일꾼들과 자리를 같이 한다는 것은 편협하고 까나로운 성질의 그들에게는 불쾌한 일이었을 것이다.

테스는 결혼식 시간에만 신경을 쓰느라고 이런 일에 대해서는 아무것도 몰랐고 아무것도 눈에 보이지 않았으며, 심지어 그들이 어느 길로 해서 교회에 가는지도 몰랐다. 그녀는 엔젤이 자기 곁에 있다는 사실만을 알고 있었을 뿐, 그 밖의 모든 것은 휘황찬란한 안개 같기만 했다. 그녀는 마치 시구(詩句)에 나오는 하늘의 여인 같았다. 그들이 함께 산책할 때면 클레어가 들려주곤 하던 고전 속에 등장하는 여신과도 같았다.

그들의 결혼은 결혼 허가증을 받기만 하면 되었기 때문에 교회에 참석한 사람들은 열두어 명밖에 없었다. 비록 천 명의 사람들이 참석했다 하더라도 테스에게는 마찬가지였을 것이다. 그들은 테스로부터 하늘의 별만큼이나 멀리 떨어져 있는 존재였다. 그녀가 클레어에게 정절(貞節)을 맹세하는 엄숙한 순간에는 성(性)에 대해 흔히 느낄 수 있는 감각은 경박하고 하찮은 것으로까지 생각되었다. 그들이 함께 무릎을 꿇고 있는 동안 식이 잠깐 멈췄을 때, 그녀는 자신도 모르게 클레어 쪽으로 몸을 기울였다. 테스의 어깨가 그의 팔에 닿았다. 그녀는 언뜻 머릿속을 스치고 지나가는 무슨 생각엔가 놀라 자신도 모르는 순간에 그랬던 것인데 그것은 그녀로 하여금 그가 정말 확실히 자기 곁에 있다는 것, 그가 성실하기만 하다면 앞으로 아무리 어려운 일이 생겨도 견딜 수가 있으리라는 확신을 가지게 했다.

클레어는 테스가 자기를 사랑하고 있음을 알고 있었다. 그녀의 몸짓 하나하나에 그것이 나타나 있었다. 하지만 그는 테스의 헌신적이고 깊은 애정과 일편단심, 그리고 부드러운 마음씨가 어느 정도인지 알지 못했고, 또한 그러한 사랑이 얼마만한 고뇌와 정직함과 인내심, 성실성을 보장하는 것인지 알지는 못했다.

그들이 교회 밖으로 나오자 종지기가 종각에 있는 종을 힘차게 흔들었다. 3박자의 부드러운 종소리가 울려퍼졌다. 조그마한 종이었지만 힘껏 울리면 온 마을에 마을 안의 경사를 알리는 데는 넉넉하다고 생각해서 교회를 건립한 사람들이 마련한 종이었다. 테스는 남편과 함께 종각 옆을 지나 문 쪽으로 걸어가며, 종소리가 지붕창이 달린 종각에서 음파를 그리며 사방으로 울려퍼지는 것을 느꼈다. 그것은 그녀가 지금 호흡하고 있는 긴장된 마음속의 분위기와 잘 어울렸다.

사도 요한이 태양 속에서 보았다는 천사(《신약성서》〈요한 계시록〉제19장 17절)처럼 자기 자신에게서 나오는 빛이 아닌 다른 빛을 받아 영광스러워졌다고 느낀 그녀의 마음의 상태는, 교회의 종소리가 사라지고 결혼식의 흥분이 가실 때까지 계속되었다. 그제야 비로소 테스는 사소한 것들도 똑똑히 볼 수 있었다. 클릭 부부는 자기들이 타고 갈

마차를 보내주도록 분부하고, 타고 온 마차는 젊은 부부에게 내주었다. 그때서야 처음으로 테스는 그 마차의 구조와 특징을 자세히 살펴볼 수 있었다. 테스는 조용히 앉아 한참 동안 마차를 들여다보았다.

"테스, 기분이 안 좋아 보이는군." 클레어가 말했다.

"그래요. 마음을 동요시키는 일들이 많아요. 엔젤, 모든 게 의미심장한 것들뿐이군요. 게다가 이 마차를 전에 언젠가 본 것만 같아요. 아주 눈에 익은 마차 같아요. 참 이상하네요. 꼭 꿈속에서 본 것만 같으니." 테스는 이마에 손을 얹으며 대답했다.

"글쎄, 당신은 더버빌 가의 마차에 관한 전설을 들었었나 보오. 여기서 당신 집안이 판을 칠 때 사람들의 입에 오르내리던 유명한 미신 얘기가 있지. 그래 덜컹거리는 이 낡은 마차를 보자 그 생각이 떠오른 모양이군."

"전 그런 얘긴 들어본 적이 없는걸요. 어떤 전설 말씀인지 들려주시지 않겠어요?" 그녀가 말했다.

"글쎄, 지금 당장 그런 얘길 자세히 말하고 싶진 않군. 16세 기인가 17세기경에 더버빌 가의 어떤 사람이 자기 집 마차 안에서 끔찍한 일을 저질렀다는 거요. 그때부터 그 집안 사람들이 이 낡은 마차를 보거나 그 소리를 듣기만 해도——그렇지만 훗날 얘기해주겠소——좀 으스스한 얘기니까. 이 마차를 보니 옛날에 들었던 희미한 그 얘기의 기억이 당신 머리에 떠올랐음이 분명해."

"전 그 얘기 들어본 적이 없어요. 엔젤, 우리 집안 사람들이 마차를 보게 되는 건 죽으려고 할 때인가요? 아니면 무슨 죄라도 저질렀을 때인가요?" 테스가 나직이 말했다.

"테스, 자, 그만해둬!"

클레어는 키스로써 테스의 입을 막았다.

그들이 집에 도착할 무렵, 테스는 깊은 뉘우침에 잠겨 풀이 죽어 있었다. 사실, 이제 그녀는 엔젤 클레어 부인이 되었지만, 과연 도의적인 면으로 볼 때 그녀에게 그렇게 불릴 만한 자격이 있는지? 차라리 알렉산더 더버빌 부인이라고 하는 편이 옳지 않을까? 결함 없는 사람들에게는 언어도단이라고 생각할 죄의 은폐를 불타는 열정으로 정당화시킬 수는 없을까? 테스는 이런 경우엔 어떻게 해야 좋을지를 몰랐고, 그걸 상의할 만한 사람도 없었다.

테스는 잠시 자기 방에 잠시 혼자 남게 되었을 때——이 방에 들어오는 것도 이날이 마지막이었다——그녀는 무릎을 꿇고 기도를 드렸다. 그녀는 하느님께 기도드리려고 애썼지만 그건 오히려 남편을 향한 호소에 지나지 않았다. 그녀는 클레어를 우상처럼 숭배했으므로 오히려 그것이 나쁜 징조가 아닐까 하는 두려운 생각이 들었다. 그녀는 로렌스 수도승(《로미오와 줄리엣》 제2막 6장에 등장하는 수도승)의 말이 떠올랐다——"이처럼 걷잡을 수 없이 격렬한 기쁨은 걷잡을 수 없이 격렬하게 끝나리라." 이것은 인간의 처지에서 보면 너무 심하고, 너무 격하고, 너무 무모하고, 너무도 치명적일지도 모른다.

그녀는 방안에서 혼자 속삭였다.

"아, 사랑하는 엔젤, 전 어쩌자고 당신을 이렇게 깊이 사랑할까요! 당신이 사랑하고 있는 여자는 진짜 제가 아니라 한때에는 저도 그러했던 저 비슷한 여자일 거예요!"

오후가 되자 떠날 시간이 되었다. 그들은 웰브리지 방앗간 근처의 농가에서 며칠 동안 묵으려던 계획을 실행에 옮기기로 했다. 그는 그곳에 머무르며 제분 과정을 견습할 생각이었다. 두 시가 되자 이젠 출발하는 일만이 남았다. 목장의 일꾼들은 그들을 전송하기 위해 다 나와 붉은 벽돌 문간에 서 있었고, 클릭 부부도 대문까지 따라나왔다. 테스는 같은 방을 쓰던 세 친구들이 나란히 벽에 기대어 슬픔에 잠겨 고개를 떨구고 있는 모습을 보았다. 자기들이 떠날 때 그 친구들이 나와줄 것인지 테스는 무척 궁금했는데, 그녀들은 그곳에 나와 끝까지 슬픔을 참고 견디며 서 있었다. 왜 델리킷한 레티가 저토록 창백해보이고, 이즈가 몹시 슬퍼보이고, 마리안이 저토록 얼빠진 사람처럼 보이는지 테스는 잘 알고 있었다. 그래서 테스는 친구들의 슬픔을 생각하느라고 항상 그림자처럼 따라다니는 자기의 근심을 잠시나마 잊었다.

테스는 갑자기 생각난 듯이 엔젤에게 속삭였다.

"저 가엾은 친구들한테 처음이자 마지막으로 한 번만 키스해주시지 않겠어요?"

클레어는 그런 인사치레로서의 작별 인사──그에게는 그건 한낱 인사치레에 지나지 않았다──엔 조금도 반대하지 않았다. 그는 그녀들 앞을 지날 때 한 사람 한 사람에게 키스를 하며 작별 인사를 했다. 테스는 자기들이 문간에 이르자 선심을 써서 하게 해준 그 키스의 효과가 어떤지 알아보려고 힐끗 뒤돌아보았다. 그러나 그녀에게선 그런 때의 여자에게서 흔히 볼 수 있는 자랑스런 기색은 조금도 찾아볼 수 없었다. 비록 그녀가 그런 기분을 느꼈을지라도 세 아가씨가 괴로워하는 모습을 보는 순간 그건 곧 사라지고 말았을 것이다. 작별의 키스는 분명 그녀들이 애써 진정하려던 감정을 뒤흔들어놓아 오히려 역효과를 나타낸 듯했다.

클레어는 그런 것들을 전혀 모르고 있었다. 그는 샛문 쪽으로 나가며 클릭 부부와 악수를 나누고, 그 동안의 그들의 호의에 대해 마지막으로 감사의 뜻을 표했다. 테스와 엔젤이 떠나기까지 잠시 침묵이 흘렀다. 그러다가 수탉의 울음소리에 침묵이 깨졌다. 분홍빛 볏의 흰 수탉 한 마리가 그들에게서 서너 야드 떨어진 집 앞 울타리 기둥 위로 날아가 앉았다. 그 요란한 울음소리는 그들의 귀를 쩡쩡 울리고 바위 골짜기로 메아리쳐 사라졌다.

"어머나? 오후에 닭이 울다니!" 클릭 부인이 말했다.

남자 두 사람이 대문 옆에 서서 문을 열고 기다리고 있었다.

"이건 좋지 않은 징조인데." 한 남자가 샛문 쪽에 있는 사람들한테 들리리라고는 미처 생각 못하고 다른 남자에게 중얼거렸다.

또다시 수탉이 울었다, 클레어 쪽을 바라보며.

"저런!" 목장 주인이 말했다.

"전 저 소리가 싫군요! 마부에게 어서 마차를 몰라고 해주세요." 테스가 남편에게 말했다. "그럼, 안녕히, 안녕히들 계세요!"

또다시 수탉이 울었다.

"쉿! 저리 가. 이 빌어먹을 것. 말 안 들으면 목을 비틀어버릴 테다!" 주인은 적이 화가 나서 닭을 쫓아내며 말했다.

집 안으로 들어가며 주인이 아내에게 말했다.

"수탉이 하필이면 오늘 같은 날 울 게 뭐람 ! 수탉이 오후에 우는 소리는 일 년 내내 들어본 적이 없었는데."

"당신이 생각하는 그런 게 아니라 날씨가 바뀌려고 그러는 거겠지요. 무슨 일이야 있겠어요?" 부인이 말했다.

34 그들 부부는 골짜기를 따라 평탄하게 나 있는 길을 마차로 몇 마일쯤 달려 웰브리지에 도착하자, 곧 왼쪽으로 꺾어서 이 고장의 명물인, 엘리자베스 시대의 양식을 모방한 큰 다리를 건넜다. 그 다리 바로 뒤쪽에 그들이 머물 집이 있었다. 그 집은 프룸 강 분지를 여행하는 사람들에게는 질 알려진 곳이었다. 한때에는 훌륭한 장원에 딸린 저택 중의 일부로, 더버빌 가에서 소유하고 있던 저택이었지만 일부가 파손되고 난 후로는 지금은 농가로 쓰이고 있었다.

"어서 오시오, 당신 조상님네 집이오!" 클레어가 테스의 손을 잡고 마차에서 내려주며 말했다. 그러나 그는 이내 농담 섞인 그 말을 후회했다. 그 말이 너무나 풍자적인 듯했기 때문이다.

안으로 들어가자, 방 둘을 예약해놓았었는데도 주인은 집에 없었고 심부름을 맡아서 할 여자 하나가 있었다. 주인은, 그들이 머무는 동안을 틈타 새해 인사차 친구들을 만나러 며칠간 출타중이고, 이웃 농가에서 데려다 둔 한 여자가 그들을 보살펴주게 되어 있음을 알았다. 집을 독차지하게 된 것이 그들은 기뻤다. 단 둘만이 한 지붕 아래서 생활해나갈 첫 시작이라는 것을 생각하니 더욱이 기뻤다.

  그러나 클레어는 이 케케묵은 낡은 집이 신부의 마음을 침울하게
하지 않을까 생각했다. 마차가 되돌아가자 그들은 하녀의 안내로 손
을 씻으려고 층계를 올라갔다. 층계참에서 테스는 멈칫하고 놀랐다.

  "왜 그러오?" 그가 물었다.

  "저 무서운 여자들 좀 보세요! 어떻게나 놀랐는지." 웃으면서 테스
가 대답했다.

  클레어가 위를 올려다보았다. 돌벽에 고정시킨 두 개의 화판에 실
물 크기의 초상화가 그려져 있었다. 이 저택을 찾아오는 손님들은 누
구나 보게 되는 그 그림들은 200여 년 전의 중년 여인을 그린 것이었
는데, 한 번 보기만 하면 좀처럼 잊혀지지 않을 용모였다. 얼굴이 길
쭉하고 가느다란 손에 선웃음을 치고 있는 그림 속의 여자는 매정스
럽게 엉큼한 인상이었고, 또 다른 그림 속의 여자는 매부리코에 커다
란 이빨과 부리부리한 눈을 한 흉칙스러워 보일 만큼 거만한 인상이
었다. 그림 속의 여자들을 한 번 본 사람이라면 나중에 꿈속에서까지
도 나타날 것 같은 꺼림칙한 얼굴이었다.

  클레어가 하녀에게 물어보았다.

  "이건 누구의 초상화지요?"

  "그건 저택의 옛날 주인이었던 더버빌 가의 귀부인들이라고 노인들
이 말씀하시는 걸 들었지요. 벽에다 끼워놓았기 때문에 떼어버릴 수
도 없답니다." 그녀가 대답했다.

  초상화가 테스를 놀라게 한 것 외에 더욱 불쾌한 것은 테스의 아름
다운 용모가 과장해서 그린 그 그림 속에서 역력히 엿보인다는 사실
이었다. 그러나 클레어는 아무 말도 하지 않고, 신혼 생활을 보내기
위해 이런 집을 택한 것을 후회하면서 옆방으로 들어갔다. 그 방은 갑
자기 서둘러 준비를 하느라고 대야가 하나밖에 없었기 때문에 그들은
한 대야에 함께 손을 씻었다. 물 속에서 클레어의 손이 그녀의 손에
닿았다.

  "어느 것이 내 손가락이고 어느 것이 당신 거지? 서로 얽혀서 모르

겠는걸." 그가 테스를 바라보며 말했다.

"다 당신 거예요." 무척 귀엽게 말하며, 테스는 더욱 명랑한 표정을 지으려고 애썼다.

이런 경우에 테스가 무슨 생각엔가 잠기는 것을 클레어는 못 마땅하게 생각하진 않았다. 지각 있는 여자라면 으레 그렇기 마련이기 때문이다. 그러나 테스는 자기가 지나치게 생각에 잠긴다는 사실을 알고 있었기에 그렇게 되지 않으려고 애썼다.

섣달 그믐의 짧은 저녁 해도 어지간히 기울어 좁은 창 틈으로 스며드는 황금빛 줄무늬를 이룬 햇살이 테스의 치맛자락에 아른거려 페인트의 얼룩 같은 점을 이루었다. 그들은 차를 마시려고 옛날 식으로 꾸며진 응접실로 들어섰다. 그들은 거기서 처음으로 단 둘만의 식사를 했다. 그들은, 아니 그들이라기보다는 클레어는 어찌나 어린애처럼 구는지 테스와 같은 접시의 빵을 먹고 테스의 입가에 붙은 빵부스러기를 자기 입술로 핥아주며 재미있어 했다. 그러나 그는 테스가 자기와 함께 흥겨워하지 않는 것을 좀 이상하게 여겼다.

한동안 묵묵히 테스를 바라다보고 있던 클레어는 마치 어려운 문장이라도 잘 지어내려는 사람처럼 혼잣말로 중얼거렸다.

"이 여자가 귀엽고 사랑하는 나의 테스다. 이 연약한 여자가 좋건 나쁘건 나의 성실과 운명에 얼마나 철저하게 의지하고 있는가를 나는 진정으로 깨닫고 있는가? 그런 것 같지 않다. 나 자신이 여자가 아닌 이상 그걸 어떻게 이해할 수 있겠는가? 이 여자는 지금 내 처지 그대로이다. 내가 되는 대로 이 여자도 될 것이다. 내가 못 되면 이 여자도 못 될 것이다. 나는 장차 이 여자를 소홀히 하거나 마음을 상하게 해주거나 심지어 돌아보지 않고 내팽개치거나 할 수 있을까? 신이여, 제발 그런 죄만은 짓지 말도록 해주소서!"

그들은 차 탁자 앞에 앉아, 목장 주인이 어둡기 전에 보내주겠다고 약속한 짐을 기다렸다. 그러나 날이 저물었는데도 짐은 오지 않았다. 그들이 가지고 온 것이라고는 몸에 걸치고 있는 옷밖에 없었다. 해가지자 조용하던 겨울 날씨는 달라졌다. 밖에서는 비단을 마구 휘날리는 듯한 소리가 들리기 시작했다. 가을에 떨어져 조용히 누워 있던 낙엽들이 바람에 흩날리다가 덧창에 부딪히곤 했다. 이윽고 비가 뿌리기 시작했다.

"그놈의 수탉은 날씨가 변할 걸 미리 알고 있었나 보군." 클레어가 말했다.

그들의 시중을 들어주던 하녀는 식탁에 몇 자루의 초를 갖다두고는 밤이 되자 자기 집으로 돌아가 버렸다.

그들은 초에 불을 붙였다. 촛불들은 모두 벽난로 쪽으로 너울거렸다.

"이런 낡은 집은 외풍이 대단하지." 엔젤은 촛불과 흘러내리는 촛농을 바라다보았다. 그러다가 말을 이었다. "도대체 짐은 어떻게 된 걸까? 우린 심지어 옷솔 하나, 머리빗 하나 가지고 오질 않았는데."

"글쎄, 모를 일이군요." 테스가 건성으로 대꾸했다.

"테스, 오늘 밤 당신은 조금도 즐거운 기색을 보이지 않는군. 여느 때와는 아주 달라. 이층의 벽에 걸려 있는 그 흉칙한 여자들의 초상화 때문에 당신의 마음이 심란해졌나 보군. 당신을 이런 데로 데리고 와서 미안해. 그런데 당신은 정말 나를 사랑하고 있는지 몰라?"

클레어는 물론 그녀가 자기를 사랑하고 있음을 알고 있었다. 따라서 그가 물어본 말에 별다른 뜻이 있는 것은 아니었다. 그러나 테스는 슬픔이 복받쳐올라 상처 입은 짐승처럼 몸을 움츠렸다. 눈물을 흘리지 않으려고 애썼지만 방울져 솟아나오는 눈물을 감출 수 없었다.

클레어가 미안한 마음으로 말했다.

"진심으로 한 말이 아냐! 당신, 짐이 오지 않아 걱정이 돼서 그러는 줄 나도 다 알아요. 대체 조나단 영감이 왜 짐을 가지고 오지 않는지 모를 일이군. 벌써 일곱 시가 아니냔 말야. 야, 드디어 왔나 보다!"

문 두드리는 소리가 났으나 나가볼 사람이 달리 없어 클레어가 나갔다. 그는 조그만 꾸러미 하나를 들고 돌아왔다.

"조나단 영감이 아니군." 클레어가 말했다.

"참 속 썩이는군요!" 테스가 말했다.

이 소포는 특별히 보낸 심부름꾼이 가지고 온 것이었다. 그것은 에 민스터 목사관에서 보낸 것인데, 그들 부부가 톨보데이스 목장을 막 떠난 후에 심부름꾼이 그곳에 도착하여 그들 부부 외엔 어느 누구에 게도 소포를 전하지 말라는 당부를 받고 온 터여서 곧바로 그들 부부 의 뒤를 좇아 여기까지 왔던 것이다.

클레어는 소포를 촛불 가까이로 가지고 갔다. 소포는 길이가 1피트 도 안 되는 것이었는데, 캔버스 천으로 싸서 묶었고 아버지의 도장이 찍힌 빨간 봉랍(封蠟)으로 봉함되어 있었다. 그리고 겉에 그의 아버지 의 친필로 '엔젤 클레어 부인 앞'이라고 씌어 있었다.

"테스, 이건 당신 앞으로 보내온 조그만 결혼 선물이군. 얼마나 인 정이 많으신 분들인지!" 테스에게 그것을 건네주며 그가 말했다.

테스는 좀 어리둥절해하며 소포를 받았다.

"당신이 좀 풀어주세요." 소포를 만지작거리며 테스가 말했다. "어 마어마한 이 봉인을 뜯고 싶지 않군요. 너무 굉장해 보여요. 좀 풀어 주세요!"

그는 소포를 풀었다. 그 속에는 모로코 가죽으로 만든 상자가 하나 들어 있었고 그 위에 편지와 열쇠가 놓여 있었다. 편지는 클레어 앞 으로 보내온 것으로 다음과 같이 적혀 있었다.

사랑하는 아들아,

네가 어렸을 때, 너의 대모(代母) 피트니 부인 ——사치스러우나 친절한 분이었던——이 임종할 때 보석 상자 속의 보석 일부를 내 게 맡기면서 너와 네 아내에 대한 사랑의 표시로 네 아내에게 그 보석을 물려주라고 유언했던 것을 너는 아마 잊고 있을지도 모르겠 구나. 나는 이 유언을 따라 내가 거래하는 은행에 그 보석을 보관 해두었었다. 이번 너의 결혼이 탐탁치 않은 점이 없는 바도 아니지 만, 너도 알다시피 일생 동안 이 보석을 사용할 권리가 있다고 생

각되는 부인에게 넘겨줄 때가 이르렀으니 즉시 이 보석을 보내는
것이다. 엄밀히 말한다면 이 보석은 너의 대모의 유언에 따라 대대
로 물려줄 상속 재산이 되어야 할 줄로 믿는다. 이 문제에 관한 자
세한 유언 내용을 동봉하는 바다.

"그래, 생각이 나는군. 그런데 난 그걸 아주 잊어버리고 있었군."
클레어가 말했다.

보석 상자를 열어보니 목걸이며 메달, 팔찌, 귀걸이, 그리고 그 밖
에 작은 패물들이 들어 있었다.

처음에 테스는 그 보석들을 만져보는 것이 두려운 듯했지만, 클레
어가 그것들을 펼쳐보이자 테스의 눈은 그 보석처럼 반짝였다.

"이것들이 모두 제 건가요?" 테스가 믿어지지 않는다는 듯 물었다.

"그렇구말구."

그는 난롯불을 물끄러미 바라다보았다. 그가 열다섯 살 때, 지주의
아내였던 그의 대모——생전 처음으로 사귀어본 부자였다——는 그의
성공을 굳게 믿고 훌륭하게 출세할 것이라고 예언하던 일이 생각났
다. 자기의 아내나 후손들의 아내들을 위해서 화려한 이 보석들을 간
직한다는 것은 훌륭한 앞날을 예언해준 대모로서는 당연한 일인 듯했
다. 그러나 지금 그 보석들은 어쩐지 비웃는 것처럼 반짝거렸다. '어
째서 간직해둬야 하지?' 하고 그는 자기 자신에게 물어보았다. 그것은
어디까지나 허영심의 문제에 지나지 않았다. 만일 그런 허영을 부부
라는 방정식의 어느 한 편에 적용할 수 있다면 그것은 다른 한 편에도
적용되어야 할 것이다. 그의 아내는 더버빌 가의 자손이다. 이 보석들
이 테스보다 더 잘 어울릴 사람이 어디 있을까?

갑자기 클레어가 열정적으로 말했다.

"테스, 걸어봐요. 좀 걸어봐!"

그는 테스를 도와주려고 난롯불로부터 몸을 돌렸다.

그러나 테스는 무슨 요술이라도 부린 듯이 벌써 목걸이며 귀걸이,

팔찌 등 모든 것을 몸에 걸치고 있었다.

"테스, 겉옷이 틀렸는데. 그런 보석들을 걸치려면 가슴 깃이 파진 거라야 된다오." 클레어가 말했다.

"그래요?"

"그럼."

그는 그 겉옷을 야회복 비슷하게 고치기 위해서는 윗부분을 어떻게 안으로 접어넣으면 좋은가를 테스에게 살짝 귀띔해주었다. 테스는 가르쳐준 대로 했다. 그리고 목걸이에 달린 메달이 하얀 목에 제 모습을 드러내자 클레어는 뒤로 물러서서 테스를 바라보았다.

"야아, 정말 아름다운데!" 클레어가 외쳤다.

누구나 다 알고 있듯 새가 아름다운 것은 아름다운 깃털 때문인 것이다. 수수한 자태와 평범한 옷차림을 하면 사람의 눈에 별로 띄지도 않는 시골 처녀라도 손질해서 공들여 잘 가꿔 유행을 따르는 여인처럼 차려입으면 멋진 미녀로 보이는 법이다. 그러나 밤의 무도회에 나온 미녀도 우중충한 날씨에 농사 짓는 여자들의 허술한 옷을 입고 단조로운 무 밭에 세워놓는다면 볼품없는 여자로 보이는 법이다. 클레어는 여태까지 단정한 테스의 몸과 얼굴이 이처럼 멋지리라고는 생각해본 적이 없었다.

"당신이 그런 모습으로 무도회에라도 한 번 나간다면!" 그가 말했다. "하지만 아냐, 안 될 말이야. 차양 달린 모자와 수수한 무명옷을 입은 당신이 나는 더 좋아. 이런 옷차림보다는 훨씬 더 좋아. 하기야 이렇게 차리고 나선다고 품위가 떨어지는 건 아니지만."

테스는 자기가 눈부신 옷차림을 하고 있다는 생각에 가슴이 벅차 얼굴이 달아올랐지만 그래도 행복감을 느끼지는 못했다.

"이젠 벗어놓아야겠어요. 조나단 영감이 보시면 어떡하죠? 이런 건 제겐 너무 과해요. 팔아버려야 할까 봐요." 그녀가 말했다.

"좀더 그대로 걸치고 있어요. 팔아버린다구? 그건 절대로 안돼. 그건 신의를 배반하는 일이거든."

테스는 생각을 고쳐먹고 그의 말에 따랐다. 할말이 있는데 이런 차림이 혹시 도움이 될지도 모른다는 생각이 들었다. 그녀는 보석을 걸친 채 자리에 앉았다. 그들은 또다시, 조나단 영감이 짐을 가지고 대체 어디쯤 오고 있을까 하는 생각에 잠겼다. 영감이 오면 주려고 따라 놓았던 맥주는 너무 오래 되어 김이 빠져버렸다.

잠시 후 그들은 벽에 붙은 식탁에 차려놓은 저녁을 먹기 시작했다. 식사가 미처 끝나기 전에 마치 거인의 손이 굴뚝의 꼭대기를 막기라도 한 듯이 난로의 연기가 풀썩 솟더니 방안에 가득히 번졌다. 바깥 문이 열려 바람이 들어왔기 때문이다. 복도에서 저벅거리는 발자국 소리가 들렸다. 엔젤이 밖으로 나갔다.

"아무리 문을 두드려도 대답을 해야지요." 마침내 나타난 조나단 카일 영감이 사과했다. "게다가 밖에는 비가 오고 해서 내가 문을 열었지요. 서방님, 여기 짐을 가지고 왔습니다."

"무사히 가지고 오셔서 반갑군요. 헌데 너무 늦었는데요?"

"예, 그렇게 됐습죠, 서방님."

조나단 카일의 말투에는 오늘 낮과는 달리 좀 언짢은 기색이 엿보였다. 그의 이마에는 늙어서 생긴 주름살 외에 근심스러운 주름살이 깊이 패어 있었다. 그는 말을 계속했다.

"오늘 오후에 서방님과 아씨께서——이제부터는 아씨라고 부르겠습니다만——오후에 떠나신 후에 목장에서는 엄청난 사고가 생길 뻔해서 모두들 혼이 났습죠. 서방님께서는 오늘 오후에 수탉이 울었던 걸 설마 잊진 않으셨겠죠?"

"저런! 무슨 일인데요?"

"글쎄, 그걸 가지고 말들이 많았습죠. 무슨 일이 생겼냐 하면, 가엾게도 레티 프리들이 물에 빠져 죽으려고 했지 뭡니까?"

"설마! 그럴 리가 있소! 레티는 다른 사람들과 같이 우리에게 작별 인사까지 했었는데……."

"예, 그랬습죠. 그런데 서방님과 아씨께서——이젠 정식으로 부릅니다만——떠나신 후, 글쎄 레티와 마리안이 모자를 쓰고 밖으로 나 갔습죠. 섣달 그믐이라서 별로 할 일들도 없고, 다른 사람들은 거나하 게 한 잔씩 한 후라서 아무도 모르고 있었습죠. 그들은 류 에베라드 술집까지 가서 술을 좀 마시고, 드리 암드 크로스 술집까지 가서 거기 서 헤어진 모양이에요. 레티는 집으로 가는 척하면서 관개(灌漑) 목초 지를 가로질러 갔고, 마리안은 다른 술집이 있는 이웃 마을로 갔다고 하더군요. 그 후로는 아무도 레티의 종적은 몰랐는데, 어느 뱃사공이 집으로 돌아가는 길에 그레이트 풀이라는 웅덩이 옆에 무엇이 있는 걸 보았대나요. 그건 함께 뭉쳐놓은 레티의 모자와 목도리였답니다. 뱃사공이 그 웅덩이 속에서 그녀를 찾아냈다고 합디다요. 그 뱃사공 하고 또 다른 사람이 그녀를 집으로 옮겼을 때 처음엔 죽은 줄 알았다 는데, 차츰 깨어나더라고 하더군요.”

그는 테스가 이 우울한 이야기를 듣고 있지나 않을까 하고 불현듯 생각이 나서 복도와 테스가 있는 안방 옆의 방 사이에 있는 문을 닫으 러 갔다. 그러나 아내는 벌써 어깨에 숄을 걸치고 바깥 방으로 나와, 짐과 그 위에 반짝이는 빗방울을 멍청하게 바라보며 영감의 이야기에 귀를 기울이고 있었다.

“게다가 더욱 기가 막히는 건 마리안이랍니다. 전에는 조금 밖에 못 마시던 그 아가씨가 이날따라 술이 곤드레만드레가 되어 버드나무 숲 옆에 쓰러져 있는 걸 찾아냈답니다. 하기야 얼굴만 봐도 확실히 식 성이 좋은 처녀라는 건 알 만하지만 술은 조금도 못 마시거든요. 아무 래도 처녀들이 다 제정신이 아닌 것 같더군요!”

“그런데 이즈는 어떻게 됐나요?” 테스가 물었다.

“이즈는 여느 때처럼 집에 있었지요. 그런데 왜 그런 일이 일어났 는지 자기는 알고 있다고 말하더군요. 그 일 때문에 기분이 무척 좋지 않은 것 같더군요. 가엾기야 하지만 할 수 없는 일이지요. 서방님의 짐 몇 가지하고, 아씨의 잠옷과 화장품들을 마차에 싣고 있을 때 이런 일이 벌어져서 이렇게 늦어지고 말았습죠.”

"그랬군요. 그런데, 조나단 영감님, 이 짐들을 이층으로 옮겨다 놓고 맥주나 한 잔 드시지요. 그리고 빨리 돌아가도록 해요. 혹시 영감님을 찾을지 모르니까요."

테스는 안방으로 돌아가 난롯가에 앉아 물끄러미 난롯불을 바라다보고 있었다. 이층으로 짐을 운반하느라고 계단을 오르내리는 조나단 카일의 묵직한 발자국 소리와, 남편이 대접한 맥주와 사례금에 고맙다고 인사하는 영감의 말소리가 들려왔다. 그러다가는 조나단 영감의 발자국 소리가 문간에서 사라지고 삐걱거리는 마차 소리도 멀리 사라져갔다.

엔젤은 굵다란 참나무 빗장으로 대문을 잠그고 나서 난롯가에 앉아 있는 테스에게로 와 테스의 얼굴을 두 손으로 감쌌다. 이젠 애타게 기다리던 짐이 왔으니 테스가 즐겁게 뛰어 일어나 화장 도구의 짐을 풀어보리라고 그는 생각했다. 그러나 그녀는 꼼짝도 않고 앉아 있었다. 그는 난롯불이 환한 테스 옆으로 가서 앉았다. 저녁 식탁 위에 놓여 있는 촛불은 난롯불에 비하면 너무나 힘없이 하늘거리고 있었다.

"친구들의 슬픈 이야길 듣게 해서 미안하오. 그것 때문에 괴로워하진 말아요. 레티는, 당신도 알다시피, 천성이 병적인 아가씨거든." 엔젤이 말했다.

"아무런 이유도 없이 왜 죽으려고 그랬는지 모르겠어요. 그럴 만한 이유가 있는 사람들은 오히려 그걸 감추려 하고 시치미를 딱 잡아떼는 법인데요." 테스가 말했다.

이 사건은 테스의 마음을 일변시켰다. 그 처녀들은 소박하고 순진했는데, 이룰 수 없는 사랑의 불행을 짊어지고 있다. 그녀들은 '운명'의 손에 의해 좀더 나은 대접을 받아도 좋은 처녀들이었다. 테스야말로 푸대접을 받아야 할 처지임에도 불구하고 한 남자에게 뽑힌 몸이 되었던 것이다. 대가를 치르지도 않고 모든 것을 차지하는 것은 사악한 짓이었다. 마지막 한 푼까지도 대가를 치러야 한다. 지금 당장 여기서 모든 것을 고백해야 한다. 클레어에게 손을 잡힌 채 난롯불을 물끄러미 바라보고 있던 테스는 이렇게 마음을 굳혔다.

이젠 다 타서 연기도 나지 않는 그루터기에서 비치는 강한 불빛이 벽난로의 양편과 뒤편, 잘 닦아놓은 장작 받침쇠와 이가 잘 물리지 않는 낡은 놋쇠 부젓가락을 벌겋게 물들이고 있었다. 양쪽의 벽난로 선반과 벽난로에서 가장 가까이 있는 탁자의 다리가 빨갛게 빛났다. 테스의 얼굴과 목덜미도 불빛을 받아 따뜻한 빛을 반사했고, 이 빛을 받아 그녀의 목에 걸린 보석들 하나하나가 황소자리나 시리우스 별처럼 ——흰빛, 붉은빛, 초록빛으로 빛나는 성좌(星座)를 이루어 그녀의 심장이 뛸 때마다 찬란하게 뒤섞여 반짝였다.

"오늘 아침에 우리가 서로의 잘못을 털어놓자고 말했던 걸 기억하오?" 그녀가 꼼짝도 않고 앉아 있는 것을 보고 갑자기 그가 물었다. "우린 대수롭지 않은 생각으로 그렇게 말했는지도 모르지. 더욱이 당신은 그저 지나가는 말로 그랬을 거요. 하지만 내 경우는 다르오. 난 당신한테 고백하고 싶은 게 있소."

뜻밖에도 그로부터 먼저 이런 말을 듣자, 테스는 마치 하느님이 도와준 것처럼 생각되었다.

테스는 금방 기쁨과 안도의 빛마저 띠면서 이렇게 물었다.

"당신이 고백할 게 있으시다구요?"

"그런 건 미처 생각지 않았겠지? 글쎄, 당신은 나를 너무나 과분할 정도로 잘 봐주었어. 내 말을 들어봐요. 머리를 그쪽으로 기대고. 당신에게 용서를 빌겠소. 왜 진작 말하지 않았느냐고 화내진 말아주오. 하긴 진작 털어놓았어야 할 일이지만."

얼마나 이상한 일인가! 그는 테스와 같은 처지에 있는지도 모른다. 테스는 잠자코 있었다. 그가 다시 말을 계속했다.

"내가 여태까지 털어놓지 못한 것은 내 일생에서 최고의 상품인 당신, 학교에서 장학금이라도 받은 것 같은 당신을 놓치고 싶지 않았기 때문이오. 형은 대학에서 장학금을 탔지만, 난 톨보데이스 목장에서 탄 셈이지. 글쎄, 난 그것을 놓치고 싶지 않았던 거요. 사실은 한 달 전에 당신이 내 청혼을 받아주었을 때 얘기하려고 했었지만, 그런 말을 들으면 당신이 놀라서 도망칠 것 같아 털어놓질 못했던 거요. 그래 미루어왔지. 그러다가 어제 당신이 도망칠 수 있는 기회를 주려고 말하려 했었지만, 역시 그러질 못하고 말았소. 오늘 아침만 해도 층계참에서 당신이 서로의 잘못을 털어놓자고 했을 때에도 마찬가지였지. 나는 정말 죄가 많은 사람이라오. 당신이 그렇게도 엄숙한 표정으로 앉아 있는 걸 보니 이젠 털어놓지 않고는 못 배기겠구려. 당신이 날 용서해줄지 모르겠군."

"용서해드리구말구요! 정말이에요."

"그래, 그래 줬으면 좋겠군. 하지만 잠깐 기다려줘요. 당신은 잘 모를 거요. 내 처음부터 얘길 하지. 우리 아버지는 가엾게도 내 신앙이 형편없어서 나를 아주 버린 자식처럼 생각하셨지. 그렇지만 테스, 난 물론 당신처럼 훌륭한 도덕을 믿고 있소. 나도 전엔 남들에게 교리를 가르치는 사람이 되고 싶었었지. 그랬기에 성직자가 될 수 없다는 사실을 알고는 무척 실망했다오. 난 순결이라는 것을, 그걸 바랄 자격도 없으면서도 그걸 존경했고 불결을 증오했지. 그리고 지금도 그런 생각엔 변함이 없지. 성서에 씌어 있는 모든 말씀이 다 하느님의 계시에 의한 것이라는 설에 대해서는 사람에 따라 이론(異論)이 있을 수 있겠지만, 사도 바울의 다음과 같은 말씀은 진심으로 따라야 할 거요. '말, 처신, 사랑, 마음, 믿음, 그리고 정절에 대해서는 모범이 되어라.'(《신약성서》〈디모데 전서〉제4장 15절) 우리 가련한 인간에게는 이것이 유일한 반성의 방패지. 그를 사도 바울과 결부시켜 말하는 건 좀 이상하지만, 그것을 로마의 한 시인(호레이스를 말함)은 '올바른 생애'라고도 노래하고 있지.

유혹에서 벗어나 올바르게 살아가는 사람은
무어 족(族)의 창이나 활은 필요 없노라.

그런데 어떤 곳에는 생각뿐이지 실천이 따르지 않는 소망만으로 길이 포장되어 있다 하는데, 이런 사실을 모두 잘 알고 있던 내가 다른 사람들을 위해 일하겠다는 훌륭한 목적을 가지고서 그만 잘못을 저질렀을 때, 내가 얼마나 뼈저리게 뉘우쳤는지는 당신도 짐작이 갈 거요."

그러고 나서 그는, 앞서 언급한 적이 있는 지난날 어느 한때, 런던에서 회의와 고통에 시달리며 바다 위에 떠 있는 병마개처럼 방황하다가 이상한 여자를 만나 이틀 동안이나 방탕한 생활을 했던 것을 테스에게 털어놓았다.

"다행히도 난 곧 그것이 어리석은 짓이라는 걸 깨달았었소. 그 여자에겐 더 이상 말도 하기 싫어 곧장 집으로 돌아왔었지. 그 후 두번 다시 그런 짓을 되풀이하진 않았소. 난 아주 솔직하고 깨끗한 마음으로 당신을 대하고 싶었소. 그래, 이 사실을 털어놓지 않고는 배길 수 없었던 거요. 나를 용서해주겠소?"

테스는 대답 대신 그의 손을 꼭 쥐었다.

"그럼 이젠 이런 얘기는 지금 당장, 그리고 영원히 잊어버리기로 합시다! 오늘 같은 날엔 너무 괴로운 얘기는 곤란해. 그러니 좀더 명랑한 얘기를 하기로 해요."

"오, 엔젤, 전 차라리 기쁠 정도예요. 이젠 당신도 절 용서해주실 수 있으니까요! 저는 아직 고백하지 않았어요. 저도 고백할 게 있답니다. 언젠가 그런 말씀을 드렸던 적이 있었지요? 생각나세요?"

"아, 생각나고말고! 자, 그러면 어서 말해봐요. 심술쟁이 아가씨."

"당신은 웃고 계시지만 고백은 당신 못지않게 심각해요. 아니, 훨씬 더할지도 몰라요."

"테스, 그럴 리가?"

"그럴 리가 없단 말이죠? 그럼요, 그럴 리가 있겠어요!" 테스는 희망을 걸고 기쁜 듯이 벌떡 일어났다. "그래요, 확실히 더 엄청난 건 아닐 거예요" 하고 테스는 소리쳤다. "당신의 경우와 똑같으니까요! 그럼 말씀드리겠어요."

테스는 다시 자리에 앉았다.

그들은 여전히 손을 마주잡고 있었다. 벽난로 밑에 있는 재가 난롯불에 비쳐 불타는 황무지처럼 보였다. 상상력이 풍부한 사람이라면 새빨갛게 타오르는, 그들의 얼굴과 손을 비추고 그녀의 이마 위에 흐트러진 머리카락 사이로 스며들어 그 속의 고운 살결을 비추는 그 불꽃이 '최후의 심판날'의 무서운 불빛으로 보였을 것이다. 그녀의 커다란 그림자가 벽과 천장에 비치었다. 그녀가 몸을 앞으로 구부리자 목에 걸린 다이아몬드 알 하나하나가 마치 두꺼비가 눈을 껌벅거리듯 불길하게 번쩍거렸다. 테스는 그의 관자놀이에 이마를 기대고 알렉 더버빌과 알게 된 사연과 그 결과에 대해서 이야기를 하기 시작했다. 그녀는 눈을 내리뜬 채 조금도 망설이지 않고 낮은 소리로 말했다.

제 5 부
고백의 대가(代價)

35 테스의 고백이 끝났다. 때로는 되풀이해서 말하기도 했고 보태어서 설명하기도 했다. 그녀의 음성은 처음 시작할 때와 마찬가지로 나직하게 끝까지 계속되었다. 한 마디의 변명도 없었고 울지도 않았다.

그러나 테스가 이야기를 계속해나감에 따라 눈에 보이는 것들도 그 표정이 달라지는 듯했다. 작은 도깨비와도 같은 벽난로의 불은 마치 테스의 불행 따위는 아랑곳없다는 듯 악마처럼 웃음짓는 것 같았다. 벽난로의 망(網) 역시 자기와는 아무 상관 없다는 듯 이를 드러내고 쌀쌀맞게 웃는 것 같았다. 물병에서 반사되는 빛도 오직 제 빛을 뽐는데만 정신이 없었다. 주위의 모든 물체는 자기들에겐 아무 책임도 없음을 무섭게도 거듭거듭 강조하는 듯했다. 그러나 클레어가 테스에게 처음으로 키스했던 이후 달라진 것이라고는 아무것도 없었다. 아니, 물체의 겉모습은 조금도 변하지 않았지만 물체의 본질은 이미 변해 있었다.

그녀의 이야기가 끝나자 여태까지 사랑에 넘치던 그들의 속삭임의 흔적은 머릿속 한 구석으로 소리없이 사라져버리고, 한낱 의미 없는 허튼 소리로 변해서 지극히 어리석었던 반소경 같은 어린 시절의 메아리처럼 아득한 곳에서 울려오는 듯했다. 클레어는 애꿎게 난롯불만 뒤적이고 있었다. 그는 그녀의 이야기가 도대체 무슨 뜻인지 알 수 없었다. 타다 남은 불을 뒤적이다가 그는 벌떡 일어섰다. 마침내 그녀의 고백이 그를 강하게 자극했던 것이다. 그의 얼굴에서 핏기가 사라졌다. 그는 정신을 가다듬으려고 마루 위를 서성거렸으나 아무리 애를 써도 정신을 가다듬을 수 없었다. 그래서 그의 동작은 그저 멍해 보였다. 그가 말문을 열었을 때, 그의 목소리는 그녀가 여태까지 들어온, 감정이 넘치는 여러 말소리 중에서도 가장 평범하고 어울리지 않는 것이었다.

"테스!"

"네."

"내가 그 말을 믿어야 한단 말이오? 그러나 당신의 거동으로 봐선 그걸 사실로 받아들일 수밖에 없군. 아, 당신, 설마 제정신이 아닌 건 아니겠지! 제정신을 가지고서야! 하지만 당신은 정신이 나간 건 아니야……. 테스, 당신에게 그런 가정을 보증할 만한 증거가 대체 조금이라도 있단 말이오?"

"전 제정신으로 말씀드린 거예요."

"그렇다면……." 테스를 물끄러미 바라다보다가 그는 현기증을 느끼며 말했다. "왜 당신은 진작 그런 얘기를 해주지 않았소? 그렇지, 언젠가 말하려고 했던 걸 내가 막은 적이 있지. 이제야 생각이 나는군!"

그의 먼저 한 말이나 지금 한 말은, 깊은 물 속은 멈춰 있으면서 표면만은 잔물결을 이루고 흐르는 물줄기와 같았다. 그는 돌아서서 걸어가더니 의자 위에 털썩 주저앉았다. 테스는 그를 따라 방 한가운데로 가서 메마른 눈으로 그를 바라다보았다. 그녀는 이내 그의 발밑에 무릎을 꿇고 그대로 방바닥에 쓰러지고 말았다.

"우리들의 사랑을 생각해서라도 용서해주세요! 저도 똑같은 잘못에 대해 당신을 용서해드렸잖아요!" 그녀는 바싹 마른 입술로 속삭였다.

그래도 그에게선 아무 대답이 없었다. 그녀는 다시 말을 이었다.

"제가 당신을 용서해드린 것처럼 용서해주세요! 엔젤, 저는 당신을 용서해드렸는데……."

"당신은, 그래, 당신은 날 용서해주었지."

"그런데 당신은 절 용서해주시지 않으려는 건가요?"

"오, 테스, 당신의 경우엔 용서가 통하지 않아! 그전의 당신과 지금의 당신은 사람이 다르게 보이오. 맙소사, 용서란 것이 어떻게 이런 괴상망측한 요술에 들어맞을 수 있겠소!"

그는 말을 멈추더니 요술이란 말의 뜻을 곰곰이 생각하다가 갑자기 소름끼치는 웃음을 터뜨렸다. 마치 지옥에서라도 들려오는 소리처럼 이상하고 처참한 웃음소리였다.

"그만두세요——그만둬 주세요! 그러시면 제가 죽을 것 같아요! 오, 저에게 자비를 베풀어주세요. 저를 불쌍히 여겨주세요!" 테스가 비명을 질렀다.

그래도 엔젤에게서는 대답이 없었다. 테스는 파랗게 질린 채 벌떡 일어섰다.

"엔젤, 엔젤! 왜 그런 웃음을 웃으세요?" 테스가 울부짖었다. "그런 웃음소리가 얼마나 저를 괴롭게 하는지 아세요?"

그는 고개를 가로저었다.

"전 당신을 행복하게 해드리고 싶어 그것만을 간절히 바라고 기도해왔어요! 어떻게 하면 당신을 기쁘게 해드릴까, 그것만을 생각해왔고, 그렇지 못하다면 전 얼마나 가치 없는 보잘것없는 아내일까, 그것만을 생각해왔어요! 그게 제 생각의 전부였어요. 엔젤!"

"그건 나도 알고 있소."

"전 당신이 저를, 바로 여기 있는 이 저를 사랑해주시는 줄로만 생각했어요! 당신이 사랑하시는 게 바로 여기 있는 저라면 어떻게 그런 얼굴을 하시고, 그런 말을 하실 수 있어요? 전 무서워요! 당신을 사랑하게 되었으니 언제까지나 영원히 당신을 사랑하겠어요. 어떤 변화가 생기고 어떤 굴욕을 당하건 당신은 어디까지나 변함없는 당신이니까요. 전 그 이상 바라지 않겠어요. 그런데, 당신은 오, 제 남편이신 당신은 어째서 저를 사랑할 수 없다는 거예요?"

"거듭 말하지만, 내가 지금까지 사랑한 여자는 당신이 아니오."

"그럼 누구란 말씀이에요?"

"당신의 허울을 쓴 다른 여자지."

테스는 그의 말을 듣고 전부터 염려하던 예감이 들어맞은 것을 알았다. 그는 테스를 순결의 가면을 쓴, 죄 많은 여자인 사기꾼으로 본 것이다. 그것을 알아차리자 그녀의 창백한 얼굴에는 공포의 빛이 떠올랐다. 그녀의 볼은 힘없이 늘어지고, 입은 마치 작은 구멍처럼 보였다. 그녀는 그가 자기를 그런 여자로 본다는 무서운 생각이 들자 그만 맥이 빠지고 비틀거렸다. 테스가 쓰러질 것같이 보이자 그는 그녀 앞으로 다가섰다.

"앉아요, 앉아. 어디 아픈 모양이군. 그것도 무리는 아니지." 그가 친절하게 말했다.

테스는 앉았다. 어딘 줄도 모르고 그저 덮어놓고 앉았다. 얼굴은 잔뜩 긴장된 표정이었고, 눈은 그를 소름끼치게 할 만큼 무서웠다.

"엔젤, 그렇다면 이제 저는 당신 것이 아니란 말씀이죠?" 그녀는 절망적으로 부르짖었다.

'저이가 사랑한 여자는 내가 아니고 나를 닮은 딴 여자라는 말씀인가 봐.'

이런 생각이 떠오르자 테스는 천대받는 사람인 양 자신이 가련해졌다. 자기의 처지를 뚜렷이 깨달은 테스의 두 눈엔 가득히 눈물이 고였다. 테스는 돌아서서 측은한 자기 신세를 생각하고는 눈물을 쏟으며 울음을 터뜨렸다.

클레어는 테스의 이런 변화를 보고 안심이 되었다. 지금 일어난 이 사태가 그녀에게 미친 영향은 그에게 있어서는 고백 자체에서 온 슬픔보다는 가벼운 두통거리가 되기 시작했기 때문이다. 그녀의 격렬한 슬픔이 진정되고 소리쳐 울던 울음소리가 차츰 가라앉아 이따금 흐느끼는 울음소리로 변할 때까지 그는 참을성 있게 냉정히 기다렸다.

"엔젤!" 미칠 듯이 겁에 질려 있던 메마른 소리가 사라진 본래의 자연스런 목소리로 문득 테스가 말했다. "엔젤, 전 당신과 함께 살 수 없을 정도로 나쁜 여자인가요?"

"어찌해야 좋을지, 나도 생각이 안 나는구려."

"엔젤, 전 군이 당신과 함께 살게 해달라고 하진 않겠어요. 제게는 그럴 권리가 없으니까요! 당신과 결혼하겠다고 어머니와 동생들에게 알리긴 했었지만, 결혼했다는 건 편지로 알리지 않겠어요. 그리고 이 집에 머무는 동안 재단해서 만들려고 했던 반짇고리도 이젠 그만두겠어요."

"그만두겠다고?"

"그래요. 당신이 하라고 하시지 않는 한, 아무것도 하지 않겠어요. 당신이 저를 버리고 떠나셔도 따라가지 않겠어요. 당신이 제게 한 마디의 말씀을 하시지 않더라도 당신의 허락 없이는 그 까닭조차 묻지 않겠어요."

"내가 당신한테 무엇이든 하라고 시킨다면?"

"불쌍한 노예처럼 무엇이든 하겠어요. 쓰러져 죽으라면 죽기까지 하겠어요."

"대단히 훌륭하군. 하지만 지금 자신을 희생시키려는 당신의 생각은 전에 자신을 지키려던 생각하고는 잘 어울리지 않는 것 같군 그래."

이 말은 클레어가 테스에게 던진, 최초의 빈정거리는 말이었다. 그러나 테스에게 이런 정교한 빈정거림은 마치 개나 고양이를 상대로 빈정거리는 것이나 마찬가지였다. 테스는 그 말이 풍기는 미묘한 참뜻을 알아차리지 못한 채, 다만 분노에 가득 찬 적의를 품은 말로 받아들였다. 그가 자기에 대한 애정을 억제하고 있는 줄 알 리 없는 테스는 그저 잠자코 있었다. 테스에게는 그의 뺨 위로 천천히 흘러내리는 눈물 방울도 보이지 않았다. 그것은 마치 현미경의 확대 렌즈가 땀

구멍을 확대시켜 보여주는 것처럼 커다란 눈물 방울이었다. 그러는 동안 그에게는 테스의 고백이 그의 생활과 인생관에 가져다 준 엄청난 변화를 생각해볼 마음이 되살아났다. 그는 자기에게 닥쳐온 새로운 상황을 타개해가려고 필사적으로 노력했다. 그러기 위해서는 거기에 대처할 어떤 필연적인 행동이 필요했다. 그런데 그것은 어떤 행동이라야 할까?

"테스." 되도록 부드럽게 말하려 애쓰며 그가 입을 열었다. "난 지금 이대로 여기 있을 수가 없소. 밖에 나가 산책이나 좀 해보겠소."

그는 소리 없이 방을 나갔다. 그들의 저녁 식사를 위해 따라놓았던 두 잔의 포도주──한 잔은 그녀를 위해, 또 한 잔은 그의 몫으로──가 입도 대지 않은 채 그대로 식탁 위에 놓여 있었다. 그들의 애찬(초기의 기독교도들이 모였던 성찬식)은 이렇게 끝나고 말았다. 두세 시간 전에 차를 마실 때만 해도 사랑에 취해 있던 그들은 같은 잔으로 장난치며 서로 번갈아 차를 마시기도 했었는데.

그는 조용히 문을 열고 나갔지만, 닫히는 문소리에 멍하니 앉아 있던 테스는 정신이 들었다. 그는 나가고 없었다. 그녀도 그대로 가만히 있을 수가 없었다. 급히 외투를 걸치고 다시는 돌아오지 않을 듯이 촛불을 끄고 문을 열고 그의 뒤를 따라 나갔다. 어느덧 비는 멎고 밤하늘은 맑게 개어 있었다.

클레어는 목적도 없이 천천히 걷고 있어서 테스는 곧 그를 따라잡았다. 희뿌옇게 보이는 테스 곁에 선 그의 모습은 검고 불길하고 험상궂게 보였다. 잠시나마 그처럼 자랑스럽게 생각했던 보석을 새삼 다시 만져보아도 그것은 그녀를 빈정대는 듯 느껴졌다. 클레어는 발소리를 듣고 뒤돌아보았지만 발소리의 주인이 테스인 것을 알고도 아무 관심이 없는 것 같았다. 그는 집 앞의 커다란 다리에 입을 쩍 벌리고 있는 다섯 개의 아치 위를 그대로 계속해서 걸어갔다.

길바닥에 패어 있는 소와 말들의 발굽 자국에는 빗물이 그득히 고여 있었다. 비는 패어 있는 자국을 채울 만큼 내렸을 뿐 그것을 쓸어버릴 만큼 내리지는 않았다. 그녀가 그곳을 지날 때 그 조그만 물웅덩이에 별들이 어려 반짝이다가는 금방 사라지곤 했다. 테스는 보잘것없는 물웅덩이 속에 비친 우주 가운데서도 가장 광대무변한 별들을 보지 못했다면 자기의 머리 위에서 별들이 반짝이고 있는 것도 알아차리지 못했을 것이다.

오늘 그들이 마차로 지나온 길은 같은 톨보데이스 골짜기 안에 있었지만 강의 하류 쪽으로 몇 마일 떨어져 있는 곳이었다. 주위가 확 틔어 있어서 테스는 클레어를 놓치지 않고 쉽게 따라갈 수 있었다. 집에서 멀어지자 길은 초원 사이로 구불구불 뻗어 있었다. 테스는 그와 함께 이 길을 따라 걷겠다거나 또는 그의 관심을 끌어보겠다는 생각도 없이, 잠자코, 멍한 채, 그러나 충실히 그의 뒤를 따랐다.

그러나 정신없이 걷다 보니 테스는 어느새 그의 곁에 따라서게 되었지만, 그는 여전히 아무 말이 없었다. 정직한 사람일수록 여태까지 자기가 속아왔다는 사실을 알고 나면 마음이 한결 더 매정해지는 법인데, 지금 바로 클레어의 심정이 그러했다. 바깥의 공기는 충동에 따라 행동하려는 마음을 그에게서 분명히 빼앗아버렸다. 테스는 그가 아무 가식이 없는 적나라한 자기를 보고 있음을 알았다. 그리고 그때 '세월'이라는 것이 자기를 향해 이렇게 빈정거리는 노래를 부르고 있음을 알았다.

보라, 그대의 가면이 벗겨질 때 사랑하는 그이는 그대를 미워하리라.
그대의 비운(悲運)이 이를 때, 그대 얼굴의 아름다움도 사라지리라.
그대의 생명이 낙엽처럼 떨어지고 빗방울처럼 뿌려져 흩어지기 때문이니라.
그대 머리에 쓴 베일은 슬픔이 되고 머리에 얹힌 관은 괴로움이 되기 때문이니라.

클레어는 여전히 깊은 생각에 잠겨 있었다. 테스가 함께 있다는 사실도 이제는 그의 긴장된 생각을 흩어지게 하거나 딴 데로 정신을 팔게 할 수 없었다. 이제 그에게 있어 그녀의 존재는 얼마나 보잘것없는 것으로 변했는지! 그녀는 더 이상 잠자코 있을 수 없었다.

"대체 제가 어쨌단 말예요! 뭘 잘못했단 말예요! 당신에 대한 제 사랑을 방해하거나 배반하는 짓은 조금도 하지 않았어요. 제가 일부러 한 짓이라고 생각하시는 거예요? 엔젤, 당신이 화를 내시는 건 당신 자신의 마음 때문이지 저 자신 때문은 아니에요. 오, 저 때문에 그러시는 건 아니잖아요. 전 당신이 생각하는 것처럼 남을 속이는 그런 여자는 아니에요!"

"흐음……하긴 그래. 아내여, 당신은 남을 속이는 여자는 아니지. 그러나 당신은 예전의 당신이 아니오. 그래, 그전하고는 다른 여자요. 그러나 당신을 나무라진 않겠소. 그러지 않기로 맹세했으니까. 그러지 않기 위해 난 모든 노력을 다할 거요."

그러나 테스는 하지 않아도 좋을 말까지 덧붙이며 미친 듯이 변명을 늘어놓았다.

"엔젤! 엔젤! 전 철부지 어린애였어요. 그 일이 일어났을 땐 전 아무 것도 모르는 어린애였어요. 전 남자라는 것이 무엇인지도 몰랐어요."

"당신이 죄를 저지른 게 아니라 남한테 욕을 당한 거지. 그건 나도 인정하오."

"그렇다면 저를 용서해주실 수 있으시잖아요?"

"용서하지. 하지만 용서한다고 모든 게 해결되는 건 아니거든."

"그럼 절 사랑해주시겠지요?"

이 물음에 그는 대답하지 않았다.

"오, 엔젤, 그런 것은 가끔 있는 일이라고 제 어머니도 말씀하셨었어요! 어머니는 제 경우보다 더 심한 예를 많이 알고 계셨었어요. 그런데도 남편 쪽에서는 그걸 대수롭게 여기지 않고 그걸 눈감아주었다고 해요. 그 여자 쪽에서는 저만큼도 남편을 사랑하지 않았다는데도 말예요!"

"테스, 그만해. 이러쿵저러쿵하지 말아요. 환경이 다르면 풍습도 다른 법이오. 당신이 하는 말은 마치 사회 생활에 적합한 것은 조금도 배워보지 못한 무식한 시골 여자가 하는 소리나 다름없소. 당신은 자기가 무슨 말을 하고 있는지도 모르고 있어."

"제 신분이야 시골 여자에 지나지 않아요. 하지만 태생은 그렇지 않아요!"

테스는 왈칵 화를 내며 대꾸했으나 곧 침착해졌다.

"그러니까 당신은 더욱 나쁘다는 거요. 당신 집안의 족보를 들춰낸 목사가 차라리 입을 다물고 있었더라면 더 좋았을 텐데. 당신 집안이 몰락했다는 것과, 다른 사실, 즉 당신의 의지가 강하지 못하다는 사실을 결부시켜서 생각 안 할 수가 없소. 노쇠한 가문은 곧 노쇠한 의지와 노쇠한 행실을 뜻하는 거요. 대체 왜 당신은 당신의 가문 따위를 들추어내어 나로 하여금 당신을 더욱 경멸하게 만드냐 말이오! 난 당신을 새로 싹튼 자연의 아이라고 생각하고 있는 중이었는데, 알고 보니 당신은 몰락한 양반의 보잘것없는 묘목이었군 그래."

"그런 점에서는 저희 집만큼 보잘것없는 집안은 얼마든지 있어요. 레티와 목장의 일꾼 빌레트 집안도 옛날에 큰 지주였고, 요즘은 마차꾼이 된 데비하우스네 집안도 옛날엔 드 베이유 집안이었다고 해요. 저희 집 같은 집안은 어디에나 있어요. 그것이 이 지방의 특징이거든요. 그러니 전들 어쩌겠어요."

"그러니 이 지방도 나쁘다는 거요."

테스는 이 핀잔을 그저 대충 알아들었을 뿐 그 자세한 뜻은 알아듣지 못했다. 그가 전처럼 자기를 사랑하지 않는다는 것 외에 딴 것에는 전혀 관심이 없었다.

그들은 다시 잠자코 걸었다. 나중에 사람들의 이야기를 들어보면, 웰브리지에 사는 한 농부가 밤늦게 의사를 부르러 나갔다가 목장에서 두 연인을 만났는데, 마치 장례식 때의 행렬처럼 한 사람은 앞에 서고 또 한 사람은 뒤에 서서 대화도 없이 천천히 거닐고 있기에 그들의 얼굴을 힐끗 바라보니 근심과 슬픔에 가득 차 있더라고 했다. 다시 집으로 돌아가는 길에도 그들은 아까처럼 그 목장에서 시간이 어떻게 되는 줄도 모르고, 우중충한 밤 같은 것은 아랑곳없다는 듯이 천천히 걷고 있었다고 한다. 그 농부는 자기 일과 집안의 우환 때문에 정신이 없어서 그들의 이상한 태도를 마음에 두지 않았지만, 오래 지난 후에 그것이 생각나더라고 했다.

농부가 의사한테 갔다가 오는 그 동안에 테스는 남편에게 이런 말을 했다.

"어떻게 해야 당신의 일생을 불행하지 않게 할 수 있을지 모르겠군요. 저 아래에 강이 있어요. 전 빠져 죽어버릴까 봐요. 죽는 게 무섭지 않아요."

"난 여지껏 어리석은 짓을 많이 해왔는데 살인죄까지 덧붙이고 싶진 않소." 그가 말했다.

"제 죄가 부끄러워 스스로 목숨을 끊었다는 증거를 남겨놓으면 되겠지요. 그러면 아무도 당신을 욕하지는 않을 거예요."

"그따위 어리석은 소린 그만둬요. 그런 소린 듣기 싫소. 이런 때에 그런 생각을 하다니 어리석은 짓이오. 그건 비극이라기보다는 조롱거리밖엔 안 될 거요. 당신은 이번 일을 조금도 이해하지 못하고 있군. 만일 이런 일이 세상에 알려진다면 세상 사람들은 아마 십중팔구 이걸 조롱거리로밖엔 보지 않을 거요. 제발 집으로 돌아가 잠이나 자시오."

"그렇게 하겠어요." 테스는 순순히 대답했다.

그들은 물방앗간 뒤에 있는 유명한 시토(1098년 프랑스에서 창설된 수도회로, 베네딕트회의 한 분파) 수도원 자리로 통하는 길로 돌아 걸었다. 이 물방앗간은 수 세기 전에는 이 수도원의 부속 건물이었다. 예나 지금이나 식량은 필요한 것이어서 물방앗간은 지금도 돌고 있지만, 교리(敎理)는 덧없이 사라지고 수도원은 이미 폐허가 되고 말았다. 일시적인 것을 위한 봉사가 영원한 것을 위한 봉사보다 오래 존속한다는 진리는 사람들이 끊임없이 겪고 있는 바다. 그들은 같은 장소를 빙빙 돌며 거닐고 있었기에 아직도 집에서 멀리 떨어져 있지는 않았다. 그래서 그가 시키는 대로 그녀가 집으로 돌아가기 위해서는 큰 강에 걸린 돌다리 있는 곳까지 가서 거기서 한길을 따라 조금만 가면 되었다. 그녀가 집으로 돌아와 보니 모든 것은 집을 나설 때와 다름이 없었다. 난롯불도 여전히 타고 있었다. 그녀는 잠시도 아래층에 머물지 않고 짐을 가져다 둔 이층의 자기 침실로 올라갔다. 그녀는 침대 끝에 걸터앉아 멍하니 주위를 두리번거리다가 곧 옷을 벗기 시작했다. 침대 쪽으로 촛불을 옮기자 엷은 무늬가 있는 하얀 무명 침대보가 비쳤다. 그런데 무엇인가가 그 밑에 매달려 있기에 저게 무엇일까 싶어 그녀는 촛불을 들어올려 비춰보았다. 그것은 겨우살이의 가지였다. 테스는 엔젤이 매달아둔 것임을 금방 알 수 있었다. 그것이 바로 짐을 꾸리고 운반하는 데 무척 애를 먹인 이상스런 꾸러미였던 것이다. 엔젤은 그 꾸러미가 무엇인가도 알려주지 않고, 시간이 지나면 곧 그 용도를 알게 될 것이라고만 말했었다. 엔젤은 신이 나서 거기에 그것을 매달았겠지만, 그것이 이제는 무척 어색하게만 보일 뿐이었다.

그의 마음이 누그러질 가망이 전혀 없었으므로 두려워할 것도 바랄 것도 없는 테스는 멍하니 누워 있었다. 슬픔에 대해 온갖 생각을 하다가 지쳐버리면 잠이 저절로 찾아오게 마련이다.

잠 못 이루게 하는 여러 가지 행복한 생각에 잠기다가도 슬픈 생각에 젖어 있다 보면 저절로 잠이 찾아드는 것이다. 잠시 후, 외로운 테스는 옛날에 자기 조상들이 첫날밤을 지냈을지도 모르는 신방의 향기로운 고요 속에서 잠이 들었다.

그날 밤늦게 클레어도 발길을 돌려 집으로 돌아왔다. 그는 조용히 거실로 들어와서 불을 켜고, 그러기로 작정이라도 한 사람처럼 낡은 말털 소파 위에 담요를 펴서 엉성하게나마 잠자리를 만들었다. 그는 자리에 들기 전에 맨발로 위층으로 올라가 테스의 방문 앞에서 귀를 기울였다. 그녀의 고른 숨소리는 그녀가 깊이 잠들어 있음을 말해주고 있었다.

"잘됐군!" 클레어는 혼잣말로 중얼거렸다.

그러나 그녀가 짊어져야 할 평생의 짐을 자기 어깨 위에 지워놓고 이젠 아무 근심·없이 편히 잠들어 있다고 생각하니——전적으로 그렇진 않을지라도 그게 거의 사실이라고 생각을 하니——가슴이 찢어질 듯 괴롭고 아팠다.

그는 아래층으로 내려가려고 돌아섰다. 그러다가는 주춤하고 다시 방문 쪽을 돌아다보았다. 돌아서는 순간, 문 위에 걸려 있는 더버빌가의 귀부인의 초상화가 눈에 띄었던 것이다. 촛불에 비친 그 그림은 그저 불쾌할 정도가 아니었다. 그 여인의 얼굴에는 음흉한 계략, 남자에 대한 원한이 뼈에 사무치도록 서려 있는 것처럼 생각되었다. 캐롤라인 왕조풍으로 젖가슴께까지 깊이 패어 있는 초상화 속의 귀부인의 웃옷은, 테스가 목걸이를 걸고 그것을 드러나게 하기 위해 웃옷을 접어넣었던 그 옷 모양과 똑같았다. 그는 테스와 그 여자 사이에 어딘가 닮은 데가 있다는 생각이 들어 다시 가슴이 쓰라렸다.

그런 생각은 그의 발길을 멈추게 하기에 충분했다. 그는 다시 발길을 돌려 아래층으로 내려갔다.

그의 태도는 침착하고 냉정했다. 꼭 다문 작은 입은 자제력을 나타냈고, 얼굴에는 그녀의 고백을 듣고 나서부터 나타난 무섭도록 차가운 표정이 남아 있었다. 그것은 정욕에 사로잡힌 노예는 아니지만 그렇다고 완전히 정욕을 초월한 사람의 얼굴도 아니었다. 그는 다만 인생이란 얼마나 비참한 우연과 마주치며 그리고 얼마나 뜻밖의 사태에 부딪히게 되는가를 생각하고 있었을 따름이다. 테스를 그리워해온 그 오랜 시간 동안, 아니 바로 한 시간 전까지만 해도 이 세상에 테스만큼 깨끗하고 사랑스럽고 순결한 여자는 있을 것 같지 않았었다. 그런데……

자그마한 흠이 생겼다고 세상이 이렇게 달라진단 말인가!

클레어가 티없이 순진한 테스의 얼굴에 그녀의 진심이 나타나 있지 않다고 스스로에게 단정한 그 생각은 틀린 것이었다. 그러나 테스에게는 그의 생각을 바로잡아 줄 변호인이 없었다. 그는 계속해서 생각했다. 그들이 마주보며 이야기할 때에는 조금도 거짓이 없어 보이던 그녀의 눈이 바깥 세계의 배후에 숨어 있는, 대립 상극하는 또다른 세계를 볼 수 있단' 말인가 하고.

그는 거실의 소파에 드러누워 촛불을 껐다. 밤은 냉담하고 무관심하게 찾아와 방안을 가득 채웠다. 이미 그의 행복을 삼켜버린 밤은 지금 무심히 그것을 소화시키고 있었고, 손가락 하나 까딱하지 않고 아무렇지도 않은 듯 태연히 숱한 다른 사람들의 행복마저 삼켜버리려 하고 있었다.

36 마치 죄라도 지으려는 듯 살그머니 찾아드는 새벽녘의 희뿌연 빛을 받으며 클레어는 일어났다. 벽난로는 불이 꺼진 채 타다 만 장작이 남아 있었고, 그대로 널려 있는 저녁 식탁 위에는 입도 대지 않은 채 김이 빠져 밀겋게 된 두 잔의 포도주가 놓여 있었다. 테스가 앉았던 자리와 그의 자리가 덩그렇게 비어 있었다. 그 밖의 가구들은, 대체 어떻게 하면 좋겠는가 하고 물어보지 않을 수 없다는 듯이 영원 불변한 모습을 하고 있었다. 이층에서는 아무 소리도 들리지 않았다. 그러나 잠시 후에 문을 두드리는 소리가 들렸다. 그는 그건 자기들이 머무는 동안 시중 들기 위해서 온 이웃 농가의 여자이리라고 생각했다.

지금 같아서는 집안에 제삼자가 나타난다는 것은 무척 어색한 일이었다. 그는 이미 옷도 갈아입은 터여서 창문을 열고 그 여자에게 오늘 아침은 자기들끼리 해나갈 수 있겠다고 말했다. 그리고 우유통을 가지고 온 그 여자에게 그것을 문 앞에 두고 가라고 일렀다. 그 여자가 가버리자 그는 뒷마당에 가서 장작을 가져다가 얼른 불을 피웠다. 식품 저장실에는 달걀, 버터, 빵, 그 밖의 여러 가지 식품들이 가득 차 있었으므로 그는 곧 아침 식사를 준비했다. 그는 목장에서 얻은 경험으로 그런 일은 쉽게 해낼 수 있었다. 연꽃을 얹은 듯한 둥근 기둥 모양의 바깥 굴뚝에서 연기가 솟아올랐다. 그곳을 지나가는 마을 사람들은 그 연기를 보고 신혼 부부를 생각하며 그들의 행복을 부러워했다.

그는 아침 식사를 준비해놓고 마지막으로 다시 한 번 식탁을 훑어보고는 계단 밑으로 가서 여느 때와 같은 목소리로 그녀를 불렀다.

"아침 식사 준비 다됐소!"

그는 현관문을 열고 아침 공기를 쐬면서 몇 발자국 걸어나갔다. 잠시 후 그가 돌아와 보니, 테스는 벌써 거실에 내려와 기계적으로 아침상을 다시 손보고 있었다. 그가 테스를 부른 지 2, 3분밖에 안 되었는데도 그녀는 말끔히 옷을 차려입고 있었다. 그것을 보면 테스는 그가 부르기 전에 분명히 옷을 다 갈아입고 있었거나, 아니면 갈아입고 있던 중이었음이 틀림없었다. 머리는 뒤로 큼직하고 둥글게 땋아올리고, 목 둘레에 하얀 주름 장식이 되어 있는, 새로 만든 연하늘색 웃옷을 입고 있었다. 그녀의 손과 얼굴은 싸늘해보였다. 아마 옷을 갈아입고 불기도 없는 침실에 오랫동안 앉아 있었는지도 모른다. 자기를 부르는 그의 목소리가 유난히 친절한 것을 듣고 그녀는 잠시나마 새로운 희망에 기운이 솟아나는 듯했다. 그러나 그를 대하는 순간, 그 희망은 사라져버렸다.

사실, 그들은 한때 활활 타오르던 불이 다 타버린 뒤의 잿더미 같았다. 전날밤의 깊은 슬픔에 뒤이어 답답한 기분이 밀려들었다. 이젠 테스와 클레어 중 어느 누구도 뜨거운 정열로 불타오를 수 없을 것 같았다.

그는 그녀에게 친절하게 말했고, 그 말에 그녀는 담담하게 대답했다. 마침내 테스는 자기의 얼굴이 남의 눈에 띌 수 있다는 것을 전혀 모르는 사람처럼 그의 곁으로 다가가서 그의 뚜렷한 얼굴을 바라다보았다.

"엔젤!" 하고 부른 테스는 잠시 머뭇거리더니, 한때에는 자기의 애인이었던 사람이 육신을 갖추고 지금 자기 눈앞에 있는 것을 도저히 믿을 수 없다는 듯이 클레어의 몸을 손가락으로 살짝 만져보았다. 그녀의 눈은 빛났고, 창백한 뺨에는 마르다 만 눈물 자국이 아직도 반짝였지만, 보통때에는 무르익는 듯 빨갛던 그녀의 입술은 뺨과 마찬가지로 창백해보였다. 여전히 살아서 가슴은 뛰고 있었지만 큰 슬픔에 억눌려 몹시 불규칙하게 뛰었으므로 조금만 자극을 주어도 정말 병을 일으켜 그녀의 빛나는 눈은 흐려지고 입술은 더 파리해질 것 같았다.

그녀는 티 한 점 없이 순결해 보였다. 자연은 변덕스러운 장난으로 그녀의 얼굴에 처녀다운 아름다움의 낙인을 찍어놓았으므로 클레어는 얼빠진 듯 그녀를 쳐다볼 수밖에 없었다.

"테스, 그건 모두 거짓말이라고 말해주오! 사실일 리가 없소!"

"그건 사실이에요."

"그 얘기가 모두 다?"

"그래요."

클레어는 비록 그것이 사실이더라도 그녀의 입이 거짓말이라도 해주기만 하면 무슨 궤변을 부려서라도 그것이 터무니없는 낭설이라고 말하고 싶은 듯, 애원하는 눈초리로 그녀를 바라보았다. 그러나 그녀는 같은 말만 되풀이할 따름이었다.

"그건 사실이에요."

"지금 그가 살아 있소?" 엔젤이 물었다.

"아기는 죽었어요."

"그러면 그 사내는?"

"살아 있어요."

결정적인 절망의 빛이 그의 얼굴을 스쳐 지났다.

"그 사내가 지금 영국에 살고 있단 말이오?"

"그래요."

그는 얼이 빠진 사람처럼 몇 발자국 걸음을 옮겼다. 그러다가 그는 불쑥 말했다.

"내 사정은 이러하오. 어떤 사나이나 다 그렇겠지만……사회적 지위나 재산, 학식이 있는 아내를 얻겠다는 야심을 버린다면 발그레한 뺨을 얻을 수 있듯 틀림없이 순결한 시골 처녀를 얻을 수 있으리라고 믿었소. 하지만……난 당신을 나무랄 자격이 없소. 그리고 또 그럴 생각도 없고."

그 다음의 이야기는 더 이상 필요가 없을 정도로 테스는 그의 사정을 충분히 알 수 있었다. 바로 그 점에 클레어의 고민이 있었다. 그가 모든 것을 잃어버렸다는 것을 그녀는 알고 있었다.

"엔젤, 최악의 경우에 당신에게도 도피할 마지막 길이 있다는 걸 몰랐더라면, 전 당신과 결혼까지는 하지 않았을 거예요. 하지만 결코 당신만은…….."

테스의 말소리는 점점 목쉰 소리로 변해갔다.

"도피할 마지막 길이라니?"

"저를 버리시는 길 말예요. 당신은 저를 버리실 수 있어요."

"어떻게?"

"지와 이혼하시먼 되잖아요?"

"맙소사……, 당신은 어쩌면 그렇게 단순할까! 어떻게 당신과 이혼을 할 수 있단 말이오?"

"모조리 말씀드렸는데도 못 하신다구요? 전 제 고백이 당신에겐 이혼할 수 있는 충분한 근거가 되리라고 생각했어요."

"아아, 테스, 당신은 너무나 너무나 어린애 같고……아직 덜 자란 철부지 같구려! 도대체 당신이란 사람이 어떤 사람인지 난 알 수가 없구려. 당신, 법을 몰라서 그런 말을 하오? 법을 모른단 말이오!"

"그럼……이혼할 수 없으시다구요?"

"물론 할 수 없지."

　순간 테스의 얼굴에는 괴로움과 부끄러운 빛이 뒤섞여 떠올랐다.
그녀는 낮은 소리로 말했다.

　"전 그렇게 할 수 있으리라 생각했어요. 아, 당신 눈엔 제가 얼마나
나쁜 여자로 보일까요! 이제 알겠어요. 제 말을 믿어주세요. 전 정말
당신은 저와 이혼하실 수 있으리라고 생각했었어요! 하기야 당신이
그렇게 하지 않으시길 바랐지만, 그래도 저를 조금도, 조금도 사랑하
시지 않기로 마음만 먹으면 아무 때나 저를 버리실 수 있다고 믿었던
거예요!"

　"당신이 잘못 생각한 거요."

　"아, 그렇다면 어젯밤에 제가 헤어져버려야 했던 건데! 그렇지만
제게는 차마 그럴 용기가 없었어요. 전 언제나 그 모양인가 봐요!"

　"도대체 무슨 용기 말이오?"

　테스는 대답하지 않았다. 클레어는 그녀의 손을 잡고 물었다.

　"대체 뭘 하려고 생각했었소?"

　"죽어버리려 생각했었어요."

　"언제?"

　테스는 그가 심문하듯 꼬치꼬치 캐묻는 바람에 몸부림치며 대답했다.

　"어젯밤에요."

　"어디서?"

　"당신이 걸어주신 겨우살이 밑에서요."

　"저런! 어떻게 하려고 했소?" 그가 엄숙하게 물었다.

　"화내지 않으신다면 말씀드리겠어요! 상자를 묶었던 끈으로 하려고
했지만 끝내 못하고 말았어요……. 당신의 이름을 더럽힐까 봐 그게
두려웠어요." 테스는 몸을 움츠리며 대답했다.

　자진해서 한 게 아니라 추궁에 못 이겨 억지로 털어놓은 이 뜻하지
않은 고백의 내용이 너무나 끔찍해서 클레어는 몸을 떨었다. 여전히
그녀의 손을 잡은 채 그녀의 얼굴에서 시선을 돌려 아래를 내려다보
며 그가 말했다.

"자, 내 말을 잘 들어요. 그런 끔찍한 생각을 해선 안 돼! 어떻게 그런 생각을 할 수 있단 말이오! 다시는 그런 생각일랑 하지 않겠다고 남편인 내게 약속하시오."

"약속하겠어요. 그게 얼마나 나쁜 짓인가를 알았으니까요."

"나쁘다뿐이오! 당신에겐 당치도 않은 생각이지."

"그렇지만, 엔젤" 하고, 테스는 조용하고 담담한 표정으로 눈을 크게 뜨고 그를 바라보며 변명했다. "그건 어디까지나 당신을 생각해서 한 일이에요. 아무래도 당신은 이혼할 것 같기에 당신에게 이혼했다는 수치를 당하게 하지 않고 당신을 자유스럽게 해드리고 싶었던 거예요. 나 자신을 위해서 그런 걸 생각했던 건 결코 아니었어요. 하지만 스스로 목숨을 끊는다는 건 제겐 너무나 과분한 일이에요. 저 때문에 신세를 망친 당신만이 저를 벌주실 수 있으세요. 당신이 그렇게 하실 수 있다면, 그렇게 작정하실 수 있다면 전 당신을 더욱 사랑할 거예요. 그 밖엔 당신에게는 달리 빠져나갈 길이 없으시니 말예요. 이젠 전 정말 쓸모 없는 여자가 된 것 같군요! 당신에게는 그저 방해나 될 뿐인 것 같아요!"

"그만!"

"네, 당신이 그만두시라면 그만두겠어요. 당신을 거역하고 싶은 생각은 조금도 없으니까요."

클레어는 그녀의 말이 사실임을 알고 있었다. 어젯밤에 절망상태에 빠진 이후로 그녀는 줄곧 맥이 빠져 있어서, 무모한 짓을 저지르지는 않을까 다시는 걱정할 필요가 없을 성싶었다.

테스는 다시 서둘러서 아침상을 차렸다. 그러고는 서로 시선이 마주치지 않도록 같은 쪽에 나란히 앉았다. 서로 먹고 마시는 소리가 처음엔 어색했지만 어쩔 수 없었다. 두 사람 다 먹는 둥 마는 둥 간단히 식사가 끝났다. 아침 식사가 끝나자 클레어는 일어서서 점심 식사 시간을 일러주고는 기계적으로 방앗간으로 가버렸다. 방앗간 일을 견습하는 것이 실제적으로 클레어가 이곳에 온 유일한 목적이었던 것이다.

클레어가 나가자 테스는 창가에 서서 방앗간으로 통하는 큰 돌다리를 건너는 그의 모습을 바라보았다. 돌다리를 건너고 철길을 지나 그는 사라졌다. 테스는 담담한 기분으로 방안을 둘러보고 식탁을 치우고 정돈하기 시작했다.

잠시 후 일하는 여자가 왔다. 테스는 처음에는 그 여자와 같이 있는 것이 거북했지만, 이윽고 그것이 도리어 위안이 되었다. 열두 시 반이 되자 테스는 일하는 여자를 부엌에 남겨두고 거실로 돌아와 다리 건너에 엔젤이 다시 나타나기를 기다렸다.

한 시쯤 되자 그의 모습이 보였다. 4분의 1마일이나 떨어져 있었는데도 테스는 얼굴이 상기되었다. 그녀는 부엌으로 달려가 그가 도착할 때까지는 점심 준비가 되도록 서둘렀다. 먼저 클레어가 어제 그들이 함께 손을 씻었던 방으로 들어갔다가 거실로 들어오자마자 마치 그의 손으로 벗기듯이 접시 뚜껑들이 열렸다.

"참, 시간도 정확하구려!"

"네, 당신이 다리를 건너오시는 걸 보았어요."

식사하는 동안 그는 오전 중에 수도원 방앗간에서 그가 하던 일이며, 밀가루를 체질하는 방법이며, 기계 중의 어떤 것은 지금은 폐허가 되다시피 한 이웃 수도원에 살던 수도승을 위해서 밀가루를 빻아주던 시절부터 줄곧 사용되어 온 듯한 구식이어서 현대 제분 기술에 관해선 그에게 별로 도움이 될 것 같지 않다는 등의 평범한 것들을 이야기했다. 한 시간쯤 있다가 그는 다시 방앗간으로 갔고, 날이 저물 무렵에 돌아와서는 저녁 내내 서류만 뒤적이며 보냈다. 테스는 그의 일에 방해가 될까 싶어 일하는 늙은 여자가 돌아간 다음, 부엌으로 들어가 한 시간 이상이나 부지런히 일했다.

그러자 클레어가 부엌문 앞에 나타나 말했다.

"그렇게 힘들게 일해서는 안 돼. 당신은 내 아내지 하녀가 아니오."

테스는 고개를 들었다. 그녀의 얼굴은 적이 밝았다.

"정말, 그렇게 생각해도 괜찮아요?" 하고 그녀는 애처롭게도 농담

조로 중얼거렸다. "말로만 그러시는 거죠! 좋아요, 전 그 이상 바라지
도 않으니까요."

"테스, 그렇게 생각해도 좋으냐구! 당신은 내 아내요. 그런데 어째
서 그런 말을 하오?"

"모르겠어요." 테스는 눈물어린 목메인 소리로 재빨리 말했다. "전
변변치 못한 여자라는 생각이 들었을 따름이에요. 이미 오래 전에 전,
제가 그런 여자라고 당신에게 말씀드렸었지요……. 그래서 전 당신과
결혼하려고는 생각지도 않았던 거예요. 그런데 그런데 당신이 자꾸만
졸라대는 바람에 그만!"

테스는 흐느껴 울며 돌아섰다. 엔젤 클레어가 아닌 다른 남자가 이
모습을 보았더라면 거의 누구나 마음을 돌렸을 것이다. 클레어의 성
격은 대체로 온순하고 다정했지만 그 밑바닥에는 마치 부드러운 옥토
속에 뻗어 있는 한 줄기의 광맥처럼 꼬치꼬치 캐는 단단한 논리(論理)
의 광맥이 숨어 있어서 그것을 꿰뚫으려는 어떤 것의 끝도 무디게 했
다. 바로 이런 성격이 교회의 교리도 받아들이지 않았고, 테스의 잘못
도 용납하지 않았다. 게다가 그의 애정은 뜨거운 불이라기보다는 단
지 일종의 빛에 지나지 않았다. 그래서 여자 관계에 있어서 그의 태도
는, 여자를 믿지 못하게 되면 교제도 끊어버렸다. 이성으로는 업신여
기면서도 관능에 빠져버리는, 감수성이 예민한 남자들에 비한다면,
이런 점에 있어서 그의 태도는 아주 대조적이었다. 그는 테스의 울음
이 그치기를 기다렸다.

그는 여자라는 존재 모두를 비난하듯 신랄한 말투로 분연히 말했다.

"영국의 여자 중 반만이라도 당신만큼만 훌륭했으면 좋겠소. 그건
훌륭하고 안 하고 하는 문제가 아니라 원칙의 문제지!"

정직한 사람의 눈이 일단 외면적 현상에 희롱당한 줄 알기만 하면
어디까지나 그런 마음을 뒤흔드는 적의에 찬 물결에 아직도 휩쓸려
있었기에, 그는 테스에게 그런 말이나 그 비슷한 말들을 이야기했다.
그러나 그 밑바닥에는 동정의 물결이 흐르고 있었다. 세상 물정에 밝

은 여자라면 그런 약점을 이용해서 그를 정복할 수도 있었겠지만, 테스는 그런 걸 생각지도 못했다. 모든 것을 당연히 받아야 할 응보로 생각하고 입을 열지 않았다. 클레어를 향한 테스의 변함없는 애정은 애처로울 정도였다. 테스는 본래 성미가 급했지만, 이젠 그가 무슨 말을 해도 꼴사납게 흥분하지 않았고 제멋대로 행동하려 들지도 않았다. 화를 내지도 않았고, 자기를 대하는 클레어의 처사를 언짢게 생각하지도 않았다. 지금의 테스는 자기 주장에만 급급해 하는, 현대에 되돌아올 사도의 헌신적인 사랑 그 자세였는지도 모른다.

이날 저녁도, 밤도, 그리고 아침도 전날과 똑같이 지냈다. 한번, 단한 번, 전에는 자유롭고 자기 주장대로 굴던 테스가 그에게 말을 건네려고 한 적이 있다. 식사가 끝나고 나서 그가 세번째로 방앗간으로 가려던 때였다. 그가 식탁을 떠나면서 다녀오겠다고 말했을 때, 그녀도 다녀오라고 대답하고서 그에게 얼른 입술을 내밀었었다. 그러나 그는 테스의 입술을 받아들이지 않고 옆으로 고개를 돌려버리며 말했다.

"시간에 맞춰 돌아오겠소."

테스는 한 대 얻어맞은 것처럼 움찔했다. 여태까지 그는 테스의 승낙도 없이 자주 키스하려 했었다. 그녀의 입술과 숨결에서는 그녀가 먹는 버터나 계란, 우유와 꿀맛이 난다느니, 자기도 그 입술과 숨결에서 영양을 취한다느니 하며, 그 밖에도 비슷한 농담을 지껄이며 자기 맘대로 키스하던 그가 지금은 그녀의 키스를 달갑게 여기지 않았다. 그는 테스가 갑자기 주춤하는 것을 보고 상냥하게 말했다.

"테스, 난 앞으로의 대책을 생각해야겠소. 우리가 지금 당장 헤어진다면 당신에겐 좋지 않은 소문이 퍼지게 될 테니까 그걸 피하기 위해 우린 당분간 같이 지낼 수밖에 없겠소. 그러나 그건 어디까지나 형식에 지나지 않는다는 사실을 당신은 알아야 하오."

"네" 하고 테스는 건성으로 대답했다.

그는 나갔다. 그는 방앗간으로 가면서 잠시 걸음을 멈추고, 좀더 다정하게 대해주고 적어도 한 번쯤 키스를 해주는 게 좋았을 거라고 잠시 생각했다.

　이와 같이 그들은 한 집에서 살면서 절망의 하루 이틀을 지냈다. 그들은 서로 애인이 되기 전보다도 더 서먹하게 지내는 것 같았다. 테스는, 그가 말한 대로 앞으로의 대책을 세우는 데 고심하느라고 그의 활동력이 무디어졌다는 사실을 잘 알고 있었다. 그처럼 순하게 보이는 그의 성격 속에 그러한 굳은 결단력이 있는 것을 보고 테스는 두려움을 느끼지 않을 수 없었다. 한결 같은 클레어의 결심은 너무나 잔인할 정도였다. 이제 와서 용서를 바랄 수도 없게 된 이상 테스는 그가 방앗간에 가고 집에 없는 사이에 도망가 버릴까 하는 생각도 몇 번씩 해보았지만, 그 소문이 퍼지게 되면 그에게 이롭기는커녕 오히려 괴로움과 모욕을 주지나 않을까 하는 생각이 들어 두려웠다.

　한편 클레어는 심각하게 생각에 잠겨 있었다. 생각은 그칠 줄 몰랐다. 그는 생각에 지쳐 병이 날 정도였고, 몸은 말라갔고, 마음은 시들해져서, 지난날 가슴 설레며 계획하던 가정 생활의 꿈도 메말라버렸다. 그는 돌아다니면서도 곧잘 '어떻게 하면 좋을까? 대체 어떻게 하면 좋지?' 혼잣말로 중얼거리곤 했는데, 테스는 우연히 그 소리를 들은 적이 있었다. 그래서 그녀는 지금까지 지켜오던 침묵을 깨고 장래에 관해 말문을 열었다.

　"엔젤, 아마 저하고 같이 오래 지내시진 않겠지요, 그렇죠?" 그녀가 물었다. 그녀의 양쪽 입 가장자리가 일그러지는 것은 그녀의 평온한 표정이 억지로 꾸민, 순전히 기계적인 것임을 보여주고 있었다.

　"함께 지내진 못하겠소. 나 자신을 모욕하지 않거나, 게다가 더욱이 당신을 모욕하지 않고서는. 내 말은 물론 보통의 의미로서 당신과 함께 살 수 없다는 뜻이오. 지금 같아선 내 생각이야 어떻든 간에 당신을 경멸하진 않소. 솔직히 말해야겠소. 그렇지 않으면 당신은 난처한 내 처지를 이해하지 못할지도 모르므로. 그 사내가 살아 있는데 어떻게 우리가 함께 살 수 있단 말이오? 실은 그 사내야말로 당신의 남편이지, 나는 아니오. 만약 그 사내가 죽었다면 문제는 다르겠지만…….

게다가 문제는 그것만이 아니오. 다른 면에서 보아도 그것은 우리 두 사람 말고도 다른 사람들의 장래에도 영향을 미치거든. 앞으로 우리 사이에 자식이 생기고, 자식들이 자라서 이 사실을 알게 된다고 생각해보오. 세상에 비밀이란 없는 법이니까. 세상에서 아무리 외떨어진 곳이라도 사람들이 왕래하지 않는 곳은 없으니까. 우리의 살과 피를 나눈 불쌍한 자식들이 점점 나이 들면서 사람들의 놀림을 받고 괴로워할 것을 생각해보란 말이오. 자식들이 얼마나 환멸을 느낄 것이며, 그들의 장래가 어떻게 될 것인가를! 이런 것을 뻔히 알면서도 당신은 그래도 감히 함께 살자고 말할 수 있겠소? 또 다른 불행을 겪게 되느니 차라리 지금의 불행만을 참고 견디는 게 낫다고 생각지 않소?"

테스의 눈까풀은 괴로움에 짓눌려 여전히 아래로 처져 있었다.

"전 함께 살자고 하진 못하겠어요. 전 그렇겐 말하지 못하겠어요. 그리고 그렇게까지 생각해본 적도 없구요." 테스가 대답했다.

솔직히 말해서 테스의 여자다운 소원은, 그들이 한 집에서 오래 살다 보면 서로 다정해져서, 클레어의 판단에는 어긋날지라도 마침내 그의 냉정한 마음이 풀리게 될지도 모른다는 생각으로 자꾸만 마음이 기울어질 정도였다. 그녀는 대체로 순박한 여자였지만, 그렇다고 여자로서 모자라는 데가 있는 것은 아니었다. 남녀가 가까이 있으면 어떤 결과가 된다는 사실을 테스가 직각적으로 알지 못했다면 이것은 여자로서의 결점을 보인 것이 되리라. 서로 함께 지내는 것이 아무 도움도 되지 않는다면 이젠 다른 도리가 없다는 것을 그녀는 알고 있었다. 속임수를 쓰는 일에 희망을 건다는 것은 잘못이라고 그녀는 혼자 중얼거렸지만, 그런 희망을 완전히 버릴 수는 없었다. 방금 클레어는 마지막 의사 표시를 했다. 그리고 그녀가 말했듯이 그것은 새로운 견해였다. 사실, 그녀는 그 정도까지는 생각지 못했다. 장차 자식이 생겨서 자식들이 자기를 책망할지도 모른다고 클레어가 분명히 언급한 이상, 인정 많고 정직한 테스의 마음은 굳은 결심을 하지 않을 수 없었다. 그녀는 과거의 경험에 의해 한 가지 배운 것이 있었다. 어떤 경우에는 훌륭한 생활을 하는 것보다도 더 나은 것이 있다는 사실, 즉 어떤 생활이건 그것을 청산해버리는 것이었다. 온갖 수난을 겪고서 선견지명을 얻은 사람들처럼 그녀도 프랑스의 시인 쉴리 프뤼돔의 말대로 "그대 세상에 태어날지어다"라는 천명(天命), 특히 장차 그녀에게 태어날지도 모르는 자기 자식들에 대한 것이라면 형벌의 선고라도 받는 것 같은 느낌이었다.

그러나 여우같이 교활하고 간사한 '자연이라는 마나님'의 솜씨는 너무 능란하여, 테스가 클레어에 대한 깊은 사랑으로 눈이 어두워진 나머지 그녀의 불행으로 인한 슬픔이 장차 태어날 자식들에게까지 미칠지도 모른다는 사실을 여태 잊어버리게 했던 것이다.

그래서 테스는 클레어의 의견을 거역할 수 없었다. 그러나 감정이 예민한 사람들에게서 흔히 볼 수 있는, 자아와 싸우는 성미 때문에 그 대답은 오히려 클레어 자신의 마음속에 떠올랐다. 그것은 그에게는 거의 두렵기도 했다. 그것은 테스의 뛰어난 육체적 조건과 관련되는 것이어서 그녀는 그런 이점을 유리하게 이용할 수도 있었다. 게다가 그녀는 이렇게 덧붙여 말할 수도 있었다. "오스트레일리아의 고원이나 텍사스의 평원에 가서 살면 제 과거를 알 사람이 누가 있으며, 또 그것을 책할 사람이 누가 있겠어요?" 그러나 대부분의 여자들처럼 테스도 그의 일시적인 의사 표시를 마치 피치 못할 것처럼 받아들였다. 그녀의 생각이 옳았는지도 모른다. 여자의 직감적인 마음은 자기의 슬픔뿐만 아니라 남편의 슬픔까지도 알아차린다. 그리고 비록 아무것도 모르는 낯선 사람들이 남편이나 자식들에게 비난하지 않을지라도 결국 클레어 자신의 민감한 두뇌가 자신의 귀에 그런 비난의 말을 전할지도 모른다.

그들 사이에 금이 간 지 사흘째 되는 날이었다. 만일 클레어가 좀 더 본능적인 욕망을 지녔더라면 그가 좀더 고상한 인간이 되었을지도 모른다는 이상한 역설을 내세울 사람이 있겠지만, 우리는 그렇게 생각하지 않는다. 그러나 클레어의 사랑은 분명히 결점이라고 할 수 있을 정도로 비세속적이었고, 비현실적이라 할 만큼 공상적이었다. 이런 성격의 사람들은 흔히 육체가 눈앞에 없을 때엔 실물의 결점을 감추어주는 이상적인 모습을 볼 수 있기 때문이다. 테스는 자기가 생각한 만큼 자기의 성품이 자기를 옹호해주지 못한다는 것을 알았다. 클레어의 비유적인 말은 사실이었다. 지금의 테스는 한때 클레어의 욕정을 자극시켰던 여자와는 딴판으로 변해버린 여자였다.

"전 당신이 한 말씀을 곰곰 생각해보았어요. 당신의 말씀은 한 마디 한 마디가 다 옳아요. 당연히 그래야지요. 당신은 제 곁에서 떠나지 않으면 안 돼요." 테스는 집게손가락으로 식탁보를 만지작거리며, 그들을 비웃고 있는 듯한 반지 낀 다른 손으로 이마를 받치면서 말했다.

"그럼 당신은 어떻게 하겠소?"

"집으로 가겠어요."

클레어는 거기까진 미처 생각하지 못했었다.

"정말이오?"

"그럼요. 우린 헤어져야 해요. 그러니 깨끗이 끝장을 내는 게 좋겠어요. 저라는 여자는 남자들의 판단력을 흐려놓고 그들을 유혹해버리는 여자라고 언젠가 당신이 말씀하신 적이 있지요. 그러니 제가 당신 앞에서 사라지지 않고 있으면 당신은 이성과 희망을 어기고 모처럼의 계획을 바꾸게 될지도 모르죠. 그러면 나중에 당신의 후회와 제 슬픔이 얼마나 크겠어요."

"그래, 당신은 집으로 돌아가겠다는 거요?"

"당신을 떠나 집으로 가겠어요."

"그럼, 그렇게 합시다."

테스는 그를 쳐다보지는 않았지만 깜짝 놀라는 듯했다. 그리고 자기가 제안하고 약속한 것 사이에는 차이가 있다는 것을 테스는 너무 빨리 느꼈다.

"전 결과는 이렇게 되지 않을까 하고 걱정했었어요." 그녀는 온순하게 가라앉은 표정으로 중얼거렸다. "엔젤, 저는 불평하진 않아요.

저는, 저는 헤어지는 게 가장 좋으리라 생각해요. 당신이 하신 말씀 잘 알아들었어요. 그래요, 우리가 같이 사는 것을 비난할 사람이 없다 해도 세월이 지나면 언젠가는 하찮은 일에도 벌컥 화를 내시게 될 거예요. 그리고 제 과거를 알고 계시는 당신은 아무 때나 생각이 나면 당신도 모르는 사이에 그걸 욕하게 되실 거고, 그렇게 되면 아마 우리 자식들도 그 말을 듣게 되겠지요. 아, 지금은 그저 기분이 나쁠 정도의 일도 그때에는 절 괴롭혀서 목숨까지도 버리게 할 거예요! 전 떠나겠어요, 내일."

"그러면 나도 여기 머물러 있진 않겠소. 이런 말을 하고 싶진 않았지만 아무래도 헤어지는 게 좋을 것 같소……. 적어도 당분간은. 사리를 좀더 잘 분별해서 당신한테 편지 쓸 수 있을 때까진 말이오."

테스는 흘끗 남편을 쳐다보았다. 그의 얼굴은 창백하게 질린 채 떨었다. 그러나 테스는 자기와 부부가 된 온후한 그의 마음속 깊이 나타난 굳은 결심 ──야비한 감정을 신비한 감정에, 물질을 정신에, 육체를 영혼에 굴복시키려는 의지를 보고 그만 놀랐다. 성질과 취향, 습관 따위는 그의 공상의 거센 바람 앞에서는 한낱 가랑잎에 지나지 않아 보였다.

클레어는 테스의 표정을 눈치채고 말했다.

"난 떨어져 있을 때 그들을 너 정답게 생각하게 되거든." 그리고 그는 비꼬는 투로 덧붙여 말했다. "또 누가 알겠소! 수많은 사람들이 흔히 그러듯 우리도 지칠 대로 지친 고생 끝에 다시 만나 살게 될지!"

그날 중으로 클레어는 짐을 꾸리기 시작했고, 테스도 위층으로 올라가서 짐을 꾸리기 시작했다. 이 이별이 마지막이라면 심한 고통을 느끼지 않을 수 없는 그들이기에, 그들이 짐을 꾸리는 행위의 표면에 슬픔을 덜어주는 갖가지 억측의 빛이 비치고 있었음에도 그들은 다같이 내일 아침이면 영원히 헤어지게 될지도 모른다는 생각을 품고 있었다. 여태까지 서로가 상대에게서 느낀 매력은 ──테스로 말하자면 교양과는 거리가 멀었지만 ──헤어진 후 며칠 동안은 전보다 더

강하게 느낄지도 모르지만, 세월이 흐르면 그것도 저절로 사라지리라는 것을 클레어도, 테스도 알고 있었다. 그리고 테스를 아내로 받아들이지 않는 실제적인 논증이 아득히 먼 옛날부터 비치고 있는 북극광을 받아 한층 더 뚜렷하게 그 모습을 드러낼지도 모른다. 뿐만 아니라 일단 그들이 헤어지면, 같은 집과 환경을 벗어나게 되면, 모르는 사이에 새싹이 터서 빈 자리를 메우고 예상치 않던 일이 일어나서 애초의 의도를 뒤엎고 오래 된 계획은 잊어버리게 되리라는 것을 알고 있었다.

37 깊은 밤은 고요히 찾아왔다가 고요히 사라져갔다. 프룸 분지에는 밤을 알려주는 것이 아무것도 없었기 때문이다.

새벽 한 시가 조금 지나자, 더버빌 가의 저택이었던 어두운 이 농가에서 삐걱거리는 소리가 조그맣게 들렸다. 위층의 방에서 잠자던 테스는 그 소리에 잠이 깨었다. 그 소리는 못이 느슨하게 박힌 계단 귀퉁이의 발판에서 나는 소리였다. 테스의 침실 문이 열리더니 신기하게도 조심스런 발걸음으로 달빛을 가로질러 오는 클레어의 모습이 보였다. 그는 셔츠에 바지만 걸치고 있었다. 부자연스럽게 멍하니 허공을 쳐다보고 있는 그의 모습을 보자, 얼핏 느꼈던 테스의 기쁨은 사라졌다. 그는 방 가운데로 와서는 걸음을 멈추고 말로 표현할 수 없는 슬픈 소리로 중얼거렸다.

"죽었구나, 죽었어! 죽고 말았어!"

심한 괴로움에 시달리게 되면 그는 자면서 걸어다니거나 이상한 짓을 하곤 했다. 결혼하기 바로 전에 장터에서 돌아왔을 때도, 그날 밤 그는 잠자리에서 테스를 모욕한 남자와 다시 격투를 벌인 적이 있었다. 테스는 그가 잇달은 정신적인 고통 때문에 몽유병 상태에까지 이르게 되었음을 알았다.

테스는 마음속 깊이 클레어를 믿고 있었으므로 그가 자고 있건 깨어 있건 간에 그로부터 자기의 신변에 대한 아무런 공포도 느끼지 않았다. 비록 그가 권총을 들고 들어왔다고 해도 그가 자기를 보호해줄 것이라는 그녀의 믿음에는 변함이 없었을 것이다.

클레어는 가까이 다가와 테스에게 몸을 굽히고는 "죽었구나, 죽었어. 죽고 말았어!" 하고 중얼거렸다.

한없이 슬픈 눈으로 테스를 잠시 뚫어지게 쳐다보더니 그는 테스 가까이로 더욱 몸을 굽히고 두 팔로 그녀를 안고는 수의(壽衣)로 감싸듯 홑이불에다 그녀를 감쌌다. 그러고는 시체를 대하듯 엄숙하게 그녀를 침대에서 들어올려 안고는 방안을 거닐며 중얼거렸다.

"가엾고 불쌍한 테스, 귀엽고 사랑스러운 테스! 그렇게도 귀엽고 착하고 정직하던!"

깨어 있을 때에는 그렇게도 냉엄하게 자중하던 이 다정한 말들이 버림받고 사랑에 굶주린 테스한테는 말할 수 없이 달콤하게 들렸다. 비록 그 소리가 지쳐빠진 그녀의 생명을 구해주는 것이라 할지라도 그녀는 움직이거나 몸부림쳐서 현재의 상태에서 벗어나고 싶지는 않았을 것이다. 테스는 숨소리를 죽이며 잠자코 안겨서, 도대체 자기를 어떻게 할 작정인지 의아하게 생각하면서 층계참까지 몸을 내맡기고 있었다.

"아내는 죽었구나, 죽었어!" 하고 그는 거듭 중얼거렸다.

그는 숨을 돌리려고 그녀를 안은 채 잠시 난간에 기댔다. 테스를 던져버리려는 것일까? 자기 몸을 생각하는 마음은 그녀에게서 사라지고 거의 없었다. 그녀는 그가 내일이라면 떠나려고, 아마 영원히 떠나려고 결심한 것을 알고 있었기에 그의 팔에 위태롭게 안겨 있으면서도 두렵다기보다는 오히려 만족스런 기분이었다. 차라리 이대로 함께 떨어져서 산산이 부서져버린다면 얼마나 좋을까.

그러나 클레어는 테스를 떨어뜨리지도 않고 난간 받침대에 기대어 그녀의 입술, 낮에는 그렇게도 멸시하던 그 입술에 키스했다. 그런 후에 더욱 힘을 주어 그녀를 안고 계단을 내려갔다. 낡은 계단에서는 삐걱 소리가 났지만 클레어는 잠을 깨지도 않고 아래층까지 무사히 내려갔다. 그는 테스를 안고 있던 한쪽 손을 잠깐 풀더니 문빗장을 열고 밖으로 빠져나갔다. 양말을 신은 그의 발끝이 살짝 문 모서리에 부딪혔지만 그는 별로 신경을 쓰는 것 같지 않았다. 그는 밖으로 나와 몸놀림에 여유가 생기자 편히 나르기 위해 테스를 어깨에 짊어졌다. 그녀는 옷을 걸치고 있지 않았다. 집을 빠져나온 그는 이렇게 테스를 짊어지고 2, 3야드 떨어진 강 쪽으로 갔다.

테스는 그가 어떤 꿍꿍이속을 가지고 있는지 짐작할 도리가 없었다. 그래서 그녀는 이 일에 대해 제삼자처럼 방관만 하고 있는 자신을 깨달았다. 그녀는 그에게 자기 몸을 완전히 내맡기고 있었으므로 자기를 그의 소유물로 여기고 마음대로 처리할 것이라고 생각하니 오히려 마음이 홀가분했다. 내일이면 헤어진다는 두려움 속에서도 그가 지금은 진심으로 자기를 아내로서 인정해주고, 아내로서 인정하기 때문에 자기를 마음대로 해칠 수 있는 권리가 있다고 생각할 수 있음에도 자기를 내동댕이쳐 버리지 않았음을 생각하니 위안이 되었다.

아! 테스는 그가 무엇을 꿈꾸고 있는지 이제야 알았다. 그때 그 일요일 아침, 테스 못지않게 그를 사랑하던 목장의 아가씨들과 함께 테스를 안고 물을 건너던 그때를 그는 꿈꾸고 있는 것이다. 그 아가씨들이 자기만큼 그를 사랑할 수 있으리라는 것을 테스는 인정할 수 있었지만. 클레어는 테스를 둘러메고 다리를 건너지 않고 같은 방향에 있는 물방앗간 쪽으로 몇 걸음 걸어가다가 강가에 멈춰섰다.

강물은 근처에 있는, 몇 마일에 걸쳐 있는 목장을 흐르는 동안 여러 곳에서 물줄기가 갈려 제멋대로 꾸불꾸불 돌기도 하고 이름도 없는 작은 섬들을 싸고 돌며 흐르다가, 이윽고 다시 되돌아가 폭이 넓은 원류(源流)와 합쳐져서 흘렀다. 그들이 서 있는 맞은편은 이 물줄기들이 합류하는 곳이어서 그 근처의 강물은 폭이 넓고 깊었다. 걸어서 건널 만한 좁다란 다리가 있었지만 지금은 가을 홍수로 난간은 떠내려가고 발판만 남아 있었다. 그러나 이것도 급하게 흘러내리는 물위로

2, 3인치 정도 높게 놓여 있어서 여길 건너려면 정신이 멀쩡한 사람도 눈앞이 어지러울 정도였다. 테스는 낮에 창가에 서서 젊은 남자들이 줄타기하는 곡예사처럼 아슬아슬하게 이 다리를 건너는 모습을 보았었다. 남편도 아마 그런 모습을 보았을 것이다. 어쨌든 그는 지금 발판에 올라서서 한쪽 발을 앞으로 내밀고 건너기 시작했다.

그는 테스를 물에 빠뜨리려는 것일까? 아마 그럴지도 모른다. 이곳은 외떨어진 곳이고 강물은 깊고 넓어서 그런 목적을 위해서라면 안성맞춤이었다. 마음만 먹는다면 그녀를 빠뜨릴 수 있을 것이다. 내일이면 서로 헤어져 따로 사는 것보다는 차라리 물에 빠져 죽는 게 나을지도 모른다.

빠른 물살은 다리 밑에서 소용돌이치며 물위에 비친 달 그림자를 뒤흔들기도 하고 찌그러뜨리기도 하고 산산조각내면서 거세게 흘러갔다. 물거품들이 둥둥 떠내려가고, 다리 말뚝에 걸린 잡초는 물결에 휘말려 맴돌았다. 만일 그들이 지금 함께 이 급류에 빠진다면 서로 부둥켜안고 있는 그들은 살아날 수 없을 것이다. 그들은 아무 고통도 없이 저승으로 갈 것이며 다시는 테스에 대한 비난도, 테스와 결혼한 클레어에 대한 비난도 없을 것이다. 클레어와 함께 죽음의 길을 떠나는 마지막 반 시간은 그리운 시간이 될 것이다. 그러나 그가 잠을 깰 때까지 그들이 살아 있다면 낮에 보이던 그의 미움이 되살아나 지금의 이 시간도 단지 덧없는 꿈에 지나지 않게 될 것이다.

테스는 함께 그 깊은 물 속으로 떨어지도록 몸을 움직이고 싶은 충동을 느꼈지만 감히 그럴 용기는 없었다. 자기의 목숨이야 어찌 되든 상관없음은 이미 각오한 바이지만, 클레어의 생명까지 빼앗을 권리는 없었다. 그는 테스를 어깨에 짊어진 채 무사히 다리를 건넜다.

그곳은 수도원의 터가 되어 있는 농원 안이었다. 그는 테스를 다시 추슬러 업고 몇 걸음 더 걸어 마침내 수도원 교회당 안의 황폐한 성가대 자리가 있던 곳에 다다랐다. 북쪽 벽에 기대어 수도원장의 빈 석관(石棺)이 놓여 있었다. 짓궂은 여행자들은 그 관 속에 들어가 누워보

기도 했다. 클레어는 그 관 속에 테스를 조심스럽게 뉘었다. 그는 그
녀의 입술에 두번째로 키스하고, 마치 오랜 소망을 이룬 사람처럼 안
도의 한숨을 내쉬었다. 그러더니 클레어는 그녀의 관 옆 땅바닥에 나
란히 눕자마자 피로에 지쳐 곧 깊은 잠에 빠져들어 마치 나무토막처
럼 꼼짝도 하지 않았다. 여태까지 행동을 격발시켰던 마음의 흥분이
완전히 사라져버린 것이었다.

테스는 관 속에서 일어나 앉았다. 계절에 비해 밤은 건조하고 따스
했지만 옷도 제대로 걸치지 않은 그를 그대로 내버려두기에는 위험할
정도로 밤 공기가 차가웠다. 만일 이대로 내버려둔다면 그는 아마 다
음날 아침까지 잠을 깨지 않을 것이고, 그렇게 되면 얼어 죽을지도 모
른다. 테스는 몽유병자가 밖에 나돌아다니다가 그렇게 죽었다는 이야
기를 들은 적이 있었다. 그는 여태까지 자기가 한 어리석은 짓을 알게
되면 심한 수치를 느낄 게 뻔한데, 어떻게 그를 깨우고 자초지종을 알
릴 것인가? 어쨌든 테스는 관 속에서 빠져나와 살며시 그를 흔들었다.
그러나 세게 흔들지 않고는 그를 깨울 수 없었다. 홑이불 한 장으로
겨우 몸을 가리고 있는 테스 자신, 온몸이 으스스 떨려와 무슨 대책을
세우지 않을 수 없었다. 아슬아슬한 고비를 넘길 때에는 흥분 때문에
추운 줄도 몰랐지만 행복했던 그 순간도 이미 사라져버리고 말았다.

그를 말로 설득시켜 볼 생각이 불현듯 머리에 떠오르자 그녀는 될
수 있는 대로 마음을 굳게 먹고 그의 귓가에 대고 속삭였다.

"엔젤, 함께 걷기로 해요."

이렇게 말하면서 테스는 암시를 주듯 그의 손을 잡아끌었다. 그러
자 다행스럽게도 그는 저항하지 않고 순순히 따랐으므로 그녀는 마음
이 놓였다. 그는 테스의 속삭임을 듣고 또다시 꿈속에 빠진 모양이었
다. 꿈은 이제 새로운 꿈으로 바뀌어 테스가 영혼으로 되살아나 자기
를 천국으로 인도하는 줄로 생각하는 모양이었다. 테스는 그의 팔을
붙잡고 집 앞에 있는 돌다리까지 와서 다리를 건너 저택의 문 앞에 와
섰다. 테스는 맨발로 걸었기에 돌에 발을 다친데다가 몸은 뼛속까지

얼어붙은 듯했다. 그러나 클레어는 털양말을 신고 있어서 아무렇지도 않은 듯했다.

거기서부터는 별로 어렵지 않았다. 테스는 우선 그를 이끌어 그의 소파 침대에 뉘고 따뜻하게 담요를 덮어주었다. 그리고 우선 장작불을 피워 그의 축축한 몸이 마르게 해주었다. 그녀는 보살펴주느라고 내는 소리에 혹시 그의 잠이 깨지나 않을까 하고 조바심하면서도 속으로는 은근히 그가 깨기를 바랐다. 그러나 그는 몸과 마음이 너무 지쳐 있었기에 꼼짝도 하지 않고 깊이 잠들어 있었다.

다음날 아침, 그들이 서로 얼굴을 맞대었을 때 엔젤은 자기가 간밤에 조용히 누워 있지 않았다는 것은 짐작했을지 모르지만, 그때의 그의 몽유 상태에 테스가 얼마나 관련되었는가에 대해서는 거의, 아니 전혀 모르고 있다는 것을 테스는 눈치챘다. 사실, 그는 그날 아침에 죽음과 같은 깊은 잠에서 깨어났다. 그리고 삼손(《구약성서》에 나오는 힘센 남자. 잠 자는 동안 요부 데릴라에게 힘의 원천인 머리카락을 잘려 잠에서 깨자 힘을 잃음)이 힘을 되찾으려고 몸부림치듯이 자기 힘을 시험해보려던 처음 몇 분 동안, 간밤에 이상한 일이 있었음이 어렴풋이 떠올랐다. 그러나 곧 그것은 그가 처해 있는 현실 문제로 바뀌어 그 문제에서 그의 생각을 떠나게 했다.

그는 자기의 마음이 지향하는 바가 무엇인가를 분간해보고 싶은 기대를 가지고 기다렸다. 지난밤에 결정한 의도가 아침 햇빛 속에서도 사라지지 않는다면, 그것이 비록 일시적인 감정에서 나온 것이라 할지라도 순수한 이성에 가까운 바탕에서 이루어진 것이라 할 수 있겠고, 따라서 그 점은 믿어도 된다는 것을 그는 알고 있었다. 그래서 그는 희뿌옇게 틔어오는 아침 햇살 속에서 테스와 헤어지겠다는 결심을 보았다. 뜨겁고 격한 본능이 아니라 그 본능을 태워버린 열정을 버리고, 백골밖에 아무 것도 없는 뼈만 남은 앙상한 모습으로 서 있는 본능을 보았던 것이다. 그는 더 이상 망설이지 않았다.

아침 식사 때와 얼마 남지 않은 짐을 꾸리는 동안에 그는 간밤의 행동으로 인한 피로의 기색이 너무나도 역력히 드러났기 때문에, 테스는 지난밤에 있었던 일을 모조리 털어놓을 생각마저 들었다. 그러나 그가 자기 상식에 어긋나는 사랑을 테스에게 본능적으로 나타냈다는 것과, 이성이 잠들어 있는 동안에 그의 본심이 체면을 손상시켰다는 사실을 알게 되면, 그는 노하고 슬퍼하고 어리석은 자기를 책망하리라 생각하고는 그만 입을 다물고 말았다. 그것은 마치 술이 깬 사람에게 그가 술이 취해 있는 동안에 저지른 추태를 비웃는 것이나 다름없었기 때문이다.

테스는, 클레어가 지난밤에 다정하게 굴었던 그의 변덕스런 애정을 어렴풋이나마 기억하고 있는지도 모른다, 그러나 자기가 그것을 기화로 삼아 새삼스레 그에게 떠나지 말아달라고 매달릴지도 모르는 두려움 때문에 일부러 모르는 체하고 있는 것은 아닐까, 하는 생각이 들었다.

클레어가 편지로 이웃 마을에 부탁했던 마차는 아침 식사가 끝나자 곧 도착했다. 테스는 마차를 보자 드디어 마지막 이별의 순간이 —— 지난밤의 일에서, 그에게는 아직도 자기에게 향하는 한 줄기 애정이 남아 있음을 알았고, 어쩌면 다시 만나서 살 가망이 있으리라는 몽상이 생겼으니 ——적어도 일시적인 마지막 이별의 순간이 왔다는 생각이 들었다.

짐은 마차의 지붕 위에 싣고, 그들을 태운 마차는 달리기 시작했다. 방앗간 주인과 시중들던 노파는 그들이 갑자기 떠나는 것을 보고 적잖이 놀라는 얼굴이었다. 클레어는 방앗간 기계가 자기가 견습하려던 현대식 시설과는 거리가 멀다는 핑계를 댔다. 이 말은 사실이었다. 그 밖에는 그들이 떠나는 태도로 보아 그들의 결혼이 실패로 끝났다던가 함께 친척들을 방문하러 가는 것이 아니라는 것을 눈치채게 할 만한 것은 아무것도 없었다.

그들이 달리는 길은 며칠 전만 해도 서로가 가슴 벅찬 기쁨을 안고 떠났던 목장 근처를 지나야 했다. 클레어는 클릭 씨와 목장 일의 뒤처리를 결말짓고 싶어했고, 테스도 그들의 불행한 사태를 의심받지 않으려면 클릭 부인을 찾아가지 않을 수 없었다.

이번 방문을 되도록이면 남의 눈에 띄지 않게 하려고 그들은 한길에서 낙농장으로 통하는 작은 문 옆에 마차를 세우고 오솔길을 따라 나란히 내려갔다. 습지의 버드나무들은 베어 없어졌고, 전에 클레어가 그녀를 따라다니며 결혼하자고 졸라대던 곳이 그 그루터기들 너머로 보였다. 그 왼쪽에는 테스가 그의 하프 소리에 넋을 빼앗겼던 생울타리로 둘러싸인 곳이 보였고, 마구간 뒤 저쪽에는 그들이 처음으로 포옹하던 목초지가 보였다. 황금빛 여름 풍경은 지금은 회색으로 변하여 초라해지고 기름진 땅은 진흙으로 변장하고 강물은 차가워져 있었다.

목장 주인은 안마당 문 너머로 그들을 보고, 톨보데이스와 그 근방 사람들이 신혼 부부가 다시 나타났을 때 흔히 보이는 짓궂은 웃음을 띠고 그들을 마중하러 나왔다. 집 안에서 클릭 부인도 나왔고, 그 밖의 몇 친구들도 마중나왔다. 그러나 마리안과 레티의 모습은 보이지 않았다.

테스는 그들의 심술궂은 공격과 다정스런 농담을 잘 받아넘겼다. 그것은 그들이 상상한 것과는 아주 다른 뜻에서 테스의 마음을 찔렀지만, 자기들이 헤어지는 것을 숨겨야 한다는 그들 부부의 묵계 아래 여느 때와 마찬가지로 태연하게 행동했다. 테스는 그들의 입에서 어떤 얘기도 나오지 않기를 바랐지만, 마리안과 레티에 관한 자세한 이야기를 들을 수밖에 없었다. 레티는 자기 아버지 곁으로 돌아갔고 마리안은 다른 곳에 일자리를 찾아 떠났는데, 그렇다고 해서 별로 뾰족한 수가 생길 것 같지는 않다고 했다.

테스는 이런 슬픈 이야기를 잊으려고 자기가 좋아하던 젖소들한테 가서 한 마리 한 마리를 손으로 쓰다듬어주면서 이별을 속삭였다. 마침내 테스와 클레어가 마치 몸과 마음이 하나가 된 듯이 나란히 서서 작별의 인사를 나눌 때 그들의 태도를 눈여겨본 사람이 있었다면, 그들의 얼굴에 이상하게도 슬픔이 어려 있음을 눈치챘을 것이다. 그들은 겉으로는 마치 몸과 마음이 하나가 된 것처럼 보였다. 그의 팔은 그녀의 팔에 마주 닿았고 그녀의 치맛자락이 그의 몸을 스쳤고 자기들을 바라보는 목장 사람들 쪽으로 함께 얼굴을 돌려 인사할 때에도 '저희들은' 하고 말했지만, 사실은 그들의 사이는 남극과 북극처럼 갈라져 있었다. 그들의 태도에는 신혼 부부의 자연스런 수줍음과는 다른, 이상하게도 서먹서먹하고 초조한 기색이 나타났거나 부부 사이의 다정함을 나타내는데도 어딘지 어색한 기색이 보였는지도 모른다. 그들이 떠나자 클릭 부인이 남편에게 이렇게 말했기 때문이다.

"신부의 눈빛이 왜 그리 어색할까요? 마치 인형같이 서 있는 모습도 그렇고, 말하는 건 꼭 잠꼬대를 하는 사람 같더군요. 당신은 그렇게 생각하지 않았어요? 테스는 좀 별난 애이긴 하지만 아직도 훌륭한 남편을 받드는 신부다운 긍지가 보이지 않더군요."

그들은 다시 마차를 타고 웨더베리와 스택푸트 레인으로 가는 길을 달려 레인 여관에 도착했다. 클레어는 마차와 마부를 돌려보냈다. 그곳에서 잠시 쉬고 나서 분지에 들어서자 그들의 관계를 모르는 낯선 마부에게 테스의 고향 쪽으로 마차를 몰게 하였다. 너틀베리도 지나고 네거리가 있는 중간 지점에 이르자 클레어는 마차를 멈추게 하고, 테스에게 집으로 돌아갈 생각이라면 자기는 여기서 돌아가겠다고 말했다. 그는 마부 앞에서 터놓고 이야기할 수가 없어서 샛길을 따라 잠깐 걷자고 테스에게 청했다. 테스는 그 말에 응했다. 마부에게는 잠깐 기다려달라고 지시한 다음, 그들은 걷기 시작했다.

"자, 우린 서로 이해해야 하오" 하고 클레어가 다정하게 말했다.

"지금 내 심정으로는 참을 수 없는 일이긴 하지만 우리들 사이엔 노여움 같은 건 없소. 그러니 나도 참도록 해보겠소. 어디로 가든 자리가 잡히면 곧 당신에게 알리겠소. 그리고 내가 그 일을 견딜 수 있게 된다면, 그러는 게 좋고 또 그렇게 할 수 있다면, 그땐 당신 곁으로 돌아가겠소. 그러나 내가 당신한테 돌아갈 때까지 당신이 나를 찾아오거나 하지는 않는 게 좋겠소.”

이 준엄한 선고는 테스에게는 치명적인 말로 들렸다. 테스는 그가
자기를 어떻게 생각하고 있는지 분명히 알아차렸다. 클레어는 자기가
그를 엄청나게 속인 여자로밖에는 달리 생각할 수가 없다는 사실을.
테스와 같은 잘못을 범한 여자들은 모두 이같은 벌을 받는 것이 마땅
할까? 그러나 테스는 그 문제를 가지고 그와 더 이상 티격태격할 수는
없었다. 테스는 그저 그가 한 말을 되물어볼 수밖에 없었다.

“당신이 제게 돌아오실 때까진 당신을 찾지 말라구요?”

“그렇소.”

“편지는 괜찮죠?”

“그야 괜찮지. 당신이 아프다거나 뭐 필요한 게 있다면. 하긴 그런
일이 없었으면 싶지만. 아마 내가 먼저 편지를 하게 될 거요.”

“엔젤, 당신의 의견을 따르겠어요. 제가 어떤 벌을 받아야 마땅한
가는 당신이 누구보다 더 잘 알고 계시니까요. 다만, 다만 내가 견뎌
낼 수 없을 만큼 가혹하게 벌주진 마세요!”

이것이 테스가 그 문제에 대해서 말한 전부였다. 만일 테스가 술책
을 써서 이 한적한 오솔길에서 한바탕 연극을 하며 기절하거나 흥분
하여 울부짖었더라면, 클레어가 아무리 완고한 결벽성에 사로잡혀 있
다 해도 테스를 당해내지는 못했을 것이다. 그러나 오랜 괴로움에 지
쳐버린 그녀는 클레어의 일을 순조롭게 해주었다. 사실, 테스는 그의
가장 훌륭한 변호인이었다. 테스는 자존심을 버리고 말았다. 이것은
더버빌 집안 사람들한테서 흔히 볼 수 있는, 모든 것을 그때그때의 운
명에 맡겨버리는 자포자기의 태도인지도 모른다. 테스가 몇 마디 하
소연을 하기만 하면 효과를 볼 수 있었을지도 모르는, 착잡하게 얽혀
있는 그의 감정을 그녀는 조금도 건드리지 않은 채 끝내버렸다.

그 밖의 그들의 대화는 헤어지는 일에 관한 실제적인 문제뿐이었
다. 이윽고 그는 은행에서 미리 찾아두었던 상당한 액수의 돈이 든 꾸
러미를 테스에게 주었다. 그리고 보석에 대해서는 대모의 유언장대로

라면 그 소유권은 테스의 일생 동안만으로 한정되어 있으므로 안전을 기해서 은행에 맡기자고 테스에게 권했다. 테스는 이 제안을 기꺼이 받아들였다.

이런 문제들이 해결되자 클레어는 테스와 함께 마차 있는 데로 와서 그녀를 부축하여 마차에 태웠다. 마부에게 돈을 치르고 테스의 목적지를 가르쳐줬다. 그러고 나서 그는 자기의 가방과 우산——그가 여기까지 가지고 온 물건은 그것뿐이었다——을 들고 테스와 마지막 인사를 나누었다. 그곳에서 그들은 이렇게 헤어졌다.

마차는 언덕을 기어올라갔다. 클레어는 마차가 사라지는 모습을 바라보며, 테스가 잠깐만이라도 창문 밖으로 얼굴을 내밀어 주었으면, 하고 무심코 생각했다. 그러나 마차 안에서 죽은 사람처럼 기운을 잃고 쓰러져 있는 테스는 그럴 생각도 없었고, 그럴 기력조차도 없었을 것이다. 마차가 멀어져가는 모습을 바라보던 클레어는 괴로운 심정을 이기지 못해 어느 시인의 시 한 구절을 마음대로 고쳐 읊었다.

하느님은 천국에 계시지 않으며
세상은 모두 잘못투성이이구나!

테스가 언덕배기를 넘어 사라지자 클레어는 자기의 갈 곳을 향해 발길을 돌렸다. 그는 자기가 아직도 테스를 사랑하고 있다는 사실을 거의 모르고 있었다.

38 마차가 블랙무어 골짜기로 접어들어 소녀 시절에 보던 풍경이 눈앞에 펼쳐지자 테스는 혼미 상태에서 깨어났다. 맨 먼저 그녀의 머리에 떠오른 생각은 부모를 어떻게 대할까 하는 것이었다.

테스는 마을 어귀에 가까운 한길에서 통행세를 받는 문에 도착했다. 문을 열어준 사람은 그곳에서 여러 해 동안 일해왔고 그녀도 잘 알고 있던 노인이 아니라 낯선 사람이었다. 그 노인은 아마 흔히 문지기가 바뀌는 정월 초하룻날에 이곳을 떠났는지도 모른다. 요즈음 테스는 집과의 연락이 끊겨 있었기 때문에 문지기에게 마을의 소식을 물었다

"아, 뭐 아무 일도 없지요, 아가씨" 하고 그는 대답했다. "말로트 마을은 전과 다름없지요. 아무개가 세상을 떠났다느니 하는 그런 소식 정도지요. 존 더비필드네 집에서도 이번 주일에 어떤 양반집 농부 한테 딸을 시집 보냈다고 합디다. 존네 집에서가 아니라 다른 곳에서 결혼식을 올렸다나요. 신랑네 집안이 상당히 지체가 높은 집안이라서 존네 집 사람들은 원체 못살고 하니까 결혼식에도 참석할 수 없는 줄 알았나 봅니다. 신랑은 아마, 존네가 양반의 직계 후손이고 가산은 로마 시대에 이미 탕진해버렸지만 지금도 그 집 조상의 유골이 집안의 납골당에 보존되어 있다는 사실이 알려졌다는 걸 몰랐던 모양이지요? 존 경——요즘은 다들 그렇게 부르지요——이 결혼식날 마을 사람들을 불러 한턱 냈다오. 그리고 그 집 마나님도 밤 열한 시가 넘도록 퓨어 드롭 주막에서 노래를 부르며 법석을 떨었다오."

이런 말을 듣자, 테스는 마음이 아파 짐과 그 밖의 여러 물건을 가지고 마차를 타고 떳떳이 집으로 갈 용기가 나지 않았다. 그래서 테스는 그 문지기에게 자기 짐을 잠시 보관해줄 수 없느냐고 부탁했다. 그가 허락해서 테스는 짐을 내려놓고 마차를 돌려보내고는 뒷길을 걸어 혼자 마을로 향했다.

자기 집 굴뚝이 보이자, 테스는 무슨 염치로 집에 들어갈 수 있느냐고 스스로를 향해 중얼거렸다. 저 오두막집 안에서는 가족들이 자기가 호강깨나 시켜줄 돈 많은 신랑하고 멀리 신혼 여행을 떠났을 것이라고들 생각하고 있을 것이다. 그런데 그 당사자는 지금 갈 곳이라고는 여기밖에 없다는 듯 혼자 외롭게 낡은 옛집으로 찾아들고 있지 않은가.

테스는 아무의 눈에도 띄지 않고 집에 갈 수는 없었다. 바로 마당의 생울타리 옆에서 학교 다닐 때의 친구와 마주치고 말았다. 그 친구는 어떻게 왔느냐고 몇 마디 묻고 나서는 테스의 슬픈 표정을 눈치채지 못하고 불쑥 물었다.

"그런데 테스야, 네 주인 양반은 어디 계시니?"

테스는 남편이 사업 때문에 어디 좀 다니러 갔다고 허둥지둥 대답했다. 친구와 헤어지고 그녀는 마당의 생울타리를 지나 집안으로 들어섰다.

뜰안의 좁은 통로로 걸어 들어가고 있는데 뒷문 쪽에서 어머니의 노랫소리가 들려왔고, 가까이 다가서자 문앞의 층층대 위에 서서 홑이불을 짜고 있는 어머니의 모습이 보였다. 어머니는 테스가 온 것도 모르고 빨래를 짜고는 집 안으로 들어가 버렸다. 테스도 어머니의 뒤를 따라 들어갔다.

빨래통은 예전의 그 자리에, 그리고 예전의 그 받침대 위에 놓여 있었다.

어머니는 다 짠 홑이불을 옆으로 던져놓고 빨래통 속에 막 손을 담그려는 중이었다.

"아니, 테스가 아니냐? 얘야, 난 네가 결혼한 줄로만 알았구나! 이번에야말로 정말 결혼한 줄로만 알았단 말이다. 그래서 능금주도 보냈던 건데……."

"그래요, 어머니. 결혼했어요."

"앞으로 하겠다는 거냐?"

"아니에요, 벌써 했는걸요."

"결혼을 했다구! 그럼 네 신랑은 어디 있니?"

"아, 그이는 잠깐 어디 좀 갔어요."

"어딜 갔다구! 그럼 언제냐? 네가 말했던 그날이냐?"

"네, 화요일이었어요, 어머니."

"그래 오늘이 토요일인데 벌써 어딜 갔단 말이냐?"

"그래요. 그이는 떠났어요."

"떠났다니, 그게 무슨 소리냐? 아이구 맙소사, 그따위 남편이라면 지옥으로나 가버리라고 그래라!"

"어머니!" 테스는 어머니에게 달려가 가슴에 얼굴을 파묻고 울음을 터뜨렸다. "어머니, 어떻게 말해야 좋을지 모르겠어요. 어머닌 저더러 그이한테 그 얘긴 하지 말라고 하셨고 또 편지로도 그렇게 당부하셨 었지만, 전 모조리 말해버렸어요. 말하지 않을 수 없었는걸요. 그랬더 니 그이는 제게서 떠나버리고 말았어요!"

"아이구, 이 바보야, 이 바보 같은 것아!" 더비필드 부인은 흥분한 나머지 자기한테도 테스한테도 마구 물을 튀기면서 고함을 질렀다.

"기가 막히는구나! 다신 욕하지 않으려 했다마는 안 할 수가 있어 야지, 이 바보 같은 것!"

여러 날 동안 참아온 긴장이 한꺼번에 풀려 테스는 몸부림치면서 울었다.

"나도 알아요, 알아요, 알고 있단 말예요! 하지만, 오, 어머니, 전 어쩔 수 없었어요! 그이가 너무 착하셔서 제 과거를 숨기는 건 차마 못할 노릇이었어요! 만일에, 만일에 또다시 이런 결과가 된다 할지라 도 전 마찬가질 거예요. 전 못 하겠어요. 감히 그이에게 그런 죄를 짓 진 못하겠어요!"

"그러나 애당초 네가 그 사람하고 결혼한 그 자체가 벌써 죄를 진 게 아니냐!"

"그래요. 옳은 말씀이에요. 그게 바로 저의 불행이에요! 그러나 그 이가 그 일을 눈감아주지 않는다면 법에 따라 저와 이혼할 수 있으리 라 생각했어요. 아, 어머니, 제가 그이를 얼마나 사랑했고, 그이와 결 혼하고 싶어 얼마나 애태웠으며, 그이를 그리워하는 마음과 그이를 속여서는 안 되겠다는 마음의 갈등으로 얼마나 괴로워했는지를 알아 주신다면, 반만이라도 알아주신다면!"

테스는 흥분하여 더 이상 말을 잇지 못하고 맥없이 의자에 쓰러지고 말았다.

"그래, 알았다. 어차피 엎지른 물인 걸 도로 담을 수는 없지 않겠
냐! 어쩌자고 내가 낳은 자식들은 하나같이 다른 집 자식들보다 바보
같은지 알 수가 없구나. 그 사람이 네 과거를 알게 되더라도 이젠 이
미 늦었구나, 하고 체념할 때까진 그저 잠자코 입을 다물고 있으면 되
는 걸 가지고, 그래 네 입으로 미리 지껄일 게 뭐란 말이냐!"

더비필드 부인은 자기 신세가 가련하다는 생각을 하며 눈물을 흘렸
다. 더비필드 부인은 말을 이었다.

"네 아버지가 뭐라 하실지 걱정이다. 네 아버지는 그날부터 매일
롤리버 주막과 퓨어 드롭 주막을 두루 찾아다니며 네 결혼을 자랑해
왔단다. 이젠 네 덕분에 우리 집안도 옛날 체면을 되찾게 되었다고 말
이다. 그런데, 그 양반, 가엾고 딱하게 됐지 뭐냐. 네가 일을 망쳐버
리고 말았으니 이를 어쩌면 좋담!"

때마침 공교롭게도 테스의 아버지가 바로 그 시간에 집으로 돌아오
는 소리가 들렸다. 그러나 곧바로 안으로 들어오진 않았다. 테스의 어
머니는 이 불행한 소식을 자기가 직접 아버지에게 전할 테니 테스에
게는 잠깐 보이지 않는 곳으로 가 있으라고 했다. 더비필드 부인은 테
스의 이야기를 듣고 처음엔 크게 실망하더니 테스의 첫번째 실수와
마찬가지로, 일요일에 비가 오거나 감자 농사가 흉년이 들었다는 그
런 경우와 마찬가지로, 이번 불행도 하나의 액운으로 돌려 생각하기
시작했다. 테스가 당한 이번 불행도 그것이 당연한 응보이건 어리석
은 잘못이건 간에 그것과는 상관없이 자기 가정에 닥쳐온, 참고 견뎌
야 할, 우연히 밖으로부터 주어진 한낱 재난일 뿐 인생에 대한 어떤
교훈이라고는 생각지 않았다.

테스는 위층으로 올라갔다. 방안은 새로 정돈되어 있었고 침대 놓
인 자리도 바뀌어 있음을 한눈에 알 수 있었다. 전에 그녀가 사용하던
침대는 동생들 둘이 같이 쓰게 되어 있었다. 테스에게는 지금 같아서
는 잠자리마저 없었다.

아래층 방의 천장에는 판자를 대지 않았기 때문에 그곳에서 나는 소리는 거의 다 들을 수 있었다. 방금 아버지가 암탉 한 마리를 안고 방으로 들어온 것 같았다. 아버지는 두번째로 마련한 말도 부득이 팔아버리지 않을 수 없어서, 이제는 바구니를 들고 여기저기 다니며 행상을 하는 처지였다. 그는 마을 사람들에게 자기가 놀지 않고 있음을 은근히 드러내기 위해 닭을 안고 돌아다녔듯이 오늘 아침에도 그랬으나, 실은 오늘 아침 이 암탉은 롤리버 주막집의 술상 다리에 묶어 한 시간 이상이나 처박아두었다가 집으로 안고 온 것이었다.

"방금 주막집에서 얘기하고 오는 길인데 말이오" 하고 더비필드가 이야기를 시작했다. 그리고는 테스가 목사 집안으로 출가했다는 이야기가 실마리가 되어 주막집에서 목사에 관해 주고 받은 이야기를 아내에게 늘어놓았다. "그 집안도 옛날에는 우리 조상들처럼 '경'이라는 칭호가 붙었었다는구려. 요즈음엔 엄밀히 말해서 그저 목사라고밖엔 부르지 않는다지만."

그는 이번 결혼은 사람들에게 너무 요란하게 알리지 말라는 테스의 부탁도 있고 해서 자세한 얘기를 못했는데, 어서 맘놓고 얘기를 좀 할 수 있었으면 좋겠다느니, 뚜렷이 돋보이는 더버빌이라는 성이 남편의 성보다 훌륭하니까 남편의 성보다는 그 성을 쓰면 좋겠다느니 하며, 혹시 오늘 테스한테서 편지라도 오지 않았느냐고 아내에게 물었다.

그러나 더비필드 부인은 편지 대신 불행하게도 테스가 직접 왔다고 알려주었다.

마침내 결혼이 실패했다는 자초지종을 다 듣고 나자 그의 얼굴에는 평소답지 않게 침울한 표정이 떠오르더니 기분 좋은 술기운마저 사라졌다. 그러나 그의 예민한 감정을 자극한 것은 결혼에 실패했다는 바로 그 일보다 오히려 남들이 그 일에 대해 어떻게 생각할까 하는 점이었다.

"아니, 그래 이 꼴로 끝장이 났단 말이오! 그래도 우리에겐 킹스비어 교회당 지하실에 졸라드 지주네 맥주 창고만큼이나 큰 가족 묘지가 있고, 거기엔 이 고장 역사에 기록되어 있는 어느 조상보다도 훌륭한 우리 조상들의 유골이 가득 누워 있지 않느냐 말이오. 이 꼴이 되었으니 이제 롤리버나 퓨어 드룹 주막에선 친구들이 뭐라고 한 마디씩 거들고 나올 거요. 힐끔힐끔 쳐다보고 코웃음치면서 '이거 참 굉장한 결합인데. 이젠 자네도 노르만 왕조시대의 그 지체높은 지위를 다시 되찾게 되는군 그래!' 하고들 말할 테지. 여보, 난 이젠 지쳤소. 가문이고 뭐고 다 집어치우고, 그만 살아야 할까 보오. 난 더 이상 못 참겠단 말이오! ……그런데 그 작자, 결혼을 했다면 그앨 먹여 살려야 할 것 아니오?"

"그거야 그렇죠. 그런데 그애한텐 그럴 생각이 없는가 봅디다."

"그 작자가 그애하고 정말 결혼은 한 것 같소? 아니면 먼젓번처럼 그렇게 된 것이나 아닌지……."

가엾게도, 여태까지 잠자코 듣고만 있던 테스는 더 이상 그 말을 들을 수가 없었다. 자기가 한 말을 자기 부모조차 믿어주지 않는다는 것을 느끼자 이제껏 느껴본 적이 없는 반감이 치솟았다. 이 얼마나 기막힌 운명의 화살인가! 아버지마저 자기를 의심하는데, 하물며 이웃 사람들이나 친구들은 얼마나 그녀를 믿어줄까? 아, 나는 이제 내 집에도 오래 있을 수 없게 됐구나!

그래서 테스는 며칠 동안만 집에 있기로 작정했다. 집에 있기로 정한 날짜가 끝나갈 무렵, 클레어한테서 짤막한 편지 한 통이 왔다. 농장을 둘러보러 영국의 북부 지방으로 떠난다는 내용이었다. 클레어의 아내로서의 영광스런 그 자리가 그립기도 하고, 또 부모에게 자기들 사이를 갈라놓은 커다란 틈을 숨기고 싶기도 해서, 테스는 그 편지를 구실로 삼아 다시 집을 떠나기로 했다. 그녀는 부모에게는 남편에게로 돌아가는 듯한 인상을 주었다. 그리고 클레어가 자기를 매정하게 대한다는 비난을 막기 위해, 클레어 같은 사람의 아내라면 그만한 돈쯤은 아무것도 아니라는 듯 그에게서 받은 돈 50파운드 중에서 25파운드를 떼어 어머니에게 주고서, 지난 몇 해 동안 부모에게 끼친 심려와 굴욕에 대한 변변치 않은 보답이라고 말했다. 이렇게 자기 체면을 세우고 나서 테스는 부모와 작별했다. 그런 후 얼마 동안 더비필드네 가정은 테스가 주고 간 선물 덕분에 활기가 감돌았다. 그리고 테스의 어머니는 그들 젊은 부부 사이에 생긴 불화는 그들이 헤어져서는 살 수 없는 강한 애정 때문에 저절로 화해가 되었다고 말했고, 사실 자신도 그렇게 믿고 있었다.

39 결혼한 지 3주일이 지나고 나서야 클레어는 아버지의 목사관으로 가는 낯익은 언덕길을 내려가고 있었다. 아래쪽에 서 있는 교회의 탑이 어째서 돌아왔느냐고 힐문하듯 저녁 하늘 속에 우뚝 솟아 있었다. 땅거미가 짙어가는 마을의 거리에는 그를 알아보는 사람은 아무도 없었고, 더구나 그가 돌아오는 것을 기다리고 있는 사람은 없었다. 그는 유령처럼 소리없이 집 가까이에 이르렀다. 그는 자기의 발자국 소리마저 귀찮은 방해물로 생각되어 없애버리고 싶었다.

인생을 바라보는 그의 태도는 변해 있었다. 전에는 사색을 통해 인생이란 걸 배워왔지만, 이제 자기는 실제의 경험을 통해 인생을 배우고 있다고 그는 생각했다. 하기야 아직도 인생이란 것이 무엇인지를 모르고 있는지도 모르지만. 그러나 그의 눈에 비친 인생은 이제 이탈리아 예술품의 영상적인 아름다움에 싸여 있는 것이 아니라 비어츠 미술관(벨기에의 역사 화가 비어츠의 작품을 소장하고 있는 미술관으로, 브뤼셀에 있음)의 그림과 같이 사람을 노려보는 무서운 태도와 밴 비어스(벨기에의 화가)의 습작에서 볼 수 있는, 짓궂은 눈길로 흘겨보고 있는 모습이었다.

처음 몇 주 동안의 그의 행동은 뭐라 말할 수 없을 정도로 산만했다. 마치 별다른 일은 일어나지 않은 것처럼 고금(古今)의 위대한 성현들이 권장하는 태도로 기계적으로 농업 계획을 추진해보려 했으나,

클레어는 이런 위대한 성현들 중에는 그 가르침이 실제로 효력이 있는지 없는지를 시험해볼 만큼 자기를 초월한 사람은 거의 없다는 결론을 얻었다. "이것이 가장 중요한 점이니, 마음을 어지럽히지 말라" 하고 이교도인 도덕가(스토아 학파의 철학자이자 제16대 로마 황제였던 마르쿠스 아우렐리우스)는 말했다. 그것은 바로 클레어 자신이 하고 싶은 말이었다. 그러나 그는 마음이 어수선했다. "너희는 마음에 근심하지 말고 두려워하지도 말라" 하고 나사렛의 예수는 말했다. 클레어는 그 말에 찬동했다. 그러나 그의 마음은 여전히 근심에 가득 차 있었다. 클레어는 이 두 위대한 사상가를 직접 만나서 동지에게 묻듯 그들의 가르침을 실천할 수 있는 방법을 가르쳐달라고 성의를 다하여 조르고 싶은 마음이 얼마나 간절했는지 모른다!

그의 심정은 자연히 고집스럽고 무관심하게 변하여, 마침내 자기 자신의 존재를 방관자와 같은 소극적인 태도로 바라보고 있다는 생각마저 하게 되었다. 이런 모든 슬픔도 테스가 더버빌 가의 딸이라는 인연에서 비롯되었다는 생각이 들자, 그는 더욱 괴로웠다. 테스가 몰락한 양반의 후손이고, 그가 그리워하던 새로운 세대의 집안 자식이 아니라는 사실을 알고도 왜 그는 평소에 품고 있던 자기 생각을 충실히 지켜 그녀를 냉정하게 버리지 못했는가? 그건 결국 클레어가 변절했기 때문에 받는 고통이니 그런 꼴을 당해도 어쩔 수 없는 노릇이었다.

그는 피곤하고 근심이 더해갔다. 그녀에 대한 자기의 처사는 너무나 부당했는지도 모른다는 생각이 들자, 그는 입맛을 잃었고 맛도 모르면서 술을 마셨다. 시간이 흐름에 따라 지난날의 모든 행동 하나하나가 눈앞에 선하게 떠오르고, 테스를 가지고 싶었을 때 그 생각 속에 그의 모든 계획과 말과 수단이 얼마나 밀접하게 관련되어 있었는가를 클레어는 깨달았다.

여기저기 떠돌아다니다가 클레어는 어느 조그만 마을의 변두리에서, 브라질 제국이 이민하는 농민에겐 안성맞춤의 고장이라는 것을 선전하는 울긋불긋한 광고가 나붙어 있는 것을 보았다. 브라질에서는 굉장히 유리한 조건으로 땅을 나누어준다는 것이었다. 브라질은 새로운 구상으로 클레어의 흥미를 끌었다. 그곳은 풍토나 사상, 습관, 법률이 다른 곳이므로 이 나라에서 테스와 함께 사는 것을 방해하는 원인이라도 그 나라에서는 별로 영향이 없을지도 모른다. 그렇다면 결국 그곳에서 테스와 함께 살 수 있을 것이다. 간단히 말해 출발 날짜도 눈앞에 다가와 있었으므로, 클레어는 그곳으로 떠나고 싶은 생각에 마음이 들떴다.

클레어는 이런 생각을 품고 부모에게 자기의 계획을 밝히기 위해 에민스터로 돌아오는 길이었다. 그리고 테스를 데리고 오지 않은 이유는 지금 자기들이 따로 헤어져 있는 이유를 알리지 않는 한에서 적당히 변명할 생각이었다. 그가 집앞에 다다르자 초생달 빛이 그의 얼굴을 비추었다. 달빛은 언젠가 그가 테스를 안고 강을 건너 수도자들의 묘지로 가던 그날 새벽녘에 비춰주던 그믐달 빛과 같았지만 그의 얼굴은 그때보다 더 여위어 보였다.

클레어는 부모에게 미리 기별을 해놓지 않았었다. 따라서 그의 갑작스런 방문은 마치 새가 잔잔한 연못 속으로 뛰어들어 연못에 파문을 일으켜놓듯이 목사관의 조용한 분위기를 뒤집어놓았다. 마침 부모는 두 분 다 응접실에 계셨지만 형들은 모두 집에 없었다. 엔젤은 방으로 들어가 조용히 문을 닫았다.

그의 어머니가 소리쳤다.

"그런데 애야, 네 신부는 어디 있느냐? 어쩌면 사람을 그렇게 놀라게 하니!"

"잠시 자기 집에 다니러 갔어요. 제가 이번에 브라질로 떠나기로 작정해서 부랴부랴 서둘러 집에 다니러 온 겁니다."

"브라질로 가겠다고! 거기 사람들은 틀림없이 카톨릭을 믿는 사람들일 게다!"

"그래요? 전 그것까진 미처 생각을 못 했군요."

클레어 부부는 엔젤이 카톨릭교의 나라로 간다는 데 대해 불안하고

궁금하지 않은 것은 아니었지만, 아들의 결혼에 대한 부모의 당연한
관심을 오래 참고 있을 수는 없었다.

"네가 결혼하겠다는 간단한 편지를 3주일 전에 받았기에, 너도 알
다시피 아버지께서 네 대모가 네 신부에게 주는 선물을 보냈었다. 그
애의 친정이 어딘지는 모르겠다마는, 신부 집에서가 아니라 목장 집
에서 결혼식을 올리겠다고 해서 집안에서는 아무도 가지 않았는데,
물론 그건 잘한 일이었지. 우리가 네 결혼식에 갔다면 너도 거북스러
웠을 것이고, 또 우리도 그다지 기쁘진 않았을 테니까. 네 형들도 그
점이 꺼림칙한가 보더라. 이젠 다 지난 일이니 뭐 별로 불만은 없단
다. 게다가 네가 목사가 되는 대신에 택한 네 일에 적합한 아가씨라니
더 말할 것이 있겠니. 하지만 얘야, 나로서는 그 아가씨를 미리 만나
보고 또 좀더 자세히 알아보았더라면 좋았을 텐데, 하고 좀 아쉬운 생
각이 드는구나. 나나 네 아버지는 그애가 뭘 좋아하는지 몰라 따로 선
물을 보내지 않았다마는, 그건 그저 좀 늦어진다고 알아주렴. 나나 네
아버지가 이번의 네 결혼을 노엽게 여기고 있는 건 아니니까 말이다.
다만 네 신부를 직접 만나볼 때까지는 미리 그애를 좋아하지 않으려
했을 뿐이지. 그런데 그애를 데리고 오지 않다니, 좀 이상하지 않느
냐? 혹시 무슨 일이라도 있었니?"

엔젤은 자기가 이곳에 와 있는 동안 그녀는 잠시 친정에 가 있는
것이 좋을 것 같아서 그렇게 했다고 대답했다.

"어머니, 말씀드리겠습니다만, 그 사람이 어머니 앞에 떳떳하게 나
타날 수 있을 때까진 집에 데려오지 않기로 생각했거든요. 그런데 브
라질로 가겠다는 그 결정은 바로 최근에 생각한 거예요. 만일 제가 떠
나게 된다면 이번은 초행길이고 해서 그 사람을 데리고 가기엔 좀 바
람직하지 못한 것 같군요. 그래서 제가 돌아올 때까진 친정에 가 있기
로 했습니다."

"그러면 네가 떠나기 전에 그애를 볼 수 없단 말이냐?"

클레어는 그렇게 될 것이라고 대답했다. 그가 이미 말했던 것처럼

당초의 계획은 테스를 당분간 집으로 데려오지 않으려는 것이었다. 부모의 편견이나 감정을 어떻게든 건드리고 싶지 않았기 때문이고, 그것을 고집하는 데에는 그 밖에도 이유가 있었다. 그는 만일 당장 떠난다 해도 1년 안에 다시 집에 돌아올 생각이며, 자기가 다시 테스와 함께 브라질로 떠나기 전에 그녀를 인사시켜 드리겠다고 했다.

서둘러 저녁상이 들어왔고, 클레어는 자기 계획을 좀더 차근차근 설명했다. 신부를 보지 못한 어머니의 섭섭한 마음은 좀처럼 풀리지 않았다. 아들의 결혼을 앞두고 만났을 때, 테스에 대한 클레어의 칭찬은 클레어 부인의 어머니다운 마음을 움직여 마침내 조그만 마을에서 예수가 태어난 것처럼 톨보데이스 목장 같은 데서도 아리따운 여자가 나올 수 있을 거라고 생각했었다. 부인은 식사하고 있는 아들을 지켜보았다.

"애야, 그애가 어떻게 생겼는지 말로 설명할 순 없겠니? 물론, 무척 예쁘겠지?"

"그야 말한 나위가 있나요!" 엔젤은 괴로움을 떨쳐버리려는 듯이 열띤 소리로 말했다.

"그리고 말할 것도 없이 순결하고 정숙하겠지?"

"물론 순결하고 정숙하지요."

"그애의 모습이 뚜렷이 보이는 듯하구나. 언젠가 네가 말한 적이 있었지. 몸매는 날렵하면서도 통통하고, 입술은 큐피드의 활처럼 붉고, 눈썹과 속눈썹은 까맣고, 굵직한 닻줄처럼 탐스러운 머릿단에 시원스럽게 생긴 눈은 푸른빛, 보랏빛, 검은빛이 뒤섞여 반짝인다고 말이다."

"네, 어머니, 그랬었지요."

"그애를 눈앞에 보는 것만 같구나. 그리고 그렇게 외진 곳에서 살았다니, 그애는 자연히 널 만나기까지는 다른 젊은 사내들을 별로 만나보진 못했겠구나."

"별로 없었던가 봅니다."

"네가 그애의 첫사랑이었겠지?"

"네, 물론이죠."

"세상에는 그렇게 순박하고 입술이 붉은 건강한 시골 아가씨들보다는 마음씨 나쁜 여자들이 더 많단다. 내가 이렇게 바라는 것도 무리는 아닐 거다. 아들이 농업가가 되려고 하는 이상 며느리도 농사일에 익숙해야 할 건 당연한 일이지."

아버지는 별로 캐묻지는 않았다. 그러나 저녁 기도에 앞서 언제나 읽는 성경 낭독 시간이 되자 목사는 부인에게 말했다.

"엔젤도 집에 오고 했으니 오늘은 여느 때 낭독하던 대목보다는 〈잠언〉 제31장을 낭독하는 게 어떻소?"

"네, 그게 좋겠군요" 하고 부인이 말했다. "레무엘 왕의 말씀 말이죠? 남편 못지않게 부인도 성경 구절을 인용할 줄 알았다. 애야, 네 아버지께서 정숙한 여인을 찬양한 〈잠언〉 구절을 읽어주시겠단다. 그 구절은 말할 것도 없이 지금 이 자리에 없는 네 신부에게 알맞은 말씀이지. 하느님, 무슨 일에나 그애를 보살펴주옵소서!"

클레어는 가슴이 뭉클해옴을 느꼈다. 운반용 작은 독경대(讀經臺)를 구석에서 꺼내어 벽난로 가까이 방 가운데로 옮겨놓았다. 늙은 두 하인이 들어오자, 아버지는 앞서 말한 장(章)의 10절을 읽기 시작했다.

"누가 현숙한 여인을 찾아 얻겠느냐? 그 값은 진주보다 더 하니라. ……밤이 새기 전에 일어나서 그 집 사람에게 식물을 나눠주며……힘으로 허리를 묶으며 그 팔을 강하게 하며 자기의 무역하는 것이 이로운 줄을 깨닫고 밤에 등불을 끄지 아니하고……그 집안일을 보살피고 게을리 얻은 양식을 먹지 아니하나니 그 자식들은 일어나 사례하며, 그 남편은 칭찬하기를, 덕행 있는 여자가 많으나 그대는 여러 여자보다 뛰어난다 하느니라."

기도가 끝나자 어머니가 말했다.

"지금 네 아버지가 읽으신 말씀 중 몇 구절은 네가 택한 여인에게 적합한 말씀이라고 생각지 않을 수 없구나. 완전한 여자란 일 잘하는 여자를 두고 하는 말이란다. 게으른 여자나 얼굴 잘난 여자가 아니라 손과 머리와 마음을 써서 남을 도와주는 여자야. '그 자식들은 일어나 사례하며, 그 남편은 칭찬하기를, 덕행 있는 여자가 많으나 그대는 여러 여자보다 뛰어난다 하느니라' 하듯이, 글쎄 얘야, 그애를 만나보았더라면 좋았을걸. 그애가 순결하고 정숙하다니 난 그것으로 만족한다."

클레어는 더 이상 참을 수 없었다. 그의 두 눈엔 마치 녹아내리는 납물 같은 눈물이 가득 괴었다. 그는 진정으로 사랑하는, 성실하고 순박한 부모에게 서둘러 밤인사를 드렸다. 그들은 세상도, 욕정도, 그의 마음속에 숨어 있는 악마조차 모르고 있었다. 그런 것들은 그저 막연해서 자기네들과는 아무 상관이 없는 것으로 느낄 따름이었다. 그는 자기 방으로 돌아왔다.

어머니는 아들의 뒤를 따라와 그의 방문을 두드렸다. 클레어가 방문을 열자 어머니가 근심어린 눈빛으로 문밖에 와서 서 있었다.

"얘야, 그렇게 서둘러 방을 나가다니 뭐 언짢은 일이라도 있니? 확실히 넌 여느 때하곤 다르구나."

"네, 어머니, 사실 그래요."

"그애 때문이지? 얘야, 난 알고 있다. 그애 때문이라는 걸 난 알고 있어! 겨우 3주일밖에 안 됐는데 다투기라도 했니?"

"뭐 꼭 싸웠다고 할 순 없구요, 의견이 좀 맞질 않아서……."

"엔젤, 그앤 내력을 조사해보아도 괜찮은 여자겠지?"

클레어 부인은 어머니로서의 육감으로 아들의 마음을 어지럽히고 있는 가장 아픈 곳을 찔렀다.

"그 사람은 흠잡을 데 없는 여자예요" 하고 그는 대답했다.

그는 당장 지옥으로 떨어지는 한이 있더라도 끝까지 그 거짓말을 되풀이했을 것이다.

"그렇다면 다른 건 염려할 것 없다. 때묻지 않은 시골 처녀만큼 깨끗한 여자는 별로 없으니까. 처음엔 교양 있는 네 비위에 거슬리는 미숙한 점이 있더라도 같이 살면서 배우게 되면 차차 나아질 게다."

　이처럼 맹목적으로 아량을 베푸는 어머니의 지독한 빈정거림은 이 결혼 때문에 자기 신세를 완전히 망쳐버렸다는 부차적인 생각을 절실히 하게 했다. 이런 생각은 그녀의 고백을 들을 때에는 느끼지 못한 것이었다. 사실 그는 자기 자신의 장래 같은 것엔 별로 괘념치 않았지만 부모와 형들을 위해서는 적어도 체면은 지키고 싶었다. 그가 촛불을 바라다보니 촛불은 분별 있는 사람들을 비추지 얼간이나 패배자의 얼굴 따위는 비추기 싫다는 듯 말없이 빛을 내뿜고 있었다.

　안정을 되찾자 그는 자기로 하여금 부모에게 거짓말을 하지 않을 수 없게 만든 가엾은 아내가 때로는 원망스럽기도 했다. 그는 그녀가 한 방 안에 있는 것처럼 화가 치밀어 그의 거동은 짐짓 분풀이를 하는 사람 같았다. 그러자 어둠 속에서 구슬프게 애원하듯 속삭이는 테스의 목소리가 들렸고, 그녀의 보드라운 입술이 이마를 스치는 것 같았고, 온 방에서 그녀의 따스한 숨결을 느끼곤 했다.

　그날 밤, 그가 업신여기는 테스는 남편이 얼마나 훌륭하고 착한 사람인지를 생각했다. 그러나 그들 두 사람의 머리 위에는 엔젤 클레어가 느꼈던 그림자, 즉 그 자신이 가진 약점의 그림자보다 짙은 그림자가 덮여 있었다. 모든 일을 혼자 힘으로 처리하려고 했던 지난 25년간의 표본적인 산물이라고 할 수 있는, 진보적이고 훌륭한 의지를 가지고 있는 이 청년도 갑자기 어린 시절의 가르침으로 되돌아가면 습관과 인습의 노예가 되고 말았다. 테스의 도덕적 가치는 이미 저지른 그녀의 행실에 있는 게 아니라 정신에 있으므로, 죄악을 미워하는 다른 여자들과 마찬가지로 본질적으로 그의 젊은 아내에게도 레무엘 왕의 칭찬을 받을 만한 도덕적 가치가 있다는 사실을 클레어에게 가르쳐준 예언자도 없었고, 또한 예언자도 아닌 그가 자기 자신에게 그렇게 타이를 수도 없었다. 게다가 이런 경우, 눈앞에 있는 존재는 가리워진 것 없이 나쁜 면만을 모두 드러내 보이므로 손해를 보기 쉬운 반면, 멀리 떨어져 있는 존재는 어렴풋한 모습만을 보이므로 그 결점도 예술적 아름다움으로 미화되어 덕을 보는 법이다. 그는 지나치게 테스의 결점만을 생각한 나머지 그녀의 참모습을 보지 못했고, 결점 있는 사람이 오히려 완전한 사람보다 나을 때가 있다는 사실을 잊어버리고 있었다.

40 아침 식사 때에는 주로 브라질에 관한 이야기가 화제에 올랐다. 브라질로 이민 갔다가 1년 안에 되돌아온 농부들의 비관적인 소문이 있었지만, 모두들 엔젤이 그 나라에 가서 해보려는 계획을 애써 낙관적인 것으로 보려고 했다. 아침 식사를 마치고 나서 클레어는 작은 읍내로 나가 자기와 관계 있는 자질구레한 일들을 정리하고, 은행에 예금해둔 돈을 다 찾았다. 집으로 돌아오는 길에 교회당 옆에서 머시 찬트 양을 만났는데, 갑자기 교회당 벽에서 뛰쳐나온 듯한 대면이었다. 그녀는 자기의 학생들에게 나누어줄 성경책을 한아름 안고 있었다. 남에게 괴로움을 주는 일도 오히려 자기에게는 행복한 미소를 가져다 준다는 것이, 그녀가 인생을 대하는 태도였다. 엔젤의 의견으로는, 그것은 신비주의에 의해 인간성을 교묘하고 부자연스럽게 희생시켜서 얻은 결과이긴 했지만 부러운 것이었다.

클레어가 곧 영국을 떠난다는 이야기를 들어서 알고 있는 그녀는 그건 대단히 훌륭하고 유망한 계획이라고 감탄했다.

"물론 상업상으로 본다면 꽤 유망한 계획이라고 할 수 있겠죠. 머시, 하지만 떠난다는 건 이제까지의 생활의 연속이 뚝 끊어지는 걸 뜻하는 셈이지요. 차라리 수도원이 나을지도 몰라요."

"수도원이라구요! 어머나, 엔젤 클레어 씨!"

"왜요?"

"왜라니요? 당신은 참 나쁜 사람이군요. 수도원 하면 수도승을 뜻하는 거고, 수도승은 로마 카톨릭을 뜻하잖아요?"

"그렇다면 로마 카톨릭교는 죄악을 뜻하고, 죄악은 파멸을 뜻하겠군요. 그래서, 엔젤 클레어여, 그대는 위태로운 지경에 이르렀도다, 이 말씀인가요?"

"전 제가 믿는 신교를 영광으로 생각하고 있어요." 그녀는 신랄하게 말했다.

그러자 클레어는 뿌리 깊은 불행 때문에 인간이 자기의 참된 주의마저 경멸하지 않고서는 못 배기는 악마와 같은 심정에 사로잡혀, 머시를 가까이 불러 그가 할 수 있는 가장 이단적인 생각을 그녀의 귀에 악마처럼 속삭여주었다. 머시의 아름다운 얼굴에 나타난 두려운 기색을 보고 그는 순간적으로 웃음을 터뜨렸다. 그러나 그 웃음도 자기의 행복을 생각하는 염려와 괴로움으로 이내 사라져버렸다.

"머시, 용서해주시오. 난 미칠 것만 같소!" 그가 말했다.

그녀도 그가 그런가 보다고 생각했다. 이렇게 그들의 우연한 상봉은 끝났고, 클레어는 다시 목사관으로 돌아왔다. 그는 보다 행복한 날이 이를 때까지 보석을 마을의 은행에 맡겨두었다. 그리고 몇 달 후에 테스에게 필요할지도 몰라 30파운드를 예금해두었다. 블랙무어 골짜기의 부모집에 가 있는 그녀에게 이런 사실을 편지로 알렸다. 이 금액은 그가 이미 그녀에게 준 50파운드 정도의 돈과 합치면 당분간 씀씀이에 그다지 궁하지 않으리라 생각했다. 그리고 특히 급한 일이 생기면 그의 아버지에게 연락하도록 일러두기도 했다.

클레어는, 부모에게 테스의 주소를 안 알려 그녀와 편지 연락을 하지 않게 하는 것이 상책이라고 생각했다. 그리고 그의 부모도 아들 부부의 사이가 멀어진 이유를 모르고 있었으므로 구태여 테스의 주소를 알려고 하지도 않았다. 그는 이왕 끝낼 것은 빨리 끝내는 것이 좋을 것 같아 그날 안으로 목사관을 떠났다.

영국의 이 고장을 떠나기 전에 해야 할 마지막 의무로서 클레어는 신혼 3일을 테스와 함께 머물렀던 웰브리지의 농가를 방문해야 했다. 약간의 방세를 치르고, 그들이 사용했던 방의 열쇠도 돌려주어야 하고, 그들이 남겨두고 온 몇 가지의 사소한 물건도 가지고 와야 했기 때문이다. 그의 일생에 가장 어두운 그림자를 드리우고 그의 마음에 슬픔을 안겨준 곳이 바로 그 집 지붕 밑이었다. 그러나 그가 거실의 문을 열고 그 안을 들여다보았을 때 맨 처음 그의 머리에 떠오른 것은, 지금 같은 그날 오후 그들이 도착했을 때의 행복한 장면이었다. 이제야 함께 한 지붕 밑에서 살게 되었다는 최초의 기쁨과 함께 처음으로 했던 식사와, 난롯가에서 손을 마주잡고 속삭이던 아름다운 장면들이었다.

클레어가 찾아갔을 때 농부 부부는 밭에 나가고 없었기에 그는 한동안 방안에서 혼자 기다렸다. 생각지도 못했던 감정이 새삼스레 솟구쳐 올라와서 그는 한 번도 함께 써보지 못한 위층의 테스의 침실로 올라갔다. 침대는 테스가 떠나던 날 아침 손수 손질했던 그대로 깨끗하게 정돈되어 있었다. 겨우살이 덩굴도 그가 걸어놓았던 침대 포장 밑 그 자리에 매달려 있었다. 서너 주일 동안 그대로 있었으므로 그것은 색깔이 바래고 잎사귀와 열매도 시들어 있었다. 엔젤은 그것을 떼어서 벽난로 속에 쑤셔넣었다. 그곳에 서 있게 되자 처음으로 그는 이번의 곤경에 서 자기가 취한 행동이 과연 현명했는지 관대했는지 의심스러운 생각이 들었다. 자기는 무자비할 정도로 맹목적이었던 건 아닐까? 그는 두서없이 떠오르는 여러 생각에 감정이 복받쳐올라 눈물을 글썽이며 침대 옆에 무릎을 꿇고 주저앉았다. "아아, 테스! 좀더 일찍이 고백해주었더라면 난 용서했을 텐데!" 하고 그는 탄식했다.

아래층에서 발자국 소리가 들리기에 그는 일어서서 층계 위로 나가보았다. 층계 아래에 웬 여자가 서 있었다. 그녀가 얼굴을 쳐들자 창백하고 눈이 검은 이즈 휴에트임을 그는 알아보았다.

"클레어 선생님, 전 선생님과 부인을 만나뵙고 인사드리려고 왔어요. 혹시 두 분이 함께 돌아오시지 않았나 해서요." 그녀가 말했다.

클레어는 이 아가씨의 비밀을 대강 알고 있었지만, 그녀는 그의 비밀을 모르고 있었다. 그를 사랑하던 정직한 처녀였고, 테스만큼이나, 아니면 거의 그녀에 못지않게 실제적인 농부의 아내가 될 수 있는 그녀였다.

"난 혼자 있소. 우린 지금 여기서 살지 않거든요."

그는 자기가 여기 온 이유를 설명하고 물었다.

"이즈, 어느 길로 해서 집엘 가오?"

"선생님, 전 지금 톨보데이스 목장에 있지 않아요."

"그건 왜 그렇소?"

이즈는 머리를 숙였다.

"거긴 너무 쓸쓸해서 떠나왔어요! 지금은 이 근처에 와 있어요."

그녀는 반대쪽을 가리켰다. 그곳은 클레어가 지금 가려고 하는 방향이었다.

"그래, 지금 거기로 가려오? 원한다면 마차로 태워다 주지요."

올리브 빛깔로 이즈의 얼굴이 상기되었다.

"클레어 선생님, 감사합니다."

클레어는 곧 농부를 만나 방세를 치르고, 갑자기 집을 떠나는 바람에 의논하지 못한 몇 가지 문제도 아울러 해결했다. 그가 마차 있는 곳으로 돌아오자 이즈는 그의 옆자리로 올라탔다.

"이즈, 영국을 떠나게 됐소. 브라질로 갈 작정이오." 그가 마차를 몰며 말했다.

"그럼 부인도 브라질로 가시는 걸 찬성하나요?" 그녀가 물었다.

"그 사람은 이번엔 안 가요……. 한 1년 동안은 떨어져 있게 될 거요. 그곳의 생활이 어떤지 우선 살피러 가는 길이니까."

그들은 동쪽으로 꽤 멀리 달렸다. 이즈는 아무 말도 하지 않았다.

"다른 아가씨들은 어떻게 지내지요? 레티도 궁금하고요." 그가 물었다.

"제가 그애와 헤어질 때 그앤 일종의 신경쇠약 상태에 있었어요. 너무 여위어 볼이 푹 꺼져 마치 폐병 환자 같은 꼴이었어요. 이젠 그앨 좋아할 남자는 하나도 없을 거예요." 이즈는 건성으로 말했다.

"그럼, 마리안은?"

이즈는 목소리를 낮추었다.

"마리안은 술을 마신대요."

"정말이오!"

"그럼요. 그래서 주인이 내보낸 거예요."

"그리고 아가씨도!"

"전 술을 마시지도 않고 폐병쟁이도 아니에요. 하지만 요즘은 아침 식사 전에 한 곡조 멋지게 뽑질 못하겠어요!"

"그건 또 웬일일까? 전엔 아침에 젖을 짤 때면 〈큐피드의 정원에서〉니 〈재봉사의 바지〉 같은 노래들을 참 멋지게 부른 것 기억나지 않소?"

"그럼요, 생각나죠! 선생님이 처음 오셨을 때에는 그랬지요. 하지만 오시고 난 후로는 부르지 않았어요."

"어째서 그만두었나요?"

대답 대신 이즈의 까만 눈이 클레어의 얼굴을 쳐다보며 반짝였다.

"이즈! 마음이 어찌 그리 약해요, 나 같은 사람을 두고!" 그는 잠시 생각에 잠기더니 말했다. "그럼 내가 결혼해달라고 했더라면 이즈는 어땠을까?"

"만일 그러셨다면 전 '네'라고 대답했을 거예요. 그러면 선생님은 선생님을 사랑하는 여자와 결혼하셨을 거예요."

"그게 정말일까!"

"그렇고말고요!" 하고 그녀는 열정적으로 소곤거렸다. "오, 맙소사! 여태 그것도 짐작하지 못하셨군요!"

이윽고 그들은 어느 마을로 들어가는 갈림길에 도착했다.

"전 여기서 내려야 해요. 저기 살고 있으니까요." 조금 전 사랑을 고백한 후로는 아무 말 없이 잠자코 있다가 이즈가 불쑥 말했다.

클레어는 말의 속도를 늦추었다. 그는 사회의 법칙에 심한 반감을 품고 자기의 운명을 저주했다. 왜냐하면 사회의 법칙이니 운명이니 하는 것은 그를 궁지에 몰아넣고는 정당하게 거기서 빠져나갈 방도를 마련해주지 않았기 때문이다. 이렇게 올가미를 쓰고 인습의 채찍을 받아들이느니보다는 차라리 자기의 가정 생활을 아무렇게나 해버림으로써 사회의 질서에 복수하지 못하는 것일까?

"이즈, 난 혼자서 브라질로 가기로 한 거요. 단지 떠나야 하기 때문이라기보다는 난 개인 사정으로 아내와 헤어졌소. 다시는 그 사람하고 같이 살게 되진 않을 거요. 나로서는 이즈를 사랑할 처지는 못 될지 모르지만……그 사람 대신 나하고 같이 가지 않겠소?"

"진심으로 제가 함께 가주기를 원하시는 거예요?"

"그럼, 너무 골탕을 먹고 보니 나도 이젠 속 편하게 살고 싶어지오. 이즈는 적어도 이해 타산을 떠나서 나를 사랑해줄 수 있을 거요."

"네, 가겠어요." 잠깐 머뭇거리다가 이즈가 말했다.

"따라가겠다고? 이즈, 그 말이 무슨 뜻인지나 알고 하는 소리요?"

"선생님이 거기 가 계시는 동안만 함께 산다는 뜻이겠죠……. 전 그걸로 만족해요."

"기억해둬요. 이제 이즈는 도덕적인 면에서는 나를 믿을 수 없다는 걸. 말해둘 게 있는데, 문명이라는, 즉 서구 문명이라는 견지에서 볼 때 그건 죄악에 속한다는 사실을 알아야 해요."

"그런 건 상관없어요. 사랑의 괴로움이 절정에 다다랐을 땐 어떤 여자든 별 도리가 없을 거예요."

"그렇다면 내리지 말고 그대로 앉아 있어요." 그는 네거리를 지나 1마일, 또 1마일을 계속해서 달렸다. 이렇다 할 애정의 표시도 나타내지 않은 채.

"이즈, 나를 진정으로, 진정으로 사랑하오?" 그가 불쑥 물었다.

"그래요. 제가 말씀드린 그대로예요. 함께 목장에서 생활하는 동안 줄곧 선생님을 사랑했었어요!"

"테스보다 더?"

그녀는 고개를 가로저었다.

"아녜요. 테스보다 더는 아녜요." 그녀가 중얼거렸다.

"어째서?"

"테스가 사랑한 것처럼 선생님을 사랑할 수 있는 사람은 없으니까요! ……그앤 선생님을 위해서라면 목숨이라도 바칠 거예요. 전 도저히 테스의 사랑에는 미치지 못해요."

페올 산상(山上)의 예언자처럼 이즈 휴에트도 이런 경우엔 심술궂은 말을 내뱉고 싶었을지도 모른다. 그러나 테스의 매력적인 성격이 그녀의 투박한 성미를 감화시켰으므로 겸손하게 테스를 칭찬하게 했다.

클레어는 말이 없었다. 뜻밖에 나무랄 수도 없는 사람한테서 솔직한 말을 듣자 그의 가슴은 미어지는 듯했다. 목구멍은 복받치는 울음이 굳어져 걸린 것 같은 기분이었다. 이즈가 한 말이 다시 그의 귓전에 들려왔다. '테스는 선생님을 위해서라면 목숨이라도 바칠 거예요. 전 도저히 테스의 사랑에는 미치지 못해요.'

"이즈, 이때까지의 실없는 얘기는 다 잊어버려요." 클레어는 갑자기 말머리를 돌리면서 말했다. "지금까지 무슨 소리를 했는지 나도 모르겠어요! 이즈가 가야 할 갈림길까지 데려다주겠소."

"모든 걸 터놓고 말씀드렸는데 이 꼴이 되다니! 아, 어떻게 참으라는 거예요? 어떻게요? 어떻게 참으란 말예요!"

이즈 휴에트는 자기가 너무 경솔했음을 깨닫고는 왈칵 울음을 터뜨리며 손바닥으로 자기의 이마를 쳤다.

"이즈는 지금 여기에 없는 사람을 위해 베푼, 사소하고 착한 일을 후회하는 거요? 아, 이즈, 그렇게 후회하여 착한 일을 더럽히지 마시오!"

그녀는 차츰 마음이 가라앉았다.

"알겠어요, 선생님. 저 역시 제가 무슨 말을 하고 있는지도 모르고 따라가겠다고 나섰었나 봐요! 이룰 수 없는 것을 바랐지 뭐예요!"

"내게는 이미 사랑하는 아내가 있거든."

"그래요, 그렇고말고요! 선생님에겐 아내가 있으세요."

그들은 반 시간 전에 지나쳤던 갈림길의 어귀로 다시 돌아왔고, 이즈는 마차에서 뛰어내렸다.

"이즈…… 제발, 제발 일시적인 내 경솔한 짓을 잊어주오!" 그가 소리쳐 말했다. "너무 분별이 없었고 생각이 모자란 짓이었소!"

"잊으라구요? 아녜요, 그럴 수 없어요! 오, 저로선 그건 결코 경솔한 짓이 아니었어요!"

그는 상처입은 이즈의 외침 속에 깃들여 있는 비난의 소리를 얼마든지 들어도 마땅하다고 생각했다. 그는 이루 말로 다할 수 없는 슬픔을 이기지 못해 마차에서 뛰어내려 이즈의 손을 붙잡았다.

"그렇지만, 이즈, 어쨌든 우린 사이좋게 헤어져야 하잖겠소? 내가 얼마나 괴로움을 참아왔는지 이즈는 알지 못할 거요!"

이즈는 정말로 마음이 너그러운 처녀였다. 그녀는 작별하는 마당에 더 이상 그에게 괴로움을 주고 싶지 않았다.

"선생님, 모든 걸 용서해드리겠어요!" 이즈가 말했다.

그는 그녀가 곁에 서 있는 동안 마음 내키지 않는 교훈자의 입장에 서서 그녀에게 말했다.

"그런데 이즈, 마리안을 만나거든 어리석은 짓은 그만두고 착한 여자가 돼야 한다고 전해주기 바라오. 그렇게 전해주겠다고 약속해줘요. 그리고 레티에게는, 세상엔 나보다 훌륭한 남자들이 얼마든지 있으니 나를 생각해서라도 어질고 바른 여자가 돼야 한다고 전해줘요. 어질고 바른, 이 말을 잊지 말고 나를 위해서라도 꼭 전해야 해요. 난 다시는 그들을 만나지 못하게 될 테니, 죽어가고 있는 사람이 죽어가고 있는 사람에게 전하는 심정으로 이 말을 전해줘요. 그리고 이즈, 이즈는 내 아내를 바르게 평가해줌으로써 어리석고 성실치 못한 짓을 저지르려던 유혹에서 나를 구해준 사람이오. 여자들이란 심술 사나운 사람들일지도 모르지만, 이런 경우엔 사내들처럼 그렇게 나쁜 사람들은 아닌가 보오! 이 한 가지만으로도 난 이즈를 잊을 수 없을 거요. 언제까지나 지금처럼 착하고 성실한 아가씨가 돼줘요. 그리고 애인으로서는 무가치하지만 친구로서는 믿을 수 있는 사람으로 나를 기억해 줘요. 자, 약속하시오."

이즈는 약속했다.

"선생님, 하느님의 가호와 축복이 있으시기를 빌겠어요. 안녕히 가세요!"

그는 마차를 몰고 가버렸다. 이즈는 갈림길로 접어들고 클레어의 모습이 사라지자 가슴이 찢어지는 듯한 괴로움을 견디지 못해 둑 위에 주저앉았다. 이날 밤늦게 어머니가 사는 오두막 집으로 들어설 때의 그녀의 얼굴은 피로에 지친 듯 이상하게 보였다. 엔젤 클레어와 헤어지고 나서 집에 도착할 때까지의 어두운 몇 시간을 이즈가 어떻게 보냈는지를 알고 있는 사람은 아무도 없었다.

클레어도 이즈와 작별하고 나서 가슴 아픈 생각에 잠겨 입술이 떨렸다. 그러나 그의 슬픔은 이즈 때문은 아니었다. 이날 저녁, 그는 자칫 가장 가까운 정거장으로 가는 길을 버리고, 자기와 테스의 고향 사이를 갈라놓고 있는 남부 웨섹스의 높은 산등성이를 넘어 마차를 몰 뻔했다. 그곳으로 그를 가지 못하게 막은 것은 테스를 무시했기 때문이라든가 그녀의 마음의 상태를 짐작해서가 아니었다.

결코 그런 것들 때문은 아니었다. 이즈가 말한 대로 테스가 그를 사랑하는 것은 사실이었지만 그녀의 과실은 되돌릴 수 없다는 생각이 떠올랐기 때문이다. 클레어의 생각이 애초부터 옳았다면 그것은 지금도 옳다. 그리고 클레어가 테스를 용서할 수 없다는 강한 생각은, 이날 오후에 이즈가 한 말보다 더 강하고 지속적인 힘을 가지고 있었으므로 마음이 변하지 않는 한 도저히 굽혀지진 않을 것이다. 그렇게 하려고만 한다면 클레어는 당장이라도 테스에게 돌아갈 수 있었다. 그날 밤, 그는 런던행 기차를 탔다. 그리고 닷새 후에는 출항할 항구에서 형들과 작별의 악수를 나누었다.

41 앞 장(章)에서 말한, 겨울에 일어났던 사건들로부터 클레어와 테스가 헤어진 지 여덟 달 남짓 지난 10월의 어느 날로

이야기를 옮기기로 하자. 그 후 테스는 완전히 달라진 처지에 놓여 있었다. 상자나 트렁크를 남에게 나르게 하는 신부가 아니라 신부가 되기 전처럼 손수 바구니나 보따리를 들고 다니는, 의지할 데 없는 여자가 되었다. 이 시련의 기간을 편히 지내도록 남편이 마련해준 넉넉한 돈도 거의 떨어져 돈지갑은 납작해졌다.

또다시 고향 말로트 마을을 등진 그녀는 봄과 여름철 대부분을 포트 브레디 근처의 목장에서 보냈다. 그녀는 힘들지 않은 일에 임시로 고용되어 지냈기에 몸은 그다지 고달프지 않았다. 이 목장은 블랙무어 골짜기의 서쪽에 있었고, 그녀의 고향과 톨보데이스 목장만큼이나 멀리 떨어져 있었다. 테스는 클레어가 준 돈으로 살아가느니보다는 목장에서 일하며 살고 싶었다. 그녀의 정신은 몹시 불안한 상태에 있었는데, 그녀가 기계적으로 하는 일은 이런 불안을 막아주기는커녕 도리어 조장했다. 그녀의 의식은 다른 목장, 다른 계절, 그녀와 함께 지냈던 그리운 이——차지하자마자 꿈속에서 나타났던 사랑처럼 홀연히 사라지고 만 연인에게 달려가곤 했다.

목장의 일은 우유가 덜 나오기 시작할 무렵까지만 가능했다. 톨보데이스 목장에서처럼 다시는 정식 일자리를 구할 수 없어 임시로 일해야 했기 때문이다. 그러나 이제 막 추수기가 시작된 터여서 목장에서 밭으로 일자리를 옮기기만 하면 앞으로 얼마든지 일자리를 구할 수 있었고, 그 일은 추수가 끝날 때까지 계속될 것이었다.

클레어가 준 50파운드 중에서 심려를 끼친 사례로 부모에게 25파운드를 떼어주고서도 아직 25파운드가 테스의 수중에 남아 있었다. 테스는 그 돈에 별로 손을 대지 않았다. 그러나 불행히도 요즈음 계속해서 비가 오는 바람에 할 수 없이 그 돈을 써야 했다. 물론 그녀는 그 돈을 쓰기가 아까웠다. 엔젤이 그녀를 위해서 반짝이는 새돈으로 은행에서 찾아다 그녀의 손에 쥐어준 돈이었기 때문이다. 그 돈 한닢 한닢은 엔젤의 따스한 손길이 닿아 정화된, 그녀에게 남겨진 기념품 같은 것, 클레어와 자기 자신의 경험으로 이루어진 산 내력을 지니고 있는 것 같았다. 그래서 그 돈을 써버린다는 것은 그의 유품을 버리는 것이나 마찬가지였다. 그렇지만 테스는 그 돈을 쓰지 않을 수 없었다. 금화는 한닢 한닢 그녀의 수중에서 사라져갔다.

테스는 어머니에게 자기의 거처를 수시로 알렸지만 자기의 생활 형편은 숨기고 있었다. 돈이 거의 다 떨어져 갈 무렵, 어머니한테서 편지가 왔다. 사연은 집안 형편이 몹시 쪼들린다는 내용이었다. 가을비에 지붕이 온통 새어서 새로 갈아야겠는데 지난번에 갈았던 이엉의 비용도 아직 치르지 못하고 있는 처지여서 이번에도 손을 못 대고 있다는 것, 그리고 서까래와 이층의 천장도 새로 갈아야겠는데 지난번 빚진 것까지 합치면 80파운드가 필요하다는 것이었다. 그러니 남편은 돈푼이나 있는 사람이고 지금쯤 돌아와 있을 게 틀림없으니 그 돈을 좀 보내줄 수 없겠느냐는 사연이었다.

테스는 엔젤의 거래 은행에서 곧 30파운드를 송금받기로 되어 있었다. 그래, 집안 사정도 매우 딱해보이고 해서 그녀는 그 돈을 받자마자 요구대로 20파운드를 떼어보냈다. 나머지 금액으로는 겨울옷을 마련하지 않을 수 없어서, 눈앞에 닥친 궂은 날씨를 대비해 남은 돈이라고는 몇 푼 되지 않았다. 마침내 마지막 한 닢까지 바닥이 나자 돈이 더 필요하면 자기 아버지에게 부탁하라던 엔젤의 말이 생각났지만 망설이지 않을 수 없었다.

그러나 테스는 그 생각이 나면 날수록 그 짓을 하기가 싫었다. 친정 부모에게조차 오랫동안 별거를 숨기고 있는 꼼꼼한 마음, 자존심과 수치심, 그리고 뭐라 말해야 좋을지 모르겠지만 클레어를 염려하는 마음 때문에 그가 넉넉하게 돈을 주었음에도 불구하고 자기는 요즈음 몹시 궁색하다는 사연을 클레어의 부모에게 알릴 수는 없었다. 그분들은 아마 자기를 업신여기고 있을지도 모를 일이었다. 그런데 또 그녀가 구걸하는 꼴을 보인다면 더욱 업신여길 것이 아닌가! 결국 그녀는 목사의 며느리라는 여자가 시아버지에게 차마 궁색한 사연을 알릴 수는 없다는 결론을 내렸다.

남편의 부모에게 편지하기를 꺼리던 마음은 시간이 흐름에 따라 차차 사라지는 듯했지만, 친정 부모에게는 그렇지 않았다. 결혼하고 나서 잠깐 친정에 들렀다가 다시 떠나올 때, 부모는 테스가 결국 남편과 함께 살러 가는 것으로 생각하는 것 같았다. 그때부터 이때까지 테스는 남편의 브라질 여행이 빨리 끝나서 자기를 데려가거나 브라질로 오라는 편지를 보낼 테니, 어쨌든 자기들은 머지않아 가족이나 세상 사람들 앞에 어엿한 부부로서 서게 될 것이라는 한 가닥 희망을 억지로 믿고 있는 터여서, 그녀가 마음 편하게 남편을 기다리고 있다고 믿는 부모의 기대에 실망을 주지 않으려고 애썼다. 이 같은 희망을 그녀는 지금도 품고 있었다. 전번의 실수를 메울 만한 성공적인 결혼을 하여 옹색한 부모의 처지를 덜어준 덕분에 자기는 이제 자기 손으로 벌어먹고 살아야 하는, 의지할 데 없는 여자가 되었다는 사실을 부모에게 알린다는 것은 견딜 수 없는 일이었다.

테스는 그 보석들이 생각났다. 클레어가 그것을 어디에 맡겼는지 알 수 없었다. 그리고 그녀는 그 보석을 팔 수 없고 단지 사용할 수밖에 없는 것이 사실이라면 그것이 어디에 있든 상관이 없었다. 비록 그것이 명색은 분명히 자기의 것일지라도 실질적으로는 자기의 것도 아닌 것을 법적인 자격을 들먹여 자기의 소유라고 주장한다는 것은 아무리 생각해도 비열한 짓이라고 생각되었다.

한편 그녀의 남편의 나날도 결코 편안한 생활은 아니었다. 요즈음 클레어는 브라질의 큐리티바 부근의 진흙땅에서 폭우 및 그 밖의 고초를 겪고 열병으로 누워 있었다. 브라질 정부가 제공하는 조건과 영국의 고지대에서 농사를 지으며 어릴 적부터 온갖 기후의 변화에 길든 농민들이라면 브라질의 기후 변동에도 잘 이겨낼 수 있으리라는 허망한 억측을 믿고 건너간 모든 영국인 농민이나 농장 경영자들도 클레어와 마찬가지로 여러 가지 곤경에 빠져 있었다.

이야기를 다시 돌리기로 하자. 이처럼 테스가 수중에 가지고 있는 마지막 한 닢마저 써버렸을 때 빈 지갑을 채울 수 없었고, 게다가 겨울철이 다가와 일자리를 얻기가 점점 더 어려워졌다. 테스는 자기가 지니고 있는 총명하고 정력적이며 건강하고 기꺼이 일하려는 의욕 따위가 인생의 여러 면에서 얼마나 귀한 것인가를 몰랐다. 따라서 그녀는 집안에서 하는 일자리를 얻으러 찾아나서지 않았다. 그녀는 읍이나 넓은 저택, 재산이 있는 사교적인 사람들이나 순박한 티가 없는 사람들이 두려웠다. 테스가 당한 뼈저린 상처는 이같이 점잖은 집안에서 받은 것이었다. 사회라는 것은 테스가 실제로 겪은 사소한 경험에 비추어 생각하는 것보다는 좋은 것이었는지도 모른다. 그러나 그녀는 그런 사실을 믿을 수 없었고, 나쁜 환경에 처해 있는 테스로서는 그런 상류 사회 사람들에게 접근하는 것이 어쩐지 싫었다.

봄과 여름 동안 테스가 임시로 젖 짜는 일을 했던 포트 브레디 너머 서쪽에 있는 작은 목장에서는 이젠 일손이 필요 없었다. 톨보데이스 목장이라면 가서 사정만 하면 동정 때문에라도 일자리를 구할 수 있을 것이다. 그러나 그곳에서의 생활이 아무리 편하다 해도 차마 또다시 그곳을 찾아갈 수는 없는 노릇이었다. 처량하게 된 지금 신세로는 차마 그곳에 찾아갈 수가 없었고, 비록 찾아갈 수 있다 해도 모두들 우상처럼 존경하는 그녀의 남편을 욕되게 할지도 몰랐다. 그들이 자기를 동정하는 것이나 자기의 묘한 처지를 두고 서로 수군거리는 것은 참기 어려운 노릇이었다. 하기야 자기의 신상에 관해 그들 나름대로 제각기의 머릿속에서 추측하고 있는 한, 자기의 처지가 알려지는 것이 겁나지는 않았다. 자기에 대해 이러쿵저러쿵하며 서로 입방아를 찧어멜 것을 생각하니 그녀의 민감한 신경이 움츠러들었던 것이다. 그녀는 그 차이를 명백하게 설명하진 못했다. 다만 자기가 그렇게 느끼고 있다는 것을 알 뿐이었다.

테스는 지금 이 지방의 중심부에 있는 고원 지대의 어느 농장을 찾아가는 길이었다. 그곳은 여러 군데로 떠돌아다니다가 겨우 배달된 마리안의 편지를 통해 소개받은 곳이었다. 마리안은 테스가 남편과 별거하고 있다는 소식을 아마 이즈 휴에트에게서 들었던 모양이다.

그런데 지금도 술을 마시고 있지만 마음씨 착한 그녀는 테스가 곤경에 빠져 있는 줄 알고 서둘러 옛 친구에게 편지를 띄웠던 것이다. 마리안은, 자기는 지금 톨보데이스 목장을 떠나 이 고원 지대의 목장에와 있으니 테스가 그전처럼 또 품팔이를 하고 있는 처지라면 그곳에도 일자리가 있으니 한번 만나보고 싶다는 사연이었다.

나날이 해가 짧아져감에 따라 남편의 용서를 바라는 모든 희망이 그녀에게서 사라지기 시작했다. 그리고 정처없이 떠돌아다니는 그녀의 반성 없는 본능에는 어딘지 야생 동물의 습성 같은 무엇이 있어서 한 발짝 걸을 때마다 얽히고 설킨 그녀의 과거로부터 차차 멀어져 자기의 정체를 흐리게 했고, 그리고 자기의 존재가 재빨리 귀중한 사람들의 눈에 띄어 그것이 그들에게 행복이 되지는 못할지언정 자기 자신에게 행복을 주게 될지도 모르는 우연한 일이나 뜻밖의 일에는 조금도 마음을 쓰지 않았다.

테스가 외로운 생활을 하면서도 적지않게 난처했던 일 중의 하나는, 그녀의 타고난 아름다움에다 클레어에게서 배운 품위를 갖춘 매력이 조화되어 사람들의 눈길을 모으는 일이었다. 결혼 때 장만한 옷가지를 입는 동안은 사람들이 호기심어린 눈으로 쳐다봐도 거리낄 게 없었다. 그러나 일하는 여자의 일옷을 입어야 할 처지가 되자 듣기에 거북한 난잡한 말을 들은 적이 한두 번이 아니었다. 그러나 11월의 어느 날 오후까지는 그녀의 몸에 위험을 느낄 만한 일은 없었다.

그녀는 지금 자기가 찾아가고 있는 고원 지대의 농장보다는 브리트 강 서쪽에 있는 고장이 마음에 들었다. 그 이유 중의 하나는 남편의 집이 가까웠기 때문이다. 언젠가는 목사관을 방문할 마음이 내킬지도 모른다고 생각하면서, 아무도 모르게 그 근방을 돌아다닐 수 있다는 사실이 그녀를 즐겁게 했다. 그러나 높고 건조한 고원 지대에서 일해보겠다고 일단 결심한 이상, 테스는 동쪽을 향해 발길을 돌려 초크 뉴턴 마을을 향해 걸었다. 이날 밤은 거기서 묵을 생각이었다.

고르지 않은 오솔길이 길게 뻗어 있었고, 짧은 해는 어느덧 저물어

어두워졌다. 언덕 위에 다다르자 언덕 아래로 꼬불꼬불 내리뻗어 있는 희끄무레한 오솔길이 보였다. 바로 이때 뒤에서 발걸음 소리가 들리더니 이어서 한 남자가 뒤따라왔다. 그는 테스 옆으로 다가서면서 말을 건넸다.

"안녕하시오, 아가씨?"

테스도 공손하게 인사를 받았다.

주위는 거의 어두워졌지만 아직 남아 있는 하늘의 빛이 얼굴을 비추었다. 남자는 돌아서서 유심히 테스를 바라보았다.

"아니, 한동안 트랜트리지에 있던 바로 그 아가씨가 틀림없군. 더버빌 집안의 젊은 도련님과 가깝던. 지금은 거기 살지 않지만 한때 나도 거기 살았었지요."

테스는 그 남자가 전에 실례되는 말을 함부로 했다 해서 여관에서 엔젤에게 얻어맞았던, 돈푼깨나 있어 보이는 농부임을 알았다. 그녀는 온몸에 심한 고통을 느꼈고 아무 대답도 하지 못했다.

"내가 그 마을에서 했던 말이 사실이라고 솔직하게 말하시오. 당신의 애인은 내 말에 굉장히 화를 냈었지만, 여봐요, 교활한 아가씨, 그 사람이 나를 때린 데 대해선 오히려 아가씨가 나한테 사과해야 할걸."

테스에게서는 여전히 대답이 없었다. 궁지에 몰린 그녀의 영혼이 피할 곳은 단 한 길밖에 없는 듯했다. 그녀는 갑자기 뒤도 돌아보지 않고 바람처럼 몸을 달려 숲으로 통하는 농장의 문 앞까지 왔다. 그녀는 곧장 문 안으로 뛰어들어 계속 달려, 마침내 사람 눈에 띌 염려가 없을 만큼 숲이 무성한 곳까지 깊이 들어갔다.

발밑의 낙엽들이 메말라 있었다. 낙엽수 사이에서 자라고 있는 서양감탕나무 덤불의 잎사귀들이 바람 한 점 통할 틈도 없을 정도로 무성히 우거져 있었다. 그녀는 가랑잎들을 긁어모아 수북하게 쌓아놓고 그 복판에 잠자리를 만들었다. 그리고 그 속으로 기어들어갔다.

테스는 자리에 누웠지만 깊은 잠을 이루지 못했다. 문득 이상한 소리가 들리는 듯했지만 바람 소리일 거라고 생각했다. 그녀는 지금 추운 곳에 있었으나 남편은 어딘지는 모르나 멀리 떨어져 있는, 지구 어느 한 구석 따뜻한 지방에 있을 것이라고 생각했다. 테스는, 이 세상에서 자기처럼 비참한 존재가 또 있을까 하고 스스로를 향해 물었다. 그리고 자기의 일생을 돌이켜보며 "모든 것이 헛되구나" 하고 중얼거렸다. 그녀는 아무 생각 없이 이 말을 거듭거듭 되풀이했다. 그러다가 그녀는 그 생각이 요즈음 세상에는 아주 부적당한 것이라고 생각했다. 솔로몬 왕은 이미 2천여 년도 더 이전에 그런 것을 깨달았었다. 그런데 테스는 사상가들의 선두에 서 있는 것도 아니지만 그보다 훨씬 앞서서 생각하고 있었다. 만일 모든 것이 헛될 뿐이라면 그것을 마음에 둘 사람이 누가 있겠는가? 아아, 모든 것은 헛되기만 한 게 아니라 그 이상으로 가혹했다……. 부정, 벌, 강압, 그리고 죽음. 엔젤 클레어의 아내는 이마에 손을 대고 이마의 둥근 윤곽과 부드러운 살결 밑으로 뚜렷이 만져지는 눈언저리를 더듬으며, 언젠가는 이것들이 뼈만 앙상하게 드러나는 때가 오리라고 생각했다. 그리고는 "차라리 지금 그렇게 되었으면 좋겠어" 하고 중얼거렸다.

테스가 이처럼 부질없이 공상에 잠겨 있는데 나뭇잎 사이에서 또다시 이상한 소리가 들려왔다. 바람 부는 소리인가 했지만 바람은 거의 한 점도 없었다. 때로는 심장이 뛰는 소리 같기도 했고 때로는 날개를 파닥이는 소리 같기도 했다. 때로는 숨가쁜 소리 같기도 했고 물이 흐르는 소리와도 같았다. 테스는 그것이 들짐승들의 소리라는 것을 곧 알 수 있었다. 머리 위의 나뭇가지에서 소리가 들리더니, 이어서 묵직한 몸뚱이가 땅 위에 떨어지는 소리를 듣고는 더욱 틀림없다고 생각했다. 만일 그녀가 이 자리에서 지금과는 다른 행복한 생각에 잠겨 누워 있었더라면 그녀는 깜짝 놀랐을 것이다. 그러나 인간 세계에서 동떨어져 있는 지금의 그녀는 아무것도 두려울 것이 없었다.

마침내 날이 샜다. 잠깐 사이에 하늘이 훤해지더니 곧 숲속도 밝아왔다.

세상이 활동을 시작하는 시간을 정확히 알리는 햇살이 한층 더 훤해지자, 테스는 낙엽 더미 속에서 기어나와 대담하게 사방을 둘러보았다. 그녀는 간밤에 자기를 뒤숭숭하게 한 소리의 정체가 무엇인가를 알았다. 그녀가 잠자리를 마련했던 이 숲은 그녀가 있는 곳에서부터 급한 경사를 이루고 있었으며, 숲이 끝나는 이쪽의 생울타리 너머는 경작지였다. 나무 밑에는 여러 마리의 꿩이 피투성이가 된 채 쓰러져 있었다. 그 중엔 죽은 놈도 있었고 날개를 힘없이 파닥거리는 놈도 있었고 멍하니 허공을 바라보고 있는 놈, 숨을 가쁘게 할딱거리고 있는 놈, 몸부림치고 있는 놈이 있는가 하면, 몸뚱이가 축 늘어져 있는 놈도 있었다. 도저히 지탱할 수가 없어 간밤에 고통이 끝나버린 운 좋은 몇 마리를 빼놓고는 모두들 고통을 이기지 못해 몸부림치고 있었다.

테스는 곧 그렇게 된 이유를 알아차렸다. 이 꿩들은 어제 사냥꾼들에게 쫓겨 이 구석까지 몰려왔던 것이다. 총에 맞아 죽은 놈들이나 어둡기 전에 죽은 놈들은 사냥꾼들이 찾아갔을 것이나, 상처는 심했지만 움직일 수 있는 꿩들은 대부분 도망쳐 무성한 나뭇가지 속으로 숨었지만 밤새도록 피를 흘려 기진맥진한 끝에 더 이상 몸을 지탱하지 못하고 지난밤에 테스가 들었듯이 한 마리 한 마리씩 땅으로 떨어졌던 것이다.

테스는 소녀 시절에 이따금 이상한 옷차림을 하고 살기등등한 눈을 번쩍이며 생울타리를 넘어다보거나 숲속을 노려보며 총을 겨누던 남자들의 모습을 본 적이 있었다. 그때 그 사냥꾼들은 난폭하고 잔인해 보였지만, 일 년 내내 그러고 다니는 것이 아니라 사냥 기간인 가을과 겨울철의 일정한 몇 주일을 빼고는 실은 그들도 온순한 사람들이라는 이야기를 들은 적이 있었다. 그들은 사냥 기간에는 말레이 반도의 원주민들처럼 살기등등해서 돌아다니며, '자연'의 많은 가족들 중에서 약한 동물들을 택해 무엄하고 무자비한 취미를 만족시키기 위해 인공적으로 번식시킨 무해한 새들을 사냥하는 것을 목적으로 삼고 있다는 것이었다.

테스가 맨 처음 생각한 것은, 자기가 당하는 괴로움과 비슷한 처지에 놓인 새들이 측은하다는 충동에서 빈사 상태에 놓여 있는 새들을 그 고통에서 구해주어야겠다는 것이었다. 그 고통을 덜어주기 위해 테스는 눈에 띄는 꿩은 모조리 찾아 자기 손으로 목을 비틀어 죽였다. 그리고 사냥터지기들이 다시 찾으러 올 때까지——아마 그들은 찾으러 올 것이다——죽은 꿩들을 그 자리에 놓아두었다.

"가엾어라, 세상에 너희들처럼 비참한 존재가 있는 걸 보고도 내가 세상에서 가장 불쌍한 여자라고 생각하다니!" 그녀는 그 꿩들의 목을 비틀어 죽이면서 가만히 눈물을 흘리며 소리쳐 말했다. "나에겐 육체적인 고통은 없지 않은가! 나는 갈기갈기 찢어진 몸도, 피투성이가 된 몸도 아니다. 나에겐 벌어서 먹고 입고 살아갈 수 있는 어엿한 두 손이 있지 않은가!"

테스는 자기가 '자연'과는 아무 관계 없이 인간이 멋대로 만들어놓은 사회의 법칙 때문에 저주를 받는다는 것 외에 까닭도 없이 간밤에 부질없이 괴로워했던 자기 자신이 부끄러웠다.

42 이젠 날이 환히 밝았다. 테스는 조심조심 한길로 나와 다시 걷기 시작했다. 주위에는 사람이라고는 그림자도 보이지 않았으므로 걱정할 필요가 없었다. 테스는 굳세게 마음을 다지며 걸어갔다. 꿩들이 고통스러운 밤을 소리없이 참고 견딘 것을 생각하니 자기의 슬픔은 상대적이며, 다른 사람들이 무어라 수군거리든 그것을 무시하고 용기만 낸다면 자기의 슬픔도 견딜 수 있는 성질의 것이라는 생각이 들었다. 그러나 다른 사람들이 테스를 생각하듯 클레어가 테스를 그렇게 생각하고 있는 한, 테스로서는 그것을 무시할 수 없었다.

테스는 초크 뉴턴 마을에 도착하여 어떤 여관에서 아침 식사를 했다. 마침 거기에 있던 몇몇 젊은이들이 어찌나 그녀의 미모에 대해 찬

탄하는지 귀찮을 정도였다. 언젠가는 자기 남편도 이런 칭찬의 소리
를 해줄지 모른다는 생각이 들자, 테스는 희망이 부풀어오르는 듯했
다. 그렇게 될 때를 생각해서라도 그녀는 자기 몸을 잘 단속하고 추근
거리는 사내들을 멀리해야만 했다. 그래서 그녀는 앞으로는 자기의
용모 때문에 일어나게 될 위험은 더욱 피해야겠다고 결심했다. 마을
을 빠져나오자 그녀는 숲속으로 들어가 바구니에 들어 있는 낡은 일
옷으로 갈아입었다. 이 옷은 말로트 마을에서 들일을 하러 다닐 때 입
었던 후로는 클릭 씨네 목장에서조차도 입지 않았던 옷이었다. 문득
다시 좋은 생각이 떠올라 그녀는 짐꾸러미 속에서 수건을 꺼내어 모
자 밑에 마치 이라도 잃는 사람처럼 턱에서부터 뺨과 관자놀이를 반
쯤이나 가리게 수건을 썼다. 그러고 나서는 그녀는 울퉁불퉁한 길을
계속 걸어갔다.

"참 별나게 생겨먹은 계집애도 다 있군!" 하고 두번째로 만난 사나
이가 동행인에게 말했다.

그 사내의 말을 듣자 테스는 자기 자신이 측은한 생각이 들어 눈물
이 글썽거렸다.

"그렇지만, 상관없어!" 그녀는 중얼거렸다. "아무렴, 상관없고말고!
엔젤도 여기 없고 날 돌봐줄 사람도 없으니 난 언제까지나 이런 꼴을
하고 있을 거야. 남편이었던 그이는 떠나버리고 이젠 날 사랑하지 않
겠지만 난 변함없이 그이를 사랑해. 다른 남자들은 보기도 싫어. 비웃
고 싶으면 비웃어보라지!"

이렇게 테스는 걷고 또 걸었다. 그녀의 모습은 주위의 풍경과 잘
어울렸다. 회색 사지 윗도리에 빨간 털목도리, 뿌옇게 색이 바랜 갈색
의 거친 일옷 아래에 입은 모직 스커트, 누르스름한 가죽 장갑 등으로
겨울 차림을 한, 소박하고 순진한 시골 여자의 모습이었다. 이 낡은
옷은 비에 젖고 햇볕에 바래고 바람을 맞아 낡고 얇아진 것이었다. 이
제 테스의 모습에서 젊은 여자의 열정 따위는 찾아볼 수가 없었다.

아가씨의 입술은 싸늘하게 식고
....
수수하게 겹겹이 접힌 옷 주름은
그녀의 머리마저 감쌌구나. (스윈번의 시 《*Fragoletta*》에서 인용함)

겉보기에는 거의 생명이나 지각이 없는 것처럼 보였을지도 모르는 그녀의 외모 속엔 젊은 나이에 비해서 인생의 허무함과 정욕의 잔인함, 사랑의 나약함을 뼈저리게 겪은, 맥박 뛰는 생의 기록이 새겨져 있었다.

다음날은 날씨가 좋지 않았으나 테스는 정직하고 솔직하고 공평한 비바람이라는 적도 별로 두려워하지 않고 무거운 발길을 재촉했다. 그녀의 목적은 겨울철에 머물러 일할 곳을 구하는 데 있었으므로 잠시도 지체할 시간이 없었다. 임시 고용 일을 경험한 적이 있는 테스는 다시는 그런 일자리는 갖지 않으리라고 결심했다.

그래서 테스는 마리안이 편지로 알려준 농장을 찾아 여러 농장을 지나치며 걸었다. 그곳의 일이 고되다는 소문이 있었기에 별로 마음이 내키지는 않았으나 그곳을 마지막 장소로 이용하려고 결심했다. 처음에 그녀는 좀더 쉬운 일자리를 찾아나섰었으나 그러한 일자리를 구하기가 수월치 않자 다음에는 좀 힘드는 일을 구하러 나서서 나중에는 그녀가 가장 좋아하는 목장일이나 양계장일을 비롯해서 하고 싶지 않은 힘들고 고된 막일, 그러다가 나중에는 자진해서 한 번도 해본 적이 없는 밭일까지 하기에 이르렀다.

이틀째 되는 날 저녁, 테스는 여기저기 반원형의 무덤이 흩어져 누워 있는 백악질의 고원에 다다랐다. 마치 유방의 여신 키벨레가 반듯하게 누워 있는 것 같은, 기복이 심한 그 고원은 그녀가 태어난 블랙무어와 그녀의 애인이 자란 마을 중간에 자리잡고 있었다.

이곳은 공기가 건조하고 차가웠다. 길게 뻗은 마찻길은 비가 내린 지 서너 시간도 되기 전에 벌써 뿌옇게 먼지가 일었다. 나무는 전혀

없다고 해도 좋을 정도로 극히 드물었다. 생울타리 사이에서 자라야
할 나무들도 본래 나무나 덤불, 수풀 따위엔 성화를 부리는 소작인들
이 무자비하게 생울타리용 나무와 함께 쳐버려 자라지 못했다. 그녀
가 가는 먼길 중간쯤에 정다워 보이는 벌배로우와 네틀콤 타우트의
두 산봉우리가 나타났다. 어렸을 때 산봉우리를 맞은편 블랙무어 쪽
에서 가까이 보았을 때에는 하늘에 우뚝 솟은 성채같이 보이더니 이
고원에서는 오히려 나직하고 겸손해 보였다. 남쪽으로 여러 마일 떨
어져 있는 해안 지대의 산들과 능선 너머로 번쩍이는 강철의 표면 같
은 것이 보였다. 그것은 멀리 프랑스 쪽에 가까운 영국 해협이었다.

　눈앞의 조금 낮은 곳에 마을 같은 것이 나타났다. 이제서야 그녀는
마리안이 일하고 있는 플린트콤 애쉬에 도착한 것이다. 그녀에게는
그럴 수밖에는 없었던 모양이다. 그녀는 이런 곳으로 오도록 운명지
워졌던 모양이다. 주위에 펼쳐진 거친 땅만 보더라도 이곳에서 해야
할 일이 얼마나 고된가를 분명히 알 수 있을 것 같았다. 그러나 이젠
일자리를 구하러 돌아다니기에도 지쳤으므로 그녀는 그냥 거기에 머
물기로 작정했다. 게다가 비까지 내리기 시작했다. 마을 어귀에는 길
가로 박공지붕의 처마를 내민 오두막집 한 채가 있었다. 테스는 하룻
밤의 잠자리를 청하기 전에 처마 밑에 서서 어둠이 깔리는 것을 바라
보고 있었다.

　"내가 엔젤 클레어의 아내였다고 생각할 사람이 누가 있을까!" 하
고 테스는 중얼거렸다.

　벽은 그녀의 어깨와 등을 따뜻하게 녹여주었다. 박공 바로 안쪽에
그 집의 벽난로가 있어 그 열이 벽을 따뜻하게 해주고 있음을 알았다.
그녀는 그 벽에다 손을 녹이고, 비에 젖어서 빨갛게 된 두 볼도 따스
한 그 벽에 대었다. 따스한 그 벽이 테스에게는 유일한 친구처럼 느껴
졌다. 그녀는 그곳에서 밤을 세울 수 있을 것 같아 별로 그 자리를 떠
나고 싶지가 않았다.

　테스는 그 집 식구들이 하루의 일을 끝마치고 정답게 집안에 모여

앉아 있는 소리, 오순도순 서로 얘기를 주고받는 소리와 저녁 식사를 하는 접시 부딪는 소리를 들을 수 있었다. 그러나 마을 거리에는 사람의 자취 하나 눈에 띄지 않았다. 이 정적은 마침내 한 여자가 나타남으로써 깨졌다. 그 여자는 저녁 공기가 쌀쌀한데도 사라사천으로 된 여름옷을 걸치고 차양 달린 여름용 모자를 쓰고 있었다. 테스는 그 여자가 마리안이 아닐까 하고 직감적으로 느꼈는데, 어둠 속에서도 누군지 분간할 수 있을 만큼 가까이 다가오는 모습을 보자 그 여자는 다름 아닌 마리안이었다. 그녀는 전보다 몸이 좋아 보였고 안색도 나아졌으나 옷차림은 전보다 더욱 초라해 보였다. 테스는 여느 때 같으면 지금과 같은 꼬락서니로 옛 친구를 만나고 싶진 않았을 것이다. 그러나 외로움에 지친 테스는 마리안의 인사에 기다렸다는 듯 반갑게 응했다.

마리안은 무척 공손하게 이것저것 물어보았다. 그녀는 테스가 남편과 헤어졌다는 것을 소문을 들어 어렴풋이나마 알고 있긴 했지만 테스의 사정이 조금도 전보다 나아진 것이 없음을 알자 무척 마음이 아픈 모양이었다.

"테스'……클레어 부인……그분의 사랑스런 아내! 그런데 애, 정말 이렇게 딱한 신세가 됐니? 그 예쁜 얼굴을 왜 그렇게 싸매고 있지? 누가 널 때렸니? 그분이 때린 건 아니겠지?"

"아냐, 아냐, 그렇지 않아! 남자들이 집적거리는 게 싫어서 그랬을 뿐이야, 마리안."

테스는 그 같은 터무니없는 생각을 불러일으키게 한 것이 넌더리가 나도록 싫어서 얼굴을 싸맨 수건을 풀어버렸다.

"그런데 넌 옷에 칼라도 안 달았구나." (테스는 목장에서 있을 때에는 항상 조그만 하얀 칼라를 달고 있었다.)

"그렇게 됐어, 마리안."

"오는 도중에 잃어버렸나 보구나."

"잃어버린 게 아냐. 사실은 모양 같은 덴 조금도 관심이 없어. 그래서 일부러 안 단 거야."

"그런데 결혼 반지도 안 끼었구나?"

"아니야, 끼고 있어. 사람들 앞에서만 안 끼지. 리본에 매어 목에 걸고 있어. 내가 결혼했다거나 결혼해서 어떤 처지에 있는가 하는 걸 사람들한테 알리고 싶지 않아. 이 꼴로 지내는 동안엔 사람들이 알면 내가 거북하니까."

마리안은 잠시 말이 없었다.

"그렇지만 넌 점잖은 분의 아내가 아니니? 이런 생활은 아무래도 네겐 당치 않은 것 같아!"

"아니야, 이건 아주 당연해. 몹시 불행하긴 하지만 말야."

"글쎄, 글쎄 말야. 그분이 너와 결혼했는데, 그런데 네가 불행할 수 있다니, 원!"

"아내들이란, 때로는 남편의 잘못 때문이 아니라 자기 자신의 잘못 때문에 불행해질 수도 있는 법이란다."

"얘, 네게 무슨 잘못이 있겠니! 그건 확실해. 그리고 그분에게도 잘못이 있을 리 없고. 그러니 너하고 그분에게는 상관이 없는 무슨 딴 일 때문이겠지."

"얘, 마리안, 그런 얘긴 그만 캐묻고 나 좀 도와주지 않겠니? 그이는 외국으로 떠났고, 떠날 때 주고 간 돈도 다 써버렸으니 당분간은 전에 하던 일을 다시 해야 할 형편이란다. 클레어 부인이라고 부르지 말고 전처럼 테스라고 불러줘. 여기선 일손을 구하지 않니?"

"그럼, 구하고말고. 여긴 모두들 탐탁찮게 여기기 때문에 언제나 일손이 달린단다. 여긴 땅이 메말라서 고작 밀과 순무 농사밖엔 짓지 못해. 하긴 나도 이런 데서 일하고 있긴 하지만 너 같은 애가 이런 데 있기엔 참 못할 노릇이야."

"하지만 너도 나처럼 젖 짜는 솜씨가 좋았지 않니?"

"하긴 그래. 하지만 난 술에 입을 대기 시작하면서 그 일을 그만두고 나와버렸지. 지금 내게 즐거움이 있다면 술 마시는 것뿐이야! 네가 일자리를 얻게 된다면 순무 뽑는 일을 맡게 될 거야. 나도 그 일을 하고 있긴 하지만 넌 마음이 내키지 않을 거야."

"아냐, 무슨 일이라도 상관없어! 부탁 좀 해주겠니?"

"네가 직접 말하는 게 좋을 거야."

"알았어. 그런데 마리안, 내가 여기서 일을 얻게 되거든 그이 얘기는 들먹이지 말아줘. 잊지 마. 그이 체면을 더럽히고 싶지 않으니까."

마리안은 테스에 비해 품위가 떨어지긴 했지만 참으로 믿음직한 처녀여서 테스가 부탁하는 건 무엇이나 약속을 지켰다.

"오늘 밤이 품삯 받는 날이야. 나하고 같이 가면 사정을 당장 알게 될 거야. 네가 행복하지 않다니 정말 안됐구나. 하지만 그분이 안 계셔서 그럴 테지. 그분만 여기 계시다면 불행할 리 있니. 그분이 돈을 주지 않고 널 노예처럼 부려먹는다 해도 말야."

"그건 사실이야. 이렇게 불행할 리가 있니!"

그녀들은 함께 걸어서 곧 그 농장 집에 도착했는데, 그 집은 너무나도 삭막했다. 나무 한 그루도 눈에 띄지 않았다. 한결같이 단조롭게 구부려서 만든 생울타리를 두른 넓은 들판에는 계절이 계절인 만큼 푸른 풀밭도 없고 묵히고 있는 땅과 순무밭뿐이었다.

테스는 일꾼들이 품삯을 받고 있는 동안 농가의 문밖에서 기다렸다. 이윽고 마리안이 테스를 소개했다. 농장 주인은 없는 것 같았고, 그래서 주인을 대신해서 품삯을 치른 주인의 아내는 테스에게 수태고지(受胎告知)의 축제일(3월 25일)까지 일하겠다는 다짐을 받고 그녀를 고용하기로 결정했다. 요즈음엔 밭일을 하겠다는 여자는 아주 드물었다. 게다가 여자의 품삯이 더 싼 편이어서 여자 손으로도 쉽게 해낼 수 있는 일을 시키는 데는 여자를 쓰는 게 유리했다.

계약서에 서명을 마치고 나니 테스에겐 숙소를 정하는 일만 남았다. 그래서 그녀는 아까 몸을 녹였던, 박공이 있는 집에 가서 숙소를 얻을 수 있었다. 너무도 보잘것없는 생계의 방편이었지만 어쨌든 겨울 한철을 지낼 수 있는 곳이 마련된 셈이었다.

이날 밤, 테스는 혹시 남편에게서 말로트 마을로 편지가 오지 않을까 해서 새로 정한 거처를 부모에게 알렸다. 그러나 그녀의 딱한 사정을 알리지는 않았다. 남편의 체면을 상하게 할지도 몰랐기 때문이다.

43 플린트콤 애쉬 농장이 척박한 땅이라고 말한 마리안의 말은 조금도 과장이 아니었다. 그 고장에 살찐 것이 있다면 그것은 마리안 자신밖에 없었다. 그런데 실은 그 마리안조차 다른 고장에서 온 사람이었다. 마을은 세 종류로 나눌 수 있는데, 지주가 돌보는 마을과, 마을 사람들이 스스로 돌보는 마을, 그리고 지주도 마을 사람 스스로도 돌보지 않는 마을이 그것이다. (달리 말하면 상주(常住)하는 지주가 소작인들을 부리는 마을과 자유 보유 부동산 소유자나 등본 보유권자에 의해서 경작되는 마을, 그리고 부재 지주가 경작자에게 토지를 세놓는 마을이 있었다.) 그런데 이곳 플린트콤 애쉬는 그 중 세번째에 속하는 마을이었다.

어쨌든 테스는 일을 시작했다. 신체적인 연약함과 정신적 용기가 뒤섞인 인내심은 이제는 엔젤 클레어 부인의 하찮은 특징이 아니라 그녀를 지탱해주는 힘이었다.

테스가 마리안과 함께 일하는 순무밭은 돌투성이인 백악질의 경사지에 자리잡은 경작지 중에서도 가장 높은 지대에 있는, 100여 에이커나 되는 땅이었다. 밭에는 둥글면서도 뾰족하고 넓적한 갖가지 모양의 석영질로 된, 수없이 많은 흰 차돌들이 박혀 있었다. 땅 위로 나와 있는 순무의 잎사귀는 이미 가축들이 모조리 뜯어먹었으므로 땅에 묻힌 뿌리까지 가축들이 먹을 수 있도록 해커라고 하는 호미로 파내는 작업이 두 여자들이 하는 일이었다. 잎사귀를 죄다 뜯어먹힌 순무밭은 삭막한 황갈색으로 변해 있었다. 그것은 마치 턱에서 이마까지 눈코도 없이 살가죽만 덮인 얼굴처럼 아무 특색도 없는 표정이었다. 하늘도 빛깔은 다르지만 마찬가지로 특징 없는 희뿌연 얼굴이었다. 이

같은 하늘과 땅의 두 얼굴은 온종일 서로 마주 대하고 있었는데, 희뿌
연 얼굴은 황갈색 얼굴을 내려다보고 황갈색 얼굴은 희뿌연 얼굴을
올려다보고 있었고, 그 두 얼굴 사이에는 황갈색 땅 위를 파리처럼 기
어다니는 두 여자 외엔 아무것도 없었다.

아무도 그녀들 가까이에 오는 사람은 없었다. 그녀들의 동작은 기
계처럼 규칙적으로 움직였고, 그들은 굵고 튼튼한 삼베 겉옷을 걸쳤
고, 소매 달린 갈색 앞치마는 겉옷이 바람에 날리지 않도록 뒤에서 비
끄러맸고, 짧은 치마는 발목까지 올라오는 장화를 드러내 보였고, 손
목이 긴 노란 양피 장갑을 끼고 있었다. 햇볕을 가리는, 차양 달린 모
자를 쓰고 사색에 잠긴 듯이 머리를 깊이 숙인 모습은 마치 초기 이탈
리아 화가의 〈두 마리아〉라는 그림을 연상케 했다.

그녀들은 외롭게 일하는 자기들의 모습이 한 폭의 그림을 이루고
있다는 것도 알지 못한 채, 그리고 자기네의 운명이 공평한지 어떤지
생각해보지도 않고 묵묵히 일만 계속했다. 그러나 그들과 같은 처지
에서도 꿈을 그리며 살 수는 있었다. 오후에 다시 비가 내리자 마리안
은 그만 일해도 괜찮다고 했다. 그러나 일하지 않으면 품삯을 받지 못
하므로 그녀들은 일을 계속했다. 그녀들이 일하고 있는 밭은 높은 지
대에 있어서 빗방울은 좀처럼 곧장 아래로 떨어지는 일이 없고 휘몰
아치는 바람을 타고 유리 파편처럼 옆에서 그녀들을 찔러, 그녀들은
흠뻑 젖고 말았다. 테스는 정작 이런 비가 어떤 것인지 여태까지 실제
로 겪어본 적이 없었다. 비에 젖은 경우도 여러 가지가 있는데, 사람
들은 흔히 약간 젖은 것을 가지고도 흠뻑 젖었다고들 말한다. 그러나
비 오는 밭에서 묵묵히 일해가는 동안 처음에는 발과 어깨로, 다음에
는 머리와 허리로, 그리고는 등과 가슴과 옆구리로 빗물이 스며드는
것을 느끼면서 납덩이같이 흐린 빛도 사라지고 완전히 해가 질 때까
지 일을 계속하기 위해서는 분명히 약간의 극기심이, 심지어 용기마
저 필요했다.

그러나 그녀들은 비에 젖는 걸 별로 개의치 않았다. 그녀들은 젊었

고, 여름이 실제로는 모든 사람에게, 그러나 정서적으로는 그녀들 두 사람에게만 아낌없이 즐거움을 안겨주던 그 즐거웠던 푸른 땅, 톨보데이스 목장에서 사랑을 속삭였던 그 시절의 정다웠던 얘기를 주고받았다. 테스는 현실적인 부부는 아니지만 법적으로 어엿한 남편인 클레어에 대해 마리안과 이야기하고 싶진 않았다. 그러나 그런 화제가 지닌 매력에 어찌지 못해 마리안이 캐묻는 물음에 테스는 어쩔 수 없이 대꾸하지 않을 수 없었다. 이리하여 앞에서 말한 것처럼 비에 젖은 모자의 차양이 귀찮게 얼굴을 내리치고 일옷은 성가시게 몸에 달라붙었지만, 그녀들은 이날 오후 한나절을 푸르고 화창한 꿈 많은 톨보데이스의 추억을 주고받으며 보냈다.

"날씨가 좋을 때면 여기서도 프룸 분지에서 서너 마일 떨어진 산이 희미하게 보인단다." 마리안이 말했다.

"어머나, 정말이니!" 테스는 이 고장을 새로 보기라도 한 듯이 말했다.

이리하여 여기서도 다른 어느 곳에서나 마찬가지로 인생을 향락하려는 본능과 그 향락을 억제하려는 환경의 의지, 이 두 가지 힘이 작용하고 있었다. 오후가 지나자 마리안은 흰 헝겊으로 마개를 한 1파인트짜리 술병을 주머니에서 꺼내 목을 축이어 힘을 돋우는 법을 알고 있었다. 그녀는 테스에게도 그 술을 권했다. 그러나 테스에게는 술기운의 도움을 빌리지 않더라도 현재의 승화된 세계를 꿈꿀 수 있는 충분한 상상력이 있었으므로, 술을 입에 대보기만 했을 뿐 마리안 혼자서 그 술을 쭉 들이켰다.

"이젠 버릇이 들어놔서 끊을 수가 없어. 이것이 내 유일한 낙이니까. 난 그분을 잃었어. 하지만 너야 그렇지 않으니 아마 술없이도 지낼 수 있겠지."

테스는 자기가 그와 헤어진 것도 마리안이 그를 잃은 것이나 마찬가지로 비중이 크다고 생각했으나, 적어도 서류상으로나마 자기는 엔젤의 아내라는 생각으로 마리안의 주장을 그대로 받아들였다.

이런 환경 속에서 테스는 아침마다 서리를 맞고 오후에는 비를 맞으며 노예처럼 일했다. 순무를 캐는 일을 하지 않을 때면 순무를 다듬는 일을 했다. 그것은 낫으로 흙과 잔털을 다듬어 나중에 쓰기 위해 저장하는 일이었다. 이런 일은 비가 와도 비를 피해 이엉을 얹은 오두막에서 일할 수 있었으나, 된서리가 내린 아침에는 두터운 가죽 장갑을 끼었더라도 얼어붙은 순무를 다루려면 손가락이 꽁꽁 얼 수밖에 없었다. 그래도 테스는 희망을 포기하지 않았다. 클레어의 특성으로 생각되는 그 너그러운 마음씨를 생각하면 머지않아 그는 자기와 다시 결합할 것이라고 확신했다.

술이 거나해서 기분이 좋아진 마리안은 앞에서 말했던, 이상하게 생긴 차돌들을 찾아내 가지고는 킬킬거리며 웃곤 했지만 테스는 정색을 하고 모르는 체했다. 그녀들은 이따금씩 보이지도 않는 바 골짜기나 프룸 골짜기가 있다는 곳을 바라보았고, 뿌연 안개가 자욱이 낀 곳을 바라보며 거기서 지냈던 그 시절을 회상하곤 했다.

"아아, 옛날 친구들 중에 한두 사람만 더 여기로 와주었으면 얼마나 좋을까! 톨보데이스 목장을 이곳에 옮겨놓고 매일 그분의 얘기도 하고 재미있었던 그 시절을 회상하며 지금도 잘 알고 있는 옛얘기들을 서로 주고받으면 피상적이나마 모든 것을 되찾을 수 있을 텐데!" 마리안의 말이었다. 지난날의 일들이 눈앞에 선해지자, 마리안의 눈에는 눈물이 고였고 목소리조차 떨렸다. 마리안은 계속해서 말했다. "이즈 휴에트한테 편지해야겠어. 그앤 요즘 집에서 놀고 있는 모양이야. 우리가 여기 있다는 걸 알리고 여기로 오라고 해봐야겠어. 그리고 레티도 이젠 건강해졌을 거야."

테스는 마리안의 제안에 반대하진 않았다. 옛날에 톨보데이스에서 누렸던 즐거움을 이곳으로 옮겨다놓자는 계획을 테스가 두번째로 들은 것은 그 후 2,3일이 지나고 나서였다. 마리안은 테스에게, 이즈가 형편이 허락하는 대로 오겠다고 약속하는 답장을 보내왔다고 알렸다.

이런 겨울은 몇 해 만에 처음이었다. 겨울은 마치 서양 장기를 두

는 사람의 동작처럼 슬며시, 천천히 다가왔다. 어느 날 아침, 몇 그루
안 되는 나무와 생울타리의 가시나무들은 식물의 껍질을 벗어버리고
동물의 껍질로 갈아입은 것처럼 보였다. 모든 나뭇가지들은 밤사이
나무껍질에서 돋아난 모피 같은 새하얀 솜털로 덮여서 보통때보다 네
배나 더 두꺼워 보였다. 주위의 덤불과 나무는 음산한 하늘과 잿빛 지
평선을 배경으로 하얀 선으로 그린 선명한 그림처럼 보였다. 이때까
지는 눈에 띄지 않던 거미줄이 결정력(結晶力)이 있는 대기의 작용으
로 헛간이나 벽면에 드러나, 바깥채나 기둥이나 문 따위에 하얀 털실
몽당이처럼 매달려 있었다.

　습기가 응결하는 이 같은 계절이 지나면 다음엔 건조한 서리가 내
리고 때를 같이하여 북극에서 이상한 새들이 프린트콤 애쉬의 고원
지대로 조용히 날아들기 시작한다. 비쩍 마르고 유령같이 생긴 이 새
들은 사람으로서는 도저히 상상도 못할 망망한 인적미답의 극지(極地)
에서 인간은 견딜 수 없을 정도의 얼어붙는 추위 속에서 신비하고 무
시무시한 북극의 위력을 목격한 눈빛, 그리고 북극광(北極光)에 의해
서 빙산이 부서지고 눈사태가 나는 광경을 목격하고, 어마어마한 폭
풍우, 육지와 바다가 미친 듯 변동하는 광경에 눈이 멀다시피 된, 이
와 같은 배경이 빚어낸 표정을 간직한 눈빛을 하고 있었다. 이름 모를
새들은 테스와 마리안의 곁으로 가까이 다가왔다. 그러나 사람들은
도저히 볼 수 없는, 자기들만이 겪은 것들에 관해 이야기를 해주지는
않았다. 보고 들은 것을 말하고 싶어하는 나그네다운 성질을 갖고 있
지 않은 그 새들은 자기들에겐 아무 가치도 없는 온갖 경험들은 밀어
두고, 보잘것없는 이 고원 지대에서 지금 당장 벌어지고 있는 일, 그
새들이 양식으로 즐기는 것들을 캐느라고 호미질을 하고 있는 두 여
자들의 묵묵한 동작만을 주시했다.

　그러던 어느 날, 이 광활한 고장에 이상한 기운이 스며들었다. 비
를 뿌리지도 않는, 습기와 서리가 내리지도 않는 차가운 기운이 엄습
한 것이었다. 추위는 그녀들의 눈을 아프도록 시리게 했고, 이마가 따

끔거릴 정도로 매웠고, 살 속과 뼛속까지 쑤시고 기어들었다. 그녀들은 이것이 눈에 내릴 징조임을 알았다. 밤이 되자 정말 눈이 내렸다. 테스는 길 가는 외로운 나그네의 몸을 녹여주는, 훈훈한 박공 벽이 있는 오두막집에서 계속 머물고 있었는데, 이날 밤 잠에서 깨어 지붕 위에서 나는 요란한 소리를 들었다. 지붕이 온갖 바람의 수라장으로 변해버린 것을 알리는 소리 같았다. 아침 일찍 일어나 불을 켜고 보니 가루같이 고운 눈이 창틀 사이로 날아들어 밀가루로 쌓아올린 것 같은 원뿔 모양을 이루고 있었고, 굴뚝으로 날아들어 방바닥에 쌓인 눈은 구두 밑창이 묻힐 정도로 쌓여 있었다. 테스가 움직일 때마다 발자국이 생겼다. 밖에서 휘몰아치는 눈보라로 부엌 안엔 눈발이 자욱했으나 바깥은 아직도 캄캄해서 아무것도 보이지 않았다.

테스는 순무 캐는 일을 계속하기가 어렵겠다고 생각했다. 그녀가 쓸쓸히 비치는 조그만 등불 아래서 아침 식사를 마칠 무렵, 마리안이 와서 날씨가 갤 때까지는 다른 여자들과 함께 헛간에서 밀 훑는 일을 하게 되었다고 했다. 바깥의 캄캄한 어둠이 잿빛으로 변하자 그녀들은 등불을 끄고 두툼한 앞치마를 걸치고 털실로 만든 목도리를 목에 둘러 가슴께까지 여미고는 헛간으로 나갔다. 눈은 새하얀 구름 기둥처럼 북극의 분지에서 새들의 뒤를 따라와 눈 조각 하나하나는 눈에 보이지 않았다. 모진 눈보라는 빙산과 북극해, 고래, 흰곰의 냄새들을 풍기며 눈을 날라오긴 했지만 땅 위를 스쳐갈 뿐 높이 쌓이진 않았다. 그녀들은 되도록 눈보라를 피하려고 몸을 웅크리고 생울타리를 가까이 끼고 솜처럼 눈이 깔린 땅을 밟고 걸었지만, 생울타리는 병풍처럼 눈보라를 막아주진 못했고 겨우 눈보라를 좀 덜 받게 해줄 뿐이었다. 억세게 휘몰아치는 눈보라에 시달려 창백해진 대기는 눈보라를 함부로 비틀고 흩날리고 하여, 마치 무색(無色)의 혼돈 세계를 이룬 듯했다. 그러나 젊은 두 여인은 무척 기분이 좋았다. 건조한 고원 지대에서의 이런 날씨쯤은 그다지 낙심할 것도 없었다.

"아하! 저 북극에서 온 영리한 새들은 날씨가 이렇게 될 걸 미리 알

고 있었구나. 틀림없이 저 새들은 북극성이 있는 곳에서부터 눈보라
의 앞잡이 노릇을 하면서 왔을 거야. 얘, 네 남편은 지금 찌는 듯한
더위 속에서 살고 계실 거야. 틀림없어. 아, 그분이 지금 이 아름다운
자기 아내를 볼 수 있다면! 이런 날씨에도 네 아름다움은 상하기는커
녕 오히려 더 돋보이는구나." 마리안이 말했다.

"마리안, 그이 얘기는 하지 마." 테스가 심각하게 말했다.

"그래. 하지만, 사실은 그 얘기가 좋으면서! 안 그러니?"

테스는 대답하지 않고 눈물을 글썽이며 어렴풋이 짐작이 가는 남아
메리카 쪽으로 고개를 돌려 입술을 내밀고는 눈보라에 뜨거운 키스를
보냈다.

"그래, 그래, 네 마음은 나도 잘 알아. 그렇지만 바른 대로 말하지
만, 너흰 결혼한 부부치곤 좀 이상하게 살고 있어! 자, 이젠 더 말하
지 않을게! 그건 그렇고, 날씨 말인데 밀 헛간에 가서 일하면 춥진
않겠지만 밀 훑는 일은 무척 고되단다. 거기다 비하면 순무 캐는 일은
별것도 아니야. 난 몸이 튼튼하니까 견뎌낼 수 있지만 넌 나보다 약골
이라서 힘들 거야. 왜 주인이 너한테 그런 힘든 일을 시키는지 도대체
모르겠단 말야."

그녀들은 밀 헛간에 다다라 그 안으로 들어갔다. 기다란 헛간의 한
쪽 구석에 밀이 가득 쌓여 있었다. 그리고 가운데가 밀을 훑는 장소인
데, 거기에는 여자들이 낮에 일하기에 넉넉한 밀단이 밤에 벌써 기계
속에 준비되어 있었다.

"어머나, 이즈가 와 있네!" 마리안이 말했다.

분명히 이즈가 와 있었다. 이즈는 그녀들 앞으로 다가왔다. 그녀는
전날 오후에 어머니를 집을 떠나 줄곧 걸어왔는데, 뜻밖에도 거리가
너무 멀어서 늦게야 도착했던 것이다. 마침 눈보라가 몰아치기 전에
도착해서 주막에서 하룻밤을 지냈다. 농장 주인이 장터에서 이즈의
어머니를 만났을 때 오늘 중으로 올 수만 있다면 이즈를 고용하겠다
고 이미 약속이 되어 있는 터였다. 그래서 그녀는 늦게 도착함으로 해

서 그 주인에게 실망을 주게 될까 봐 걱정하고 있었다.

　테스와 마리안, 이즈 외에도 이웃 마을에서 두 여자가 와 있었다. 남자 못지않은 두 여자는 스페이드의 여왕이라는 다크 카와 그녀의 여동생인 다이아몬드 여왕이라는 두 자매임이 생각나 테스는 깜짝 놀랐다. 전에 트랜트리지 마을에서 한밤중에 테스에게 싸움을 걸어왔던 바로 그 여자들이었다. 그녀들은 테스를 전혀 알아보지 못하는 눈치였다. 그때 그들은 술에 취해 있었고 이곳에서처럼 잠깐 그곳에 머물러 있었기 때문이다. 그들은 남자들이 하는 일이면 무슨 일이든 자진해서 했다. 우물 파는 일이라든지 생울타리를 만드는 일, 도랑을 파는 일, 수로를 만드는 일 등등을 피곤해 하는 기색도 없이 닥치는 대로 맡아서 했다. 그녀들은 밀 훑는 솜씨도 뛰어나서 으쓱거리며 다른 세 여자들을 깔보는 기색이었다.

　그녀들은 장갑을 끼고 탈곡기 앞에 한 줄로 서서 일을 시작했다. 이 기계는 두 개의 기둥을 들보로 가로질러 연결시켜 만들어졌고, 그 밑에는 훑어야 할 밀단이 이삭을 바깥쪽으로 향하고 쌓여 있었다. 들보는 양쪽 기둥에 못으로 박혀 있어서 밀단이 줄어듦에 따라 천천히 아래로 내려가도록 되어 있었다.

　헛간 안은 점점 환해졌는데, 햇살은 하늘에서 아래로 비치는 것이 아니라 마당에 쌓인 눈에 반사되어 밑에서 위로 비쳐 헛간문으로 새어들었다. 그게 더 밝았다. 일하는 여자들은 그 탈곡기에서 밀단을 한 아름씩 연달아 훑어갔다. 그러나 추잡한 이야기를 떠벌리고 있는 낯선 두 여자들 때문에 마리안과 이즈는 마음먹었던 대로 옛날의 추억을 끄집어낼 수가 없었다. 이윽고 눈밟는 말발굽 소리가 들리더니 한 농부가 말을 타고 헛간 문앞에 나타났다. 그 남자는 말에서 내려 테스 가까이로 다가서더니 그녀의 옆얼굴을 유심히 들여다봤다. 테스는 처음에는 그를 거들떠보지도 않았으나 그가 하도 빤히 쳐다보는 바람에 고개를 들고 돌아다봤다. 그 순간, 그녀는 농장 주인이 전에 한길에서 자기의 과거를 들추어내는 바람에 도망쳐 피했던 바로 그 트랜트리지 마을 사람이라는 것을 알았다.

테스가 다 훑어낸 밀단을 밖에 있는 짚더미로 운반할 때까지 기다리고 있던 그 남자가 말했다.

"그래, 색시가 바로 내 친절을 무시하고 도리어 화를 발칵 내던 그 여자로군? 젊은 여자가 고용되었다는 얘길 듣고 그게 바로 색시려니 짐작을 했었지! 이봐, 색시는 처음에 애인과 같이 여관에서 나를 만났을 때나, 그 뒤에 두번째로 큰길에서 나를 만나고 도망쳤을 때나, 번번이 날 골탕먹였다고 좋아했겠지만, 이번엔 내가 골탕을 먹일 차례야." 그는 짓궂게 말끝을 맺었다.

테스는 마치 그물에 걸린 참새처럼 사내 같은 두 자매와 농장 주인의 틈바구니에 끼여 아무 대꾸도 하지 못하고 계속 밀단만 훑었다. 이제는 제법 사람의 성격을 판단할 줄 알게 되어 테스는 농장 주인의 괄괄한 성미가 겁나지는 않았지만, 클레어한테 당한 분풀이를 자기에게 하지 않을까 걱정이 되었다. 테스는 남자들이 이런 감정으로 자기를 미워하는 것이 다정히 대해주는 것보다는 도리어 마음 편했고, 그만한 것은 참을 수 있는 용기도 있었다.

"내가 색시한테 반한 줄로 생각하는 모양이지? 세상에는 사내들이 슬쩍 쳐다만 봐도 우쭐대는 어리석은 계집들이 있단 말이야. 그래 그 따위 어리석은 생각을 가진 계집들을 따끔히 고쳐주려면 한겨울에 밭일을 시키는 도리밖에 없어. 수태고지의 축제일까지 일하기로 계약서에 서명했으니, 자, 내게 용서를 비는 게 어때?"

"오히려 당신이 제게 용서를 빌어야 할 거예요."

"좋아, 맘대로 해보라지. 하지만 여기선 누가 주인인지 두고 보면 알 거야. 오늘 색시가 턴 밀단은 고작 요것뿐인가?"

"그래요."

"형편없는걸. 저 여자들이 한 걸 좀 보지" 하고 그는 억척스러워 보이는 두 여자를 가리키며 말했다. "딴 여자들도 모두 색시보다는 많이 하지 않았느냔 말야."

"저 여자들은 전에 이 일을 해봤지만 난 처음이에요. 그리고 이 일은 자기 몫대로 맡은 일이어서 품삯도 일한 대로 받게 되어 있으니 주인에겐 아무 손해가 없을 거예요."

"아니지. 손해가 있고말고. 난 헛간을 빨리 치워버리고 싶으니까."

"딴 사람들은 두 시에 일을 마치더라도 난 오후까지 계속해서 일하겠어요."

주인은 시무룩해서 테스를 쳐다보고는 밖으로 나갔다. 테스는 여기보다 못한 농장은 없을 것이라고 생각했다. 그러나 사내들이 추근거리지 않는 것만은 다행한 일이었다. 두 시가 되자 본업으로 밀을 훑던 사람들은 병에 반쯤 남은 술을 마시고 낫을 땅에 내려놓고 마지막 밀단을 묶어놓은 다음 나가버렸다. 마리안과 이즈도 나갈 생각이었지만, 테스가 남보다 뒤떨어진 일을 보충하려고 그대로 남겠다는 이야기를 듣고는 자기들만 나가려들지 않았다. 여전히 휘날리는 눈보라를 쳐다보며 마리안이 소리쳐 말했다.

"자, 이제야 우리끼리만 남게 되었구나."

이리하여, 마침내 이야기는 옛날 목장에서 지내던 시절로 돌아갔고, 그녀들의 화제는 자연히 엔젤 클레어를 좋아하던 이야기로 집중되었다.

엔젤 클레어 부인은 명색이 아내라는 떳떳하지 못한 기분을 느끼면서도 위엄 있는 태도로 말했다.

"이즈, 마리안, 난 전처럼 너희들과 클레어의 얘길 할 수가 없어. 너희들도 그건 이해할 거야. 그이가 지금은 먼데 가 있더라도 내 남편이니까 말야."

이즈는 클레어를 사랑하던 네 아가씨들 중에서 가장 유들유들하고 빈정거리기 잘하는 아가씨였다.

"그이는 정말 애인으로서는 멋있는 분이었어. 하지만 그토록 빨리 네 곁에서 떠나버리다니 별로 다정한 남편은 못 되는가 봐." 이즈가 말했다.

"그이는 떠나야만 했었어. 그곳의 농장을 물색하러 말야!" 테스가 변명했다.

"네가 겨울이나 날 수 있도록 해주고 가도 좋았을 텐데."

"아, 그건 사소한 사정으로 우리 사이엔 좀 오해가 있었기 때문이었어. 우린 그런 걸 가지고 다투고 싶진 않고 해서. 물론 그이에게 할 말이야 많지! 하지만 다른 남편들처럼 소리도 없이 떠난 건 아니야. 그러니까 그이가 어디 있는지 언제라도 알 수 있단다." 테스는 울먹이면서 대답했다.

이 말이 끝나자 그녀들은 깊은 생각에 잠겨 한동안 일을 계속했다. 밀단을 움켜잡고 이삭을 털고 다시 겨드랑이에 끼고 떨어지지 않은 이삭을 낫으로 쳤다. 헛간에는 밀이삭을 훑는 소리와 밀이삭을 낫으로 쳐내는 소리만이 들릴 뿐이었다. 테스가 갑자기 힘없이 발밑의 밀이삭 더미 위에 주저앉아 버렸다.

"네가 감당 못할 줄 알았어! 여간 튼튼하지 않고서는 이런 일은 못한단 말야." 마리안이 소리쳐 말했다.

이때 마침 농장 주인이 나타났다.

"글쎄, 나만 없으면 색시는 당장 이 꼴이란 말야." 주인이 테스를 탓했다.

"하지만 이건 내가 손해 보는 거지 당신 손해가 아니잖아요." 테스가 변명했다.

"난 빨리 끝마치고 싶단 말이야." 주인은 헛간을 지나 다른 문으로 나가며 퉁명스럽게 말했다.

"주인 말에 신경 쓸 건 없어. 괜찮아. 난 전에도 여기서 일한 적이 있단다. 자, 저리 가서 누워 있어. 이즈하고 내가 네 몫을 해줄 테니까." 마리안이 말했다.

"너희들에게 시키고 싶지 않아. 내가 너희들보다 키도 큰데 뭘."

그러나 테스는 너무 지쳐서 마리안의 말대로 잠시 쉬기로 하고 헛간 구석에 쌓아놓은 밀짚 더미 위에 누워 있었다. 테스가 기진맥진한 것은 일이 힘든 탓도 있었지만 새삼스레 남편과 헤어진 문제가 얘깃거리로 되자 흥분한 탓이기도 했다. 테스는 아무 생각 없이 멍하게 누워 이즈와 마리안이 이삭을 털고 낫질하는 소리가 유달리 날카롭게 들림을 느끼고 있었다.

구석에 누워 있다 보니 테스의 귀에는 이런 소리뿐 아니라 그녀들이 소곤거리는 소리도 들려왔다. 그녀들은 여전히 조금 전의 이야기를 계속하고 있음이 분명했다. 그러나 너무 낮은 소리로 소곤거리고 있어서 무슨 이야기를 하는지 통 알 수가 없었다. 마침내 테스는 그들의 이야기가 하도 궁금해서 견딜 수가 없게 되었다. 그녀는 억지로 기운을 차리고 일어나서 다시 일하기 시작했다.

그러나 이번에는 이즈 휴에트가 지쳐 쓰러졌다. 이즈는 전날 밤에 십여 마일이나 걸었고 한밤중에야 잠자리에 든데다가 아침에는 새벽 다섯 시에 일어났기 때문이다. 마리안만이 술과 튼튼한 몸 덕분으로 힘겨운 일을 고통 없이 견디고 있었다. 테스는 이즈에게 이젠 기운을 차렸으니 이즈 없이도 오늘 일을 끝낼 수 있고 품삯도 밀짚단 수대로 나누어줄 테니 가서 쉬라고 권했다.

이즈는 테스의 말을 기꺼이 받아들여 큰 문으로 해서 자기 숙소로 통하는 눈 쌓인 길로 사라졌다. 마리안은 오후 이맘때면 술 기운으로 기분이 거나해지곤 했다.

"정말 그분이 그럴 줄은 몰랐지 뭐니. 나도 그분을 무척 사모했었지만! 그이가 너를 아내로 맞은 건 괜찮다 치더라도 이즈한테는 너무했거든!" 마리안이 꿈꾸는 소리로 말했다.

테스는 이 말을 듣고 너무 놀라서 하마터면 낫에 손가락을 베일 뻔했다.

"내 남편 말이니?" 테스는 말을 더듬었다.

"그래. 이즈가 너한텐 말하지 말랬는데. 하지만 말하지 않곤 견딜 수 있어야지! 그분이 이즈한테 그러더라는 거야. 함께 브라질로 가자고 말야."

테스의 얼굴은 눈에 덮인 바깥 풍경처럼 창백해졌고 표정도 굳어졌다.

"그래서 이즈가 거절했다니?"

"모르겠어. 어쨌든 그래 놓곤 그분의 마음이 다시 변했다나봐."

"음, 그렇담 진심으로 말한 건 아닐 거야! 남자들이 으레 하는 농담이었겠지!"

"그렇지 않아! 진심으로 그러더래. 이즈를 태우고 정거장 쪽으로 한참 동안 달렸다니까."

"그래도 이즈를 데리고 가진 않은걸!"

다시 묵묵히 일을 계속하다가 갑자기 테스가 울음을 터뜨렸다.

"저런! 괜히 말했나 보구나!"

"아니야. 말해줘서 잘됐어. 기약도 없이 여태까지 외로운 나날만 지내왔고 모든 게 여의치 않았어! 그래서 장차 어떻게 될지도 모르고 지내왔어! 부지런히 편지라도 보냈어야 하는 건데. 그리고 그이는 날 데리고 가지는 못한다고 했지만 편지하지 말라고는 하지 않았는데. 이젠 이런 식으로 우물쭈물 있을 수는 없어! 여태까지 나는 그이가 하는 대로 내버려뒀지만 이제 생각하니 그건 내 큰 실수였고, 그건 너무 무심한 처사였어."

헛간 안이 점점 어두워졌기에 그녀들은 더 이상 일을 계속할 수 없었다. 그날 밤, 테스는 자기 혼자 쓰는, 새로 희게 칠한 작은 방으로 돌아와 충동적으로 클레어에게 편지를 쓰기 시작했다. 그러나 한번 의심하는 마음이 생기자 더 이상 편지를 써나갈 수가 없었다. 그녀는 곧 무엇보다도 소중하게 목에 걸고 다니던 리본에 맨 반지를 풀어서 밤새껏 손가락에 끼고 있었다. 자기와 헤어진 지 얼마 안 되는데도 이즈에게 함께 브라질로 가자고 할 만큼 못 믿을 사람이긴 했지만, 자기는 그의 틀림없는 아내라는 생각을 더욱 다짐하려는 것 같기도 했다. 그렇지만 이런 사실을 알고 난 이상, 어떻게 그에게 애원하거나 아직도 사랑하고 있다는 편지를 쓸 수 있겠는가?

44 헛간에서 마리안이 들려준 이야기에 자극을 받았음인지, 테스의 마음은 요즈음 자주 생각하던 방향, 즉 멀리 떨어진 에민스터 목사관 쪽으로 마음이 쏠렸다. 클레어에게 편지할 일이 있으면 시부모를 통해서 하고 곤란한 일이 생기면 그것도 부모에게 직접 연락하라고 남편은 일렀었다. 그러나 도의상 클레어에게 아무것도 요구할 권리가 없다고 생각한 테스는 여태까지 그런 편지를 쓰고 싶은 충동을 억눌러 왔다. 그래서 목사댁 가족들에게 있어서 테스의 존재는 결혼 후의 친정 부모들에게 있어서나 마찬가지로 있으나마나 했다. 이처럼 시집이건 친정이건 간에 자기의 존재를 없애버리다시피한 테스의 심정은, 자기 입장을 공정하게 판단한 다음에 자격이 없으면서도 사랑이나 동정에 기대어 무엇이든 받아서는 안 된다는 그녀의 독립심 강한 성격과 일치했다. 그래서 테스는 살든지 죽든지 혼자 힘으로 해내려 했고, 일시적인 충동에 이끌려 결혼식을 올림으로써 남편 집안의 식구가 되었다는 하찮은 것을 가지고 시집에 대한 어색하고 형식적인 권리 따위를 내세울 생각을 깨끗이 버리려 했던 것이다.

그러나 이즈의 이야기를 들은 후, 너무 괴로움에 시달린 테스는 더 이상 참을 수가 없었다. 왜 남편은 편지를 하지 않을까? 그는 적어도 자기의 행선지만은 알려주겠다고 분명히 말했었다. 그런데도 그는 자기의 주소를 알리는 편지를 보내온 적이 없었다. 정말 그는 무심한 사람이 되어버렸을까? 아니면 병이라도 난 것일까? 그녀가 먼저 편지를 보냈어야 했을까? 테스는 걱정 끝에 용기를 내어 목사댁에 찾아가 남편한테서 소식이 없다는 슬픈 하소연을 못할 것도 없었다. 만일 소문대로 엔젤의 부친이 선량한 분이라면 테스의 고독한 심정을 이해해줄 수 있으리라. 자기의 생활이 궁색하다는 것은 숨길 수도 있을 터였다.

보통 날은 농장을 마음대로 떠날 수 없었으므로 기회라고는 일요일

밖에 없었다. 플린트콤 애쉬는 아직 철도가 놓이지 않은 백악질의 고원 중심부에 있었으므로 걸어서 갈 수밖에 없었다. 게다가 거리가 왕복 30마일이나 되므로 하루에 갔다 오려면 새벽 일찍 일어나서 떠나야만 했다.

두 주일이 지난 뒤 눈도 다 녹고 된서리가 내릴 무렵, 테스는 길이 마른 틈을 타서 길을 떠나기로 했다. 그녀는 일요일 새벽 네 시에 아래층으로 내려와 별빛이 총총한 밖으로 나왔다. 날씨는 아직 순조로워서 땅바닥은 걸을 때마다 모루 같은 소리를 냈다.

마리안과 이즈는 테스의 이번 여행이 남편과 관계가 있음을 짐작하고 무척 흥미 있어 했다. 그녀들의 숙소는 좁은 길을 따라 조금 떨어져 있는 오두막집이었는데, 테스를 찾아와 떠나는 준비를 도와주었다. 그리고 시부모들 눈에 들도록 예쁜 옷차림을 하고 가라고 권했다. 그러나 노(老) 클레어 씨가 믿는 엄격한 캘빈교의 교리를 알고 있는 테스는 친구들의 말에 무관심했고 옷치장을 하는 것까지도 망설였다. 슬픈 결혼을 한 지 벌써 일 년이 지났지만, 최신 유행을 따라 겉치레를 하지 않으면서도 순박한 시골 여자답게 남의 눈을 끌기에 족한 옷을 결혼 때 넉넉히 장만했으므로 아직도 좋은 옷이 얼마든지 남아 있었다. 그녀는 얼굴이며 목덜미의 분홍빛 살갗을 더욱 돋보이게 하는, 흰 주름이 달린 연회색의 모직 외투와 까만 우단으로 만든 재킷과 모자로 단장했다.

"이렇게 예쁜 너를 네 남편이 볼 수 없다니 섭섭하구나. 정말 예쁘구나, 얘!" 방안의 노란 촛불빛과 바깥의 싸늘한 별빛 사이, 문지방에 서 있는 테스를 바라보며 이즈 휴에트가 말했다. 이즈는 마음을 너그럽게 먹고 감정을 억누르며 분위기에 어울리는 말을 한 것이다. 이즈는 차마 테스에게 적개심을 품을 수 없었다. 하긴 개암나무 열매보다 조금만 더 큰 심장을 가진 여자라면 그럴 수밖에 없겠지만. 사실, 테스는 남달리 따뜻하고 꿋꿋한 힘을 가지고 같은 여자들에게 영향을 주었으므로 적개심이라든지 경쟁심을 지니고 있는 보잘것없는 여자들의 마음을 눌러버리는 것이었다.

　그녀들은 마지막으로 테스의 옷차림 여기저기를 매만져주고 솔질을 하고 나서야 테스를 떠나게 해주었다. 테스는 날이 새기 전의 진줏빛 대기 속으로 사라져갔다. 그녀들은 얼어붙은 길바닥을 성큼성큼 걸어가는 테스의 발자국 소리를 들었다. 이즈도 테스의 소원이 이루어지기를 빌었다. 그리고 이전의 자기 덕행을 그다지 대견스럽게 생각하지는 않았지만, 순간적으로 클레어의 유혹을 받았을 때 친구를 배반하지 않은 자신을 기쁘게 생각했다. 클레어가 테스와 결혼한 지 오늘로써 꼭 하루가 모자라는 일 년이 되었고, 그가 테스와 헤어진 지도 겨우 며칠이 모자라는 일 년이 되었다. 오늘처럼 건조하고 맑게 갠 겨울날 새벽에 그런 용건을 가지고 공기가 희박한 백악질의 산등성이를 총총히 걷는 것은 그다지 싫지 않은 일이었다. 길을 떠나면서 테스가 생각한 것은 시어머니의 호감을 사고 자기의 과거를 모조리 이야기하여 동정을 산 다음, 집을 등지고 떠나간 남편을 도로 찾겠다는 것임은 의심할 여지가 없었다.

　얼마 후, 그녀는 넓고 가파른 내리막길에 이르렀다. 그 밑으로는 비옥한 블랙무어 골짜기가 새벽녘의 자욱한 안개 속에 조용히 버티고 있었다. 맑고 투명한 고원 지대의 공기에 반해 발 아래 내려다보이는 대기는 푸른빛을 띠고 있었다. 그녀가 일해온 농장은 100여 에이커의 광대한 농토였는데, 발 아래로 내려다보이는 밭은 5,6에이커 정도밖에 안 되어 보이는 좁은 밭들이었다. 그 밭들이 높은 데서 내려다보니 수없이 많이 깔려 있어, 마치 그물을 펼쳐놓은 것 같았다. 고원의 풍경은 다갈색이었지만 발 아래 내려다보이는 경치는 프룸 골짜기처럼 언제나 푸른빛이었다. 그러나 그녀의 슬픔은 바로 그 골짜기에서 비롯된 것이었기 때문에 테스는 그전처럼 그곳을 사랑하지 않았다. 그녀에게 있어서 아름다움이란, 모든 사람들이 느끼는 것과 같이 사물 속에 존재하는 것이 아니라 사물이 상징하는 것 속에 존재하는 것이었다.

　테스는 분지를 오른쪽에 끼고 서쪽을 향해 계속 걸었다. 힌톡스 고

원을 지나고 셔튼 애바스에서 캐스터브리지로 통하는 신작로를 가로
질러 '악마의 부엌'이라고 불리는, 작은 골짜기가 있는 독베리 힐과
하이 스토이의 산등성이를 끼고 걸었다. 오르막길을 계속 더듬어 크
로스 인 핸드에 이르렀다. 그곳에는 기적, 살인 행위, 또는 이 두 가
지 행위가 동시에 일어났던 곳임을 표시하는 둥근 돌기둥이 말없이
외롭게 서 있었다. 3마일쯤 더 가서 롱 애쉬 레인이라는, 로마 시대의
곧고 황폐한 길을 가로질러 거기에 이어진 좁은 오솔길을 따라 언덕
을 내려가 에버시드라고 하는 조그만 마을로 들어섰다. 여기까지가
겨우 목적지의 반 정도의 거리인 셈이었다. 테스는 그곳에서 잠깐 쉬
며 두번째의 아침 식사를 맛있게 들었다──그녀는 일부러 여관을 피
해 아침 식사를 소우 앤드 에이콘 여관에서 먹지 않고 교회당 옆에 있
는 어느 농가에서 했다.

　가야 할 나머지 반의 길은 벤빌 레인을 따라 지나온 길보다는 평탄
한 고장을 지나게 되었다. 그러나 목적지가 가까워짐에 따라 테스의
자신감도 점점 줄어들고 앞으로 해내야 할 일도 점점 무겁게만 여겨
졌다. 그녀는 자기의 목적은 뚜렷하게 보이지만 사방의 풍경은 너무
희미하게 보이는 바람에, 가끔 길을 잘못 들어설 뻔했다. 그러나 정오
쯤 되어 테스는 에민스터와 목사관이 있는 골짜기 어귀의 어느 문 앞
에서 발을 멈췄다.

　그 순간, 목사와 교인들이 예배를 보고 있을 교회당의 네모난 탑이
테스의 눈에는 엄숙해 보였다. 그녀는 어떻게 해서라도 주일이 아닌
보통날에 왔으면 좋았을걸, 하고 생각했다. 목사는 원래 착한 분이어
서 남의 딱한 사정은 이해하지 못하고 하필이면 주일날 찾아온 여자
를 못마땅하게 여길지도 몰랐다. 그러나 테스로서는 지금 찾아가 뵐
수밖에 없었다. 여태까지 신고 온 투박한 장화를 벗고 에나멜 가죽으
로 만든 가볍고 예쁜 구두로 바꿔 신고 벗은 장화는 나중에 찾기 쉽
도록 문기둥 옆 울타리 틈에 끼워놓고 언덕길을 내려갔다. 신선한 공
기를 마시고 생기가 넘치던 테스의 얼굴빛은 목사관이 가까워짐에 따

라 자기도 모르게 점점 핏기가 사라졌다.

테스는 자기에게 이로울 뜻밖의 일이라도 생기기를 은근히 바랐지만, 그런 일은 조금도 일어나지 않았다. 목사관 잔디밭의 작은 나무들은 차가운 서릿바람에 불쾌한 소리를 내고 있었다. 그녀는 가장 좋은 옷을 차려입고 있었지만 아무리 생각해봐도 여기가 자기의 시집이라는 실감이 나지 않았다. 그러나 성질이나 감정면에서 볼 때 테스가 그들과 근본적으로 다른 점은 하나도 없었다——고통과 즐거움, 생각, 삶, 죽음, 그리고 죽은 후의 일 따위에 있어서도 그들은 똑같았다.

테스는 애써 마음을 가다듬고 문을 열고 들어가 현관의 초인종을 눌렀다. 드디어 일은 벌어졌다. 이제 와서 물러날 수도 없었다. 아니, 아직도 일이 벌어진 건 아니었다. 아무도 나오는 사람이 없었다. 용기를 내서 다시 한 번 초인종을 눌렀다. 15마일이나 걸어온 몸의 피로에다 정신적인 긴장까지 겹쳐, 사람이 나오기를 기다리는 동안 그녀는 허리를 짚고 팔꿈치를 현관 벽에 기대어 몸을 의지하고 있었다. 살을 에듯 차가운 바람을 받고 시들어 잿빛으로 변한 담쟁이덩굴 잎사귀들이 바람이 불 때 마다 서로 얽혀 바스락거리는 바람에 테스의 신경이 곤두서곤 했다. 그리고 고기를 쌌던 피묻은 종이가 어느 집 쓰레기통에서 나와 문 바깥 한길 위를 뒹굴고 있었다. 너무 가벼워 한 군데 가만히 있지도 못하고, 또 무거워서 날아가 버리지도 못하는 모양이었다. 그리고 지푸라기 서너 개가 역시 바람에 뒹굴고 있었다.

두번째 울린 초인종 소리는 처음보다 더 컸지만, 역시 아무도 나타나지 않았다. 그녀는 현관을 나와 문을 열고 밖으로 나왔다. 테스는 되돌아가고 싶은 듯 망설이며 현관 쪽을 바라보았지만 문을 닫으면서 안도의 한숨을 내쉬었다. 어떻게 알았는지는 모르지만 이미 자기가 누구인지를 알고는 집안에 들여보내지 말라는 명령이 내려진 것은 아닐까, 하는 생각이 테스의 마음을 사로잡았다.

테스는 집 모퉁이로 걸어갔다. 그녀는 할 수 있는 데까진 다했다. 그러나 현재의 두려움을 피하려는 생각에서 앞으로 더 큰 불행을 가져오게 해서는 안 되겠다는 생각을 하고 그녀는 발길을 돌려 창문이란 창문은 모두 둘러보며 집 앞을 지나쳤다.

아, 알고 보니 이집 식구들은 모두 다 교회에 나가고 없었다. 언젠가 남편이 한 말이 생각났다. 아버지는 언제나 온 집안 식구들이, 하인들까지도 모두 아침 예배에 참석하기를 고집하기 때문에, 예배에서 돌아와서는 식어빠진 아침 식사를 하기가 예사라고 말했었다. 따라서 예배가 끝날 때까지 기다려야 했다. 테스는 거기서 기다리다가 사람들의 눈에 띄는 것이 싫어서 교회당을 지나 좁은 길로 접어들려고 걷기 시작했다. 그러나 교회 마당의 문 앞에 이르자 교인들이 쏟아져 나오는 바람에 테스는 그들 틈에 끼이고 말았다.

시골 사람들이 한가롭게 집으로 돌아가는 도중에 낯선 사람을 쳐다보듯 그렇게 에민스터 사람들은 테스를 쳐다보았다. 그녀는 발걸음을 재촉해서 오던 길을 되돌아 비탈길을 올라가서 목사댁 식구들이 점심을 마칠 때까지 그곳 생울타리 사이에 몸을 피하려고 생각했다. 그렇게 하면 그분들이 자기를 맞이하기가 수월할 것 같았다. 그녀는 곧 교인들로부터 멀리 떨어져갔다. 그러나 팔짱을 낀 두 젊은이들이 총총히 테스의 뒤를 따라 걸어왔다.

그들이 가까워지자 진지하게 이야기에 열중하고 있는 소리가 들렸다. 이런 때 눈치 빠른 여자들이 흔히 그렇듯 테스는 그 남자들의 목소리가 어딘지 남편의 목소리와 비슷한 데가 있음을 눈치챘다. 그들은 다름아닌 클레어의 형들이었다. 테스는 제 계획은 깨끗이 잊어버리고, 오직 한 가지의 걱정, 미처 그들과 대면할 각오도 되어 있지 않은 지금 그들이 마음 뒤숭숭해 있는 자기의 곁을 지나치면 어떡하나 하는 생각뿐이었다. 그녀는 그들이 자기의 정체를 알 리가 없다고 생각하긴 했지만, 그들이 자기를 유심히 쳐다볼 것 같아 두려웠기 때문이다. 그들의 발걸음이 빨라질수록 테스의 걸음도 빨라졌다. 그들은 점심을 먹으러 집으로 돌아가기 전에, 오래 앉아 예배 보느라고 차가워진 손발을 녹이려고 잠시 산책을 나선 길이었다.

한 사람이 테스의 앞장을 서서 언덕길을 올라가고 있었다──어딘지 좀 부자연스럽게 새침하고 얌전을 빼고 있었지만 관심이 가는 숙녀다운 젊은 여자였다. 테스가 그녀를 거의 따라잡았을 때에는 남편의 형제들도 그녀의 뒤까지 바짝 다가왔기 때문에 테스는 그들이 주고받는 이야기를 빼놓지 않고 모조리 들을 수 있었다. 그들의 대화는 특별히 테스의 관심을 끌 만한 것은 아니었지만, 마침내 앞서가는 젊은 여자를 보더니 그들 중의 한 사람이 말했다.

"저기 머시 찬트가 가는군. 따라가 보자."

그 이름은 테스도 알고 있는 이름이었다. 그녀는 양쪽 집안의 부모들이 엔젤의 평생의 반려자로 정해놓은 여자였다. 아마 테스만 나타나지 않았더라면 클레어는 머시와 결혼했을 것이다. 테스가 그런 사연을 모르고 있었다 하더라도 조금만 더 기다리면 그 정도의 내용은 알게 될 터였다. 왜냐하면 그들 중의 한 사람이 이렇게 말했기 때문이다.

"아, 엔젤, 가엾기도 해라! 난 저 예쁜 아가씨를 볼 때마다 젖 짜는 아가씨인지 뭔지 하는 여자에게 자기를 내던져 버린 그 녀석의 소행이 점점 더 괘씸해진단 말야. 아무리 생각해도 이해할 수 없는 일이거든. 그 여자가 그 녀석하고 다시 살고 있는지 어떤지는 모르지만, 몇 달 전에 온 편지를 보면 헤어져 있는 것 같았어."

"글쎄, 나도 잘 모르겠어요. 요즘엔 내겐 통 소식이 없거든요. 나하고 사이가 멀어진 건 그애의 별난 생각 때문에 의견 차이가 생겨서지만, 그 몰지각한 결혼이 결국 우리 사이를 더욱 서먹서먹하게 만든 것 같군요."

테스는 더욱 잰 걸음으로 긴 언덕길을 올라갔지만 그들의 시선에서 벗어나려면 오히려 그들의 시선을 더욱 끄는 행동을 할 수밖에 없었다. 마침내 그들은 테스를 앞질러 지나갔다. 앞서 걸어가고 있던 젊은 아가씨가 그들의 발자국 소리를 듣고 뒤를 돌아다보았다. 세 사람은 서로 인사하고 악수를 나눈 다음, 함께 걸어갔다.

이윽고 그들은 언덕 꼭대기에 다다랐다. 그들은 분명히 그곳을 산책길의 마지막 지점으로 정했던 듯 걸음을 늦추고, 테스가 바로 한 시간 전에 마을로 들어가기 전에 서서 내려다보던 그 문이 있는 데로 발길을 옮겼다. 서로 이야기를 주고받다가 형제 중의 한 사람이 우산으로 조심스레 생울타리 틈을 뒤적이더니 무엇인가를 끄집어냈다.

"헌 신발이 있군" 하고 그가 말했다. "아마 거지나 뭐 그런 사람이 내버렸나 보지."

"맨발로 마을에 들어가 마을 사람들의 동정을 구하려는 얌체꾼의 소행인가 봐요. 그래 틀림없어요. 좋은 장화인데다 조금도 떨어지지 않은 멀쩡한 것이로군요. 대체 이게 무슨 못된 짓일까요! 이걸 가져다가 가난한 사람에게 줘야겠어요." 찬트 양이 말했다.

그 장화를 찾아낸 카드버트 클레어가 구부러진 지팡이 끝에 그걸 걸어올려 그녀에게 주었다. 이리하여 테스의 장화는 남의 것이 되고 말았다.

이야기를 엿듣던 테스는 털실로 짠 베일로 얼굴을 가리고 그들을 지나쳐 걸었다. 곧 뒤를 돌아다보니 그들 세 사람은 테스의 장화를 들고 문을 지나 언덕길을 내려가고 있었다.

우리의 여주인공은 다시 걷기 시작했다. 눈물이 앞을 가리고 뺨 위로 흘러내렸다. 테스는 이런 장면이 자기에 대한 비난이라고 생각하면서도 그건 어디까지나 감상적이고 근거 없는 억측에 불과하다는 것도 알고 있었지만, 그럼에도 불구하고 그녀는 그런 생각을 떨쳐버릴 수 없었다. 이러한 불행한 모든 조짐을 물리칠 만한 용기가 없는 그녀가 목사관을 다시 찾아간다는 것은 도저히 있을 수 없는 일이었다. 엔젤의 아내인 자기는 더없이 훌륭해보이는 이 목사들에게 업신여김을 받고 쫓겨온 것 같은 생각이 들었다. 그들로서는 아무 생각 없이 한 말이었지만, 테스가 그의 아버지가 아닌 형들을 만났다는 것은 더없이 불행한 일이었다. 그의 아버지는 편협하긴 해도 아들들보다는 훨씬 까다롭지 않고 마음이 너그러웠으며 인정이 많은 사람이었다. 먼지투성이의 장화에 생각이 미치자 그것이 그들의 조롱거리가 되었다는 것이 새삼 처량했고, 그 장화 주인의 인생이 얼마나 절망적인가를 뼈저리게 느꼈다.

"아아!" 테스는 자신이 가엾어서 한숨을 내쉬며 중얼거렸다. "그이가 사준 이 예쁜 구두를 아끼려고 험한 길을 장화로 걸어왔는데, 저이들이 그걸 알 리가 없지. 암, 알 리 없고말고! 그리고 이 웃옷의 색깔도 그이가 골라주었다는 건 생각도 못했겠지. 대체 그걸 어떻게 알 수 있겠어. 비록 알았다 해도 저이들은 관심도 없었을 거야. 가엾게도 저이들은 그이를 아끼지 않으니까!"

그러자 테스는 자기가 사랑하는 사람이 불쌍했다. 그의 인습에 젖은 고루한 생각 때문에 그녀는 요즈음 갖가지 슬픔을 맛보았던 것이다. 그리고 그녀는 그 사람의 형제들을 보고 시아버지를 평가함으로써 결정적인 순간에 용기를 잃어버린 것이 그녀의 생애에 있어서 가장 큰 불행이라는 사실도 알지 못한 채 걸어갔다. 그녀의 지금의 처지야말로 늙은 클레어 부부의 동정을 사기에 안성맞춤이었다. 테스만큼 절망에 빠져보지 못한 사람들의 자질구레한 정신적 고민 따위는 이 노인들의 관심이나 주의를 끌 수 없었지만, 극도의 절망적인 괴로움에 빠져 있는 사람들에게 노(老)부부는 아낌없는 동정을 쏟았기 때문이다. 그들은 '세리(稅吏)'나 '죄많은 사람'에게는 동정을 쏟았으나 '학자'나 '위선자'들의 괴로움에 대해서는 한 마디 위로의 말조차 해줄 생각이 없었다. 그러므로 편협하고 고집스럽다고 할 수 있는 노부부의 그런 성격이 오히려 테스에겐 도움이 되어, 자기들의 며느리가 길을 잘못 든 사람치고는 훌륭한 편이어서 오히려 자기들의 사랑을 받을 만하다고 생각했을지도 모른다.

그런데 테스는 희망을 품기는커녕 평생의 위기가 닥쳐오고 있다는 생각에 젖어, 온 길을 힘없이 터벅터벅 되돌아 걸었다. 그러나 표면상으로는 어떤 위기가 다시 닥쳐올 것 같지는 않았다. 그리고 테스는 목사관을 찾아갈 용기가 다시 생길 때까지는 그 척박한 농장에서 일을 계속할 수밖에 없었다. 농장으로 돌아가는 길에 테스는 자신에 대한 깊은 관심이 생겨, 자기는 머시 찬트 따위는 갖지 못한 빼어난 용모를 가지고 있음을 과시하듯 얼굴을 가린 베일을 걷어버렸다. 그리고는 슬픈 듯이 머리를 저으면서 중얼거렸다.

"아무것도 아냐. 이런 건 아무것도 아냐. 이런 걸 사랑하거나 봐주는 사람도 없는걸 뭐. 나같이 버림받은 여자의 얼굴에 누가 관심이나 가져주겠어!"

테스의 걸음걸이는 걷는다기보다는 차라리 허우적거린다고 해야 나을 성싶었다. 기운도 없고 목적도 없이 그저 습관적으로 발을 떼어놓는 것뿐이었다.

지루하게 긴 벤빌 레인을 따라 걸어가는 동안, 테스는 점점 피로를 느끼게 되어 문이나 이정표에 기대어 숨을 돌리곤 했다.

테스는 아침에 지금과는 딴판인 부푼 기대를 안고 식사를 하던 에버시드 마을에 이를 때까지 험하고 길다란 언덕을 따라 7, 8마일쯤을 아무 집에도 들르지 않고 그냥 걸었다. 그녀가 다시 들어가 앉은 교회당 옆에 있는 이 농가는 마을 어귀의 첫번째 집이었다. 그 집 여자가 찬장의 우유를 내러 간 사이에 거리를 내다보던 테스는 길에 사람이 하나도 없음을 알았다.

"마을 사람들은 모두 오후 예배에 간 모양이군요?" 테스가 물었다.

"아가씨, 그렇지 않다우." 늙은 여주인이 말했다. "예배 시간은 아직 멀었소. 교회당 종소리는 아직 울리지 않았는걸. 다들 저 헛간으로 들으러 갔다우. 예배 시간이 없는 틈을 타서 말 잘하는 설교사가 설교를 한다던데, 다들 훌륭하고 열렬한 신자라고 합디다. 하지만 난 그런 거 듣지 않는다오! 교회에서 듣는 설교만 가지고도 충분하거든."

얼마 후 테스는 마을로 들어섰고, 그녀의 발소리는 마치 죽음의 땅처럼 고즈넉한 마을의 집들에 울려퍼졌다. 마을의 한복판에 이르자 그녀의 발소리는 다른 소리에 휩쓸려들었다. 길에서 머지않은 곳에 헛간이 있는 것을 본 그녀는 그 소리가 설교사의 설교 소리라는 것을 알았다.

설교사의 말소리는 고요하고 맑은 공기 속에서 또렷하게 들려왔기에, 그녀는 헛간의 밖에 있었는데도 그 말소리를 알아들을 수 있었다. 그것은 짐작한 대로 극단적인 신앙 만능론자의 설교였다. 사도 바울의 신학에서 설명되어 있는 대로 믿으면 죄를 용서받는다는 주장에 근거를 둔 것이었다. 설교사가 이런 고정관념을 연설 투로 열렬하게 설교하는 것으로 보아 그 사람은 능숙한 변설가가 아님이 분명했다. 테스는 처음부터 그 설교를 듣지는 못했지만 성경 구절이 계속해서 인용되었으므로 그 내용을 알 수 있었다.

"어리석도다, 갈라디아 사람들아. 예수 그리스도께서 십자가에 못 박히신 것이 너희 눈앞에 밝히 보이거늘 누가 너희를 꾀더냐?"(《신약성서》〈갈라디아서〉 제3장 1절)

헛간 뒤에 서서 귀를 기울여 듣는 동안, 그 설교사의 교리가 엔젤의 아버지의 주장을 더욱 강하게 표현한 것임을 깨닫고 그녀는 더욱 흥미를 느꼈다. 그리고 그 설교사가 어떻게 해서 그런 견해를 갖게 되었는지에 대한 자기의 정신적인 경험담을 자세히 말하기 시작하자, 그녀의 관심은 더욱 깊어졌다. 그 사람은 자기가 죄인 중에서도 으뜸가는 죄인이었다고 말했다. 자기는 세상을 비웃으며 건달패들, 방랑자들과 어울려 지냈다, 그러나 마침내 개심할 날이 왔다, 그것은 주로 어떤 목사의 감화를 받았기 때문이다, 자기는 처음엔 그 목사를 몹시 경멸했지만 목사가 떠날 때 남기고 간 마지막 말이 가슴속 깊이 새겨져 끝내 잊혀지지 않았고, 마침내 하느님의 은총으로 그 말이 자기 심경에 이와 같은 변화를 일으켜 오늘의 자기로 변화시켰다고 말했다.

그러나 테스를 더욱 놀라게 한 것은 그의 교리보다는 그 사람의 목소리였다. 도저히 있을 수 없는 일같이 생각되었지만 그것은 분명히 알렉 더버빌의 목소리였다. 테스의 얼굴엔 불안한 빛이 나타나기 시작했고, 그녀는 헛간 안쪽으로 돌아가 그 앞을 지나쳐 보았다. 나직이 걸린 겨울 해는 헛간의 큼직한 두 짝의 출입문을 곧바로 비추고 있었다. 한쪽 문이 열려 있어서 햇살이 타작 마루 너머까지 깊숙이 비쳐들었고, 설교사와 북풍을 피해 아늑한 곳에 앉아 있는 청중들한테까지 비치고 있었다. 모인 사람들은 모두 마을 사람들이었지만 거기에는 지난날의 잊지 못할 그날, 빨간 페인트통을 들고 다니던 그 남자도 끼여 있었다. 그러나 테스의 시선은 밀 포대를 쌓아놓은 더미 위에 서서 청중들과 문 쪽을 향해 헛간 한복판에 서 있는 사람에게 쏠렸다. 오후 세 시의 햇살이 그 사람을 온통 비추고 있었다. 그의 말소리를 똑똑히 들었을 때부터 줄곧 테스의 가슴속에서 비집고 나오던, 자기를 유혹한 남자가 눈앞에 있다는, 이상하게도 온몸의 기운이 쑥 빠지게 하는 것 같은 그 확신이 마침내 엄연한 사실로 눈앞에 나타나고 말았다.

제6부
회개한 사람

45 테스는 트랜트리지를 떠난 후 여태까지 더버빌을 만난 적도 없었고 소식을 들은 적도 없었다.

그런데 조금만 자극을 주어도 터질 것 같은 괴로운 순간에 테스는 우연히 그를 만난 것이다.

기억이란 참으로 짓궂은 것이어서, 알렉이 지난날의 방종한 행실을 뉘우친 회개한 사람으로서 버젓이 서 있는데도 불구하고 테스는 두려움에 질려 꼼짝 못한 채 어찌할 바를 몰랐다.

마지막으로 그를 보았을 때 그의 얼굴에서 풍기던 그 인상이 생각났고, 지금 그 모습을 보니……그의 모습은 여전히 훌륭했지만 여전히 불쾌감을 주었다. 까만 코밑 수염이 없어진 대신 지금은 깨끗하게 손질한 구식의 턱수염을 기르고 있었고, 옷차림도 거의 목사와 비슷했다. 그러한 변화는 그의 얼굴 표정까지도 변화시켰고 옛날의 멋쟁이 티마저 사라져버릴 만큼 변했으므로, 테스는 잠시나마 이 남자가 과연 그 알렉 더버빌인지 의심할 정도였다.

처음엔, 그런 사람의 입에서 엄숙한 성경 구절이 흘러나오는 것이 테스에겐 소름끼칠 정도로 괴이쩍고 부조리하게만 들렸다. 귀가 따갑도록 들었던 그의 목소리가 4년도 채 안 된 지금에 와서 너무 대조적인 말을 하고 있었기에, 테스는 그 어처구니없는 아이러니에 구역질을 느꼈다.

그것은 회개라기보다는 차라리 변모였다. 옛날의 정욕적이었던 표정은 이젠 열렬한 신앙심으로 가득 찬 표정으로 바뀌었고, 유혹적이었던 입술 모양은 기원(祈願)을 나타내는 모습으로 바뀌어 있었다. 지난날 방탕기가 어려 있던 뺨은 지금은 경건한 신앙심의 빛으로 승화되어 있었다. 수욕(獸慾)은 광신으로, 이단주의는 사도주의(使徒主義)로 변했다. 옛날에는 테스 앞에서 그처럼 자신만만하게 번뜩이던 대담한 눈동자도 지금은 사나울 정도로 무서운 신앙심으로 번쩍였다. 지난날 자기의 욕망이 채워지지 않을 때면 얼굴에 나타나던 그 심술궂은 표정이 지금은 다시 방탕 생활에 빠져드는, 구원받을 수 없는 배교(背敎)의 모습을 나타내고 있었다.

이런 인상을 풍기고 있는 그의 모습은 무슨 불만이라도 품고 있는 것 같았다. 그것은 타고난 원래의 얼굴 표정에서 벗어나 부자연스러운 인상을 주었다. 그의 용모가 고상하게 보인다는 것 자체가 잘못된 것이며, 고상하게 되려는 노력이 오히려 위선으로 보이는 것은 참으로 이상한 노릇이었다.

도대체 어떻게 그런 변화가 일어날 수 있을까? 그녀는 이렇게 느껴지는 편협한 감정을 더 이상 품지 않으려고 마음먹었다. 죄악을 씻어버리고 자기의 영혼을 구하기 위해 신앙을 택한 사람은 더버빌뿐만이 아닐 터였다. 그런데 자기는 왜 그의 행동만은 부자연스럽다고 생각하는가? 전과 다름없는 듣기 싫은 목소리로 새롭고 선한 복음을 설교할 때 그녀의 귀에 거슬리게 들린 것은, 자기가 그를 늘 나쁘게만 생각했던 버릇 때문일 것이다. 죄가 많은 사람일수록 훌륭한 성자가 될 수도 있는 법이다. 이 사실은 기독교의 역사를 깊이 살펴보지 않더라도 쉽게 알 수 있다.

이와 같은 생각이 뚜렷한 생각은 아니었지만 어렴풋이 테스의 마음속에 떠올랐다. 뜻밖의 사실에 어찌할 바를 모르고 있던 테스는 겨우 제정신을 차리고 그가 보지 못하는 곳으로 사라져버리고 싶은 충동을 느꼈다. 테스는 햇살을 등지고 서 있었으므로 그는 그녀를 알아보지 못했음에 틀림없었다.

그러나 테스가 다시 몸을 움직인 그 순간에 그녀는 그의 눈에 띄고 말았다. 이 옛 애인이 받은 충격은 그녀가 받은 충격보다 훨씬 심해서, 그는 감전된 사람처럼 소스라치게 놀랐다. 그의 열정과 떠들썩한 연설 투의 설교도 식어가는 듯했다. 그의 입술은 무슨 말인가를 하려고 안간힘을 쓰고 있었지만, 테스가 그를 바라보고 있는 동안은 아무 말도 나오지 않았다. 그의 눈길은 테스를 한 번 힐끗 보고 난 다음부터는 그녀의 눈길을 피하느라고 사방을 두리번거리다가 몇 초도 안되어 다시 달려들 듯 테스 쪽으로 되돌아왔다. 그러나 이런 초조한 행동은 오래 가지 못했다. 그의 기력이 줄어드는 데 비해 테스는 기운을 되찾고 재빨리 헛간을 지나 밖으로 나와버렸기 때문이다.

테스는 생각할 여유를 갖게 되자 서로의 변화에 깜짝 놀랐다. 자기를 망쳐놓은 그 남자는 이젠 '성신(聖神)'의 편에 서 있었지만, 자기는 전과 마찬가지로 죄 많은 여자로 남아 있었다. 그것은 마치 전설에 나오는 키프로스 섬의 여신처럼 테스의 모습이 갑자기 그의 제단에 나타나자 졸지에 성자의 신앙의 불꽃이 꺼져버린 것 같은 꼴이었다.

테스는 뒤돌아보지 않고 계속 걸었다. 그녀의 등은——심지어 옷조차도——사람의 시선을 느끼는 예민한 감각을 지닌 듯했다. 그 헛간 앞에서 자기를 눈여겨보고 있을지도 모르는 그 눈길에 그녀는 그토록 민감했다. 그 마을까지 걸어오는 동안에 테스의 마음은 말할 수 없는 슬픔으로 가득 차 있었지만, 이제는 그 괴로움의 성질이 달라졌다. 너무나 오랫동안 굶주려왔던 애정에 대한 갈망은 잠시 자취를 감추고, 그 대신 여태까지 테스의 가슴속에서 사라지지 않던 과거의 무자비한 육욕적인 감각이 되살아났다. 이 때문에 테스는 자신의 과오를 뼈저리게 느꼈고, 마침내 절망에 빠지고 말았다. 테스는 과거와 현재를 묶은 사슬이 끊어지기를 간절히 바라왔지만 결국 그것은 불가능한 일이었다. 자신이 과거의 존재로서 사라지지 않은 한, 과거는 완전히 과거가 되는 것은 아닐 터였다.

테스가 이런 복잡한 생각에 잠긴 채 롱 애쉬 레인의 북쪽을 가로질러 한동안 걸어가자, 이윽고 고원 지대로 올라가는 하얀 비탈길이 눈앞에 나타났다. 테스는 이 고지대의 기슭을 따라 나머지의 길을 걸어야 했다. 마르고 뿌옇게 뻗어 있는 길 위에는 오가는 사람이나 마차나 눈에 띌 만한 것은 아무것도 보이지 않았고, 차갑게 말라붙은 말똥만이 여기저기 뒹굴고 있었다. 테스가 이 언덕길을 천천히 걸어 올라가고 있는데 뒤에서 발자국 소리가 들려왔다. 테스가 뒤돌아봤다. 감리교의 신자처럼 이상한 옷차림을 했지만 너무나 눈에 익은 모습이, 세상에서 다시는 단둘이 만나고 싶지 않았던 바로 그 사람이 뒤쫓아오고 있었다.

그러나 테스에게는 생각해볼 시간도, 도망칠 시간도 없었기에 될 수 있는 대로 냉정한 태도를 유지하며 그가 따라오도록 내버려 둘 수밖에 없었다. 테스는, 그가 급히 걸어왔기 때문이라기보다는 그의 감정 때문에 흥분해 있음을 알았다.

"테스!" 그가 테스를 불렀다.

테스는 걸음을 늦추었지만 돌아다보진 않았다.

"테스!" 그가 다시 불렀다. "나요, 알렉 더버빌이오."

테스는 그제야 그를 뒤돌아봤다. 그가 가까이 다가왔다.

"알고 있어요." 테스가 냉정하게 대답했다.

"음, 겨우 그 말뿐이오? 하긴 더 이상 바랄 자격도 없는 나지만!"

그는 가볍게 웃으며 덧붙여 말했다. "물론 당신은 이런 내 꼴을 보고 우습게 생각할 거요. 하지만……나는 견뎌낼 수밖에……당신이 아무도 모르는 곳으로 가버렸단 말을 들었었지. 테스, 내가 왜 당신을 뒤쫓아왔는지 이상하게 생각되오?"

"물론이죠. 난 당신이 따라오지 않길 바랐어요!"

"그래, 그것도 당연한 말이오." 그가 심각한 얼굴로 대답했다. 그
들은 어깨를 나란히 하고 걸었으나 그녀는 내키지 않는 걸음걸이였
다. "하지만 오해는 말아요. 내가 이렇게 말하는 건, 아까 갑자기 당
신이 나타나는 바람에 내가 당황했던 꼴을 보고, 당신이 보았다면 말
이오, 당신은 반드시 날 오해했을 거라고 생각했기 때문이오. 그건 그
저 잠깐 당황했을 뿐이오. 당신과 나와의 관계를 생각한다면 그건 당
연하지. 하지만 난 내 의지로서 그걸 극복했다오. 이렇게 말하면 당신
은 아마 나를 엉터리라고 생각하겠지만, 난 냉정을 되찾은 다음 즉시
이렇게 생각했소. 앞으로 올 하느님의 심판의 날에 하느님의 노여움
으로부터 이 세상 모든 사람을 구원해주는 것이 내 소망이오 또 내가
할 일인데, 이 중에서도 특히 ——비웃을 테면 비웃어도 좋소——내가
정말 상처를 입힌 당신이야말로 구원해야 할 사람이라고 생각했단 말
이오. 내가 당신을 쫓아온 건 바로 그런 목적 때문이지, 그 밖에 다른
이유는 없소."

테스는 어딘지 약간 비웃는 듯한 말투로 대답했다.

"당신 자신은 구원을 받으셨나요? 사랑은 먼저 자기 집에서부터라
고들 하더군요."

"난 아무것도 한 것이 없소." 그는 아무렇지도 않게 대답했다. "아
까 사람들에게도 설교했듯이 모든 건 하느님의 뜻이니까. 테스, 당신
이 아무리 나를 경멸해도 내가 옛날 죄 많은 아담같이 젊은 시절에 방
황하던 나 자신을 경멸하는 덴 비교가 되지 않을 거요! 이상한 얘기지
만 당신이야 믿든 말든 내가 회개하게 된 내력을 말하겠소. 적어도 들
을 만한 흥미는 있을 거요. 에민스터에 살고 있는 목사의 이름을 들은
적이 있소? 물론 들었을 거요. 클레어 목사라는 분 말이오. 그분은 그
의 교파에서도 가장 열렬한 목사이고 교계(敎界)에서도 몇 분 안 되는
강력한 목사 중의 한 분이오. 내가 운명을 같이하고 있는 극단파보다
강력하진 않지만 국교의 목사들 가운데서 아주 이채로운 분이지. 젊
은 목사들은 궤변을 일삼아 진정한 교리를 점점 모호하게 하여 이젠

본래의 교리와는 딴판인, 껍데기와 같은 상태로 타락했소. 내 의견이 클레어 목사와 다른 점은, 교회와 국가의 문제뿐이오. '주께서 말씀하시기를 너희는 저희 중에서 나와서 따로 있고……'(《신약성서》〈고린도 후서〉제6장 17절)는 성경 구절의 해석 문제, 그 의견만이 다를 뿐이오. 그분이야말로, 난 확신하지만, 이 지방에서 당신이 알고 있는 목사들 중 가장 많은 사람들의 영혼을 구원한 가장 겸손한 일꾼이오. 그 분 애기를 들어본 적이 있소?"

"그래요, 들었어요."

"그분이 2,3년 전에 어떤 전도회를 위해서 트랜트리지로 전도하러 온 적이 있었소. 그런데 방탕아였던 나는 그분이 아무 사심 없이 나에게 교리를 깨닫게 하고 올바른 길을 가르쳐주려고 했는데도 도리어 그분을 모욕했었소. 그분은 내 행패를 조금도 노여워하지 않고, 언젠가는 내가 성령의 첫 열매를 받게 될 것이라고, 조롱하러 온 사람도 때로는 기도할 때가 있을 거라고만 말했었소. 그분의 말씀에는 신기한 매력이라도 있는 듯 그 말이 내 가슴속 깊이 파고들었소. 하지만 어머니를 여읜 슬픔이 더욱 큰 충격을 주었소. 그래서 난 차츰 빛을 보게 되었소. 그때부터 사람들에게 올바른 가르침을 전하고 싶다는 생각만이 내 유일한 소원이 된 거요. 오늘도 그것을 실행하던 참이었소. 이 고장에서 설교를 시작한 건 최근의 일이오. 처음 몇 달 동안은 북부 지방의 낯선 사람들을 상대로 했는데, 그 지방을 택한 이유는 우선 그곳에서 서투른 설교를 익힌 후 용기를 얻은 다음, 친지들이나 내가 방탕하던 시절의 친구들에게 전도를 해보겠다는 아주 엄숙한 시련을 받고 싶었기 때문이오. 테스, 만일 자기 뺨을 제 손으로 갈기는 기쁨을 알 수 있다면 나는 확실히……."

"그만두세요!"

테스는 격하게 소리쳐 말하고는 그에게서 물러나 길가의 난간으로 가서 기댔다.

"그따위 엉뚱한 애기는 못 믿겠어요! 나를 어떻게 망쳐놓았는지 뻔히 알면서 그런 말을 하다니 분해 죽겠어요! 당신이나 당신 같은 사람들은 저 같은 여자의 일생을 슬프고 괴롭고 암담하게 만들어놓고는 그것을 낙으로 삼는 사람들이에요. 그러다가 싫증나면 회개해가지고 천당의 낙까지 누려보겠다는 엉뚱한 생각을 하다니, 참으로 훌륭하시군요! 그따위 생각일랑 아예 그만두세요. 난 당신을 믿을 수 없어요. 난 그런 건 증오해요!"

"테스, 그렇게 말하지 말아요! 회개한다는 것이 내게는 정말 새로운 희망처럼 느껴졌었다오! 그런데 당신은 날 못 믿겠다고? 도대체 무얼 못 믿겠다는 거요?" 그도 굽히지 않고 말했다.

"당신의 회개 말예요. 종교로써 구원받았다는 것 말예요."

"어째서?"

"왜냐하면 당신보다 훨씬 훌륭한 사람들도 그런 말은 믿지 않으니까요." 그녀는 나지막한 소리로 말했다.

"과연 여자다운 구실이군! 그래 나보다 훨씬 훌륭하다는 사람은 누구요?"

"말할 수 없어요."

"그래?" 하고 그는 조금만 건드려도 당장에 울화가 터져나올 것 같은 말투로 말했다. "하느님 앞에서 내가 감히 착한 사람이라고 말할 수는 없소. 그리고 내가 그렇게 말하지 않은 건 당신도 알지 않소. 사실, 난 선이란 게 무언지 이제 겨우 알기 시작한 풋내기일 뿐이지만, 때로는 늦게 시작한 풋내기가 더 깊이 볼 수 있는 법이오."

"그건 그래요." 테스는 서글프게 대꾸했다. "하지만 난 당신이 회개하고 새사람이 되었다는 건 믿을 수 없어요. 알렉, 당신이 느꼈다는 그 희망의 빛은 오래 가진 못할 거예요!"

이렇게 말하면서 테스는 기대고 있던 난간에서 돌아서며 알렉을 쳐다보았다. 알렉도 낯익은 그녀의 얼굴과 몸에 눈길을 떨어뜨리고 그녀를 그윽이 바라보았다. 그의 천한 성품은 지금 얌전히 그의 속에 갇혀 있었다. 그러나 물론 그것이 사라진 것도, 완전히 누그러진 것도 아니었다.

"그런 눈으로 날 보지 말아요!" 별안간 그가 소리쳤다.

자신의 태도와 표정을 전혀 모르고 있던 테스는 크게 뜨고 바라보던 까만 눈을 얼른 내리뜨고 얼굴을 붉히며 머뭇거리며 말했다.

"미안해요!"

'자연'이 준 육체라는 거처 속에 자기가 살고 있다는 사실이 어쩌면 자기의 잘못이 아닐까, 하고 가끔 느꼈던 서글픈 생각이 테스의 마음속에 되살아났다.

"아냐, 아냐! 미안해 할 것까진 없소. 당신은 베일로 그 예쁜 얼굴을 가리고 있는데, 그것은 왜 벗지 않소?"

"이건 무엇보다도 바람을 막으려고 쓴 거예요." 테스는 베일을 벗으면서 얼른 말했다.

"이렇게 명령조로 말해서 뻔뻔스럽다고 생각할지 모르지만, 나로서는 당신을 자주 보지 않는 게 낫겠소. 다시 또 위험한 일이 생길지 모르니까."

"듣기 싫어요!"

"하긴 지금까지 여자의 얼굴이 큰 힘으로 날 지배해왔으니 난 그게 두렵단 말이오! 전도자에게는 여자의 얼굴 따윈 상관 없지만, 나로선 애써 잊으려는 과거가 자꾸만 되살아난단 말이오!"

이런 이야기가 있고 난 후부터 그들의 대화는 점점 줄어들어, 천천히 걸으면서 이따금 한 마디씩 주고받을 뿐이었다. 테스는 속으로 그가 도대체 어디까지 따라올 작정인가를 생각하면서도 먼저 딱 잡아떼어 그를 가라고 하기도 어려웠다. 문이나 층계 있는 곳을 지나칠 때면 거기에는 빨간색이나 파란색 페인트로 성경 구절을 써놓은 것이 눈에 띄곤 했다. 테스는 알렉에게 누가 애써서 저런 구절을 쓰고 다니느냐고 물어보았다. 그는 정신이 썩은 세상 사람들의 마음을 깨우쳐주기 위해 수단과 방법을 가리지 않고 이런 경구를 써서 실천해보려고, 자기와 이 고장에서 같이 일하는 동료들이 고용한 사람이 한 것이라고 대답했다.

그들은 마침내 '크로스 인 핸드'라는 곳에 다다랐다. 거칠고 삭막해 보이는 고원 지대 중에서도 그곳은 가장 쓸쓸한 곳이었다. 그곳은 화가나 경치를 즐기는 관광객들이 찾아다니기엔 너무도 보잘것없는 곳이었다. 그러나 그곳은 색다른 아름다움, 즉 비장함이 깃들인 쓸쓸한 아름다움을 지니고 있었다. 이 고장의 이름은 거기 서 있는 돌기둥에서 연유한 것이다. 이 돌기둥은 이 고장의 어떤 채석장에서도 볼 수 없는 깊은 지층에서 쪼아온, 괴상하게 생긴 거친 돌인데, 그 돌에 사람의 손 하나가 서툰 솜씨로 새겨져 있었다. 그 돌기둥의 내력이나 그것이 세워진 목적에 관해서는 구구한 소문이 나돌았다. 옛날에는 신앙을 나타내는 십자가가 그 위에 서 있어 완전한 형태를 갖춘 것이었는데 지금 남아 있는 것은 그 십자가의 받침돌이라는 설도 있고, 어떤 사람은 지금 서 있는 돌기둥이 원래의 형태이며 경계선이나 모임의 장소를 나타내려고 세운 것이라고도 했다. 이 유적의 유래야 어떻든 간에 그 돌기둥이 서 있는 그곳의 경치는 예나 지금이나 보는 사람의 기분에 따라 불길하게 보이기도 하고 엄숙하게 보이기도 해서 아무리 둔감한 길손이라도 강렬한 인상을 받았다.

그들이 이 지점에 가까이 이르자 그가 말했다.

"여기서 헤어져야겠소. 난 오늘 저녁 여섯 시에 애보츠 서널에서 설교가 있으니까. 난 여기서 오른쪽으로 돌아가야 하오. 그런데 테스, 어쩐지 당신은 내 마음을 뒤숭숭하게 해놓은 것 같소. 그 이유는 말할 수도 없거니와 또 말하고 싶지도 않소. 가서 좀 쉬고 다시 힘을 내야겠소. ……그런데 당신, 말이 매우 유창한데, 웬일이오? 누구한테서 그렇게 훌륭한 영어를 배웠소?"

"고생 덕분에 배운 게 많아요." 테스는 대답을 피했다.

"무슨 고생을 했는데?"

테스는 맨 처음에 겪은 고생, 그와 관련이 있는 단 하나의 그 고생에 대해 이야기했다.

더버빌은 그 말을 듣고 아무 말도 할 수 없었다.

잠시 후 그가 중얼거리듯 말했다.

"난 여태 그런 걸 통 모르고 있었구려! 그런 일이 생길 것 같았으면 왜 나한테 편지라도 보내지 않았단 말요?"

테스에게서는 대답이 없었다. 그러자 그가 침묵을 깨뜨리고 덧붙여 말했다.

"그럼……다시 만나기로 합시다."

"안 돼요. 다시는 내 앞에 나타나지 마세요!" 그녀가 대답했다.

"생각해보지. 그런데 헤어지기 전에 이리로 좀 와보오." 그는 돌기둥 쪽으로 다가갔다. "이것이 옛날엔 '성 십자가'였지. 유적 따위는 내 교리와는 아무 상관이 없지만 난 가끔 당신이 겁이 날 때가 있지. 여기에 비하면 당신이 지금 날 두려워하는 건 문제가 안 돼요. 난 더 두렵거든. 그래 그 두려움을 없애기 위해 당신의 손을 저 돌기둥 위의 손자국에 대고, 당신이 지닌 매력이나 태도로 날 절대 유혹하지 않겠다고 맹세해요."

"맙소사. 나더러 어떻게 그런 쓸데없는 말을 하라는 거예요! 전혀 상상도 못한 것을 말예요!"

"그야 그렇지만, 한 번만 맹세해주시오."

테스는 조금은 겁도 나고 해서 그의 고집스런 부탁대로 손을 돌 위에 얹고 맹세했다.

"당신이 신자가 아닌 게 유감이오" 하고 그는 말을 계속했다. "어떤 불신자가 당신을 손아귀에 넣고 당신의 마음을 흔들어놓을까 걱정이오. 하지만 오늘은 여기서 그치겠소. 집에서라면 적어도 당신을 위해 기도할 수는 있겠지. 내 그렇게 하리다. 무슨 일이 생길지 누가 아오? 그럼 난 가겠소. 안녕히!"

그는 사냥꾼들의 통로가 있는 생울타리 쪽으로 가더니 테스를 돌아다보지도 않고 훌쩍 뛰어넘어 애보츠 서널 쪽으로 가는 언덕길을 걸어갔다. 그의 발걸음은 어딘지 마음의 어지러움을 나타내고 있었다.

그는 차츰 옛 생각이 떠오르는 듯 호주머니에서 작은 수첩 하나를 꺼냈다. 그 갈피 속에는 하도 여러 번 읽어서 낡고 때묻은 편지 한 통이 접혀 있었다. 더버빌은 그 편지를 꺼내어 폈다. 그 편지에는 몇 달 전의 날짜와 클레어 목사의 이름이 적혀 있었다. 그 편지는 더버빌의 회개를 진심으로 기뻐한다는 것과, 회개한 사실을 일부러 자기에게 알려주어서 고맙다는 사연으로 시작되어 있었다. 이어서 클레어 목사는 더버빌의 옛 행실을 기꺼이 용서한다는 약속과 함께 그의 장래 계획에 지대한 관심을 가지고 있다고 덧붙여 쓰고 있었다. 그리고 클레어 목사는 더버빌이 자기가 다년간 헌신해온 영국 국교에 입교하기를 바라며, 그 목적을 위해 그가 신학 대학에 들어간다면 도와주겠다고 했다. 그러나 그 교육 기간이 너무 기니 더버빌이 그러기를 원치 않는다면 굳이 강요하지는 않겠다고도 씌어 있었다. 그리고 각자는 성령이 깨우쳐주신 방법으로 최선을 다해서 일해야 할 것이라고도 씌어 있었다.

더버빌은 이 편지를 읽고 또 읽었다. 그는 어쩐지 자기 자신을 비웃고 있는 듯했다. 그러다가 걸으면서 수첩에 적힌 어떤 성경 구절을 읽더니 그의 얼굴은 평온을 되찾았고, 테스의 환상도 더 이상 그의 마음을 괴롭히지는 않는 듯했다.

한편, 테스는 자기의 거처로 가는 지름길이 있는 언덕배기를 걸어 내려가다가 1마일도 채 못 가서 양치는 사람 하나를 만났다.

"지나오다가 옛날 돌기둥 하나를 보았는데, 대체 그게 뭐지요? 그게 성 십자가로 쓰였던 거라면서요?" 하고 테스는 그 사람에게 물어보았다.

"십자가라구요? 천만에요. 그건 십자가가 아니었지요! 아가씨, 그건 불행을 상징하는 돌이랍니다. 그건 옛날에 기둥에 묶여 손바닥에 못 박히고 교수형을 당한 어떤 죄인의 친척들이 세운 거래요. 그 밑에 그 사람의 뼈가 묻혀 있다더군요. 그 죄인은 악마에게 제 영혼을 팔아먹어서 가끔씩 귀신이 되어 나돌아다닌다고들 합니다."

테스는 이 뜻밖의 무시무시한 얘기를 듣고는 정신이 어지러워 그 양치기를 뒤로 하고 서둘러 그 자리를 떠났다. 그녀가 플린트콤 애쉬 가까이에 다다르자 땅거미가 깔리기 시작했다. 테스는 마을 어귀의 골목에서 그녀가 다가오는 것도 모르고 있는 웬 처녀와 그녀의 애인이 함께 있는 것을 보았다. 그들은 별로 남의 눈을 피해 얘기하고 있는 것 같지는 않았다. 남자의 다정한 말소리에 대답하는 처녀의 맑고 거침없는 목소리는 무엇 하나 거리낌이 없는, 고요한 어둠에 싸인 지평선 위에 단 하나의 부드러운 소리로 차가운 대기에 울려퍼졌다. 그들의 음성은 잠시 테스의 마음을 상쾌하게 해주었다. 그러나 테스는, 이들의 만남 역시 지금 테스 자신이 겪고 있는 불행을 초래한 서곡과도 같은 애정을 둘 중 누군가가 먼저 느낀 데서 시작된 것이라는 결론을 내렸다. 테스가 다가가자, 처녀는 침착하게 돌아다보더니 테스를 알아보았고 남자는 어색한 듯이 자리를 떴다. 그 처녀는 이즈 휴에트였다. 이즈는 테스의 이번 여행에 관심이 쏠려 자기 자신의 일 따위는 말끔히 잊고 말았다. 테스는 여행의 결과에 대해 분명한 말을 하지 않았다. 눈치 빠른 이즈는 조금 전에 테스한테 들킨 자기의 사소한 연애 얘기로 말머리를 돌렸다.

"그이는 앰비 시들링이라는 사람인데, 톨보데이스 목장에 있을 때 가끔 찾아와서 일을 도와주던 사람이야. 여기저기 수소문을 한 끝에 내가 여기 있다는 걸 알고 쫓아왔지 않겠니. 글쎄 지난 2년 동안 나를 사랑해왔다나. 그렇지만 난 분명한 대답을 해주진 않았어."

46 아무 보람도 없는 여행에서 돌아온 지 며칠이 지나자 테스는 다시 밭에 나가 일했다. 여전히 건조한 겨울 바람이 불고 있었지만 바람을 막기 위해 세워진, 병풍처럼 둘러친 짚단 울타리가 휘몰아치는 바람을 막아주었다. 울타리 옆에는 새로 페인트칠을 할 순무 써는 기계가 놓여 있었다. 그 파란 페인트 색깔은 음산하기 짝이

없는 주위의 풍경 속에서 거의 소리를 낼 것 같은 인상을 주었다. 그 기계 맞은편에는 초겨울부터 순무를 저장하는, 무덤같이 생긴 길다란 움이 있었다. 테스는 지붕이 없는 울타리 끝에 서서 순무에 붙은 흙과 잔털을 낫으로 다듬은 다음 기계 속으로 던져놓곤 했다. 한 남자가 기계의 손잡이를 돌리면, 통 속에서는 갓 자른 순무가 쏟아져 나오고, 누런 순무 토막이 풍기는 싱싱한 냄새는 윙윙거리는 바람 소리와, 순무 써는 칼날 소리, 그리고 테스가 가죽 장갑을 끼고 순무를 다듬는 소리들이 한데 어울려 사방으로 울려퍼졌다. 순무를 다 캐낸 갈색의 넓은 밭에는 그보다 짙은 갈색 고랑이 나타나기 시작하여 점점 넓어져, 마침내 여러 겹으로 감은 리본과 같은 모양이 되었다. 그 밭고랑을 따라 열 개의 발이 서서히 쉬지 않고 밭의 끝에서 끝까지 이리저리 움직이고 있었다. 그것은 한 남자가 두 필의 말에 쟁기를 끌고 봄에 씨를 뿌리기 위해 순무를 다 캐낸 밭을 갈고 있는 모습이었다.

몇 시간이 지나도 즐거움이 없는 단조로운 일만이 계속될 뿐이었다. 이윽고 쟁기질하고 있는 말 너머 멀리, 검은 점 하나가 나타났다. 그 점은 벌어진 울타리 틈 사이에서 나타나더니 비탈길을 따라 순무 자르는 사람들 쪽으로 오는 것 같았다. 처음에 점같이 보이던 그것은 차차 나무 기둥처럼 커졌고, 잠시 후 그것은 플린트콤 애쉬 쪽에서 오는, 검은 옷을 입은 남자라는 것을 알 수 있었다. 기계를 돌리는 남자는 손만 놀리면 되었기에 그의 눈길은 줄곧 다가오는 남자에게 쏠리고 있었다. 그러나 일에 열중하고 있던 테스는 함께 일하는 친구들이 알려줄 때까지 그 남자가 다가오고 있는 것을 모르고 있었다.

그 남자는 성질이 까다로운, 작업을 감독하는 농장 주인인 그로비가 아니라 한때는 무분별한 방탕 생활을 했던, 제법 목사다운 옷차림을 한 알렉 더버빌이었다. 설교에 열중하던 때와는 달리 지금의 그에게는 열정적인 의욕이 별로 보이지 않았고, 게다가 기계 돌리는 여자가 곁에 있어서인지 좀 거북해 하는 눈치였다. 테스는 벌써 얼굴이 핼쑥해지더니 괴로운 빛이 떠오르고 머리에 쓴 수건을 더 깊숙이 눌러

썼다.

더버빌은 테스에게 다가오더니 조용히 말했다.

"테스, 할말이 좀 있소."

"다시는 내 앞에 나타나지 말라고 말씀드렸었는데 내 청을 어겼군요!" 그녀가 말했다.

"그렇게 됐소. 하지만 그럴 만한 이유가 있어서 찾아온 거요."

"그럼, 말씀해보세요."

"당신이 생각한 것보다는 훨씬 심각한 일이오."

더버빌은 누가 듣지나 않나 하고 사방을 두리번거렸다. 그들은 순무 자르는 기계를 돌리고 있는 남자에게서 상당히 떨어져 있었고, 기계 소리도 알렉의 말소리가 다른 사람들의 귀에 들리지 않게 충분히 막아주었다. 더버빌은 테스가 그 일꾼의 눈에 띄지 않도록 그쪽으로 등을 돌리고 섰다.

"실은 말이오" 하고 그는 변덕스럽게 뉘우치듯 말을 이었다. "전에 만났을 때 당신과 내 영혼 문제만을 생각하다 보니 당신의 생활 형편을 묻지 못하고 말았소. 당신의 차림새가 괜찮아 보이는 바람에 미처 그런 생각까진 못했던 거요. 그런데 당신 생활이 어렵다는 걸 이제야 알았소. 내가 당신을 만났던 그때보다 더 어렵다는 걸 말이오. 당신이 견디기엔 너무 고생스러운 것 같군. 아마 그건 내게도 책임이 많을 거요!"

그녀에게서는 대답이 없었다. 수건으로 얼굴을 가린 채 고개를 떨구고 다시금 순무 다듬는 일을 시작하는 테스를 더버빌은 의아스러운 듯 바라보았다. 그녀는 일에 열중하면 더버빌 때문에 받는 괴로움을 피할 수 있으리라 생각했다.

그는 불만스런 한숨을 내쉬며 말을 계속했다.

"테스, 내가 당신에게 저지른 게 가장 큰 과오였소! 그런 결과가 될 줄은 미처 생각 못했었소. 순진한 사람의 일생을 망쳐놓다니…… 난 정말 몹쓸 인간이었소! 모든 잘못은 나한테 있소. 트랜트리지에서 저지른 방종한 짓들 말이오. 당신이야말로 진짜 가문의 후손이고 난 천해빠진 엉터리 자손에 지나지 않는데, 당신은 어쩌면 그렇게도 앞일을 볼 줄 모르는 철부지 아가씨였을까! 진심으로 말하는데, 동기야 어쨌건 간에 심보 나쁜 사내들이 마련해놓은 위험한 함정이나 그물이 있는 건 까맣게 모르고 함부로 딸을 키우는 부모가 있다니, 그건 창피한 일일 수밖에 없소."

테스는 아무 생각 없이 순무를 다듬어 던져놓고 다시 다른 순무를 집어들면서 잠자코 얘기를 듣기만 했다. 그러고 있는 그녀의 모습은 그저 시름에 잠겨 있는 시골의 여느 여자와 비슷해 보였다.

더버빌은 말을 이었다.

"하지만 난 그런 말을 하러 온 게 아니오. 지금 내 처지는 이렇소. 당신이 트랜트리지를 떠난 후 어머니는 돌아가시고 그 집은 내 것이 되었소. 난 그걸 팔아가지고 아프리카로 가서 전도사업에 헌신할 작정이오. 내가 그런 사업에 아주 서투른 건 의심할 나위가 없소. 그런데 내가 지금 당신에게 부탁하고 싶은 것은, 나의 의무, 말하자면 내가 당신에게 저지른 잘못을 나로 하여금 갚게 해주지 않겠는가, 다시 말하면 내 아내가 되어 나와 함께 그곳으로 가주지 않겠는가, 하는 것이오……. 난 벌써 이런 귀중한 서류까지 얻어놓았는데, 그건 늙으신 어머니가 돌아가시면서 바라신 마지막 소원이었소."

더버빌은 주저하며 호주머니를 뒤적이더니 양피지 한 장을 꺼냈다.

"그게 뭐지요?" 그녀가 물었다.

"결혼 허가증이오."

"어머나, 안 돼요. 그건 안 될 말이에요!" 그녀는 깜짝 놀라 얼른 물러서면서 성급히 말했다.

"안 된다고? 왜 안 되오?"

이렇게 묻는 더버빌의 얼굴에는 실망의 빛이 스쳤다. 그건 단지 자기의 의무를 이행할 수 없다는 실망의 빛만도 아닌, 테스에게 향하는 옛날의 욕정이 어느 정도 다시 살아난 징조임에 틀림없었다. 의무감과 욕정이 뒤섞여 줄달음질쳤다.

"아마 틀림없이……" 하고 그는 성급히 다시 말을 꺼냈다. 그러고 는 순무 자르는 기계를 돌리는 일꾼을 돌아다보았다.

테스도 이야기가 여기서 끝날 것 같지 않다고 생각했다. 그래서 그 녀는 손님이 왔으니 잠깐 그분하고 거닐다 오겠다고 그 일꾼에게 말해 놓고 더버빌과 함께 얼룩말의 무늬처럼 고랑이 패어 있는 순무 밭을 가 로질러 걸었다. 새로 밭갈이를 해놓은 곳에 이르자 그가 손을 내밀어 테스를 건네주려고 했지만, 그녀는 그를 못 본 척하고 딛고 넘었다.

"테스, 나하고 결혼하지 않겠다는 거요? 그래서 나로 하여금 자존 심을 가질 수 없게 하겠다는 거요?" 그들이 밭고랑을 건너자마자 그가 같은 말을 되풀이했다.

"그럴 순 없어요."

"하지만 어째서?"

"내가 당신에게 애정을 느끼고 있지 않은 건 당신도 아시잖아요?"

"그렇지만 당신이 진정으로 나를 용서해주게 되는 날엔 차차 느끼 게 될 거요."

"아녜요. 결코 그럴 리 없어요!"

"어떻게 그렇게 잘라서 말할 수 있소?"

"난 다른 분을 사랑하고 있으니까요."

이 말을 듣고 더버빌은 깜짝 놀라는 듯했다.

"그래? 다른 남자를 사랑한다고? 그렇지만 당신은 도덕적으로 옳고 그른 걸 따져볼 힘도 없단 말이오?"

"그래요, 그래. 그런 말은 이제 꺼내지도 말아요!"

"아무래도 그 남자에 대한 당신의 사랑은 극복할 수 있는 일시적인 감정에 지나지 않을 테고……."

"아녜요, 그렇지 않아요."

"그럴 수 있소. 어째서 그렇지 않단 말이오?"

"그 이유는 말할 수 없어요."

"당신의 체면에 관계되는 일이니 말해봐요!"

"그럼 말하겠어요⋯⋯난 그분하고 결혼했어요."

"뭐라고!" 그가 외쳤다. 그리고는 갑자기 멈추어서더니 테스를 뚫어지게 쳐다보았다.

"난 말하고 싶지 않았어요. 그럴 생각조차 없었어요! 난 여기서도 그걸 숨기고 있고, 알았다 해도 그저 어렴풋이 짐작이나 할 거예요. 그러니 제발 그런 건 묻지 마세요. 그리고 우린 이제 완전히 남남이라는 걸 아셔야 해요." 그녀는 애원하듯 말했다.

"남남이라, 우리 사이가 남남이 되었다고!"

순간 더버빌의 얼굴에 옛날의 그 짓궂은 인상이 나타났지만, 그는 곧 꿋꿋하게 그것을 억눌러버렸다.

순무 자르는 기계를 돌리고 있는 일꾼을 가리키며 그는 기계적인 말투로 물었다.

"저 남자가 당신 남편이오?"

"저 남자라니요! 그럴 리야!" 테스가 도도하게 말했다.

"그럼, 누구요?"

"말하고 싶지 않은 걸 자꾸 캐묻지 마세요!"

이렇게 부탁하고 고개를 치켜든, 속눈썹이 짙은 그녀의 눈에는 애원하는 빛이 어렸다.

더버빌은 당황해 했다.

"오직 당신을 위해서 물었을 따름이오!" 그는 흥분한 목소리로 대꾸했다. "하늘의 천사들이여! 하느님! 이렇게 말하는 저를 용서하소서──내가 여기 온 건 정말이지 당신을 위해서였소. 테스, 그런 눈은 견딜 수 없소! 그런 눈초리는 예수님이 오기 전이나 온 후에도 없었소! 아, 나는 이성을 잃어서는 안 돼. 절대 안 돼. 솔직히 말해서 당신을 다시 만나니 사라진 줄 알았던 당신에 대한 애정이 되살아나오. 난 우리가 결혼하면 모든 것이 만족스럽게 될 거라고 생각했소. '믿지 아니하는 남편이 아내로 인하여 거룩하게 되고, 믿지 아니하는 아내가 남편으로 인하여 거룩하게 되나니'《신약성서》〈고린도 전서〉제7

장 14절)라는 성경 구절을 외곤 했었소. 그런데 내 계획은 수포로 돌아가고 난 이 실망을 견뎌야 하다니!"

그는 땅바닥을 내려다보며 침울한 표정으로 생각에 잠겼다.

"결혼, 결혼했다고!……알겠소. 사정이 그렇다면야." 그는 결혼 허가증을 반으로 찢어 호주머니에 넣으며 침착한 태도로 덧붙여 말했다. "결혼할 수 없게 되었으니, 난 당신과 당신 남편을 위해 뭔가 좋은 일을 해주고 싶소. 하긴 난 당신 남편이 어떤 사람인지 모르지만. 물어보고 싶은 건 너무 많지만 당신이 말하고 싶지 않다니 구태여 묻진 않겠소. 당신 남편이 누군지만 알 수 있다면 보다 수월하게 당신들을 도울 수 있겠는데. 그분은 이 농장에 있소?"

"아니에요. 멀리 떠났어요." 그녀가 중얼거리듯 말했다.

"멀리 떠났다고? 그럼 당신과 떨어져 있단 말이오? 도대체 어떤 남자이기에?"

"아, 그이를 욕하지는 마세요! 그렇게 된 것도 다 당신 때문이에요! 그이가 내 과거를 알게 돼서…….."

"아, 그래요!……테스, 그것 참 안됐구려!"

"안되다마다요."

"하지만 당신을 남겨두고…… 그래 이렇게 당신을 고생시키다니!"

"그이가 고생하라고 내버려 둔 게 아니에요! 그이는 내가 이러고 있는 걸 몰라요! 이건 내가 사서 하는 고생이에요." 떠나버리고 없는 남편을 두둔하느라고 테스는 소리쳐 말했다.

"그럼 편지는 오는지?"

"그건……그건 뭐라고 말할 수 없어요. 그건 우리끼리의 문제이니까요."

"물론 그 말은 편지도 없다는 말이겠지. 테스, 당신은 버림받은 아내가 되었군!"

충격을 받은 더버빌은 갑자기 몸을 돌이켜 그녀의 손을 움켜쥐었다. 테스가 물소 가죽 장갑을 끼고 있었으므로 그는 그녀의 살결과 체온을 느끼지 못하고 누런 가죽 손가락을 잡았을 따름이다.

"안 돼요. 안 된다니까요!" 테스는 마치 호주머니에서 손을 빼내듯 장갑에서 손을 쑥 빼내 그의 손에 빈 장갑만을 남겨둔 채 겁에 질려 소리쳤다. "아, 가주세요. 나를 생각해서, 그리고 내 남편을 생각해서 제발 가주세요. 당신이 믿는 하느님의 이름으로 빌겠어요!"

"알았소, 알았어. 그럼 돌아가겠소."

이렇게 말하고 나서 그는 장갑을 그녀에게 돌려주고 돌아서서 가려다가 다시 돌아다보며 말했다.

"테스, 하느님께서도 아시겠지만, 내가 당신 손을 잡은 건 당신을 유혹하려고 그런 건 아니오!"

여태까지 이야기에 정신이 팔려 있던 그들은 밭을 달려오는 말발굽 소리를 듣지 못했다. 말발굽 소리가 그들의 바로 뒤에서 멎더니 그녀의 귓전에 남자의 말소리가 들려왔다.

"도대체 지금이 어느 때라고 일은 팽개치고 이러고 있는 거야?"

농장 주인 그로비는 멀리서 그들의 모습을 보고 그들이 무얼 하는가를 알아보려고 말을 타고 달려왔던 것이다.

"이 사람에게 그따위 식으로 말하지 마시오!" 하고 더버빌은 기독교인답지 않게 험상궂은 얼굴로 말했다.

"하긴 그렇군요! 그런데 감리교 목사님께서는 이 아가씨한테 무슨 볼일이라도 있으신지요?"

"도대체 이자는 누구요?" 더버빌이 테스 쪽을 돌아보며 물었다. 테스는 더버빌 앞으로 다가섰다.

"돌아가세요, 부탁이에요!" 테스가 애원했다.

"뭐라고? 저 폭군 같은 자에게 당신을 맡기고 가란 말이오? 얼굴만 봐도 얼마나 야비한 자인지 알 수 있소."

"저 사람, 나를 해칠 사람은 아니에요. 나를 좋아하지도 않구요. 고지 축제일에 난 여길 떠나게 돼 있어요."

"알았소, 당신의 말에 따를 수밖에. 좋아요, 그럼 안녕히!"

테스는 자기를 혼내주고 있는 그로비보다도 자기를 두둔하는 더버
빌이 더 무서웠다. 더버빌이 마지못해 떠나자 그로비는 새삼스레 테
스를 야단쳤다. 그러나 그것은 남녀간의 애정 문제와는 관계없는 야
단이어서 테스는 침착하게 그 야단을 들을 수 있었다. 마음만 먹으면
능히 자기를 때릴 수도 있는 목석 같은 이 남자를 주인으로 모셔야 한
다는 것은 지난날에 겪은 여러 경험으로 미루어볼 때 차라리 속이 편
했다. 테스는 조용히 아까 일하던 높직한 작업장으로 돌아갔다. 테스
는 방금 전에 더버빌과 만난 그 일을 골똘히 생각하느라고 그로비의
말 콧등이 자기 어깨에 닿을 뻔한 것도 모를 정도였다.

"고지 축제일까지 우리 농장에서 일하겠다고 계약을 했으니, 어디
두고 보아야지" 하고 그로비가 버럭 소리를 질렀다. "여자들이란 정말
골칫덩어리거든. 이랬다저랬다 하다가 시간이 지나면 딴소리를 한단
말야. 난 그따위 버릇은 이젠 더 참지 않을걸!"

골탕 먹었던 그 일 때문에 주인이 앙심을 품고 다른 여자들은 심하
게 대하지 않고 자기에게만 그러는 것을 잘 알고 있는 테스는, 자기가
조금 전에 돈 많은 알렉이 아내가 되어달라고 부탁하던 그 청을 받아
들였더라면 그 결과가 어떻게 되었을까 하고 잠시 상상해보았다. 만
일 그랬더라면 지금 가혹하게 구는 주인에게뿐만 아니라 자기를 얕보
는 듯한 모든 세상 사람들에게서 완전히 벗어날 수 있게 될 터였다.

"하지만 그건 안 돼!" 그녀는 숨가쁘게 중얼거렸다. "그 사람하고
결혼하다니 그럴 순 없어! 그 사람은 너무 불쾌한 사람이야."

이날 밤, 테스는 클레어에게 고생하는 자기 처지는 감추고 변함없
는 사랑을 맹세하는 애절한 편지를 썼다. 이 편지를 읽는 사람이라면
누구나 열렬한 사랑 속에 어쩌면 불행한 일이 일어날지도 모른다는
어떤 무서운 두려움──거의 절망적이라고도 할 수 있는 두려움이 도
사리고 있음을 알 수 있었을 것이다. 이번에도 테스는 자기의 심정을
시원하게 털어놓지는 않았다. 이즈에게 함께 떠나자고 한 적도 있는
클레어이고 보면, 아마 그는 조금도 테스 생각은 하지 않고 있는지도

모른다. 테스는 다 쓴 편지를 상자 속에 넣으면서, 과연 엔젤이 그것을 읽어볼 날이 있을지 의심스럽게 생각되었다.

이런 일이 있은 후, 테스의 나날은 무척 고되었다. 어느덧 농부들에게는 대단히 중요한 성촉절(성모의 순결을 기념하여 촛불 행진을 하는 2월 2일)이 다가왔다. 이날은 곧 닥쳐올 고지 축제일 다음날부터 시작되는, 1년간의 새로운 계약을 맺는 장날이었다. 그래서 일자리를 바꾸고 싶은 농부들은 지체없이 장이 서는 마을로 모여들었다. 플린트콤 애쉬 농장의 일꾼들은 거의 다 다른 곳으로 옮겨가고 싶어서 이른 아침부터 작은 산등성이 너머 10여 마일 떨어져 있는 읍으로 몰려갔다. 떠나지 않은 사람은 얼마 되지 않았는데, 테스도 그들 중의 한 사람이었다. 테스도 물론 고지 축제일엔 사분기의 품삯을 받는 대로 떠나려고 작정하고 있었는데, 앞으로 다시는 바깥일을 하지 않아도 좋을 어떤 일이 생기지 않을까, 하는 막연한 기대를 품고 있었기 때문이다.

겨울이 다 지났다고 착각할 만큼 겨울치고는 유난히 포근한 2월의 첫날이었다. 테스가 점심을 거의 마쳤을 무렵, 오늘따라 혼자 남아 있는 하숙집 창문에 더버빌의 그림자가 나타났다.

테스는 벌떡 일어섰다. 그러나 방문객은 이미 문을 두드리고 있어서 그녀는 도망칠 수도 없었다. 더버빌이 문을 두드리는 소리와 문으로 걸어 들어오는 태도는 저번에 만났을 때와는 다른 어떤 변화를 찾아볼 수 있었다. 그것은 그의 수줍어하는 듯한 태도였다. 테스는 문을 열어주지 말까 하고 생각했지만 그건 지각없는 짓이라는 생각이 들었다. 그녀는 일어나서 빗장을 벗겨주고는 주춤 뒤로 물러섰다. 그는 방으로 들어왔다. 그녀를 한번 쳐다보고는 아무 말 없이 의자에 덜썩 주저앉았다.

"테스, 오지 않곤 어쩔 수 없었소!" 하고 그는 달아오른 얼굴을 손으로 문지르며 절망에 빠진 사람처럼 말하기 시작했다. 그의 얼굴은 붉게 흥분되어 있었다. "테스, 적어도 당신이 어떻게 지내고 있는가는 알아봐야 할 것 같아서 이렇게 찾아왔소. 지난 주일에 당신을 만나기 전까진 난 한 번도 당신을 생각해본 적이 없었소. 이젠 당신의 모습을 잊으려 해도 내 마음에서 당신이 영 떠나질 않는구려! 착한 여자가 나쁜 남자를 괴롭힌다는 건 당찮은 일일 텐데도 당신은 나를 괴롭히고 있소! 테스, 나를 위해 기도만이라도 해준다면 정말 고맙겠소!"

그가 불만을 억제하고 있는 모습은 그지없이 측은해 보였다. 그러나 테스는 그를 동정하지 않았다.

"난 이 세상을 움직이고 있는 거대한 '힘'이 나 때문에 그 계획을 바꾸리라고는 믿을 수 없어요. 그런데 어떻게 내가 당신을 위해 기도할 수 있겠어요?" 테스가 말했다.

"정말 그렇게 생각하오?"

"그래요. 달리 생각하던 걸 고치게 됐는걸요."

"고치게 돼? 누가 고쳐주었소?"

"꼭 알고 싶다면 말씀드리지요. 남편이 고쳐주었어요."

"오, 당신 남편, 당신 남편이란 말이지! 참 이상한 일이군! 당신은 얼마 전에도 그런 말을 비친 적이 있는데. 테스, 당신이 세상에서 진정으로 믿고 있는 건 뭐요? 당신에게는 이렇다 할 종교도 없는 것 같은데…… 하기야 그것도 내 탓인지도 모르지만."

"나도 믿는 건 있어요. 초자연적인 거라면 아무것도 믿지 않지만 말예요."

더버빌은 의아스럽게 그녀를 바라보았다.

"그렇다면 당신은 내가 걷는 길은 모조리 틀렸다고 생각하오?"

"대개는 그런 것 같아요."

"흠, 하지만 그 점에 대해 나는 확신이 서 있소." 그가 불안스럽게 말했다.

"난 산상수훈의 정신만은 믿고 있어요. 제 남편도 그렇구요…… 하지만 내가 믿지 않는 건……."

여기서 테스는 자기가 믿지 않는 것을 들어서 말했다.

더버빌이 무뚝뚝하게 말했다.

"당신은 당신 남편이 보는 건 그대로 믿고 그 사람이 반대하는 건 당신도 덩달아 반대하는군. 당신 자신이 그걸 캐보고 따져보려는 생각은 조금도 없고 말야. 여자들이란 하나같이 다 저렇다니까. 마음이 온통 그 사람의 노예가 되어 있군 그래."

"아무렴요. 그이는 모르는 게 없답니다!" 순진하게도 테스는 아무리 완전 무결한 사람일지라도 받기 어려운, 클레어에게 향하는 자랑스러운 신뢰감을 감추지 못하며 말했다.

"그렇지만 다른 사람의 부정적인 태도를 무조건 받아들여선 안 되오. 당신한테 그따위 회의론을 가르치다니, 어지간한 사람이군!"

"그이는 내 판단을 자기 생각대로 강요한 적은 없어요! 그런 문젤 가지고 티격태격해본 적도 없구요! 그렇지만 그 점에 대해 난 이렇게 생각해요. 여러 가지 교리를 깊이 캐본 끝에 믿게 된 것이라면 그런 걸 조금도 캐보지 못한 나 같은 사람이 믿는 것보다는 훨씬 나을 거라구요."

"보통 때 그 사람은 뭐라고 말했소? 확실히 뭐라고 말했을 텐데?"

테스는 곰곰이 생각해보았다. 비록 테스가 엔젤 클레어가 말한 뜻을 평소에 이해하지는 못했을지라도 한 마디 한 마디가 분명히 기억났다. 가끔 그녀를 옆에 두고 혼자서 중얼거리며 골똘히 생각에 잠길 때 그가 곧잘 쓰곤 하던 냉철하고도 이론적인 삼단 논법이 귀에 익었으므로, 남편이 하던 말이 생각났다. 테스는 클레어의 말투와 손짓까지도 흉내내어 경건하고 충실하게 그것을 더버빌에게 말해주었다.

"한 번 더해주시오." 관심을 기울여 그녀의 말을 듣고 있던 더버빌이 청했다.

테스는 그 논법을 되풀이 말했고, 더버빌은 생각에 잠겨 테스가 하는 말을 따라서 외워보았다.

"그 밖에 다른 말은 없었소?" 이윽고 그가 테스에게 물었다.

"언젠가 그이가 이런 말씀을 한 적이 있어요."

테스는 또 하나를 생각나는 대로 그에게 말해주었다. 그것은 《철학

사전》(프랑스의 사상가 볼테르의 저서)과 헉슬리(영국의 생물학자로 볼테르와 같이 무신론자임)의 《수상록》 계열에 속하는 책에서 흔히 볼 수 있는 내용이었다.

"아하! 그런데 어떻게 그런 걸 다 외우고 있소?"

"그이는 바라지 않았지만 그이가 믿는 건 뭐든지 나도 믿고 싶었어요. 그래서 내가 졸랐더니 그이가 생각하고 있는 걸 얘기해주시더군요. 그것을 완전히 이해한다고 말씀드릴 순 없지만 그것이 옳다는 것만은 알고 있어요."

"흥, 자기도 모르는 걸 나에게 가르쳐주다니!"

그는 생각에 잠겼다.

"그래서 난 정신적으로 그이와 운명을 함께 하기로 한 거예요" 하고 테스는 다시 말을 시작했다. "정신적으로 서로 다른 운명을 갖고 싶지 않았어요. 그이에게 좋은 거라면 내게도 좋은 거니까요."

"그 사람은 당신이 자기만큼이나 철저한 불신자라는 사실을 알고 있소?"

"아뇨. 내가 신자니 불신자니 하고 그런 말을 꺼낸 적이 없으니까요."

"테스, 결과적으로 지금의 당신은 나보다 훨씬 행복하오! 당신은 나처럼 구태여 교리를 설교해야 할 필요를 느끼지도 않을 게고, 그렇다고 양심에 가책을 받지도 않을 테니까. 그렇지만 나는 꼭 내 교리를 설교해야 되겠다고 생각하면서도 악마에게 홀린 것처럼 겁이 난단 말이오. 설교를 하다가도 문득 그만두고는 당신 생각에 사로잡히기 때문이오."

"어째서 그렇죠?"

"글쎄" 하고 더버빌은 무뚝뚝하게 대답했다. "나는 오늘 당신을 만나보러 이렇게 먼 길을 오지 않았소! 내가 집을 나설 때에는 캐스터브리지 장에 가서 마차를 연단 삼아 하오 두 시 반에 설교를 하려고 했었소. 지금쯤 모두들 나를 기다리고 있을 거요. 여기 그 집회 광고가 있소."

그는 웃옷 호주머니에서 광고 한 장을 꺼냈다. 그 광고에는 그가 말한 대로 '복음'을 전도할 날짜, 시간, 장소 등이 씌어 있었다.

"하지만 이제 어떻게 시간에 맞춰 가시겠어요?" 테스는 시계를 쳐다보며 말했다.

"지금 내가 여기 와 있는데, 가긴 어떻게 가겠소."

"아니, 설교하시기로 정해놓고 그러면 어떻게……."

"난 설교하기로 약속해놓고선 나타나지도 않는 사람이 되었소. 전에 내가 경멸하던 여자를 보고 싶은 간절한 욕망 때문에 말이오. 아니지, 사실, 난 당신을 경멸한 적은 없지. 만약 내가 당신을 경멸한 적이 있었다면 지금 이렇게 당신을 사랑할 수는 없을 거요. 내가 당신을 경멸하지 않은 이유는 그토록 온갖 고생을 겪었으면서도 당신은 오로지 순결했기 때문이오. 당신은 자기의 처지를 깨닫고 나자 재빨리 과감하게 내 곁에서 물러났소. 당신은 내 마음대로 움직여주지 않았소. 그래, 내가 경멸할 수 없는 여자가 꼭 한 사람 있었는데, 그게 바로 당신이오. 이제 당신이 나를 경멸한다면 그래도 좋소. 난 내가 산 위에서 기도를 올리고 있는 줄 알았는데, 알고 보니 난 숲속에서 우상을 섬기고 있었어! 하하!"

"오, 알렉 더버빌 씨, 그게 무슨 말씀이지요? 내가 뭘 어쨌다는 거예요?"

"뭘 어쨌느냐구?" 하고 더버빌은 야비하게 비웃는 투로 말했다.

"일부러 뭘 어쩐 건 없지. 하지만 당신은 자기도 모르는 사이에 내 타락을 부채질했소. 난 나 자신에게 이렇게 물어보오——나는 정말 '세상의 더러움을 피한 후에 다시 그 중에 얽매이고 지면 그 나중 형편이 처음보다 더 심하다'(《신약성서》〈베드로 후서〉제2장 20절에서 인용함)는 '멸망의 종들' 중의 한 사람이 되는 게 아닌가 하고." 그는 테스의 어깨 위에 손을 얹었다. "이봐요, 테스, 당신을 다시 만나기까지 난 적어도 사회 구제의 길을 걷고 있었소." 그는 마치 어린아이를 다루듯 그녀를 흔들어대며 말했다. "그런데 왜 그때 당신은 또 나를 유혹했소? 당신의 그 눈과 입을 보기 전까지는 나도 꽤 의지가 굳은 사내였는데…… 참말이지, 이브의 입술이 아니라면 사내의 마음을 이렇게 미치게 만드는 입술이 또 있을까!" 그의 목소리는 가라앉았고, 검은 두 눈에서는 뜨겁고 교활한 빛이 번뜩였다. "테스, 이 요부! 귀여운, 바빌론의 요부 같은 테스! 다시 당신을 보자마자 난 당신의 노예가 되고 말았어!"

"당신이 나를 다시 만난 것은 나로서는 어쩔 도리가 없었어요!" 테스는 뒷걸음질치면서 말했다.

"그건 나도 알고 있소. 다시 한 번 말하는데, 뭐 당신을 나무라는 건 아니오. 하지만 만난 건 역시 사실이니까. 전에 농장에서 당신이 천대받는 걸 봤는데, 내겐 당신을 보호해줄 법적 권리도 없고 도저히 그걸 가질 수도 없다는 것, 그런데 그런 권리를 갖고 있는 사람은 당신을 조금도 돌보아주지 않는다는 걸 생각하니 난 꼭 미칠 것만 같았소!"

"그이를 욕하지 마세요. 지금 여기에 있지도 않은 분을 가지고. 그이를 좀 점잖게 대해주세요. 당신한테 해를 끼친 것도 없잖아요! 떳떳한 그이의 체면을 더럽히는 추잡한 소문이 나돌기 전에 제발 돌아가주세요!"

"가겠소, 돌아가겠소." 그는 악몽에서 깨어난 듯 말했다. "난 장터에서 불쌍한 주정뱅이들에게 설교하려던 약속을 어기고 말았소. 이런 어리석은 짓을 하기는 처음이오. 한 달 전만 해도 이런 일은 생각만해도 무서웠을 것이오. 가겠소. 결코 당신을 만나지 않겠다는 맹세로 말이오. 하지만 내가 당신을 멀리할 수 있을까!" 그러더니 문득 그는 애원했다. "테스, 한 번만 안게 해주오, 한 번만! 옛정을 생각해서라도 꼭 한 번만……."

"알렉, 난 약한 아녀자예요! 난 남편의 명예를 지키고 있는 여자예요. 그걸 모르세요? 부끄럽지도 않으세요!"

"좋아! 알았소, 알았어!"

더버빌은 자기의 마음이 약한 것을 부끄럽게 여기며 지그시 입술을 깨물었다. 이제 그의 눈에는 세속적인 믿음이나 종교적인 신앙도 사라져버렸다. 그가 회개한 이래 주름살 속에 깊이 파묻혀 있던 옛날의 그 발작적인 정욕의 뿌리가 되살아나듯 한꺼번에 잠을 깨고 일어나는 것 같았다. 그는 우물쭈물하며 나가버렸다.

더버빌은 설교 약속을 어긴 것은 신자의 일시적인 타락에 불과하다고 말했지만 엔젤 클레어의 말을 그대로 흉내내어 말하던 테스의 말은 알렉에게 깊은 감명을 주었고, 테스의 곁을 떠난 후에도 그 감명이 사라지지 않았다. 지금까진 꿈에도 생각지 못한 일이었지만 자기 신앙도 언제 깨어질지 모르는 불안한 상태에 있다고 깨닫자, 그는 온몸의 힘이 빠져버린 듯 맥없이 잠자코 걸었다. 그의 일시적인 회개는 애당초부터 이성이 끼여들었던 것은 아니었다. 그것은 아마도 새로운 감각을 찾아 헤매는 경솔한 사람의 일시적인 장난에 지나지 않았고, 어머니의 죽음에서 받은 충격 탓이었을 것이다.

알렉의 열광적인 신앙의 바다 위에 테스가 던져준 몇 방울의 논리는 부글부글 끓어오르는 그의 신앙을 식히고 가라앉히는 구실을 했다. 더버빌은 테스에게서 들은 그 구체적인 말들을 여러 번 되풀이해 생각하면서 이렇게 혼자 중얼거렸다.

"그 영리한 사람도 테스에게 그런 말을 해줌으로써 나로 하여금 그녀한테로 돌아갈 길을 터놓아 주리라고는 꿈에도 생각지 못했을 거야!"

47 플린트콤 애쉬 농장이 마지막 밀 타작을 하는 날이었다. 3월의 새벽녘은 유난스레 흐려서 동녘의 지평선조차 분간할 수 없었다. 겨우내 비바람에 시달리며 을씨년스럽게 웅크리고 있던 사다리꼴의 밀 낟가리 꼭대기가 새벽녘의 어스름 속에 뚜렷이 드러났다.

이즈 휴에트와 테스가 일터에 도착했을 때에는 벌써 누가 와 있는 듯 바스락거리는 소리가 들렸다. 날이 차차 밝아지자 밀 낟가리 꼭대기에 두 사람의 그림자가 희미하게 드러났다. 그들은 낟가리 벗기기, 즉 밀단을 던져 내리기 전에 덮은 이엉을 걷어내기에 정신이 없었다. 그들이 낟가리의 이엉을 걷어내고 있는 동안 이즈와 테스는 연한 갈색의 앞치마를 걸치고 있는 다른 여자들과 함께 추위에 떨며 서서 기다렸다. 농장 주인 그로비는 되도록이면 하루 동안에 그 일을 끝내려고 새벽부터 일꾼들을 재촉해서 일터로 끌어냈던 것이다. 낟가리 바로 아래에 놓여 있는, 일하는 여자들이 돌려야 할 피대와 바퀴가 달린 목조의 붉은 탈곡기가 마치 폭군처럼 어슴푸레하게 버티고 서 있었다. 그것은 기계가 작동하는 동안엔 일하는 여자들의 몸과 정신에 쉴 새없이 인내를 요구할 것이었다.

　조금 떨어진 곳에 희미하게 또 한 대의 기계가 보였다. 그 검은 기계는 굉장한 힘을 갖고 있는 듯 무엇에 짓눌린 것처럼 씩씩거리는 소리를 내고 있었다. 물푸레나무 곁에 우뚝 솟아 있는 높은 굴뚝과 거기서 내뿜고 있는 열기로 미루어, 아직 날이 환히 밝기 전이었지만 그것이 이 조그만 세계의 원동력이 될 발동기임을 알 수 있었다. 그 발동기 옆에는 그을음과 때에 절어 거무스름한 키 큰 남자가 산더미처럼 쌓인 석탄 옆에 우두커니 서 있었다. 그 사람이 바로 기관수였다. 그의 모습과 얼굴 빛깔이 하도 유별스러워서 그는 마치 이 고장 토박이들을 놀래주려고 자기의 모습과는 딴판인 누런 곡식과 흙이 거무스레한 이곳의 연기 한 점 없는 맑은 공기 속으로 잘못 뛰어든, 도벳(옛날에 산 제물로서 어린아이를 불태우던 예루살렘 근처의 땅)에서 온 사람 같았다.

　외모에 나타난 대로, 그는 농촌에 와 있긴 했지만 농부는 아니었다. 이 고장 농부들은 채소와 날씨와 서리, 또는 태양을 섬기는 데 반해 그는 불과 연기를 섬기고 있었다. 이 고장 웨섹스 지방에는 아직 증기 탈곡기가 여기저기 돌아다니는 것밖에 없었기 때문에 그는 발동기를 끌고 이 농장에서 저 농장으로 떠돌아다녔다. 그는 귀에 익지 않

은 북부 사투리를 썼고, 항상 자기의 생각에만 몰두했고, 눈길은 쇳덩
어리인 기계에만 쏠릴 뿐 주위의 경치에는 아랑곳없었다. 그리고 그
는 마치 태고적부터 무슨 저주를 받고 지옥의 왕을 받들기 위해 억지
로 이 고장을 헤매는 사람처럼 이 고장 사람들과는 꼭 필요할 때만 접
촉했다. 발동기의 바퀴에 이르는 긴 피대만이 농사와 그를 연결시키
는 단 하나의 줄이었다.

　일꾼들이 낟가리의 이엉을 벗기고 있는 동안 그는 이동식 동력기
옆에 무표정하게 서 있었다. 뜨겁게 달아오른 시커먼 발동기 주변에
서 아침 공기가 떨고 있었다. 그는 타작을 준비하는 일에는 아무 상관
이 없었다. 불은 뜨겁게 달아올라 일할 때를 기다리고 있었고, 증기는
고압 상태에 이르러 잠깐 후면 길다란 피대를 눈에 보이지 않을 정도
로 빨리 돌 수 있게 되어 있었다. 피대로 연결되어 있는 것 외에는 그
것이 밀이든 짚이든 그 밖의 무엇이든 간에 그에게는 모두 마찬가지
였다. 한가한 이 고장 사람이 그에게 이름이라도 묻는다면 그는 간단
히 '기관사'라고 대답하는 것이었다.

　날이 완전히 샐 때쯤 밀 낟가리의 이엉이 말끔히 벗겨졌다. 남자
일꾼들은 제각기 맡은 자리로 돌아가고 여자 일꾼들은 밀 낟가리 위
로 올라가, 마침내 일이 시작되었다. 농장 주인 그로비──사람들은
그를 '저놈'이라고 불렀다──는 일꾼들보다 더 일찍 와 있었다. 주
인이 시키는 대로 테스는 탈곡기 발판에선 남자 옆에 자리를 잡았다.
테스가 할 일은, 탈곡기에 밀을 터는 남자 옆에 서서 밀 낟가리 위에
올라선 이즈 휴에트가 내려주는 밀단을 하나씩 풀어서 건네주는 일이
었다. 밀을 터는 사람이 테스가 건네주는 것을 받아서 돌고 있는 탈곡
기에 대면 탈곡기는 삽시간에 밀알을 훑어냈다.

　처음에는 기계가 한두 차례 고장이 나서 기계를 달갑지 않게 생각
하던 사람들은 은근히 좋아했지만, 이윽고 잘 돌아가기 시작했다. 일
은 계속되다가 아침 식사를 하기 위해 반 시간 가량 탈곡기가 멎었다.
아침 식사가 끝난 뒤 다시 작업이 시작되자 나머지 일꾼들도 밀짚을

쌓는 일에 달려들었으므로 어느새 낟가리 옆에는 높직하게 밀짚이 쌓이기 시작했다. 자리를 뜨지 않고 일자리에 서서 새참을 먹고 나서 그들은 점심 시간까지 두어 시간 동안 일을 계속했다. 사정없이 마구 돌아가는 탈곡기는 멈출 줄 몰랐고, 귀청을 찢을 듯한 탈곡기의 윙윙거리는 소리는 회전하는 쇠얼거리 곁에 있는 일꾼들의 뼛속까지 뒤흔들어놓았다.

점점 높이 쌓이고 있는 밀짚 더미 위에 올라앉은 나이 든 일꾼들은 옛날 헛간의 떡갈나무 마루 위에서 도리깨로 타작하던 이야기들을 주고받았다. 그때에는 키질까지도 사람의 손을 거쳐야 했는데, 그 사람들 생각으로는 그 편이 더디긴 했지만 성과는 더 좋았다는 것이다. 밀 낟가리 위에 있는 일꾼들도 약간의 잡담을 주고받을 틈이 있었지만, 테스를 비롯하여 탈곡기에 붙어서 땀을 뻘뻘 흘리며 일하는 사람들은 잡담은커녕 눈코 뜰 새가 없었다. 잠시 숨을 돌릴 여유조차 없이 일이 밀리는 바람에 너무 힘에 겨워, 테스는 이런 농장에 온 것이 후회스러워지기까지 했다. 밀 낟가리 위에 있는 여자들 중에서도 특히 마리안은 이따금 일손을 멈추고 병에 든 맥주나 시원한 차를 마시기도 하고 몇 마디 잡담도 주고받았으며 다른 여자들도 얼굴을 닦거나 옷에 묻은 지푸라기를 털기도 했다. 그러나 테스에게는 잠시도 숨을 돌릴 겨를이 없었다. 탈곡기는 쉬지 않고 돌았고, 탈곡기에 밀단을 메기는 남자는 밀단을 터는 일을 멈출 수 없었으며, 따라서 그 남자에게 밀단을 풀어서 건네주어야 하는 테스 역시 일손을 멈출 수 없었기 때문이다. 그래서 마리안이 잠깐 교대해서 테스 대신 일했지만 더뎌서 곤란하다는 그로비의 호통 때문에 그것마저도 기껏해야 반 시간 정도밖에는 할 수 없었다.

아마 품삯 때문이었겠지만 그로비는 언제나 이런 일엔 여자들을 썼다. 그로비가 테스에게 이런 일을 맡긴 이유는 그녀가 밀단을 푸는 데 손이 빠르고 참을성이 있어서라고 말했다. 그것은 사실인지도 모른다. 잡담을 방해하는 탈곡기의 요란한 소리는 밀단의 공급량이 줄어들수록 더욱 요란해진다. 테스와 밀을 터는 남자는 잠시도 한눈을 팔겨를이 없었으므로 점심 시간이 가까웠을 무렵, 어떤 남자가 농장 문으로 슬며시 들어와 두번째 밀 낟가리 밑에 서서 일하는 모습들을──특히 테스를 유심히 바라보는 것도 몰랐다. 그는 최신 유행의 양복을 입고 사치스런 단장을 짚고 있었다.

"저 사람, 누구지?" 이즈가 마리안에게 물었다. 처음에는 테스한테 물었지만 그녀는 그 말을 알아듣지 못했다.

"어느 여자의 애인이겠지." 마리안이 짧게 대답했다.

"1기니를 내도 좋아. 틀림없이 테스를 따라다니는 남자일 거야."

"아니야, 애, 요즘 테스를 쫓아다니는 남자는 전도하러 떠돌아다니는 목사야. 저런 멋쟁이가 아니란 말야."

"글쎄, 저게 바로 그 사람이야."

"저게 그 사람이라구? 아니야. 아주 딴판인걸!"

"검정 양복과 흰 넥타이를 벗어버리고 턱수염도 깎았지만, 역시 같은 사람이다, 애."

"정말 그러니? 그럼 테스에게 알려주자." 마리안이 말했다.

"그만둬. 그애도 곧 알게 될 텐데 뭘."

"전도한답시고 떠돌아다니며 유부녀를 유혹하려 하다니, 아무래도 잘못됐는데. 남편이 외국에 가 있어서 과부 같은 처지에 놓여 있다 하더라도 말야."

"하지만 테스를 건드리진 못할 거야. 구덩이에 빠진 수레처럼 까딱 않는 외곬인 그애의 마음을 끌어내진 못할 거야. 달콤한 말로 꾀든, 설교로 꾀든, 벼락을 치든, 그애의 마음은 끄떡도 않을걸. 비록 테스를 위해서는 그렇게 되는 편이 낫다 하더라도 말야."

점심 시간이 되자 탈곡기도 멎었다. 자리를 뜨던 테스는 탈곡기의 진동으로 무릎이 몹시 떨렸기 때문에 걸음을 제대로 걸을 수 없었다.

"테스, 나처럼 한잔 마시면 좋을 텐데. 그러면 얼굴빛이 그렇게 창백하진 않을 거야. 글쎄 꼭 가위눌린 사람의 얼굴 같지 뭐니!" 마리안이 말했다.

마음씨 고운 마리안은 너무 지쳐 있는 테스를 보고 그녀에게 손님이 찾아온 것을 알리면 기분이 언짢아 입맛이라도 없어지지 않을까 하는 생각이 문득 들었다. 그래서 마리안은 테스를 꾀어서 밀 낟가리의 반대쪽 사다리로 내려보내려고 생각하고 있는 중이었는데, 바로 그때 그 신사가 다가와 위를 올려다보았다.

"어머!" 테스가 자그맣게 외마디 소리를 질렀다. 그러더니 잠시 후에 재빨리 "난 여기 낟가리 위에서 점심을 먹겠어" 하고 말했다.

집에서 떨어져 일할 때에는 가끔 낟가리 위에서 점심을 먹을 때가 있었다. 그러나 오늘따라 바람이 심해서 마리안과 다른 여자들은 아래로 내려가 밀짚 더미 밑에 자리잡고 앉았다.

이 새로 온 손님은 복장과 모습은 달라졌지만 전에 왔던 알렉 더버빌임에 틀림없었다. 그가 옛날처럼 욕정의 사나이로 되살아났다는 것은 첫눈에 알 수 있었다. 다만 나이를 네댓 살 더 먹었을 뿐 그는 테스가 이른바 사촌 오빠로서, 그리고 처음 자기를 칭찬해주던 남자로서 알게 되었던 그 옛날과 조금도 다름없는, 화려하고 대담한 차림새로 돌아간 것이다. 테스는 그 자리에 그대로 앉아 있기로 마음먹고 아래서 보이지 않도록 밀단 복판에 앉아 점심을 먹기 시작했다. 그러자 잠시 후 누군가가 사다리를 올라오는 소리가 들리더니 이어서 밀 낟가리 위로 알렉의 모습이 나타났다. 지금은 그 낟가리는 낮아져서 평평하고 길쭉하게 되어 있었다. 알렉은 성큼성큼 낟가리를 넘어오더니 말없이 테스 앞에 마주 앉았다.

테스는 숙소에서 가지고 온 두툼한 팬케이크로 간단한 식사를 하고 있었다. 딴 사람들은 모두 흩어진 지푸라기가 아늑한 휴식처를 만들어주고 있는 낟가리 밑에 모여 있었다.

"이렇게 또 찾아왔소." 더버빌이 말했다.

"뭣 때문에 이처럼 나를 괴롭히는 거예요!" 테스는 손가락 끝까지 불만에 찬 듯이 소리쳤다.

"내가 당신을 괴롭힌다구? 그건 오히려 내가 묻고 싶은 소리요. 당신은 왜 나를 괴롭히느냔 말요."

"뭐라구요? 내가 언제 당신을 괴롭혔단 말예요!"

"나를 괴롭힌 적이 없단 말이오? 그렇지만 사실 당신은 날 몹시 괴롭히고 있소. 당신이 항상 내 곁에서 떠나질 않거든. 조금 전에 날 쏘아보던 바로 그 매정한 눈초리가 밤이나 낮이나 내게서 떠나지 않고 나를 노려본단 말이오! 테스, 당신이 우리의 아이 얘길 해준 뒤로 나는 달라졌소. 하늘에 계신 하느님을 향해 도도히 흘러가던 내 감정의 물결이 갑자기 당신에게로 쏠리게 된 거요. 그때부터 내 신앙의 물줄기는 말라버렸소. 나를 그렇게 만든 사람이 바로 당신이오!"

테스는 할말을 잃고 그저 그를 쳐다보기만 했다.

"뭐라구요? 설교를 완전히 그만두었단 말씀이세요?" 하고 테스가 물었다.

테스는 엔젤한테서 일시적인 광신(狂信)을 경멸하는 근대 사상의 회의적인 태도를 들어서 알고 있긴 했지만, 그래도 여자라서 태연할 수는 없었다.

일부러 정색을 하면서 더버빌이 말을 이었다.

"완전히 그만두었소. 캐스터브리지 장터에서 주정꾼들에게 설교하기로 해놓고 어겼던 그날 오후부터 나는 모든 집회의 약속을 어기고 말았소. 교우들이 나를 어떻게 생각하든 내가 알 게 뭐요. 아하! 교우들이라구! 이젠 그들이 나를 위해 기도해주고 울어줄 거요. 그들은 그들 나름대로 인정 있는 사람들이니까. 그러나 내가 알 게 뭐요! 신앙을 잃은 내가 어떻게 감히 설교를 계속할 수 있단 말이오. 그렇게 한다면 그 짓이야말로 비굴하기 짝이 없는 위선일 거요! 선량한 그들 속에서 나는 하느님을 모욕하지 않기 위해 마귀에게 넘겨진 히메네오와 알렉산더 같은 처지가 되어버렸지. 당신은 정말 멋진 복수를 한 셈이오! 나는 순진한 당신을 속였었지만, 4년이 지난 지금 당신은 열렬한 신자가 된 나를 만났고, 나를 사로잡아 멸망의 구렁텅이로 처넣었소!

그러나 테스, 전에 부르던 식으로 나의 사촌 누이, 이건 뭐 내 말버릇에 지나지 않으니 그렇게 겁에 질린 얼굴을 하지 말아요. 물론, 당신은 그전처럼 아름다운 얼굴과 날렵한 몸매를 지니고 있다는 것뿐 달리 무슨 잘못이 있을 리 없소. 나는, 당신이 나를 알아보기 전부터 낟가리 위에 있는 당신을 보고 있었지. 몸에 꼭 맞는 앞치마와 차양 달린 그 모자 때문에 당신의 몸매가 유난히 눈에 띄더군. 들에서 일하는 당신 같은 여인네들은 남의 이목을 끌지 않으려면 그런 모자를 안 쓰는 게 좋을 거요." 그는 말없이 테스를 잠시 쳐다보더니 비웃는 듯 웃으면서 다시 말을 이었다. "독신이었던 사도 바울도——나는 내가 그분의 대변자라고 생각했는데——당신 같은 아름다운 얼굴에 홀렸다면, 아마 그분도 지금의 나처럼 전도 사업을 팽개치고 말았을 거요!"

테스는 뭐라고 한 마디 해주고 싶었지만 하필 이런 때 평소처럼 말이 제대로 나오지 않았다. 더버빌은 시치미를 떼고 다시 말을 이었다.

"글쎄, 당신이 내게 베풀어준 이 천국도 아마 진짜 천국 못지않은 거겠지. 그러나 테스, 진심으로 말한다면……." 더버빌은 일어나서 테스에게 가까이 다가와 팔꿈치를 짚고 밀 낟가리 틈에 몸을 비스듬히 기대고는 다음 말을 계속했다.

"일전에 당신을 만났을 때, 당신 남편이 한 말이라고 당신이 내게 들려준 그 말들을 그 후 줄곧 생각해보았소. 그리고 나는 내가 믿던 이 케케묵은 교리는 상식에 어긋나는 점이 있다는 결론을 내리게 되었소. 내가 어떻게 그 보잘것없는 클레어 목사의 열성에 흥분되어 그 늙은이 이상으로 열을 올려 전도 사업을 했는지 스스로 생각해봐도 알 수가 없구려! 지난번에 당신이 훌륭한 당신 남편의 지식을 빌려 얘기한——당신은 그 사람의 이름을 끝내 밝히지는 않았지만——독단적인 교리가 없는 윤리 체계가 있다는 주장에 나는 도저히 찬성할 수가 없소."

"그렇지만 당신이 말씀하시는 그 독단적인 교리를 믿진 않더라도 적어도 자비와 순결을 바탕으로 하는 종교는 가질 수 있잖아요."

430

"아, 그렇지 않소! 난 그런 사람들과는 좀 달라요! '이렇게 하라. 그러면 죽어서도 너에게 유익하리라. 저렇게 하라. 그러면 너에게 유익하지 못하리라' 하고 말해주는 사람이 없다면 나의 신앙은 뜨거워지지 않을 거요. 하지만 그런 건 아무래도 좋아요. 그런 걸 책임질 사람이 아무도 없다면 나도 나 자신의 입장에 있더라도 역시 책임을 질 생각은 없소!"

테스는 인류 역사의 태고적부터 엄연히 구별되어 온 종교와 윤리를 뒤죽박죽으로 혼동하고 있는 알렉의 우둔한 머리를 깨우쳐주려고 생각했다. 그러나 테스는 엔젤 클레어의 과묵한 성미와 자기 이론에 익숙하지 못했으며, 이성보다는 감정이 앞서는 성미 때문에 자기 생각을 내세울 만한 입장에 서 있지 못했다.

"아무래도 괜찮소. 테스, 보시오, 난 옛날 그대로니까!"

"아니에요, 절대로 옛날과는 달라요. 다르고말고요!" 하고 테스는 애원하듯 말했다. "난 당신에게 애정을 느껴본 적이 없어요! 왜 당신은 신앙을 버렸어요? 나를 이렇게 귀찮게 하려고 그랬나요!"

"그건 당신이 내게서 신앙을 쫓아버렸기 때문이오. 그러니까 당신에게 죄가 있는 거요! 당신 남편은 자기 교리가 장차 자기한테 화를 미치게 되리라고는 생각도 못했을 거요! 하하, 당신이 나를 배교자로 만들어준 게 오히려 고맙군! 테스, 나는 어느 때보다 더 당신한테 마음이 끌리고, 또 당신을 진심으로 동정하오. 당신이 아무리 입을 열지 않더라도 난 당신의 딱한 사정을 다 알고 있소. 당신을 진정 아껴줘야 할 남편에게서 버림받고 있다는 사실 말이오."

테스는 입에 넣은 음식을 삼킬 수가 없었다. 입술은 바싹 타고 금방 숨이 막힐 것 같았다. 밀 낟가리 바로 아래에서 일꾼들이 먹고 마시며 웃어대는 소리가 먼데서 들려오는 소리 같았다.

"그건 너무 심한 말씀이에요! 당신이 나를 조금이라도 생각해주신다면 어떻게 ── 감히 어떻게 그런 말을 할 수 있어요?"

"그래, 그건 그렇군." 알렉은 약간 주춤하면서 말했다. "내 잘못을 당신한테 뒤집어씌우려고 온 건 아니오. 테스, 나는 당신이 이런 데서 이런 일을 하는 게 마음에 걸려서 그 말을 하려고 온 거요. 당신을 생각해서 말이오. 당신은 나 외에 남편이 있다고 그랬지요. 물론 그럴 수도 있겠지. 그러나 나는 그 사람을 본 적도 없고 이름조차 말해주질 않으니 그 사람은 신화 속의 인물인가 보군. 그렇지만 당신에게 남편이 있다 할지라도 실은 당신한테는 내가 더 가까운 사람일 거요. 나는 어떻게든 당신을 고생에서 벗어나게 해주고 싶어하는데 그 사람은 그러질 않으니 말이오. 뻔뻔스런 그자의 낯짝이 보이지 않는 것만도 다행이라고 할까! 내가 즐겨 읽곤 하는 엄격한 예언자 호세아의 말이 생각나는구려. 테스, 그 말을 모르고 있소? '저가 그 연애하는 자를 따라갈지라도 미치지 못하며 저희를 찾을지라도 만나지 못할 것이라. 그제야 저가 이르기를 내가 본남편에게로 돌아가리니 그때의 내 형편이 지금보다 나았음이라 하리라.'(《구약성서》〈호세아서〉제2장 7절)……테스, 내 마차가 저 언덕 바로 아래서 기다리고 있소. 당신은 내 사랑하는 애인이오. 그자의 것이 아니란 말야! 더 이상 말하지 않더라도 알 테지."

더버빌이 말하고 있는 동안, 테스의 얼굴은 붉게 달아올랐으나 말대꾸는 하지 않았다.

"당신은 나를 타락시킨 장본인이야." 그는 테스의 허리 쪽으로 팔을 뻗치며 말을 계속했다. "당신도 내 타락에 책임을 져야 마땅해. 그리고 당신이 남편이라고 부르는 그자는 영원히 단념하는 게 나을 거요."

케이크를 집어먹느라고 벗어놓았던 가죽 장갑 한 짝이 테스의 무릎 위에 놓여 있었다. 그녀는 그 장갑을 집어들더니 대뜸 알렉의 얼굴을 호되게 후려쳤다. 그 장갑은 옛날의 무사들이 끼던 것처럼 묵직하고 투박했는데 그것이 정통으로 그의 입가에 들어맞았다. 그 동작은 마치 갑옷을 입었던 그녀의 옛날 조상들이 훈련을 쌓은 무술의 재현이라고 할 수 있었다. 알렉은 누웠던 자리에서 벌떡 일어났다. 얻어맞은 자리에서 붉은 피가 흐르더니 금방 입에서 밀단 위로 뚝뚝 떨어지기 시작했다. 그러나 그는 곧 침착을 되찾고 호주머니에서 손수건을 꺼내 피가 흐르는 입술을 닦았다.

테스도 벌떡 일어났다가 도로 주저앉았다.

"자, 나를 벌주세요! 나를 때려주시고 짓밟아주세요. 낟가리 아래에 있는 사람들한텐 신경 쓸 것 없어요! 소리치지 않을 테니까요. 이왕 희생당한 몸, 언제나 그러게 마련이니까요. 그게 세상의 철칙인가 보죠!" 테스는, 목을 비틀리기 직전의 버둥거리는 참새같이 애처로운 눈초리를 하고 말했다.

"아, 그렇지 않소, 테스. 이번 일은 용서하겠소. 그러나 당신은 까맣게 잊어버린, 못마땅한 게 한 가지 있지. 당신이 그렇게 뿌리치지 않았더라면 난 당신과 결혼했을 것이라는 사실 말이오. 당신에게 내 아내가 되어달라고 솔직하게 부탁하지 않았던가? 자, 대답해봐요." 알렉이 부드럽게 말했다.

"하셨어요."

"그런데도 안 된단 말이지. 하지만 한 가지 기억해둬요!"

진심으로 아내가 되어달라고 부탁하는데도 고마움을 느끼기는커녕 자기를 이렇게 대한다는 생각이 들자 알렉은 화가 치밀어 말소리가 거칠어졌다. 그는 테스에게 다가가 어깨를 움켜잡았다. 테스는 어깨를 붙잡힌 채 몸을 떨었다.

"이봐요, 내가 한때 당신의 주인이었다는 걸 똑똑히 기억해달라는 거요! 난 다시 당신의 주인이 되고 말겠어. 비록 다른 사람의 아내가 되었다 해도 당신은 내 거야!"

낟가리 밑에서는 탈곡기가 다시 돌아가고 있었다.

"자, 우리, 싸움은 그만둡시다." 알렉이 테스를 놓아주면서 말했다.

"난 이만 돌아가겠소. 하지만 이따가 오후에 답을 들으러 다시 올 테요. 당신은 아직 나라는 사람을 모르고 있어. 그러나 난 당신을 잘 알고 있지."

테스는 정신 나간 사람처럼 멍하니 서서 더 이상 아무 말도 하지 않았다. 더버빌은 밀단을 넘어 사다리를 타고 아래로 내려가고 있었다. 때마침 낟가리 아래 있던 일꾼들도 일어서서 기지개를 켜며 방금 마신 술기운을 털어버리고 있었다. 이윽고 탈곡기가 다시 돌기 시작했다. 밀단이 버석거리는 일자리로 다시 돌아온 테스는 윙윙거리며 돌아가는 탈곡기 옆에 자리잡고 꿈꾸는 사람처럼 멍한 정신으로 쉴새 없이 한단 한단 밀단을 풀어나갔다.

48 오후가 되자 농장 주인은 밤 안으로 타작일을 모두 끝내자고 일꾼들을 독려했다. 달이 밝아 밤에도 일할 수 있는데다 발동기 주인이 내일이면 딴 농장으로 떠나야 하기 때문이라는 것이었다. 그 순간부터 윙윙거리며 돌아가는 탈곡기 소리며 밀단이 버석거리는 소리들은 더 바쁘게 법석거렸다.

오후의 새참 때인 세 시가 되자, 테스는 겨우 눈을 들어 잠시 사방을 둘러볼 수 있었다. 엘렉 더버빌이 되돌아와서 문 옆 생울타리 아래쪽에 서 있는 모습이 보였으나, 테스는 별로 놀라지도 않았다. 알렉은 그녀가 고개를 드는 것을 보고는 점잖게 손을 들어 키스를 보냈다. 그것은 그들의 싸움이 끝났다는 표시였다. 테스는 다시 눈길을 떨구고 그쪽을 쳐다보지 않으려고 애썼다.

이렇게 오후 시간도 지루하게 지나갔다. 밀 낟가리가 차츰 낮아지는 대신 밀을 털어낸 밀짚단 더미는 더욱 높아졌다. 털어서 담은 밀알 자루들은 마차로 실려나갔다. 여섯 시쯤 되자 밀 낟가리는 어깨 높이 정도로 낮아졌다. 그 동안 수많은 밀단이 탈곡기 주인인 기관수와 테스의 두 손──그 대부분이 주로 젊은 테스의 손에 의해──으로 허기진 듯 집어삼키는 대식가(大食家)에게 먹여졌지만, 그래도 아직 손대지 않은 밀단이 엄청나게 많이 남아 있는 듯했다. 그리하여 아침에는 아무것도 없었던 자리에 산더미처럼 쌓인 밀짚단은 윙윙거리며 돌아가는 붉은 대식가의 배설물같이 보였다. 서쪽 하늘에는 성난 듯한 새빨간 노을이 ——일기가 불순한 3월의 해질 무렵에 으레 볼 수 있는 노을이 ——흐리던 날씨 끝에 찬연히 빛났다. 그 빛이 피로와 땀에 젖은 타작꾼들의 얼굴을 구릿빛으로 물들게 하였고, 펄럭이는 여자들의 옷자락 역시 뿌연 불길처럼 그녀들의 몸을 휩싸고 도는 것 같았다.

허덕이는 고통 소리가 밀 낟가리를 스쳐갔다. 밀단을 터는 남자도 지쳐 있었다. 그의 붉은 목덜미에 먼지와 검불이 붙어 있는 것이 테스의 눈에도 보였다. 테스는 그 자리에 달라붙어 계속해서 일했다. 땀이 흐르고 붉게 상기된 그녀의 얼굴은 먼지와 밀겨에 뒤범벅되어 있었으며, 하얀 모자는 갈색이 되었다. 탈곡기 발판에서 온몸을 뒤흔들리며 일하는 여자는 테스 혼자뿐이었다. 밀 낟가리가 줄어듦에 따라 마리안이나 이즈하고도 거리가 멀어졌으므로 전처럼 테스가 하는 일을 대신해줄 수도 없었다. 테스는 기계가 흔들림에 따라 온몸의 근육도 경련을 일으키듯 흔들려서 제정신을 차릴 수 없었다. 감각을 잃었는지 그저 무감각한 상태에서 팔만이 기계처럼 저절로 움직일 따름이었다. 테스는 자기가 지금 어디에 있는지조차 거의 몰랐고 이즈 휴에트가 머리가 풀어졌다고 외치는 소리도 귀에 들리지 않았다.

일꾼들 중에서 가장 활발하던 사람들조차 차차 얼굴이 헬쑥해지고 두 눈이 때꾼해 보였다. 테스가 머리를 들 적마다 잿빛의 북녘 하늘을 등지고 높이 솟은 밀짚 더미가 보였고, 그 위에서 셔츠 바람으로 일하는 남자들의 모습이 보였다. 그 앞에는 야곱의 사다리를 연상케 하는 길고 빨간 승강기가 놓여 있어 그 위로 누런 밀짚이 연이어 올라갔다. 그것은 마치 누런 물줄기가 언덕 위로 거꾸로 흘러 밀짚 더미 꼭대기에서 쏟아지는 것처럼 보였다.

테스는 알렉 더버빌이 정확히 어디에 있는지는 몰랐지만, 그 근처 어디엔가 서서 자기를 지켜보고 있을 것이라고 생각했다. 그가 아직 거기 남아 있는 데에는 한 가지의 구실이 있었다. 밀 타작이 끝날 무렵이면 으레 들쥐 사냥이 벌어지는데, 타작에 상관없는 사람들도 때로는 거기에 어울릴 수 있었기 때문이다. 그들은 거의가 온갖 오락을 즐기는 사람들이었다. 그들 가운데는 괴상한 담뱃대를 물고 사냥개를 데리고 나오는 신사들도 있었고, 몽둥이나 돌멩이를 들고 나오는 우락부락한 사내들도 있었다.

그러나 쥐가 숨어 있는 밀 낟가리 바닥이 드러나려면 아직 한 시간은 더 일을 해야만 했다. 저녁해가 애보츠 서널 근처에 있는 자이언트 힐 쪽으로 넘어가자, 맞은편 미들톤 애비와 쇼츠포드 쪽의 지평선에서 3월의 하얀 달이 솟아올랐다. 마리안은 일이 끝나기 전 마지막 한두 시간 동안 테스한테 가서 말을 걸 수도 없어서 테스의 일이 걱정되었다. 다른 여자 일꾼들은 술기운 덕분으로 힘을 돋우었지만, 테스는 어릴 때부터 술에 진저리가 났으므로 술이라곤 한 모금도 입에 대지 않고 계속해서 일했기 때문이다. 그러나 테스는 견뎌냈다. 맡은 일을 끝내지 못한다면 테스는 이곳을 떠날 수밖에 없었다. 한두 달 전이라면 일자리를 잃는다는 것은 그녀에겐 아무렇지도 않았을 뿐 아니라 오히려 편하게 생각했을 것이다. 그러나 더버빌이 따라다니고 있는 요즈음, 일자리를 잃는다는 것은 큰 두려움이었다.

밀단을 던지는 사람들, 그것을 터는 사람들이 쉬지 않고 일한 덕분에 밀 낟가리는 아주 낮아졌다. 땅에 서 있는 사람들이 낟가리 위에 있는 사람들에게 말을 건넬 수 있을 정도였다. 뜻밖에도 농장 주인 그로비가 테스에게 다가오더니 친구를 만나고 싶으면 이젠 그만해도 좋다고 말했다. 다른 사람에게 테스가 하던 일을 시키겠다는 것이다. 그 '친구'라는 사람이 바로 더버빌을 말하는 것임을 테스는 알 수 있었다. 그리고 주인의 이런 선심은 친구인지 원수인지 분간 못할 알렉의 부탁 때문이라는 것도 알 수 있었다. 그녀는 고개를 가로젓고는 남은 일을 계속했다.

드디어 들쥐 사냥의 시간이 닥쳐와 들쥐 잡기가 시작되었다. 쥐들은 낟가리가 점점 줄어들자 밑으로 파고들어 드디어 맨 밑 바닥으로 몰렸다. 마지막 밀 낟가리 바닥이 드러나자 들쥐들은 사방으로 흩어져 이리저리 달아났다. 이때 술이 거나해진 마리안은 쥐 한 마리가 자기의 치마 밑으로 덤벼들었다고 찢어지는 듯한 고함을 질렀다. 그러자 다른 여자들도 치맛자락을 걷어올리거나 발을 동동 구르는 등 쥐를 피하느라 법석을 떨었다. 마침내 쥐들이 모조리 쫓겨가자 개짖는 소리, 남자들이 고함치는 소리, 여자들의 아우성 소리며 욕지거리, 발구르는 소리 등등 난장판 같은 혼란 속에서 테스는 마지막 밀단을 끌렀다. 탈곡기 바퀴의 회전이 점점 느려지더니 마침내 윙윙거리는 소리도 그쳤다. 테스는 탈곡기 발판 위에서 땅바닥으로 내려섰다.

들쥐 사냥을 구경하고 있던 더버빌이 재빨리 테스 곁으로 다가왔다.

"왜 또 오셨지요? 그런 모욕까지 당하고서도!" 하고 테스가 조그마한 소리로 말했다. 지칠 대로 지친 그녀는 큰 소리로 말할 힘조차 없었다.

"당신이 내게 무슨 말을 하건, 무슨 짓을 하건 일일이 화를 낼 그런 바보는 아니오" 하고 더버빌이 그때의 트랜트리지에서처럼 유혹적인 목소리로 대답했다. "당신, 그 조그마한 손발이 떨고 있군! 당신은 갓난 송아지처럼 연약해 보이오. 내가 당신을 찾아온 그때부터 일하지 않아도 될 텐데 대체 무엇 때문에 그렇게 고집을 피우는 거요? 나는 농장 주인에게 타작일을 여자들한테 시키는 건 잘못이라고 말했소. 그건 여자들이 할 일이 아니오. 여기보다 좀 나은 농장이라면 그런 일을 여자들한테 시키진 않아요. 그 사람도 그건 잘 알고 있을 거요. 당신 숙소까지 데려다주겠소."

"네, 좋아요." 테스는 무거운 걸음을 떼어놓으며 대답했다. "마음대로 하세요! 당신이 내 처지를 모르고 나와 결혼하려 하는 걸 나는 알고 있어요. 아마, 당신은 내가 지금까지 생각하던 것보다는 친절하고 좋으신 분일지도 모르죠. 친절한 마음에서 베푸시는 것이라면 무엇이든지 고맙게 여기겠어요. 그러나 무슨 딴 속셈에서 그러신다면 난 화를 내겠어요. 나는 가끔 당신의 본심을 알 수 없을 때가 있어요."

"우리의 옛날 관계를 합법적인 결혼으로 성립시키진 못한다 할지라도 당신을 도와줄 수는 있소. 그리고 전보다는 당신의 생각을 더 존중해서 도와줄 작정이오. 광신적인 신앙이라 부르든 뭐라 하든 그건 이제 끝장이 났소. 그러나 내겐 아직 착한 마음이 남아 있소. 정말 그렇게 생각하오. 테스, 남녀간의 부드럽고도 강한 모든 힘에 맹세하니 내 말을 믿어주오! 나는 당신뿐 아니라 당신 부모와 동생들을 고생길에서 건져줄 수 있는, 아니 그 이상의 것을 가지고 있소. 당신이 오직 나를 믿어주기만 한다면 당신 가족들을 모두 편히 살 수 있게 해줄 수 있단 말요."

"근래에 우리 집 식구들을 만나보셨나요?" 테스가 재빨리 물었다.

"그럼, 만났고말고. 그런데 식구들은 당신이 어디 있는지 모르고들 있더군. 내가 여기서 당신을 만난 것은 정말 우연한 일이었소."

그들이 테스의 숙소인 농가의 문밖에 다다랐을 때, 차디찬 달빛이 생울타리의 가지 사이로 피로에 찌든 테스의 얼굴을 비스듬히 내리비추었다.

"동생들 얘기는 꺼내지 마세요. 내 마음을 건드리지 말아달란 말예요!" 하고 테스가 말했다. "우리 집 식구들을 도와주고 싶으시다면──하긴 몹시 도움을 필요로 하고 있는 사람들입니다만──내겐 아무 말씀 하시지 말고 도와주세요. 하지만 아녜요, 안 돼요!" 하고 테스는 소리쳐 말했다. "난 당신한테서 아무 도움도 받고 싶지 않아요. 우리 집 식구들을 위해서건 저 자신을 위해서건 마찬가지예요!"

더버빌은 테스를 따라 집 안으로 들어서진 않았다. 테스는 그 집 식구들과 함께 살고 있었으므로 집 안에서는 그들의 눈에 띄지 않을 수 없었기 때문이다. 그녀는 혼자서 집 안으로 들어가 몸을 씻고 저녁 식사를 마치고는 생각에 잠겼다. 그러다가는 벽 아래에 있는 책상의 조그만 등불 밑에서 감정을 억누르지 못해 편지를 썼다.

그리운 남편에게
──당신을 남편이라 부르는 걸 용서하세요──저같이 변변찮은

아내를 생각하시면 노여움이 앞서겠지만, 이렇게 부를 수밖에 없군요. 괴로움을 견디다 못해 당신에게 호소합니다. 제겐 호소할 사람이라곤 오직 당신밖에 없으니까요! 엔젤, 전 지금 심한 유혹을 받고 있어요. 그 사람이 누구라고 차마 말씀드릴 순 없으며, 그 일에 관해서도 도무지 말씀드리고 싶지 않습니다. 하지만 전 당신이 생각지도 못하실 만큼 무조건 당신한테 매달리고 싶은 심정입니다! 제게 무서운 일이 생기기 전에 당장 제게 돌아와 주실 수 없으신지요? 아, 당신은 너무 멀리 계셔서 당장 돌아오실 수는 없겠지만요! 당신이 곧 오시든지, 아니면 저를 당신이 계신 곳으로 불러주시든지 하지 않는다면 전 결국 죽고 말 거예요. 당신이 제게 주신 벌은 백 번받아도 마땅하다고 생각해요. 그건 저도 잘 알고 있답니다. 제게 화내시는 건 너무나 당연한걸요. 하지만 엔젤, 제발 원칙만 따지지 마시고, 비록 제가 자격 없는 여자라 할지라도 조금만이라도 정답게 대해주세요. 그리고 제발 저한테 돌아와 주세요! 당신이 돌아오신다면 전 당신 품에 안겨 죽어도 좋아요! 당신한테 용서받을 수만 있다면 저는 죽어도 한이 없겠어요!

엔젤, 저는 오로지 당신만을 위해 살고 있어요. 당신은 제 곁을떠나 멀리 가 계시지만, 저는 너무나 당신을 사랑하기에 당신을 원망할 생각은 조금도 없답니다. 그리고 당신이 농장을 구하셔야 한다는 것도 잘 알고 있어요. 제가 하는 말이 원망의 소리라고는 생각지 말아주세요. 부디 제 곁으로 돌아와 주세요. 엔젤, 당신이 안 계시니 너무나 외로워요. 아, 너무나 너무나 외로워요! 농장에 나와품팔이를 해야 한다는 것쯤은 아무렇지도 않지만, 하지만 당신이'곧 돌아가겠소' 하고 단 한 줄만이라도 써서 보내주신다면……엔젤, 저는 모든 걸 참고 견디겠어요. 기꺼이 참고 견디겠어요! 결혼후 지금까지 마음으로나 행실로나 당신의 아내로서 충실해야 한다는 걸 저는 신앙처럼 믿어왔어요. 그래서 저도 모르는 사이에 다른남자한테서 칭찬의 말을 듣기라도 하면 당신에게 죄 짓는 것 같은

생각이 들었어요. 당신은, 저와 함께 목장에서 지내던 일을 조금이
라도 생각해보신 적은 없으신지요? 그렇다면 당신은 어떻게 그처럼
훌쩍 제 곁을 떠나실 수 있는지요? 엔젤, 저는 당신이 사랑하시던
그 여자, 바로 그 테스예요. 정말이에요. 전 그때와 조금도 다르지
않답니다! 전 결코 당신이 미워하거나 만난 적도 없는 그런 여자가
아니에요. 당신을 처음 만난 그 순간부터 제 과거는, 제 과거는 모
두 사라졌던 거예요. 저는 당신한테서 새로운 생명을 넘치게 받아
들여 그때까지의 저와는 아주 다른 여자가 되었어요. 그러한 저를
어떻게 과거의 그 여자라고 할 수 있겠어요? 어째서 당신은 그걸 알
아주시지 않으세요? 엔젤, 당신이 저를 이렇게 딴 여자로 만들 수
있는 위대한 힘을 지니고 계시다는 걸 생각하고 스스로를 믿으신다
면 당신은 제게, 가엾은 아내인 제 곁으로 돌아오고 싶은 생각이 나
실 거예요. 당신이 평생 저를 사랑해주시리라고 믿고 행복하기만
했던 저 자신이 얼마나 어리석었던지요! 그런 행복은 저처럼 초라
한 여자에게는 어울리지 않는다는 걸 저는 몰랐었군요! 그러나 지
금 저는 지나간 일 때문만이 아니라 당장 눈앞에 닥친 일로 괴로워
하고 있어요. 생각해보세요. 영영 당신을 만날 수 없다면 제 마음이
얼마나 아프겠는가를 생각해보세요! 아아, 제가 날마다 당신 생각
으로 괴로워하는 것을 당신이 단 1분만이라도 느끼실 수 있다면 가
엾고 외로운 당신의 아내를 측은히 여기게 될 거예요. 엔젤, 남들은
아직도 제가 꽤 아름답다고들 해요. (아름답다고 그렇게 말들을 해
요. 이런 말씀 드리는 것은 사실을 그대로 알리고 싶기 때문이랍니
다.) 아마 그 말이 사실일지도 모르지요. 하지만 전 그런 건 아무래
도 상관없어요. 제 용모는 어디까지나 당신 것이고, 또 당신이 가져
도 부끄럽지 않을 만한 것이 제게도 하나쯤 있어야 되겠다는 생각
에서 그걸 간직하고 싶을 뿐인걸요. 절실하게 그런 생각을 하고 있
는 저는 제 얼굴 때문에 성가신 일이 생기기에 남의 눈을 피하려고
얼굴에 붕대를 감고 다니기도 했답니다. 아, 엔젤, 이런 말씀을 드

리는 건 우쭐해서 그러는 건 결코 아니에요. 당신도 그건 아실 거예요. 다만 당신이 제게 돌아와 주시기를 바라는 일념에서 말씀드리는 것뿐이지요!

정녕코 당신이 제게 돌아오실 수 없으시다면 저를 당신이 계신 곳으로 데려가 주세요. 아까 말씀드린 대로 전 지금 맘에도 없는 것을 강요당하여 괴로워하고 있답니다. 물론 제가 조금이라도 그 남자의 요구에 응할 리는 없겠지만, 하지만 무슨 뜻밖의 일이라도 생길지 몰라 두려움에 떨고 있답니다. 게다가 저는 지난날의 과실도 있고 해서 무력한 처지에서 어쩔 줄을 모르고 있어요. 너무 비참한 일이어서 더 이상 말씀을 드릴 수가 없군요. 하지만 제가 무서운 함정에 빠지기라도 한다면 그 비참한 꼴이란 지난날의 경우에 비할 바가 아닐 거예요. 아, 하느님, 생각만 해도 끔찍해요! 하루라도 빨리 저를 당신 곁으로 데려가 주세요. 아니면 당신이 제 곁으로 돌아와 주시든지! 당신 곁에서 당신을 바라보며 당신을 제 것이라고 생각할 수만 있다면 당신의 아내가 못 되더라도 당신의 하녀로라도 만족하겠어요. 기꺼이 그렇게 하겠어요. 당신이 이곳에 계시지 않으니 햇볕마저 저를 외면하고 아무것도 보여주지 않으며, 들의 까마귀나 찌르레기는 보기조차 싫어요. 그것들을 바라보면 늘 당신 생각에 슬픔이 앞서니까요. 천국에서나 지상에서나 지옥에서라도 사모하는 당신을 만나고 싶은 소망 외에 또 무엇이 있겠습니까! 제게 돌아와 주세요. 제발 돌아오셔서 저를 괴롭히는 유혹에서 저를 구해주세요!

슬픔에 잠겨 있는 당신의 충실한 아내

테스 올림

49 이 애절한 테스의 편지는 서쪽에 있는 조용한 목사댁의 아침 식사 때에 어김없이 배달됐다. 이 근처의 골짜기는 공기가 따스하고 토지도 비옥해서 농사 짓는 일은 조금만 손을 대면 그뿐, 플린트콤 애쉬 농장에서 농사 짓는 것과는 아주 딴판이었다. 그리고 그곳의 인심은, 실은 다를 것도 없었지만, 테스에게는 유다르게 느껴졌다. 엔젤은 만약의 경우를 염려해서 자기 아버지를 통해서 편지를 부치도록 테스에게 당부했었다. 괴로운 마음을 지닌 채 브라질로 개척의 길을 떠난 엔젤은 그곳에서 거처를 옮길 적마다 자기 주소를 아버지에게 꼬박꼬박 알렸다.

클레어 노인은 겉봉을 읽고 나서 부인에게 말했다.

"글쎄, 엔젤이 기별한 대로 다음달 그믐께에 리오를 출발해서 집에 다니러 올 예정이라면, 이 편지는 그애의 계획을 앞당기게 할지도 모르겠소. 이건 틀림없이 며느리가 보내온 것일 테니까."

목사는 며느리를 생각하며 길게 한숨을 쉬었다. 그리고 그 편지가 엔젤에게 곧 전달되도록 주소를 고쳐 썼다.

"그애가 부디 무사히 돌아왔으면 좋으련만" 하고 클레어 부인이 중얼거렸다. "그애한테 잘해주지 못한 게 죽을 때까지 마음에 걸릴 것 같아요. 비록 그애의 믿음이 좀 부족했더라도 큰애들처럼 케임브리지 대학에 보내 똑같은 기회를 주었어야 할 걸 그랬어요. 그랬더라면 대학에서 감화를 받아 신앙심도 생기고 결국에는 성직자가 되었을지도 모르는데…… 성직자가 되고 안 되는 건 별문제로 치고 대학만은 보냈어야 될 걸 그랬어요."

이 말은 클레어 부인이 아들 이야기를 꺼내서 남편의 조용한 마음을 흔들어놓는 단 한 가지의 푸념이었다. 클레어 부인은 신앙심이 깊을 뿐 아니라 생각도 깊었으므로, 남편 역시 엔젤 문제로 자기 못지않게 괴로워하고 있음을 알고 있었다. 그런 까닭으로 부인은 좀처럼 그런 푸념을 입 밖에 내놓지는 않았다. 클레어 부인은 남편이 엔젤 생각으로 잠 못 이루고 일어나 앉아 숨을 죽이고 기도 드리는 소리를 한두 번 들은 게 아니었다. 그러나 고집이 센 이 목사는 지금도 역시 이 신앙심 없는 아들에게 다른 두 아들들처럼 유리한 대학 교육을 시킨다는 건 아무리 생각해도 당찮은 일이라고 생각했다. 왜냐하면 교리를 전도하는 일이 평생의 사명이자 소망으로 되어 있고, 그것이 같은 성직에 있는 두 아들의 사명이기도 한 처지에, 설마 엔젤이 대학 교육의 유리한 점을 이용해서 교리를 비방할 리야 없겠지만 혹시 그럴 가능성도 없지 않았기 때문이다. 한편으로는 믿음이 두터운 두 아들의 발판이 되어주고, 또 다른 한편으로는 같은 수단으로 신앙심이 없는 아들을 높은 위치로 끌어올려 준다는 것은 자기의 신념이나 지위나 희망에 어긋나는 일이라고 늙은 목사는 생각했다. 그렇지만 그는 어울리지 않게 엔젤(천사)이라는 이름이 붙은 아들을 사랑했고, 아브라함이 제물로 받치기 위해 아들 이삭을 데리고 산으로 올라갈 때 이미 제물로 바치게 된 이삭의 운명을 마음으로 슬퍼한 것처럼 엔젤에 대한 자신의 처사를 남 몰래 괴로워했다. 스스로 빚어놓은 회한은 말은 않지만 아내가 입 밖에 내는 푸념보다도 더욱 아픈 것이었다.

　목사 부부는 엔젤의 불행한 결혼에 대한 책임이 자기들에게도 있다고 생각했다. 아들이 농장 경영자의 길을 택하지만 않았더라면 농가 출신의 시골 아가씨와 결혼하지는 않았을 것으로 생각했다. 그 젊은 아이들이 무엇 때문에 헤어졌는지, 언제 헤어졌는지, 부모들은 확실히 모르고 있었다. 처음에는, 그건 서로 성격이 맞지 않아서겠지 하고 생각했었다. 그러나 요즈음 아들이 보내오는 편지에 이따금 테스를 데리러 오겠다는 뜻을 비치는 걸로 봐서 부모는 그들의 불화가 영구적인 것은 아니라는 생각이 들어 한시름 놓았었다. 엔젤은 부모에게, 아내는 친정에 가 있다고 말했었다. 부모는 어쩐지 믿어지지 않았지만 달리 뾰족한 수도 없었기에 참견하지 않았던 것이다.

이때 테스가 편지를 읽어주길 바라고 있는 엔젤의 눈은 남미 대륙의 내륙 지방에서 노새를 타고 해안 쪽으로 향하는 도중 끝없이 펼쳐진 대평원을 바라보고 있었다. 그가 이국 땅에서 겪은 경험은 비참하기 짝이 없었다. 그가 그곳에 도착한 직후에 걸렸던 중병은 아직도 완전히 낫지 않아 그곳에서 농장을 경영하겠다는 희망은 거의 포기 상태에 있었다. 그러나 그곳에서 잡아보려는 한 가닥 희망이 완전히 사라지지 않은 이상, 구태여 계획의 변경을 부모에게 알리고 싶지는 않았다.

수월하게 자립할 수 있다는 그럴 듯한 선전에 현혹되어 엔젤처럼 브라질로 건너간 수많은 농장 일꾼들은 병에 걸리기도 하고 죽기도 하여 헛된 세월을 보내었다. 그는, 영국 농장에서 건너간 아낙네들이 열병으로 죽은 아이를 품에 안고 힘없이 걸어가는 모습을 이따금 보았다. 아기의 어머니는 걸음을 멈추고 맨손으로 푸석거리는 땅을 파고 아기를 묻고는 눈물지으며 터벅터벅 되돌아서는 것이었다.

원래 엔젤의 의도는 브라질로 이민 가려는 것이 아니라 자기 조국의 동부나 북부에서 농장을 경영하려는 계획이었는데, 브라질로 간 것은 일시적인 절망감을 이기지 못해서였다. 그 당시 영국 농민들 사이에 고조되어 있던 브라질 이민열이 과거의 생활에서 벗어나고 싶어하는 엔젤의 욕구와 우연히 들어맞았던 것이다.

조국을 떠나 브라질에 가 있는 동안 그는 정신적으로는 십년이나 더 나이를 먹었다. 이제 그의 마음을 끄는 것은 눈에 보이는 인생의 아름다움이 아니라 오히려 그 속에 깃들여 있는 슬픔이었다. 지난날 오랫동안 신비주의라는 낡은 가치 체계를 의심쩍게 여겨오던 그는 이제 도덕이라는 낡은 가치 평가마저 의심하게 되었다. 그는 도덕적인 평가는 수정되어야 한다고 생각하게 되었다. 도대체 도덕적 인간이란 어떤 사람을 말하는가? 좀더 적절하게 말한다면 도덕적인 여자란 어떤 여자를 말하는가? 성품이 좋고 나쁘다는 것은 그 사람의 행실에만 달려 있는 것이 아니라 그 목적과 동기에도 달려 있는 것이다. 성품의 진실한 역사란 지나간 일보다는 장차 하려고 마음먹은 마음가짐에 달려 있는 것이다.

그렇다면 테스의 경우는 어떠한가?

이런 관점에서 테스를 생각할 때 그는 자기의 성급한 판단을 후회하는 마음으로 편치 않았다. 자기는 테스를 영원히 거부한 것일까, 아니면 그것은 일시적인 것일까? 영영 그녀를 거부했다고는 말할 수 없었다. 그렇게 말하지 못하는 것은, 그가 속으로는 테스를 받아들였다는 것을 뜻했다.

이처럼 테스를 그리워하는 마음이 싹트기 시작한 것은 테스가 플린트콤 애쉬 농장에서 일할 무렵이었는데, 그즈음 테스는 자기의 비참한 처지나 괴로운 심정을 한 마디라도 써 보내어 그의 마음을 괴롭혀서는 안 된다고 다짐하고 있던 때였다. 엔젤은 적잖이 당황했다. 당황한 나머지 테스에게서 편지가 오지 않는 것에 대해서도 깊이 생각해 보려고 하지 않았다. 이렇게 해서 유순한 그녀의 침묵은 오히려 그의 오해를 샀던 것이다. 엔젤이 만약 테스의 침묵을 이해할 수 있었더라면 그 침묵은 그에게 얼마나 많은 것을 일깨워주었을까! 엔젤이 그녀에게 당부해놓고도 깜빡 잊어버리고 있던 것을 테스는 꼬박 지키고 있었다는 것, 그리고 그녀는 천성적으로 대담함에도 불구하고 아무 권리도 주장하지 않고 모든 면에서 그의 판단이 옳다고 인정하고 묵묵히 순종하였다는 것들을······.

앞에서 말한 대로, 노새를 타고 브라질의 내륙 지방을 여행하는 엔젤에겐 나란히 말을 달려 함께 여행하는 한 남자가 있었다. 그는 엔젤과 고향은 다르지만 같은 목적을 가지고 찾아온 영국 사람이었다. 그들은 울적한 마음에서 서로 고향 이야기를 나누었다. 믿음은 믿음을 낳는다고 한다. 머나먼 타국에 가 있는 남자들이 흔히 그렇듯 평소에는 친한 친구에게도 좀처럼 털어놓지 않던 비밀을 전혀 모르는 사람에게 털어놓는 그 이상한 습성에서 엔젤 역시 함께 여행하는 그 길동무에게 자기의 슬픈 결혼 생활을 털어놓았다.

이 낯선 길동무는 엔젤보다 더 많은 타향을 떠돌아다녔고 더 많은 사람들을 접촉한 사람이었다. 이러한 그의 세계주의자다운 관점에서 본다면 가정 생활에서는 아주 중대한, 사회 규범에서 벗어나는 그런 이탈도 지구 전체가 그리는 곡선에 비하면 보잘것없는 골짜기나 산맥의 기복에 지나지 않았다. 그는 엔젤과는 전혀 다른 각도에서 테스를 보았다. 그는 테스의 지나간 과거는 앞으로의 미래에 비할 때 그리 대수로운 것이 아니라고 생각했고, 그가 그녀를 버리고 온 처사는 잘못이라고 솔직히 지적했다.

다음날, 그들은 번개치며 쏟아지는 비에 흠뻑 젖었다. 엔젤의 길동무는 열병에 걸려 쓰러지더니 그 주말에 세상을 떠나고 말았다. 엔젤은 그를 묻어주느라고 서너 시간 머물다가 다시 길을 떠났다.

극히 평범한 이름뿐, 그 밖에는 아무것도 모르는 마음 넓은 낯선 길손이 무심코 한 말이 그의 죽음으로 인해 더욱 숭고하게 생각되었고, 철학자들의 이론적인 윤리관보다도 그에게 더 큰 영향을 주었다. 그는 그 사람의 넓은 마음과 비교해보고 자기의 옹졸함을 부끄럽게 여겼다. 자기의 소견이 모순투성이였다는 생각이 밀려들었다. 그는 기독교를 물리치고 희랍적인 이교주의(異敎主義)를 숭배해왔는데, 그 희랍 문명에서는 부당하게 몸을 더럽힌 자를 반드시 경멸의 대상으로 삼지는 않았다. 그렇다면 그는 분명히 신비주의적인 교리와 더불어 받아들였던, 더럽혀진 것에 대한 증오심도 그 더럽혀진 것이 어디까지나 어떤 속임수에 따른 결과라는 것을 알았다면 적어도 그녀의 잘못은 용서했어야 했을 것이다. 이런 후회하는 마음이 그를 괴롭혔다. 다시금 이즈 휴에트의 말이 생각났다. 그가 이즈에게 자기를 사랑하느냐고 물었을 때 그녀는 그렇다고 대답한 적이 있었다. 그럼 테스보다 더 나를 사랑하느냐고 물었더니 그녀는 그렇지 않다고 대답했었다. 이즈는, 테스는 그를 위해서라면 목숨까지도 바칠 테지만 자기는 '테스는 못 당해요' 하고 말하지 않았던가.

그는 결혼식날의 테스의 모습을 그려보았다. 그날 그녀의 눈길은

446

그에게서 떠나질 않았었다. 그리고 그의 말 한 마디 한 마디를 마치 하느님의 말씀처럼 믿지 않았던가! 그리고 또 난롯가에서 그녀의 순박한 영혼이 그에게 모든 것을 털어놓고 고백하던 무서웠던 그날 밤, 그한테서 사랑과 보호가 떠나버리리라고는 조금도 생각지 못하고 난로의 불빛 속에서 그녀의 얼굴은 얼마나 애처롭게 보였던가!

이렇게 생각하는 동안, 그는 줄곧 테스를 비판해온 처지에서 오히려 그녀를 감싸주는 심정으로 변했다. 전에는 테스를 비웃는 말들을 혼자서 뇌까리기도 했지만 사람이란 언제나 남을 비웃으면서 살아갈 수만은 없는 법이다. 그래서 그는 비웃는 태도를 버리고 말았다. 남을 비웃는 잘못은 일반적인 원칙만 고집하고 특수한 경우가 있다는 것을 무시하는 데서 생기는 법이다.

그러나 이러한 이론도 실은 케케묵은 것이다. 많은 애인, 남편들이 그런 처지에서 살아온 것은 어제오늘에 생겨난 것은 아니다. 그가 테스에게 가혹하게 대한 것은 의심할 여지가 없다. 남자들이란 현재 사랑하고 있거나 지난날 사랑했던 여자에 대해서는 가혹하게 대하는 때가 자주 있다. 그것은 여자들의 경우에도 마찬가지이다. 그러나 이러한 남녀 사이의 냉혹한 관계는 그의 모체가 되어 있는 우주의 냉혹성이나 성품에 대한 환경의, 목적에 대한 수단의, 어제에 대한 오늘의, 오늘에 대한 내일의 냉혹성에 비한다면 그것은 오히려 부드러운 감정이라고 해야 할 것이다.

쇠망한 집안이라고 엔젤이 경멸했던 테스의 혈통에 대한 관심, 즉 더버빌 가문의 훌륭한 혈통이 새삼스레 그의 마음을 자극했다. 왜 그는 혈통 문제에 대해서 정치적 가치와 정신적 가치의 차이를 깨닫지 못했던가? 정신적인 면에서 본다면 테스가 더버빌 가문의 혈통을 이어받은 자손이라는 것은 커다란 비중을 차지하고 있다. 경제적으로는 아무 가치가 없다 해도 공상가나 흥망 성쇠를 따지는 학자들에게는 아주 유익한 자료였다. 그것은 곧 사람들의 기억에서 잊혀지고 말 것이다. 가엾은 테스의 혈통과 가문의 이름 속에 간직된 약간의 영예,

그리고 킹스비어에 있는 대리석의 묘비나 조상들의 납골당에 잠들어 있는 유골들과 더불어 그녀가 대대로 이어받은 혈통도 잊혀지고 말 것이다. 이처럼 '시간'은 스스로의 낭만을 무자비하게 파괴해버리고 마는 것이다. 테스의 얼굴을 몇 번이고 머릿속에 그려본 그는, 분명히 그녀의 얼굴에서 그녀의 조상인 귀부인들이 지녔을 우아한 품위를 지니게 하는 위엄 있는 모습을 엿볼 수 있었다. 그런 모습은 그가 전에 느꼈고 또 느낀 뒤엔 으레 불쾌감을 주던 그 영기(靈氣)가 그의 혈관으로 스며들었다.

테스는 비록 순결을 지키진 못했을지언정 그 또래의 여자들에 비해 그녀들이 지닌 순결을 무색케 할 어떤 가치 있는 것을 지니고 있었다. 에브라임의 끝물 포도가 아비에셀의 맏물 포도보다 낫지 않았던가? 《구약성서》〈사사기〉제8장 2절)

다시금 불타오른 엔젤의 사랑은 이때 마침 아버지로부터 그에게로 회송되고 있던 테스의 애정어린 호소를 받아들일 마음의 준비를 갖추고 있었다. 그러나 내륙 지방 깊숙이 들어가 있는 그가 그 편지를 받아보기까지엔 아직 오랜 시간이 걸릴 터였다.

한편 편지를 써보낸 테스는, 남편이 자기 호소를 받아들여 돌아와 주기를 바라는 마음이 강해지기도 하고 약해지기도 했다. 약해지는 까닭은 그들이 헤어져야 했던 그녀의 과거는 지금도 여전히 그대로 남아 있을 뿐 아니라 영원히 없어질 것 같지 않았기 때문이다. 그리고 남편과 함께 있을 때에도 그랬다면 남편과 이처럼 헤어져 있는 지금은 더욱 그럴 것이기 때문이다. 그러면서도 테스는 만약 남편이 돌아온다면 어떻게 그를 기쁘게 해줄 것인가에 마음을 쓰고 있었다. 이럴 줄 알았더라면 그이가 하프로 타던 노래들을 좀더 알아두고, 또 시골 처녀들이 부르는 민요 중에서 그이가 좋아하던 것도 좀 알아두었더라면 좋았을 걸, 하고 한숨을 내쉬기도 했다. 톨보데이스 목장에서 이즈 휴에트를 따라온 앰비 시들링에게 넌지시 물어보았더니, 그는 우연히 엔젤이 좋아하던 노래를 기억하고 있었다. 엔젤은 목장에서 젖이 잘 나오라고 젖소에게 불러주던 노래 중에서 〈큐피드의 동산〉, 〈내게는 사냥터와 사냥개가 있네〉, 〈날이 밝아오다〉 등을 좋아했고, 〈재봉사의 바지〉며 〈나는 멋진 미인이 되었네〉 등은 민요로서 훌륭한 노래들이었지만 엔젤은 별로 좋아하지 않은 것 같았다는 것이다.

요즈음 테스는 엔젤이 좋아하는 민요들을 잘 부를 수 있도록 연습하는 것이 낙이었다. 얼마 되지 않는 틈을 타서 특히 〈날이 밝아오다〉를 혼자 연습했다.

> 일어나요, 일어나요, 일어나세요!
> 정원에 핀 어여쁜 꽃 아름 따다
> 임께 보낼 꽃다발을 만드세요.
> 산비둘기, 참새들도 가지마다
> 둥우리를 치네.
> 때는 5월의 이른봄
> 날이 밝아오도다!

춥고 건조한 철에 테스가 다른 여자들과 떨어져 일할 때면 언제나 부르는 이 노래를 듣는다면 아무리 목석 같은 사람일지라도 가슴이 뭉클해질 것이다. 자기의 노래를 들으러 엔젤이 끝내 오지 않으리라는 것을 생각하면 하염없이 눈물이 흘러 그녀의 두 뺨을 적시곤 했다. 그리고 천진한 이 노래 구절은 부질없이 노래 부르는 테스의 가슴 아픈 심정을 비웃는 듯 흔들어놓았다.

테스는 이런 꿈 같은 환상 속에서 세월을 보냈다. 계절이 바뀌는 것도, 낮이 길어지고 성 수태 축제일이 임박하고 있고 머지않아 자기가 고용된 기일이 끝나는 구력 성 수태 축제일이 다가온다는 것도 모르고 있는 듯했다.

그러나 봄철의 사분기 품삯을 받는 날이 오기 전에 테스에게는 뜻밖의 일이 일어났다. 어느 날 저녁, 테스는 여느때와 마찬가지로 숙소의 가족들과 함께 아래층에 앉아 있었다. 바로 그때 누군가가 문을 두드리고 테스를 찾았다. 그녀가 문밖을 내다보니 키는 어른만 하지만 몸매는 어린애티를 못 벗은 호리호리한 한 처녀가 저녁 햇살을 등지고 있는 것이 눈에 띄었다. 그 처녀가 "테스 언니!" 하고 부를 때까지 테스는 저녁 어스름 속에 서 있는 그녀가 누구인지 알아볼 수 없었다.

"얘, 너 리자 루 아니냐?" 테스가 놀란 목소리로 물었다.

1년 전 고향을 떠날 때만 해도 아직 어렸던 동생이 지금 보는 것처럼 이렇게 껑충 키가 자랐던 것이다. 하지만 리자는 자기가 그렇게 자란 것을 모르고 있는 듯했다. 작년만 해도 길어서 치렁거리던 겉옷자락이 이젠 짧아져서 기다란 두 다리를 드러냈고, 거북한 듯이 어색해하는 손과 팔은 루의 젊음과 수줍음을 나타내고 있었다.

"응, 나야. 언니, 종일 걸었어요. 언니를 찾느라고 말예요. 이젠 지쳤어요" 하고 루는 들뜬 기색도 없이 담담한 목소리로 말했다.

"집에 무슨 일이 있니?"

"엄마가 몹시 편찮으세요. 의사가 어머니가 돌아가실 거라고 해요. 아버지도 건강이 좋지 않고. 항상 입버릇처럼 하시는 말씀이 우리 같은 양반 집안이 악착같이 천한 막일을 해서 살 수야 있느냐는 거예요. 그러니 우린 어떡하면 좋을지 모르겠어요."

테스는 한동안 멍하니 서 있다가 정신을 차리고는 동생을 방으로 불러들여 앉혔다. 동생이 앉아 차를 마시는 동안 테스는 마음을 정했다. 아무래도 집으로 돌아갈 수밖에 없었다. 그녀의 고용 계약 기일은 구력 수태 축제일인 4월 6일이었지만 그때까지 며칠 남지도 않았으므로 곧 떠나기로 결심했다.

그날 밤 안으로 떠나기만 하면 열두 시간은 더 빨리 집에 도착할 수가 있었다. 그러나 동생이 지금 너무 지쳐 있어서 내일로 출발을 미룰 수밖에 없었다. 테스는 이즈와 마리안의 숙소로 달려가 집안의 사정을 설명하고 농장 주인한테 잘 말해달라고 부탁했다. 숙소로 돌아온 테스는 루에게 저녁을 먹이고 자기 침대에 누인 다음 버드나무 바구니에다 잔뜩 짐을 꾸렸다. 그리고 루에게는 내일 아침에 뒤따라오라고 이른 다음, 길을 떠났다.

50 시계가 열 시를 알리자 테스는 싸늘한 별빛 아래서 15마일의 먼 길을 가기 위해 쌀쌀한 춘분 절기의 어둠 속으로 발길을 내디뎠다. 고적한 고장의 밤은 혼자서 길을 가는 길손에겐 위험하다기보다는 오히려 보호자라는 것을 알고 있는 테스는 낮 같으면 겁이 나서 감히 지나지 못할 사잇길을 따라 가장 가까운 지름길로 접어들었다. 지금은 도둑이 나타날 리도 없었고, 어머니의 병환이 염려되어 귀신 같은 것이 나타날지도 모른다고 겁낼 경황도 없었다. 비탈길을 오르고 내리며 여러 마일을 내처 걸은 후에 그녀가 벌배로우에 도착한 것은 밤 열두 시경이었다. 그녀는 저 멀리 고향 골짜기의 모습이 드러나고 있을, 어둠이 짙은 캄캄한 골짜기를 내려다보았다. 5마일 이상이나 고원 지대를 걸어왔으니 평지를 따라 앞으로 10여 마일은 더 걸어야 그녀의 갈길이 끝나는 셈이었다. 구불구불한 내리막길을 따라 내려가다 보니 어렴풋이 비추는 별빛 속에 희미하게 길이 보였다. 그리고 그녀는 지금 걷고 있는 흙이 여태 걸어온 고원 지대의 흙과는 다르다는 것을 발에 느껴지는 감촉과 흙냄새로 알 수 있었다. 그곳은 블랙무어 골짜기와 같은 차진 점토질의 땅이었고 통행세를 내는 신작로와는 아직 연결되지 않은 곳이었다. 그곳은 다른 지방보다 여러 가지의 미신이 오래 남아 있었다. 옛날에 숲이 우거졌던 이 고장은 이처럼 사방이 캄캄한 한밤중이 되면 먼 곳, 가까운 곳의 경치가 한덩어리가 되고 온갖 나무들과 높은 생울타리가 저마다 무시무시한 모습을 드러내어 어딘지 모르게 옛날 태고적의 모습을 나타내는 것 같았다. 옛날에 이곳에서 사냥하던 수사슴이며, 바늘에 찔려 물에 빠진 마녀며, 사람들이 지나가면 번쩍거리는 녹색옷을 입고 낄낄거리며 웃는다는 요

정——아직도 이곳에는 이런 미신들이 설치고 있어서 짓궂은 귀신들이 지금도 우글거리고 있다는 것이었다.

너틀베리 마을에서 주막 앞을 지나치는데, 테스의 발걸음 소리에 응답하듯 그 주막의 간판이 삐걱 소리를 내며 흔들거렸다. 그러나 그 소리를 들은 사람은 테스밖엔 아무도 없었다. 이엉을 덮은 지붕 밑에서 보라색 헝겊 조각을 이어 만든 이불을 덮고 온몸의 힘줄이 축 늘어진 일꾼들이 어둠 속에서 몸을 길게 뻗고, 햄블돈 언덕 위에 동이 트자마자 다시 일터로 나갈 수 있도록 잠의 손길로 온몸을 주물러 피로를 풀려는 모습이 테스의 눈에 선하게 떠올랐다.

새벽 세 시가 되자 테스는 지금까지 걸어온 구불구불한 길의 마지막 모퉁이를 돌아 말로트 어귀에 접어들었다. 마을로 들어가는 길에 테스는 지난날 친목회 때 엔젤 클레어를 처음 만났던 들판을 지났다. 그때 클레어가 자기와 함께 춤을 추어 주지 않아서 서운했던 마음이 아직도 남아 있었다. 어머니가 계시는 집 쪽에 불빛이 보였다. 어머니의 침실 창문에서 새어나오는 그 불빛은 창문 앞의 나뭇가지에 가려 가지가 흔들릴 때마다 테스에게 눈짓이라도 하는 것처럼 깜박거렸다. 그녀가 보낸 돈으로 새로 이엉을 이은, 전과 다름없는 집의 윤곽이 드러나자 테스는 예나 다름없는 감회가 되살아났다. 그 집은 여전히 그녀의 육체나 생명의 일부처럼 느껴졌다. 기울어진 지붕 창문이며, 박공 꼭대기며, 굴뚝 위에 드문드문 이어 붙인 붉은 벽돌이며, 이 모든 것이 어딘지 테스의 성품과 통하는 데가 있었다. 이런 모든 것들이 지금의 테스에게는 마비되어 있는 것처럼 보였고, 그것은 어머니의 병환을 암시하고 있는 것 같았다.

테스는 아무도 깨게 하지 않으려고 살그머니 문을 열었다. 아래층 방에는 아무도 없었지만 어머니의 간호를 돕고 있는 이웃집 아주머니가 층계 위에 나타나, 더비필드 부인은 지금 막 잠이 들었지만 병세는 조금도 나아지는 것 같지 않다고 귀띔해주었다. 테스는 아침 식사를 준비해놓고 어머니의 병 시중을 들기 위해 침실로 들어갔다.

　아침에 동생들의 모습을 유심히 살펴보니 다들 놀랄 만큼 크게 자라 있었다. 집을 떠난 지 겨우 1년 남짓밖엔 안 되었는데 동생들은 몰라 보리만큼 자란 것이다. 동생들 뒷바라지를 해주려면 정신 바짝 차리고 힘껏 일해야겠다는 생각이 들어 자기의 근심 따위는 잊고 말았다.

　아버지의 건강도 전과 마찬가지로 시원치 않은 상태여서 여전히 의자에만 앉아서 지냈다. 테스가 돌아온 다음날, 아버지는 유난히 명랑했다. 앞으로 살아갈 그럴 듯한 방침이 생겼다는 것이다. 테스가 그것이 무엇이냐고 물어보았더니 아버지의 대답은 이러했다.

　"이 고장 일대에 사는 고고학자들에게 우리가 생계를 꾸려갈 수 있도록 기부금을 좀 내라고 회람을 돌릴 작정이다. 그러면 그들은, 그건 아주 낭만적이고 멋있고 그럴 듯한 처사라고 생각할 게 틀림없지. 그 사람들이야 쓰러져가는 유적을 복구시키고, 무슨 유골 따위를 파내거나 하는 데에 돈을 물 쓰듯 쓰는 사람들이니까 말이다. 사실 말이지, 나야 살아 있는 유적이나 마찬가지니, 그런 것들보다야 더 큰 관심을 모을 만하지. 아무라도 좋으니 그 사람들을 찾아다니면서 나 같은 고적이 엄연히 살아 있는데도 그걸 아무도 모르고 있다고 일러주면 좋겠구나. 우리 가문을 찾아내준 트링검 목사만 살아 있었어도 기꺼이 이 일을 맡아줄 텐데."

　테스는 자기가 보내준 돈으로 조금도 나아진 것이 없는 집안의 시급한 당면 문제들을 우선 처리하기로 하고, 이 야단스런 계획에 대한 언급은 다음으로 미루기로 했다. 테스는 집안일을 대충 정리하고 나서 바깥일에 주의를 돌렸다. 지금은 종자를 심고 씨를 뿌릴 계절이었다. 마을 사람들의 채소밭과 소작밭은 이미 봄철 밭갈이가 끝났는데, 더비필드네 채소밭과 소작밭은 아직 손도 대지 않은 채였다. 그것은 식구들이 씨감자를 죄다 먹어치웠기——앞날을 생각 못하는 사람이 저지르는 마지막 실수——때문이라는 것을 알자 테스는 기가 막혔다. 그녀는 힘이 미치는 데까지 서둘러 씨감자를 장만했다. 며칠 후에는 아버지도 건강이 좀 회복되자 테스가 조르는 바람에 채소밭 일을 거들었다. 한편 테스는 마을에서 200야드 가량 떨어진 곳에 빌려둔 소작밭의 농사일을 시작했다.

그녀는 한동안 어머니의 병실에만 갇혀 있던 터여서 밭일을 하는 것이 즐거웠고, 이제는 어머니의 병세도 상당히 좋아져서 테스가 곁에 없어도 괜찮을 정도였다. 심한 노동은 그녀의 잡념을 잊게 해주었다. 소작밭은 지대가 높고 메마르고 널찍한 땅의 한쪽 구석에 있는, 비슷한 소작밭이 4,50개나 몰려 있는 곳이었다. 여기서는 하루의 품일이 끝나는 때가 가장 바쁘고 활기 있었다. 밭갈이는 보통 아침 여섯 시에 시작되지만 끝나는 시간은 일정하지 않아 해질 무렵이나 달이 환히 밝아올 때까지 계속되는 때도 있었다. 때마침 날씨가 건조해 모닥불을 피우기에는 안성맞춤이어서 소작밭 여기저기에서는 마른 잡초나 쓰레기 더미를 태우는 모닥불이 타올랐다.

어느 날씨 좋은 날, 테스와 리자 루는 소작밭에 박아놓은 하얀 경계 말뚝에 저녁 햇살이 비칠 때까지 이웃 사람들과 같이 계속 일했다. 해가 지고 사방에 저녁놀이 깃들이자, 개밀이나 배추 줄거리를 태우는 모닥불 빛이 소작밭을 비춰 짙은 연기가 바람에 흔들릴 때마다 밭들의 윤곽이 나타났다가 사라지곤 했다. 불길이 타오르면 바람에 날려 땅을 기어서 수평으로 길게 흐르던 연기가 반투명체로 퍼져 일하는 사람들의 모습을 가렸다. 그것은 낮에는 구름 벽이 되고 밤에는 빛이 되었다는 '구름 기둥'(《구약성서》〈출애굽기〉 제14장 19~20절)의 모습을 짐작할 수 있게 했다.

날이 저물자 채소밭에서 일하던 남녀 일꾼들 중에는 일손을 거두고 집으로 돌아가는 사람들도 더러 있었으나 대부분의 사람들은 파종을 마저 마치려고 남아 있었다. 테스도 동생을 먼저 돌려보내고 남아서 일을 계속했다. 개밀이 불타고 있는 소작밭 한구석에서 테스는 쇠스랑을 들고 일을 했다. 네 개의 번쩍이는 쇠스랑의 갈고리 끝은 돌멩이나 말라붙은 흙덩이에 부딪칠 때마다 작은 소리를 냈다. 테스의 모습은 모닥불 연기에 휩싸여 전혀 안 보일 때도 있었고, 활활 타오르는 불길에 비치어 모습이 드러나기도 했다. 그녀는 그날 밤따라 유별난 옷차림을 하고 있어서 남의 눈에 잘 띄었다. 자주 빨아 색깔이 바랜 겉옷 위에 짤막한 검정 웃옷을 입고 있어서 전체적으로 풍기는 인상은 결혼식 손님과 장례식 손님의 옷차림을 한데 섞은 듯했기 때문이다. 하얀 앞치마를 두르고 훨씬 뒤쪽에서 일하고 있는 여자들은 모닥불에 환히 드러날 때를 빼고는 앞치마와 창백한 얼굴만이 어둠 속에서 희미하게 보일 뿐이었다.

서쪽에는 밭의 경계를 이루고 있는 가시나무 생울타리의 앙상한 가지들이 나직한 우유빛 하늘을 배경으로 환히 드러나 있었다. 하늘에는 활짝 핀 노란 수선화같이 목성이 그림자를 드리울 만큼 반짝이고 있었다. 그리고 이름 모를 작은 별들이 여기저기 나타나기 시작했다. 멀리서 개 짖는 소리가 들려오고 이따금 마른 땅에 마차 지나가는 소리가 들리기도 했다.

그다지 늦지도 않은 시간이어서 쇠스랑 끝에서는 계속해서 땅 일구는 소리가 나고 있었다. 공기는 맑고 싸늘했지만 그 속에는 일하는 사람들에게 용기를 북돋아주는 봄의 속삭임이 깃들여 있었다. 이 장소, 이 시간, 탁탁 소리내며 타오르는 모닥불, 이 신비로운 불빛과 그림자 속에는 테스는 물론 늦게까지 남아서 일하는 사람들에게 뿌듯한 보람 같은 것을 느끼게 해주는 그 무엇이 있었다. 찬 서리 내리는 겨울에는 마귀처럼 찾아들고 무더운 여름에는 다정한 연인처럼 찾아드는 황혼이란 것은 3월의 이즈음에는 마음을 달래주는 다정한 사람이 되어 찾아왔다.

한눈 파는 일 없이 모두들 일에만 열중했다. 파 일구어진 흙이 모닥불 빛에 환히 드러날 때마다 그들의 눈길은 그리로 쏠렸다. 테스는 흙덩이를 파헤쳐 일구면서 언젠가는 엔젤이 들어주리라는 희망도 이제는 사라지고 만 그 부질없는 노래를 흥얼거렸다. 얼마가 지난 후에야 그녀는 자기 가까이에서 기다란 작업복을 입은 한 남자가 밭을 일구고 있는 것을 알았다. 아버지가 자기를 도와주라고 보낸 일꾼으로 그녀는 생각했다. 그 남자가 흙을 파 일구면서 점점 가까이 다가옴에 따라 테스는 더욱 그 남자를 의식했다. 이따금씩 연기가 두 사람 사이를 갈라놓을 때도 있었으나 연기가 비스듬히 방향을 바꾸면 그들은 딴사람들로부터 분리되어 그들 단 두 사람만이 서로 마주 보게 될 때도 있었다.

테스는 그 남자에게 아무 말도 건네지 않았다. 그 남자도 마찬가지였다. 그 남자는 낮에 일할 때에는 거기 없었던 것 같고 아무래도 말로트 마을 사람 같지 않다는 것 외에 그녀는 달리 무슨 생각을 하진 않았다. 그도 그럴 것이 요 근래에는 자주 고향을 떠나 있었던데다가 또 타향에서 오래 지냈기 때문이다. 그들 사이가 더욱 가까워지자 그들의 쇠스랑 끝이 불빛을 받아 뚜렷이 번쩍였다. 테스가 모닥불 곁으로 다가가 마른풀을 한 줌 불 속에 집어던지자 그 남자 역시 맞은편에서 그렇게 했다. 확 하고 불꽃이 피어올랐다. 그 순간 테스는 더버빌의 얼굴을 보았다.

뜻밖의 그의 출현과 요즘의 일꾼들 중에서도 가장 고리타분한 사람들만이 입는 주름잡힌 작업복을 입은 괴상망측한 꼬락서니가 몸서리쳐질 정도인데다 그의 밭일하는 모습을 생각만 해도 소름이 끼쳤다. 더버빌이 낮은 소리로 웃어댔다.

"농담을 한다면 난 이렇게 말하겠소. 이건 마치 천국에 있는 기분이라고!" 그는 고개를 기웃하고 테스를 쳐다보며 장난 투로 말했다.

"뭐라구요?" 테스가 힘없이 물었다.

"농담꾼이라면 이건 천국에 있는 기분이라고 말할 거라고 했소. 당신은 이브이고 난 미천한 동물의 탈을 쓰고 당신을 유혹하러 온 사탄이란 말이오. 내가 신앙에 미쳐 있었을 때 밀턴의 《실낙원》에 나오는 이런 구절을 전부 외었었지. 그 속에 이런 게 있다오.

여왕이시여, 갈 길은 마련되고 멀지도 않나니
도금양나무 줄지어 서 있는 서쪽에⋯⋯

그대 만약 제 인도를 받아들이신다면
내 그곳으로 그대를 모시오리.
그럼 어서 인도해주옵소서
하고 이브는 말했도다.

　이런 것이지. 사랑하는 테스, 나는 당신이 엉뚱한 생각을 하거나 그런 말을 할까 봐 일부러 이런 말을 하고 있는 거요. 당신은 나를 나쁘게만 생각하니까."
　"난 당신을 사탄이라고 말한 적도 없고 또 그렇게 생각한 적도 없어요. 그런 적은 전혀 없어요. 당신이 나를 모욕하지 않는 한, 당신을 대하는 제 마음은 항상 냉철해요. 그럼, 당신은 바로 나 때문에 땅을 파주러 오셨단 말예요?"
　"바로 그렇소. 당신을 만나보고 싶어서, 그저 그뿐이오. 이 옷은 여기 오는 길에 팔려고 내놓은 작업복을 사 입은 거요. 이것만 걸치면 남의 눈에 띄지 않으리라고 생각했거든. 나는 당신이 이런 노동을 못하게 하려고 온 거요."
　"하지만 난 이런 일이 좋은걸요. 아버지를 위해서 하는 일이니까요."
　"다른 데서 일하는 계약은 끝났소?"
　"네."
　"다음 행선지는 어디요? 그리운 남편을 찾아갈 거요?"
　테스는 그의 비꼬는 듯한 말투를 참을 수 없었다.
　"아, 나도 몰라요!" 하고 테스는 씁쓸하게 말했다. "난 남편도 없는 여자예요!"
　"당신 말마따나 그렇겠지. 하지만 당신에겐 친구가 있소. 당신은 싫어하겠지만 난 당신을 편하게 해주려고 결심했소. 집에 돌아가 보면 내가 무얼 보냈는지 알 거요."
　"아, 알렉, 내게 아무것도 주지 마세요! 난 받을 수 없어요! 난 싫어요. 그건 옳은 일이 아니에요!"

"아니, 그건 옳은 일이지! 난 내가 사랑하는 여자가 고생하는 걸 가만히 보고 있을 순 없소."

"하지만 그런 도움이 없이도 살아갈 수 있어요. 내가 괴로워하는 건, 그건 생계 따위와는 상관없는 거예요!"

그녀는 돌아서서 마음대로 하라는 듯 다시 땅을 일구기 시작했으나 쇠스랑 자루며 흙덩이 위로 눈물이 줄곧 떨어졌다.

"애들 때문이겠지요. 당신의 동생들 말이오. 나도 동생들 문제를 여러 번 생각해봤소."

테스의 가슴은 떨렸다. 그가 그녀의 약한 데를 건드렸기 때문이다. 그는 테스의 커다란 근심을 알아차렸다. 집에 돌아온 뒤로 그녀는 뜨거운 애정을 동생들에게 쏟아왔다.

"만약 당신 어머님께서 회복하지 못하시면 누군가가 동생들을 돌봐야 할 게 아니오? 당신 아버지도 이젠 별로 일하실 것 같진 않고."

"아버지는 제가 도와드리면 일하실 수 있어요. 물론 하셔야지요!"

"그리고 나도 거들어드리면 될 게고."

"안 돼요!"

"바보 같은 소린 그만두시오!" 하고 더버빌은 버럭 소리를 질렀다.

"게다가 당신 아버진 우릴 같은 집안이라고 생각하시니 아주 기뻐하실 거요!"

"그러실 리 없어요. 내가 아버지의 잘못된 생각을 깨우쳐드렸으니까요."

"그렇다면 당신은 더 바보로군!"

화가 난 더버빌은 그녀 곁을 떠나 생울타리 쪽으로 가서 기다란 작업복을 벗더니 둘둘 말아서는 모닥불 속에 집어던지고 훌쩍 가버렸다.

테스는 땅을 파 일구는 일을 더 이상 계속할 수가 없었다. 그녀는 마음이 뒤숭숭했다. 아무래도 그가 자기 집으로 간 것 같은 생각에서 그녀는 쇠스랑을 집어들고 집으로 돌아갔다.

집에서 20야드쯤 떨어진 곳에서 그녀는 마중 나온 동생을 만났다.

458

"아, 테스 언니, 큰일났어! 리자 루 언니는 울고 있고 집에는 사람들이 많이 와 있어요. 엄마는 상당히 좋아지셨지만 아버지가 돌아가셨대!"

동생은 큰일이 생겼다는 건 알고 있었지만 그것이 얼마나 슬픈 소식인지는 모르고 있었다. 동생은 큰일났다는 듯 눈을 휘둥그레 뜨고 테스를 쳐다보았다. 그러고는 테스의 표정이 굳어지는 것을 보자 말했다.

"그런데 언니, 이젠 우린 아버지하고 얘기도 못하는 거야?"

"아버지께서는 크게 편찮으시지도 않았는데!" 테스는 미친 듯이 부르짖었다.

이때 리자 루가 달려왔다.

"아버지는 지금 막 돌아가셨어. 엄마를 치료하러 온 의사가 그러는데, 아버지는 가망이 없댔어. 심장이 아주 막혀버렸다나 봐."

그건 사실이었다. 더비필드 부부는 서로 운명이 뒤바뀐 격이 되었다. 죽어가던 아내는 살아나고 대단치 않던 남편이 숨을 거둔 것이다. 이 슬픈 소식은 아버지의 죽음 이상의 뜻을 지니고 있었다. 아버지의 생명에는 그가 남긴 업적과는 아무 관계도 없는 가치가 있었다. 그렇지도 않았더라면 그의 죽음은 그다지 대단한 것도 아니었을 것이다. 집과 토지의 임대차 계약 기간이 3대로 명시되어 있었는데, 그 3대째가 바로 테스의 아버지 더비필드였던 것이다. 그리고 항시 일꾼들을 고용하고 있는 소작농들은 그들이 거처할 집이 모자라 그 집을 탐내고 있었다. 게다가 종신 임대자는 태도가 거만해서 소지주나 마찬가지로 어느 마을에서나 미움을 받고 있었기 때문에 일단 기한이 끝나면 계약의 갱신은 절대 불가능했다.

이리하여 한때 더버빌 가문에 속했던 더비필드 집안은, 세도깨나 부리던 그 옛날에 요즈음의 자기네들처럼 땅 한 뙈기도 가지지 못한 가난한 사람들에게 가혹하게 굴었던 것과 똑같은 운명이 이번에는 자기들을 덮치는 것을 볼 수밖에 없었다. 이처럼 세상의 모든 것은 밀려

가고 밀려오는 바닷물처럼 변화무쌍한 리듬으로 바뀌는 그 작용이 그
칠 줄 몰랐다.

51 마침내 구력 성 수태 축제일 전날 밤이 다가왔다. 농촌에서
는 1년 중 어느 때보다 특히 이날이 법석거렸다. 이날은 계
약이 끝나는 날이기도 하다. 성축절(2월 2일)에 맺은 1년간의 고용 계
약이 끝나는 날인 것이다. 노동자들——이 말이 외부에서 흘러 들어
오기 전에 오랫동안 사람들이 써온 말을 빌리면 '품팔이꾼'들——은
일하던 곳에 더 머물고 싶지 않으면 이날 다른 농장으로 옮겨갔다.

이 고장에서는 해마다 일터를 바꾸는 일꾼들의 수가 늘어갔다. 테
스의 어머니가 자랄 적만 해도 말로트 부근의 농부들은 대개 한 군데
의 농장에서 평생을 일했다. 그것은 그들 조상의 일터이기도 했다. 그
러나 요즈음 들어서는 해마다 일터를 옮긴다는 것은 어떤 이득이 있
을지도 모른다는 유쾌한 자극이 되기도 했다. 어떤 가족에게는 '고난
의 이집트'도 멀리서 보는 가족에겐 '약속된 낙원'으로 보였다. 그러
나 그곳으로 옮겨가 직접 살아보면 그곳은 그들에게도 역시 '이집트'
였다. 그래서 그들은 여기저기 일터를 옮기며 떠돌아다녔던 것이다.

그러나 농촌에서 눈에 띄게 늘어나는 이주 현상은 단순히 농촌 생
활의 불안정에 기인하는 것만은 아니었다. 농촌 인구의 감소도 그 원
인이 되었다. 옛날의 농촌에는 농사 짓는 노동자 외에 신분이 높고 취
미도 가지고 있으며 지식층에 속하는 또 하나의 계급이 살고 있었는
데, 테스의 부모가 속한 계급이 그것이었다. 그리고 목수, 대장장이,
구두장이, 행상인, 농업 노동자가 아닌 정체 모를 노동자들, 테스의
아버지처럼 종신 임대권 소유자나 토지 등기부 소지자, 때로는 소규
모이지만 자작농이어서 어느 정도의 목적과 생활이 안정된 주민들 등
등이 있었다. 그러나 장기간의 임대 계약이 끝나면 그 토지와 가옥은

좀처럼 다시 빌릴 수 없었고, 지주가 고용인을 위해서 꼭 필요하지 않은 이상, 대개 가옥은 헐리었다. 지주에게 직접 고용되지 않은 노동자들은 푸대접을 받았다. 이렇게 해서 노동자들이 쫓겨나게 되면 그들에게 생계를 의지하던 장사꾼들도 그곳을 떠날 수밖에 없었다. 예전에는 농촌 생활의 기둥이요 전통의 수호자였던 이런 가족들은 큰 도시로 나가 피난처를 찾아야 했다. '농촌 인구의 대도시 집중 경향'이라고 통계학자들이 장난삼아 이름 붙인 이런 과정도 사실은 기계의 힘으로 억지로 산꼭대기로 끌어올려지는 물줄기의 경향과 같은 것이었다. 말로트 마을에서는 이처럼 농가가 헐리는 바람에 집이 상당히 귀해져서 얼마 남지 않은 집들도 농장주들이 고용자들의 숙소로 사용하려고 했다. 테스의 생애에 어두운 그림자를 던져준 그 일이 있은 후, 더비필드네 집안(그 혈통은 아무도 믿어주지 않았지만)은 토지 차용 기한이 끝나면 동네 체면을 생각해서라도 마땅히 그곳을 떠나야 한다고 마을 사람들은 무언중에 생각하고 있었다. 사실, 테스네 집안은 금주나 절주나 순결이라는 점에서 볼 때 어느 것 하나도 훌륭한 모범이 되진 못했다. 아버지는 물론 어머니까지도 술에 취하는 때가 흔히 있었고, 아이들은 좀처럼 교회에 나가지 않았고, 게다가 맏딸은 사내들과 망측한 관계를 맺고 다녔던 것이다. 말로트 마을 사람들은 어떤 수단을 써서라도 이번 기회에 마을의 기풍을 바로잡아야 했다. 이리하여 성 수태 축제일의 첫날에 더비필드네 식구들은 마을에서 쫓겨나고 말았다. 그들이 살던 집은 상당히 널찍해서 식구가 주렁주렁 달린 마차꾼이 들기로 되었다. 과부 존과 테스를 비롯해서 리자 루, 아들 아브라함, 그리고 그 밑의 어린것들은 어딘가 다른 마을로 떠나지 않을 수 없었다. 그들이 떠나기로 한 전날 밤은 잔뜩 흐린 하늘에서 비가 추적추적 뿌려서 여느 때보다 일찍 어두워졌다. 그들이 태어나 자란 이 마을에서 지내는 것도 오늘 밤이 마지막이었기에 더비필드 부인은 리자 루와 아브라함과 함께 몇몇 친지들에게 작별 인사를 하러 집을 비웠다. 테스는 그들이 돌아올 때까지 집을 지키고 있었다.

테스가 창가의 걸상에 쭈그리고 앉아 창문에 얼굴을 들이대고 있자 빗물에 얼룩진 바깥쪽의 유리창이 아래로 미끄러져 내리는 듯이 보였다. 테스의 눈길은 거미가 오래 전에 굶어죽은 듯한 거미줄에 쏠렸다. 파리 한 마리 걸려들지 않는 곳에 잘못 쳐진 거미줄은 창 틈으로 조금만 바람이 불어도 흔들거렸다. 테스는 자기의 잘못 때문에 가족들이 궁지에 몰리게 된 형편을 곰곰이 생각해보았다. 자기가 집에 돌아오지 않았던들 어머니와 동생들은 매주 방세를 내는 셋방살이를 하더라도 마을에 머물러 있을 수 있었을 것이다. 그런데 테스가 집으로 돌아오자마자 까다롭고 세도깨나 부리는 마을 유지들의 눈에 띄었던 것이다. 그들은 교회의 묘지에서 자취도 없어지다시피 한 아기의 무덤을 손질하느라고 흙손을 들고 서성거리는 그녀를 보았다. 이리하여 그들은 테스가 다시 마을로 돌아와 살고 있음을 알게 되었다. 어머니는 테스를 집안에 숨겨두었다고 그 사람들한테서 책망을 듣자 그들에게 대들며 당장 마을을 떠나겠다고 큰소리쳤던 것이다. 그 결과가 바로 이렇게 되고 말았다.

"차라리 집에 돌아오지 않는 건데……." 테스는 서글프게 혼자 중얼거렸다.

테스는 이런 생각에 골몰해 있느라고 하얀 비옷을 입은 웬 남자가 말을 타고 오고 있는 것을 보고도 처음에는 별로 관심이 없었다. 테스가 창문에 바짝 얼굴을 대고 있었음인지 그 남자는 금방 테스를 알아보고 말을 현관 앞까지 바짝 들이대었다. 그러는 바람에 담 밑의 비좁은 꽃밭이 말발굽에 짓밟힐 뻔했다. 그 남자가 채찍으로 창문을 두드리자 테스는 그때서야 비로소 그를 알아보았다. 내리던 이슬비는 이미 멎어 있었다. 그 남자가 손짓을 하자 테스는 창문을 열었다.

"그래, 날 보지 못한 거요?" 하고 더버빌이 물었다.

"미처 모르고 있었어요. 무슨 소리가 들리긴 했지만 마차 소리인 줄만 알았어요. 꿈을 꾸고 있었나 봐요."

"그래! 아마 더버빌 가의 그 마차 소릴 들은 모양이지. 당신도 그

마차에 대한 전설은 알고 있을 거요."

"아니에요. 제——어떤 사람이 언젠가 그 얘길 해주려다가 그만둔 적은 있지만."

"당신이 진짜 더버빌 집안 사람이라면 나도 말하지 않는 편이 좋겠군. 나야 가짜니까 상관없지만. 실은 좀 무서운 얘기지. 눈에 보이지도 않는 그 마차 소리는 더버빌 집안의 핏줄을 이어받은 사람에게만 들린다는군. 그리고 그 소리를 들은 사람에게는 그것이 흉조가 된다고 해요. 몇백 년 전에 그 집안 사람이 저지른 살인 사건과 무슨 관계가 있다는 거요."

"이왕 얘기를 꺼내셨으니 모두 해주세요."

"좋아. 그럼 얘기하겠소. 더버빌 집안의 어떤 사람이 어떤 미인을 꾀어냈대요. 그런데 마차에 태워 데리고 가는 도중에 그 여인이 도망치려고 했다는군. 그래서 옥신각신하는 중에 그 남자가 여자를 죽였다던가, 아니 그 여자가 남자를 죽였다던가. 그게 어느 쪽인지 정확히 생각나지 않지만, 어쨌든 이런 내용의 얘기지⋯⋯보니까, 양동이와 대야를 꾸려놓았는데 혹시 어디로 이사하는 거 아니오?"

"그래요, 내일——고지절날 떠나요."

"이사한다는 얘긴 들었지만 너무 갑작스런 일이라서 믿어지지 않는군. 대체 무슨 일이 있었소?"

"아버지대까지만 이 집에서 살게 되어 있었대요. 그러니 아버지가 돌아가신 지금, 이젠 이 집에서 살 권리가 없는 거지요. 하긴 일주일마다 삭월세를 내는 셋방살이는 할 수 있을지도 모르지만, 나 때문에 그것도 못 하게 됐죠."

"당신이 어쨌는데?"

"저는, 전 깨끗한 여자는 못 되거든요."

더버빌은 얼굴이 붉어졌다.

"그게 무슨 경칠놈의 모욕이람! 점잔만 빼고 변변치 못한 녀석들 같으니! 그따위 썩어빠진 정신들은 싹 쓸어서 불태워 잿가루나 만들어버리라지! 그래서 이사한다는 거요? 쫓겨난단 말이군?" 그가 빈정거리면서 화가 치미는 듯 소리쳤다.

"꼭 그렇다고 말할 순 없지만. 빨리 비워달라는군요. 지금이 이사철이니 이때 떠나는 게 좋을 거예요. 어디 좋은 일자리가 있을지도 모르니까요."

"어디로 갈 거요?"

"킹스비어예요. 거기다 방을 얻어놓았어요. 어머니는 아직도 아버지의 조상 얘길 믿고는 어리석게도 그곳으로 가시겠다고 하는군요."

"하지만 당신 집처럼 식구가 많아 가지고는 셋방살이도 어려울 거요. 더구나 그런 조그만 마을에선. 그러지 말고 트랜트리지의 우리 집 바깥채로 오면 어떻겠소? 어머니가 돌아가시고 나선 집에서 하던 양계도 다 집어치웠소. 하지만 당신도 알다시피 집과 뜰은 고스란히 남아 있지. 한나절이면 석회칠도 할 수 있고, 당신 어머니도 그곳이라면 편히 지내실 수 있을 거요. 그리고 동생들은 내가 맡아서 좋은 학교에 보내주겠소. 정말이지 난 당신을 위해 무엇인가 도와주어야 할 책임이 있소!"

"하지만 킹스비어에 벌써 방을 얻어놓았는걸요! 거기서 기다리기만 하면 돼요." 테스가 잘라서 말했다.

"기다리다니 ── 무얼 기다린단 말이오? 틀림없이 그 훌륭하다는 남편일 테지. 테스, 자, 내 말을 들어봐요. 남자라는 게 어떤 건지 내가 더 잘 알지. 당신들이 헤어지게 된 곡절을 생각해보면 그 남자는 결코 당신과 다시 화해할 리가 없소. 난 그렇다고 확신하오. 당신은 믿지 않을지 모르지만, 난 전엔 당신과 원수 사이였을지라도 지금은 당신을 도와주려는 친구요. 우리 집으로 오시오. 와서 정식으로 양계를 해보지 않겠소? 그렇게 되면 당신 어머니께서도 양계일을 잘 거들어주실 거고, 동생들도 학교에 다닐 수 있지 않겠소?"

테스는 더욱 숨결이 가빠졌으나, 이윽고 입을 열어 말했다.

"당신 말을 어떻게 다 믿어요? 당신 생각이 변할 수도 있으니까요.

그렇게 되면……우린……다시 집 없는 신세가 될 거예요.”

“아, 천만에. 그럴 리가 있소? 필요하다면 그런 일이 없다는 걸 각서라도 써서 보증할 테니까 내 얘기 잘 생각해봐요.”

테스는 고개를 저었다. 그러나 더버빌은 사뭇 우겨댔다. 테스는 일찍이 그가 그렇게 굳게 맹세하는 것을 본 적이 없었다. 그는 기어코 테스의 동의를 얻어내려고 했다.

“어머니한테 말씀 좀 잘 드려줘요.” 그가 힘을 주어 말했다.

“이런 문제는 당신 어머니가 결정할 문제지 당신이 정할 일이 아니오. 내일 아침에 그 집을 청소도 하고, 회칠도 해놓고, 그리고 불도 피워놓도록 하겠소. 그러면 저녁때까진 칠도 다 마를 테니 그리로 곧장 올 수 있을 거요. 알겠지? 가서 기다리고 있겠소.”

테스는 여전히 고개를 저었다. 복잡한 감정이 치밀어올라 목이 메는 듯했다. 테스는 얼굴을 들고 그를 마주 쳐다볼 수가 없었다.

“나는 당신에게 저지른 죄를 갚아야 하겠소” 하고 그는 다시 말을 이었다. “그리고 신앙인지 뭔지에 미쳤던 나를 고쳐준 사람도 당신이니까, 그러니 기꺼이…….”

“저로선 차라리 당신이 신앙에 미친 대로 있었더라면 좋았을 거예요. 그랬더라면 당신은 자연히 설교만을 계속할 수 있었을 테니까요!”

“조금이나마 당신에게 내 죄를 갚을 수 있는 기회가 온 것이 난 기쁠 뿐이오. 내일이면 당신 어머니의 이삿짐 푸는 소리를 들을 수 있을 것으로 생각하고 기다리겠소……사랑하는 테스, 그런 뜻에서 악수나 해주오!”

그는 말을 마치더니 갑자기 목소리를 낮춰 뭐라고 중얼거리며 반쯤 열린 창문 틈으로 한쪽 손을 들이밀었다. 테스는 노여움에 가득 찬 눈초리로 창문 걸쇠를 재빨리 잡아당겼다. 그러는 바람에 그의 팔이 창틀과 돌쩌귀가 달린 문지방 사이에 끼여버렸다.

“제기랄……이건 정말 너무 하신데!” 그는 얼른 팔을 빼며 말했다.

“아냐, 괜찮아! 일부러 그러지야 않았겠지. 어쨌든 당신을 기다리겠소. 그렇잖으면 당신 어머니와 동생만이라도 오는 걸 기다리겠소."

"난 가지 않겠어요——제겐 돈도 넉넉하게 있어요!" 하고 테스는 부르짖었다.

"돈이 어디에 있단 말이오?"

"시아버지한테 있어요. 부탁만 하면 돼요."

"부탁만 하면 된다고? 하지만 테스, 당신은 차라리 굶어 죽으면 죽었지 그런 돈을 부탁할 여자가 아니오!"

이렇게 말하고서 그는 말을 몰고 가버렸다. 그는 바로 길모퉁이를 돌아가다가 페인트통을 든 남자를 만났다. 그 남자는 더버빌에게 신자들을 저버릴 생각이냐고 따졌다.

"악마한테나 찾아가 보게!" 하고 더버빌은 말했다.

테스는 꼼짝도 않고 오랫동안 그대로 창가에 앉아 있었다. 그러자 자기가 터무니없이 부당한 대접을 받고 있다는 반항심이 불쑥 치밀어 올라 눈가에 뜨거운 눈물이 가득 고이는 것이었다. 남편인 엔젤 클레어마저도 다른 사람들처럼 그녀를 매정하게 푸대접하지 않았는가 말이다. 그것은 사실이었다! 테스는 생전에 남에게 해를 끼치려는 생각을 가져본 적은 한 번도 없었다. 그건 진심으로 맹세할 수 있었다. 그런데도 이처럼 가혹한 심판을 받아야 하다니. 비록 그녀에게 죄가 있다 하더라도 그것은 알고도 저지른 죄가 아니라 오직 실수로 인해 생긴 죄였다. 그런데도 테스는 어째서 이토록 짓궂고 가혹한 벌을 받아야 하는가?

그녀는 손에 잡히는 대로 종이 한 장을 홱 집어들고 다음과 같은 사연을 줄줄 써 내려갔다.

오, 엔젤, 어째서 당신은 저를 이다지도 학대하시나요! 저는 이런 보복을 받을 만큼 나쁜 짓을 하진 않았어요. 아무리 생각해봐도 전 도저히 당신을 이해할 수 없어요. 당신을 용서할 수 없어요! 제가 당신을 욕되게 하려는 생각이 조금도 없었다는 걸 알고 계시면서 당신은 어째서 저를 이다지도 괴롭히시나요? 너무해요. 정말 너무하세요! 저는 당신을 잊도록 하려고 합니다. 제가 당신한테서 받은 벌은 너무 부당해요!

T 올림

테스는 멍하니 내다보다가 우체부가 지나가는 것을 보고 달려가 편지를 전했다. 그러고 나서 다시 창가로 돌아와 맥이 풀린 듯 멍하니 주저앉았다.

편지를 이런 식으로 쓰든 다정하게 쓰든 다를 게 없었다. 그런다고 엔젤이 자기의 하소연을 받아들여 주겠는가? 사실에는 달라진 것이 없었다. 그의 생각을 돌이킬 만한 새로운 일도 없었다.

점점 날이 어두워지자 난로의 불빛이 방안을 환히 비추었다. 큰동생 둘은 어머니를 따라 나가고 없었고, 세 살 반짜리부터 열한 살까지의 어린 네 동생들은 까만 옷을 입은 채 난롯가에 모여 앉아 철없는 얘기로 꽃을 피우고 있었다.

마침내 테스도 촛불을 켜지 않은 채 동생들과 함께 어울렸다.

"애들아, 우리들이 태어난 이 집에서 자는 것도 오늘 밤이 마지막이란다. 잘들 생각해봐야 하잖겠니?" 하고 테스가 재빨리 말했다.

어린 동생들은 모두 잠잠해졌다. 조금 전까지만 해도 다른 곳으로 이사 간다는 기쁨에 온종일 들떠 있던 그애들은 모두 감정이 예민한 나이여서 마지막 밤이라는 테스의 말에 금방 울음을 터뜨릴 것 같았다. 그녀는 다른 이야기를 꺼냈다.

"애들아, 노래 하나 부르지 않겠니?" 하고 테스가 말했다.

"무슨 노랠 해?"

"너희들이 좋아하는 노랠 해. 무슨 노래든 좋아."

아이들은 잠시 동안 잠자코 있더니 먼저 한 아이가 시험삼아 작은 소리로 노래를 부르기 시작하자 뒤이어 두번째 음성이 노래에 힘을 돋우었고, 세번째와 네번째의 음성이 한데 어우러졌다. 그것은 주일

학교에서 배운 노래였다.

　　이 세상에서 우린 슬픔과 괴로움을 겪고,
　　이 세상에서 우린 만나자 이별이라네.
　　그러나 천국에선 영원히 이별이 없다네.

　어린 네 아이들은 노래 속에 나타난 문제 따위는 오래 전에 터득해서 실수가 없으니까 이젠 더 생각할 필요도 없다고 생각하는 사람들처럼 담담하고 무심한 태도로 계속 노래만 불렀다. 그들은 한 마디 한 마디를 똑똑히 부르려고 긴장한 표정으로 활활 타오르는 난롯불 복판을 들여다보며 노래했다. 막냇동생은 다른 아이들의 노래가 끝났는데도 여전히 서툴게 계속했다.

　테스는 동생들 곁을 떠나 다시 창가로 돌아갔다. 바깥은 이제 깜깜했다. 그녀는 마치 어둠 속을 살펴보려는 사람처럼 유리창에 얼굴을 바짝 갖다 댔다. 실은 어린 동생들에게 눈물을 감추기 위해서였다. 만일 어린 동생들이 부르는 노래 가사를 믿을 수만 있다면, 아니 그 가사에 대해 확신할 수만 있다면 모든 것은 얼마나 달라질 것인가? 그럴 수만 있다면 마음놓고 하느님이나 내세의 천국에 어린 동생들을 맡길 수 있으련만! 그러나 실제로는 그것이 불가능하니 그녀는 무엇이라도 다른 대책을 세워야 했다. 동생들을 위해서 자기 자신이 하느님을 대신해야 하는 것이다. 왜냐하면 테스에게도 다른 수많은 가정에서의 경우와 마찬가지로 다음의 시 구절이 끔찍스러울 정도로 풍자적인 말로 들렸기 때문이다.

　　우리는 완전한 알몸이 아니라
　　영광의 구름을 타고
　　이 세상에 태어났노라.

테스, 또는 그녀와 비슷한 처지에 있는 사람들에게는 이 세상에 태어났다는 자체가 그들의 의지를 꺾는 하나의 시련인 것이다. 어떤 결과로도 그 시련의 무의미함을 정당화할 힘이 없고, 기껏해야 그 시련을 약간 누그러뜨려 줄 따름이다.

얼마 후 비에 젖은 어두운 길에 키 큰 리자 루와 아브라함과 함께 돌아오는 어머니의 모습이 보였다. 더비필드 부인의 나막신 소리가 문간에 다다르자 테스는 문을 열었다.

"창문 밖에 말발굽 자국이 있더구나" 하고 어머니가 말했다. "누가 왔었니?"

"아니오" 하고 테스가 대답했다.

난롯가에 앉아 있던 어린 동생들은 정색을 하고 테스를 쳐다보았다. 그리고 그 중 한 아이가 종알거렸다.

"저, 테스 누나, 아까 말 타고 온 신사 있었잖아!"

"그분은 우리 집을 찾아온 게 아니란다. 그냥 지나가는 길에 내게 말을 걸었을 뿐이야." 테스가 말했다.

"그 신사가 누구냐? 혹시 네 남편 아니냐?" 하고 어머니가 물었다.

"아녜요. 그이는 결코, 결코 돌아오진 않을 거예요." 테스는 아주 절망적인 말투로 대답했다.

"그럼, 누가 왔다갔단 말이냐?"

"아이참, 아실 필요 없어요. 전에 어머니와 제가 한 번 본 적이 있는 사람예요."

"그래! 그 신사가 뭐라고 하든?" 어머니가 자못 궁금하다는 듯 캐물었다.

"내일 킹스비어의 새집으로 이사 가서 말씀드리겠어요——한 마디도 빼놓지 않고 죄다 말씀드리지요."

테스는 그가 자기의 남편이 아니라고 대답했었다. 그러나 육체적으로는 그 남자만이 오직 자기의 남편이라는 생각이 점점 그녀의 마음을 괴롭게 압박하는 것만 같았다.

52 이튿날 새벽, 사방이 아직도 캄캄한 새벽녘에 신작로 가까이에 사는 마을 사람들은 이따금씩 그들의 잠을 깨우곤 하는 시끄러운 소리가 날이 샐 무렵까지 들려오는 것을 어렴풋이 들었다. 그 시끄러운 소리는, 해마다 같은 달 셋째 주일이면 들려오는 뻐꾹새 소리처럼 그 달의 첫째 주일이면 어김없이 반복되는 소리였다. 이 소리는 이사철이 다가왔다는 첫 기별이랄 수 있었는데, 이사하는 집들의 짐을 실으러 가는 빈 짐마차와 말굽 소리였다. 새로 고용살이를 가는 노동자들의 이삿짐을 목적지까지 실어나르는 데에는 고용주인 농장 주인의 짐마차를 빌려쓰게 마련이었다. 한밤중이 조금 지난 이른 새벽녘에 이렇게 시끄러운 소리가 나는 것은 하루 동안에 이삿짐 나르는 작업을 끝내기 위해서였다. 그래서 짐마차꾼들은 아침 여섯 시까지 이사 가는 집에 도착해서 곧바로 짐을 싣는 것이었다.

그러나 테스 가족에게는 짐마차를 보내줄 농장 주인은 한 사람도 없었다. 여자들인데다 또 정식으로 고용된 일꾼도 아니었고, 더더구나 어디서 오라는 데도 없는 그들이고 보니 자기 돈으로 짐마차를 세내어야 했고, 짐짝 하나 거저 실어달라고 할 수도 없었다.

아침에 테스가 창을 내다보니 비록 바람이 불고 하늘은 잔뜩 흐렸지만 비는 오지 않았고, 짐마차도 벌써 와 있었으므로 우선 마음이 놓였다. 고지절날 비가 온다는 것은 이사하는 가족들에게는 결코 잊을 수 없는 운 나쁜 날을 뜻했다. 비에 젖은 가구, 젖은 이부자리, 젖은 옷가지들에 유령이 붙어다녀서 별의별 병이 난다는 것이었다.

어머니와 리자 루, 그리고 아브라함은 벌써 일어나 있었지만 어린 동생들은 아직 자고 있었다. 잠에서 깬 네 사람은 희미한 불빛 아래에서 아침 식사를 마치고 이사할 준비를 하였다. 인정 많은 이웃 사람 한두 명이 찾아와서 도와주어 일은 퍽 손쉬웠다. 큼직한 세간들을 요

령껏 실어놓은 다음, 더비필드 부인과 아이들이 쉬며 갈 수 있도록 침
대와 이부자리로 둥그렇게 앉을 자리를 마련했다. 짐 싣는 동안 말을
풀어놓았기 때문에 짐을 다 싣고 다시 짐마차에 말을 매는 데 상당한
시간이 걸렸다. 드디어 오후 두 시쯤에 짐마차는 움직이기 시작했다.
짐마차의 굴대에 매단 냄비는 제멋대로 흔들렸고, 더비필드 부인과
식구들은 짐 꼭대기에 앉았다. 어머니는 벽시계를 고장내지 않으려고
시계 윗부분을 무릎 위에 끌어안고 있었지만 짐마차가 심하게 흔들릴
때마다 벽시계는 기분 상한 듯이 한 시를 치기도 하고 한 시 반을 치
기도 했다. 테스와 바로 아랫동생 리자 루는 짐마차가 마을 어귀를 벗
어날 때까지 짐마차를 따라 함께 걸어갔다.

　그들은 전날 저녁과 떠나는 날 아침에 몇몇 이웃 사람들을 찾아가
작별 인사를 한 터여서, 몇 사람이 배웅을 나와 그들에게 행운을 빌어
주었다. 그러나 그들은 속으로는 남에게 별로 피해를 준 적도 없는 더
비필드네 집안에 행운이 깃들이리라고는 생각하지 않았다. 이윽고 짐
마차는 고지대를 향해서 언덕을 오르기 시작했고, 높이와 토질이 달
라짐에 따라 바람은 더욱 차가워졌다.

　그날은 바로 4월 초엿새 고지절이었으므로, 그들은 자기들처럼 짐
꼭대기에 가족들을 실은 여러 대의 짐마차를 만났다. 마치 일정한 모
양을 갖춘 6각형의 벌집처럼 시골 사람들이 짐을 싣는 방식도 엇비슷
했다. 짐의 맨 밑받침은 찬장이었다. 그것은 반들반들 윤이 나는 손잡
이가 달리고 그것에 손때가 묻어 오래 쓰인 자국이 나 있는 것으로,
짐마차 정면의 말 엉덩이께에 소중하게 얹혀 있었다. 그것은 마치 공
손하게 받들고 가야 할, 경전이 들어 있는 궤(모세의 십계명이 들어 있
는 석판을 넣은 상자)처럼 보였다.

　생기에 넘쳐 있는 가족이 있는가 하면 슬픔에 잠겨 있는 가족도 있
었고, 한길 가의 주막집 입구에 짐마차를 세워놓고 있는 가족도 있었
다. 이윽고 더비필드 가족도 말에게 먹이를 주고 자기들도 요기를 하
기 위해 주막집 앞에 마차를 세웠다.

쉬고 있는 동안 테스는 그 주막집에서 조금 떨어진 곳에 세워둔 짐마차의 짐 위에 여자들만이 모여 앉아 있는 곳에서 위로 올라갔다 내려왔다 하는 3파인트짜리 파란 술병이 눈에 띄었다. 술병이 올라가는 쪽으로 눈길을 돌렸더니 술병 임자는 낯익은 사람이었다. 테스는 그 짐마차 쪽으로 다가갔다.

"마리안과 이즈 아니니?" 하고 테스는 소리쳤다. 그녀들은 하숙하고 있던 집이 이사하는 바람에 함께 따라나선 길이었다. "너희들도 오늘 이사하는 거니?"

그녀들은 그렇다고 대답했다. 플린트콤 애쉬 농장의 생활이 너무 고생스러워 고소를 하건 말건 농장 주인 그로비에게는 알리지도 않고 뛰쳐나왔다고 했다. 그녀들은 테스에게 목적지를 알려주었고 테스도 그녀들에게 자기가 가는 곳을 알려주었다.

마리안이 짐 위에서 몸을 굽혀 낮은 소리로 말했다.

"테스, 네 뒤를 쫓아다니던 그 남자 생각나니? 누군지 짐작이 갈 거야. 네가 떠난 후 그 사람이 플린트콤 농장으로 찾아왔지 뭐니. 하지만 우린 네가 그 사람을 싫어하는 걸 알고 있어서 너 있는 곳을 가르쳐주지 않았단다."

"아아, 하지만 만났는걸! 나 있는 곳을 알아냈더구나" 하고 테스가 중얼거렸다.

"그럼 네가 지금 이사하는 곳도 알고 있겠다?"

"그럴 거야."

"남편은 돌아왔니?"

"아니."

마침 그녀들과 테스네 마차꾼이 둘 다 주막에서 나왔으므로 테스는 그녀들에게 작별을 고했다. 두 짐마차는 각기 반대 방향으로 다시 길을 떠났다. 마리안과 이즈와 그녀들이 하숙하던 집의 가족이 타고 있는 마차는 칠도 산뜻하고 번쩍이는 놋쇠 장식을 단 튼튼한 세 필의 말이 끌고 있었지만, 테스네 가족이 타고 가는 짐마차는 겨우 짐이나 지탱할 정도의 털털거리는 짐마차로서, 만든 후 칠이라고는 한 번도 한 적이 없는데다 두 필의 말이 끌고 가는 것이었다. 이 두 짐마차에는 흥청거리는 농장으로 고용되어 가는 사람과 고용주도 없이 스스로 살 길을 찾아가는 사람과의 차이가 잘 나타나 있었다.

갈길은 아직도 까마득했다. 하루 만에 가야 할 길로는 너무 멀었 고, 그건 말들에게도 무척 벅찬 것 같았다. 상당히 일찍 출발했는데도 그들이 그린힐 고원 지대의 일부를 이루는 산허리를 돌아갈 무렵에는 저녁해도 기울기 시작했다. 말들이 서서 오줌을 누고 숨을 돌리는 동 안, 테스는 주위를 둘러보았다. 바로 그들이 서 있는 눈앞 언덕 밑에 그들의 목적지인 조그만 마을 킹스비어가 죽은 듯이 고요히 엎드려 있었다. 그곳에는 그녀의 아버지가 생전에 귀가 따갑도록 이야기하던 조상들이 묻혀 있었다. 그리고 더버빌 집안이 500년 동안이나 살던 곳 이어서 이 세상 어느 곳보다도 더버빌 집안의 고향으로 생각되는 고 장이었다.

이때, 마침 마을 어귀에서 한 남자가 그들을 향해 오고 있는 모습 이 눈에 띄었다. 그는 짐마차에 실린 짐을 확인하고 빠른 걸음으로 다 가왔다.

"혹시 더비필드 부인이신지요?" 하고 그가 테스의 어머니에게 물었 다. 그녀는 남은 길을 걸어가려고 짐마차에서 벌써 내려 있었다.

테스의 어머니는 그렇다고 고개를 끄덕였다.

"구태여 내 신분을 말씀드리자면 일전에 세상을 떠난 가난한 귀족 존 더버빌 경의 미망인이오. 지금 조상의 영지로 돌아가는 길이라오."

"아, 그렇습니까? 처음 듣는 얘기군요. 더비필드 부인이시라면 말 씀드릴 게 있습니다. 댁이 새로 들기로 되어 있는 그 셋방에 이미 다 른 사람이 들었다는 소식입니다. 오늘 아침에 편지를 받고서야 이리 로 오신다는 걸 알았습니다만 이미 때가 늦었군요. 그러나 어디든지 셋방이야 구할 수 있겠지요."

그 남자는 그 이야기를 듣고 하얗게 질린 테스의 얼굴을 바라보았다. 테스의 어머니는 그저 어리둥절한 표정이었다.

"테스야, 이제 어떡하면 좋겠냐? 이게 조상의 땅에 돌아와서 받는 대접이란 말이냐! 하여간 다른 곳을 좀더 찾아보자."

그들은 마을로 들어가 셋방을 샅샅이 알아보았다. 어머니와 리자 루가 셋방을 얻으러 다니는 동안 테스는 어린 동생들을 보살피기 위해 짐마차에 남아 있었다. 거의 한 시간 후에 어머니는 셋방을 구하지 못하고 짐마차 있는 곳으로 돌아왔다. 마차꾼은, 말들이 지칠 대로 지쳐 있는데다 오늘 밤 안으로 얼마 만이라도 돌아가야 하겠으니 짐들을 내려놓아 달라고 했다.

"좋소. 여기다가 내려놓아요. 어디든 하룻밤쯤 묵을 수 있겠지" 하고 어머니는 앞뒤 생각도 없이 말했다.

짐마차는 인적이 드문 교회 묘지의 담벽 밑에 세워졌고, 마차꾼은 내심 좋아서 얼마 안 되는 초라한 이삿짐을 금방 내려놓았다. 짐이 다 내려지자 마차삯을 치렀더니 손에 남은 돈이라고는 마지막 1실링밖에 없었다. 마차꾼은 이런 가족과 거래를 끝낸 걸 천만 다행으로 생각하고는 그들을 뒤로 하고 사라졌다. 날씨가 좋은 밤이어서 테스네 가족들이 하룻밤 노숙을 해도 별 고생은 없을 것이라고 마차꾼은 생각했다.

테스는 기가 막혀 땅 위에 부려놓은 세간을 바라보았다. 쌀쌀해진 봄철의 저녁 햇살이 항아리며 주전자, 산들바람에 흔들리는 약초 다발, 찬장의 놋쇠 손잡이, 대대로 자식들을 키워온 버들가지 요람이며, 둘레가 반질반질하게 닳은 벽시계 따위를 화가 치민다는 듯이 비치고 있었고, 이 모든 세간들과 자기들은 방안의 세간으로 만들어진 것이지 지붕도 없는 데에다 내동댕이치다니 될 말이냐고 원망하는 듯 반짝거리고 있었다. 지금 그들이 서성거리고 있는 일대는 전에는 공원이었던 언덕이며 비탈에는 지금은 말을 길들이는 작은 울이 여러 개 만들어져 있었고, 옛날에 더버빌 집안의 저택이 들어섰던 자리를 알려주는 이끼 낀 주춧돌들이 사방에 흩어져 있었다. 그리고 조상의 영지에 속하던 이그돈 황야가 길게 뻗어 있었고, 그들 바로 곁에는 더버빌 회랑이라고 불리는 교회당의 회랑이 의젓하게 주위를 굽어보고 있었다.

교회당과 묘지를 둘러보고 오더니 테스의 어머니가 말했다.

"가족 묘지는 우리의 부동산이 아니냐? 물론 그렇겠지. 그러니까 우리 조상이 살던 영지에서 셋방을 구할 때까지 임시로 여기서 머물기로 하자! 자, 테스, 리자 루, 아브라함, 다들 와서 어미를 좀 거들어다오. 애들의 잠자리를 마련해주고 나서 우린 또 한 차례 돌아보자."

테스는 내키지 않는 기분으로 어머니를 도와드렸다. 15분쯤 걸려 이삿짐 더미 속에서 네 발 달린 낡은 침대를 끌어내어 '더버빌 회랑'이라고 알려진, 그 밑에 커다란 가족 묘지가 있는 건물의 한 부분인 교회당 남쪽 벽 밑에 그것을 세웠다. 침대 덮개 위에는 15세기경에 만들어졌다는, 여러 가지 색깔로 장식한 아름다운 유리창이 줄지어 있었다. 그것은 '더버빌의 창문'이라고 불렸는데, 그 바로 위에는 더비필드 집안의 인장과 수저에 새겨진 것과 똑같은 문장(紋章)이 새겨져 있었다.

어머니는 침대 둘레에 커튼을 쳐서 그럴싸한 천막을 만들어 그 안으로 애들을 들여보냈다.

"정 방을 못 얻으면 우리도 여기서 하룻밤 지낼 수밖에 없구나. 그렇지만 좀더 찾아봐야지. 그리고 애들이 먹을 것도 좀 구해다 줘야지! 아, 테스야, 우리가 이런 꼴이 되었으니 네가 아무리 훌륭한 양반하고 결혼했어도 그게 무슨 소용이 있느냐!" 어머니가 한탄했다.

어머니는 리자 루와 아브라함을 데리고 교회당과 마을을 연결하는 좁은 길을 따라 비탈길을 올라갔다. 그들이 막 거리에 나서자, 말을 타고 사방을 두리번거리며 오는 남자가 보였다.

"아, 마침 찾고 있던 중이었습니다!" 말을 몰아 그들 앞으로 다가오며 그 남자가 말했다. "정말 유서 깊은 땅에서 집안끼리 모이게 된 셈이군요!"

그는 바로 알렉 더버빌이었다.

"테스는 어디 있습니까?" 하고 그가 물었다.

테스의 어머니는 알렉을 좋아하지 않았다. 그래서 그녀는 시무룩하게 교회당을 가리키고는 걸음을 재촉해서 가버렸다. 더버빌은, 방금 들은 이야기지만 방을 구하지 못하면 다시 뵙겠다고 말했다. 그들이 가버리자 더버빌은 주막집으로 가서 말을 맡겨두고 다시 걸어나왔다.

그 동안 테스는 동생들과 침대 안에 남아서 그들과 이야기를 나누고 있었는데, 이제는 더 이상 애들을 달랠 필요가 없게 되자, 어둠이 깔리기 시작한 묘지 주변을 이곳저곳 거닐었다. 교회당 문이 열려 있기에 그녀는 생전 처음 그 안으로 들어가 보았다.

침대가 놓여 있는 곳 바로 위 창문 양쪽에는 몇백 년 동안 내려온 조상들의 무덤들이 있었다. 그것들은 덮개로 덮여 있었고 제단 모양으로 된 소박한 무덤들이었다. 조각은 닳고 파손되어 있었고, 놋쇠판으로 만든 묘비명은 박아넣었던 자리에서 떨어져 달아났고, 못이 빠진 커다란 못구멍 자리는 사암 절벽에 있는 담비의 집 구멍처럼 남아 있었다. 테스는 자기네 집안이 사회적으로 그 흔적이 소멸되었다는 사실을 깨닫게 하는 일들을 숱하게 보아왔지만 이 황폐한 묘지의 광경만큼 심각한 충격을 주는 것은 없었다.

테스는 다음과 같은 글이 새겨져 있는 검은 돌 앞으로 다가갔다.

Ostium sepulchri antiquae familiae D'Urberbille
더버빌 가 묘지지문(墓地之門)

테스는 추기경처럼 교회에서 쓰는 라틴 말을 잘 몰랐지만 이것이 자기 조상들 묘비의 문이고, 또 아버지가 술잔을 앞에 놓고 항상 흥얼거리던, 키가 9척 같던 기사들이 그 속에 잠들어 있다는 사실을 이내 짐작할 수 있었다.

테스는 골똘히 생각에 잠겨 되돌아 나오다가 가장 오래 된 제단 모양의 무덤 앞을 지날 때 그 위에 누워 있는 사람의 형태를 보았다. 그녀는 그 속이 어두워 여태 그것을 알아차리지 못했으며, 지금도 그 형태가 꿈틀거리는 것 같은 이상한 생각이 들지 않았다면 그걸 알아보지 못하고 그냥 지나쳤을 것이다. 그녀가 앞으로 다가선 순간, 그것이 진짜 살아 있는 사람이라는 사실을 금방 알았다. 여태까지 묘지 안에 자기 혼자만이 있었던 게 아니라는 사실을 알자 테스는 소스라치게 놀란데다 그것이 바로 알렉 더버빌이라는 것을 알고는 기절이라도 할 듯 쓰러지려 했다.

알렉은 제단 위에서 뛰어내려 테스를 부축해주었다.

"난 아까 당신이 들어오는 걸 보았지" 하고 그는 웃으면서 말했다.

"그런데 당신이 뭔가 골똘한 생각에 잠겨 있기에 훼방놓지 않으려고 저기 올라가 있었던 거요. 이 밑에 있는 조상들과 우리들, 같은 집안끼리 한곳에 모인 셈인가? 자, 잘 들어봐요."

그는 발꿈치로 바닥을 힘껏 찼다. 그러자 발밑에서 속이 텅빈 듯한 소리가 울려나왔다.

"조상들이 이 소릴 듣고 좀 놀랐을 거요!" 하고 그는 말을 이었다.

"그런데 아까 당신은 나를 당신 조상 중 한 사람의 석상(石像)으로 생각했을 테지만 사실은 그렇지 않지. 세상은 변화무쌍한 거요. 가짜 더버빌의 조그만 이 손가락 하나가 이 아래 누워 있는 진짜 조상들을 전부 합친 것보다도 더 당신의 힘이 될 수 있지…… 자, 어서 분부만 내리옵소서. 뭘 도와드릴까요?"

"가주세요!" 테스가 중얼거렸다.

"가라면 가지. 가서 당신 어머니나 찾아봐야겠군." 그가 부드럽게 말했다. 그리고는 그녀 곁을 지나면서 낮은 소리로 말했다. "하지만 이것만은 명심하구려. 이젠 당신도 별수없게 되었다는 걸 말이오!"

그가 가버리자 테스는 묘지 입구에 쪼그리고 앉아 이렇게 말했다.

"나는 왜 이 묘지 바깥 세상에 살고 있는 걸까!"

한편 마리안과 이즈 휴에트는 그 농부의 이삿짐과 함께 '가나안의

땅'——그날 아침, 그 고장을 떠난 다른 가족들에게는 '이집트'의 땅
이었지만——을 향해서 가고 있었다. 그러나 이 두 아가씨는 자기들
이 가는 곳에 대해서는 생각하지 않고 엔젤 클레어와 테스, 그리고 테
스를 끈질기게 따라다니는 그 남자에 관해 이런저런 이야기를 주고받
았다. 그리고 그 남자가 테스의 지난날과 어떤 관계가 있다는 것을 대
충 들었고, 그리고 이미 그걸 짐작하고 있던 터였다.

"아무래도 테스는 그 남자를 전혀 모르진 않는 것 같아. 만일 테스
가 전에 그 남자의 유혹에 빠진 적이 있다면 큰일이구나. 그 남자가
또다시 테스를 유혹해서 데리고 가버린다면 정말 난처하게 될 거야.
이즈, 클레어 씨는 이제 우리와 결혼 같은 것을 할 처지도 아니니까
테스한테 그이를 빼앗긴 걸 질투하기 전에 그들의 사이를 화해시켰으
면 좋겠구나. 테스가 지금 얼마나 고생하고 있으며, 또 웬 남자가 짓
궂게 쫓아다닌다는 걸 클레어 씨가 알기만 한다면 그분은 아내를 보
호하러 돌아올지도 몰라" 하고 마리안이 말했다.

"그분한테 알릴 방법이 없을까?" 하고 이즈가 그 말에 대꾸했다.

두 아가씨는 목적지에 도착할 때까지 내내 그 일을 생각했으나 새
고장에 와서 다시 자리를 잡느라고 다른 데 정신을 쓸 겨를이 없었다.
그러나 한 달쯤 지나고 자리가 잡혔을 때, 그녀들은 머지않아 클레어
씨가 돌아온다는 소문을 들었으나 테스의 소식은 알 길이 없었다. 이
소문을 듣자 두 아가씨는 클레어에 대한 옛정이 되살아나 가슴이 설
레었지만, 친구와의 의리를 생각해서 그녀들이 함께 쓰는 값싼 잉크
병 마개를 열고 둘이서 짤막한 편지를 썼다.

　클레어 선생님께
　부인께서 선생님을 사랑하는 것만큼 선생님도 부인을 사랑하신다
면 부디 부인을 보살펴주세요. 부인께서는 지금 친구라는 탈을 쓴
원수에게 괴로움을 겪고 있답니다. 클레어 선생님, 부인 곁에는 가
까이 있어서는 안 될 한 남자가 끈덕지게 따라다니고 있어요. 여자

에겐 너무 힘에 겨운 시련을 주어서는 안 되리라고 생각해요. 끊임 없이 떨어지는 물방울에는 돌이라도, 아니, 그 이상의 금강석이라 도 구멍이 뚫리게 마련이랍니다.

행복을 비는 두 친구 올림

엔젤 클레어 앞으로 쓴 이 편지는 엔젤과 관계가 있다고 들은 유일 한 주소, 에민스터 목사관으로 부쳤다. 그런 일이 있은 후 마리안과 이즈는 테스를 위해 좋은 일을 했다는 흥에 겨워 이따금 노래를 부르 기도 하고 함께 눈물을 흘리기도 했다.

제 7 부
인과응보

53 에민스터 목사관에 황혼이 찾아들고 있었다. 목사의 '서재에 는 여느 때처럼 두 개의 촛불이 녹색 갓 밑에 켜져 있었지만 목사는 자리에 없었다. 목사는 이따금 서재로 들어와서 점점 포근해 져 가는 봄철의 저녁에 알맞게 타는 난롯불을 뒤적이고는 다시 밖으 로 나가곤 했다. 현관의 문 가에 서 있기도 하고 응접실에 들어갔다가 는 다시 현관문 쪽으로 되돌아오기도 했다.

현관은 서향이어서 집안에는 벌써 어둠이 깃들었지만 밖은 아직도 사물을 분간할 만큼은 밝았다. 여태껏 응접실에 앉아 있던 클레어 부 인은 남편을 따라 현관 쪽으로 나왔다.

목사가 말했다.

"아직도 시간이 많이 남았군. 열차가 제시간에 닿는다 해도 여섯 시까지 초크 뉴턴 역에 도착하진 못할 거요. 거기서부터 10마일이나 되는 시골길을, 더구나 그 중 5마일은 크림머크로크 레인 고갯길을 넘 어야 하니 우리 집 늙은 말을 타고선 그렇게 빨리 오진 못할 거요."

"하지만 우린 그 말을 타고 한 시간 안에 온 적도 있는걸요."

"그거야 수년 전 얘기지."

그들은, 중요한 것은 다만 기다리는 일뿐, 이런 얘기는 쓸데없는 짓인 줄 잘 알면서도 기다리는 초조한 시간을 이렇게 보내고 있었다.

드디어 오솔길에서 나지막한 소리가 들리더니 조그만 망아지가 끄는 낡은 마차가 울타리 밖에 나타났다. 목사 부부는 마차에서 내리는 사람의 모습을 보고 그가 누구인지 겨우 알아차리는 듯했지만, 오기로 정한 시간에 오기로 한 사람이 마차에서 내렸기에 망정이지 그렇지 않고 혹시 길거리에서라도 만났더라면 그 사람이 누구인지 모르고 지나쳐 갔을 것이다.

클레어 부인은 캄캄한 복도를 따라 현관으로 달려나갔고, 목사도 천천히 그 뒤를 따라 나갔다.

지금 막 문간에 들어서려는 그 남자는 현관에서 조심스럽게 자기를 바라보고 있는 두 사람의 얼굴과, 마침 그날의 마지막 햇살이 그들의 안경에서 반사되는 황혼빛을 보았다. 그러나 목사 부부는 햇빛을 등지고 서 있는 아들의 모습만이 보일 뿐이었다.

"오, 아들아, 드디어 돌아와 주었구나!" 하고 클레어 부인이 소리쳤다. 그때 부인은 이렇게 오랫동안 부모와 자식 사이를 멀어지게 한 아들의 이단적인 허물을 옷에 묻은 먼지만큼도 염두에 두지 않았다. 아무리 충실하게 신앙의 진리를 지켜가는 여자일지라도 하느님의 말씀이 주는 약속이나 위협에 대한 믿음이 제 자식을 생각하는 마음보다 더할 수는 없는 법이다. 그리고 그 신앙이 자식들의 행복에 방해가 되는 경우, 그 신앙을 아낌없이 버리지 않는 여자가 있을까? 촛불이 켜져 있는 방으로 들어서자 부인은 곧 아들의 얼굴을 들여다보았다.

"오오, 이건 엔젤이 아니야! 내 아들이 아니야! 집을 떠날 때의 엔젤이 아니야!" 하고 부인은 아들한테서 물러서면서 얄궂은 신세를 슬퍼하며 부르짖었다.

아버지도 아들의 모습을 보고 소스라치게 놀랐다. 고향에서 있었던 테스와의 그 불쾌한 사건 때문에 앞뒤를 가리지 않고 허둥지둥 떠나 낯선 땅에서 겪은 온갖 고초와 풍상이 부모를 어리둥절하게 만들 만

큼 그의 모습을 아주 딴 사람으로 만들어놓았던 것이다. 그를 들여다
보면 뼈만 앙상히 남고 주름투성이의 얼굴은 그를 20년이나 더 늙어
보이게 했다.

"그곳에서 몸이 좀 아팠어요. 하지만 이젠 다 나아서 괜찮습니다"
하고 아들이 말했다.

그러나 그 말이 거짓이라는 것을 증명이라도 하듯 그의 두 다리는
금방이라도 쓰러질 것 같았다. 그래서 그는 쓰러지려는 몸을 얼른 의
자에 주저앉혔다. 그러나 그것은 하루 종일에 걸친 지루한 여행과 집
에 돌아왔다는 흥분 때문에 일어난 가벼운 현기증일 뿐이었다.

"요즈음 제게 온 편지는 없나요?" 하고 아들은 물었다. "지난번에
보내주신 편지는 참 우연한 기회에 받아보았지요. 마침 제가 내륙 지
방에 들어가 있던 때라서 상당한 시일이 걸린 후에야 받게 되었지요.
그렇지 않았더라면 좀더 일찍 돌아왔을 거예요."

"그건 네 안사람이 보낸 것 같던데?"

"네, 그래요."

요즈음 편지가 또 한 통 와 있었으나, 아들이 곧 집으로 돌아온다
기에 그것은 그에게 부치지 않고 간수해두고 있었다.

엔젤은 부모가 내놓은 편지를 성급히 뜯어보았다. 마지막으로 급히
갈겨쓴 편지 속에 나타난 테스의 심정을 직접 읽고 나자 그의 마음은
몹시 어지러웠다.

오, 엔젤, 어째서 당신은 저를 이다지도 학대하시나요! 저는 이
런 보복을 받을 만큼 나쁜 짓을 하진 않았어요. 아무리 생각해봐도
전 도저히 당신을 이해할 수 없어요. 당신을 용서할 수 없어요! 제
가 당신을 욕되게 할 생각이 조금도 없었다는 걸 알고 계시면서 당
신은 어째서 저를 이다지도 괴롭히시나요? 너무해요. 정말 너무하
세요! 저는 당신을 잊도록 하려고 합니다. 제가 당신한테서 받은 벌
은 너무 부당해요!　　　　　　　　　　　　　　　　　T 올림

482

"정말이야!" 하고 엔젤은 편지를 집어던지면서 말했다. "아마 테스는 나하고 절대 화해하진 않을 거야!"

"엔젤, 그까짓 흙에서 태어난 시골 여자 때문에 너무 속 썩일 건 없다!" 하고 어머니가 말했다.

"흙에서 태어났다구요? 그럼요. 실은 우린 모두 다 흙에서 태어났지요. 어머니가 말씀하신 대로 그런 여자라면 얼마나 좋겠어요. 하지만 아직 말씀드린 적은 없지만, 그 사람 아버지는 가장 오래 된 노르만 혈통의 직계 후손이랍니다. 하기야 우리 마을에서도 남 모르게 농사나 짓고 살아서 '흙에서 태어난 사람들'이라고 불리는 많은 사람들이 으레 그런 가문의 자손들인 점과 마찬가지입니다마는."

그는 곧 침실로 물러났다. 다음날 아침, 그는 몸이 하도 불편해서 자기 방에 틀어박혀 생각에 잠겨 있었다. 적도 남쪽에서 테스의 애정 어린 편지를 받았을 때에는 자기 쪽에서 용서할 마음만 생기면 언제든지 그녀에게 달려가는 건 쉬운 일처럼 생각되었는데, 막상 돌아와 보니 생각하던 대로 그리 쉬울 것 같지 않았다. 그녀는 성미 급한 성격이어서 그가 늦게 돌아오는 바람에 그녀의 마음이 변했다는 편지였던 것이다. 그건 슬픈 일이었지만 너무나 당연한 사실이라고 인정하지 않을 수 없었다. 이런 편지를 받은 지금, 미리 연락도 없이 그녀의 친정 부모 앞에 불쑥 나타나 그녀를 만나는 것이 과연 바람직한 일일까 하고 그는 생각에 잠겼다. 별거 생활의 마지막 고비였던 요즈음 몇 주일 동안에 그녀의 사랑이 미움으로 변해 있다면 갑자기 만나본대야 서로 어색한 말들이나 주고받게 되지 않을까.

그래서 클레어는 말로트 마을로 편지를 보내어 자기가 돌아왔다는 것과, 자기가 영국을 떠날 때 일러둔 대로 테스가 아직도 친정집에 머물러 있으리라 믿고 있다는 기별을 해서 미리 테스와 가족들에게 마음의 준비를 시키는 것이 상책이라고 생각했다. 그래서 그날 안으로 당장 편지를 띄웠더니 한 주일이 못되어 더비필드 부인한테서 짤막한 답장이 왔다. 그 편지는 뜻밖에도 말로트에서 부친 것이 아니었고, 게

다가 주소도 씌어 있지 않아서 그의 궁금한 마음은 더욱 커졌다.

근계.

몇 자 적어 전해드릴 말씀은, 다름이 아니오라 테스는 지금 식구들과 같이 있지 않으며 그애가 언제 돌아올지도 모르고 있소. 돌아오는 대로 곧 소식 전하리다. 그애가 지금 임시로 가 있는 데를 나로서는 무어라구 말하기가 어렵소. 그리고 나와 식구들이 말로트를 뜬 지는 퍽 오래 되었나 보오.

J 더비필드

테스가 적어도 몸만이라도 성하게 있다는 것이 무엇보다 다행스러웠다. 그래서 테스의 어머니가 딸의 행방을 굳이 밝히지 않았다고 해서 그다지 걱정되지는 않았다. 테스의 가족들이 모두 그를 노엽게 생각하고 있는 것은 분명했다. 그는 테스가 집에 돌아왔다고 기별이 올 때까지 기다리기로 했다. 그녀의 어머니가 보낸 편지 내용을 보면 테스는 곧 돌아올 것 같았다. 사실, 그에게는 그 이상을 바랄 자격도 없는 듯했다. 자기의 사랑이야말로 '다른 대상을 찾으면 변하는 사랑'(셰익스피어의 소네트에 나오는 시구)이었다고 할 수 있을 것이다. 그는 멀리 고향을 떠나 있는 동안 여러 가지 것들을 겪었다. 그는 명색만의 코넬리아(로마의 장군 티베리우스 그라쿠스의 아내로서 현모양처였음) 같은 여인한테서 실제로 포스티나(마르쿠스 아우렐리우스 황제의 애처) 같은 여자를 보았고, 피리니(그리스 미모의 창녀) 같은 관능적인 여인에게서 정신적인 여인 루크레티아(타르키니우스 코라티누스의 아내로서 왕자에게 강간당하고 자살하여 정절로 유명함)를 보았었다. 그는 간음하다 들켜 돌에 맞아 죽어야 한다고 군중들 앞에 끌려나온 여인(《신약성서》 〈요한복음〉 제8장 11절에 나오는 간음한 여자)과 왕후가 된 우리아의 아내(《구약성서》 〈사무엘 후서〉 제11장 3절에 나오는, 다윗 왕에게 몸을 빼앗긴 바세바)를 생각했다. 그리고 자기는 어째서 테스의 과거보다 테스의 내부에 간직된 본질에 의해, 또는 그녀의 행실보다 의지에 의해 그녀를 판단하지 못했던가 하고 스스로를 책망하기도 했다.

더비필드 부인한테서 두번째 편지가 오기를 기다리며, 그리고 좀더 기운을 회복시키려고 아버지 집에서 머무는 동안 어느새 하루 이틀이 지났다. 차차 기운이 회복되어 가는 징조는 보였지만 존 더비필드 부인한테서는 아무 기별도 없었다. 그래서 그는 브라질에 있을 때 플린트콤 애쉬 농장에서 테스가 보냈던 옛 편지를 찾아서 다시 읽어보았다. 그 사연은 처음에 읽었을 때와 마찬가지로 그의 가슴을 뭉클하게 했다.

괴로움을 견디다 못해 당신에게 호소합니다. 제겐 호소할 사람이라곤 오직 당신밖에 없으니까요! ……당신이 곧 오시든지, 아니면 저를 당신이 계신 곳으로 불러주시든지 하지 않는다면 전 결국 죽고 말 거예요! ……당신이 돌아오신다면 전 당신 품에 안겨 죽어도 좋아요! ……당신이 '곧 돌아가겠소' 하고 단 한 줄만이라도 써서 보내주신다면……엔젤, 저는 모든 걸 참고 견디겠어요. 기꺼이 참고 견디겠어요! ……당신이 단 1분만이라도 느끼실 수 있다면 가엾고 외로운 당신의 아내를 측은히 여기시게 될 거예요. ……당신 곁에서 당신을 바라보며 당신을 제 것이라고 생각할 수만 있다면 당신의 아내가 못 되더라도 당신의 하녀로라도 만족하겠어요. 기꺼이 그렇게 하겠어요. ……천국에서나 지상에서나 지옥에서라도 사모하는 당신을 만나고 싶은 소망 외에 또 무엇이 있겠습니까! 제게 돌아와 주세요. 제발 돌아오셔서 저를 괴롭히는 유혹에서 저를 구해주세요!

편지를 읽고 그는 테스가 요즈음 자기를 전보다 냉정하게 대하는 것을 더 이상 믿을 필요가 없다고 단정을 내리고 당장 그녀를 찾아보기로 마음먹었다. 자기가 없는 동안 테스한테서 돈을 보내달라는 소

식이 없었느냐고 아버지한테 물었더니, 그런 적은 없었다는 대답이었
다. 그 대답을 듣고서야 불현듯 테스가 자존심 때문에 그런 편지를 보
내지 못했을 텐데 얼마나 궁색한 생활을 했을까 하는 생각이 처음으
로 떠올랐다. 엔젤의 말을 듣고서야 비로소 부모들도 그들이 별거하
게 된 참뜻을 짐작할 수 있었다. 기독교의 믿음이 투철한 부모는 타락
한 사람들에게 유달리 동정을 아끼지 않는 사람이어서 테스의 혈통이
나 소박한 성품이나 빈곤 따위에는 별로 관심을 두지 않았지만, 그녀
의 과거의 죄를 알게 되자 불현듯 측은한 마음이 들었다.

　서둘러 길 떠날 채비를 하고 있던 엔젤은 최근에 받은 꾸밈새 없는
솔직한 편지를 다시 훑어보았다. 그것은 마리안과 이즈 휴에트한테서
온 편지로, 다음과 같은 내용으로 시작되는 것이었다.

　"클레어 선생님께
　부인께서 선생님을 사랑하는 것만큼 선생님도 부인을 사랑하신다면
부디 부인을 보살펴주세요."

　그리고 편지는 이렇게 끝나 있었다.

　"행복을 비는 두 친구 올림."

54 15분 뒤에 클레어는 집을 나섰다. 어머니는 한길로 사라져가
는 아들의 여윈 모습을 한참이나 지켜보았다. 클레어는 아버
지의 늙은 암말이 집에서 필요하다는 것을 알고 있었으므로 타고 가
라는 것을 굳이 사양했다. 그는 주막집으로 가서 자그마한 마차 한 대
를 빌렸다. 그는 마차에 마구를 매는 동안에도 안절부절못하며 조바
심을 냈다. 얼마 후 그는 마을을 빠져나와 마차로 언덕길을 올라갔다.
이 언덕길은 서너 달 전에 테스가 가슴 부푼 희망을 안고 내려갔다가
목적을 이루지 못하고 실망의 발길을 돌려 올라왔던 바로 그 언덕이
었다.

이윽고 벤빌 레인 길이 그의 눈앞에 펼쳐졌다. 그 생울타리며 나무들은 새싹이 움터 파릇파릇하게 보였지만 골똘한 생각에 잠겨 있는 그의 눈엔 보이지 않았고, 그는 오직 길을 잘못 들지 않기 위해 필요한 표지가 될 만한 풍경만을 눈여겨볼 따름이었다. 한 시간 반도 채 못 되어 그는 킹스 힌톡의 영지 남쪽 변두리를 돌아 돌기둥이 외로이 서 있는 크로스 인 핸드 고지대로 올라섰다. 바로 그 돌기둥은 테스가 한때의 변덕으로 회개했던 알렉 더버빌의 강요에 못 이겨, 다시는 알렉을 유혹하지 않겠다는 맹세를 했던 바로 그 불길한 돌기둥이었다. 언덕에는 지난해 시들어 색이 바랜 가시덤불 줄기가 그대로 있었고, 그 뿌리에서는 봄의 새싹이 파릇파릇 움트고 있었다.

그곳에서부터 그는 다른 힌톡 지방을 굽어보는 고지대를 지나 오른편으로 돌아서, 상쾌한 공기에 휩싸인 플린트콤 애쉬의 석회질 지대로 접어들었다. 이곳은 언젠가 테스가 그에게 편지를 보냈던 곳이기도 해서, 테스가 머무르고 있을 것이라고 그녀의 어머니가 넌지시 비친 곳이 이곳일 거라고 생각한 그는 플린트콤 애쉬로 말을 몰았던 것이다. 그러나 그는 그곳에서 테스를 찾을 수는 없었다. 농부들이나 농장주에게는 테스라는 본 이름은 잘 통했지만 '클레어 부인'이라는 이름은 들어본 적이 없다는 사실을 알고 그는 더욱 낙심했다. 그들이 별거하는 동안 테스는 남편의 성을 사용하지 않은 게 분명했다. 남편한테 의존하지 않겠다는 테스의 자존심은 엔젤의 아버지에게 생활비를 부쳐달라고 하기는커녕 오히려 갖은 고생——이제야 처음 알았지만——을 달게 받아들인 것만으로도 충분히 알 수 있었지만, 또한 클레어라는 성을 사용하지 않은 것만으로도 잘 알 수 있었다.

마을 사람들의 말에 의하면, 테스 더비필드는 아무 말 없이 블랙무어 저쪽에 있는 고향으로 돌아갔다는 것이었다. 그는 별수없이 더비필드 부인을 찾아갈 수밖에 없었다. 편지에 부인은 말로트 마을을 떠났다고만 말했을 뿐 거처를 밝히지 않았으므로, 말로트로 가서 그들이 떠난 곳을 수소문하는 수밖에 없었다. 테스에게는 그처럼 심술궂게 굴던 농장 주인 그로비도 클레어에게는 지극히 친절하게 대하며 말로트로 갈 마차와 마부를 빌려주기도 했다. 그가 타고 온 마차는 말이 하루에 달릴 수 있는 길을 다 달렸으므로 에민스터로 돌려보내야 했다.

클레어는 말로트 마을까지 농장주의 마차를 타고 가기 싫어 마을이 가까워지자 마차와 마부를 돌려보내고 이날 밤을 주막집에서 묵었다. 그리고 다음날 아침, 걸어서 테스의 고향으로 들어섰다. 아직 철이 일러 그곳의 채소밭이나 나뭇잎들은 푸른 빛이 보이지 않았다. 말이 봄이지, 얇은 녹색 외투를 걸친 겨울이나 마찬가지였다. 그것은 엔젤이 품었던 기대나 마찬가지로 덧없는 것이었다.

테스가 어린 시절을 보냈던 집에는 그녀를 전혀 알지도 못하는 다른 가족들이 들어와 살고 있었다. 새로 이사 온 사람들은 이 집이 원래 다른 가문의 내력과 인연을 맺고 화려한 전성 시대를 누렸던 곳이며 거기에 비하면 자기네들의 내력은 보잘것없는 것에 불과하다는 사실은 모르는 듯, 들에 나와 일에만 열중하고 있었다. 그들은 자기들의 일에만 몰두해서 뜰을 서성거리고 있었고, 움직일 때마다 전에 살던 사람들의 회미한 망령이 그들의 뒤를 따라다니는 것도 모르고, 테스가 살던 때에는 지금보다 더 흥미 있는 일은 없었다는 듯 이야기하고 있었다. 봄철의 새들마저도 이 집엔 없어진 사람이라곤 전혀 없다는 듯 그들의 머리 위에서 지저귀고 있었다.

전에 살던 사람들의 이름마저 거의 잊고 있는 듯한 이 순박한 사람들에게 물어본 결과, 존 더비필드가 세상을 떠났다는 것, 그 과부댁과 자식들은 킹스비어로 살러 간다고 말로트를 떴지만 실은 어딘지 다른 곳에 가서 산다는 것을 클레어는 알았다. 그는 테스가 없는 그 집에 정나미가 떨어져 다시는 그 집을 되돌아보지 않고 서둘러 떠나왔다.

그는 지난날에 춤놀이를 때 처음으로 테스를 만났던 풀밭 옆을 지나갔다. 이 길 역시 그 집만큼이나, 아니 그보다 더 보기 싫었다. 그는 교회의 묘지 사이를 지났다. 지나가면서 보았더니, 새로 들어선 몇

몇 비석 중에서 다른 것보다 좀 나아 보이는 비석 하나가 눈에 띄었다. 그 비문은 이렇게 새겨져 있었다.

존 더비필드, 정확하게 말하면 더버빌, 일찍이 당당한 세력을 지녔던 기사의 후예로서 정복왕의 기사 중 한 사람인 페이건 더버빌 경의 찬란한 혈통을 이어받은 직계 후손을 기념하기 위해.

18××년 3월 10일 별세.

오호라, 용사는 쓰러졌도다. (《구약성서》〈사무엘 후서〉 제1장 19절)

묘지기인 듯싶은 남자가 그 비석 앞에 서 있는 클레어를 보고 다가왔다.

"아, 여보세요. 이분은 이곳에 묻히는 걸 지독히 싫어하고 자기 조상들이 묻혀 있는 킹스비어에 잠들기를 원했었습죠."

"그러면 왜 소원대로 해주지 않았나요?"

"그야, 돈이 있어야죠. 젊은 선생님, 놀라지 마세요. 글쎄, 이런 얘길 함부로 지껄이고 싶진 않습니다만, 비석엔 이렇게 거창하게 새겨져 있지만 여태 비석 값도 못 치르고 있답니다."

"그래요? 비석은 누가 세웠는데요?"

그 남자는 마을에 사는 석공의 이름을 대주었다. 클레어는 교회 묘지를 나와 그 석공의 집을 찾아가 묘지기의 말이 사실임을 알고 비석 값을 치러주었다. 그러고 나서 그는 이사 간 그 가족들을 찾아 다시 발길을 옮겼다.

걸어가기에는 너무 먼 길이었지만 혼자 걷고 싶은 마음이 간절해서 처음엔 마차를 빌릴 생각도 하지 않았고, 기차를 이용해서 목적지까지 갈 수도 있었지만 기차를 타려는 생각도 하지 않고 걸었다. 그러나 새스톤에 이르렀을 때에는 아무래도 마차를 빌리지 않을 수 없었다. 그는 말로트 마을을 떠나 20마일이 넘는 여정을 더듬어왔던 것이다. 그래서 그가 더비필드 부인이 사는 마을에 도착한 시간은 저녁 일곱 시경이었다.

더비필드 부인이 세 들어 살고 있는 곳은 조그마한 마을이어서 그들을 쉽게 찾을 수가 있었다. 그 집은 담으로 둘러싸인 뜰 안에 있었고 신작로에서 멀리 떨어져 있었는데, 낡아빠진 세간들이 그대로 볼품없이 쌓여져 있었다. 무슨 까닭인지 부인은 그가 찾아온 것을 분명히 탐탁치 않게 여기는 눈치였으므로 그는 어쩐지 못 올 곳을 찾아온 것 같은 기분이 들었다. 부인이 몸소 문간까지 나왔는데, 때마침 저녁 햇살이 그녀의 얼굴을 비추었다.

엔젤이 테스의 어머니를 만나보기는 이번이 처음이었다. 그는 자기 생각에만 몰두해 있어서 그녀가 의젓한 과부의 차림을 하고 있고 아직도 얼굴이 곱살스러운 편이라는 것 외엔 아무것도 알아채지 못했다. 그는 자기가 테스의 남편이라는 것과 찾아온 목적을 어색하게 설명할 수밖에 없었다.

"당장 테스를 만나보고 싶습니다" 하고 그는 덧붙여 말했다. "장모님께선 다시 편지를 해주시겠다고 하시고는 여태 소식이 없어서 이렇게……."

"그애가 아직도 돌아오지 않아서 그랬소."

"테스의 소식은 알고 계시는지요?"

"난 모르오. 댁이야말로 알고 있을 게 아니오."

"하긴 옳은 말씀입니다. 그 사람, 지금 어디 있지요?"

엔젤을 처음 보았을 때부터 그녀는 한쪽 손을 뺨에 대고 당황한 기색을 보이고 있었다.

"난……그애가 지금 어디 있는지 확실한 건 아무것도 모르오. 전엔……."

"전엔 어디 있었지요?"

"하지만 지금은 거기도 있지 않을 거요."

그녀는 사실을 숨기려고 다시 입을 다물었다. 마침 그때 어린아이들이 슬금슬금 문 가로 다가왔고, 그 중 막내둥이가 엄마의 치맛자락을 잡아당기며 종알거렸다.

"테스 누난 이 사람한테 시집갈 거야?"

"벌써 갔단다. 안에 들어가 있거라." 부인이 중얼거렸다.

클레어는 그녀가 무엇인가를 숨기려고 애쓰고 있음을 눈치채고 물었다.

"테스는 제가 애써 찾아주길 바라고 있을까요? 그렇지 않다면 전
……."

"아마 그걸 바라고 있진 않을 것 같구려."

"정말 그럴까요?"

"물론 그럴 거요."

그는 돌아서서 나오려 했다. 그 순간 테스의 다정한 편지 구절이
머리에 떠올랐다.

"아닙니다. 그 사람은 틀림없이 제가 찾아오길 바라고 있을 겁니
다!" 그는 격한 소리로 대꾸했다. "테스는 제가 더 잘 알고 있지요."

"글쎄, 그럴는지도 모르지. 난 그애의 속마음을 통 알 수가 없으니."

"장모님, 제발 테스가 가 있는 곳을 가르쳐주십시오. 외롭고 불행
한 이 사람에게 은총을 베푸시는 셈치고!"

테스의 어머니는 안절부절못하며 손바닥으로 뺨을 문지르다가, 그
의 괴로워하는 표정을 보자 마침내 낮은 소리로 입을 열었다.

"그애는 샌드본에 가 있소."

"그래요? 거기 어디쯤인지요? 거긴 큰 도시로 변했다고들 하던데
요."

"더 자세히는 모르겠소. 그저 샌드본이라고만 들었으니. 나도 거긴
가보지 못했소."

부인의 이 말은 사실임이 분명했으므로 클레어는 굳이 더 캐 묻지
는 않았다.

"뭐 필요한 것이라도 없으신지요?" 하고 그는 상냥하게 물었다.

"아무것도 없소. 우린 뭐 그다지 옹색하게 살진 않는다오."

클레어는 집 안에는 들어가지도 않고 돌아섰다. 정거장은 거기서 3마일 떨어진 곳에 있었으나 그는 마부에게 삯을 치르고 나서 정거장까지 걸어갔다. 얼마 후 샌드본행 막차가 떠났는데, 클레어는 그 기차에 몸을 싣고 있었다.

55 그날 밤 열한 시에 샌드본에 도착한 즉시 여관에 숙소를 정하고 아버지에게 전보를 쳐서 거처를 알린 다음, 클레어는 거리를 산책했다. 사람을 찾아나서거나 수소문하기에는 시간이 너무 늦었으므로 테스를 찾는 일은 부득이 다음날 아침으로 미룰 수밖에 없었다. 그러나 아직 잠자리에 들고 싶은 생각은 없었다.

동쪽과 서쪽에 있는 두 기차역을 비롯해서 선창, 소나무 숲, 산책길, 그리고 옥상 정원(屋上庭園) 등이 갖추어져 있는 새로운 해수욕장은 엔젤 클레어에게는 마치 마술사가 요술 지팡이를 휘둘러 순식간에 만들어낸 것에 약간 먼지가 낀 선경(仙境) 같아 보였다. 드넓은 이그돈 황야의 동쪽 끝이 바로 가까이까지 잇닿아 있었는데, 이처럼 고색창연한 황무지의 변두리에 휘황하고 신비스러운 현대적 유흥 도시가 불쑥 솟아나 있었다. 그곳에서 1마일 안에 있는 땅의 기복은 모두 원시 시대의 모습 그대로였고, 길은 모두 고대 영국 그대로의 모습을 지니고 있었다. 그곳은 한줌의 흙일지라도 건드리지 않고 로마 시대의 황제들이 다스리던 옛날 그대로 남아 있었다. 그러나 옛날 예언자의 표주박(《구약성서》〈요나서〉 제4장 6절)처럼 갑자기 다른 고장의 취향이 들어왔고, 테스까지도 이끌려온 것이다.

심야의 가로등 불빛 속에서 엔젤은 옛 세계 속에 이루어진 새 세계의 구불구불한 거리를 여기저기 서성거리며 가로수 사이에서 반짝이는 별들을 배경으로 시가지를 이루고 늘어서 있는 많은 높은 지붕이며 굴뚝, 전망대, 탑 따위를 바라다보았다. 이곳은 드문드문 별장이 늘어선 도시로, 영국 해협에 면한 지중해식 유원지였다. 밤에 보는 거리는 실제보다 더 웅장하게 보였다.

바다가 바로 가까이에 있었지만 요란하지 않고 어렴풋이 들려오는 파도 소리는 마치 솔밭에서 나는 바람 소리인 듯싶었다. 솔밭을 스쳐가는 바람 소리 또한 바다의 파도 소리인 듯싶기도 했다.

부(富)와 유행이 물결치는 이 거리에서 시골 여자인 그의 아내 테스가 대체 어디에 발붙일 수 있단 말인가? 생각할수록 알 수 없는 노릇이었다. 이곳에 젖을 짜는 젖소가 있단 말인가? 이곳에 농사 지을 만한 땅이 없음은 분명했다. 아마 테스는 이 큰집들 중의 어느 한 집에서 가정부 노릇이라도 하고 있는 것일 게다. 그는 집집의 창문과 하나씩 꺼져가는 불빛을 바라보며 어슬렁거리면서, 테스의 방은 어디쯤에 있을까 하고 생각해보는 것이었다.

추측만으로는 아무 소용이 없었다. 그래서 밤 열두 시가 지나자 그는 여관으로 돌아와 잠자리에 들었다가 불을 끄고 잠들기 전에 그는 테스의 열렬한 편지를 다시 읽어보았다. 그러나 좀처럼 잠을 이룰 수 없었다. 이토록 테스 가까이에 와 있으면서도 얼마나 멀리 떨어져 있는 기분인지. 그래서 그는 연방 덧문을 올렸다 내렸다 하면서 맞은편 집들의 뒷면을 건너다보며, 지금쯤 테스는 어느 들창문 안에서 잠자고 있을까 하고 생각했다.

그는 뜬눈으로 꼬박 밤을 세웠다고 말해도 좋으리라. 다음날 아침, 그는 일곱 시에 일어나 잠시 후에 여관집을 나와 중앙 우체국으로 발길을 돌렸다. 우체국 문 앞에서 그는 마침 아침 배달을 나가는, 제법 똑똑해 보이는 우편배달부를 만났다.

"혹시 클레어 부인이라는 사람의 주소를 모르시는지요?" 하고 엔젤이 물었다.

우체부는 고개를 가로저었다.

테스가 아직도 처녀 시절의 이름을 쓰고 있을지도 모른다는 생각이 들어 그는 다시 물었다.

"아니면 더비필드 양이라는 여자는?"

"더비필드 양이라구요?"

그것도 우체부에게는 낯선 이름이었다.

"아시다시피 여기는 매일 드나드는 손님들이 하도 많아서 집주소를 모르면 사람 찾기가 여간 어렵지 않답니다."

마침 그때 다른 우체부 한 사람이 바삐 뛰어나왔으므로 엔젤은 그 사람을 붙잡고 같은 질문을 되풀이했다.

"더비필드라는 이름은 모릅니다만, 헤론스 여관에 더버빌이라는 사람이 있지요" 하고 두번째 우체부가 대답했다.

"바로 그 사람이오!" 하고 엔젤은 외쳤다. 그는 테스가 정확하게 발음한 본래의 성(姓)으로 돌아간 것이 기뻤다.

"헤론스란 어떤 곳입니까?"

"근사한 여관집이지요. 여기 집들은 하나같이 하숙을 치는 집들이랍니다."

엔젤은 그 집을 찾아가는 길을 설명 받은 후 길을 재촉하여 우유 배달원과 동시에 그 집에 도착했다. 헤론스 여관은 여느 별장처럼 외따로 떨어져 있었는데, 그런 곳에 여관이 있으리라고는 생각지 못하리만큼 그 집은 조용하기만 했다. 엔젤이 생각한 대로 테스가 가엾게도 이 집에서 가정부 일을 하고 있다면 우유 배달부가 왔으니 그녀가 뒷문으로 나타날지도 모른다는 생각에서 뒷문 쪽으로 가보려 하다가, 생각을 고치고 현관으로 돌아가서 초인종을 눌렀다.

아직 너무 이른 시간이어서 주인집 여자가 직접 나와서 문을 열었다.

클레어는, 테레사 더버빌, 혹은 더비필드라는 여자가 있느냐고 물었다.

"더버빌 부인 말씀인가요?"

"그렇습니다."

테스는 어엿한 부인으로 행세하고 있었다. 그녀가 클레어라는 자기 성을 사용하지 않는 게 좀 서운했지만, 어쨌든 그는 기뻤다.

"죄송합니다만 친척 되는 사람이 만나보고 싶어한다고 좀 전해주십 시오."

"시간이 너무 이르군요. 성함은 누구시라고 전할까요?"

"엔젤이라고 합니다."

"엔젤 씨라구요?"

"아니오. 그냥 엔젤입니다. 이건 제 이름이지요. 그렇게 전해주시 면 알 겁니다."

"일어났는지 가보지요."

그는 현관 쪽 식당으로 안내되었다. 그는 커튼 너머로 좁은 잔디밭 과 거기서 자라고 있는 석남화며 그 밖의 관상수들을 내다봤다. 분명 히 그녀의 처지는 엔젤이 걱정한 것처럼 그렇게 곤란하지 않음은 확 실했다. 이런 생활을 하기 위해, 보관해뒀던 그 보석을 찾아내어 팔았 을지도 모른다는 생각이 문득 그의 머리에 떠올랐다. 그러나 그녀를 나무라고 싶은 생각은 조금도 없었다. 얼마 후, 귀를 기울이고 있던 엔젤은 계단을 밟는 발자국 소리를 들었다. 그러자 그의 가슴은 심하 게 두근거려 제대로 서 있을 수 없을 정도였다. 아, 테스는 이렇게 변 해버린 나를 어떻게 생각할까, 하고 엔젤은 중얼거렸다. 마침 그때 문 이 열렸다.

테스가 문간에 나타났다. 그녀의 모습은 엔젤이 생각했던 것과는 아주 딴판이었다. 정말 어리둥절할 정도로 변한 모습이었다. 테스의 타고난 아름다움이 더욱 세련되어 보이지는 않았지만, 옷차림 때문에 한층 돋보였다. 그녀는 상복(喪服)에 가까운, 검정빛 수를 놓은 연회 색 캐시미어 실내복을 느슨히 걸쳐 입었고, 같은 빛깔의 실내화를 신 고 있었다. 목은 깃털로 장식된 깃 위로 드러나 보였고, 기억에도 생 생한 짙은 갈색의 머리채는 일부는 머리 뒤로 틀어올려졌고 나머지는 어깨 위로 늘어져 있었다. 서두르다 보니 그렇게 된 것이 분명했다.

엔젤은 두 팔을 내밀었으나, 이윽고 그 팔은 힘없이 내려지고 말았 다. 테스는 문간에 우두커니 선 채 앞으로 달려오지 않았기 때문이다.

테스와 비교해서 고작 누르스름한 해골 같은 꼴로밖에 보이지 않는 클레어는 자기 몰골이 그녀의 비위를 거슬렀나 보다고 생각했다.

"테스!" 하고 그는 쉰 목소리로 말했다. "당신을 버리고 떠났던 나를 용서해주오. 내게 와주지 않으려오? 대체 어떻게 이런 생활을 하고 있소?"

"너무 늦었어요." 테스가 말했다. 그녀의 말소리는 날카롭게 방안에 울렸고, 눈은 이상하게 번들거렸다.

"난 당신을 바르게 생각지 못했소. 당신의 참모습을 알아보지 못했지! 하지만 그리운 테스, 그 후 난 깨달은 바가 많다오!" 그가 변명했다.

"너무 늦었어요, 너무!" 테스가 말했다. 그리고는 어찌나 괴로운지 한순간이 한 시간으로 느껴지는 사람처럼 안타깝게 손을 휘저으며 말했다. "엔젤, 제 곁에 오지 마세요! 오시면 안 돼요. 가주세요."

"그리운 내 아내 테스, 그럼 당신은 내가 병에 걸려 이런 꼴이 되었대서 날 사랑하지 않는단 말이오? 당신은 원래 그리 변덕스러운 여자는 아니었는데……. 난 이렇게 애써서 당신을 찾아왔소……. 어머니 아버지도 이제는 당신을 기꺼이 맞아주실 거요!"

"그래요? 그야 그러시겠지만! 하지만 늦었어요, 너무 늦었어요."

그녀는 꿈속에서 도망칠래야 도망칠 수 없는 사람처럼 느끼는 모양이었다.

"아무것도 모르세요? 정말 그걸 모르세요? 모르신다면 여긴 어떻게 찾으셨어요?"

"여기저기 수소문해서 겨우 알아냈다오."

"전 당신을 기다리고 또 기다렸어요." 그녀가 말을 계속했다. 그녀의 목소리는 갑자기 지난날의 구슬픈 목소리로 변했다. "하지만 당신은 오시지 않았어요! 그래서 전 당신에게 편지를 보냈지만 그래도 당신은 오시지 않았어요! 그분은, 당신은 결코 돌아올 사람이 아니라고 말했고, 그런 당신을 기다리는 저를 어리석은 여자라고 말하곤 했어요. 그분은, 제 아버지가 돌아가신 후부터는 저나 어머니에게, 그리고 우리 식구들에게 더할 수 없이 호의를 베풀어주었고……그분은…….”

“무슨 말인지 난 모르겠소!”

“그분이 저를 다시 차지한 거예요.”

클레어는 그녀를 뚫어지게 바라다보았다. 그리고 마침내 그녀의 말 뜻을 알아차리자 병에 걸린 사람처럼 갑자기 맥이 풀리더니 아래로 눈길을 떨구었다. 그의 눈길이 그녀의 손에서 멎었다.

한때에는 장미빛이었던 그녀의 손은 이젠 하얗고 부드러워 보였다.

테스가 다시 말을 이었다.

“그분은 지금 위층에 있지요. 제게 거짓말을 한 그 사람이 이젠 미워지는군요. 그 사람은, 당신은 결코 돌아오지 않을 사람이라고 제게 거짓말을 했던 거예요. 그런데 당신은 이렇게 돌아오셨군요! 이 옷들도 그 사람이 해준 거예요. 저는 그 사람이 하고 싶은 대로 내맡겨 버렸어요! 엔젤, 제발, 제발 돌아가 주세요. 가서서 다시는 저를 찾아오지 말아주세요.”

엔젤과 테스는 꼼짝 않고 서 있었다. 상처 입은 그들의 심정이 보기에도 민망하리만큼 애처롭게 그들의 눈 속에 드러나 보였다. 그들 두 사람은 지금 이 상태에서 빠져나갈 수 있는 무엇인가를 안타깝게 갈망하고 있는 듯했다.

“아, 모든 게 다 내 잘못이오!” 클레어가 말했다.

그러나 그는 더 이상 말을 이을 수 없었다. 무슨 말을 한다 해도 침묵처럼 답답하기는 마찬가지일 것이었다. 하기야 나중에 가서도 뚜렷하게 의식한 것은 아니지만, 어렴풋하게나마 느껴지는 어떤 한 가지 것이 있었다. 그것은 본래의 테스는 지금 클레어 앞에 있는 자기의 몸을 정신적으로 자기 것이라고 생각하지 않고, 살아 있는 자기 의지와 관계없이 그저 물결 위에 떠 있는 시체처럼 떠내려 가는 대로 내맡겨 두고 있다는 사실이었다.

또다시 몇 순간이 흘렀다. 그리고 그는 테스가 그 자리에서 사라지

고 없음을 알았다. 그 순간 정신력을 집중하고 안간힘을 쓰고 서 있는
그의 얼굴은 점점 싸늘해졌고, 더욱 비참한 모습이 되어갔다.

잠시 후, 그는 자기가 어디를 걷고 있는지도 모르면서 정처 없이
거리를 헤매고 있었다.

56 헤론스 여관의 주인이자 멋진 가구들의 소유자이기도 한 브
룩스 부인은 남달리 호기심이 강한 여자는 아니었다. 가엾게
도 그녀는 오랫동안 이해 타산을 따지는 숫자놀이에만 정신이 쏠려
물질주의에만 사로잡혀 있었으므로, 오직 손님들의 주머니 속 사정에
만 관심이 갔지 그 외의 것엔 그다지 호기심이 강하지 않았다. 그러나
돈 잘 내는 손님이라고 생각하고 있는 더버빌 부부를 찾아온 엔젤 클
레어는 그 방문 시간이나 그의 태도로 미루어보아 하숙을 치러 돈 받
는 일밖엔 모르고 사는 그녀에게도 남다른 호기심을 일으키게 했다.

테스는 식당으로 들어가지 않고 문간에 서서 엔젤에게 말을 건넸으
므로, 브룩스 부인은 복도 뒤편에 있는 그녀의 거처방에서 반쯤 열린
문으로 가엾은 그들 두 사람이 주고받는 대화의 일부를 들을 수 있었
다. 그녀는, 테스가 다시 이층으로 올라가는 소리와 엔젤이 나가면서
현관문을 닫는 소리도 들을 수 있었다. 그리고 위층의 방문이 닫히는
소리를 듣고 브룩스 부인은 테스가 자기 방으로 돌아간 것을 알았다.
젊은 부인은 아직 옷을 갈아입지 않았기 때문에 얼마 동안은 밖으로
나오지 않으리라고 브룩스 부인은 생각했다.

그래서 그녀는 조용히 위층으로 올라가서 현관 쪽 방문 앞에 섰다.
이 방은 응접실로서, 흔히 볼 수 있는 형식대로 두 짝의 문으로 칸막
이가 되어 바로 뒷방은 침실로 사용하는 방이었다. 그녀는 가장 좋은
방이 있는 위층을 더버빌 부부에게 매주 세를 받고 빌려주고 있는 터
였다. 침실인 뒷방은 잠잠했으나 응접실 쪽에서 소리가 났다.

맨 처음 그녀가 알아들은 소리는 마치 익시온의 수레바퀴(그리스의 신화에서 익시온 왕이 헤라를 사모한 죄로 돌아가는 수레바퀴에 영원히 묶이는 벌을 받음)에 묶인 사람한테서나 나옴직한 나직한 신음 소리가 되풀이되는 외마디 소리였다.

"오──오──오!"

잠시 조용하다가 땅이 꺼지는 듯한 한숨 소리가 나오더니 다시 그 소리가 되풀이되었다.

"오──오──오!"

그녀는 열쇠 구멍을 통해 방안을 들여다보았다. 방안은 일부분만 보였는데, 거기에는 아침 식사를 하기 위해 이미 차려진 식탁의 한 귀퉁이와 그 옆에 놓인 의자가 있었다. 테스가 그 의자 앞에서 무릎을 꿇고 얼굴을 의자에 파묻고 두 손으로 머리를 움켜쥐고 있었다. 실내복 옷자락과 수놓은 잠옷자락이 방바닥에 길게 드리워졌으며, 실내화가 벗겨져 나간 맨발이 양탄자 위로 삐죽 나와 있었다. 테스의 입에서는 말로 표현할 수 없는 절망의 신음 소리가 흘러나오고 있었다.

그러자 뒷방 침실에서 남자의 소리가 들렸다.

"왜 그래?"

테스는 대답도 하지 않고, 울부짖음이라기보다는 독백조로, 아니 독백이라기보다는 장송곡조로 말을 계속했다. 그러나 브룩스 부인은 그 일부만 들을 수 있었다.

"그런데 제 사랑하는 남편이 돌아왔어요……. 그런데 나는 그것도 모르고……당신은 사정을 두지 않고 날 설득하려고만 했어요……. 진절머리나도록 쉬지도 않고, 그래요, 조금도 가차없이! 어린 동생들과 어머니한테 이것저것 긴요한 것들을 보내, 내 마음을 움직였어요……. 그리고 당신은, 남편은 돌아올 사람이 아니라고, 결코 결코 돌아올 리가 없다고 했는데, 기다리는 나를 비웃으며 어리석은 여자 중에서도 가장 어리석은 여자라고 했는데……. 그래서 나는 결국 당신의 말을 믿고 당신한테 모든 걸 내맡겼던 건데……. 그런데 그이가 돌아오신 거예요! 하지만 그인 다시 떠나고 말았어요. 이번에도 그인 가버리신 거예요. 난 그이를 영원히 잃었어요……이젠 그인 나를 조금도 사랑해주시지 않을 것이고……내가 밉기만 할 거예요! ……오오, 난 이제 그이를 영영 잃고 말았어요……. 당신 때문이에요, 당신 때문에!"

의자에 머리를 파묻고 몸부림치던 테스는 얼굴을 문 쪽으로 돌렸다. 브룩스 부인은 테스의 얼굴에 나타난 고통스런 얼굴, 깨물어서 피가 흐르는 입술, 눈을 감은 기다란 속눈썹이 눈물에 젖어 있는 것을 볼 수 있었다.

테스는 넋두리를 계속했다.

"그런데 그인 죽을 것 같아요, 꼭 죽어가는 사람 같았어요. 내가 지은 죄가 나를 죽이지 않고 그 대신 그이를 죽이고 있어요……. 오오, 당신은 내 인생을 망쳐놓고 말았어요……. 그처럼 애원했는데도 내 인생을 이렇게 갈가리 찢어놓다니! 진실한 내 남편은 이젠 결코 돌아오지 않을 거예요……. 오, 하느님, 저는 이제 도저히 견디지 못하겠습니다! 견딜 수 없어요!"

그녀의 입에서 여러 가지 넋두리가 쏟아져 나왔고, 남자가 뭐라고 날카롭게 소리쳤다. 그러자 갑자기 옷자락이 구겨지는 소리가 들렸다. 테스가 벌떡 일어난 것이다. 브룩스 부인은 테스가 밖으로 뛰쳐나오는 줄 알고 얼른 계단을 내려왔다.

그러나 그럴 필요는 없었다. 응접실의 문은 열리지 않았기 때문이다. 그러나 층계참에 서서 더 이상 엿듣기가 불안해서 그녀는 아래층에 있는 자기 방으로 돌아갔다.

그녀는 귀를 곤두세우고 있었지만 천장을 통해서는 아무 소리도 들을 수 없었다. 그래서 그녀는 먹다 만 아침밥을 마저 먹으려고 부엌으로 갔다. 그러고는 아래층의 앞방으로 가서, 하숙인 부부가 아침상을 물리라고 초인종을 누르기를 기다리면서 바느질감을 집어들었다. 무슨 일이 생겼는지 확인하고 싶어서 될 수 있으면 아침상을 손수 받아서 내올 작정이었다. 앉아 있는데 위층에서 누군가가 서성거리는 듯 천장

바닥이 나직이 삐걱거렸다. 그러자 뒤어어 난간을 스치는 옷자락 소리와 함께 현관문이 여닫히는 소리가 들렸고, 거리로 나가려고 테스가 대문 쪽으로 걸어가는 모습이 보였다. 그제서야 브룩스 부인은 그 삐걱거렸던 소리가 테스의 옷 갈아입는 소리였음을 알았다. 테스의 옷차림은, 검은 깃털이 달린 모자 위에 베일을 드리운 것만 빼면 이곳에 올 때와 마찬가지로 젊고 부유한 귀부인의 외출복 차림이었다.

브룩스 부인은 위층의 문간에서 그들 부부가 일시적이든 어떤 형식으로든 간에 인사말을 주고받는 소리를 듣지 못했다. 그들은 서로 다투었거나 더버빌 씨가 아직도 자고 있을지도 몰랐다. 그는 일찍 일어나는 사람이 아니었기 때문이다.

브룩스 부인은 자기 혼자만 쓰는 뒷방으로 가서 바느질을 계속했다. 외출한 부인은 돌아오지 않았고, 위층에 남아 있던 남편도 초인종을 누르지 않았다. 브룩스 부인은 이렇게 늦도록 아무 기척이 없자, 아침 일찍 찾아왔던 남자와 위층에 세 들어 있는 부부가 어떤 관계가 있을 것 같은 생각이 들었다. 그런 생각을 하면서 그녀는 의자의 등받이에 몸을 기댔다.

그녀의 눈길이 저절로 천장으로 쏠렸다. 그 순간, 그녀는 하얀 천장의 한가운데에 여태까지 보지 못했던 얼룩이 생겨나 있는 것을 보았다. 그것을 처음으로 보았을 때에는 둥근 과자만하던 그 얼룩점은 순식간에 손바닥만하게 커졌고, 그러자 그것이 붉은 빛깔의 얼룩임을 알 수 있었다. 가운데가 주홍빛으로 물든 직사각형의 하얀 천장은 마치 한 장의 커다란 하트의 에이스짝 같아 보였다.

브룩스 부인은 야릇한 불안감을 느꼈다. 책상 위로 올라가 손가락으로 천장에 생긴 얼룩점을 만져보았더니 그것은 끈적끈적했다. 아무래도 피의 얼룩 같았다.

책상에서 내려온 그녀는 위층 응접실의 뒤쪽 침실을 들여다볼 양으로 위층으로 올라갔으나 덜컥 겁이 나는 바람에 아무래도 문의 손잡이를 돌릴 마음이 생기지 않았다. 그녀는 귀를 기울였다. 고요한 방안에서 무언가 규칙적으로 떨어지는 소리가 적막을 깨뜨리고 있었다.

뚝, 뚝, 뚝.

브룩스 부인은 허겁지겁 아래층으로 내려가 현관문을 열고 거리로 뛰쳐나갔다. 마침 이웃 별장에서 일하고 있는 낯익은 일꾼이 지나가기에 그 남자를 붙잡고 자기 집 위층에 함께 좀 올라가 보자고 부탁했다. 아무래도 자기 집 하숙인에게 무슨 일이 생긴 것 같았기 때문이다. 그 남자는 부인을 따라 층계참으로 올라갔다.

그녀는 응접실 문을 열고 뒤로 비켜서면서 그 남자를 먼저 방안으로 들여보낸 다음, 자기도 뒤따라 들어섰다. 방은 비어 있었다. 아침상──커피, 계란, 햄 따위의 음식물이 아까 가져다 놓았던 그대로 손도 대지 않고 놓여 있는데 고기를 자르는 나이프만이 눈에 띄지 않았다. 그녀는 그 남자에게 문 뒤의 옆방을 봐달라고 부탁했다.

그 남자는 문을 열고 두어 발짝 들어서더니 파랗게 질린 얼굴로 기겁을 하며 뛰쳐나왔다.

"큰일났어요. 침대 위에 남자 손님이 죽어 있어요! 칼로 찔린 것 같아요. 방바닥이 온통 피바다로군요!"

이 사건은 즉시 알려졌다. 얼마 전까지만 해도 조용하기만 하던 이 집은 사람들로 법석거렸다. 그 사람들 중엔 의사도 끼여 있었다. 상처는 작았지만 칼 끝이 피해자의 심장을 찌른 듯했다. 누운 채 죽어 있었다. 15분쯤 지나자, 잠시 이 고장에 와서 머물던 신사 한 분이 잠자리에서 칼에 찔려 죽었다는 소문이 해수욕장으로 이름난 그곳의 거리마다 별장마다 좍 퍼졌다.

57 한편 엔젤 클레어는 왔던 길을 따라 기계적으로 걸어서 여관으로 들어가 아무 생각 없이 아침상을 마주하고 앉았다. 그는 얼빠진 사람처럼 허공을 바라보며 아무 생각 없이 먹고 마시다가

갑자기 계산서를 달라고 하여 셈을 치르고는 가지고 온 짐이라고는 단 하나뿐인 세면 주머니를 들고 밖으로 나갔다. 마침 여관을 떠나려는 순간에 그는 한 장의 전보를 받았다. 그것은 어머니가 친 것으로, 엔젤이 거처를 알려주어서 반가웠다는 것과 카드버트 형이 머시 찬트 양에게 청혼하여 승낙을 받았다는 내용이었다.

클레어는 그 전보를 꾸겨쥐고 정거장으로 가는 길을 더듬어 갔다. 기차는 한 시간 남짓 기다려야만 했다. 그는 앉아서 기다리기로 했다. 그러나 15분 가량 지나자 더 이상 앉아서 배겨낼 수가 없었다. 가슴이 찢어지는 듯 괴롭고 맥이 풀린 그는 구태여 서두를 필요는 없었지만, 쓰디쓴 경험을 안겨준 이 고장에서 어서 빨리 빠져나가고 싶은 나머지 다음 정거장에 가서 기차를 타려고 그쪽을 향해 걸었다.

그 신작로는 너르게 틔어 있었지만 얼마 안 가서 차츰 내리막길로 변하면서 골짜기 한 끝에서 다른 끝으로 뻗어 있었다. 그는 그 골짜기 길을 거의 다 가로지르다시피 해서 걷고 서쪽의 비탈길을 오르고 있었다. 그는 잠깐 숨을 돌릴 생각으로 걸음을 멈추고 무심코 뒤를 돌아다보았다. 왜 뒤를 돌아다보았는지 자기도 알 수가 없었지만, 그 무엇 때문에 그렇게 하지 않을 수 없었던 것이다. 테이프처럼 보이던 한줄기의 길은 멀리 볼수록 차츰 좁아져갔다. 유심히 바라봤더니 움직이는 점 하나가 까마득히 보이는 흰 공간으로 점점 가까워오고 있는 것이 보였다.

그것은 사람이 달려오고 있는 모습이었다. 클레어는, 누군가가 자기를 쫓아오고 있는 모양이라고 생각하고 기다렸다.

비탈길을 내려오는 사람은 여자의 모습이었다. 그러나 아내가 자기를 뒤쫓아오리라고는 꿈에도 생각지 못한 그는, 그녀가 가까이 다가왔을 때에도 아주 달라진 옷차림을 한 그녀가 자기 아내라고는 짐작도 하지 못했다. 그 여자가 그의 앞까지 거의 바짝 다가온 후에야 그는 비로소 테스임을 알 수 있었다.

"제가 정거장에 도착하기 바로 직전에 당신이 거기서 나오시는 걸

보았죠. 그래서 전 줄곧 당신의 뒤를 쫓아온 거예요!"

테스는 얼굴이 파랗게 질리고 숨이 가쁜데다 온몸을 떨고 있었다. 그래서 클레어는 한 마디의 말도 건네지 않고 그녀의 손을 잡아 겨드랑이에 끼고 함께 걸었다. 혹시 지나가는 사람들과 마주칠까 걱정이 되어 신작로에서 벗어나 전나무가 우거진 오솔길로 접어들었다. 나뭇가지들이 바람에 심하게 흔들리는 숲속 으슥한 곳에 이르자, 그는 걸음을 멈추고 의아한 얼굴로 테스를 쳐다보았다.

"엔젤" 하고 그녀는 기다렸다는 듯 말했다. "제가 왜 당신을 뒤쫓아왔는지 아시겠어요? 그 사람을 죽였다는 걸 알리기 위해서였어요!"

이렇게 말하는 그녀의 얼굴에는 서럽고 쓸쓸한 미소가 어렸다.

"뭐라고!"

그녀의 수상쩍은 태도로 보아, 혹시 미친 것이 아닐까 하는 생각이 들었다.

"기어이 일을 저지르고야 말았어요. 어떻게 했는지는 잘 모르지만" 하고 테스는 말을 계속했다. "엔젤, 당신을 위해서나 저를 위해서 그건 어쩔 수 없었어요. 이미 오래 전에 그 사람의 입을 장갑으로 후려갈겼을 때부터 이런 일이 생길 거라는 짐작이 가긴 했지만. 철없고 어려서 아무것도 모르는 제 몸을 빼앗았고, 또 저로 인해 당신을 불행하게 했으니, 언제든 그런 일이 생기게 될 거라는 것을. 그 사람은 우리 사이에 끼여들어 우리를 파멸시켰지만, 이젠 다시는 그따위 짓은 못할 거예요. 엔젤, 저는 당신을 사랑한 것만큼 그 사람을 사랑한 적은 없어요. 당신도 아시겠지요? 그건 믿어주시겠지요? 당신이 제게 돌아오시지 않았기에 저는 할 수 없이 그 사람에게 가지 않을 수 없었던 거예요. 당신은 왜 제 곁을 떠났어요? 왜? 전 그토록 당신을 사랑했는데. 전 그 이유를 알 수 없어요. 하지만 당신을 원망하진 않아요. 엔젤, 어쨌든 그 사람을 죽여버렸으니 제가 당신께 저지른 죄를 용서해주시겠지요? 줄곧 당신 뒤를 쫓아 뛰어오면서도 이제 그 사람을 죽여버렸으니 당신은 확실히 저를 용서해주실 거라는 것만 생각했어요.

그렇게라도 해서 당신을 되찾아야겠다는 생각이 번개처럼 떠올랐어요. 전 이젠 당신 없이는 잠시도 살 수 없어요. 당신의 사랑을 받지 못하는 게 얼마나 괴로운지 당신은 모르실 거예요! 엔젤, 엔젤, 말해주세요, 저를 사랑한다고. 어서 말해주세요. 이제 그 사람을 죽여버렸으니까요!"

"테스, 당신을 사랑하오. 아아, 사랑하고말고. 이젠 모든 게 그전대로 되었군!" 그는 두 팔로 테스를 힘 주어 껴안으며 말했다. "그런데 어떻게 된 거요? 당신이 그 사람을 죽였다고?"

"죽여버렸단 말예요." 테스는 꿈꾸듯이 중얼거렸다.

"뭐라고? 그의 몸을 말이오? 정말 그 사람이 죽었단 말이오?"

"그럼요. 그 사람은 당신이 돌아가신 후 제가 울자 제게 마구 욕지거리를 퍼부었어요. 심지어 당신한테까지도 욕질을 하기에, 그래서 죽여버린 거예요. 전 도저히 참을 수 없었어요. 전에도 그는 당신 때문에 저를 괴롭힌 적이 있었어요. 그래서 저는 옷을 갈아입고 당신을 찾아 뛰쳐나온 거예요."

클레어는 테스가 저지른 그 짓은 무의식중에 그렇게 된 것일 거라고 차차 믿기 시작했다. 그녀가 저지른 범행에 대한 그의 두려움은 자기를 깊이 사랑한 나머지 도덕 관념마저 완전히 잃어버린 그녀의 이상한 사랑의 힘을 깨달은 놀라움과 뒤범벅되었다. 그녀는 자기가 저지른 일이 얼마나 끔찍한 것인지도 깨닫지 못하는지 그저 만족하게 여기는 듯했다. 클레어는 자기의 어깨에 기대어 행복에 겨워 눈물 흘리는 그녀를 바라보며, 도대체 더버빌 가문의 핏속에는 무슨 잘못된 힘이 있기에 이런 탈선을——만약 이것이 탈선이라면——저지르게 하는 것일까, 하고 생각했다. 더버빌 가문의 마차에 얽힌 그 살인에 관한 전설도 그 집안 사람들이 곧잘 그런 짓을 저지르는 것으로 알려졌기 때문에 그런 전설이 생긴 것이 아닐까, 하는 생각이 문득 그의 뇌리를 스쳤다.

혼란과 흥분으로 가득 찬 마음을 가다듬고 조리 있게 생각하려고 애쓴 끝에, 그는 테스의 말대로 미칠 듯한 슬픔에 잠긴 순간에 제정신을 잃고 스스로를 이런 함정 속으로 몰아넣었으리라고 생각했다.

만약 이것이 사실이라면 너무나 끔찍스런 일이요, 일시적인 환각이라면 슬픈 일이었다. 그러나 어쨌든 바로 여기에 자기에게 버림받았던 아내, 보호자가 되어줄 것을 조금도 의심하지 않고 자기에게 매달리며 오직 사랑만을 생각하는 여자가 있다. 그가 자기의 보호자 아닌 다른 사람이 되는 것은 있을 수 없다고 생각하는 테스의 마음을 그는 잘 알 수 있었다. 그녀의 사랑이 기어이 클레어의 마음을 완전히 사로잡았다. 그는 핏기 없는 입술로 테스에게 키스했다. 그러고 나서 그녀의 손을 잡고 말했다.

"난 결코 당신을 버리지 않겠소! 당신이 무슨 일을 저질렀건 내가 할 수 있는 모든 힘을 다해서 당신을 보호해줄 거요!"

그들은 계속해서 나무 밑을 걸었다. 테스는 이따금 머리를 들고 그를 쳐다보았다. 클레어는 여위고 지쳐 옛날의 아름다움을 찾아볼 수 없었지만, 테스는 그의 용모에서 한점의 결점도 찾아볼 수 없었다. 테스에게 있어서 엔젤은 옛날과 마찬가지로 용모로나 정신으로나 흠잡을 데 없는 완전한 사람이었다. 그는 지금도 여전히 테스의 안티너스(하드리안 황제의 총애를 받은 아름다운 청년)요, 아폴로였다. 그녀의 애정어린 눈에는 병으로 수척해진 그의 얼굴도 처음 만났을 때 못지않게 신선한 아침처럼 아름다워 보였다. 그 얼굴이야말로 세상에서 테스를 순수하게 사랑했고 순결한 여자로 믿어준 단 한 남자의 얼굴이었기 때문이다.

혹시 무슨 일이 생길지도 모른다는 직감에서 클레어는 애초의 생각대로 읍내를 빠져나와 다음 정거장으로 가지 않고, 몇 마일에 걸쳐 전나무가 빽빽하게 들어선 숲속으로 깊이 파고들었다. 그들은 서로 허리를 안고 마른 전나무잎이 수북이 쌓인 숲속을 서성거렸다. 그들은 자기들을 방해할 사람이라고는 아무도 없는 곳에서 마침내 자기들 둘이만 있게 되었다는 몽롱한 도취감에 빠져 사람이 죽어 누워 있다는 생각도 잊고 있었다. 이렇게 몇 마일인가를 걸었을 때, 테스는 문득 정신을 차리고 사방을 두리번거리며 조용히 말했다.

"우린 어디 갈 곳이라도 있나요?"

"글쎄. 그런데 왜 묻지?"

"그저 물어봤을 뿐예요."

"어쨌든 두어 마일쯤 더 가봅시다. 그러면 날이 저물 테니까 그때 어디든지 찾아가 숙소를 정하면 되겠지. 어딘가 외딴 농가라도 있을 거요. 테스, 걸을 수 있겠소?"

"그럼요! 당신 팔에 안겨서라면 어디까지라고 걸을 수 있어요!"

어쨌든 그렇게 하는 것이 무난할 것 같았다. 그래서 그들은 걸음을 재촉하여 신작로를 피해서 북쪽으로 치우친, 으슥하고 좁은 길을 따라 걸었다. 그러나 여태까지의 그들의 행동은 실제적이 아닌 막연한 것이었다. 두 사람 중 어느 누구도 도망친다거나 변장을 한다거나, 또는 오래 숨어 있는다거나 하는 문제를 생각하는 것 같지 않았다. 그들의 생각이란 것은 고작 철부지 아이들의 계획처럼 즉흥적이고 무계획한 것이었다.

점심때쯤 되어 그들은 길가의 주막집 근처에 다다랐다. 테스는 먹을 것을 얻으려고 클레어를 따라나서려 했으나, 그는 테스에게 자기가 돌아올 때까지 반쯤은 황무지이고 반쯤은 삼림 지대이기도 한 그 근처 나무숲이나 덤불 속에 남아 있으라고 일렀다. 그녀의 옷차림은 최신 유행이었고, 그녀가 들고 있는, 상아 손잡이가 달린 양산만 해도 이 외딴 지방에서는 구경도 할 수 없는 물건이었다. 그런 차림새와 그런 물건을 들고 주막집에라도 들어갔다가는 일부러 남의 시선을 끄는 격이 될 것이었다. 얼마 후 클레어는 여섯 사람 몫의 음식과 포도주 두 병을 가지고 돌아왔다. 무슨 일이 생기더라도 하루나 이틀쯤은 충분히 먹을 수 있는 분량이었다.

그들은 마른 나뭇가지 위에 앉아 함께 요기를 했다. 한 시 반쯤 되어 그들은 남은 음식을 싸들고 다시 걷기 시작했다.

"전 어디까지라도 걸을 수 있을 것 같아요" 하고 그녀가 말했다.

"아무래도 외진 시골 구석으로 깊숙이 들어가는 게 좋을 것 같소. 거기서라면 얼마 동안은 숨어 있을 수 있겠고 해안 쪽보다는 발각될 염려도 적을 테니까. 그런 다음에 사람들이 우리를 잊게 될 때쯤 해서 항구 쪽으로 빠져나갈 수 있겠지."

테스는 클레어의 말에는 대꾸하지 않고 더 힘껏 허리를 끌어안을 뿐이었다. 그들은 곧장 외진 시골 쪽을 향해 걸었다. 계절은 '영국의 5월'이었지만 날씨는 맑게 빛나고 오후에는 제법 따스했다. 그들은 몇 마일인가를 더 걸은 끝에 뉴 포레스트 숲속에 이르게 되었다. 저녁 나절이 되어 오솔길의 모퉁이를 돌아서자 다리가 놓여 있는 개천 건너편에 커다란 게시판이 눈에 띄었다. 그 게시판에는 "가구 딸린 아담한 셋집"이라고 흰 페인트로 씌어 있었고, 그 아래 자세한 설명서에는 런던에 있는 부동산 소개소로 신청하라고 씌어 있었다. 대문을 들어서니 널찍한 집이 보였다. 그것은 흔히 볼 수 있는 구식 벽돌 건물로서 상당히 넓었다.

"난 이 집을 알고 있지. 이건 브람셔스트 영주관이라는 저택이오. 창문은 닫혀 있고 차도에는 풀이 무성하군."

"열려 있는 창문도 있는데요."

"아마 바람이 들게 하려는 거였겠지."

"방들이 저렇게 비어 있는데도 우리가 누울 방 하나 없군요."

"테스, 피곤한가 보군! 자, 조금만 더 가서 쉬기로 합시다."

이렇게 말하고 그는 슬픔어린 그녀의 입술에 키스하고 그녀를 이끌고 다시 걸었다.

이미 20마일 가량이나 걸어온 터여서 클레어도 지치기 시작했다. 그래서 어떻게 좀 쉴 수 없을까, 하고 궁리했다. 멀리 외딴 농가와 조그만 주막집들이 보이기에 그 중 한 주막집을 찾아가려다가 갑자기 용기가 사라진 듯 멈칫 돌아서고 말았다. 마침내 그들은 지친 발을 질질 끌면서 걷다가 멈추어섰다.

"나무 밑에서라도 자면 안 될까요?" 하고 그녀가 물었다. 그는 나무 밑에서 자기에는 아직 철이 이르다고 생각하는 모양이었다.

"방금 지나온 그 빈 집이 어떨까 싶군. 그 집으로 다시 돌아갑시다."

그들은 되돌아섰다. 그러나 아까의 그 집 대문 앞까지 오는 데는 반 시간이나 걸렸다. 그는 집안에 누가 있는지 살펴보고 올 때까지 그 자리에서 기다리라고 테스에게 일렀다.

그녀는 대문 안의 덤불 속에 앉아 기다렸고, 클레어는 안채로 살금살금 들어가 보았다. 그는 상당히 오랜 시간 동안 돌아오지 않았다. 테스는 자기를 생각해서라기보다는 엔젤 때문에 안절부절못했다. 그가 한 소년에게 들은 이야기에 의하면, 그 집에는 집을 보살피는 노파한 사람이 있는데 노파는 날씨 좋은 날에만 이웃 마을에서 와서 창문을 여닫아 집안을 환기시켜 놓고 간다는 것이었다. 아마 노파는 해질녘에 창문을 닫으러 오겠지.

"자, 저 아래쪽 창문을 넘어 들어가 좀 쉬기로 합시다" 하고 그가 말했다.

테스는 엔젤의 부축을 받으며 천천히 그 집 현관문 앞으로 다가갔다. 덧문이 닫힌 그곳 창문들은 앞 못 보는 장님의 눈동자처럼 아무것도 보지 못하는 것 같았다. 몇 발자국을 더 가자 현관문에 이르렀고, 그 옆에 창문 하나가 열려 있었다. 클레어가 먼저 기어들어가서 테스를 끌어올렸다.

현관 외엔 방들은 모두 하나같이 캄캄했다. 그들은 층계를 올라갔다. 이층도 덧문이 굳게 닫혀 있었고, 그날 바람이 통하도록 열어놓은 창문이라고는 현관 쪽의 창문과 이층 뒤쪽의 창문뿐이었다. 클레어는 어떤 큰 방의 문고리를 벗기고 더듬더듬 그 방으로 들어가 살살 덧문을 열었다. 눈부신 한줄기의 햇살이 방안을 비치자 고풍스럽고 육중한 가구와 진홍빛 수를 놓은 비단 커튼, 그리고 아탈란테(그리스 신화에 나오는 발 빠른 미녀. 그녀와 경주를 해서 이기는 사람과 결혼했음)의 경주처럼 보이는, 앞머리에 달리는 그림이 새겨진 큼직한 네 발 침대가 눈에 띄었다.

 "이제야 겨우 쉬게 되었군!"하고 말하며, 그는 세면 주머니와 음식 꾸러미를 내려놓았다.

 그들은 집을 관리하는 노파가 창문을 닫으러 오리라고 생각되는 때까지 소리를 죽이고 가만히 앉아 있었다. 혹시 노파가 우연히 그들이 들어 있는 방문을 열어볼지도 몰랐으므로, 그들은 조심스레 먼저대로 덧문에 빗장을 지르고 캄캄한 어둠 속에 앉아 있었다. 여섯 시와 일곱 시 사이에 노파가 왔지만 그들이 있는 방은 들여다보지 않았다. 노파가 창문과 현관문을 닫아 잠그고 돌아가는 소리가 들렸다. 클레어는 조금 창문을 열어 방안에 햇살이 들게 했다. 그런 후, 다시 요기를 하는 동안에 그들은 어둠을 밝힐 초 한 자루도 가지고 있지 않았기 때문에 마침내 다시 캄캄한 어둠 속에 남게 되었다.

58 밤은 이상하게도 엄숙하고 조용했다. 밤 두 시경에 테스는 전에 엔젤이 잠결에 자기를 안고 위태위태하게 프룸 강을 건너 황폐한 사원의 석관에 자기를 뉘었던 얘기를 그에게 해주었다. 그는 전혀 그 일을 모르고 있었다.

 "다음날 왜 그 얘길 해주지 않았소? 그랬더라면 여러 가지 오해나 불화를 막을 수 있었을지도 모르는데"하고 그가 말했다.

 "그건 이미 지나간 일이에요! 전 지금 현재의 일 외엔 생각하고 싶지 않아요. 지나간 일을 생각하면 뭘해요! 내일은 어떻게 될지 그걸 누가 알겠어요?"

 그러나 다음날에는 아무런 슬픈 일이 없었다. 아침에는 비가 내리고 안개가 자욱했다. 클레어는 집을 관리하는 노파가 날씨 좋은 날만 창문을 여닫으러 온다는 말을 분명히 들었으므로 잠자는 테스를 방에 남겨두고 대담하게 방을 빠져나와 집 안을 두루 살펴보았다. 집 안에는 먹을 것은 아무것도 없었지만 물은 있었다. 클레어는 안개를 이용해서 집을 빠져나와 2마일쯤 떨어진 마을의 상점으로 가서 차와 빵, 버터, 그리고 조그만 주전자와 연기를 내지 않고 불을 피울 수 있는 알콜 램프 등을 샀다. 그가 나갔다 들어오는 소리에 테스는 잠에서 깨었다. 그들은 엔젤이 사온 것으로 아침 식사를 했다.

그들은 밖으로 나가고 싶지 않았다. 해가 지면 밤이 오고 밤이 지나면 다음날이 찾아오고, 그날이 지나면 다시 그 다음날이 찾아오곤 했다. 그러는 동안, 자기들도 모르는 사이에 이 피신 생활 속에서 어느새 닷새라는 시일이 지나갔다. 이처럼 그들의 평화스러운 나날을 방해하는 그 어떤 사람의 눈초리나 인기척도 없었다. 그들에게 변화가 있다면 그것은 날씨에 따른 것뿐이었고, 뉴 포레스트의 새들만이 그들이 유일한 벗이랄 수 있었다. 그들은 은연중에 약속이라도 한 것처럼 결혼 후의 과거 이야기는 한 번도 입 밖에 내지 않았다. 침울했던 그 기간은 혼돈 속으로 가라앉고, 마치 그런 때에는 전혀 없었던 것처럼 현재와 결혼 전의 그 시절만이 그들을 감싸고 있었다. 그가 이곳 피신처를 떠나 사우스앰프톤이나 런던으로 가자고 넌지시 비칠 적마다 테스는 이상하게도 이곳을 떠나는 것을 싫어하는 눈치였다.

"그럼, 이렇게 즐겁고 정다운 생활이 끝장나잖아요! 어차피 오고야 말 일은 올 거예요" 하고 그녀는 반대했다. 그러고는 덧문의 틈 사이로 밖을 내다보며 말하는 것이었다. "밖에는 모든게 괴로움뿐이에요. 여기선 모든 게 다 흡족한데."

엔젤도 밖을 내다보았다. 테스의 말은 옳았다. 이 방안에는 애정과 화합이 있고 잘못을 용서해주는 너그러움이 있었지만 바깥 세계는 모든 게 무자비했다.

"그런데 그런데 말예요" 하고 테스는 자기의 뺨을 엔젤의 뺨에 비비며 말했다. "지금 당신이 저를 생각해주시는 그 마음이 변하면 어쩌나 하는 염려뿐예요. 당신의 사랑이 식을 때까지 살고 싶진 않아요. 차라리 그러기 전에 죽어 없어지는 게 나을 거예요. 당신이 저를 경멸하게 되면, 그땐 전 죽어서 땅속에 묻히는 게 더 좋겠어요. 그렇게 되면 당신이 어찌 생각하시든 전 아무것도 모르고 지낼 수 있으니까요."

"결코 당신을 경멸할 리 없소."

"저도 그러길 원해요. 하지만 제 과거를 생각하면, 어떤 남자라도 언젠가는 저를 경멸하게 될 것 같아요……. 아, 전 어쩌자고 그따위 악독한 짓을 저질렀을까요! 전에는 파리 한 마리, 벌레 하나도 죽이질 못했고, 새장에 갇힌 새만 봐도 눈물을 흘렸었는데."

그들은 그 집에서 하루를 더 지냈다. 밤이 되자 꾸물거리던 하늘도 맑게 개었고, 이튿날 아침, 집을 관리하는 노파는 일찍 일어났다. 화창한 아침 햇살에 유난히 노파의 기분은 상쾌했다. 노파는, 이렇게 햇볕이 화창한 날엔 저택의 창문들을 모조리 다 열어놓고 바람을 통하게 해야겠다고 작정했다. 그래서 아침 여섯 시가 되기 전에 집을 나와 저택에 도착한 노파는 아래층에 있는 문이란 문은 활짝 열어놓은 다음, 이층의 침실로 올라가 그들이 자고 있는 방문의 손잡이를 막 돌리려고 했다. 바로 그때 방안에서 사람의 숨소리가 들리는 듯했다. 노파는 실내화를 신고 있었고, 또 나이도 많은 사람이어서 소리도 내지 않고 이층까지 올라왔던 것이다. 노파는 당장 다시 내려갈까 하다가는 혹시 잘못 들은 건 아닌가 해서 문 앞으로 다가가 손잡이를 살짝 돌려보았다. 고리가 고장나 있었고, 방문 안쪽에 가구를 하나 문 앞으로 옮겨놓았기 때문에 두어 인치 정도밖엔 문이 열리지 않았다. 화창한 아침 햇살은 이 문틈 사이로 스며들어 곤하게 잠든 그들의 얼굴을 비추었다. 테스의 입술이 엔젤의 뺨 가까이에 반쯤 핀 꽃봉오리처럼 벌려져 있었다. 그들의 천진한 얼굴, 의자에 걸쳐놓은 테스의 우아한 겉옷, 그 옆에 벗어놓은 비단 양말, 예쁜 양산, 그리고 몸에 걸치고 있는 화려한 옷가지들을 보고 노파는 깜짝 놀랐다. 처음에는 이 몰염치한 부랑자들에 발끈 화가 치밀었던 노파는 점잖은 남녀의 사랑의 도피 행각 같은 그들을 보고는 오히려 잠시 동정을 느끼기도 했다. 노파는 문을 닫고 아까 올라올 때처럼 소리 없이 조용히 내려왔다. 가서 이 수상쩍은 일을 이웃 사람들에게 알리고 의논하려는 생각이었다.

　노파가 떠난 지 1분도 채 못 되어 테스가 잠에서 깨었고, 클레어도 눈을 떴다. 그들은 잠을 설친 것 같은 생각이 들었다. 그러나 무엇이 자기들의 잠을 설치게 했는지 알 수는 없었다. 그들은 점점 불안한 생각이 들었다. 클레어는 옷을 입고 벌어진 덧문 틈새로 바깥 잔디밭의 동정을 살펴보았다.

　"지금 당장 떠나기로 합시다. 날씨가 하도 좋아서 이 집 어딘가에 누군가가 있을 것만 같군. 아무튼 오늘은 틀림없이 그 노파가 올 거요."

　그녀는 순순히 따랐다. 방안을 깨끗이 정돈한 다음 몇 가지의 소지품을 챙기고 나서 그들은 소리 없이 집을 빠져나왔다. 뉴 포레스트 숲속으로 접어들자 테스는 걸음을 멈추고 마지막으로 그 저택을 돌아다보았다.

　"아아, 행복했던 저택이여, 안녕! 제 목숨은 앞으로 2, 3주일밖엔 남지 않았어요. 왜 저 집에 더 있으면 안 되나요?"

　"테스, 그런 말 하지 말아요! 얼마 안 있으면 우린 이 고장을 빠져나가게 될 거요. 처음에 가던 대로 곧장 이 길을 따라 북쪽으로 갑시다. 그쪽으로 가면 우릴 찾는 사람도 없을 거요. 만일 발각된다면 웨섹스의 항구에서나 그렇게 되겠지. 북쪽으로 가서 항구를 빠져나가 외국으로 도망치기로 합시다."

　이렇게 테스를 설득시켜 계획대로 그들은 곧바로 북쪽을 향해 걸었다. 저택에서 오랫동안 쉬었던 터여서 걸음걸이에 힘이 솟았다. 점심때가 가까워지자 북쪽의 항구로 가는 도중에 지나가게 되어 있는, 첨탑(尖塔)이 많은 멜체스터 근처까지 왔음을 알 수 있었다. 그는 오후에는 숲속에서 테스를 푹 쉬게 한 다음, 밤에 어둠을 틈타 길을 걷기로 작정했다. 해질 무렵, 클레어는 여느때와 같이 먹을 것을 사왔다. 그리고 다시 밤의 행진이 시작되었다. 이렇게 북부 웨섹스와 중부 웨섹스의 경계선을 넘은 것은 저녁 여덟 시경이었다.

　이처럼 신작로를 버리고 길도 없는 산속을 걷는 일은 테스에게는 이번이 처음은 아니었다. 그녀는 전처럼 가볍게 걸었다. 그들은 아무래도 옛 도시인 멜체스터를 지나가지 않으면 안 되었다. 그들의 앞을 가로막고 있는 커다란 강을 건너기 위해서는 도시에 놓인 다리를 이용하지 않을 수 없었기 때문이다. 그들은 자정이 다 되어서야 띄엄띄엄 서 있는 가로등이 희미하게 비추어주고 있는 인기척 없는 거리를 큰길을 피해 발소리를 죽이며 걸었다. 그들의 왼편에 웅장하고 화려한 사원이 희미하게 솟아 있었지만 지금의 그들에게는 눈에 띄지도 않았다. 일단 도시를 벗어나자 그들은 유료 도로로 접어들어 2, 3마일 정도 가서부터는 드넓은 들판으로 나서게 되었다.

하늘에는 구름이 잔뜩 끼어 있었지만 구름 사이로 비치는 달빛이 그들의 밤길에 조금이나마 도움을 주었다. 그러나 이제는 달도 아주 졌고 구름이 머리 위를 무겁게 내리덮어, 밤은 굴속처럼 캄캄해졌다. 그들은 발자국 소리를 죽일 양으로 될 수 있는 대로 풀밭을 골라 걸었다. 생울타리나 담장 비슷한 것조차 눈에 띄지 않았으므로 그건 어렵지 않았다. 사방은 드넓게 트인 적막하기 짝이 없는 암흑의 세계였고, 바람이 세차게 불고 있었다.

그들은 어둠 속을 더듬거리며 2, 3마일을 더 걸었다. 문득 클레어의 눈앞에 어떤 거대한 건물 같은 것이 우뚝 솟아 있는 것이 보였다. 그들은 하마터면 그 건물에 부딪힐 뻔했다.

"정말 괴상한 데로군." 엔젤이 말했다.

"윙윙거리는 소리가 나는군요. 들어보세요!" 하고 그녀가 말했다.

그는 귀를 기울였다. 그 건물에 바람이 부딪혀 마치 커다란 하프 줄을 타는 것처럼 윙윙 소리를 내고 있었다. 그 밖에는 아무 소리도 들리지 않았다. 클레어가 팔을 내밀고 한두 발자국 다가가 보았더니 우뚝 솟은 건물 벽에 손이 닿았다. 그것은 이어 만들지도 않고 주조하지도 않은 단단한 천연석 같았다. 손가락으로 그 위쪽을 더듬어보니 그것은 거창한 장방형의 돌기둥이었다. 다시 왼손을 내밀어보았더니 옆에 서 있는 것과 비슷한 또 하나의 돌기둥이 손에 만져졌다. 머리

위 훨씬 위쪽에는 어두운 밤하늘을 더욱 어둡게 하는 것이 있었다. 그 것은 돌기둥들을 가로질러 잇대어놓은 대들보처럼 보였다. 그들은 조심스럽게 그 사이로 들어가 보았다. 그들의 옷자락이 돌기둥에 스치는 소리가 나직이 들렸다. 그러나 그들은 아직도 건물 밖에 있는 것 같았다. 거기에는 지붕이라는 것이 없었다. 테스는 겁이 나서 숨을 죽였고, 엔젤도 당황해 하며 말했다.

"도대체 이건 뭘까?"

그들이 옆으로 돌아들자 또 다른 탑 모양의 돌기둥에 부딪혔다. 그 것도 먼저 것처럼 네모진 어마어마한 돌기둥이었다. 그런 식으로 여러 개의 돌기둥이 우뚝우뚝 줄지어 솟아 있었다. 그곳은 문과 기둥만이 있는 것 같았고, 어떤 것은 큰 대들보로 잇대어진 것도 있었다.

"이건 바로 풍신(風神)의 신전이군" 하고 엔젤이 말했다.

그 다음의 돌기둥은 따로 떨어져 있었다. 어떤 것은 돌기둥 세 개가 대문 모양을 하고 있는 것도 있었고, 또 넘어져 있는 것도 있었다. 넘어져 있는 돌기둥 사이는 마치 한 대가 지나갈 수 있을 만한 길이 나 있었다. 그들은 이런 것들이 모여서 이 허허벌판에 돌기둥 숲을 이루고 있음을 알았다. 그들은 돌기둥 사이로 더 깊숙이 들어가 마침내 그 한복판에 다다랐다.

"이건 틀림없이 스톤헨지(영국 솔즈베리 근교에 있는 고대의 거석 기념물)야!" 하고 클레어가 말했다.

"이교도들의 신전이란 말씀이죠?"

"그래, 여러 세기 전의 유물로, 더버빌 집안이 생기기도 전부터 있는 거지! 그건 그렇고, 어떻게 하면 좋겠소? 좀더 가면 쉴 만한 곳이 있을 것 같은데."

그러나 테스는 기진맥진하여 바로 옆에 있는 장방형의 돌기둥 위에 주저앉고 말았다. 돌기둥 하나가 바람을 막아주고 있었다. 낮에 햇볕을 받아 그 돌은 따스했고 건조했다. 치마와 신발을 축축하게 만드는 주위의 거칠고 싸늘한 들판과는 달리 그 돌기둥은 포근한 느낌을 주었다.

"엔젤, 더 가고 싶지 않아요." 그녀는 엔젤의 팔을 끌어당기려고 팔을 내밀면서 말했다. "여기 머물면 안 될까요?"

"안 될 것 같은데. 여긴 낮엔 몇 마일 밖에서도 잘 보이는 곳이야. 지금 같은 밤엔 그렇지 않을 테지만."

"지금 생각나는데, 제 외가의 한 친척이 이 근방에서 양을 쳤대요. 그리고 톨보데이스에 있을 때 당신은 저더러 늘 이교도라고 하셨었지요. 그러고 보니 전 지금 고향에라도 돌아온 기분이에요."

그는 몸을 쭉 펴고 누운 테스 곁에 무릎을 꿇고 키스했다.

"테스, 졸리오? 당신은 영락없이 제단 위에 누워 있는 것만 같군."

"전 여기가 정말 맘에 들었어요. 여긴 무척 장엄하고도 고적한 곳이군요. 가슴 벅찬 행복을 느낀 뒤여서 그런가 봐요. 위로는 높고 널따란 하늘만이 보이네요. 마치 세상에 우리 두 사람뿐인 것 같아요. 정말이지 그랬으면 얼마나 좋을까. 물론 리자 루는 빼고 말예요."

클레어는 좀더 밝을 때까지 테스를 거기서 쉬게 하는 것이 좋겠다고 생각하고, 자기의 외투를 벗어 그녀를 덮어주고 자기는 그녀의 곁에 앉았다.

"엔젤, 제게 무슨 일이 생기면, 저를 생각해서라도 리자 루를 좀 보살펴주시겠어요?" 돌기둥 사이로 부는 바람 소리를 한동안 함께 듣고 있다가 테스가 말했다.

"그렇게 하지."

"그애는 너무 착하고 순진하고 청순해요. 오, 엔젤, 만일 제가 죽거든, 죽을 날도 얼마 남지 않았지만 말예요, 그애하고 결혼해주시면 좋겠어요. 아, 그렇게 해주신다면 얼마나 좋을까요!"

"당신이 죽는다면 난 모든 것을 잃는 거나 마찬가지요! 그리고 그녀는 내 처제가 되는데."

"그게 무슨 상관이에요. 말로트에서는 처제와 결혼하는 건 다반사로 여긴답니다. 리자 루는 정말 착하고 귀엽고, 점점 예뻐지고 있어

요. 아, 우리가 죽어 저승엘 간다면 전 기꺼이 그애와 함께 당신을 받
들 수 있을 거예요! 엔젤, 만일 당신이 그애를 잘 가르쳐 길들이고,
당신 마음에 들도록 키우신다면……그애는 제가 지닌 것 중에서도 나
쁜 건 하나도 없고 좋은 점만 두루 갖추고 있답니다. 그애가 당신의
아내가 된다면 전 죽어도 우리 사이가 멀어졌다고는 생각지 않을 것
같아요……. 이제 저는 하고 싶은 말을 다했어요. 다시는 이런 말 꺼
내지 않겠어요."

테스는 입을 다물고 생각에 잠겼다. 돌기둥 사이로 멀리 동북쪽 하
늘에 지평선을 따라 한줄기의 빛이 보였다. 하늘을 뒤덮고 있던 시커
먼 구름장이 마치 뚜껑을 벗기듯이 하늘에서 자취도 없이 사라졌고,
그것은 대지의 한 끝에서 찾아드는 햇살을 환영하는 것처럼 보였다.
아침 햇살을 등지고 한 개씩 외따로, 또는 세 개씩 함께 우뚝우뚝 솟
아 있는 돌기둥들이 거무스레한 모습을 드러내기 시작했다.

"옛날엔 여기서 하느님께 제물을 바쳤을까요?" 하고 테스가 물었다.

"아닐 거요."

"그럼 누구한테 바쳤을까요?"

"태양에게 바쳤겠지. 저기 따로 떨어져 있는 높은 돌기둥이 태양을
향하고 있소. 곧 태양이 그 뒤쪽에서 솟아오를 거요."

"당신 말씀을 들으니 생각나는 게 있어요. 우리가 결혼하기 전, 당
신은 제 신앙엔 간섭하지 않겠다고 하셨었어요. 기억나시죠? 하지만
저는 당신의 마음을 잘 알고 있었어요. 그래서 저는 당신이 생각하시
는 대로 저도 생각했어요. 그건 뭐 제 생각대로 한 게 아니라 당신이
그렇게 생각하셨으니까 그랬던 거예요. 엔젤, 우린 죽은 뒤에 다시 만
날 수 있을까요? 전 그게 알고 싶어요. 말씀해주세요."

그는 대답을 피하기 위해서인 듯 테스에게 키스했다.

"오, 엔젤, 그건 만날 수 없다는 뜻이군요!" 하고 솟구치는 울음을
누르며 테스가 말했다. "정말이지 전 당신이 너무나 보고 싶었어요.
얼마나, 얼마나 보고 싶었는지 아세요? 그런데도 당신과 제가 다시 만

나지 못한다니요. 우린 이렇게 서로 사랑하고 있는데도."

　그는 너무 신중해진 나머지, 이처럼 중대한 때에 그녀의 간절한 질문에 대답하지 못했다. 그들 사이엔 다시 침묵이 흘렀다. 1, 2분이 지나자 테스의 가쁜 숨결이 한결 가라앉았고 그의 손을 잡고 있던 손에 힘이 풀리더니, 이윽고 그녀는 잠이 들었다. 동쪽 끝 지평선을 따라 나타난 은빛의 창백한 한줄기의 빛이 대평원의 먼 곳까지도 거무스름하게 가까이 보이게 했다. 그리고 드넓게 트인 풍경 전체는, 날이 밝아지기 전에 흔히 볼 수 있듯, 어딘지 주저하고 말없이 수줍어하는 듯한 인상을 주었다. 동쪽에 있는 돌기둥과 대들보들은 햇빛을 등지고 시커멓게 솟아 있었고, 그 건너편에 커다란 불꽃 모양을 한 '태양석'이 서 있었고, 그 중간쯤에 '희생의 돌'이 솟아 있었다. 이윽고 밤바람이 멎었고, 돌 위에 술잔처럼 옴폭 팬 곳에 고여 있던 물의 잔물결도 잠잠해졌다. 바로 이때 동쪽 비탈진 언저리에서 무엇인가가 움직이는 것 같았다. 그것은 마치 하나의 점과 비슷했지만 '태양석'이 있는 저쪽 옴폭한 곳에서 그들을 향해 다가오는 한 남자의 머리였다. 클레어는, 여기 머물지 말고 더 걸었어야 하는데, 하고 생각했지만 이렇게 된 이상 그대로 앉아 있을 수밖에 없었다. 그 남자는 그들이 있는 돌기둥 사이를 돌아 곧장 그들에게 다가오고 있었다.

　클레어는 등뒤에서 무슨 소리를 들었다. 발자국 소리인 듯싶었다. 돌아다보니 넘어져 있는 돌기둥 저편에 또 한 사람의 모습이 보였다. 그러자 오른쪽 가까이에 세 개의 돌기둥이 대문을 이루고 있는 아래쪽에 한 사람, 다시 왼쪽에 또 한 사람의 모습이 보였다. 아침 햇살이 서쪽에 있는 남자의 정면을 비추는 통에 클레어는 키 큰 그 남자가 훈련된 걸음걸이로 다가오고 있는 모습을 뚜렷이 볼 수 있었다. 그들은 어떤 분명한 목적을 가지고 오고 있는 것 같았다. 테스가 한 말이 사실이 되어 나타난 것이다! 클레어는 벌떡 일어나, 돌멩이든 무엇이든 도망치는 데 쓸 만한 무엇이 없을까 하고 주위를 두리번거렸다. 그러나 그는 가까이 있던 남자한테 곧 붙잡혔다.

　"이젠 별수없소. 이 들판엔 우리 동료들이 열여섯 명이나 있는데다 이 고장이 온통 법석대고 있으니까" 하고 그 남자가 말했다.

　"잠이 깰 때까지만 저 여자를 그냥 둬주십시오!" 하고 클레어는 주위에 모여든 남자들에게 낮은 소리로 애원했다.

　그때까지도 테스가 어디에 있는지를 몰랐던 그들은, 그녀가 잠들어 있는 것을 보고는 주위의 돌기둥처럼 우두커니 서서 테스를 지켜보았다. 클레어는 그녀가 누운 돌 쪽으로 다가가서 몸을 굽혀 가엾은 그녀의 조그만 손을 잡았다. 그녀의 숨결은 가쁘고 가냘폈다. 그것은 성숙한 여자의 숨결이라기보다는 연약한 생물의 숨소리 같았다. 남자들은 밝아오는 햇살을 받으며 서서 기다렸다. 그들의 얼굴과 손이 희뿌옇게 드러나 보였고, 그 밖에 그들의 몸은 거무스름하게 보였다. 돌기둥은 검푸르게 보였고, 들판은 여전히 어둠의 덩어리처럼 캄캄했다. 이윽고 햇살이 강해졌고, 한줄기의 빛이 아무것도 모르고 잠들어 있는 테스의 눈까풀 속으로 스며들어 가 그녀의 잠을 깨우고 말았다.

　"엔젤, 무슨 일이 있어요? 절 잡으러 온 건가요?" 벌떡 일어나 앉으며 그녀가 물었다.

　"그렇소, 테스. 그들이 왔소."

　"당연하죠, 엔젤. 전 오히려 기뻐요. 그럼요, 정말 기뻐요! 이런 행복이 언제까지든 계속될 수는 없어요. 그 동안 제겐 너무나 과분한 행복이었어요. 아주 만족해요. 그리고 당신한테 멸시받을 때까지 살지 않아도 되구요!"

　테스는 일어나서 몸을 털고 앞으로 나섰다. 그러나 누구 한 사람 움직이지 않았다.

　"자, 저를 묶으세요." 테스가 조용히 말했다.

59 옛날 웨섹스의 수도였던 아름다운 옛 도시 윈톤체스터의 거리는, 7월 아침의 화창하고 따뜻한 햇살을 잔뜩 받으며 기복이 심한 분지의 한복판에 자리잡고 있었다. 박공 지붕이 있는 벽돌집이며, 기와집, 그리고 돌집 들은 절기가 절기인지라 이끼가 거의 말라 있었다. 목장을 지나 흐르는 냇물은 물이 줄었고, '서문(西門)'에서 중세기의 십자가 비석이 있는 데까지, 그리고 십자가 비석이 있는 데에서 다리까지 비탈진 신작로에는 구식 장이 서려면 으레 치르게 마련인 대청소가 서서히 벌어지고 있었다. 앞에서 말한 '서문'에서 시작되는 신작로는 윈톤체스터 사람들이라면 누구나 알고 있듯이 인가에서 서서히 벗어나 1마일에 걸쳐 긴 비탈길을 이루고 있었다. 시내 쪽에서 두 사람이 이 언덕길을 서둘러 올라오고 있었다. 그들은 숨가쁜 비탈길 따위는 아랑곳하지 않는 것 같았다. 마음이 흥겨워서가 아니라 무슨 생각엔가 깊이 잠긴 채 비탈길 아래쪽의 높은 담이 둘린 빗장 지른 샛문을 빠져서 이 길로 나온 것이었다. 그들은 민가나 사람들의 눈을 피해가고 싶어하는 눈치였다. 그러다 보니 가장 빠른 길이 이 길이라고 생각한 것 같았다. 그들은 젊은이답지 않게 고개를 푹 숙이고 걸었으며, 처량해 보이는 그들의 걸음걸이를 태양은 매정하게도 빙글빙글 웃으며 내려다보고 있었다. 두 사람 중 한 사람은 엔젤 클레어였고, 다른 한 사람은 키가 크고 한창 피어오르는 클레어의 처제 리자 루였다. 아직 소녀인 듯하면서도 성숙한 여인 티가 배어 있는 그녀는 테스보다는 가냘픈 몸매에다 테스 못지않게 고운 눈매를 가진, 말하자면 테스를 정화시켜 놓은 듯한 모습이었다. 파랗게 질린 그들의 얼굴은 본래의 얼굴에서 반쯤 줄어든 것처럼 수척해 보였다. 그들은 손을 잡고 말없이 걷고 있었다. 고개를 숙이고 걷고 있는 그들의 모습은 마치 지오토(이탈리아의 화가)가 그린 〈두 사도〉 같았다.

그들이 높직한 '서쪽 언덕'에 겨우 다다랐을 때, 거리의 시계가 여덟 시를 알렸다. 그 시계 소리를 듣고 깜짝 놀란 그들은 몇 발자국 더 걸어서 언덕을 등지고 풀밭 가에 희끄무레하게 서 있는, 첫번째 이정표가 있는 곳에 다다랐다. 여기서부터 풀밭은 신작로로 통했다. 풀밭으로 들어선 그들은 그들의 의지를 지배하는 어떤 힘에 이끌린 듯 문득 걸음을 멈추고 되돌아서더니 초조한 기색으로 이정표 옆에서 무엇인가를 기다렸다.

이 꼭대기에서는 사방의 경치가 끝없이 내려다보였다. 바로 눈아래 골짜기에는 그들이 지금 막 떠나온 도시가 내려다보였고, 그 속에서도 한층 눈에 띄는 건물은 실물 크기 그대로 보였다. 노르만 풍의 창문을 비롯해서 기다란 회랑과 본당이 딸려 있는 대사원의 탑과, 성 토마스 사원의 뾰족탑이며 작은 뾰족탑이 솟아 있는 대학 건물, 그리고 오른쪽에는 오늘도 순례자들에게 빵과 맥주를 베풀어주고 있는 옛 사원의 탑과 박공 지붕 따위가 보였다. 도시의 뒤쪽에는 성 캐서린 동산의 둥근 언덕이 있었고 더 멀리로는 아물거리는 경치가 펼쳐지다가, 마침내 지평선은 내리쬐는 햇빛 속으로 사라져갔다.

이렇게 멀리까지 펼쳐져 있는 시골 풍경을 배경으로 하고 도시의 뭇 건물들을 바라보며 커다란 붉은 벽돌집 한 채가 솟아 있었는데, 회색빛 평면 지붕이며 그 속에 사람이 갇혀 있음을 은연중에 나타내고 있는, 쇠창살이 달린 작은 창문이 줄지어 늘어서 있는 그 건물의 전체 모습은 주위에 들어서 있는 우아한 고딕식 건물들의 다채로운 모습과는 좋은 대조를 이루고 있었다. 그 건물은 주목나무와 상록의 떡갈나무 숲으로 가려져 있어서 그 앞을 지날 때에는 잘 보이지 않았으나, 여기 올라와 보니 환히 드러나 보였다. 아까 그들이 빠져나온 문은 바로 그 건물의 담에 뚫린 문이었다. 그 건물 한가운데에는 지붕이 납작한 보기 흉한 팔각탑이 동쪽 지평선을 배경으로 솟아 있었다. 이곳에서 바라보니 그 팔각탑은 그늘지고 해를 등지고 있어서 아름다운 거리의 풍경 속에서 하나의 오점처럼 보였다. 그런데 두 사람이 뚫어지게 내려다보고 있는 곳은 거리의 아름다운 풍경이 아니라 바로 이 오점 같은 지점이었다.

이 탑의 돌출부 위에 기다란 깃대가 꽂혀 있었다. 그들의 눈길은 그 깃대로 쏠렸다. 시계가 여덟 시를 친 지 몇 분 뒤에 무엇인가가 깃대 위로 천천히 올라오더니 산들바람에 펄럭이기 시작했다. 그것은 검은 깃발이었다.

'정의의 심판'이 끝난 것이다. 이스킬러스(그리스의 비극작가)의 말을 빌리면, '운명의 신'은 마침내 테스에 대한 희롱을 끝마친 것이다. 그런데 더버빌 집안의 뭇 기사들이며 귀부인들은 아무것도 모른 채 무덤 속에서 잠들어 있었다. 말없이 바라보고 있던 그들 두 사람은 마치 기도하듯 땅에 무릎을 꿇고 오랫동안 꼼짝 않고 있었다. 검은 깃발은 여전히 말없이 산들바람에 나부끼고 있었다. 이윽고 그들은 기운을 되찾아 일어서더니 다시 손을 잡고 걷기 시작했다. *

□ 작 품 론

엘리자베스 시대의 전통과 하디의 재능

로드 데이비드 세실(토마스 하디 연구가)
이성호(한양대 교수) 옮김

하디가 살던 시대는, 그가 암담한 사색 속으로 빠져 들어가는 성향을 받아줄 뿐만 아니라 이를 증가시켜 줄 만했다. 이때야말로 민감한 사람에겐 심한 격동기였다. 변화를 거듭하는 과도기였기 때문이다. 산업혁명이 고대의 농본국(農本國)인 영국을 한창 부스러뜨리고 있었고 인구 이동이 계속되고 있었으며, 과거의 소사회(小社會)를 묶어놓았던 옛 유대는 하나하나 붕괴되고 있었다. 옛날의 사회적 · 경제적 구조가 붕괴됨에 따라 사상의 괴리도 뒤따르게 되었다. 18세기의 합리주의(合理主義)는 관습에 반기를 든 신낭만주의(新浪漫主義)와 손을 맞잡고 결과적으로, 옛 영국 사람들이 당연한 것으로 받아들였던 종교적 · 사회적 · 정치적인 신념의 밑바닥을 뒤흔들어놓았다. 19세기에 들어서면서 사상적 지도자들은 대개 이교적(異敎的)이 되었다. 사색적인 사람들의 정신 세계는 회의의 구름으로 뒤덮이게 되어 있었다. 이 세기의 중엽경, 이들의 정신 세계는 성경과 다윈의 진화론(進化論)에 대한 가열된 비평으로 더욱 와중에 말려 있었다. 사람들은 기독교의 철학적 근거에 대하여 이미 불안감을 느끼고 있었다. 이제 이들은 그 철학이 근거로 삼고 있는 역사적 사실에 대하여 의구심을 갖기 시작했다. 기독교만이 아니었다. 새로운 사상가들은 우주에 대한 종교적, 그리고 이상적인 해석에도 일격을 가했다. 그럴 듯하게 보이긴 하지만, 만일 우주가 그 누구도 무엇인지 알지 못하는 데에서 출발하여 아무도 모르는 방향으로 진화해가는 기계적인 한 과정에 불과하다면, 인생에서 가장 중요한 것으로 여기도록 인간이 익혀온 도덕적·정신적 가치의 의미는 도대체 무엇인가? 만일 기독교가 진실된 것이 아니라면, 종국에 가서는 모든 것을 선하게 만든다는 기독교의 위안이나 은혜의 개념은 어찌 되겠는가? 합리주의자나 낭만주의자들과 같은 새로운 사상가들은 어떤 신조(信條)가 앞서의 종교적 신념의 위치를 대신 차지해야 하는가의 문제를 놓고 막연하나마 신랄하게 서로 논쟁을 벌였다. 그들이 내세우는 그 어느 대체 사상도 과거의 신념이 그랬듯이 인간의 마음속에 의구심 없이 받아들일 수 있는 것을 심어주는 데 충분하지 못하였다. 사려깊은 사람은, 마치 탁류에 휘말리는 한 오라기의 지푸라기처럼 무자비하고 아리송하고 또 비열한 어떤 힘에 의하여 암흑에서 암흑으로 자신이 휘말려드는 것을 감지하게 되었다. 환경에 늘 예민한 예술가들은 이렇게 회의와 의구심에 찬 분위기에 의해 영향을 받았다. 몇몇 사람들은 개인적인 종교 경험에 힘입어 구신념(舊信念) 속에서 새로운 힘을 아직도 발견하고 있었고, 또 다른 사람들은 상상력에 의해 나타나는 미의 세계 속으로 도피했다. 하지만 스스로 이러한 위안을 찾지 못하는 사람들이 있었다. 따라서 처음으로 염세주의——그러니까 의식적으로 나타난 염세주의가 영국 문단에 나타나기 시작한 것이다. 아널드(Mathtew Arnold는 《Dover Beach》를 썼다)와 피츠제럴드(Edward FitzGerald는 《Rubaiyat of Omar Khayyam》을 번역했다), 그리고 톰프슨(Francis Thompson은 《The Hound Heaven》을 썼다)과 하디의 작품들 속에 이러한 염세주의가 나타났다. 특히 하디는 새로운 안목의 암울하고 함축된 의미를 솔직히 받아들이고 있었다. 그는 농촌 사람으로서 이제 사라져가는 세계에 속했다. 천진한 갖가지의 감상 때문에 그에겐 신성하게만 보였던 농촌은 이제 그의 눈앞에서 무너지기 시작하고 있었다. 해가 거듭할수록 옛 습관은 단절되고 옛 노래는 잊혀져가고, 그리고 한 곳에 여러 해 동안 뿌리를 박고 살던 가족들은 이제 고향을 떠나가고 있었다. 사실 생활 수준은 향상되어 가고 있었으나, 반대로 이 향상이 그의 도의심에 안겨다줄지도 모를 만족감에 대한 역현상으로 옛날엔 그렇게도 안정되었던 것이 이제는 사라져가고 있다는 아쉬움이 그에게 교차되고 있었다. 아무리 고정된 관례라 할지라도 이제는 불안해보였고, 인생 역시 불안해보였다.

하디는 옛 사상의 붕괴에 의하여 그 누구보다도 많은 영향을 받았다. 그는 중세의 기독교적 전통이 가장 오래 머물러 있던 사회에서 자라났기 때문에 이런 전통에 깊이 젖어 있었다. 그의 심미적 민감성은 영국 국교의 예식에서, 웅변적인 성경에서, 그리고 고딕 스타일의 준엄한 환상 속에서 첫 만족감을 얻을 수 있었다. 본능적으로 그는 기독교적 덕목을 존중했고, 무엇보다도 인간 개개인의 최고 존엄성을 인정하는 기독교의 견해를 당연한 것으로 받아들였다. 그러나 하디에게는 신비로운 점이라고는 하나도 없었다. 그는 기독교 교리에 대한 합리주의 비평가들의 공격에 대항해서 싸울 수 있는, 정신 세계에 대한 개인적인 안목을 갖고 있지 못했다. 그는 그들의 논점을 해결할 수 없는 것이라고 생각했다. 그는 스물일곱 살이 되었을 때 이미 자신의 신념을 상실하고 말았다. 하지만 그는 자신의 신념의 상실을 사장된 상실로는 생각지 않았다. 하디의 관념에서 볼 때, 고통의 원인, 예를 들면 결별할 수 없는 결혼 같은 그러한 기독교적 도의의 여러 가지 요소들은 귀찮은 것으로 생각되었다. 그래서 다소 비합리적이기는 하지만 이러한 요소들을 옹호하는 목사들이나 정통파 인물들에 대하여 그는 못마땅하게 생각했다. 많은 농촌 사람들처럼 그는 목사에 대하여 늘 투덜거렸다. 그러나 그는 전체적으로 볼 때, 인생에 대한 새로운 과학적 해석에 의해 야기된 인간 행복의 상실이 그 득(得)보다는 더욱 심각한 것이라고 느꼈다. 그는 옛 신념의 위안과 아름다움을 그리워했다.

더구나 사람들이 새 과학적 지식과 조화를 이루게 하려고 노력하는 새 인생 철학이 기독교처럼 사람의 마음을 만족시켜 줄 수 있다고, 하디는 느끼지 않았다. 과학의 덕택으로 인간의 지배하에 놓인 모든 자원을 활용할 수 있도록 조직된 세계의 기쁨에 대해서 그에게 설교를 해보았자 아무 소용도 없었을 것이다. 종교적 사고 방식에 틀이 잡힌 하디에게는 일방적인 물질적 개선이 인간 영혼의 욕구를 만족시켜 주리라고 생각되지 않았다. 인간이란 그의 세계를 지배하는 힘이 그렇듯이 무자비해야만 된다는 니체(1844-1900, 독일의 철학자)의 견해야말로 바보스럽고 욕지거리나는 것이라고 하디는 생각했다. 제정신을 갖고 있는 사람치고 본능이야말로 인간의 가장 훌륭한 감성이라고 하는 견해에 역행하는 이상론을 받아들일 사람은 아무도 없었다. 인간은 세기를 거듭하는 동안 더욱 인간답게 성장해왔다. 인간도 그 일부인 천지 만물과 똑같이 되어가지 않을까? 이런 묘한 생각이 하디의 거창한 역사 드라마 《왕가(王家)들》의 종장(終章)에서 일말의 희망을 나타내고 있다. 그러나 그는 이런 생각을 곧 포기하고 말았다. 1914년의 전쟁은 그 마지막 미련을 떨쳐버리게 만들었다. 어찌 되었건 이러한 일말의 희망은 일시적인 생각으로 끝났다. 그가 작품을 쓰기 시작했던 때부터 그의 철학은 신비스러운 목적의 추구로, 인간의 감성엔 불가사의하고 또한 전적으로 무관심한 자동 현상의 인생 원리에 영향을 받아 어쩔 수 없이 침울하게 되었다.

하디의 상상은 운명과 인간 사이의 투쟁을 다루고 있다. 이러한 투쟁은 한 시골 사회, 특히 19세기 초, 웨섹스 지방의 소박한 계층의 사람들이 영위하는 생활을 통해 예시되고 있다. 몇몇 위대한 소설가들의 상상의 세계와 비교해볼 때 하디의 상상의 세계는 제한된 세계임엔 틀림없다. 하기야 하디의 드라마 무대는 참으로 장엄한 규모로 설계된 것이지만, 실제에 있어서 이는 드물게 나타났다. 그의 상상의 범주는 우리가 《전쟁과 평화》나 《교육의 의미》(플로베르 작)에서 볼 수 있는 광대하고 변화 무쌍한 인생 파노라마를 그리도록 해주지 못하고 있다. 하디의 장면은 너무나 협소하다. 세상의 많은 사람들, 예를 들어 정치인들, 예술인들, 철학자들, 또는 속세의 인간이 웨섹스의 시골 사람들이 아닌 것은 물론이다. 우리들은 이러한 사람들을 하디의 작품 속에서 찾아볼 수 없다. 또한 그들이 살고 있는 세상의 설명도 찾아볼 수 없다. 지적 생활의 미묘함, 대중 생활의 복잡성, 사회 생활의 견강 부회(牽强附會), 이러한 것들은 하디의 상상력에 불을 붙이지 못했다. 사실 그에게서 세련된 문명의 생활이나 전체로서의 다양한 인간 장면을 찾아보려는 것은 쓸모 없는 일이다. 그가 묘사하고 있는 인생은 그 기본적인 요소로 분화된 인생이다. 하디의 작품에 나타나는 사람들은 세상에 태어나서 살기 위해 열심히 일을 하고, 또 사랑에 빠지고, 그러다가 죽어가는 인물들이다. 다른 것은 아무것도 하지 않는다. 이러한 인생은 등장 인물들의 감정적 범위를 차례로 제한시킨다. 그의 작품 중에는 희극과 시와 비극 들이 있다 하지만, 그의 희극은 시골 생활의 해학에 국한되어 있고, 그의 시는 민요들이고, 그의 비극은 가난한 사람들의 견강하고 단순한 비극이다.

그의 작품 세계가 안고 있는 제한성은, 그가 작품의 장면을 내다보는 투시력의 한계성으로 더욱 커지고 있다. 결국 몇몇 안 되는 경우에서만 우주의 계획과 인간과의 관계가 나타나고 있다. 운명과 인간 사이의 투쟁에서 나타나는 것들 외에도 허다한 인생의 면이 있는 것이다. 예를 들어 한 대표적인 사람을 상상해보자. 그리고 그를 존 브라운이라고 불러보자. 하디의 존 브라운, 그러니까 우주를 직면하고 있는 사람으로서의 존 브라운도 있고, 영국 사람으로서의 브라운, 가정인으로서의 존, 친구로서의 존, 어떤 직종의 직업인으로서의 브라운, 그리고 신사인 체하는 브라운 씨도 있다.

기본적인 인간 특성에 관한 하디의 이해는 그로 하여금 가정인으로서의 존을 설명할 수 있게 했고, 과거에 대한 그의 직감은 영국인으로서의 존 브라운에 대한 무엇인가를 깨닫게 했다. 하기야 하디는 존 브라운의 본질에 대한 이러한 면들을 요약적으로 묘사하기는 했다. 그

러나 시민으로서, 직업인으로서, 또 잰 체하는 사람의 다른 면에 대해
서는 전혀 아무것도 보여주지 않고 있다. 왜냐하면 하디가 인간을 보
는 커다란 관점에서 볼 때, 정치적 또는 사회적 인물로서의 투쟁은 너
무나 무의미한 것이어서 그의 창작적 불꽃에 불을 지르지 못한 것 같
다. 우주의 본질과 그의 관계를 비교해볼 때, 정부나 사회 체제와의
관계는 눈에 띄지 않을 정도로 미미한 것이었다. 뿐만 아니라 개인의
인식 작용도 똑같이 무의미한 것처럼 보인다. 우리가 생사를 건 운명
과 인간 사이의 투쟁을 눈여겨보고 있을 때, 헨리 제임스(1843-1916, 미
국의 소설가·비평가)나 프루스트(1871-1922, 프랑스의 소설가)의 치밀한
내성성(內省性)을 가지고 개인의 사적 사상이나 감성의 진행과 정을
우리가 어떻게 조사할 수 있겠는가?

　사실, 하디는——이 점에서 그는 대부분의 위대한 소설가와 다르지
만——개인의 특성을 강조하지 않는다. 그는 여러 사람들에 대해서가
아니라 인간에 대해서 글을 쓴다. 비록 그의 위대한 인물들은 서로 명
료하게 구별되기는 하지만, 그들의 개별적 특성은 그들의 대표적인
인간 특성에 부차적인 것이 된다. 그들의 스토리가 긴장감을 거듭함
에 따라 등장 인물들도 개별적 차이점이 점점 드러나게 되고, 또 모든
인간을 대표하는 비개인적 위엄을 취하게 된다. 《산림 주인들》에 나오
는 질스는 신념에 찬 연인들을 나타내고, 테스는 배반당한 여인을 대
표하고, 《귀향》의 유스타시아는 정열적인 수인(囚人)을 뜻한다.

　하디의 인물들은 우리의 사상 속에서 우주의 커다란 수평선을 배경
으로 영상화되는 장엄한 모습으로 나타난다. 이 점에서 이들은 서사
시나 비극의 인물들을 닮는다. 주제나 또 주제의 취급에 있어서, 하디
는 독특한 소설가라기보다는 오히려 비극과 서사시를 다루는 독특한
작가와 유사하다. 따라서 바른 관점에서 그의 비전을 보려면, 우리는
비극적이고 서사시적인 초점에서 인생을 정시(正視)하려고 노력하여야
할 것이다.

　이렇게 하기 위해서는 그가 취하고 있는 관례의 도움을 받아야 한

다. 왜냐하면 우리가 그의 범위를 인식했다고 해서 그를 판단할 준비가 다된 것이 아니기 때문이다. 한 걸음 더 나아가서 그가 어떤 범위 내에서 작품을 묘사하는지 그 관례를 알아야 한다. 어떤 작가를 비평할 때에도 마찬가지다. 어느 예술가라도 그는 어떤 관례의 범위 내에서 작품을 설계하게 마련이다. 우리는 작품을 평가하기에 앞서서 그 관례를 받아들여야 한다. 잘 알려진 몇몇 비평의 오류는 이러한 점을 깨닫지 못한 데에서 기인한다. 매콜리(1800-1859, 영국의 역사가·정치가)는 프랑스의 고전적 비극의 관례를 이해하지 못하고 라신(1639-1699, 프랑스의 시인)의 작품을 읽었다. 그는 훌륭한 비극이란 셰익스피어의 비극과 같은 것으로 기대했었다. 결과적으로, 라신이 인간의 마음을 다룬 드라마를 정묘하게, 또 정열적으로 소개한 이 매콜리에겐 대단히 과장되고 조작된 것으로 비쳤던 것이다. 한편, 볼테르(1694-1778, 프랑스의 소설가·사상가)는 셰익스피어의 희곡을 라신의 희곡과 같은 거라고 생각하며 읽었다. 따라서 그는 셰익스피어를 야만인이라고 생각했다. 이 유명한 두 사람이 이렇게 엉뚱한 소리를 해야 했다는 사실은, 일반 독자가 작가를 평하기에 앞서 작가의 관례를 알아야 한다는 경고가 되어야 할 것이다. 특히 하디의 작품을 읽을 때에 조심을 해야 한다. 하디는 우리가 예견하는 관례에 따라 작품을 쓰지 않았기 때문이다.

하디의 관례란 앞 세대의 관례, 즉 필딩(1707-1754, 영국의 소설가)이 안출해낸 것이다. 소설이란, 형식에 관한 한 새로운 형식이다. 적어도 소설이 내용에 가장 적합한 관례를 발견하기 얼마 전에는 그러했다. 소설은 실생활의 사실적인 모습을 보여주려고 시도했다. 이것이 어떻게 그럴 듯한 형식을 취할 수 있었는지, 여러 작가들이 갖가지의 방법으로 이 문제를 해결하려고 실험적으로 시도를 했다. 디포(?-1731, 영국의 소설가)는 자서전 형식을 취해보았고, 리처드슨(1689-1761, 영국의 소설가)은 서한(書翰) 형식을 택해보았다. 희곡 작가로 시작했던 필딩은 드라마에서 도움을 구하려 했다. 드라마는 비사실적이었다. 셰익스피어 시대만 해도 드라마는 사실적인 시도를 하지 않았다. 가능한 한, 청중들 자신의 세계와는 거의 닮지 아니한 세계를 그들에게 보여줌으로써 즐거움을 주려고 했을 뿐이다. 다시 말하면, 영웅적이거나 극적인 인물들이 생생하고 선정적인 모험을 하는 그런 세계를 보여주려 했다. 복고 시대의 희곡 작가들은 이러한 관례를 다소 변형했다. 그러나 원칙적으로 이들의 희곡은 비사실적으로 남아 있었다. 그들의 구성은 대단히 조작적이었고 대화는 장식어로 경직되었으며, 등장 인물들은 일정한 유형에 맞추어졌다. 이러한 전통에 따라 성장한 필딩과 그의 후계자들은 일상 생활을 오직 정확하게 기록하는 것이야말로 독자에게는 참으로 우직한 것이 되리라고 생각했다. 그래서 그들은 실질적인 타협을 하게 되었다. 이야기의 배경이나 등장 인물들은 사실적인 가하면, 이러한 것들은 드라마에서 유도된 비사실적인 구성의 틀 속에 끼여들게 되었던 것이다. 그러니까 이러한 구성은 모의나 출생 때 뒤바뀐 어린아이들이나 분별의 착오 같은 갖가지 선동적인 사건들로 활성화되는 술책으로 구성되어 있었으며, 또한 이상적이고 아름다운 남녀 주인공들 주위에서 맴돌다가 마지막 장에 가서야 멋있게 해결되는 것들이었다. 등장 인물들은 드라마에서처럼 주로 언동으로 자신을 드러냈다. 그러니까 작가가 이들을 분석하는 일은 별로 없었다. 그리고 심각한 긴장은 취약한 만화의 관례에서 유도된 몇몇 희극적 인물에 의하여 해결되었다.

어떤 점에서 보면, 이러한 유형의 소설은 전에 드라마가 그랬던 것보다는 더욱 제한성을 안고 있었다. 이것은 가볍게 읽어낼 수 있도록 시도되었다고도 할 수 있다. 이러한 소설은 일반적으로 그랬듯이 어떤 교훈을 나타낼 수도 있었다. 하지만 진지한 시(詩)의 주제가 되었던, 보다 심오하고 비개인적인 생활의 양상들을 다루지는 않았다. 지적인 긴장이 되지도 않았고, 또 독자의 지력이 진지하게 작용하도록 만드는 주제들은——하기야 몇몇 예외는 있지만——제외되었었다.

이러한 관례는 허술한 임시 변통책이었다. 그러나 이것은 그때까지 제안된 다른 것들보다는 덜 어색한 반면에 더욱 효과적인 것으로 보였다. 그리고 비록 점차 인위적인 고안들은 파기되었지만, 적어도 몇몇 요소들은 대부분의 영국 소설가들에 의하여 조지 엘리엇(1819~1880, 영국의 여류 작가) 시대까지 그대로 받아들여졌다. 엘리엇이야말로 냉정한 방법면에서 혁명가였다. 그녀의 작품에서 우리는 처음으로 희곡 전통의 마지막 흔적에서 해방된 소설 형식을 대하게 되었다. 낭만적인 주인공이나 악당들이 아니라 동기와 성격의 장황한 분석, 그리고 행동이 플롯(구성)의 관례에서가 아니라 개성이나 상황의 논리적 필연성에 의하여 결정되는 그러한 소설을 대하게 되었다. 더구나 극히 지적이고 빈틈없이 진지한 엘리엇은 인간 행위에 대한 깊은 사색을 책을 통해 표현하려 했다.

다음 세대의 소설가들은 이러한 변화를 앞으로 더 이끌고 나갔다. 헨리 제임스, 메러디스(1828~1909, 영국의 소설가·시인), 그리고 조지 무어(1852~1933, 아일랜드의 시인·소설가)와 함께 소설은 이제 완전히 새로운 국면에 들어서게 되었다.

이제 하디가 이러한 새로운 국면의 일원으로 받아들여지고 있는 것은 자연스러운 일이다. 한편, 그는 신소설가들과 같은 시대의 사람이고, 다른 한편으로 그의 작품들은 그들과 공통적인 몇몇 요소들을 안고 있다. 지적으로 하디는 새로운 세대의 인물이었다. 종교, 성(性) 등등의 문제에 대한 정통성에 공개적으로 반기를 든, 소위 진보 사상가였다. 그는 소설을 통하여 이러한 이단적 견해를 밝혔다. 그는 주로 궁극적인 운명과 인간과의 관계에 대한 안목에서 영감을 얻어 소설의 주제와 내용을 심화하고 고양시켰다. 그는 비극적이고 서사적인 주제에 대하여 글을 쓰고 싶어했기 때문에 소설이란 비극적이고 서사적인 위엄에 달성할 수 있는 형식이라고 생각하고 만족해 했다. 열정적으로 그는 해피 엔드를 포기하고 작품을 자신의 가장 진지한 견해의 대변물로 만들었다.

그러나 하디는 비록 지적인 면에서 미래 지향적인 인물이었지만,

미학적인 측면에서 그는 과거의 인물이었다. 소설 형식에 대한 그의 폭넓은 인식은 헨리 제임스를 닮았다기보다는 필딩과 흡사하다.

만일 더욱 사실적인 표현 양식을 취했다면 아마도 하디의 독특한 영감은 방해를 받았을지도 모르겠다. 시적 재능을 갖고 있는 사람은 어떤 스타일에 맞춘 형식에서 가장 편한 마음을 느끼는 법이다. 하디가 전통적으로 이어받은 관례를 변형시켜 전과는 다르게 그의 동료 작가와 같은 방향으로 나아갔다는 것은 주목할 만한 일이었다. 동료 작가와 마찬가지로, 그는 지적ㆍ감정적인 면을 소설에 첨가시키고 또 이것을 위대한 시와 드라마의 경지에까지 이끌어 올려놓으려고 열망했다. 그러나 그는 이러한 목적을 추구하기 위하여 소설을 보다 사실적이라기보다는 오히려 덜 사실적으로 만들었다. 비극적 강렬도를 달성하기 위하여 그는 비극을 본보기로 삼았다. 영국 문단에서 진실한 비극을 찾기 위하여 그는 소설이 개발되기 이전에 살았던 작가들에게로 되돌아가야만 했다. 테스는 디킨스의 여주인공과 다르고, 그렇다고 안나 카레니나를 닮지도 않았다. 그녀는 존 웹스터(1580-1625, 영국의 극작가)의 여주인공 말피 공작 부인을 더욱 닮았다.

하디야말로 이러한 인물들을 창조해낸 작가들과 근본적인 유사성을 나누는 사람이다. 여기에서 우리는 궁극적으로 그의 천재성에 관한 진실된 의미, 그의 불가사의성을 여는 열쇠, 그리고 그의 카펫 안의 인물을 깨달을 수 있게 되는 것이다. 이것이야말로 우리가 알아야 할 사실이다. 왜냐하면 그의 인물은 과거 속으로 깊숙이 파고들어가서 영국 문단의 배경 속에서 진실한 자리를 잡고 독자의 눈에 비치고 있기 때문이다. 하디는 그의 시대를 벗어나서 후에 태어난 사람이다. 옛 세대를 마지막으로, 그리고 외롭게 대표하면서 운명의 우연한 장난으로 19세기 후반의 낯선 세계 속을 방황했던 사람이다. 그의 주위 환경은 독특했다. 그가 자라난 사회는 옛 생활 양식이 가장 오랫동안 머물러 서성거렸던 사회였다. 시골 웨섹스는 여전히 봉건적인 전산업화(前

産業化) 사회였다. 마을들은 대저택이나 교회 주위에 몰려 있었고, 가족들은 대대손손 이어 내려오며 옛 풍습을 존중했고, 그리고 사고(思考)의 관례는 옛 전통에 따르는 그런 사회였다. 더구나 이러한 생활은 하디에게 민감한 주제를 심어주었던 것이다. 하디는 이러한 사회의 독특한 어린아이였다. 그러니까 단순하고, 자의식이 없고, 정열적이고, 인간 생활을 다룬 기본적인 드라마와 희극에서 상상적인 영양소를 본능적으로 찾고, 인간의 근본적인 기쁨과 슬픔에 민감하고, 그리고 가정에 대한 애착, 봄과 햇살의 아름다움, 천진성이 갖는 매력, 환락과 영웅주의, 죽음에 대한 두려움, 미신에 대한 공포, 이러한 것들에 민감한 소년이었다. 뿐만 아니라, 천진하고 장중하고 듬직하고 부주의하고 진기한 생각을 하고, 장엄하고 멋있는 기교에 무심하고, 선동적인 이야기에 서슴지 않고 기뻐했다. 그러나 그는 대담한 상상력을 펼 수도 있는 사람이었다. 하디는 현대 소설가들의 선구자라고는 할 수 없지만, 엘리자베스 시대 드라마의 전통과 정신을 마지막으로 대표하는 사람이었다.

마지막이기는 하지만 차이가 있다. 그가 살았던 시대는 그로 하여금 그의 주제가 되어 있는 인간 생활에서 엘리자베스 시대 사람들과 똑같은 의미를 감지할 수 없게 만들었다. 그들은 종교를 배경으로 삼고 인간을 창조주니, 주(主)의 아들이니, 또는 불멸하게 태어난 영이라고 생각했다. 하디 자신이 받아들일 수밖에 없었던 과학적 또는 합리주의적 우주관은 그가 그러한 견해를 가질 수 없게 만들어놓았다. 하디의 입장에서는 인간이란 자신이 전혀 아는 바도 없고 또 그의 희망이나 두려움이 아무 의미도 갖지 못하는 우주 속으로 내동댕이쳐진 어떤 인생 원리의 후천적, 또는 덧없는 부산물로 생각되었다. 결과적으로 하디의 세계관은 그의 선조들의 것과는 판이하게 다르다. 옛날의 세계는 우리가 신과학(新科學)의 빛속에 놓고 볼 때 많이 변한 것처럼 보인다. 하디의 영국은 옛 영국과 똑같은 모습을 한 것처럼 보일 수도 있다. 그러나 새로운 우주관을 배경으로 볼 때 이것은 미소한 순간적 단편으로 움츠러들고 무한한 우주 속에 휩싸여 재빨리 소멸되어 버렸다. 하디의 인물들은 엘리자베스 시대의 인물일 수도 있다. 하지만 이들을 불러일으킨 거센 정열이 그들의 운명을 다룰 수 없고, 또 그들의 이상적인 신념과 환상이 일순간에 무(無)로 사라져가는 것을 우리가 깨닫게 될 때, 이 등장 인물들은 얼마나 다르게 나타나는가. 깊은 아이러니가 하디의 인물들을 엄습한다. 비록 우리가 깊은 동정심을 가지고 그들의 희망이나 기쁨이나 두려움이나 고통을 함께 느끼려 해도 이것들은 영원히 사라지고, 그들이 죽든지 살든지 상관하지 않고 오직 불가사의한 그의 목적을 수행해나가는 무관심한 우주만이 남게 되는 것을 우리는 깨닫게 된다. 이것은 아직도 엘리자베스 시대의 세계다. 하지만 이 세계는 빛은 기울고 주위에는 마지막 망각을 고하는 황혼만이 남아 있는 엘리자베스 시대의 세계인 것이다.

이러한 견해는 망실이 뒤따르게 마련이다. 땅거미가 질 때에는 낮보다 더욱 어두워지고 추워진다. 잠식하는 그림자로 가려지면서 '클림'과 '헨차드'는 '오셀로'보다 점점 어두워진다. 그들의 운명을 제어할 힘을 상실하게 되자 엘리자베스 시대의 인물들은 힘에 있어서 위축되어 갔다. 힘에 있어서만이 아니었다. 하디의 인물들은 엘리자베스 시대의 웅대함을 보존할 수 있었지만 영광을 유지할 수는 없었다. 왜냐하면 영광이란 그들의 정신적 의미의 반사광이었기 때문이다. 불멸의 영혼들은 그들의 모습을 뽐내며 숙명의 머리 위에 군림했었다. 이것들이 어떻게 환경을 지배하겠는가! 어떻게 그들의 정신이 대 격변의 도전을 막아낼 수 있겠는가! 그들의 죽음의 순간마저 무서운 장려함으로 비쳐진다. 죽음이란 생명의 정점이고 숙명에 대한 그들의 정신적 승리의 확인이 아닌가? 반면에 하디의 인물들에게는 죽음이란 위대한 영웅뿐만 아니라 미천한 곤충까지도 결국에 가서는 빼앗아가고야 마는, 오직 무의미하고 우연한 소멸이다. 그들은 죽음을 외적인 인내를 가지고, 또는 외적인 포기 상태에서 대한다. 또는 참을 수 없는 고통으로부터의 해방으로 죽음을 환영까지도 할 수 있다. 하지만 그들은 절망에 차서 죽음을 맞는다. 셰익스피어의 비극적 감정은 일종의 빛나는 불꽃이다. 하디의 비극적 감정은 마치 뇌운처럼 내려앉는다.

그러나 우리는 고색 장면에 대한 그의 어두운 해석을 나무랄 수는 없다. 왜냐하면 그 속에 그의 영상의 본질이 숨어 있기 때문이다. 우리는 전에 보지 못한 옛 영국을 보아 알게 된다. 왜냐하면 옛 모습이 하디의 환영(幻影)의 빛을 통해 나타나기 때문이다. 그의 환영은 장려함을 잃고 있지만 신랄함을 얻고 있다. 하디의 비극적 밀도는 인간과 그의 주변 사이에는 근본적인 불화가 있다는 그의 신념에 의하여, 그리고 바참하게 투쟁을 벌이고 있는 인간과 그가 헛되이 경쟁을 벌이고 있는 무자비한 운명과의 아이러니컬한 대조에 의하여 증가되고 있다. 한편, 하디의 체질과 재능이 옛 유형이 아니었다면 이러한 대조는 그 긴장을 얻지 못했을 것이다. 그래서 많은 염세주의자들은 우리를 낙담시키지 못한다. 왜냐하면 우리들은 그들을 생에 대한 욕망이 약한 사람, 또는 인간 존재의 정상적인 만족을 선천적으로 음미할 수 없어서 우울해 하는 사람들로 느끼기 때문이다. 그러나 하디는 보통 이상의 생에 대한 애착과 동료 의식을 갖고 있었다. 그는 그들의 희망과 기쁨을 함께 나누었고, 그들의 미덕이 갖는 위엄을 백분 느꼈다. 이렇게 심사 숙고하게 되고, 또 절망을 안겨다주는 생의 판단은 이러한 인물에서 나왔기 때문에 무서운 힘을 내포하고 있다.

그리고 그의 재능이 과거에 뿌리를 박고 있기 때문에 그는 대부분의 현대 합리주의 작가들이 가까이할 수 없는 효과를 얻을 수 있었다. 비록 정신의 궁극적인 의미를 불신하고 있었지만 그의 상상은 계속 정신적인 측면에서 표현되었다. 그가 클라이맥스에서 종종 초자연적인 음을 울리는 것은 괄목할 만하다. 헨차드가 일기(日氣) 예언자의 경고를 무시하는 것은 재앙의 원인이 된다. 유스타시아는 그녀의 초먹인 초상화가 복수를 하고 있는 수산의 불 앞에서 녹아가고 있던 바로 그때에 죽어간다. 하디가 공공연히 과거의 신조에 반기를 들고 있는 《테스》에서도 그는 초자연적 현(絃)을 뜯고 있다. 테스가 불행한 결혼 여행을 떠나자 그녀가 중세의 전설에 나오는 여주인공이나 되는 듯이 악마들이 그녀 주위에 수없이 모여든다. 그리고 하디는 그의 마지막 우화를 마무리지을 때 무신론자에게는 이상하게 들릴 어투로 맺는다——"운명의 신은 마침내 테스에 대한 희롱을 끝마친 것이다." 그는 후에 이것을 일종의 은유라고 조심스럽게 설명했다. 그는 또한 다른 곳에서 말하기를 "가끔씩——특히 시를 쓸 때——나는 유령, 신비로운 음성, 직감, 징조, 꿈, 귀신이 나오는 장소 등등이 있음을 믿는다. 하지만 케케묵은 의미로서 그들을 받아들이고 있는 것은 아니다"라고 했다. 틀림없이 그는 이런 말을 진지하게 했다. 그러나 사실 그의 명상은 그로 하여금 너무나 신인동형동성(神人同形同性)을 믿게 만들었기 때문에, 그의 창작적 재능이 발동할 때, 이는 본능적으로 인간 생활을 제한하는 힘을 신인동격(神人同格)의 관점에서 형상화하고 있다. 우주의 자동적 원리는 기독교적 신이 아니라 자신의 즐거움을 채우기 위하여 비참한 인간을 희롱하는 불길한 '불멸의 제왕'이 되는 것이다. 이러한 초자연적 순간들이 그의 환상 속에서 나타나는 것이 아니라 그가 가장 진지하게 그의 인생 철학을 나타내는 드라마의 클라이맥스에서 나타난다는 것은 주목할 만하다. 하디가 후에 이것을 어떻게 설명하려 했든지 간에 일관성이 없는 요소가 있는 것도 사실이다. 누구나 진지한 작품에서 효과를 증진시키기 위해 어떤 징조들을 활용하는 철저한 합리주의자들을 단순하게 받아들이지는 않는다. 사실, 하디가 철저하게 일관성을 유지하는 것은 아니었다. 비록 그의 지력은 합리주의와 유물주의를 받아들이고 있었지만 그의 상상력은 그렇지 않았다. 창작에 있어서 상상력은 지력보다 더욱 근본적인 요소가 되는 것이다. 하디에게 있어서 한 가지 흥미로운 점은, 실생활에 있어서도 그가 사소한 미신을 믿고 있었다는 사실이다. 예를 들면, 그는 재수가 없다고 해서 몸무게를 한 번도 재본 일이 없었다.

　하지만 지적 모순은 종종 미적 감정을 증가시킨다. 철저한 합리주의 작가들과는 달리, 이러한 모순은 하디로 하여금 인간의 운명에 영향을 끼치기 위해 이 세상의 무대 뒤에서 작용하는 보이지 않는 힘을 인식하는 데서 오는 유령 같은 두려움과 공포의 전율을 자아낼 수 있게 만들었다. 유스타시아의 죽음, 테스의 비극은 하디가 그들을 그늘지게 한 초자연적 암시를 강요하면서 우리 앞에 나타난다. 더구나 그의 신인동격적 사고(神人同格的思考) 관습은 그의 합리주의적 사상에까지 시적 구현을 더욱 가능하게 만들었다. 독자에게 상상력을 일깨우며 자동적이고 무의식적인 힘을 전달하기란 대단히 힘든 일이다. 하지만 하디는 의인화된 힘이 두려움을 자아내게 만든다. 이스킬러스의 문구나 형식은 하디의 맹목적이고 비인간적인 우주 원리에 이스킬러스적 분노가 갖는 인간적인 생생한 두려움을 제공해주었다.

무엇보다도 인생에 대한 하디의 비전은 그의 재능이 옛 가치에 기초를 두고 있다는 사실에서 그 힘을 무한히 얻고 있다. 비록 그가 이러한 시대적 상황 속에서 살았지만, 그는 자의식과 세련이 거듭되면서 점점 작아져 보이는 창조적 상상력을 짙게 갖고 태어난 사람이었다. 합리주의적 관점에서 볼 때, 우주의 찬란함은 강력한 시적 비전을 통해 한때 우리에게 제공된다. 하디의 슬픈 근대적 지혜는 넓은 폭과 솟구치는 환상이 있고 또 향기와 풍요로 가득 찬 허구적 이야기들 속에서 구현된다. 이러한 허구성은 일반적으로 초기 문학에서나 볼 수 있는 것이다. 하디는 아마도 그의 계열에서 최후의 인물이긴 하지만 결코 뒤지는 작가는 아니다. 우리는 그의 몇몇 불완전한 점에도 불구하고, 셰익스피어의 웅대한 규모에 근거를 두고 작품을 쓴, 영국의 마지막 작가의 안목을 통해 셰익스피어의 영국에 작별의 눈길을 보낼 수 있는 것이다.

□ 연 보

1840년　영국 남부 도셋셔 주의 도체스터 근처의 조그마한 마을 보크
　　　　햄프턴에서 석공(石工)인 아버지 토머스 하디 Ⅱ세, 어머니 지
　　　　마이마 핸드의 장남으로 출생. 형제는 남동생 헨리와 여동생
　　　　메리, 케이트가 있음.

1856년　도체스터의 교회 건축가 존 힉스의 제자가 됨.

1862년　런던으로 가서 교회 건축가 아더 브룸필드의 조수가 됨.

1863년　《근대 건축에의 채색 벽돌 및 테라코타 적용론》이 영국 건축
　　　　협회 현상 논문에 당선됨.

1865년　《챔버즈 저널》지에 〈내가 집을 지은 이야기〉 발표함.

1868년　《빈자와 귀부인(*The Poor Man and the Lady*)》을 탈고했으나
　　　　지나친 사회 풍자로 간행을 포기함.

1871년　《최후의 수단(*Desperate Remedies*)》을 익명으로 출판함.

1872년　《녹음 아래에서(*Under the Greenwood Tree*)》를 익명으로 출
　　　　판함.

1873년　《푸른 눈동자(*A Pair of Blue Eyes*)》 출판함.

1874년　《광란의 무리를 떠나서(*Far from the Madding Crowd*)》를 《콘
　　　　힐》지에 연재 출판함.
　　　　엠마 라비니아 기퍼드 양과 결혼함.

1876년　《에델버터의 손(*The Hand of Ethelberta*)》 출판함.

1878년　《귀향(歸鄕, *The Return of the Native*)》 출판함.

1880년　《나팔장(喇叭長, *The Trumpet Major*)》 출판함.

1881년　《무관심한 사람(*A Laodicean*)》 출판함.

1882년　《탑 위의 두 사람(*Two on a Tower*)》 출판함.

1883년 소론(小論)《도셋셔 주의 노동자》 발표함.

1886년 《캐스터브리지의 시장(市長)(The Mayor of Casterbridge)》 출판함.

1887년 《숲 사람들(The Woodlanders)》 출판. 중편 《알리샤의 일기(Alicia's Diary)》 발표함.

1888년 소론《소설 읽는 법》 발표. 단편집 《웨섹스 이야기(Wessex Tales)》 출판함.

1890년 소론《영국 소설 속의 솔직성》《어느 작가를 논함에 관하여》《맥스 게이트에서 발표된 로마 점령시대의 유물》을 발표함.

1891년 단편집 《귀부인들(A Group of Noble Dames)》《소설의 과학》 출판. 《테스(Tess of the d'Urbervilles)》, 단편 《아내를 위하여(To Please His Wife)》 출판함.

1892년 《지복자(至福者, The Well-Beloved)》 연재. 소론 《희곡을 쓰지 않는 이유》 발표. 모험소설 《웨스트 폴리에서의 모험》 발표함.

1894년 단편집 《인생의 작은 풍자(Life's Little Ironies)》 출판함.

1896년 《비천한 자 주드(Jude the Obscure)》 출판함.

1897년 《지복자》 출판. 《애인(The Well-beloved)》 출판함.

1898년 처녀 시집 《웨섹스 시집(Wessex Poems)》 출판함.

1901년 제2시집 《과거와 현재의 시집(Poems of the Past and the Present)》 출판함.

1903년 대서사시극 《패자(覇者)들(The Dynasts)》 제1부 출판함.

1905년 애버딘 대학에서 명예박사 학위를 받음.

1906년 《패자들》 제2부 출판함.

1908년 《패자들》 제3부 출판함.

1909년 시집 《세월의 웃음거리(Time's Laughingstocks)》 출판함.

1913년 케임브리지 대학에서 명예박사 학위받음.
        단편집 《변모한 사나이(A Changed Man)》 출판함.

1914년 제1차 세계대전시 《타임스》지에 《군가(軍歌)》 발표함.
        시집 《환경의 풍자(Satires of Circumstance, Lyrics and

Reveries)》출판함.

1916년 《선시집 (選詩集)》 출판. 《전쟁시 (戰爭詩)》 발표함.

1917년 시집 《환상의 순간 (*Moments of Vision*)》 출판함.

1919년 두 권의 시집 《선시집 (*Collected Poems*)》 출판함.

1920년 옥스퍼드 대학에서 명예박사 학위받음.

1922년 《고금서정시집 (*Late Lyrics and Earlier*)》 출판함.

1923년 영국 황태자 맥스 게이트 내유 (來遊). 시극 《콘월의 여왕의 비
극 (*The Famous Tragedy of the Queen of Cornwall*)》 출판함.

1927년 《선시집》 가필 재판함.

1928년 맥스 게이트의 자택에서 사망. 국장으로 웨스트민스터 사원의
Poet's Corner에 매장됨. 별세 후 시집 《겨울의 소리 (*Winter
Words*)》 출판함.

◎ 옮긴이 소개

충북 진천 출생.
고려대학교 영문과 및 동 대학원 졸업.
미국 사우스이스턴 오클라호마 주립대학 대학원 수학.
서울시립대학교 교수 역임.
역서로는 《환상을 그리는 여인》(토마스 하디),
《적들— 어느 사랑의 이야기》(아이작 싱거) 외 다수가 있음.

테스

발행일 | 2020년 5월 25일 초판 1쇄 발행
          2022년 8월 25일 초판 2쇄 발행

지은이 | 토마스 하디   **옮긴이** | 김회진
펴낸이 | 윤형두 · 윤재민   **펴낸곳** | 종합출판 범우㈜

등록번호 | 제406-2004-000012호(2004년 1월 6일)
주   소 | (10881) 경기도 파주시 광인사길 9-13 (문발동 525-2)
대표전화 | 031-955-6900   **팩 스** | 031-955-6905
홈페이지 | www.bumwoosa.co.kr   **이메일** | bumwoosa1966@naver.com

ISBN 978-89-6365-279-5 03840

공동주택 관리규약 준칙(2021.04.05. 개정)

예금잔액 및 관계장부 대조확인 결과 보고서

( )일 기준 재무제표

종류	계좌번호	기준 재무제표 장부금액	금융기관 잔액증명서		비 고
			확인금액	차이금액	
(3)	(4)	(5)	(6)	(7)	

재무제표의 금융기관 계좌의 장부금액과 재무제표에 표시
계좌별 잔액증명서 상의 잔액을 확인하였으며, 차이금액은

20 년 월 일

...자대표회의 감사   성명 :   (서명)